LOS SEIS CÍRCULOS DE SAN PETERSBURGO

AURORA MATEOS

LOS SEIS CÍRCULOS DE SAN PETERSBURGO

PLAZA JANÉS

Papel certificado por el Forest Stewardship Council®

Penguin
Random House
Grupo Editorial

Primera edición: febrero de 2023

© 2023, Aurora Mateos
© 2023, Penguin Random House Grupo Editorial, S.A.U.
Travessera de Gràcia, 47-49. 08021 Barcelona

Printed in Spain – Impreso en España

ISBN: 978-84-01-03023-9
Depósito legal: B-21510-2022

Compuesto en M. I. Maquetación, S. L.
Impreso en Black Print CPI Ibérica
Sant Andreu de la Barca (Barcelona)

L030239

A Marco, el ángel sin cobre, zarévich de todos mis mares

Estamos tan intoxicados uno del otro
que de improviso podríamos naufragar.

ANNA AJMÁTOVA

Somos dos peces
del mis-mí-si-mo mar.
Dos conchas muertas
labio contra labio.

MARINA TSVETÁIEVA, «Poema del fin»

PRIMERO

Sé
que has consumido su amor.
Adivino el hastío por signos innúmeros.
Remózate en mi alma.
Entrega el corazón a la fiesta del cuerpo.

VLADÍMIR MAIAKOVSKI,
«La flauta de las vértebras»*

PRIMERO Y UNO

Al principio pensaron los hombres que Dios vivía en el cielo, pero luego inventaron los aviones y comprobaron que allí no estaba. También creían que podría estar en la luna, pero los hombres ingeniaron los cohetes y, cuando allí llegaron, no había señales de él. Finalmente resultó ser cierto lo que los antiguos decían: «Dios está en el fondo del mar».

* Traducción de Mauro Armiño.

PRIMERO Y DOS

El hombre solo no está de negocios, sino que él es el negocio. El hombre solo cruza el control de pasaportes, tira de su maleta de mano Louis Vuitton llena de secretos industriales. Lleva unas gafas italianas diseñadas especialmente para él en Milán. Espera en la sala VIP hasta que anuncian el embarque. La adrenalina del aeropuerto es el pan suyo de cada día. Lleva un pantalón beis de cinco bolsillos, una camisa de algodón egipcio y un chaleco de viaje Dior azul marino con más bolsillos para tarjetas de crédito y carteras de distintas divisas. Se acomoda en el avión privado, saca informes, números, estadísticas que suben y bajan, al final se queda dormido a mitad de la película. Al hombre solo lo recoge un Lexus de alta gama con un chófer que tiene miedo de mirarlo a los ojos. Está en Tokio. Esta ciudad que conoce bien será por unos días su patria, la gente que cruza la calle será ahora su vecina y el hotel será su hogar.

El hombre llega a la suite de ochenta metros cuadrados, se ducha, deshace la maleta y apoya un libro sobre su cama, los relatos de Andréiev. Deja en las primeras páginas el *Abismo*, que está deseando terminar para empezar una selección de los cuentos de Chéjov, que leyó hace años. Le gustan los cuentos porque encajan con su estilo de vida. Se prepara para subir al club a comer algo, donde encontrará más gente sola. Lleva un teléfono en cada mano, y desde ellos dirige, coordina y ordena. Termina la cena, sale a la calle y camina entre neones, tiendas de marca y semáforos. No debe parar nunca, porque si no podría darse cuenta de lo que no debe. A veces él mismo ha de ser su propio padre; otras veces, su hijo, y otras, su esposa. Está solo, pero apenas se percata porque el ego de su posición de gran jefe de multinacional lo acompaña.

Cuando ya conoce lo que le ofrecen las calles adyacentes a su alojamiento, vuelve al hotel. Lo esperan en otro Lexus. Le hacen mil reverencias. Lo llevan a un lugar exclusivo llamado Ópera. Lo invitan a saciar sus ganas, las tenga o no, en una sesión que cuesta dos mil dólares. En el Gentlemen's Club lo recibe una belleza morena de pelo lacio y flequillo corto que resulta ser un chico. La impostada exageración de los movimientos de caderas lo delatan. Lo acomoda en una habitación aparte y le ofrece un trago. Las paredes están forradas de seda de morera, entre rojos y verdes, una copia de la pintura *El origen del mundo* cuelga justo enfrente del sofá. Ojea el catálogo de fotos y estudia con atención el portfolio de cada mujer. Todas serán más viejas de lo que parecen. Las hay altas y bajas, asiáticas y latinas, africanas y europeas; todas hermosas, todas apetecibles, aunque la talla varíe. No quiere decidir rápido. Le encanta el poder de tenerlas todas a su disposición. Pero pasa el tiempo y el recepcionista se pone nervioso. Por fin encuentra a una dama con las proporciones que busca. Llama al timbre y señala con el dedo la página que le interesa. Desde ahora ha de esperar poco más de cinco minutos, después sigue a la anfitriona hasta una sala con los juguetes necesarios para un entretenimiento de hora y media. Al cruzar el umbral de la puerta de la habitación se dispara el deseo. Se detiene a mirarla con detalle. Ella se quita la bata. Hoy tiene buen ánimo porque mañana cerrará un negocio billonario. Este triunfo ayudará a la diversión.

Ella se encarga de hacerlo gozar dos veces. La primera es un masaje *nuru*, en el que el cuerpo de la asiática se frota sin cesar contra el suyo, fuerte y flojo, de la espalda al torso, de la cabeza a sus genitales, hasta hacerlo eyacular. La segunda, la boca de la bella lame sus genitales y su ano, mientras él está en una silla con un agujero, lo chupa hasta extasiarle de placer. Un té verde compone la pausa entre ambas. Solo en la tercera ronda, si aún puede, la ninfa se dejaría penetrar. Pero se ve que ella prefiere que no, y él lo nota y lo respeta.

Después vuelve a su hotel, donde no habrá manteles manchados ni sobremesas aburridas ni niños gritando alrededor, sino que la tele tendrá el tono de voz que él quiera. Allí no tiene que preocuparse de la poesía del mundo, solo de vibrar con la importancia de sí mismo. Allí la rutina no lo molesta. El hombre cierra los ojos, arropado con un edredón relleno de éxito, con un toque suave de olor a lavanda, como ha encargado al hotel su asistente personal.

El hombre se desea las buenas noches.

PRIMERO Y TRES

El petersburgués se llama Serguéi A. Tomski, pero sus empleados lo llaman Serguéi Andréievich, sin el «don», «señor» u otras pleitesías. Es el director general de Lozprom, uno de los gigantes energéticos del planeta. Su empresa manda más que treinta y cinco países en desarrollo juntos, y él, más que muchos jefes de Estado. Rusia es su patria, y el presidente de la Federación Rusa, el único que podría mearle encima. Quien se lo cruce diría que no es ni muy alto ni muy guapo y que los rasgos finos de su cara lo hacen muy atractivo y le dan aire de buena persona. Pero eso no tiene nada que ver con el carácter duro que exige su posición. Cuando lo designaron director general se comentó mucho al respecto.

—¿Por qué le habrá nombrado el presidente? —se preguntaban algunos—. ¿Será porque no es muy alto? Al presidente no le gustan los que lo miran desde arriba. Por eso los sienta en cuanto puede y nunca se hace fotos con ellos.

—Parece blando —comentaban otros—, ¿no ves que sonríe de vez en cuando?

—Durará poco —añadían.

—Está donde está porque será una buena marioneta.

—¿O porque es un hombre de grandes secretos? —sugerían también—. Aquí hay algo gordo que no sabemos.

—O quizá está donde está porque es realmente despiadado.

Serguéi se enteró de estos chismorreos a través del Manco, por aquel entonces jefe de Seguridad de Lozprom, un gordo muy soez que se pasaba la mayor parte del día borracho. En sus buenos tiempos había sido espía y ahora trabajaba para conseguir cotilleos en la empresa, lo cual lo llenaba de aburrimiento. Serguéi solo dio unas cuantas respuestas al tiempo. Sonríe cuando se acuerda, como ahora, asomado a la ventana del hotel con vistas al parque Shinjuku de Tokio. Cuando tomó el mando hace siete años empezó a ejercerlo sin piedad. Despidió rápido a los inservibles y creó un equipo eficaz. Incluso importó a expertos extranjeros. Aprendió pronto a guardarse la dulzura para la intimidad, para evitar que malinterpretaran alguna sonrisa o algún gesto que denotase empatía hacia algún ser humano. De hecho, ni siquiera devuelve la sonrisa al bebé que le regala la suya cuando se encuentran espontáneamente en un aeropuerto.

Tomski va al baño y se da la tercera ducha del día. Se acicala con calma su pelo moreno liso, aclarado por las canas que le debe al estrés, que ha llegado a apreciar porque lo empuja a pensar más rápido, llegar más lejos, hacer más. Es un trabajador tan duro como vago, por lo que se le da bien delegar. Lo suyo es la supervisión. Es un adicto al mando. Por ello ha aumentado el número de secretarias, todas dóciles y eficientes, que creen trabajar para un ente superior. Llama a una de ellas a medianoche en Moscú porque ha olvidado un detalle y ella se siente hasta agradecida. Pero él no se ve así, es humilde e inseguro, y tiene que esconderlo a toda costa.

Sus vuelos son privados y no viaja con fotos personales. Ha terminado de leer el *briefing* para la reunión del día siguiente. Tiene que dar el empuje para una negociación de treinta millones de toneladas de metros cúbicos de GNL, gas natural licuado. La nación nipona lo utiliza para hacer el pan, fabricar los coches o mantener a las familias calientes. Los hospitales no serían operativos sin el gas de Serguéi. Habría que cerrar los colegios en invierno y hasta dejar de comer la mitad de los productos que tienen. Serguéi sería una suerte de divinidad en muchas culturas. A él le encanta que lo vean superior, porque él por sí mismo no puede, depende de su entorno para conseguirlo. Se encarga de tapar eso. Todo es cuestión de cálculo.

Está cansado, son las nueve y media de la noche después de un día intenso, pero aún tiene mucho que hacer. Enciende la televisión y saca el traje de su armario. Mira con detalle cada pliegue. Después deposita varias corbatas y una camisa sobre la cama a fin de encontrar la que su estilista francés, Louis-Maurice, le ha elegido para llevar mañana. Se irrita al apreciar una pequeña arruga. Llama al conserje y le ordena que recoja la camisa y la deje impecable. También ha pedido que le planchen los cordones de los zapatos, que le traen especialmente de Jermyn Street en Londres. Después cuelga de nuevo el hábito y repasa el contenido de su maletín de cuero. Solo la agenda de los próximos días está en papel, el resto es un espacio vacío para sus aparatos electrónicos, que ahora se reparten en las diversas mesas de la suite. Sin embargo, excepcionalmente esta vez hay un documento de dos páginas lleno de recuadros con datos que se ha permitido llevar consigo. Quiere memorizar los detalles del mayor descubrimiento del siglo XXI, que ha sido obra de sus científicos, aunque nadie se lo reconocerá cuando salga publicado en las noticias de la revista *Nature*.

Serguéi Andréievich Tomski es el cliente de la 846, la mejor habitación del hotel, la que tiene un baño doble decorado con mosaicos de cristal y un vestidor tallado en madera noble con motivos geométricos. Ha estado allí varias veces. El personal del hotel dice que el huésped ruso tiene mucho *charme*, que es amable y directo. Nunca pide lo que los demás. No da demasiadas propinas.

Llaman a la puerta. Se extraña de que la camisa esté lista en tan poco tiempo. Abre y hay una mujer en la entrada. Una rubia con mucho pecho, pelo liso y cara de porcelana. Alguien la ha enviado. La mira con detenimiento, de arriba abajo, la mira unos largos cinco segundos mientras ella se abre el abrigo que lleva y pregunta:

—¿Serguéi Andréievich?

—El mismo.

—¿No le gustaría conocerme?

Serguéi la mira con lascivia, también con recelo; tiene que decidir cuál de esas opciones lo empuja más y para ello se toma unos segundos.

—Conocer a la gente requiere ganas y tiempo, y yo no tengo ni lo uno ni lo otro —dice él.

—¿No necesita relajarse? —pregunta la musa.

—No estamos en fin de semana para tomarse un descanso.

Tiene un cuerpo delgado y exquisito, desprende una calidez particular, quizá por el color de su piel. Está muy limpia y su ropa interior es de diseño, algo fácil de apreciar. Tiene acento ucraniano. Le pide que se dé la vuelta para poder tasarla. Indudablemente su cuerpo tiene algo de diosa, por lo que su valoración preliminar sube a los mil dólares la hora, algo más si le dieron órdenes de que no calculase el tiempo. A pesar de que sus partes se han vuelto duras, le entrega un billete de cien dólares y la despide mientras le da las gracias sin más conversación. Él nunca toma lo que no elige. Tampoco tiene un deseo incontrolable. Quién será aquel que pretende anticiparse a sus gustos, que quiere saber más sobre él o, lo que es peor, robarle secretos mientras duerme o grabarlo. Su asistente le informará en la primera llamada de la mañana. Son tantas como por la noche y, aunque quisiera que lo dejaran más tranquilo, tiene que gobernar un hormiguero.

Los de su negocio y la prensa lo llaman Serguéi Tomski, pero la chica lo nombró como se hace con un ruso, con el patronímico. Es posible que la ucraniana no viva en Tokio y que la hayan traído de Rusia solo por él. Se inquieta un poco y se pregunta por aquel que sabe de sus aficiones a las señoritas, aquel que quiere agasajarlo o que le devuelva un favor, aquel que quiere meterse en sus pantalones. Y esto no le gusta en un mundo cargado de enemigos y buenas formas. Quienquiera que sea tiene intención de cazarlo o comprarlo, o ambas cosas a la vez. Se enfada y piensa en la chica, si estuviera algo más habituado a arrepentirse, se arrepentiría, pero no puede. A pesar de que era joven e inusualmente bella, volvería a hacer lo mismo. Pero piensa en ella.

Le telefonean y se conecta al noticiario, que en su caso se transforma en la CNN a siete horas de diferencia horaria de Europa continental. Deja el vodka en la mesa de enfrente del televisor y escucha con atención. Anuncian el descubrimiento del oceonio, la nueva fuente de energía de la humanidad. Él sonríe, pues hace años que la conoce, y no solo eso, sino que es el padre de la criatura. Ha mimado esta proeza desde que la descubrieron para presentarla ante todos en su esplendor, un día cualquiera de 2015. El petróleo es historia. Empieza la era del oceonio, que será algo parecido a salir del periodo Cretácico junto con la extinción de los dinosaurios de la OPEP. ¿Será otro invento ruso que se apropiará cualquier extranjero como pasó con el helicóptero de Sikorski o con el ordenador de Gorójov, que en cuanto le pusieron una manzana mordida al aparato todos se olvidaron de él?

Serguéi surfea en internet y halla la foto del oceonio. Abre su maletín de nuevo. Saca un trozo de roca. Se lo trajeron un día de mayo, justo antes del cumpleaños de Petersburgo, que a él le gusta celebrar en familia. El científico que se lo presentó fue especialmente elocuente. «El descubrimiento del siglo», afirmaba. Había pasado veinte entrevistas antes de llevárselo porque nadie le creía. Fue su secretaria más joven quien insistió en que se encontraran, básicamente porque le daba pena. El científico, que se llamaba Iván Ilich, trabajaba en el Centro Nacional de Datos Oceanográficos, que por entonces estudiaba un tipo de pez que habitaba en el fondo del mar en la plataforma continental rusa. Los científicos encontraron una ingente cantidad de peces que resultaron ser rocas, porque les daba la impresión de que cambiaban de forma como si estuvieran vivas. Después pensaron que era algo líquido y espeso, pero resultó ser una suerte de piedra con la capacidad única de mimetismo, una cualidad que hasta entonces solo se había detectado en seres vivos. La analizaron y se dieron cuenta de que era un mineral desconocido. Tan pronto como lo catalogaron, el jefe del centro la metió en un cajón por falta de fondos para continuar la investigación. Sin embargo, Iván Ilich, el joven científico, empezó a trabajar por su cuenta y echó mano de Ania, una amiga doctoranda en Química que trabajaba en la Universidad Estatal Lomonósov de Moscú, que se apasionó tanto con el tema que unió a varios amigos a su vez para continuar la investigación. Hicieron experimento tras experimento fuera de sus horas de trabajo, más por intuición juvenil que por indicio de descubrimiento científico, ya que el burócrata director del Centro Nacional de Datos Oceanográficos lo había tildado como mineral apto para la decoración por sus destellos de colores, que es el chiste común cuando no se sabe para qué usar algo nuevo. Sin embargo, los jóvenes investigadores trabajaron duro hasta hallar la mejor de sus cualidades: ser una fuente de energía con una eficacia hasta entonces desconocida. El equipo de investigadores decidió no publicar nada y compartir el hallazgo con Serguéi, quien no dudó en apadrinar el descubrimiento. Hizo destituir al director del centro en la cruzada personal que tenía con cada inútil que se encontraba y se gastó lo que hizo falta en este proyecto. No se equivocó. Serguéi mira el oceonio en su mano, que acaba de cambiar de color, y lo compara con el de la foto. No son la misma piedra. Alguien le ha dado el cambiazo, seguramente para confundir a los medios. Se ríe. Cosas del siempre imaginativo servicio secreto ruso, ФСБ, el FSB, para despistar.

Serguéi escucha las noticias atentamente y toma notas en su cabeza. A continuación, Ray Rex, el presidente de Chexxon, el equivalente de Serguéi en Estados Unidos, saca una navaja ante los medios y explica a los periodistas que esto no es más que un órdago ruso. Después Serguéi camina de un lado al otro de la suite con las manos en la espalda y una sonrisa de oreja a oreja. Cada vez anda más despacio. Analiza si las cosas van como deben. La jornada laboral ha terminado en Moscú, pero allí las horas de trabajo son teóricas. Serguéi llama de nuevo por teléfono, esta vez a Natalia, su jefa de Seguridad.

—Buenas tardes, Natalia Ivánovna… —Hace una pausa a modo de excusa por la hora que es, pero no se disculpa—. Lo estoy viendo en las noticias. Sigo pensando que deberíamos haber esperado un poco para sacar el oceonio —dice Serguéi sin mucha exaltación.

—Seguimos órdenes.

—La gloria de Rusia podría haber aguardado un poco más. Proclamar que hemos encontrado un nuevo mineral cuando no estamos preparados no es práctico y sí peligroso.

—Mejor hacerlo nosotros que ellos. No podemos esconder un hallazgo como este durante más tiempo, más aún cuando los demás anuncian a los cuatro vientos el descubrimiento de nuevos minerales como la kernowita o la davemaoita aunque no sepan qué hacer con ellos.

—Al menos nosotros tenemos el detalle de llamarlo con un nombre pronunciable. ¿Te imaginas que lo bautizáramos como el ivanilichita? —comenta Serguéi mientras se sirve un poco de agua sin gas a una temperatura exacta de veinte grados.

—¿Y por qué no la sergueiandreievichita? —Natalia sigue el chiste.

—Hay otro caso aún peor, ¿por qué los descubridores de dolencias letales como el síndrome de Menkes, le ponen su nombre a la enfermedad? ¿Por qué asociarse con la más grande de las miserias? ¿Para que maldigan su apellido hasta la eternidad? —Serguéi hace esta comparación trágica preocupado por la situación y con pocas ganas de reírse.

—Sus minerales solo les sirven para tener un nombre horrible y publicar artículos científicos. Hubo una filtración hace tres semanas. El Kremlin decidió acelerar la noticia antes de que el descubrimiento se lo apropiaran otros, lo sabes mejor que yo —recuerda Natalia.

—No creo. Los americanos solo cuentan lo que quieren vender y no están en posición de hacerlo con el oceonio. En esto les llevamos años de ventaja.

—La decisión no es nuestra —insiste Natalia, no por obstinación sino porque está entrenada para no cuestionar decisiones de la jerarquía.

—Sé que te debes al FSB, pero de vez en cuando debes ser más crítica, Natalia Ivánovna. —Serguéi le hace un comentario parecido cada vez que se siente inseguro. Natalia le es fiel, pero nunca será leal. Trabaja para él, pero reporta directamente al Servicio Federal de Seguridad, el temible aparato de inteligencia ruso. Se consuela pensando que al menos todo está claro entre ellos.

—Lo intentaré, *gospodín* Tomski. —Natalia quiere ser complaciente, y por ello lo trata de *gospodín*, de señor, pero ni esforzándose lo consigue.

—Acabamos de rellenar una casilla pendiente en la tabla de Mendeléiev.

—¿Y eso no está bien? Mendeléiev era ruso, nosotros somos rusos y nuestros científicos se llevarán todo el mérito, *gospodín* Tomski. —Natalia hace una pausa por haberse apasionado e insiste en llamarlo *gospodín*.

—¿Y eso para qué sirve? ¿Acaso da dinero? Necesitamos más tiempo para poner el oceonio en las gasolineras de medio mundo… ¡Maldita sea! Ahora ya se sabe que existe y tendremos que acelerar nuestra investigación antes de que alguien se nos adelante. Habéis convertido esto en una carrera contra todos.

—Te repito que cumplimos órdenes de arriba —insiste Natalia.

—Si vamos a competir, si queremos ser más rápidos que los demás, necesitamos invertir más. —Serguéi ha resumido en una línea el caso, lo que será su vida en los próximos meses.

—El presidente entiende que tenemos el mineral y la tecnología y es el momento de colgarse la medalla.

—Todavía no somos capaces de producir en masa.

—El presidente también está informado de eso y no le preocupa —afirma ella.

—¿Y cómo es eso?

—Porque tú solucionarás el problema.

Uno no recibe una amenaza velada como esa todos los días. Serguéi Andréievich se toma un trago de vodka para digerirla. Si no estuviera entrenado para afrontar el estrés sin inmutarse, se pondría a temblar. Le han encomendado una misión titánica sin darle ni el tiempo ni los medios necesarios. Si no consigue el encargo, quién sabe el precio que tendrá que pagar además de su carrera. Piensa en lo que va a decirle al presidente a continuación. Debe ser irónico para suavizar la situación y, aunque es su amigo desde hace años, no piensa contener su disgusto. Dado que lo exhibe poco, cree que así tendrá más impacto. Será muy frío, porque no lo teme. Le considera racional porque nunca ha creído del todo las cosas que se dicen sobre él. Por fin recibe la llamada.

—Nos hemos precipitado, *gospodín* presidente. No solo porque todavía no podemos producir en masa, sino porque ahora todos se han lanzado a buscar el oceonio en la Zona. —Serguéi refuerza sus palabras con «señor presidente» a la vieja usanza a pesar de que son amigos.

El presidente no parece entender bien lo que acaba de decirle.

—La Zona es el fondo del mar que va después del nuestro, y que gracias a Naciones Unidas pertenece a todo el mundo. —Serguéi hace una pausa—. ¿Que quién votó aquello? Pues nosotros, porque éramos tontos y soviéticos, y creíamos que podíamos cambiar el sistema, y resultó que el sistema nos cambió a nosotros.

El presidente no capta el chiste del todo. Cuanto más habla, más achicado se siente Serguéi. Su voz es más seca de lo habitual. El presidente pide que le explique cuál es su queja.

—Sus burócratas se pasean por Nueva York, aprovechan para hacer compras y visitan los clubes de moda. Disculpe la expresión, pero ¡al carajo con ellos! No están en lo que tienen que estar. Naciones Unidas no es una tienda de *souvenirs* ni el lugar para tomarse mojitos a costa de recepciones pagadas por las delegaciones. Naciones Unidas nos puede dar problemas, todavía es un centro de poder, es un ente vivo por mucho que se niegue… Nuestros burócratas tienen que sacar el oceonio de la Zona en la imaginación de sus burócratas. El oceonio es más ruso que la plaza Roja. Está en nuestra plataforma continental y punto —le explica Serguéi por si también se ha perdido con esto—: la plataforma continental es suelo ruso que está bajo el agua marina.

El presidente le dice que ya lo sabe y le recuerda que los otros no solo tienen que encontrar el oceonio en el vasto fondo del mar, sino que nadie posee la tecnología para extraerlo.

—Será cuestión de tiempo.

El presidente le recuerda que sus esfuerzos personales están enfocados a que no roben ni la localización del oceonio ni el futuro centro submarino que están montando a toda velocidad para centralizar todo lo referente al mineral. También le comunica que los servicios de seguridad han alertado de que Serguéi es el principal objetivo para desmantelar el oceonio y que debe tener cuidado porque van a por él.

—Yo me dedico a los negocios, *gospodín* presidente, no a los secretos.

Este le recuerda que no admite fallos en ese sentido.

—Aunque hayamos compartimentado y codificado la información, podría filtrarse en cualquier momento. Dentro de poco el petróleo será un recuerdo y ellos no deben controlar la producción y los precios como pasó en los ochenta. ¿Vamos a esperar a que nuestra gente haga colas por comida como antes? Estoy de acuerdo. Esto nunca. Nuestro invierno no gasta bromas. La gente no puede pasar hambre otra vez. Y esto es a lo que nos enfrentamos. Y no piense que es por perder mi sillón. —Serguéi reflexiona unos segundos sobre el verbo «sufrir», Страдать, que suena como *estradat*—. No quiero ponerme filosófico ni escribir un discurso político, pero hemos tenido suficiente. Por lo que he visto en las noticias, quieren organizar una conferencia internacional sobre el oceonio a cargo de DOALOS, el secretariado de la Convención sobre el Derecho del Mar. —Hace una nueva pausa—. Creo que lo mejor es que tenga lugar en Rusia, así podremos tener todo bajo control.

El presidente asiente desde el teléfono obsoleto que usa por motivos de seguridad. En un par de días la invitación estará lista.

Serguéi ya no vuelve a tomar más vodka. Se acuesta y no tiene a nadie en la cabeza antes de dormir. De joven siempre había alguien que le llenaba sus pensamientos. Se despierta tres horas después. Será el *jet lag*, o no. No intenta conciliar el sueño de nuevo, supondría demasiado esfuerzo en vano. El oceonio es su nuevo problema. Pero tiene otros, demasiados. A veces es más fuerte que ellos, a veces ellos son más fuertes que él. Como ahora. Mejor esperar a que llegue el alivio de la aurora.

PRIMERO Y CUATRO

A la mañana siguiente, Serguéi Andréievich se levanta a las seis, se ducha en quince minutos, se afeita en doce y se arregla en catorce. Antes de salir se mira al espejo de la entrada de la suite, que tiene virutas plateadas entrelazadas a juego con el papel de la pared. Allí se da el visto bueno. Se repasa los gemelos de oro y la nitidez de sus gafas italianas antes de subir al club para desayunar. Lee sus mensajes y mails a la par que toma avena con leche y fruta. Serguéi sigue una dieta espartana que ni las tentaciones de un bufet de ensueño le hacen cambiar. Nunca mira con ansia el caviar, el salmón o las delicias ibéricas del desayuno, presentadas en platos de diseño de diversas formas geométricas. Su capacidad de control sobre lo que no le conviene es total. Lo que le preocupa a esas horas es concentrarse en su técnica de lectura rápida para asimilar una ingente información en cuarenta minutos, porque es más importante llenar su cabeza que su estómago. Al salir, las chicas del club le sonríen con candidez, le preguntan si necesita algo, no lo hacen por profesionalidad sino por complacencia. Es un hombre muy atractivo, como comentan de nuevo en voz baja. Él sonríe y contesta, coqueto, porque se percata de ello.

Abajo ya lo espera su chófer. En el coche sigue leyendo hasta llegar a una moderna pirámide de cristal de treinta pisos donde lo recibe el japonés con quien tiene que cerrar el trato. La palabra *business* será la reina de todas las palabras. La negociación ha resultado larga y complicada. Serguéi la ha coordinado desde lejos y no se ha dejado ver hasta ahora para dar un halo de misterio a su persona. Su equipo ha peleado duro para vender el gas lo más caro posible. Una vez, ambas partes siguieron negociando incluso en mitad de un terremoto de 6,8 grados en la escala Richter que arrasó Tokio.

Antes de subir a la sala de reuniones donde lo esperan, su asistente se le acerca para decirle algo al oído. Lo ha puesto al día sobre cómo van las negociaciones con la venta de gas con India, que va a ser su próximo destino después de Japón. También va a cerrar un trato con ellos. Por lo visto los indios son duros de pelar. Su mal humor vuelve. Serguéi está enfadado con un necio que les dio la información equivocada. La contraparte india no está desesperada, sino que cuece algo con los noruegos, aunque no le hayan dicho nada. Los indios no aceptarán ningún acuerdo por ahora, y él solo se dejará ver al final de la función. «Dejemos que se calmen y aprecien la calidad que se les ofrece», piensa. «Yo no voy a venderles barriles de GNL si no saben valorar lo que reciben», se repite. «Gas que no dará problemas, todo fácil y limpio. Entrega de gas a domicilio sin gasoductos pegajosos que pasan por casa de todo el mundo y a los que además se les puede hacer un agujero para robarlo. No, el GNL es otra cosa. El sueño de los ambientalistas y los políticos espabilados. Gas líquido listo para servir con cubitos de hielo. Un poco engorrosa la fabricación, pero para eso ellos son rusos y lo de la ingeniería lo llevan en la sangre. Esto no es más que otra muestra de la dominación absoluta del ser humano sobre los elementos naturales, como le gustaba pensar a Luis XIV», concluye.

Después de dar instrucciones, Serguéi se centra en su presente en Japón. Está allí para firmar un acuerdo por varios años. Le encanta tratar con personas inteligentes, y estas lo son si lo han llamado. Llega al despacho del jerarca con la misma pose que un soberano. Se hablan con elegancia. Felicita uno a uno a los que se encuentran en la sala como si la cosa no fuera con él y el éxito no fuera suyo. Así hablará con la prensa japonesa. Serguéi se retira de forma discreta y sale de la sala dejando que su equipo siga la conversación. La firma del acuerdo será por la tarde en una ceremonia por todo lo alto. Pero después de este encuentro de cortesía toca retirarse. Se acerca al ascensor, cuyo botón es presionado por alguien de su *staff*, quien a la vez llama al chófer para que se acerque a recogerlo a la puerta. Serguéi no necesita dar instrucciones, ya las transmitió con la mirada felina que da su posición. Baja en silencio, por fin el silencio, en ese retículo de espejos y cristal con vistas sobre la inmensidad de Tokio, la ciudad de vidrio que no se acaba. Y piensa, porque hoy le ha dado por pensar, que debería parar alguna vez, en algún momento, que se le está escapando algo de sí mismo que no sabe definir.

Serguéi recibe una llamada desde Moscú. Debe subir a otra sala de reuniones porque Natalia Ivánovna, su jefa de Seguridad, le ruega una teleconferencia. Está más nerviosa de lo habitual. Ruega de nuevo. Parece muy alterada, un poco más que en tiempos recientes. Serguéi se muestra complaciente y regresa. No le gusta hablar desde el coche, sobre todo si desea que lo espíen debidamente. Retoma el ascensor de vidrio y llega a una habitación aún con más vidrio, con mesa de aluminio resplandeciente y moqueta de color neutro. Se conecta a través de una pantalla de setenta pulgadas que ocupa más sitio del que debiera, como les ocurre a todas.

—Habrá conferencia en San Petersburgo, pero los americanos exigen saber más del oceonio.

—¡Pues que nos espíen como Dios manda!

—Lo intentan, pero…

—Han perdido práctica desde la Guerra Fría. Ahora son mucho más patosos a pesar de tener mejor tecnología. Todos exigen saber más del oceonio, pero los americanos son los únicos honestos que se atreven a pedirlo directamente.

—Sí, claro… —rectifica Natalia para parecer más dócil.

—Diles que hemos descubierto a Neptuno, el Dios del mar. Y que si en vez de buscar bichos raros en el fondo del océano se hubieran centrado en los minerales como hicimos nosotros, ahora tendrían la receta mágica.

—Sus científicos están investigando a toda velocidad las propiedades del oceonio, pero, claro, llevan varios años de retraso.

—Cualquier ciudadano de a pie es consciente de que conocemos mejor la Luna que el fondo del mar, así que, si ellos no se preocuparon de cambiarlo, no es asunto nuestro.

—Nos acusan de ocultar un descubrimiento crucial para la humanidad.

—¿Y sus farmacéuticas qué? A cada instante sacan del fondo del mar desde un nuevo champú hasta un remedio contra el cáncer y no han dejado que nadie se metiera y ahora…

—Les inquieta que el oceonio, aparte de sustituir al petróleo, sirva para crear un arma de destrucción masiva, ya sabes que andan siempre con el mismo tema… —dice Natalia bajando la voz.

—Diles que solo hace falta consultar la mitología. Las emociones de Neptuno son capaces de provocar desde plácidas olas hasta tempestades. Por eso nadie debe provocarlo, porque si Neptuno quiere, puede conseguir el fin del mundo. —El petersburgués se ríe de sí mismo, de la poesía fácil que le ha salido, porque ese día tiene algo de ciego, algo de incompleto y le ha dado por echar mano a las cosas de letras. Sin embargo Natalia…—. Pero tú no me has llamado para eso.

—No.

—¿Qué ha pasado que es tan grave?

—Han encontrado muerta a una chica con la que estuviste anoche. Lleva tu semen.

PRIMERO Y CINCO

Serguéi tampoco tiembla esta vez a pesar de que su confusión es completa. Su miedo también, por mucho que intente disimularlo. No es un hombre de sangre derramada, ni siquiera le atrae el cine negro. Se pregunta si tiene lagunas en la memoria. Recapitula rápidamente el día y la noche anteriores. Sus recuerdos están en su sitio y le confirman los aproximados siete minutos que duró el encuentro con la muerta. El tiempo que transcurrió desde que apareció hasta despedirse. Nunca traspasó el umbral de la puerta. Respira hondo para no perder el control de la situación. No se permite pronunciar palabra hasta estar seguro de que su voz sonará firme. Se quita la corbata para tener más espacio en el cuello. Se siente débil, pero está a punto de reírse porque le ha venido a la cabeza la pregunta de por qué diablos se puso a dieta justo cuando se disponía a afrontar el mayor proyecto de su carrera. Toma un botellín de agua que tiene cerca, bebe, y cuando lo hace llega el alivio, porque por un segundo solo están el agua y él, y puede calmar su garganta, que solo tiene ganas de gritar. Teme que este sea el fin de la vida que conoce, regada por la buena suerte. Logra recomponerse y lo primero que pide a Natalia es un informe completo que le ayude a comprender.

—La chica se llamaba Tatiana, era de Senkivka, un pueblo de Ucrania cerca de la frontera rusa. Es la mayor de dos hermanas. Su padre es conductor de taxi y su madre ama de casa. No tiene novio conocido que sepamos. Era bastante religiosa. Estudió en Kiev…

—¿No era una prostituta?

—No.

—¿Estás segura?

—Sí. Y ni siquiera vivía en Tokio. Llegó ayer.

Aún no puede creer que aquella belleza casi divina no fuera una ramera, sino una virgen manchada por quien la había reclutado. ¿Cuál sería la razón por la que ella se prestó a viajar hasta Japón? ¿Coacciones? ¿Dinero? ¿Qué la había traído a morir en un país extranjero? En otras circunstancias estaría honrado de saber que alguien así había recorrido miles de kilómetros para seducirlo. ¿Cómo sabían con tal precisión sus gustos? ¿Cuándo comenzó a ser tan previsible para los demás? Serguéi empieza a cuestionarse. Algo va mal si gente con la que nunca ha hablado puede planear con la precisión de un relojero suizo cómo tentarlo fácilmente, porque a decir verdad le faltó poco para franquearle el paso a la habitación. Le salvó el hábito de no fiarse de lo que dan gratis, que para eso había sido soviético.

—Tuve sexo antes de ayer pero no anoche. Fui al lugar que me recomendó el presidente, pero ya lo sabes y por eso no me lo has preguntado. Utilicé preservativo como siempre, porque tengo cuidado con mi salud. Cosa que también sabes, Natalia. Así que deja de jugar y dime qué demonios está pasando.

—Todavía no lo sé.

—¿Es por lo del oceonio? Si me quitan de en medio, mañana me reemplazará Poliakov o cualquier otro. Yo parezco alguien, pero solo soy un peón que se pone y se quita. ¿Por qué yo?

—Ya te lo he dicho, no lo sabemos.

—¿Cómo es posible que ella llegara a Tokio un día después que yo?

Serguéi empieza a repasar en silencio su lista de enemigos. Es tan larga que decide clasificarlos por orden alfabético. Cuando pierde la cuenta, comienza de nuevo, pero esta vez toma bolígrafo y papel para anotar. Primero incluye a todos los que le han pedido comisiones basándose en el carnet de un partido y que él ha despreciado; después suma a quienes hicieron un servicio debido y querían cobrar más. Después hay que añadir a aquellos que venían a cobrarse favores del pasado. No debe olvidar a las amantes y sus familiares; y por último a los que no hay que hacerles nada, es decir, a los envidiosos como Poliakov, el vicepresidente de Lozprom, y que lo nombraron precisamente para que funcionara como contrapoder.

—Es posible que alguien de dentro esté ayudando.

—Si han accedido al ordenador de cualquiera de tus secretarias, no hace falta. Pueden hacerlo desde las Maldivas o desde España.

—Irme de putas a Ópera no estaba en mi agenda. Sin embargo, tenían previsto incluso a la chica que seleccionaría. La prepararon para que guardara el condón. No creo que lo hicieran con todas las mujeres del catálogo. Me conocen bien. —Eso le preocupa más que la muerta. Su perfil lo manejan a la perfección, lo que quiere decir que debe cambiar. La próxima vez probará algo nuevo: no se dejará llevar por el físico y buscará una mujer inteligente que tenga ambiciones profesionales. Una estudiosa, por ejemplo, a la que le importe menos la moda y más la política y la historia. Digamos que algo diferente. Algo va mal con él, no cabe duda.

—Estamos removiendo cielo y tierra —dice ella.

—No se te olviden los océanos —cierra él.

Ahora queda hablar de lo más importante. Cómo fue. Los detalles, porque no solo el diablo está en ellos sino también los ángeles. Si han encontrado algo que lo inculpe, también hay que buscar lo que lo exonere. Ya no se fía de nadie, así que esta vez no delegará y tomará el caso en sus manos. Lo seguirá sin descanso.

—La mujer… —comienza a explicar Natalia.

—Tatiana —la corrige él.

—Eso quería decir. —Tose un poco para hacer una pausa—. Tatiana apareció esposada con las manos atrás. Había un icono de la Virgen del Signo.

—Sabéis que no me va ni el tema religioso ni el sadomasoquista. Seguro que aparece en mi *kompromat* que guardáis en Moscú. —Serguéi hace alusión al dosier que el FSB guarda sobre él, en el que se acumula toda palabra y obra que pueda comprometerlo. No le preocupa porque todo ruso que sea digno de un mínimo interés tiene un *kompromat* en Rusia.

—Sufrió mucho. La penetraron con la escobilla del váter, le destrozaron la vagina.

—No era suficiente con matarla y culparme, sino que debían mostrar que soy un monstruo.

—Eso parece.

—Esto es un fallo de seguridad importante. He dejado en manos de vuestro servicio, muy a pesar mío, mi integridad. Controláis hasta mi taquicardia. Así que quiero esta situación limpia y al culpable metido en la cárcel del Delfín Negro de por vida. ¿Me has entendido, Natalia Ivánovna? —Serguéi espera visitar pronto al responsable de esta trampa en el peor presidio de Rusia, cerca de la frontera con Kazajistán, en la que los peores criminales del país reciben un trato ausente de humanidad. Pero aún tiene más interés en que le expliquen qué está pasando y por qué.

—Sí, señor —contesta ella.

PRIMERO Y SEIS

Serguéi cancela el resto de las reuniones del día y decide tomarse tiempo para pensar. Sale del edificio de cristal. Le pide al conductor que se zambulla en el tráfico de Tokio, con parada obligatoria en el templo de Sensoji. Necesita que le trague el anonimato para poder pensar en Tatiana y en lo que está pasando. Hay demasiado que analizar y debe tener la mente clara. Además, como buen petersburgués, añora construcciones señoriales cuando pasa mucho tiempo fuera. Nunca se acostumbrará a la ausencia de exuberancia y refinamiento. Los conglomerados sin identidad le agotan el ánimo. La ciudad se despliega ante sus ojos desde los cristales tintados del coche; es moderna pero hay detalles tradicionales por todas partes.

En la radio suena una canción de finales de los ochenta y a Serguéi le extraña escucharla tan lejos de casa. Gorky Park, una banda de rock rusa que marcó una generación. Eran los días de la perestroika. Serguéi se ríe al pensar en ello. Esos tipos peludos que pudieron cantar en inglés. Serguéi recuerda bien esa canción de cuando empezó a trabajar por primera vez y conoció no el hambre sino la escasez aguda. Aunque de lo que más se acuerda es de Gorbachov dando brillantes discursos sobre la apertura del régimen, con el invento con nombre de detergente llamado glásnost o «transparencia», que por donde pasaba dejaba todo limpio, sobre todo a los políticos. Salieron a la luz los trapos sucios del régimen soviético, que naturalmente todos conocían en privado pero que en público nadie se atrevía a mencionar, y el glásnost limpiaba y limpiaba pero había demasiada porquería como para eliminarla en un solo lavado. Necesitaría años.

En el país se estrenó la libertad de expresión. Tal era el revuelo que despertaba que la gente iba por la calle con transistores para escuchar a los políticos ponerse a parir los unos a los otros. Llevaban casi setenta años sin hacerlo. Así que el joven Serguéi terminó por acostumbrarse a encontrar a sus colegas en el baño de la empresa con la oreja colorada por escuchar la radio muy bajita para disimular lo justo. Como la eficacia y el absentismo laboral estaban al día, puesto que se cobraba igual tanto si trabajabas mucho como poco, un par de horas fuera del puesto de trabajo apenas se notaba. Él había empezado como ingeniero en una empresa estatal que planificaba la construcción de plantas nucleares, porque aunque los soviéticos no tenían carreteras asfaltadas, sí disponían de gente y perros dándose paseos por el espacio y centrales nucleares de primer orden.

Desde entonces Serguéi odia la escasez, y también a los que la padecen. No puede remediarlo. Se muerde el puño al pensar en ello, y por eso vuelve la cabeza cuando ve algún mendigo. No puede remediar tener alergia a la miseria. Con la perestroika se acabaron los quince metros cuadrados de vivienda a la que cada ruso tenía derecho y el pan seguro y se pasó al sálvese quien pueda. De pronto empezó a faltar de todo y el gobierno dispuso unos cupones de racionamiento para poder comprar.

Aunque él era ingeniero, solo podía adquirir lo que le permitían los cupones, nada más. Tres huevos, leche, mantequilla, algo de carne… nada que ver con los preciosos tiempos del apogeo soviético en los que lo básico nunca faltó. Sin embargo, lo que Serguéi no le perdonará a Gorbachov es que tuviera que celebrar su veinticinco cumpleaños con *morsk*, el zumo fermentado de bayas. Al gobierno se le ocurrió enderezar el alcoholismo ruso al viejo estilo de la URSS. Se asignaron dos botellas de alcohol al mes por cada ciudadano mayor de dieciocho años. Así quiso limitar el consumo del remedio nacional a todos los males universales, desde el dolor de cabeza hasta la gripe o el mal de amores: el vodka. Naturalmente hecha la ley, hecha la trampa, y las *bábushkas* o abuelas jubiladas que por regla general no bebían, las olvidadas de la nueva Rusia, se beneficiaron al menos de su higienismo etílico: empezaron a vender alcohol a precio de oro. Él no pudo permitirse ni comprárselo a su vecina.

Busca en su teléfono la imagen de la Virgen del Signo que encontraron junto a Tatiana. Es nada menos que una virgen embarazada, con un medallón en el vientre, como las emperatrices de Bizancio, que está rezando y porta seis círculos según cuenta él, *imago clipeata* o imágenes en marcos circulares. Se da cuenta de que ya la había visto cuando entró en una iglesia por primera vez. Llevaba años deseándolo. Un 18 de enero, el día que se celebra el bautismo de Cristo y que suele coincidir con el más frío del año. Mientras los rusos tradicionalistas se daban un baño a veinte grados bajo cero, Serguéi aprovechó para caminar bajo la nieve hasta la catedral naval de San Nicolás, la joya de fachada azul en honor a los marineros que se halla cerca del teatro Mariinsky. Subió a la primera planta, ornamentada con blancos y dorados e iconos por todas partes, donde se celebran los oficios. Se extrañó de una liturgia tan larga, nada menos que tres horas de pie. Aunque la religión no estaba prohibida en la Unión Soviética tampoco se recomendaba para quienes no querían problemas. Con la perestroika, el grano que les salió en el culo a los bolcheviques terminó imponiéndose. Dios había vencido a los comunistas, y por eso muchos rusos como Serguéi aparecieron en las iglesias para hacer una visita al ganador. Tenían que ver de alguna forma a aquel ser inmortal que sin existir siquiera iba a recobrar a sus fieles y sus iglesias. En una de las columnas estaba la Virgen del Signo, con varios fieles delante encendiendo velas pequeñas y puntiagudas de cera amarilla. Nunca imaginó que esta imagen volvería a su vida décadas después nada menos que en Japón. Aquel día de enero le dedicó a la Virgen un minuto y ahora no deja de pensar en ella.

La música sigue sonando y le recuerda cómo era entonces su vida. Serguéi tenía novias como setas, puesto que con la apertura del régimen también se abrieron las faldas. Porque si en la Unión Soviética no había sexo, con lo que vino después la cosa cambió. Al salir del trabajo llevaba a la novia de turno al lugar de moda: los videosalones. Estos afloraban por todas las calles principales de Rusia. Eran lugares con un vídeo y un televisor en el que se podían reunir hasta veinte personas para ver una película. Las chicas se volvían locas por ver *Rambo* y *Rocky*, que hasta entonces habían estado prohibidas por considerarlas propaganda americana. En estos lugares que parecían el salón de cualquier casa, Serguéi podía meter mano en la oscuridad a su nueva amiga para luego seguir con lo empezado en la habitación que tenía en un piso con ocho personas más. Estaba en el centro, cerca de la avenida Nevski, pero las condiciones dejaban mucho que desear. Lo malo es que después de cada encuentro tenía que cambiar las sábanas, y no le fue fácil armarse con algún juego de recambio. Serguéi no disponía de mucha ropa, pero la que tenía, la cuidaba para que estuviera limpia y presentable. Nadie le vio jamás una arruga, una mancha o simplemente despeinado. Era un profesional ejemplar, como lo había sido como estudiante de ingeniería.

Serguéi vivía con optimismo en el futuro, porque siempre estuvo seguro de que le deparaba algo bueno. No ha cambiado tanto por dentro, aun después de conseguir sus sueños. Sigue siendo el hombre práctico y un poco idealista. La canción de Gorky Park ha terminado, y él se mueve a través de la garganta de Tokio, que mañana será la de Nueva Delhi y la de pasado mañana tendrá que mirarla en su agenda.

PRIMERO Y SIETE

Ahora se dirige al hotel. Mira de vez en cuando por la ventanilla, consulta sus mails a ver si le mandan novedades del caso y encuentra el de una de sus secretarias, que le recuerda que es el cumpleaños de Galina, su mujer. Lo que le faltaba a un día con asesinato. Su secretaria se ha permitido encargarle flores en su nombre, pero él debe felicitarla personalmente. Hace tres meses que no la ve, aunque es habitual. Ella vive en San Petersburgo y él en ninguna parte. Piensa en Galina cuando piensa en las vacaciones, porque se ha olvidado de cuando le parecía una mujer atractiva. Fue tan intenso, y ya han pasado casi dos décadas. Él empezaba a trabajar en un banco. Acababa de regresar a San Petersburgo desde el extranjero, donde había hecho un máster de negocios y se había llenado la vista de multitud de objetos que no podía comprar. Era la época de las privatizaciones masivas de Yeltsin, y el Banco Industrial se convirtió en un banco en manos de inversores extranjeros, lo cual era lo mejor que le podía pasar a alguien como Serguéi.

Galina cumple hoy cuarenta y uno. Y Serguéi se da cuenta de una curiosidad: su esposa es una devota de la Virgen del Signo. Es una casualidad y él no cree en casualidades. El destino le gasta una broma de mal gusto, debe de ser.

Cuando conoció a Galina Borísova, ella era la amante del gran jefe. Skotin era un chupaculos profesional que había llegado más lejos de lo que debía. Su docilidad le había ayudado mucho para el nombramiento, pero se sentía celoso de todo aquel que pareciera más inteligente que él. Skotin la llevaba casi cada día en su coche al pequeño apartamento que ella tenía en la isla Petrogradski de San Petersburgo. La pareja salía sin disimulo del trabajo, a sabiendas de que todas las lenguas conocían el asunto y de que ninguna se atrevería a hablar. En aquella época el miedo todavía funcionaba bien.

Galina terminaba como regla general a su hora. El chófer le abría galante la puerta del Volvo azul y ella aguardaba hasta que el jefe terminara su última reunión. Después se adentraban en las calles largas y derechas, cargadas de edificios de semblante noble, pero decaídos por la humedad y la espera. La espera de lo que fueron. Los edificios de tonos pastel, con reflejos grises de la avenida Kamen-noostrovski, bajo el cielo aún más gris, refinaban el final del día hasta llegar a la plaza Tolstói, donde dos calles atrás estaba la casa de la empleada. Cenaban en el refinado restaurante de la esquina, donde servían los mejores *pelmeni,* los raviolis rusos, de la ciudad, y después subían a tener sexo. Nunca utilizaban preservativo porque era engorroso y además muy difícil de comprar, por lo que recurrían a los métodos tradicionales de lavarse mucho y no terminar dentro.

Después el jefe se iba a comer el postre con su legítima esposa. Nunca aceptó tomar el té con Galina, pues aún se consideraba un hombre de principios. Galina estaba contenta con lo que recibía y jamás se preocupó de mejorar su posición en el banco porque en el fondo estaba hastiada. Él siempre tuvo detalles con ella, a menudo la llevaba a comprarse ropa cara, «que si necesitas un abrigo nuevo», «tus botas están ya gastadas». Ella amanecía radiante con el nuevo regalo, que sus colegas sabían de dónde venía. La chica se dejaba mimar por el poder, pero al mismo tiempo ansiaba una cierta estabilidad. Cuando empezó a desear, llegaron los problemas. El gran jefe se veía forzado a la charanga tradicional de los hombres casados. Mentía de forma tan natural que parecía que hubiera nacido para ello. Mientras el conflicto se cocinaba en su propia salsa, Serguéi se la encontró un día en el registro general. Ella llevaba un vestido corto de cuadros y unas botas altas de cuero marrón, movía graciosamente las caderas porque su estatus dentro de la empresa le daba holgura a sus movimientos, que no dejaban indiferente a nadie.

Serguéi se consideraba con posibilidades, pues acababa de volver a Rusia después de estudiar en Toronto y aquello le daba cierto lustre respecto a sus colegas. La perestroika abrió las puertas a estudiar en el extranjero con becas ofrecidas por países occidentales. Él se enroló en uno de estos programas abocados al fracaso, pues daban la ocasión de hacer un máster en Canadá a quienes no sabían ni decir buenas tardes en inglés. Pero él estudió a conciencia, noche y día, y fue el único de su grupo que sobrevivió en aquel programa internacional. Por ello, tras meditar bastante, decidió que el potencial de una gran carrera tendría que quedarle claro a la «señorita» en cuanto hablase de nuevo con ella. Todo era cuestión de cálculo.

Era un jueves y la vio cerca de la escalera, compungida. Se notaba que le había pasado algo desagradable, que él asoció de inmediato a problemas con Skotin. No le preguntó cómo estaba, sino que la invitó a ir a un *gastronom*, lo más parecido en esos días a un supermercado, que tenía buenos precios y algo de carne. Él siempre fue un hombre práctico y sabía que ella agradecería una *delicatessen* más que cualquier otro regalo. En los tiempos de la Unión Soviética hubiera sido imposible encontrar una tienda diferente a otra. La llevó en su Nissan Máxima de color negro. Galina no hablaba. Pero ni el maquillaje disimulaba sus ojos enrojecidos. El silencio dentro del coche hacía el espacio más íntimo entre los dos. Llegaron al *gastronom* de fachada desconchada y largas colas que Serguéi se saltó porque conocía a algunos empleados. El agua negra de los charcos de noviembre, aún pendientes de helar, convertía el comercio en un clásico del paisaje urbano petersburgués. Entraron y con tono directo le pidió al tendero lo mejor de su mercancía. Compró salchichones húngaros y fue allí donde Galina comprendió que con él nunca le faltaría de comer.

No regresaron al Banco Industrial de Comercio Exterior, el nuevo nombre para una institución a tono con las expectativas de la era posperestroika. Galina lo invitó a tomar té en su estudio, el té que nunca pudo tomarse con Skotin. Serguéi tuvo que disimular media tarde cuánto le gustaban sus pechos grandes y bien formados. No debía mostrarse impaciente porque deseaba ganarse su confianza. Lo consiguió. Se aligeró de ropa ella sola. Él la chupó de arriba abajo hasta que ya no tuvo más saliva para gastar. La penetró un poco nervioso, con su miembro menos duro que de costumbre, pero no lo hizo mal, lo suficiente para dejarla satisfecha. Cuando ambos llegaron tres veces, vio la cara rosada de alegría de Galina, y una sensación de triunfo le recorrió el cuerpo: él era mejor amante que Skotin.

Desde que empezaron a acostarse, tuvo la oportunidad de descubrir que era una buena ama de casa. Galina sentía pasión por limpiar. Solía afirmar orgullosa que nadie desinfectaba como ella. Eso resultaba de gran valor para un hombre de gran orden como él. Aquellos días fueron felices. Le gustaba lucir a su nueva mujer. Ella cuadraba en lo que él esperaba de su vida. Tenían tardes tranquilas de paseos y compras, en las que él no paraba de convencerla de tener un hijo.

Ella se dejaba llevar. Ella nunca pidió, nunca exigió, tenía encima una leve resignación, a veces pegajosa, otras veces más ligera, que la acompañaba allá donde iba. Nunca estuvo segura del todo de que era a Serguéi a quien elegía. Pero precisaba un señor en casa. Necesitaba un hombre para ser una mujer. Cuando dejó de ser soviética empezó a ser religiosa, pero no recuerda exactamente cómo sucedió.

Serguéi marca varias veces el número de Galina para felicitarla. Salta el contestador. Vuelve a saltar el contestador. ¿Acaso se ha enterado de algo sobre la muerta? ¿Quién sabe de la afición de su mujer por este icono? Vuelve a llamar. Después se da cuenta de que es algo absurdo. Ella debe de estar ocupada en el gimnasio, con su peluquera o comprando algo. Si al menos fuera su voz la que le pidiera dejar un mensaje. Pero también eso está procesado artificialmente en su relación. Así que le deja un «feliz cumpleaños» escueto pero cariñoso. A continuación anota en su agenda que ya ha cumplido esa tarea. Va a meterse el teléfono en su chaqueta, pero justo entonces Natalia lo llama.

—Tengo novedades, Serguéi Andréievich.

—Las estaba esperando —comenta él mientras se muerde el puño de impotencia.

—¿Te acuerdas de que había un icono en la escena del crimen?

—La Virgen del Signo, ¿no? ¿Es la que está en Nóvgorod y dicen que es milagrosa? ¿La Virgen orante de manos abiertas?

—Ya veo que te has puesto al día. El icono original es un encolpion simple, es decir, de medio cuerpo, que es lo que en Tatiana no ha sido mancillado. Sigue el modelo Panagia Blachernitissa, el de una iglesia del barrio de las Blanquernas de Constantinopla. Se introdujo en Rusia a través de Kiev, lo cual posiblemente no es casualidad para la elección de la imagen. Fue pintado en el siglo XII o pudo ser antes, y hace alusión a una profecía de Isaías: «Por tanto, el Señor mismo os dará una señal; He aquí, la Virgen concebirá y dará a luz un hijo, y le llamará su nombre Emmanuel».

—¿Tiene algo que ver con lo que ha pasado? Porque lo que más me inquieta es que el que haya hecho esto acabe en un psiquiátrico en vez de en el Delfín Negro como quiero yo. Me irritaré mucho si tengo que cambiar de planes.

—Creemos que están haciendo una advertencia.

—¿Sobre qué? ¿El acuerdo con los japoneses? ¿El oceonio? ¿Una invasión extraterrestre, quizá?

—La imagen estaba entre las manos de Tatiana.

—¿Murió con la Virgen o la pusieron después?

—Agonizó agarrándola, y eso que era complicado estando esposada por detrás.

—Espero que le trajera consuelo. Según me dijiste, era una chica religiosa.

—El icono era de madera y llevaba un mensaje tallado en el dorso —informa Natalia.

—¡Un momento, un momento! —repite alterado; sin embargo, después intenta calmarse con unos ejercicios de respiración—. ¿El mensaje estaba en la Virgen? ¡Esto es de locos! ¿A quién iba dirigido?

—No lo sabemos. Es una fórmula matemática.

—Mándame una foto ahora mismo, por favor.

—Acabo de enviártela. La hemos analizado y esperamos descifrarla pronto.

—Esto cada vez tiene menos sentido. Vamos a perder un tiempo precioso en una ecuación que quizá se han inventado para alimentar una locura.

—Hay algo más. Está firmada en ruso por alguien que se hace llamar «el Monje Negro».

—¿Y ese quién es?

—Yo iba a preguntarte lo mismo.

—Ahora me dejas más tranquilo. Estamos sin lugar a dudas ante un loco al que hay que seguir la corriente para cazarlo antes de que nos arruine la vida a todos.

—Otra cosa más. La policía nipona irá a buscarte a las cinco para llevarte a comisaría. Quieren hacerte unas preguntas.

—En otras palabras, que vienen a detenerme —cierra Serguéi.

PRIMERO Y OCHO

Serguéi está en el hotel de nuevo. Decide almorzar fuerte para tener reservas antes de que lo lleven a comisaría. En su mundo planeado, esa noche hubiera tenido una cena copiosa y exquisita, después de la firma de un acuerdo importante que los japoneses han cancelado. En cambio verá el amanecer respondiendo preguntas de la policía japonesa. No perdonará a los japoneses su falta de apoyo y, quién sabe, su complicidad. A partir de ahora no solo cambiará decididamente su gusto por las mujeres, sino que además tendrá a mano una lista de traidores. Revisa las notas que le ha mandado su abogado mientras toma la carne con arroz. Cada ingrediente está en perfecta armonía con el resto. Es lo que tiene el lujo, que tiende a superarse a sí mismo porque el lujo está hecho para aburrir. Sigue pensando en Galina y la llama de nuevo. Tiene que hacerle preguntas sobre tantas coincidencias, su virgen y su cumpleaños, quién sabe qué más. Pero ella no se molesta en responder. Años atrás era otra persona. Y él también.

Los días lejanos en que Galina y Serguéi estaban unidos contra Skotin fueron muy divertidos. Skotin llevaba el nombre de Serguéi entre sus dientes, con una mordida que no pensaba soltar. Sin embargo, Serguéi en vez de preocuparse dejó que el ego del jefe se calmara y encontrara una sustituta a la altura de Galina, que naturalmente no tardó en llegar. Cuando Skotin volvió al fulgor sexual de la nueva cama se olvidó del joven, y poco a poco lo dejó en paz. Sin embargo, Serguéi no avanzaba en su posición en el banco, sino al contrario, le dejaban el papeleo más aburrido. Aunque no consiguieron quitarle la alegría de haberle birlado la amante al jefe.

Por aquel entonces disfrutaba de tardes de invierno con buena comida caliente, vino de Georgia de diez grados de alcohol, el Kindzmaraúli, el preferido de Stalin, y de una mujer hermosa en su cama. Ella era una compañera a la que le gustaban las tareas de la casa y daba tanta calidez como candidez a su vida. De hecho, disfrutaba tanto con su nueva relación que decidió que lo mejor era casarse. No se lo pidió, sino que se lo comunicó, como si comentara una noticia del Partido Comunista aparecida en la prensa. Ella le dijo que sí y aceptó la fecha propuesta. Jueves a las nueve de la mañana. Por aquel entonces se trataba de una mera firma, cuyas celebraciones se consideraban demasiado occidentales. El acto era muy privado y no duraba más de diez minutos.

El día de su boda acudieron al mismo tiempo al registro, lugar de óxidos de todas clases: el hierro oxidado de la ventana, de la puerta, de la mesa heredada de la era soviética, sin olvidar el estante de carpetas perfectamente clasificadas, de la A a la Z, todas grises, todas de puntas metálicas para que resistan al tiempo, porque ni el tiempo, ya se dijo en su día, podrá desafiar los archivos comunistas. La habitación era pequeña, de un blanco inmaculado, con el retrato oficial del jefe de Estado en pose tiesa que decoran las sedes oficiales de cualquier país. El registrador tardó cinco minutos exactamente en completar el expediente y lo dio a firmar, tras lo cual los recién casados se fueron a trabajar porque pensaron que sería mejor guardar el día libre para el verano. Él siempre recordará el uniforme de cajera de banco que Galina llevaba aquel día, azul marino de bordes dorados, con zapatos de salón, y su pelo rizado cayendo casi a la altura de la cintura. «Qué guapa estás», le dijo él, y ella no respondió, porque ella no suele responder a comentarios personales. Debió de darse cuenta entonces de que había una fecha de caducidad entre ellos, que él se convertiría en un tipo bien viajado, un ciudadano de mundo, y ella seguiría siendo una mujer a la que no le interesa ni tener un pasaporte. Y qué más da, si las cosas son como son, si las cosas fueron como tenían que ser, si uno fue honesto con lo que le tocó vivir.

—Buenas tardes, Serguéi Andréievich, disculpa por llamarte otra vez pero es importante.

—Buenas, Natalia Ivánovna. Los japoneses acaban de cancelar un acuerdo que nos ha llevado un año cerrar, así que necesito escuchar buenas noticias.

—No son muy buenas, la verdad. Hemos encontrado el recorrido de Tatiana. Voló desde San Petersburgo hace dos días, por lo visto vivía aquí desde hacía un año.

—¿Y qué hacía en la ciudad?

—Era maestra en un colegio. También daba clases particulares.

—No veo nada irregular en eso.

—Es lo que nos pareció a nosotros, y créeme, eso es malo. No tenemos ningún hilo del que tirar. Básicamente Tatiana iba de casa al trabajo y del trabajo a casa, y el tiempo libre lo pasaba en una iglesia cercana. Era de liturgia diaria.

—¿No os estáis confundiendo? La mujer que se presentó en mi habitación llevaba un corsé de la talla noventa que movía mejor que un ángel de Victoria's Secret. Nos está tomando el pelo incluso después de muerta.

—Su perfil en las redes sociales está dedicado a obras de caridad, imagínate el problema.

—¿Y sus amigos?

—Nada inusual, compañeros de trabajo casi todos.

—No habéis buscado bien.

—Eso es obvio.

—¿Sabes lo que significa todo esto? Que el plan estaba muy orquestado y, lo que es peor, llevaba mucho tiempo preparándose.

—Es muy probable. Te aseguro que haremos lo imposible para llegar el final del asunto.

—Quiero resultados.

—Nosotros también. —Natalia deja de lado el tono sumiso y lo muta a uno más inquisitivo—. ¿Te suena el nombre de Tatiana Márkova Fioreva?

—¿Ese era el nombre con el que estaba registrada en San Petersburgo? ¿Coincide con el del pasaporte?

—Sí.

—¿Por qué debería sonarme?

—La muerta conocía a tu esposa. Te mando algunas fotografías.

—¿La muerta era amiga de Galina? —Serguéi está tan sorprendido que ha dejado de llamarla con el respeto que se había propuesto.

—Incluso iban juntas a la misma iglesia.

La pausa se alarga y se alarga y ninguno de los dos la interrumpe.

—Gracias, Natalia Ivánovna. Tengo que hacer una llamada urgente.

PRIMERO Y NUEVE

Serguéi llama una y otra vez a Galina, pero no responde. Siempre salta el contestador. Su móvil comienza a vibrar. Un número desconocido aparece en la pantalla. Seguro que está relacionado con ella, tal vez haya desaparecido y contacten con él para pedir un rescate, o la hayan matado; o simplemente esté de encierro espiritual en alguna parte o quizá lo llame para pedirle dinero. Pero es la policía. Le ordenan que baje para acompañarlos. Él estaba listo desde hace rato. Repasa las notas de su abogado velozmente. Estira las mangas de su traje y se ajusta el nudo de la corbata en el espejo de la entrada. Los agentes están esperando detrás de la puerta, lo saludan. Uno de ellos le enseña una orden de registro mientras otro le señala el ascensor. Todo va según lo previsto.

Al llegar a comisaría la exquisita educación de los japoneses hace que se sienta más tranquilo. Le ofrecen té verde y le expresan sus excusas por la situación. Se les nota incómodos por tener que interrogarlo. Alguien ha puesto un poco de incienso en la ventana, que se quema lentamente bajo los rayos de la luna contaminados por las luces de la ciudad. El aroma que desprende se lleva parte del olor a desinfectante de la comisaría. Él conoce bien el sitio, lo ha visto en su imaginación muchas veces.

—¿Reconoce a esta mujer?

—Sí. Me ofreció sus servicios ayer por la noche. Los rechacé y se fue.

—¿Por qué no la invitó a entrar? Es una mujer hermosa. —Los policías le hablan con franqueza y empatía.

—Porque yo no la había llamado. Me pareció sospechoso. Alguien de mi posición debe ser cuidadoso.

—¿Y no la había visto en el restaurante o en el bar?

—No. Era la primera vez que la veía.

—Se hospedaba en la habitación de al lado.

—¿Y eso no le parece raro? —pregunta Serguéi, porque su abogado le ha aconsejado hacer preguntas que hagan dudar a los que interrogan.

—La habitación está a su nombre.

—Pero yo no la he reservado. Puede preguntar a mis secretarias.

—Ya lo hemos investigado y la tarjeta con la que se pagó proviene de un banco con sede en Gibraltar y está a nombre de una sociedad fantasma.

—Hasta usted se da cuenta de que me han tendido una trampa. Yo no había visto a esta señora en mi vida.

—Sin embargo, hay algunas lagunas.

—Prosiga, por favor.

—Mire las grabaciones. La dama estaba sentada justo a su lado cuando usted cenaba. Y no me diga que no se percató de su presencia.

Serguéi observa atento el vídeo. Efectivamente, ella está junto a él y no para de mirarlo.

—Pero está vestida. Y la segunda vez que apareció, le aseguro que estaba más centrado en sus atributos que en su cara, como sin duda aparecerá en el vídeo de seguridad del pasillo que muestra mi puerta.

—La cámara no funcionaba a esa hora por un problema técnico.

—¿Y no le parece raro?

—Mucho.

—¿Estoy detenido?

—Quédese en su hotel por ahora. No salga del país.

PRIMERO Y DIEZ

El móvil de Serguéi vibra en su bolsillo. Es su hijo. Serguéi siempre le contesta aunque tenga que dejar la mano colgada del presidente de un país. Artur va primero, a pesar de que nunca tuvo tiempo para educarlo. Habla con él y le comenta que su madre no ha vuelto. El chico no parece preocupado porque cree que Galina está con una amiga. Pero a Serguéi le extraña que ni siquiera Artur tenga noticias de su madre el día de su cumpleaños. El chiquillo le ha comprado un nuevo portátil como regalo, pero como no aparece, se ha ido a la casa de un amigo a jugar a un videojuego. Se queda allí para dormir y así aprovecha para no ir a la escuela. Como siempre, Serguéi está demasiado lejos para poder regañarle. Hablan poco, pero se entienden bien, aunque cada día se parece menos a él y más a ella.

Serguéi se pone a pensar qué ha podido ir tan mal para haber llegado a este punto. ¿No vivía Galina gracias a él con todo el confort posible? ¿Qué más esperaba de él? ¿Por qué lo ha traicionado? A él le consta que ambos están muy contentos con la familia que tienen. Tomó su tiempo, pero han conseguido una estructura estable, que podría ser la envidia de mucha gente.

Cuando se casaron, él estaba impaciente por tener un hijo y Galina no se negó a satisfacer su deseo. Cuando se quedó encinta, dejó el trabajo y entonces, tanto el uno como el otro, se mudaron de casa y de personalidad. Ella dejó de trabajar porque en el fondo sus ambiciones se circunscribían al hogar, y con su hijo recién nacido por fin había establecido la familia que siempre había deseado.

Galina Borísova se enamoró de verdad a la edad de veintiocho años. Fue de su niño, la criatura que la cegó de su marido y del resto del mundo. La crianza resultó tan difícil que empezó a dormir a solas con su bebé, costumbre que nunca cambió, por mucho que el rorro se empeñara en crecer. Dio lo mismo si cambiaba a chico o a adolescente, si llevaba pañales o calzoncillos, la madre nunca dejaría de poseerlo. Las dos habitaciones de la casa, la de ella y la de él, quedaron, pues, en régimen de separación de bienes.

Cuando Serguéi la deseaba, esperaba paciente a que el niño se durmiera y después entraba en la estancia sin hacer ruido. Pedía la cita con su silencio, tocaba suavemente el hombro de Galina para que saliera. Ella siempre aceptaba, pues se tomaba muy en serio sus obligaciones como esposa. Lo acompañaba a su alcoba, que tenía un sofá cama individual de cuadros chillones anaranjados, que de día lucían de sofá, como era costumbre en los pisos rusos de aquel tamaño. Allí la desnudaba deprisa, con sensación furtiva y algo de miedo a que el hijo se despertara. La acariciaba muy despacio, remarcando las ingles, hasta que ella daba una señal. Le encantaba cuando Galina aguantaba los gritos de placer con su almohada. La penetraba hasta que las ganas reventaban, aunque no se permitía que fuera demasiado largo para que no se pusiera nerviosa. Después ella se lavaba y retornaba al lecho con el niño.

Serguéi sigue recordando. Era a mitad de los años noventa. El semblante melancólico e imperial de San Petersburgo permaneció igual, aunque en su interior algo se movía. Su tremenda humedad siguió reinando inalterable a los cambios, aunque sus numerosos canales multiplicaron los pequeños cafés. Bares que se vestían con una decoración interior más a la italiana recuperando la ancha tradición existente entre Italia y Petersburgo. Rastrelli y Rossi, los arquitectos que crearon esta ciudad imperial, resucitaron de sus tumbas. Los estudios de diseño devoraban las revistas de decoración interior a fin de prepararse para el gusto del nuevo público. Los círculos intelectuales comentaban las tendencias con más seriedad que la guerra con Chechenia. Mientras, el resto de Rusia permanecía en calma, salvo la capital.

Los precios se pusieron por las nubes. Los productos se hacían cada vez más inalcanzables. Si años atrás había habido un poco de respiro, la moneda se aligeraba de ropa cada vez más. Al vestir un ropaje tan ligero, la moneda se resfrió, y todos, en especial los jubilados, perdieron los ahorros. Prácticamente de un día para otro dejaron de tener valor. Los rusos sufrieron mucho, aunque la historia los tenía acostumbrados hasta el hartazgo.

Serguéi, que siempre fue despierto, había guardado sus pocas reservas en dólares canadienses. Fue una de las lecciones aprendidas durante su tiempo de estudiante en Canadá. Al devaluarse el rublo se devaluó la vida de tal manera que Serguéi pudo ser propietario por primera vez. Era un piso de dos habitaciones en una colmena moderna en Vasílievski, la mayor isla de San Petersburgo: ochenta metros cuadrados en un edificio alto y moderno cerca del puerto. El inmueble tenía veinte plantas y estaba rodeado de otros de la misma altura. Los petersburgueses se sentían privilegiados de vivir en un bloque calcado de los de los barrios emergentes. Nadie quería oír hablar de los pisos del centro, con cañerías podridas e infestados de mosquitos en las calderas, con escaleras malolientes y fachadas hermosas como la belleza de mujeres envejecidas.

La pareja no escatimó esfuerzos para su hogar. Adquirieron muebles milaneses para el dormitorio y franceses para la sala de estar. Conservaron la cama plegable de motivos rectangulares para el otro dormitorio, y además pusieron un espejo y un icono de la Virgen del Signo hecho a mano, pues Galina retomó el cristianismo practicante que nunca tuvo. La conversión le dio tan fuerte que por poco bautizó al gato siamés. En este punto de sus recuerdos Serguéi se para. El icono de Tatiana lleva años en su casa y nunca le prestó atención.

Galina se ocupaba de su casa y de su niño. Salía de compras casi a diario a pesar del frío. Su vecindario se colmó de tiendas de productos de exportación, ya que la fabricación nacional había colapsado. Estaba orgullosa ante sus conocidos de su poder adquisitivo y de los éxitos que la familia alcanzaba. Nunca dejaba escapar una buena oferta, que normalmente acaecía a finales de mes, cuando los negocios recibían los remanentes comerciales del mal planeamiento de ventas. Galina Borísova vestía siempre a tono, llevaba las uñas bien pulidas y tenía maneras de buena ama de casa. También evitaba ir a cualquier evento cultural, tan prolíficos en la ciudad, pues la cultura le daba dolor de cabeza. En aquellos años se acabó la moda de las mujeres hermosas y listísimas, que resolvían ecuaciones delirantes o descubrían nuevos comportamientos de las neuronas. Nació el espécimen de la mujer dependiente de la tarjeta bancaria del marido, que vivía obsesionada por sus tetas y por la nueva marca de pantalón. Las rusas se volvieron aún más guapas de lo que eran, aunque no exhibían su propia belleza sino la copia de las estrellas que veían en la tele.

A Serguéi le ofrecieron un trabajo como director de asuntos internacionales en la oficina del alcalde de la ciudad. Su antiguo profesor de la universidad lo propuso para el puesto. Aunque siempre odió a los burócratas y aún más a los comunistas, le dieron libertad para trabajar a su manera. Formó un equipo de jóvenes bien cualificados y con muchas ganas de cambiar las cosas. El ambiente era muy diverso y en la alcaldía se tropezaban los viejos zorros del régimen con las nuevas generaciones, de orientación más bien apolítica. Si surgía alguna tensión entre los departamentos, Serguéi utilizaba la diplomacia de una de las dos chicas más llamativas que trabajaban para él. Le gustaba rodearse de jóvenes esculturales, pero se mantenía a distancia porque no quería exponerse a una futura extorsión. El clima era extraño y nadie sabía cómo terminaría.

A Serguéi le enorgullecía su oficina impecable, que hacía pintar regularmente. Su mesa de cedro y el orden que reinaba en ella, desde los lápices a los expedientes. La bandera tricolor era la más brillante y bien planchada de toda la institución. Aunque nadie sabía a ciencia cierta de dónde sacaba los fondos para dignificar su puesto, los funcionarios lo respetaron aún más por eso.

Fue también la década dorada de los oligarcas. El presidente Yeltsin ordenó que los bienes del Estado fueran valuados y le dio una porción de esta riqueza a cada ciudadano ruso. Metió el capital de Rusia en unos *vouchers* y después los repartió a cada hombre y mujer.

La maquinaria de la corrupción y el pillaje no tardó en explotar. Ávidos funcionarios procedieron a la compra de aquellos papelitos que nadie entendía para qué servían. Amigos del Partido Comunista crearon empresas que compraban los *vouchers* a precio irrisorio, que algunas *bábushkas* embaucadas agradecían para poder llenar el estómago durante una semana. Serguéi dio sus bonos y los de su esposa para que los gestionara un amigo, pero este lo perdió todo. No se enfadó con él, pero se reprochó a sí mismo el mezclar los negocios con la amistad. El disgusto le duró poco porque en su cabeza apenas había sitio para los reproches. Él miraba siempre hacia delante. Aprendía, aprendía y aprendía, como aconsejó Lenin. Su carácter estaba hecho para templarse ante la adversidad.

Por su parte, Galina odiaba a Yeltsin por motivos bien distintos. Se había vuelto más ortodoxa que el propio término y no perdonaba que Yeltsin, cuando era el jefe del Partido Comunista en Ekaterimburgo, hubiera demolido en una sola noche la mansión de Ipatiev donde el zar Nicolás II y su familia habían sido asesinados. Por eso, aunque se interesaba muy poco en la política, se alegró cuando Yeltsin tuvo problemas con el Parlamento, que intentó derrocarlo, aunque al final fue él quien se cargó a la Duma, se las apañó para maquillar la Constitución y reforzar sus poderes al frente del ejecutivo. Destrozó el primer Parlamento electo en décadas y reinstauró la figura del dictador. En fin, la genética del estalinismo volvió a aparecer, si es que alguna vez de verdad se había ido.

Tomski había evolucionado con el país. Comprendió muy bien la internacionalización de su ambiente. Al contrario que muchos de sus compatriotas, Serguéi nunca miró los cambios con resentimiento, sino con ilusión. Crecía con cada novedad y eso lo situó aún más lejos de Galina Borísova. Ahora ella está desaparecida, con suerte voluntariamente. Quizá se ha dejado llevar por el arrebato de un capricho, tal vez un amante. Pero ¿y si no? ¿Y si comparte el destino de la pobre Tatiana? No, no es posible. Los hechos no son especulaciones. Por el momento, lo único cierto es que él es sospechoso de matar a una amiga de su mujer y que no la conoce en absoluto. Se pregunta si lo que está ocurriendo será una venganza por ser un marido que le entrega mentiras a diario y nunca le habla de amor.

Le saca de sus pensamientos una llamada de Iván Ilich. Habla desde el centro de investigación del oceonio, donde se ha concentrado el equipo y la información por razones de seguridad. Su protegido siempre es cordial pero inseguro; nunca será capaz de llevar una camisa bien planchada por mucho que lo intente. A Serguéi le gusta su inocencia preservada por su trabajo de laboratorio. Los científicos son muy diferentes a los hombres de negocios.

—Buenas tardes, señor.

—Te felicito por el progreso en la investigación. La presentación en sociedad del oceonio ha sido todo un éxito. Ha dejado abiertas las puertas a la imaginación. Igual hacen una película sobre ti. Te has convertido en un digno sucesor de Serguéi Korolev. —Serguéi lo alaba comparándolo con el legendario artífice de la carrera espacial en el lado soviético, que como Iván se mantuvo en la sombra por motivos de seguridad y recibió el reconocimiento general después de su muerte. Los mismísimos americanos expresaron su perplejidad al saber que un hombre solo pudo llegar tan lejos.

—Le reservaré un autógrafo, Serguéi Andréievich. Le llamo porque los ingenieros han avanzado mucho con el proyecto y ya casi tienen los planos de la megaestructura de explotación del oceonio.

—Excelente.

—Están revisando por enésima vez el presupuesto. Son tantos ceros que no cabrían en una calculadora.

—No lo he olvidado. —Serguéi baja los ojos porque miente, pero naturalmente que lo ha olvidado porque está enredado en algas ajenas, y eso le ha mostrado un nuevo ser en su interior que ignoraba. Ha pasado su existencia juzgando a diestro y siniestro a aquellos que abandonan: los que dejan un trabajo, una meta o una familia, los que se rinden, y ahora hay ratos en que él tiene ganas de abandonar. Y después cambia de tema—. Quiero ser yo mismo quien te informe: de pronto a todos los países les ha dado por investigar a los peces en aguas profundas. Me consta que la FAO no sabe qué hacer con tanto dinero que le ha llegado. Es una manera astuta de meterse en territorio ajeno con la excusa de estar investigando, pero después de tantos años sin dejar de hacerlo podían haberse inventado otra cosa.

—Un submarino de la OTAN ha estado muy cerca de nosotros. Se encuentra a menos de un kilómetro —comenta Iván.

—Esa es una distancia segura todavía. Particularmente porque ni se imaginan que el centro de operaciones del oceonio está en el fondo del mar. ¿Cómo sabemos que era de la OTAN y por qué no me han informado? —pregunta Serguéi.

—El cordón de seguridad se activó y creamos mareas de distracción. Sin embargo, pudimos sacar fotos y han logrado averiguar su procedencia: es un submarino británico que en teoría forma parte de un proyecto internacional de investigación, pero que en la práctica pertenece a la Marina Real británica.

—Hay muchas posibilidades de que no hayan descubierto nada. Nosotros a lo nuestro: los números y las fórmulas, que los militares estarán a lo suyo. Te dejo, que me llama mi hijo.

Artur está llorando mientras ve el canal petersburgués 5TV, en el cual están dando la noticia de cómo sacan un cadáver del canal Griboiédov, a la altura del embarcadero de la plaza Sennaia.

—Tiene la misma ropa que llevaba mamá cuando se fue —repite Artur sin cesar—. Mamá sigue sin responder al teléfono y esa mujer lleva su ropa, papá. Esa mujer es morena, está en la tele, se parece mucho a mamá.

PRIMERO Y ONCE

Serguéi soporta cualquier dolor excepto el de su hijo. Desde que nació ha intentado librarlo de la crueldad del mundo, de su escasez y de su soledad. La vida está hecha de huecos, como si camináramos por un queso Emmental, por los que caemos de vez en cuando. Por eso siempre que su vástago sufre, incluso si es por un resfriado, Serguéi se lo toma como un fracaso personal. Es un padre ausente y culposo que querría evitarle cualquier frustración. Justo en este momento, al oírlo llorar, se quiebra. No puede calmarlo, no dice ninguna palabra de alivio, solo escucha cómo el chico le ruega: «Por favor, búscala». Cosa que hace durante horas. Ha contactado incluso con el presidente. Ahora solo le queda esperar noticias.

Serguéi sube al gimnasio donde se ejercita durante veinte minutos, ni uno más ni uno menos. Es el único huésped que está allí a las dos de la mañana, por lo que el petersburgués disfruta del silencio y de las vistas sobre una ciudad metálica, iluminada, que abandonará en breve si todo va bien. Debe seguir trabajando cuando llegue a su habitación y para ello necesita la cabeza despejada para dar lo mejor de sí. Decide dejar de pensar en el Monje y la prostituta que no era tal, y centrarse en los negocios pendientes que ha dejado de lado en los últimos días. Esa noche le toca tomar decisiones difíciles, con mucho dinero en juego, y mejor hacerlo antes de irse a dormir, pues al día siguiente no tendrá tiempo para pensar tranquilo. Siempre fue un hombre metódico, un animal de constancia y de mando, que es una definición de su personalidad. Cuando se ducha después del ejercicio, encuentra una pastilla de jabón como las que solía llevarse de los hoteles cuando aún estaba abajo de la pirámide y que le llevaba a Galina como regalo preciado. Se ríe de buena gana. Recuerda los tiempos en que dejó de ser burócrata para servir a la burocracia, el día en que se convirtió en un hombre de números más que de palabras. Cuando se volvió un señor de discusiones cortas y escritorio sin papeles. Cuando comenzó su vida en el sector de la energía.

El puente desde la oficina del alcalde de San Petersburgo al Kremlin puede durar varias vidas o diez minutos. La llamada se produjo a eso de las tres de la tarde, hora en que los funcionarios rusos hace rato que han vuelto del almuerzo y piensan en la salida y el tráfico, que ya por aquella época se había vuelto imposible en las grandes ciudades de Rusia durante las horas punta. Amigos de los amigos le contactaron para solucionar un marrón en las jaurías internas de la Casa Blanca de Moscú. Cubrir provisionalmente el puesto de secretario de Estado en el Ministerio de Energía mientras las aguas se calmaban para designar al que finalmente fuera elegido.

A Serguéi no le extrañó que contactaran con él, puesto que sus cartas habían cambiado en la alta política. Semanas atrás el sustituto de Yeltsin visitó la alcaldía, en la que trabajó hace tiempo. El nuevo hombre fuerte de Rusia lo había saludado con afecto. Serguéi y el presidente eran viejos conocidos y se respetaban pues ambos tenían la costumbre de mantener su palabra. El presidente incluso le dio su tarjeta de contacto personal por si alguna vez necesitaba algo. Por supuesto, el encuentro no fue casual. Serguéi se las arregló para que lo dejaran estar presente en una de las recepciones, pues estaba seguro de que si el presidente lo veía, lo abrazaría de inmediato ante la estupefacción de los asistentes.

Cuando le hablaron desde Moscú para ofrecerle el puesto, le enumeraron las funciones del cargo, prometiéndole dejarle trabajar en calma a condición de que sus opiniones en público las contrastara primero con la oficina de prensa del ministerio. Las ideas innovadoras sobre el futuro de Rusia se las podía ahorrar. Serguéi era un tipo que gustaba en general. Tenía un buen trato con todos y llevaba con él una costra de internacionalismo que hacía brillar a cualquier institución estatal. Su neutralidad partidista y su falta de ambición política le hacían un candidato ideal para la situación. Las luchas internas para el cargo a largo plazo podrían durar meses, puesto que la estructura del anterior ejecutivo se resistía a dejar los puestos de poder.

Serguéi no lo tuvo claro pero tampoco se opuso. Ser viceministro de Energía por un tiempo aunque fuera breve le abriría las puertas de contactos que le vendrían muy bien para seguir subiendo los resbaladizos peldaños del *apparat* industrial de la nueva Rusia, en la cual la división entre lo público y lo privado no era tan clara como en la URSS. No contestó de inmediato, sino que pidió dos horas para pensarlo. Tomó su abrigo de lana de cachemir oscuro, pues le gustaba vestirse a la vieja usanza, y salió a dar un paseo. Antes se cercioró de que no tenía ninguna mota que lo desluciera. Bajó las escaleras sin saludar a nadie, tal era el ensimismamiento que llevaba. Si se iba de su trabajo actual, ya no podría volver. Si lo usaban y después lo tiraban a la basura, sería difícil remontar. Condujo sin rumbo y aparcó en el hotel Europa de San Petersburgo. Desde allí llamó a Galina y le pidió que fuese a tomar el té. Era importante. Ella no podía por si se resfriaba el niño y le sugirió charlar en casa. Pero en vez de volver a casa, Serguéi paseó despacio a pesar de los veinte grados bajo cero de aquel día de enero, aniversario de la muerte de Pushkin. Entró en Singer, la librería más famosa de la ciudad. Vagó entre los mostradores de libros, perfectamente clasificados, recorriendo los cinco pisos de esa joya del Art Nouveau ruso. Encontró un libro de cuentos casi eróticos de las *Alamedas oscuras* de Bunin, que aún no había leído, pero no lo compró. Ni tenía tiempo para leer ni quería leer un libro de alguien que no se merecía el Nobel que recibió. Tomó sin embargo un té en la cafetería con espléndidas vistas a la catedral de Kazán. Cuando las dos horas que pidió se evaporaron, no había encontrado todavía ninguna de esas señales del destino que aparecen en los momentos más críticos para indicar el camino. Así que salió de la librería, cruzó la avenida Nevski y se metió en una cabina cerca de la catedral de Kazán. Se quitó el guante para marcar el número y echar la moneda, y contestó que sí.

Cuando llegó a su casa eran más de las seis. El firmamento estaba tan oscuro que bien podría haber sido medianoche. Antes había observado la puesta de sol, tal como hacían los artistas sin dinero. Eran colores casi morados los de aquel día, algo que no ocurría a menudo, según tenía constancia de sus tiempos juveniles. El cielo era tan plano como la ciudad, lo que permitía que se partiera en dos, para ser noche y día a la vez. Galina lo esperaba como siempre, con la cena lista.

—¿Pasa algo? —preguntó temerosa.

—Voy a trabajar en Moscú. Parece que será provisional, aunque espero que no, porque es un puesto muy bueno.

Galina no puso la cara torcida que siempre regalaba cuando había cambios, sino que lo aceptó de buena gana, aunque no entendía por qué había de complicarse la existencia de esa forma en vez de vivir tranquilo en la comodidad que habían creado, pero no se atrevió a opinar en voz alta. Sirvió la sopa y la ensalada más despacio de lo normal, y así dio a entender a su esposo que en realidad no le gustaba la idea.

—Mejor nos quedamos como estamos, Serguéi. Este lío no nos hace falta.

Pero Serguéi ya no podía dar marcha atrás, por eso prefería no dialogar sobre un asunto decidido. Comentó lo bueno que estaba el *borsch* y pidió un poco más de nata fresca para echarla en el plato.

—Nos buscarán una casa bonita y un buen colegio. Te prometo que viviremos mejor que aquí. —Él levantó la cuchara y dejó de comer. Esperaba con el cubierto en alto que ella dejara de ser quien era y se aventurara a ser alguien nuevo.

—Mira a tu alrededor. ¿Qué puede haber mejor que esto?

—Yo tengo que irme. Es por el futuro de la familia.

—Pues yo no voy —afirmó ella. Incluso había levantado el tono para decirlo. Fue tan cortante como un cuchillo recién afilado.

Serguéi se quedó en silencio. Aunque había pensado en la posibilidad de que ella se negara, nunca creyó que Galina fuera capaz de expresarse con tanta contundencia. Como hablar así no era normal en ella, no quedaba más remedio que aceptarlo sin rebatirlo.

—No puedo obligarte, pero voy a echar mucho de menos al niño.

—¿Y a mí?

—Y a ti también, claro. —Le tomó la mano—. Vendré los fines de semana.

—Por supuesto. No está tan lejos.

Serguéi se limpió la boca y se levantó de la mesa.

—Estás muy guapa —comentó. Porque era verdad. Esa tarde Galina tenía subido lo bonito y se había puesto su vestido blanco favorito, por el presentimiento de lo que se avecinaba. La vida tal como la habían vivido ya no iba a existir más.

Ella sonrió tímidamente.

—Podríamos ir al Mariinsky a un concierto, así se nos refresca la cabeza.

—No. —Ella rechazó la propuesta ante el miedo de dejar al crío con otra persona y que este pudiera encariñarse con alguien más que con ella.

Galina le acarició la frente con la negativa y después le sirvió un vaso de vodka, porque así es como en Rusia se arreglan las preocupaciones en un día nevado.

Una semana después Serguéi estaba sentado en el sillón del ministerio. Todos le auguraban una salida aún más rápida que la entrada. Uno a uno fueron desfilando los figurines de su equipo. Un larguirucho con nariz muy afilada, una morena de origen armenio, y tantos y tantos otros que Serguéi se sintió mareado. Ninguno de ellos le sería útil porque necesitaba rodearse de gente de confianza. Bocas que le hablaran sin envenenarlo, palabras pronunciadas con fidelidad.

Serguéi tenía un pequeño margen de maniobra. Quedaban siete cargos de asesores que nombrar con su reverendo dedo. No tardó en elegirlos: periodistas, ingenieros y una experta en seguridad, una tal Natalia Ivánovna. Les puso un gabinete, apartados de la sección de información del ministerio, y les dio prioridad sobre cualquier otro asunto. Desde entonces salía en la tele casi más que el presidente. Su fama no tardó en cocerse al baño maría.

Empezaron los artículos escritos por su equipo y firmados por el columnista de turno. Fotos en cualquier inauguración de postín, aunque en vez de gas fuera de arte barroco. Entrevistas negociadas al *Russia Today* o el Canal 2. Visitas con presentadoras de televisión a las nuevas plantas energéticas. En fin, su popularidad en apariencia inocua se volvió tan pesada que el ministro no veía la manera de quitárselo de encima. Pero nadie podía acusarlo de meterse en política ni de propagar ideas occidentales, porque lo único que hacía era enamorar a la prensa.

El jolgorio le proporcionó buenos amigos o, para ser precisos, contactos. Gente con el grado de suficiencia personal como para ser caprichosa. Serguéi solía gustarles. Hombres de favores que se cobran favores, por eso, mejor no pedirlos, mejor dejar esa posibilidad en la baraja. Aunque Tomski era de entrada un poco tímido, brillaba cuando la ocasión lo requería. A su vez, su honestidad lo hacía diferente a los demás.

A Serguéi le habían dado una segunda juventud y se lo estaba pasando en grande. Ejecutaba su plan inicial de una forma escrupulosa, por lo que no tenía cuentas que rendirse a sí mismo. Tal y como le habían avisado, sus proposiciones no eran tenidas en cuenta en el ministerio y sus reformas para modernizar eran aún más ignoradas. Así que se dedicaba a organizar coreografías publicitarias en apariencia inocentes e inocuas pero que lo tenían siempre de figura estelar.

Cuando llegó la шуга, los trozos de hielo flotantes en el río Nevá, Serguéi ya estaba plenamente sumergido en la vida moscovita. Galina observaba estos cambios como si la cosa no fuera con ella. La familia era el pilar de todos los pilares, por lo que al estar segura de que su marido siempre volvería, le dejaba hacer sin más preocupaciones que las de exigirle dinero para malcriar a su hijo, que ya empezaba a exigir cosas caras. Una tarjeta invisible puesta a disposición de su cargo se lo permitía.

Desde que salió de la oficina del alcalde para ocupar un puesto en el ministerio, él tomaba un vuelo a Milán con la familia cada enero. Viajaban en primera clase por cortesía de Aeroflot, para visitar Italia. El avión estaba lleno de ejecutivos que no miraban a los ojos cuando daban las gracias, y de señoras acompañadas de hijas en edad de aparentar. Labios operados, gargantas de mentol, neceseres de Louis Vuitton, maquillaje de tarde, retoques de noche. Había algunas familias completas allí también.

La «Navidad» ortodoxa, que se festeja el día de Reyes, cae perfectamente para aprovechar esas vacaciones. Serguéi, como sus compatriotas, no iba de visita cultural sino a llenar varias maletas de ropa. El atuendo del resto del año se decidía en esos días. Aprovechaba para mimar a su hijo y para no olvidarse de la cara de Galina. Se alojaban en el hotel Principe di Savoia por su toque petersburgués. Desde que llegaban, pasaban jornadas infernales de tienda en tienda; cinco días en el frío templado de Italia. A Galina se le fue afilando el gusto poco a poco y pedía su diseñador favorito y su talla directamente en italiano aunque no lo hubiera aprendido en ninguna escuela de idiomas. Compraban siempre con marca y con acierto, aunque no dejaban de mirar el presupuesto de reojo, pues no sabían hasta dónde se podía utilizar la tarjeta invisible que estaba a su disposición.

En aquellas jornadas festivas no había grandes conversaciones entre Serguéi y Galina, aunque fueran ya casi conocidos. A pesar de todo parecían felices. Ambos tenían la necesidad de saberse con algo sólido en su vida privada. En las Galerías Vittorio Emmanuele se sentaron en Camparino, su café favorito en la ciudad, para reponer fuerzas. Depositaron el conglomerado de bolsas en dos sillas y pidieron dos capuccinos, un zumo de melocotón para el niño y un tiramisú para compartir entre los tres.

—Te he visto varias veces en la tele con la misma persona —le comentó Galina, cuando el hijo se fue al servicio.

—¿Quién, la actriz?

—Esa.

—Es para tener publicidad. Me lo han aconsejado mis asesores.

—Si te interesa mi opinión, creo que sería bueno que se te viera menos.

—Es mi trabajo.

—Pues trabaja con menos fiesta.

—Lo tendré en cuenta —aseguró él.

Dos años después, una tarde de mayo tuvo lugar la bronca más espectacular que había existido en el ministerio desde los tiempos de la Revolución. Un alto cargo ministerial terminó con un diente roto, y el portavoz del partido, con la clavícula dislocada. Los allí presentes intervinieron, salvo Serguéi porque estaba encantado esperando a que alguien abriera la ventana y se cayera por ella. Se debatía la nueva directiva de Lozprom, la columna vertebral del país, la mayor empresa petrolera de Rusia. Cuando la cosa se calmó, Tomski intervino con un discurso que nadie olvidaría. Que si solidaridad, que si estamos en el mismo barco. Mezcló el lenguaje de moda con el jergón leninista que había aprendido en el colegio. Consiguió pacificar a todo el mundo. El ministro entonces vio la oportunidad de darle la merecida patada hacia arriba, y lo propuso como nuevo director de Lozprom.

Alguien dijo que sí, pero se fueron a pensar. Reflexionaron los unos sin los otros. Mientras, Serguéi los fue visitando, no para que lo eligieran, sino para quitarles el susto que tenían. El consenso, siempre traidor a los intereses generales, hizo que lo eligieran.

Serguéi deja de darle vueltas a su pasado y se da cuenta de que todo va a empantanarse si no regresa a Rusia inmediatamente. Tiene que salir de Japón y tomar este asunto en sus manos. No valen aquí delegaciones ni representaciones. Nadie va a salvarle el pellejo excepto él mismo. Contacta a aquel viejo amigo que le hacía de soplón en la empresa, el Manco. El antiguo jefe de Seguridad de Lozprom se jubiló al poco de que a él lo nombraran director general para hacer trabajillos bien pagados de vez en cuando. Desde entonces, él es el que se encarga de los temas que no existen en Lozprom y de los que no hay que hablar. Es un antisistema que forma parte del sistema. Aunque Serguéi está vigilado no se preocupa, porque el Manco se las arreglará para acceder a él. La respuesta no tarda en llegar. La camarera le trae la cena y al levantar la servilleta ve un móvil de prepago. Habla desde el baño.

—Buenas tardes, aquí Serguéi Andréievich.

—Esperaba tu llamada. Te han metido en un buen lío —dice el Manco.

—Tengo que salir de aquí.

—No será barato —le anuncia el Manco mientras se lía su cigarrillo de tabaco negro.

—Un millón de dólares, y a cambio te aseguras de que aparezca el vídeo de seguridad en el que se ve cómo despido a la chica y la puerta permanece cerrada el resto de la noche. Tu comisión es del diez por ciento. —Serguéi carraspea un poco nervioso—. Te queda el consuelo de que además fue lo que pasó.

—Por ese dinero, si la Yakuza no encuentra el vídeo, lo producen ellos mismos y se traen a Julia Roberts como protagonista. Tengo un viejo contacto en el clan de la Yakuza de Kobe. Te mantendré informado. Esconde este móvil en los zapatos, los japoneses nunca miran dentro por temas de higiene. Ponte unos calcetines usados, pero no los de la oficina, mejor los del gimnasio.

Serguéi por fin puede reírse.

—Te llamarán en breve por lo de Galina. Están moviendo cielo y tierra por orden del presidente. Están todos contigo. Pero lo que propones acelerará las cosas. Están todos liados con que no se descubra lo del oceonio y a ti te tienen amarrado ahí.

PRIMERO Y DOCE

Serguéi se alegra de haberse ganado el respeto de mucha gente. El Manco se lo ha recordado. No siempre fue así en Lozprom. Tuvo que luchar para que lo tomaran en serio. Ha tenido que cambiar mucho. Tuvo que pulir su modo de hablar y hasta de moverse. Todo empezó con su forma de vestir.

Desde su nombramiento como director general de la mayor empresa energética de Rusia, pero también del mundo, el traje de Serguéi habla en vertical. Es un atuendo que va del verde al gris, pasando por el crema y el azul marino. El traje de Serguéi habla en vertical porque siempre tira hacia arriba. Le estira, le agranda, le posiciona.

Ahora ya no le vienen bien el *pret-à-porter* y menos aún los descuentos. Ya no elige marca, modelo y talla en una tienda cara, sino su sastre en Jermyn Street y los hilados italianos de Loro Piana. Louis-Maurice, su *fashion consultant*, le aconseja el último grito y le prepara el *planning* de cada semana con lo que ha de vestir en función de la ocasión y las personas presentes que Serguéi le adelanta. Cuando tiene un viaje importante, él mismo le hace las maletas asegurándose de que no falte nada y que las combinaciones de vestuario y accesorios sean perfectas.

El traje lo ha llenado de fantasías.

Desde que lo nombraron director general de Lozprom, Serguéi interpreta un personaje que cada vez es más pulido, sin ninguna arruga en sus palabras. El traje le ha enseñado a caminar e incluso le ha corregido el parlotear de sus manos. Ya sabe cómo se entra en una sala sin hacer ruido y sin que nadie deje de prestar atención. Ha aprendido a gestionar secretos que se deben olvidar hasta que sean útiles.

El traje refleja que los sueños se hacen realidad. Pide que le tengan envidia. Ordena que le tengan respeto. El traje, el traje. Clásico o más atrevido, impecable, con corte y entallados ingleses, pues no valen riesgos innecesarios. Serguéi mide más que nunca, aunque no se mueva del metro setenta y ocho. El resto, también lo adorna el traje. Ha estado a régimen, ya pesa solo lo necesario. Sus canas lo ilustran. Su perfil fino es medio griego, medio eslavo. Es sin duda un hombre bello. Le ha brotado una calculadora en la cabeza, que lo mismo le sirve para las próximas ventas que para esquivar una canallada. Calibrar, evaluar, valorar. Todo es cuestión de cálculo. Su existencia no está compuesta por herramientas de sumar y restar, sino de multiplicación y división.

También Galina cambió. Sus conversaciones ahora parecen sacadas de la fotocopiadora. ¿Ha cambiado ella tanto como para quererlo retenido en un hotel mientras espera que lo encierren en la cárcel? Ella siempre habla acalorada de su jornada, habla de problemas de su hijo en el colegio, de problemas con el servicio, de que el Mercedes es demasiado rojo como le había dicho tantas veces, de problemas azules, morados y verdes, de que no, no necesita nada: «Qué cosas dices, pero no puedo lidiar sola con tanta cosa junta». Quizá debería haberle prestado un poco más de atención.

Hoy hace casi un año y medio que Galina le dijo por última vez que lo quería. Fue durante la celebración de la Pascua ortodoxa. Aunque viven en dos ciudades diferentes, les gusta pasar las festividades juntos. Esa noche durmieron en la misma cama, algo inusual aun estando de visita. Hicieron el amor como a ella le gusta, de lado, él acariciando con sus dedos el clítoris a la vez que la penetra, aunque ni aun así Galina expresó mucho entusiasmo. Se ve que tiene en la cabeza cosas que le ocupan mucho sitio, sobre todo el hijo, que crece y va a traicionarla. Serguéi se quedó observándola aquella velada mientras dormía, envuelta en un edredón de seda de morera, con la luz del ónix iluminando la pared, que daba un tono dorado al cabecero blanco de Fendi, y se dio cuenta de que no la reconocía, ni siquiera su olor era el mismo.

Serguéi pasea por el jardín del hotel. Sigue haciendo y recibiendo llamadas, pero solo hay una certeza: él es sospechoso de asesinato y ella anda desaparecida o quizá muerta. ¿Cómo llegaron a esta situación? Comprende que hace tiempo que viven en dos hemisferios opuestos, que por más que se empeñen están frente a frente, nunca al lado, son contradictorios y contradichos, o quizá simplemente contrarios porque a ver quién mueve el hemisferio de enfrente para ponerlo al lado. La muerte viene en un segundo y es también un segundo el que se lleva una relación por delante. La mayoría de las veces la gente no se da cuenta cuando llega, pero Serguéi sí lo sabe, es en este preciso instante cuando ha ocurrido, es ahora, y en la hora en que ha pasado ya es irreparable, es como el *coup de foudre* o el *love at first sight* pero al revés. Hay pocas cosas en la vida en las que no hay vuelta atrás, afortunadamente son pocas las veces en que hay un punto de llegada, como la última parada en la estación terminal. Hay que bajarse del tren, la autoridad de transportes lo impone, no hay nada que hacer ni nada que pensar, es así; lo sabio es aceptarlo. Los diecisiete años que los unían han llegado a su fin sin papeles, abogados, acuerdos y sin discusión. El gong ha sido claro, un sonido perfectamente determinado, una campana. Se ha inscrito en el mismo registro que firmaron, en el que ahora hay una anotación invisible al margen, acabado, terminado tal día, el año y hasta la hora. Serguéi lo puede ver claramente. Arranca de manera ilegal un tulipán rojo, no sabe por qué supone que es una manera bonita de despedirse. Así que, a partir de ahora, cualquier nuevo inmueble que compre, mejor será que nadie lo sepa. «Cuando aparezca, hablaré abiertamente con ella. Le diré que lo mejor es ser prácticos y esperar a que el niño crezca, después veremos». Serguéi ya tiene fresco en la memoria cómo se despedirá de ella, ahora que no sabe si está viva o muerta. Se tortura pensando qué tiene que ver su mujer con la muerte de Tatiana. Fue una mujer simple que se ha simplificado aún más con el tiempo por culpa del dinero. Alguien a quien él ha hecho profundamente infeliz. La mujer que sacaron del canal con su ropa podría ser ella.

PRIMERO Y TRECE

Serguéi compila recuerdos para averiguar quién lo ha vendido. Milena es una posibilidad. No le cabe duda. Ha sido alguien de dentro. Alguien que le odia tanto que no lo quiere muerto, sino hundido para verlo sufrir. Debe ser inteligente si respeta el dolor como el arma más poderosa que se le ha otorgado al ser humano. El Monje no es uno de esos charlatanes que andan matando a todo el mundo en cada conversación de bar que tienen. Este usa el cerebro para colocar cada pieza en su sitio a fin de que una pinche, otra corte y la tercera ejecute. Es alguien muy conocido y muy cercano. Todo es cuestión de cálculo.

Serguéi sube al gimnasio del hotel, cuyas vistas son espléndidas. Empieza a hacer ejercicio en la cinta de correr, y el nombre de Milena circula una y otra vez y se convierte en un centrifugado en su cabeza. Milena sí es lo suficientemente retorcida para estar implicada en algo así. Lo primero que él hizo al llegar a Lozprom fue crear un grupo de confianza al que llamó el «grupo de las cinco». Era una idea forjada desde su experiencia en el poder. Su experta en seguridad,

Natalia Ivánovna, lo siguió desde su antiguo puesto y escaló con él; también había una experta en prensa y tres ingenieras, algunas especializadas en economía y otras en producción, y las cinco se convirtieron en su mano derecha. Lo más importante era crear un grupo compacto, sin rivalidades internas. Sabía que, si lo conseguía, tendría un equipo de lealtad inquebrantable. Dedicó mucho esfuerzo, pero tras varias combinaciones fallidas, lo logró. Las mujeres de diferentes edades eran las neuronas de las reestructuraciones que se presentaban al consejo de administración. Como eran féminas no había peligro de que aspiraran a su puesto. Eran el poder en la sombra. Ellas funcionaban como una persona: revisaban documentos, se cubrían infortunios y se repartían los bonos extras con solidaridad.

Un miércoles, Natalia, la más veterana del grupo de las cinco, vino a proponerle un reemplazo en el *staff* con una periodista amiga suya, porque la que tenían había sido madre y no quería seguir. Era una de las muchas presentadoras del telediario del canal público que había caído en desgracia por ser sustituida por alguien más joven. Serguéi, que respetaba mucho a Natalia, no quiso desagradarla y contestó «por qué no». Después no gastó un minuto más en aquel asunto y se centró en la nueva estrategia de compras en la que estaban trabajando. A los pocos días se encontró a Milena en una reunión. Voluptuosa a la par que peligrosa. «Qué mujer», se dijo a sí mismo cuando la vio. Tenía el pelo rizado, castaño, la nariz pequeña y llevaba un vestido *wrap* rosa que endulzaba un poco su sensualidad. Desde entonces no se la quitó de la cabeza. Sus pechos eran demasiado perfectos para obviarlos. Sin embargo, la mantuvo a raya e hizo de todo por evitarla.

Habló con el Manco para obtener más información sobre Milena, y lo que descubrió lo apenó mucho. Era madre soltera por partida doble. Siempre escogió novios ligeros que no atendían sus obligaciones. Tanto abandono le había dado un corazón seco, incapaz de querer a nadie. Escogía a sus amistades con parámetros de beneficios. «Es capaz de hacer cualquier cosa por sacar un proyecto adelante y siempre se cobra un favor con creces», le advirtieron. En definitiva, tenía fama de hipersexual y despiadada. Todo lo que un hombre puede desear.

Una tarde, después del trabajo, él se fue a su hotel. Nunca llegó a alquilar una casa para no sentirse un extraño. Le gustaba que todos le conocieran por su nombre, que el ama de llaves le diera las buenas noches, que le cambiaran las toallas dos veces al día, que con una llamada sus deseos fuesen ejecutados. Lo llamaron de recepción para preguntarle si una señora llamada Milena podía subir. Se sorprendió, pero gratamente. Aquella mujer se había dado cuenta de que la deseaba y no había tardado en actuar. La hizo pasar. Cuando llegó a su cuarto, Milena iba sobrada. Simuló hablar de un asunto de trabajo. Se sentó en el sofá, cruzó las piernas y se acortó la falda. Estaba sexy como nunca, y él tanto tiempo sin mujer. Le hizo mucha gracia este número, que tuvo que ser preparado con tanto esmero. Se acercó a ella para ofrecerle una copa, y entonces ella puso su mano en su sexo, le acarició sus partes, le abrió el pantalón. Su lengua se deslizó por su miembro, arriba y abajo, hasta meterlo en el fondo de su garganta. Tenía la experiencia de una prostituta sénior. Y él se dijo de nuevo «por qué no», aunque aquello significara romper las reglas que siempre se había impuesto con sus colegas de trabajo.

Cuando terminó, se marchó sin hablar mucho, quizá porque estaba un poco avergonzada. Dijo hasta luego, le dio otro beso, le dejó palabras calientes en el oído y su mail y su teléfono personal encima de la mesa. Así se convirtió en la tercera amante de Serguéi desde que llegó a Moscú.

Él pensaba que empezaba una relación con ella, pero ella no lo hacía con él, sino con el poder. El grupo de las cinco lo sabía y comenzaron a temerla. Aquel a quien no le gustaba Milena, terminaba por caer. Serguéi era un hombre de mundo, un hombre sensible, y no tardó en darse cuenta de la situación. Sin embargo, no estaba preparado para reaccionar. No podía. El sexo con ella era demasiado bueno para cortar. Sabía chupar como ninguna. No había experimentado nunca algo así. La lascivia tenía tanta fuerza que la identificaba con el amor. Confundía su cuerpo con su alma. No se molestó en conocerla, porque era mucho más fácil imaginarla que saber quién era en realidad.

Dejó de ir a San Petersburgo los fines de semana, pero ni aun así Galina se ofreció a ir a verlo a Moscú. Lo dejaba tranquilo con sus cosas mientras ella se dedicaba a las suyas.

Él se volcó en Milena y hasta se desvivió por ser del agrado del hijo sin padre, ya que su otra hija vivía con sus abuelos paternos. El chico, acostumbrado a los amigos de su madre, lo recibió con normalidad. Le compró un coche nuevo, uno caro; la ayudó a pagar la hipoteca. Les hacía continuamente regalos lujosos, se iba con ella a principio de curso a comprar libros y ropa. Ella tenía un plan excitante cada vez que se veían, que si una cena en un restaurante de moda, que si un espectáculo donde ella se codearía con la gente que le gustaba. A veces lo esperaba en el coche al lado del conductor hasta que él terminaba la última reunión del día. Sin embargo, Milena no podía centrarse solo en su función de concubina, sino que cuando se veían comentaban los asuntos del día sobre los que tenía siempre una opinión muy clara. Él intentaba mantenerla al margen, pero a veces se veía en el aprieto de contentarla si eran asuntos menores. Pero no era en la política donde la necesitaba sino en el sexo. Funcionaban tan bien que se olvidó de las demás, algo que era un triunfo para ella con un hombre tan deseado. Ella lo entendía en la cama. Conseguía excitarlo siempre. Aunque ya no era joven, la vida le había ahorrado parte de su físico espléndido. Se convirtió en la única dueña de su placer durante años. A él le gustaba su personalidad mediática y su divismo porque creía que eran atributos de los nuevos tiempos.

—Voy a San Petersburgo este fin de semana. Estoy pensando en hablar con mi mujer —le comentó una tarde después de hacer el amor, tendido en la cama redonda de su hotel de cinco estrellas, que era su hogar moscovita.

—¿Sobre nosotros?

—Sí, llevo tiempo dándole vueltas. —Y le acarició la cara y le mordisqueó suavemente la oreja. La miró a sus ojos minúsculos y oscuros, que tenían una gran intensidad cuando estaban cerca.

—Me parece muy precipitado. Estamos muy bien así. —Se sentía tan incómoda que salió de la cama con brusquedad. Incluso se envolvió con las sábanas en señal de un pudor recién estrenado.

—No me gusta mentirle ni que tengamos que escondernos.

—Haz lo que quieras, pero no me parece bien.

—¿No quieres que seamos una pareja oficialmente?

—Por ahora no.

Desde entonces él se alejó. No hubo más conversación sobre ellos que aquella. Dejó de llevarla a viajes oficiales, la cambió de oficina y de función. Pidió un nuevo código de su puerta del hotel, dio instrucciones para que no le permitiesen pasar. Fue fácil dar las órdenes y a él le resultó difícil cumplirlas. Sin embargo, después de dos meses le pareció cada vez más sencillo. Su voluntad fuerte y disciplinada lo ayudaba en decisiones complicadas. Su vida volvió a lo elemental. Los fines de semana regresó a San Petersburgo. Se centró en los suyos. Jugó a quitarse de encima los recuerdos, que se empeñaban en seguir ahí. «Todo esto es culpa de la vida moscovita», concluía con cierta tristeza.

Serguéi baja de la cinta. Se seca el sudor. Bebe un poco de agua, se apoya sobre una de las columnas y se echa a llorar. Nadie ve su llanto de desahogo. Cuando baja a su habitación se percata de que ha dejado el móvil en silencio y que hay varias llamadas perdidas de Natalia. Tiene buenas noticias. Ha hecho las cosas a la vieja usanza, ha mantenido reuniones en persona, con la policía de Petersburgo y con testigos, una tras otra a toda prisa, por eso jadea. Suelta pletórica la frase, la deposita casi cantando. El cuerpo del canal no es el de Galina. Sin embargo, su hijo adolescente estaba en lo cierto, la muerta número dos lleva la ropa de Galina. El ADN lo confirma.

—Cada vez que encontramos información nueva se confirma la anterior: que alguien está muy interesado en que yo sufra. Le ha quitado la ropa a la madre de mi hijo mientras yo estoy acusado de asesinato. Desde luego que al tipo le gustan los numeritos.

—No había sangre de tu mujer.

—La muerta, llamémosla número dos, ¿se parecía a Galina?

—Los periódicos la llaman Liza, pero si le han puesto el nombre por la Dama de Picas, se han leído mal el cuento porque el que acaba muerto es él. En fin… No sabemos nada de ella. Le han borrado hasta las huellas dactilares. Y sí, se parece a Galina pero no exageradamente.

—¿Nada de vírgenes ni de ecuaciones?

—Una medalla de la Virgen del Signo, ¿te inquieta?

—Todo lo contrario, porque ahora sé que no han matado a Galina. Eso sería demasiado fácil para el Monje. Acaba de empezar conmigo.

Serguéi tenía razón. Horas más tarde, Galina es encontrada en la habitación del hotel Europa, en pijama y completamente desorientada. No tiene signos de violencia. Parece que la han drogado. No se acuerda de nada. No puede aportar detalles más allá de haberse encontrado con Tatiana, la primera muerta del Monje, en una iglesia y haber prendido velas juntas frente a un icono alguna que otra vez.

PRIMERO Y CATORCE

Son las nueve de la noche en Moscú y nadie se mueve de la sala de reuniones ni para ir al servicio. Hay tanta tensión que se asemeja a una central eléctrica. Serguéi parece enfadado desde su habitación de hotel en Tokio, pero no lo está. Lo que le pasa es que hay que agarrar un problema hasta conseguir tumbarlo. Él debe dirigir una gran empresa a pesar de encontrarse bajo arresto domiciliario. Para eso está.

Hay tres grandes pantallas para transmitir la videoconferencia entre Tokio, Moscú y Londres. Se presenta la nueva estrategia de producción y Poliakov está allí. Le han dicho que observará, tocará y olerá cada una de sus palabras pero que no se comerá ninguna. Es demasiado envidioso para hacerlo. Poliakov, un hombre de abundante pelo oscuro que se peina hacia atrás, es pequeño de estatura y ambiciona el codiciado puesto de Serguéi. Poliakov se ha aburrido de ser un segundón, de ser vicepresidente de Lozprom cuando sin duda merece algo más que asentir a cuanto el director general le pide, de no ser reconocido por ninguno de sus logros, de que solo lo vean como un enchufado del mismísimo presidente de la Federación Rusa. El gobierno le fatiga y él tiene demasiada inquietud para estar dentro. Antes, las grandes ideas políticas creaban y destruían, pero ahora es el dinero quien crea y destruye. Y Poliakov lo sabe. Por eso hay que sentarse en la butaca de CEO de la mayor empresa de Rusia. Allí será el presidente de un estado dentro del Estado.

Han traído la nueva remesa de café y pasteles. Serguéi concede quince minutos de descanso para que el redactor pase a limpio las últimas decisiones. Aun así nadie se atreve a levantarse hasta que él da la señal tras la pantalla. Todos lo temen y lo respetan aunque la mayoría lo teme más que lo respeta. Serguéi estudia desde la pantalla cómo sus subordinados pululan alrededor de la mesa de caoba y se abalanzan a degustar el cuarto de hora. Todos menos uno hacen llamadas mientras comen cruasanes. Ese uno sigue sentado, leyendo y tomando notas. Solo alguien así puede ser el confidente de Poliakov. Alguien que traiciona se apega a la apariencia del deber de forma poco humana. Serguéi ha confirmado por fin sus sospechas. Solo podía ocurrir en un momento de crisis. Serguéi manda un mensaje a Natalia y le da las instrucciones del caso. Seguir al redactor hasta cazarlo. Restringirle el acceso a la información. Actuar deprisa, pues los chivatos están siempre tan asustados que intuyen pronto las sombras.

Comienza el acto. Ante la atenta mirada de Serguéi, que por sus circunstancias debe mantener un perfil bajo, Poliakov presenta en persona en una gran sala de conferencias una alianza en el Ártico con BP y con Mitsui, la gigante corporación japonesa, pero a Moscú siguen sin gustarle los extranjeros. Por principio, Rusia es xenófoba, aunque de puertas adentro los admira y hasta los copia en lo que merecen ser copiados. Poliakov se atreve con frases de amiguismo, pero no se ha vuelto loco, solo necesita a sus socios hasta que sus ingenieros aprendan lo que deben. Su discurso es tan aburrido como se espera de alguien tan mediocre. Nadie le presta atención. Justo después de sus palabras el tema se dirige al oceonio. Los extranjeros tienen grandes ideas y proyectos aún más grandes para esas ideas. Están tan asustados con los cambios que se avecinan que se olvidan del Ártico. El futuro está en las aguas profundas. Intentan persuadir a los rusos de que serán esposas perfectas. Dirán que sí a todo, como una sumisa dama victoriana o la mejor de las *geishas*, serán sus manos y sus ojos y harán la limpieza que sea necesaria. Serían una alianza inmejorable. Poliakov se enfada porque han desviado el tema a uno que él no entiende mucho. Y entonces Tomski, que está en la pantalla, toma las riendas en la distancia. Les pide que presenten propuestas, que las estudiarán como merecen. Y efectivamente es lo que hará, exprimir el jugo de lo que cada uno puede darle. Porque aunque ahora tienen el invento del oceonio, no deben cometer errores al comercializarlo o se encontrarán con una nueva generación de oligarcas fuera de las arcas del Estado. Hay tanta gente interesada que están en alerta máxima. Los extranjeros quieren su parte del pastel. Los burócratas rusos también. Los políticos ya se relamen con hincar el diente. Y en medio están él y unos pocos para dirigir una orquesta de músicos que se odian entre sí pero que por el bien de la idea de Rusia están llamados a tocar juntos y en armonía.

Natalia llama al poco de terminar el acto para darle noticias sobre el caso.

—Tu abogado tiene un nuevo ayudante llegado de Moscú, no sé si estás al tanto. —Natalia no quiere dar muchos detalles a sabiendas de que los japoneses escuchan todo.

—Lo estaba esperando.

—El Manco es un colaborador eficaz y ha interrogado a diestro y siniestro. Le dimos una lista actualizada de nuestros contactos en Tokio y Kobe y lo que han hecho hasta ahora.

—Me pregunto por qué no lo hicisteis vosotros mismos.

—Poliakov hizo una jugada sucia y me ha impedido viajar. Te contaré los detalles más adelante, aunque supongo que no estás sorprendido.

—No. ¿Alguna novedad del secuestro de mi mujer, de las dos muertas, del Monje o de la ecuación? —Serguéi tiene hipo, se ríe, se sirve agua, pero le tiembla el vaso de porcelana de Amakusa.

—No, pero han encontrado las grabaciones de tu encuentro en el pasillo con Tatiana. Se ve perfectamente que no entró en tu habitación. Tu abogado está encargándose de tu libertad en este momento. Podrás volver a Rusia muy pronto.

—Si la verdad no sale a tiempo, caduca. También la verdad está hecha de tiempo. No pongas la cara que me imagino que tienes ahora. Llevo media botella de vodka y no suelo beber. —Serguéi está tan borracho que es incapaz de celebrar las buenas noticias.

—No tengo los detalles, pero han hallado algo importante sobre el mensaje de Tatiana a través de la ecuación. Te llaman en cuanto lo confirmen. Seguramente mañana. Espero que sea antes de tu vuelo.

PRIMERO Y QUINCE

El petersburgués cancela la cena de negocios en Singapur y el almuerzo de trabajo en Nueva Delhi. Embarca directamente hacia Moscú. El tiempo se escapa y hay que atraparlo para que viaje junto a él. Su maleta de mano rueda ligera sobre baldosas beis o grises, de cerámica o tarima, cuadradas o rectangulares, en los aeropuertos del mundo. Tiene una cartera con tantas secciones como fronteras. Los *lounge* VIP son todos iguales: comidas irregulares y mal café; sofás tirando a nuevos, rodeados de tiendas; tiendas con la misma decoración; decoración ofreciendo productos similares en la carrera por confundir a los viajeros en sus necesidades.

En la sala VIP del aeropuerto se da una ducha bien caliente y, como siempre que está en Asia, cuando tiene tiempo y suerte, pide un masaje si tienen spa. Si ese es el caso, deja distraídamente cinco billetes de cien dólares en la mesita al lado de los aceites. Las chicas decentes le hacen notar que se ha olvidado un dinero, y las que no, ya saben lo que tienen que hacer sin mayores explicaciones. Como es habitual, Serguéi hace escala en el *free-shop* y compra una cajita de madera para guardar secretos de alguien que no ha determinado, y varios lotes de chocolate fresco Royce, su favorito.

Ahora está sumergido en la inmensidad de las nubes donde a pesar de la rutina siempre es capaz de emocionarse por estar suspendido en un lugar entre la vida y la muerte. Una espléndida azafata del avión privado de la empresa, un Gulfstream, desdobla delicadamente la servilleta sobre su regazo. A partir de entonces el tiempo pasa deprisa.

El *connaisseur*, chef de a bordo, le trae el menú y se pone a su disposición para explicarle las opciones de pescados exóticos y filetes de carne japonesa. Serguéi no está de humor para las delicias que le ofrecen. Pide pasta, que, con gran decepción, el chef tiene que hacer traer de la comida de la tripulación; al menos riega generosamente su cena con Brunello di Montalcino y Dom Pérignon. Siguiendo un antiguo reflejo, se guarda los bellos palillos tallados en marfilina. Solo que ahora no tiene a quién llevárselos. No trabajará más de dos horas en el vuelo. Leerá alguna página de su libro de Chéjov que empezó hace poco. Después verá alguna película en la enorme pantalla. Eso lo ayudará a quedarse dormido envuelto en la ligera manta de seda y lana que le regaló su madre cuando estudió en Canadá —«¡Hijo, no sabes el frío que hace en ese país!»— y con la que siempre viaja. Se ha prometido a sí mismo no pensar ni en Tatiana ni en nada de lo acontecido últimamente. Debe descansar en todos los sentidos antes de reiniciar la búsqueda por su cuenta, a su manera, con sus propias reglas. El alcohol hace su efecto y se abandona a un dulce sopor.

Lo recoge su chófer de Moscú y lo lleva a su hotel, el Lotte del bulevar Novinski. Sigue viviendo en la habitación 648. Le gusta la decoración en blanco y negro, la bañera inmensa en medio del baño y las incrustaciones a mano de la ducha. Se siente en casa. Después de la cena en el club, baja al bar porque no tiene sueño. No tomará más alcohol sino una infusión, para tener la cabeza despejada por la mañana. Es como si estuviera en el cine, con inercia para ver y pereza para mirar. Su alrededor le succiona hasta el punto de no poder articular. Las columnas son de mármol y las paredes, de madera noble pulida y cuero acolchonado. La barra brilla tanto que podría servir para un anuncio de limpiador de cristales. Las camareras son tan groseras como en París, aunque nunca lo son con él. Las lámparas están hechas de cristales tallados con la opulencia de la capital rusa.

Dos preciosidades han llegado y miran detenidamente a cada hombre. Las mercenarias sexuales moscovitas son amazonas que conocen a lo que han venido. Una morena y una rubia, no es casualidad. Son las dos de la mañana y no tienen ojeras. Su código es provocar sin acercarse. Así queda más femenino aunque sean mercancía. Ha llegado un cuarentón que se ha sentado con la rubia, y la morena se ha ido para dejarlos solos. Es el silbato que da inicio a la caza, aunque el cazador y sus lascivos galgos no son sino la presa de la amazona. Sin embargo, esa ficción siempre es necesaria. Él la mira en oblicuo. Después llega el amigo, la morena vuelve. Hablan de lo que cada uno puede ofrecer. Pagan la cuenta. Se van.

Serguéi sube a la habitación solo. Por la mañana empezará con más reuniones, más llamadas, así que ve un poco la televisión para relajarse. Mañana pasará el día en el Kremlin, irá uno por uno a los despachos que importan, hablará con quienes son escuchados para presentar su plan de comercialización. Hay que sacar el oceonio adelante. Venderlo hasta en la luna. Tienen el mineral y la tecnología, ahora solo queda el último empujón, que siempre es el más difícil debido a la ansiedad.

Recibe un mensaje en el teléfono. Su antigua amante desea verlo. Si una ex llama es porque quiere algo, sobre todo si es a altas horas de la noche. Serguéi encuentra a Milena en el club del hotel, que ya está vacío. Ella luce un vestido rosa con gran escote. Eso significa que le hace falta dinero. Serguéi no se equivoca y los problemas salen pronto de sus labios llenos de bótox. Cómo le sigue gustando esa mujer. Su fuerza y su *sex appeal*. Sus tablas de rubia de televisión y sus pechos enormes. Serguéi le dice que quizá, y después le comenta que está cansado, pero ella insiste en tomar un té en la 846, que ella conoce muy bien.

Acaba de cerrar la puerta y ella ya le baja los pantalones a pesar de que él dice que no. Sin embargo ella no para, y a la tercera negación Milena ya tiene su miembro en la boca. Ella sabe lo que le gusta y cuánto le gusta. Succiona fuerte, llevándolo hasta la entrada de su garganta. Él llega fácilmente. Se siente cómodo en un terreno conocido. Ella sale de la habitación con la mitad de lo que pedía, está enfadada pero es lista y lo disimula. Hasta su portazo suena a hueco, como el de esos sonidos postizos que utilizan en las películas.

Serguéi se sienta en la cama. «Tengo cincuenta años y mi única certeza en la vida es que voy a morir. Eso me da valor para muchas cosas. Ya no tengo tiempo de inventar mentiras ni repetir las de los demás, ha llegado el momento de vivir cosas de verdad», se dice.

Alguien llama a la puerta con agitada insistencia. Por lo visto el mismísimo presidente ha intentado contactarle mientras estaba con la bragueta abierta, drogado por su propia adrenalina. Ni siquiera oyó los golpes. El presidente desconfía del teléfono por prevención a los hackers. Cuando Serguéi consigue hablar con uno de sus asistentes ya es demasiado tarde. Se le ha pasado la prisa y se ha ido a dormir. Hacer esperar al presidente no es bueno, pero si le dice que estaba con una antigua amante, lo entenderá.

PRIMERO Y DIECISÉIS

Esa mañana Natalia le regala buenas noticias. «Habrá conferencia de alto nivel en San Petersburgo en dos meses», le dice orgullosa. Natalia se balancea en su sillón de la oficina de Seguridad de Lozprom en el semisótano. El sillón es flexible y en piel beis, con un sofá enfrente del mismo color, como las cortinas y las paredes, como la mayoría de la decoración soviética de los setenta. No comenta nada sobre la llamada del presidente y él tampoco lo hará.

Después Serguéi va desde su hotel a las oficinas centrales de Lozprom, en la calle Tverskaia, no lejos del Kremlin. Es un edificio colosal con instalaciones similares al resto de las que él recorre por el mundo. Allí sus hombres ya están encerrados en la planta 29 trabajando la estrategia y la logística necesarias para la que se avecina. Juristas, consultores de todas partes de Rusia, científicos y muchos informáticos están manos a la obra.

Suena su móvil. Es Milena. Otra vez ella. Él mira la pantalla con desprecio. Tomski va en el coche de empresa y ahora mira absorto a la calle. Ya no piensa en el oceonio sino en su vida. Siente una infinita sensación de asco. En algún punto tendrá que parar. No le queda más remedio porque si no se pudrirá por dentro. Lo sabe bien. Ha visto a muchos tragados por el sistema. Gente de éxito que se rodea de mugre hasta convertirse en mugre. Si sigue así, no vivirá cosas nuevas ni verá más verdades que la suya. Oirá su voz rebotada en otras voces y verá su imagen reflejada en otras caras. Se repetirá a sí mismo como si estuviera en una cadena de montaje. Serguéi será una caricatura de Serguéi. El petersburgués surca con los ojos las acometidas del tráfico infernal moscovita. Decide no volver a verla. Decide buscar a alguien distinto, a alguien especial, a alguien bien. Pero eso vendrá después de resolver lo de Tatiana. Ahora debe centrarse en ella, en por qué esa chica ha muerto con su semen dentro. El móvil suena de nuevo.

—*Gospodín* presidente, gracias por llamar. —Él escucha atónito el envite que recibe—. ¡Claro que nunca pensé que me ibais a dejar caer, ya sé que cuando eso ocurra no necesitaré ningún traductor de su parte! Pero sirvió, estoy libre, ¿no es eso lo importante?

El presidente le reprocha su interferencia para acelerar su liberación. Por lo visto tenerlo retenido en Tokio les servía para obtener información. De hecho, estaban esperando un nuevo golpe sobre él. Serguéi ya sabe lo obseso que es el presidente con esos temas.

—¡Claro que me precipité! Pero, primero, nadie me informó del plan y, segundo, tenía que volver. Ocuparme de Galina, de mi hijo y de… —hace una pausa porque prefiere no mentir— la ucraniana, porque eso no lo voy a dejar correr. El que lo hizo irá al Delfín Negro o lo mataré yo mismo. Aquel no era mi sitio porque esperar a que pasen las cosas no es mi manera de actuar.

El presidente le responde que «de los muertos se encarga él». Aquello le sonó todo negro, como si de pronto se apagara el televisor y quedara el brillo resplandeciente de la lámpara del salón reflejada en la pantalla. Había escuchado mucho hablar de los muertos del mandatario, pero siempre se había mostrado reticente, lo había atribuido a una leyenda urbana que los circundantes se inventan para explicar lo que no pueden explicar. Por eso la voz le llegó tan rara y tan clara a la vez, como una confesión de alguien que es capaz de todo.

—Efectivamente no es lo mío, porque yo soy un hombre de empresa, y con los muertos no se negocia. —Serguéi se excusa una y otra vez, pero raramente ha visto así de enfadado al presidente. No quiere seguir comentando lo que está hecho, sobre todo cuando a él nunca lo tienen al tanto de los tejemanejes del FSB, que le interesan cada día menos.

De pronto el presidente suelta lo que de verdad le quemaba en el cuerpo.

—¿Cómo dice? ¿Que ya han descifrado el mensaje? ¿El que llevaba Tatiana en las manos?

El presidente lo achica con lo que dice. Incluso suelta algún insulto dirigido a nadie, que en realidad va dirigido a su persona. Ha subido el tono. El teléfono arde. Se diría que escupe lava. Serguéi nota la oreja recalentada. Pero lo que escucha lo deja tan atónito que olvida las malas formas con que lo tratan y que en otra circunstancia no toleraría ni a un superior.

—No sé cómo el que lo escribió pudo obtener esa información. No me imaginaba que el mensaje iba en ese sentido. —Serguéi se sienta de golpe, como si el peso que ha estado sosteniendo durante tanto tiempo al final hubiera podido con él. Agarra un pañuelo para secarse el sudor. Pocas veces en su vida ha recibido un golpe así. Y ahí queda el dios pequeño derrotado, por lo que menos esperaba que sucediera.

El presidente le exige la verdad sobre el mensaje en manos de Tatiana. La ecuación escrita en el icono de la muerta lleva directamente al oceonio.

—Insisto, *gospodín* presidente, no sé cómo el asesino tuvo acceso a información del oceonio. Entiendo su disgusto, medio mundo se ha enterado de información clasificada a través de un asesinato. Suena a un mal chiste. O quizá se trate de eso, de hacernos quedar mal, como pasa siempre con Occidente, nos hacen pagar por algo que a todas luces nos hace brillar. —Serguéi se queda en silencio y después añade—: ¿Por qué el servicio de inteligencia está seguro de que el resultado de la ecuación se refiere a una coordenada del centro del oceonio y no significa otra cosa? Son solo dos números.

El presidente le dice que por ahora es la teoría más plausible y que nadie, salvo ellos, ha ligado el oceonio con el caso. Eso resulta un alivio para Serguéi, quien está tan apegado al oceonio como a un hijo muy deseado. Por lo menos ahora algo está claro. El lunático detrás del montaje del Monje Negro va a por él por el oceonio. Da igual que lo guíe la envidia o la venganza, los dos motores del abismo humano.

—Descubriremos quién está detrás de esto, señor. Todo es cuestión de cálculo.

SEGUNDO

SEGUNDO Y UNO

Son las nueve de la noche. Las familias rusas aún despiertas ven la enésima retransmisión de *Los ricos también lloran*, la telenovela mexicana que hizo furor en los años noventa. Es una escena culminante: el muy guapo y acaudalado Luis Alberto, el galán de la historia, está por darle el primer beso a la sencilla pueblerina interpretada por Verónica Castro, que lo ha conquistado y redimido con su sencillez y su dulzura. Las mujeres rusas contienen la respiración y sueñan, ellas también, con un fogoso y millonario *latin lover*. La imagen se congela. Verónica Castro se ha quedado como los televidentes: fija con los ojos cerrados y la boca abierta esperando el contacto de los tibios labios de Luis Alberto, que no llegan… Luego aparece el águila bicéfala en la pantalla y resuenan las trompetas con los acordes de la música de Alexander Alexandrov, restaurada como himno nacional hace pocos años. Tiene que ser algo importante para que una cadena nacional emita sin aviso. Las imágenes muestran la inmensidad del río Nevá con la fortaleza de

Pedro y Pablo detrás. La luna llena está justo a la derecha, tan perfectamente colocada que se diría que la han editado o han fijado el evento en relación con el calendario lunar, como si quisieran tenerla como testigo de una ciudad tomada por los himnos. Si apareciera la Спасская башня, la torre Spásskaia, la del Salvador de Moscú, y el reloj del Kremlin con su esfera negra y dorada que inspira muchos relojes de mano, sería el mensaje de fin de año. Pero ni es la época ni la ocasión. Esto confunde a los espectadores, que lo único que tienen claro es que lo que están a punto de escuchar será histórico. La cámara enfoca la torre de la Campana, que con su punta dorada es la protagonista de la fortaleza en forma de estrella que construyó el más grande de los zares, Pedro I, el único que se ganó el adjetivo de «grande» por derecho propio. La otra en lograrlo fue una alemana que llegó a zarina, Catalina II. Este escenario imponente solo provoca inquietud en los transeúntes, que curiosos observan la parafernalia y se agolpan sobre los postes rojos y blancos que han colocado a escasos metros de un escenario algo sobrio para el despliegue de luces que lo rodea.

Suenan más trompetas. Un hombre de pequeña estatura para los estándares rusos y mal disimulado paso marcial sube los peldaños hasta la plataforma montada a metro y medio sobre el paseo del río. Lleva corbata con los colores de la bandera rusa y un reloj modesto para lo que acostumbra. Дорогие друзья, «Queridos amigos», dice el presidente, para parecer cercano y protector, para meterse en la casa de quien lo escucha. Inicia su discurso recordando el sacrificio de los rusos a través de la historia. Relata ejemplos de la grandeza del país. Nombra a padres, madres, hijos y hasta a abuelos, como si los conociera a todos. No en vano él es el «padre de la patria». Después el mensaje va directo al tema del oceonio. Quiere clarificar públicamente que no se trata de un nuevo tipo de arma nuclear sino del sustituto del petróleo. Los medios han presentado a su manera el mineral, los extranjeros con mentiras y los nacionales con exageraciones, pero el gran momento es este, cuando lo hace el presidente, que saca a bailar al oceonio con un vals de Eugen Doga, el Strauss ruso, ante las cámaras. Todos han de sentir que es un triunfo de taxistas, obreros, maestros, amas de casa, médicos y de cualquiera que tenga un pasaporte interno ruso.

Ya está hecho. Rusia no solo tiene el petróleo y el gas que todos quieren y necesitan, sino el oceonio con el que sueñan. A continuación el presidente anuncia que habrá una conferencia para todos y otra solo para algunos. La primera es para mirar y la segunda para negociar. Y que esos algunos, los elegidos, son los antiguos miembros de la Unión Soviética, que están invitados, como siempre, a ser parte de la Содружество Независимых Государств, la СНГ —SNG en ruso—, o CEI, la Comunidad de Estados Independientes, el equivalente de la Unión Europea para socios exsoviéticos, antiguos trozos del imperio. El presidente se toca el pecho, se pone sentimental y explica con unas frases larguísimas, que al final resume en tres palabras, que la Madre Rusia está dispuesta a perdonar a los estados desagradecidos, como Georgia o Ucrania, que aún anda ofuscada por la toma de Crimea el año pasado, pero que las rencillas serían olvidadas si quieren acceder a un ventajoso acuerdo comercial. Una cornucopia rusa para todos los que fueron, y siguen siendo, hermanos.

El problema estriba en que el país aún no es capaz de producir lo que pretende vender. Pero eso no es preocupante. En Rusia los problemas técnicos siempre se solucionan de una manera u otra, que para eso es el mayor productor de colgados y genios del planeta. El presidente suelta profecías inquietantes y después se retira. Las trompetas vuelven a sonar.

SEGUNDO Y DOS

La mujer joven viaja con el discurso del presidente ruso en su pantalla. Lo descargó justo antes de embarcar. Lo lee una y otra vez, pero parece que no puede concentrarse porque se toca la cabeza y el estómago como si ambas partes le apretaran a la vez. Viaja sola con el asiento de al lado vacío. Se limpia las lágrimas. Le acompaña *El abismo* de Andréiev, que con su estado de ánimo no le apetece leer, y unos cuentos seleccionados de Chéjov, que lee a ratos.

Cuando consigue calmar sus emociones, coge el ordenador, abre la carpeta llamada «Oceonio», y toma notas en un documento word en el escritorio. Ha recopilado minuciosamente toda la bibliografía aplicable, *mutatis mutandis*, al asunto y tiene una idea muy clara de las posibles omisiones por parte de la Federación Rusa. «La información importante se la están callando», se repite sin cesar. Pero después la pena vuelve, como un insecto insistente que no se atiene a órdenes, y la incapacidad de alejarlo de sí la convence aún más de su inhabilidad para manejar la tristeza.

Se echa el pelo, largo, rubio y cobrizo, detrás de la oreja con un gesto repetitivo, casi irritante para quien la mire. Tiene la nariz pequeña y bien formada, gracias a una rinoplastia de un cirujano que conoció por una amiga. Sus ojos grandes son un poco desproporcionados, parecidos a los de un manga japonés. Viste una cara que es fácil que pase desapercibida, como el traje de chaqueta limpio y planchado que suele usar y que le da el aspecto gris de una entrevista de trabajo. No le interesa lo que piensen de ella ni pierde el tiempo evaluando al que se cruza, como esos viejos mirones aburridos que se sientan en la primera fila de los cafés. Es de estatura media en España y muy pequeña en Rusia, por eso lleva siempre tacones, porque raramente se permite un atuendo informal. Le apasionan los chalecos porque cree que le dan un toque masculino que anima al que tiene enfrente a tomarla en serio. Se ha perfumado con aceite de rosas que se queda corto para el frío al que saludará tan pronto como baje del avión en el aeropuerto Púlkovo de San Petersburgo.

La mujer lleva el alma agrietada de los que abandonan. A veces toca rendirse para empezar otra batalla. Es lo que cree haber aprendido. Se imagina que algo grande la espera, más por animarse que por otra cosa, pues entiende que la vida no es más que una sucesión de injusticias. En menos de una hora llegará a un lugar árido por definición, que será una página en blanco, sin antecedentes de ningún tipo. Allí ni siquiera considerarán su primer apellido sino el segundo, y pedirán un patronímico, que como su padre se llama Juan, será Ivánovna. Es como si de pronto pudiera ser otra persona sin tener que mentir ni realizar ningún trámite burocrático.

Ojea por la ventanilla, mira el mapa de vuelo y está casi segura de que lo que ve abajo son los bosques de Luga. Recuerda las lecturas de geografía rusa que hizo antes del viaje. Se imagina a aquellos españoles que también llegaron como ella a estos lares, los muchachos de la División Azul, unos cincuenta mil que vinieron a combatir voluntariamente con los fascistas como una división de infantería dentro del Heer, el ejército de la Alemania nazi. No recuerda bien cuántos murieron, pero sí que fueron muchos. El chiste de la época era que no eran azules por la camisa sino por el frío que pasaron aquel invierno de 1942 a cuarenta y dos grados bajo cero. Los supervivientes del frente vagaron por aquellos bosques cuando fueron derrotados. Sufrieron hambre. Mucha hambre. Los que no tenían valor para suicidarse, deseaban la clemencia de un tiro en la sien. También combatieron por allí muchos de los «españoles de Stalin», un total de unos setecientos que se adhirieron voluntariamente para defender la Unión Soviética ante la invasión nazi. Como las leyes soviéticas prohibían el alistamiento de extranjeros en el Ejército Rojo, la mayoría de los españoles combatieron en unidades especiales.

Su repaso histórico la ha calmado. Se queda dormida, pero se despierta inquieta, como si algo hubiera quedado a medias. Vuelve a llorar porque deja atrás la única vida que conocía y que parecía hecha para ella. El llanto la agota hasta que se duerme de nuevo, cabeceando en la postura ortopédica que provocan los asientos de los aviones. De pronto se despierta sobresaltada. Otra vez ese sueño del que no puede librarse: un hombre medio canoso, recién entrado en sus cincuenta, de rasgos finos y mirada dura. Saca de su bolso un cuaderno de dibujo pequeño y continúa el boceto que comenzó después de otros sueños similares. Esta vez el desconocido ha dicho su nombre una y otra vez: «Mar, Mar, Mar», con un acento extraño, a medias entre un grito ahogado y un susurro.

Sigue dibujando, y el retrato en el que trabaja ya parece el de alguien que podría reconocer por la calle. Se ve mucho mejor que el de las personas buscadas por la policía. El sueño la visita de vez en cuando. Cada vez que se despierta sigue completando el esbozo, como si obedeciera al impulso de la curiosidad. La mandíbula está bien definida, y hoy ha conseguido trazar las gafas de diseño con las que lo ha soñado a menudo. En la esquina de la hoja escribe la letra «S», con la que empieza el nombre del desconocido. Dicen que se debe tener cuidado con las cosas que uno sueña porque predisponen la realidad; son órdenes que vienen de otra dimensión.

SEGUNDO Y TRES

El francés sentado cerca del pasillo del avión, ya que el del medio está vacío, se pregunta quién será esa chica que llora tanto. Le da pudor decirle algo. Duda si pasarle un pañuelo, pero al final no lo hace. La observa de reojo e inmediatamente vuelve a mirar la película de acción que se ha propuesto terminar de ver antes de aterrizar.

Su nombre es María del Mar Maese pero todos la llaman Mar. Es doctoranda en Derecho Internacional y su vida funciona a ratos, como la de la mayoría. Una tesis proporciona desasosiego y cobijo durante algún un tiempo. Como buena investigadora tiene muchas preguntas y pocas respuestas, pero no solo sobre su disertación doctoral. Viaja a Rusia porque el oceonio es su tema incluso antes de su descubrimiento. Su área es el régimen jurídico de los minerales en el fondo del mar.

Antes de subirse a aquel avión con destino a Rusia su vida era otra. Se pregunta por qué aun teniendo al hombre que amaba no sentía amor. Ella se imaginaba una vida con él, sabía de antemano el nombre de sus futuros hijos, el color de las paredes de la casa en la que envejecerían juntos, a quién visitaría los domingos y en qué hipermercado haría su compra semanal. Sabía incluso el menú de los desayunos que tomarían los días de fiesta. Ese proyecto le daba fuerzas para seguir con él durante sus crisis. Los hijos dan mucha fuerza incluso antes de ser concebidos. A los suyos les gustaría mucho el helado de chocolate con un poco de canela. Conocía perfectamente su futuro, pero no sabía dónde estaba su presente.

Había algo indeterminado en ella, un miedo a definirse para no tener que enfrentarse a nada ni a nadie. Había seguido una hoja de ruta que estipula metas y umbrales que hay que cruzar: que después del grado había que hacer un máster y, más tarde, un doctorado. Nunca supo de verdad qué quería en la vida hasta que se enamoró del derecho del mar, un tema pasado de moda entre los internacionalistas. En el primer encuentro con su director de tesis, este se rascaba la caspa en el tórrido calor del julio mediterráneo, en una habitación dominada por el blanco de las paredes y libros esparcidos sin pauta ni orden. Papeles de esquinas desgastadas, palabras sin destino, exámenes, apuntes, proyectos de artículos sin terminar, una propuesta de tesis llena de rojo sobre la mesa como los faroles horteras de feria.

El profesor Mateo Rejena personificaba el ambiente de enchufados y maleantes que habitaban la cofradía de la facultad de Derecho de Málaga, regida más por la envidia que por la excelencia, a pesar de la dignidad de las instalaciones. Grandes académicos los había, pero los de la cofradía se encargaban de ocultarlos. Después de tres semestres en el departamento, Rejena apenas dirigía la palabra a Mar. Sucedió desde que hizo la proeza de que le publicaran un artículo en la revista de la American Society of International Law, algo que ni el mismo catedrático había conseguido nunca. El rencor de no incluir su nombre como parásito en el artículo le impidió a Mar obtener una beca. La que sí la consiguió fue una treintañera llamada Sara que Mateo sacó de la cantera del último curso para servirse sexualmente de ella.

Nunca los vio, pero los escuchó detrás de la puerta mientras ella le hacía una *fellatio* en el despacho. Fue el escaso latín que Rejena le enseñó a la alumna, porque era un rematado borrico que lo único que aprendió de derecho romano en su época de estudiante fue *Pacta sunt servanda*, «los acuerdos han de ser respetados»... Pero Rejena, internacionalista de poca monta, nunca cumplió lo que le había prometido a su brillante estudiante. Mar sostenía la edición de la Convención sobre el Derecho del Mar en azul marino de DOALOS, el secretariado de la convención, que había conseguido de segunda mano en internet. La apretó fuerte al oír cómo Mateo le ordenaba los movimientos, «ahora arriba, ahora más abajo, sorbe fuerte, como si fuera un polo», le decía. En ese instante Mar se dio cuenta de que él nunca firmaría su tesis, que la tendría haciendo fotocopias y corrigiendo exámenes dos años más. Después de ese tiempo la recomendaría como pasante en un despacho de un amigo suyo, que le pagaría la mitad del salario mínimo. Por eso se quedó parada mientras oía gemidos y sentía cómo se desmoronaba su futuro. Estaba claro que María del Mar Maese, a la que todos llaman Mar, perdería cuatro o cinco años de su vida en aquel estercolero moral y profesional.

Y pensó que lo mejor sería volverse ciega y sorda, porque ciega no sabría quejarse y sorda no escucharía mentir. Esta sería la única manera de ser una buena persona en el mundo en el que habitaba. Solo tendría que soportar el mal olor… Volvió a casa en metro palpando cada superficie para no caerse. ¿Qué había dentro de sí que le impedía hacerlo? En el suelo nada la obligaba a levantarse y en el honroso hueco de la nada podía ser más libre de lo que era. Lo único que consiguió fue no hacer la cena esa noche.

—No voy a hacer la cena esta noche, Fernando —afirma ella con rebeldía.

—No llegaré a tiempo para cenar, no te apures —dice él, porque Mar desempeña el papel de madre que ordena la casa y dicta las cosas que deben hacerse en una casa.

—¿Cuándo te vas a París? ¿Te has comprado ya el billete?

—El mes que viene, el 2. Nunca te enteras de nada o, lo que es peor, no quieres aceptarlo —comenta Fernando con altivez.

—Ya sé que quieres ir solo a tu estancia en el extranjero, pero… —Ella lo sabe; ella sabe que él está colocado en la posición cómoda de la relación, que lo da todo por hecho, que él no debería sentirse libre de poder hablarle así ni ella estúpida por su paciencia y comprensión cuando nadie le ha pedido ni comprensión ni paciencia.

—Sí, necesito concentrarme en el trabajo. Tengo que sacar un artículo de primera —comenta como si fuera a encontrar la cura contra el cáncer.

—Lo entiendo —contesta ella y cuelga. Pero lo que entendía era que aquello estaba mal. Solo debía reunir fuerzas poco a poco. Tenía que salir de Fernando y entrar en Mar.

Fernando había regresado a Málaga después de terminar su doctorado en Cambridge, y había aceptado el puesto más bajo de los profesores contratados para prepararse a ascender a toda velocidad. Su vanidad se agudizaba en una atmósfera en la que se veía único e incomparable, sobre todo por su tenacidad para trabajar a un ritmo constante cada día, en el que debía dar resultados. Fernando se sabía un genio y estaba acostumbrado a brillar desde su infancia. Esa luz iluminaba su vida y guiaba cada paso de su camino. Era un adicto al reconocimiento ajeno, y la falsa modestia y su natural simpatía lo hacían aún más fascinante para los demás.

Mar y Fernando se conocían de vista hasta que un día les tocó compartir mesa de estudio, con luces demasiado centelleantes para los ojos. Sus folios se tropezaron los unos con los otros. Mar le pidió un rotulador y, casi sin darse cuenta, media hora más tarde estaban tomando un café en la cafetería de la facultad. Conectaron. Desde entonces cada día se citaban en la misma mesa. Se acostaron a la semana, muy inusual para la vida beata que Mar había llevado hasta entonces. Fue en el coche. Su falta de juegos preliminares no lo hacían un gran amante.

Mar cayó desde el principio. Tan insegura que dejó de creer en su propia inteligencia para creer en la de él. También dejó de encontrarse bonita y atractiva, porque eso también se lo transfirió a él. Su percepción de la realidad se trastocó, y ya no veía a nadie frente al espejo. Evidentemente no sabía el precio que tenía ese tipo de pactos con el diablo. Fernando no se enamoró de ella, sino de cómo ella lo miraba. Gracias a Mar, su imagen se parecía más a la de un superhéroe que a la de un simple mortal. Ese reflejo suyo en la retina de una joven enamorada reaseguró todas sus sospechas de grandiosidad.

Empezaron a salir. Cenas cortas y cine en versión original. Era suficientemente paciente para aguantarle sus plantones, impuntualidades y cambios de última hora. Lo mal acostumbró hasta el punto de que Fernando tomaba aquellas prácticas como un derecho adquirido sin retribuciones a cambio. Pensaba que su trabajo merecía el sacrificio no solo de sí mismo, sino de todo aquel que se le acercaba.

Apenas la conocía cuando se fue a vivir con ella. En realidad, solo siguió el curso de las cosas. Era tan emocionante sentirse amado sin dar nada. No tenía obligaciones ni promesas ni expectativas. De hecho ni siquiera tenía que hacer la cama ni fregar los platos. Tampoco pagaba alquiler porque el pequeño piso pertenecía a la familia de Mar. Qué cómodo era ser querido, y qué dulce sentirse admirado como él merecía. Pero sin saberlo se fue endeudando lentamente. Unos intereses silenciosos que se acumulaban en una cuenta secreta. Y al cabo del tiempo se percató de que ella no solo quería, sino que exigía estabilidad en su relación y que no se contentaría con menos. Mar quería seguir el camino tradicional para el que había sido educada y no se había planteado nunca que ese no fuera también el suyo. Él pidió su mano y ella dijo que sí, pero aquello venía como recompensa por negarse a sí misma.

Mar saca el brillante del bolso y se lo coloca en la mano. Lo observa con recelo. Y pensar que antes le parecía bonito. Se percata de que nunca ha sido libre, que su deseo de ser madre y esposa la ha empujado a ser quien no es. Se lo pone pero decide quitárselo como si le ardiera el dedo. Lo mejor será venderlo o empeñarlo, vista la mala suerte que le ha traído. Lo guarda para buscarle un destino cuando llegue a San Petersburgo.

SEGUNDO Y CUATRO

Serguéi mira desde la ventanilla del avión que le lleva de vuelta a casa. Vastas extensiones de abedules se ven como una alfombra. Él diría que están sobre los bosques de Luga, a unos cincuenta kilómetros de San Petersburgo, donde yacen miles de muertos caídos en la lucha del cerco de Leningrado. Siempre que sobrevuela el lugar recuerda lo que le contaban de niño sobre la Gran Guerra Patriótica. Sus compatriotas conocieron los horrores de un ejército invasor. Ahora solo les queda luchar por dinero.

No lee ni mira ninguna pantalla. Está un poco malhumorado porque no le gusta cómo se han hecho los cambios que pidió en su día en el avión de la empresa y está ofuscado en un asiento que sigue sin agradarle. Acto de lesa majestad que le hará pagar a quien corresponda con un descuento en sus vacaciones. Antes de aterrizar tiene que encajar algunas piezas para adivinar qué está pasando. Le viene una idea a la cabeza. Toma la tableta y se conecta a la cuenta bancaria familiar. Estudia las entradas y salidas de dinero de Galina y le cuesta creer lo que encuentra. Lo revisa varias veces. Pero los números no mienten, y por eso él es un hombre de números. No hay dobleces con ellos ni caben interpretaciones, es la realidad en su esencia. Tiene que aclarar su descubrimiento.

—¿Me pasas con Galina, por favor? —Un miembro del equipo de seguridad responde al móvil de Galina, que ella ha dejado olvidado en cualquier rincón de la casa, como ocurre a menudo. Nada de extrañar cuando estos profesionales husmean como sabuesos para encontrar alguna conexión con el secuestro—. ¿Qué tal por Crimea? —pregunta Serguéi cuando finalmente le conectan con ella.

—Echo de menos la normalidad por mucho que me aburra. Aburrirse es un lugar seguro —lamenta Galina, apesadumbrada.

—Tú y el niño tenéis que estar a salvo. Por ahora es mejor que permanezcáis lejos de Petersburgo.

—Si me hubieran querido matar lo habrían hecho, Serguéi. —Se recuesta en el sillón de terciopelo de la salita y ve sobre la estantería una tarjeta que años atrás le escribió Serguéi en alguno de sus viajes. La rompe y la tira a la papelera.

—Son gente peligrosa. Saben dónde vivimos. Han estado en nuestra casa.

—No me hicieron nada.

—Es un aviso.

—Pues date por notificado de este otro aviso: Artur y yo ya estamos hartos de Crimea. Aquí no hay nadie porque no ha llegado el buen tiempo todavía. Además, Artur está perdiendo el curso. —Galina se mira la mano y observa el anillo de casada que aún la une a él, y decide quitárselo como si le ardiera el dedo. Lo mete en una cajita de madera que Serguéi compró en algún *free-shop* de algún aeropuerto de Asia. Cuando se reencuentren, no se dará cuenta pues él nunca ha llevado el anillo.

—Casi nunca va a la escuela, así que no te quejes. Está encantado. ¿No le va bien con los profesores particulares que me consiguieron mis contactos?

—Más o menos. ¿Hasta cuándo estaremos aquí?

—Tenéis que esconderos hasta que tengamos la situación bajo control. Por lo demás, necesito que me expliques algunas cosas, Galina.

—¿El qué? No me gusta ese tono inquisitivo. Yo no he hecho nada, aquí el que hace y deshace eres tú.

—He mirado el resumen bancario de los últimos meses. Haces un pago a una tal Tatiana Márkova Fioreva desde hace ocho meses.

—¿La ucraniana?

—Tienes que saber quién es. Ibais juntas a la iglesia, según me han informado.

—Querido, es la profesora de lengua rusa de tu hijo. Tuve que contratarla para que no suspendiera esa materia también. Venía a casa cada miércoles. Hacía de canguro los fines de semana. Es una chica encantadora y muy reservada. La policía me preguntó por ella pero nunca me dijo por qué y no les di explicaciones porque de ellos no hay que fiarse. He intentado contactar con Tatiana varias veces en las últimas semanas, pero no me responde. Me preocupan los exámenes de Artur.

—¿Y la tenemos en nómina?

—Sí, claro. ¿Desde cuándo tengo que pedirte permiso para los gastos de la casa?

—Siempre te lo dije, pero a partir de ahora no hay excepciones: cada persona que entre en nuestras vidas debe ser visada por el equipo de seguridad. ¿Me has entendido?

—¿Ella tiene que ver con lo de mi secuestro?

—Es una posibilidad. Ha estado yendo a casa. Conocía el sitio y nuestros hábitos domésticos.

—A mí me gustaba mucho. Iba siempre tan tapadita. Ni un escote, ni una minifalda… parecía una monja… Sabes, Artur ya ha comenzado a mirar a las chicas, y con ella estaba segura de que no habría líos.

—¿No me digas? —pregunta Serguéi con sarcasmo.

Galina lo entiende y lo ignora.

—Pues sí, y además llevaba una medalla preciosa de la Virgen. La del mismo icono que tengo yo en casa desde hace años.

—¿La Virgen del Signo?

—Sí, la misma. ¿Cómo lo sabes?

—¿Y eso no te pareció raro? Los ortodoxos no llevan talismanes colgados al cuello. Eso es cosa de católicos…

—¿Yo te parezco rara? Yo soy creyente como ella. Es una buena chica que no da problemas. No hablábamos ni del patriarca ni del papa, solo íbamos a encender velas a los iconos. Ella me pedía que rezara por sus intenciones, pero nunca me dijo cuáles. Algo le pesaba. ¿Está mal todo eso?

—Con el ojo que tienes para la gente, te vamos a contratar como jefa de personal —comenta con cinismo—. ¿Y tenía algún novio?

—Es una mujer triste. Parece gustarle estar sola.

—¿Quién te la recomendó?

—Una maestra del colegio, Danila Ignátova, pero a ella le gusta que la llamen Ignátov, que además suena a hombre. Eso es muy comentado entre los padres. Es muy masculina, yo creo que es lesbiana o quizá una mujer alfa, como le llaman ahora. Es la profesora de física de Artur. Tu hijo dice que ella es un genio. Yo solo la vi una vez y tiene unos ojos muy raros.

—Mándame por teléfono toda la información que tengas. Que sea por WhatsApp que está encriptado o por Telegram que es ruso. Tengo que hablar con esa mujer. Veremos en qué resulta todo esto. Todo es cuestión de cálculo.

SEGUNDO Y CINCO

Mar decide hacer limpieza del pasado por superstición hacia su nueva vida. Vuelve a echar mano de su bolso, que está bajo su incómodo asiento del avión, y encuentra unas tarjetas blancas con letra elegante, eran las invitaciones a la boda, «su» boda. Las rompe y no sabe qué hacer con ellas. Ya tiene lleno el bolsillo de la butaca de Aeroflot, por lo que las mete en la bolsa de emergencias. Finalmente se las da a una azafata que las recibe de mal grado. Qué liberación. Cada uno de estos gestos la alivia. Se siente más ligera y menos angustiada. Se da cuenta de que iba encaminada a un matrimonio solo basado en la normalidad, como si su aburrimiento fuera un lugar seguro. Algún día podrá explicarle a Fernando. Pasaron cosas, qué cosas, mejor olvidarlas ahora que tiene la oportunidad de poder disfrutar la libertad que ha conquistado, aunque le da vértigo.

¿Qué pasó para tener que irse a un exilio amoroso? Antes de que eso pasara, lo único que ella le pedía a Fernando era que, si no podía quererla, al menos la comprendiera. Pero él no era capaz ni de lo uno ni de lo otro. Fernando y Mar nunca tuvieron el coraje de amarse. Ella empezó por no amarse a sí misma y, por ende, tampoco podía amarlo a él. Él, por otra parte, hacía trampas pensando que dejarse adorar por alguien era lo mismo que amar. Después de comprometerse la historia se enfrió, pues poco más le quedaba por hacer a Fernando. Mar fue la primera en entenderlo.

Desde el compromiso, Fernando empezó a llegar más tarde que nunca. Las ocho de la tarde fueron las diez de la noche, las diez de la noche se convirtieron en las once. Tenían una fecha de boda prevista para dentro de un año. Por aquel entonces él dejó de mirarla como un novio para hacerlo como un biólogo dedicado a la etología. Él parecía llevar un diario en el cual analizaba fríamente la conducta de Mar y apuntaba todo lo que estaba fuera de la «norma» de la especie femenina, o tal vez simplemente se debía a que en el fondo era un misógino. La lupa con la que la observaba, y aún más la distancia desamorada que esa mirada implicaba, comenzó a volverla loca, avivando sus zonas oscuras y apagando lo mejor de sí misma. No había aspecto de su persona que no fuera catalogado, etiquetado y evaluado… Se sentía un animal de laboratorio, ¿sería ese el paso natural de amante a futura esposa?

No podía sentir el amor de Fernando. Si alguna vez había estado allí, no le llegaba. Era como si hubiera un muro entre ellos y ella solo pudiera dar pero no recibir. Mar da vueltas a todo esto en el avión, se limpia la cara con una toallita húmeda y se acicala como puede. Sí, recuerda con nitidez qué pasó. Por aquellos días ella era muy infeliz pero no lo sabía. Si el no saber ayuda a soportar el dolor, el presentir aumenta la ansiedad. Cuando llegaba la noche, se envolvía en un edredón nórdico de seda bicolor que le había regalado su padre y cerraba los ojos pensando que tenía un día menos por vivir, y eso le daba ánimo para continuar adelante la siguiente jornada. Siempre se sentía helada por muchas mantas que se echase. Aquella noche también. La temperatura de su cuerpo había bajado hasta dejarla casi en estado de latencia, como la muerte próxima.

«Vivir con Fernando es como vivir con alguien que tiene una pistola cargada contra tu corazón», pensó por la mañana antes de coger las llaves del coche. Y con esa sensación se marchó, con la certeza de que había empezado una guerra entre ellos. Mientras conducía pensaba en una solución, una escapada sin libros sería algo ideal. Lo curioso de su relación con Fernando era su capacidad de recomponerse. Incluso si la relación sufre de una enfermedad crónica, siempre resiste y marcha adelante. Mar y Fernando eran de esas parejas que cuando se alejan del mundo exterior y solo se tienen el uno al otro funcionan bien. Eran lo opuesto a los novios que se van de vacaciones y rompen. Ellos siempre regresaban con las baterías cargadas. Eso siempre le llamó la atención. Pero aquel día sentía una soledad dolorosa. No todas las soledades son así. Las hay negatorias y evasivas, y las hay saludables, cuando uno se reencuentra, pero aquella era de las que creaban claustrofobia. Le hacía ver el futuro frente a sí como una garganta inmensa dispuesta a tragarla. Era la soledad que sería su vida si continuaba queriendo a esa persona. Alguien que nunca tendrá tiempo para amarla, que siempre decidirá su agenda, que la obligará a esperarlo *ad infinitum*. La única solución que encontró a la falta de empatía de Fernando, a su desgana, a su falta de comprensión fue dejar de quererlo. Eso es: cada día trabajaría para despegarse un poco. La labor de desapego la haría despacio pero segura. Cuando él se diera cuenta, ella estaría muy lejos. Así funcionan las mujeres, por lo menos algunas. Lo que vino después le dejó una mancha de humillación para siempre.

SEGUNDO Y SEIS

La única azafata del avión privado se acerca a Serguéi. Le pregunta si necesita algo más. Los de seguridad están distraídos. Tiene el pelo recogido en un moño asiático, que le orientaliza los ojos aún más. Cuando recoge la mesa, le acaricia la mano como si fuera por casualidad. Le sonríe con sus labios carnosos y espera su reacción. Al ver que le corresponde, levanta la mesa y deja caer una servilleta sobre los pantalones de Serguéi. Exclama con una voz apenas perceptible que moldea su boca en forma de fresón y le dice «deseo». Hace un gesto para recoger la servilleta, que le sirve para acariciar el pene sobre el pantalón. Lo toca con suavidad para hacer que se agrande. Más y más fuerte. Una y otra vez. Sus uñas rasgan la lana merina. El miembro de Serguéi no tarda en responder. Apenas le cabe en la ropa. Ella se abre disimuladamente el escote y a su vez le baja a él la cremallera del pantalón. Serguéi pulsa el botón de privacidad para que nadie se atreva a mirar. Ella saca el pene fuera de la cremallera y este queda liberado. Se pone de rodillas para metérselo en la boca. Él le pasa el dedo índice por la cara y después se lo introduce entre los labios. Lo hace con ternura. «Es tan joven y tan hermosa», piensa.

—Es usted preciosa —dice él.

—Gracias —responde ella tímidamente, con un poco de dificultad por el dedo de Serguéi que aún juega entre sus dientes.

—Quiero advertirle que si pasamos ahora un rato agradable, no voy a dar nada a cambio: ni dinero ni favores de ningún tipo.

A la chica se le cambia la expresión de la cara. Se torna dura. Se cierra como un libro. Se siente humillada. Se marcha dejando el pene al descubierto y la duda de si la advertencia de Serguéi la ha dejado sin propósito o sin dignidad ante sí misma. Corre la cortina de la cabina, se pone a trastear los cajones de a bordo y limpia el carrito de basura como si lo preparara para el próximo vuelo.

SEGUNDO Y SIETE

Mar busca lo que debe tirar antes de que pase la azafata con el carrito de la basura. Aparte de las tarjetas que había encontrado, rebusca en el fondo de su bolso de mano y encuentra unos mails impresos. Los escondió allí asumiendo que era un lugar íntimo en el que nadie metería la mano, en particular en el bolsillo donde van las compresas. Le da un poco de vergüenza encontrarlos. En realidad le da mucha vergüenza porque esos mails la empequeñecen. Nunca debería haberlos leído.

La primavera se avecinaba pero ella no sentía el optimismo que normalmente le traían los aires cálidos. Había perdido alegría. Iba a la facultad cada día, donde los chicos acababan de iniciar el nuevo semestre. Los estudiantes estaban enloquecidos por la contradicción entre la llamada a la actividad sexual y el deber de estudiar. Caminaba despacio entre los pasillos amarillos y blancos, en la inmensidad del vestíbulo, rodeado de columnas y caminos hacia las aulas. No percibía bien los rostros de aquellos con quienes se cruzaba. No le interesaban ni las caras de los alumnos o ni las de los colegas. Después regresó a casa, en la calle Carretería, siempre angosta y ruidosa, con turistas perdidos y locales de franquicia, y ella se sentía como un tono disonante que se repite.

Llegó a media tarde. Depositó las llaves y la cartera en la mesa de madera tallada estilo Luis XV que perteneció a su abuela. Entró en la cocina para comer pero no lo hizo porque de nuevo sintió una especie de mareo. Necesitaba ser dueña de sí misma y no lo conseguía. ¿Quién era el hombre al que le había entregado cuerpo y alma? La tentación se encarnó fácilmente en delito doméstico. El día anterior había estado atenta cuando Fernando tipeaba sus claves en el ordenador y enseguida las anotó. Por eso cuando probó los códigos, la caja de Pandora se abrió con una facilidad pasmosa. Casi sin tomar conciencia, había removido la piedra angular del muro de defensa de Fernando. Allí estaba enfrente de ella, por primera vez un hombre que nunca había conocido. En el umbral de una vorágine de pánico y vértigo por fin se había decidido a dar el paso y había entrado en ese caos aterrador. Cerró de inmediato. La primera vez se puso a temblar, como una delincuente primeriza, y esperaba ansiosamente acostumbrarse. Pero ese miedo en vez de detenerla la hacía seguir adelante.

En los mails encontró otra Mar y otro Fernando. Él era un hombre que no tenía nada que ver con el que ella vivía: era inseguro y sumiso ante la autoridad y ante las chicas que le gustaban. Leyó los mails que guardaba en la bandeja de entrada del último año y llegó a admirar su actitud cooperadora y cercana con sus colegas. Y con la misma facilidad consiguió odiar su servilismo ante las mujeres bonitas. Había un par de alumnas, alguna vez las había mencionado en casa en un desliz verbal inconsciente. Las rastreó en las redes sociales y vio su belleza y su juventud. Con ellas se bajaba de su pedestal de una manera tan patética y burda que la dejó perpleja. Sintió rabia y pena, en ese orden. Pena porque no sabía utilizar el lenguaje adecuado para seducir a una mujer. Rabia porque mientras ella lo buscaba a él, él buscaba a otra mujer para reemplazarla y ya la había encontrado.

Entre aquellos mails descubrió que estaba profundamente enamorado de Amy, la colega inglesa que pasaba el año sabático en su facultad. Tras un par de correos en un tono peculiar, realizó una búsqueda rápida en el disco duro del ordenador y encontró el borrador de una carta de cinco páginas, nada menos. Era una declaración de amor. Estaba escrita llena de culpa y deseo. Reglones torpes, párrafos deshilachados, discurso incoherente. Palabras para una diosa. A Mar nunca la había mirado así ni pensado tan alto de ella. No la adoraba porque ella era mortal a secas. No pudo terminar de leerla. Cerró el aparato y se puso a mirar al techo. Se quedó congelada, sin poder moverse. Algo cobraba sentido. Empezó a entenderlo todo. Su propia histeria. Su desasosiego. Su infelicidad inexplicable dado que vivía con el hombre que amaba.

No pudo llorar enseguida. Tardó algunas horas. Pero cuando finalmente surgieron las lágrimas del pozo clausurado y sellado de su corazón, no pudo parar durante días. Siguió con él a pesar de todo, con la excusa de esperar hasta estar preparada. Tenía que cancelar la boda y para eso debía armarse del valor que no tenía. Pero las líneas de aquellos mensajes venían y se plantaban ante ella con sus comas entre cumplido y cumplido, sus verbos y su deseo. Le daban vergüenza propia y ajena. Las palabras robadas le abrieron a sus pensamientos, torpes e intensos, la puerta que había detrás de los ojos tristes de Fernando cuando miraba al techo después de hacer el amor.

Los mails también le abrieron la puerta del baño, él frente al espejo con los ojos cerrados, metiéndose con Amy en la ducha durante media hora. Allí jugaba con sus pechos y sus risas, con su cuerpo blanquecino y sus curvas de extranjera. Después tenía que abrir los ojos, limpiar su semen en los azulejos y salir para encontrarse con la mujer de carne y hueso que lo quería. Mar se puso a pensar más fríamente. La cosa era bastante absurda. Ahora él se creía enamorado de Amy, pero posiblemente la amaba porque no la podía tener. Como prototipo del cobarde nato, elige una mujer imposible para no tener que darse a ella. El amador cobarde se esconde en ilusiones para poder escapar de su propia vida. Ama las nubes para no tener que amar la lluvia. Ama la hipótesis en vez de la certeza. Piensa y no vive. La fantasía es una membrana impermeable que impide al amor filtrarse dentro. Por eso, pensaba ella, lo mejor era verlo como un lisiado y tratarlo como tal. Comprenderlo y ayudarlo para joderlo, por ese orden. Después de tanta sumisión devota y admirada, ella debía tomar el timón de esa relación disfuncional.

Paradójicamente, a partir de ese día vivió todavía menos en ella y aún más en él. La información a la que tenía acceso le había quitado su aparente libertad. Organizaba su agenda para volver a casa temprano y así poder husmear en su ordenador antes de que él llegara. Su existencia se convirtió en un calvario. Tenía que ser testigo silencioso de su otra vida. Ella no podía contener su nerviosismo después de estos pequeños crímenes caseros. «¿Tienes frío?», preguntaba él. «Es un virus», contestaba ella. Y no mentía. Era el virus del espionaje conyugal.

«Mar —se decía a sí misma—, deja al pobre chico en paz, que bastante tiene con su prisión personal, que es el trabajo. Sé más adulta y compadécete, pero compadécete primero de ti misma, porque lo que estás haciendo matará la magia con la que amas. Eso te dolerá mucho. Las traiciones propias escuecen más que las ajenas. Tu amor es lo único que debe contar en tu historia, esperar algo a cambio es hacer trampas. Ya que tienes colgado el póster de la escultura en la habitación, acuérdate del cuento de la Antigüedad, cuando Psique acerca a Eros su lámpara de aceite y le ve la cara rompiendo el pacto de amarse a oscuras, sin saber nada de él salvo lo que él decide entregarle en la oscuridad. Así hay que amar, Mar, hay que amar sin temores, sin lámparas y sin luz. Por eso Antonio Canova esculpió la escena con la forma de una equis, para que sirviera de advertencia. Porque si uno ama con miedo, este se lleva los buenos momentos que uno podría obtener a cambio de ese amor. Qué más da si él no te ama, eso solo sirve para construir una gran pasión que normalmente no conduce a nada. La pasión se vive sin nada a cambio, se vive en un presente sin futuro, no en el confort de la sala de trono, sino en las mazmorras del castillo. No está en tu poder que se enamore, solo que valore tu compañía, y para eso solo has de seguir los consejos de las abuelas, ni más ni menos. La buena cocina y el buen cuidado, en resumen, la atención y el buen querer, expresado con mimos, sonrisas y pocos problemas. Y así, si es un cobarde, se quedará contigo aunque no te quiera. Y se pasará la vida buscando el arrebato, un tsunami que se lo lleve todo por delante, mientras el matrimonio y los hijos lo arrastren al lugar más alejado de sí mismo. Y si encontrara un gran amor, no te apures porque es un apocado, seguirá contigo porque los cambios le dan terror. No te apures, así funcionan los pusilánimes».

Mar aún no ha decidido si seguir con él o dejarlo. Cada momento del día tenía una idea diferente. Cancelar la boda le daba vértigo. Y debía hacer todo paso a paso: despegarse primero, dejar de amarlo después, mandarle a hacer puñetas, por último. «Mar —se decía a sí misma para darse ánimo—, no te me pongas tremendista, *horrendista* o cualquier derivado; ubícate y cuanto antes mejor, que en el terreno amoroso no caminas por una urbanización suiza sino que estás en la jungla, por lo que cuanto más natural veas la brutalidad de tu entorno, mejor preparada estarás para sobrevivir. Despójate de lo ético y quédate en lo práctico, que lo ético solo te pedirá caminos irrealizables y estándares olímpicos. No, tú quédate con lo importante y sobre todo con lo que te conviene. Que si quieres sueños, te los darán las comedias románticas de la Warner Bros, y si quieres sinceridad, para eso ya tienes la Biblia».

Mar rompe los mails con fuerza en el avión. Sigue rompiendo los pedazos como si pudiera pulverizarlos hasta hacerlos desaparecer por completo. Ya no sentía vergüenza sino ira. Con los dedos rojos de dolor y alguna uña rota empieza a reírse sola ante la mirada atónita del señor que ocupa el asiento del pasillo. Sin duda la catarsis la ha aliviado, pero lo mejor sucedió después. Entonces fue incapaz de darse cuenta, pero ahora reconoce que el aparente absurdo de la situación no solo resultó gracioso sino un momento de gracia. Ahora todo es distinto. Ella está abierta a que le pasen cosas y sabe que el universo la escucha.

SEGUNDO Y OCHO

Serguéi tira al suelo los pedazos de papel. Después se arrepiente y busca otra copia. Es una imagen de la Virgen del Signo que llevaba Tatiana. La ha mirado muchas veces, con detenimiento o desatención.

La ha observado con ganas y sin ellas. Pero sigue siendo un enigma sin solución. La mirada hierática de la mujer con los brazos extendidos está siempre fija en él y sigue sin desvelar su misterio. Él, que es agnóstico, racional y ciudadano exsoviético. Qué tendrán que ver con él vírgenes y monjes. Acaba de encargar una réplica de la escultura *El amor de Psique* de Canova solo porque evoca la belleza mitológica.

—Necesito respuestas, Natalia, ¿cómo se ha filtrado información de un complejo sellado en el fondo del mar en el que se controla hasta cuando el personal va al baño? No me digas que ha sido Iván Ilich o alguno de los suyos porque no me lo creo. Estos chicos han puesto la cabeza y el corazón en este proyecto. Por eso acabo de comprarles un BMW de alta gama a cada uno. —Serguéi confía en su elección como gran aficionado a coches destinados a mostrar estatus y poder.

—No lo sabemos todavía, pero lo averiguaremos. —Natalia recalca la última palabra a ver si aplaca el nerviosismo de su jefe.

—La primera coordenada de la latitud del centro del oceonio la tienen hasta los guardias que buscan tabaco en la aduana de Tokio.

—Una coordenada no es nada. Necesitan las seis para dar con el lugar. Y de hecho esos números podrían significar otra cosa, a saber el qué. —Natalia es una de las incrédulas de lo que significan los números que resultan de la ecuación en el icono de la Virgen que llevaba Tatiana.

—Y en cualquier momento pasarán la información a la Interpol, así que hasta la Guardia Suiza del papa sabrá dónde guardamos los secretos del oceonio. Si el presidente estaba preparando el discurso del Nevá, no me extraña que se mostrara tan nervioso la última vez que hablamos.

—Estamos trabajando para que la sangre no llegue al río. El presidente…

—¿Sabes si el presidente piensa destituirme? Imagino que Poliakov está afilando sus puñales.

—No sabe tanto como crees.

—No puedes estar tan segura. El presidente no os deja espiarlo y nunca os atreveríais a hacerlo contra su deseo. Así que me pregunto si no habrá sido Poliakov quien ha armado todo esto.

—Para ejecutar un plan de este nivel de sofisticación hay que pensar mucho.

—Sí, y desde luego Poliakov no anda sobrado de cerebro.

—Digamos que tiene otras virtudes —comenta Natalia.

—¿Y si se lo ha encargado a alguien?

—¿Sin que nos enteremos nosotros? Imposible. Lo sabríamos. Además, nunca tendría el coraje de desvelar el oceonio. El presidente no se lo perdonaría.

—Entonces ¿quién? —Serguéi pide un té sin teína, un té de menta.

—La respuesta está en la muerta —responde Natalia, segura de que las pesquisas en curso pronto darán resultados—. Nos ha llegado carnaza interesante sobre ella, pero no puedo comentártela hasta que lo verifiquemos.

SEGUNDO Y NUEVE

La azafata vuelve a pasar recogiendo cafés. Le trae té que Mar ha pedido a pesar de que no tardarán en aterrizar. No tenían té negro con limón y jengibre, así que le ha traído un poleo menta. Mar observa el té humeante y lo rechaza. Le recuerda aquello de lo que está escapando. Aquello fue lo peor que le ha pasado en la vida, algo de verdad, no como seguir las fantasías de un hombre.

Aquel día ella estaba leyendo y de pronto empezó a sentirse mal. Todo le daba vueltas. Tiró el poleo menta al servirlo. Se le quemaron las tostadas que había hecho porque solo había pan duro ya que llevaba dos días sin ir a la panadería. Intentó sentarse, fue a la habitación para recostarse pero no llegó a tiempo porque se desmayó.

Fernando había comprado unos dulces en la pastelería del barrio. En esta noche oscura, después de una labor bien hecha en la universidad, se sentía tan crecido como la luna. Subió a casa. Abrió la ventana, respiró el fulgor nocturno y vio una estrella fugaz; no pudo recordar la última vez que había visto una. No tenía tiempo para esas cosas. Inhaló las altas horas como si estuviera fumando, la calle estaba vacía, desierta minutos después de cerrar los comercios. Un coche tuneado con la música a todo volumen pasó a gran velocidad casi rozando a los basureros que trabajaban, que le gritaron improperios acordándose de su madre, su hermana y varias generaciones de mujeres de su familia.

Fernando cerró la cristalera y se dirigió al baño. Todo estaba inusualmente desordenado, y la bolsa de medicinas abierta y revuelta. «Qué extraño, qué habrá pasado aquí». Recogió las cajas vacías tiradas en el suelo y pensó que Mar tendría seguramente el síndrome premenstrual y que le había dado fuerte. Las mujeres, sus neuronas y sus hormonas, el mayor desafío de la ciencia. Se sentó en el váter y se puso a leer a Freud, porque le daba miedo entrar en la habitación. Temía lo que podría encontrarse. Que si reproche por llegar tan tarde, que si lamento por no llamarla. O algo nuevo, nunca se sabía con ellas. Gustosamente se declararía misógino si ellas le gustaran un poco menos. En fin, no quedaba otra que irse a reposar. «Si hay suerte, estará dormida, de hecho no se oye ningún ruido. No hay peligro». Se lavó los dientes lentamente con esa pasta de hierbas sin flúor que es la única que soporta.

Abrió la puerta del dormitorio y se encontró a Mar caída en el suelo semidesnuda. Su cuerpo yacía de esquina a esquina. Todo el cuarto estaba revuelto. Y la taza rota de un té de menta. Fernando no entendía nada. Mar se encontraba en un charco de sangre. Se dio la vuelta y volvió a la cocina para tomar un vaso de agua. Lloró compulsivamente durante un minuto más o menos. Después regresó al cuarto y le tomó el pulso. Aún latía, buena señal. Llamó a una ambulancia, que llegó en cuestión de minutos. A pesar de los políticos, el sentido de la decencia de los profesionales de la medicina en España les había impedido destruir el sistema de urgencias.

Fernando se sentó a su lado en la ambulancia y supervisó los cuidados que Mar recibía. Se sentía aliviado por que estuviera fuera de peligro. No necesitaba esperar para confirmarlo. Llegaron al hospital y la depositaron en esos largos pasillos llenos de zuecos blancos, batas verdes y jeringas. Pasaron las horas. Él salió del hospital, tomó un taxi y se fue a trabajar a la facultad. En su despacho tenía ropa limpia y una maquinilla de afeitar, nadie se dio cuenta de su noche en blanco.

Cuando llamaron a la familia de María del Mar Maese desde la UCI, donde la paciente ocupaba la cama 28, no había nadie a quien informar. Sin embargo, Fernando llegó a la una de la tarde, hora oficial del parte médico. Se encerró con los doctores y se presentó como médico psiquiatra. Un amigo solamente, nada de novio afligido. Por lo que pudieran pensar. Uno de ellos conocía su nombre de oídas, aunque no su cara, y todos se alegraron de tener al joven talento entre ellos. El lenguaje se transformó de inmediato y se pasó a la jerga médica de alto nivel. Todo era tal como Fernando había diagnosticado en su primera evaluación. Le dijeron que la sacarían de la UCI a última hora de la tarde, con el cambio de turno médico. Si todo iba bien, le darían el alta en un par de días, pues tenía que recibir una nueva transfusión de sangre.

Fernando había encargado un gran ramo de tulipanes rosas que ya habían traído a la habitación 648. En el hospital solo le servían poleo menta con galletas. Se les había acabado lo demás. Mar rechazaba una y otra vez lo que le ofrecían y no se atrevía ni a mirar a Fernando. Se tocaba el vientre continuamente y sentía un gran vacío.

Fernando seguía sin comprender. Hay que pensar con calma, analizar. ¿Qué es lo que había ocurrido en realidad? Las cosas no eran lo que parecían. ¿Por qué ella no le había contado que estaba embarazada? Aquello no era un secreto como cualquier otro. ¿Por qué Mar quería que muriera la pareja que habían formado? ¿Por qué? ¿Acaso tenía derecho teniendo ya la fecha de la boda? Se le escapaban nuevas lágrimas por las mejillas. Han perdido un bebé de más de tres meses y él ni estaba al tanto. Lo mejor sería hacer como siempre: aquí no ha pasado nada. Había bajado la guardia. No debía implicarse emocionalmente a pesar de ser el padre de la criatura no nacida. De Mar se ocuparía quien se tuviera que ocupar. Ella estará en buenas manos y él a lo suyo, a sus plazos de entrega. A su rutina. A su esfuerzo infinito para llegar al reconocimiento. Tomó el poleo menta que Mar había rechazado tres veces y empezó a sorberlo lentamente. Un aborto espontáneo no era algo raro, pero un embarazo sin declarar con fecha de boda, eso sí lo era. Fernando presentía que aquella sangre cubriendo a Mar en el suelo no era la tragedia, sino el comienzo de una tragedia.

SEGUNDO Y DIEZ

Natalia Ivánovna era una mujer que no delegaba casi nunca. Era trabajadora y desconfiada. Por eso se dirigió ella misma a la salida de la Escuela Estatal 28, número favorito de Lev Tolstói. Natalia vestía pantalón vaquero ajustado, jersey de lana y una chaqueta *biker* de cuero negro entallada. Natalia nunca llevaba el pelo suelto, sino que se lo recogía en un moño de bailarina, detalle heredado de los largos años en la academia de danza clásica Vagánova que terminaron abruptamente el día que la echaron. Esa experiencia le inculcó una disciplina férrea que nunca perdió. Aprendió a sacrificarlo todo por su profesión, incluso a aguantar el dolor físico. Eso le ha permitido alcanzar una posición de élite e impedido mantener una pareja. Con el tiempo aprendió el paralelismo entre las bailarinas del Mariinsky y los agentes del FSB y la desaparecida KGB. Ambos lo dejan todo por la grandeza de Rusia. Había experimentado en carne propia cómo las discípulas de Agrippina Vagánova, modelo de toda instructora rusa de ballet, eran tan crueles e inflexibles como los discípulos de Lavrenti Beria, el fundador de la Checa. Los errores, sobre todo la debilidad, no se perdonan nunca. Tuvo que irse de la academia pese a ser la mejor alumna, la favorita de su homónima, la gran Natalia Dudínskaia. Sin embargo, eso no volverá a suceder… ya aprendió: lo que pasó allí fue un error de juventud. Un lío con un instructor que no debería haber trascendido. Hoy es tan fría como leal a sus deberes. Es capaz de matar sin cuestionar ninguna orden.

Espera en la puerta junto a varios padres que van a recoger a sus hijos. Bebe un poleo menta que compró a la salida del metro porque no tenían té verde, cosa rara en Rusia, que toma a pequeños sorbos porque está muy caliente. El viento sopla fuerte ese día, así que los presentes insisten en meter la cabeza debajo de sus capuchas acabadas con cola de zorro. Ella repasa las notas de su investigación en el teléfono con la mano que le queda libre, pues a pesar del frío lleva unos guantes sin dedos que le permiten seguir trabajando. Se oyen gritos de niños y un piano cuya melodía, un poco azucarada, llega hasta las *bábushkas* que se paran a escucharla cuando regresan de la compra.

De pronto Natalia ve a Ignátov. Lleva el pelo corto y varios pier-cings en la oreja. Tiene los ojos grandes, rasgados y saltones, pro-fundamente azules. Galina no se equivocaba al describirla. Tiene un aspecto inquietante, demasiado intenso. Natalia frunce el ceño y le comenta que es amiga de Galina Tomskaia. Ignátov al escucharla se da la vuelta sin decir palabra y raudamente se abre camino entre las madres que, apretujadas en la puerta del colegio, pugnan entre sí mientras buscan ansiosas reconocer el rostro familiar de su retoño dentro del torrente de niños que empiezan a salir escupidos a través de la puerta del colegio. Natalia tira la infusión al suelo pero queda atrapada en una marea materna que puja en la dirección con más fuerza que una ola de varios metros.

—¿Serguéi Andréievich? ¿Puedes hablar ahora? Estoy en el co-legio de tu hijo y acabo de encontrarme con Ignátov. —Natalia ha-bla con dificultad después de la carrera.

—¿No podías haber esperado a que saliera del avión? Quiero verla personalmente.

—Se ha dado cuenta de que es persona de interés y ha salido corriendo.

—¿Por qué la has asustado?

—No le he enseñado los dientes ni la pistola. —Natalia parece harta de no llegar nunca a los estándares que exige Serguéi. Cada día es más incómodo trabajar con él. Sin embargo, aguanta porque en el fondo le parece un tipo interesante.

—Te habrás vestido en plan duro, como aprendéis en la academia. Un día de estos te mando a Louis-Maurice para que te convierta en una Mata Hari. Vais por el mundo con pinta de matones y claro...

—Ella iba aún peor. Parece salida del Bronx. Te equivocas si crees que fue un problema de vestuario. Tiene algo entre manos y ha huido.

—¿Alguna novedad sobre ella?

—Tatiana e Ignátov se conocían bien. Ambas eran de Senkivka, en Ucrania, cerca de la frontera.

—¿Las dos de la misma aldea?

—Los padres de ambas siguen viviendo allí.

—¿Es religiosa?

—En absoluto. Es una anarquista convencida. Lo opuesto a Tatiana. —Hace una pausa de nuevo para retomar la respiración—. Lo malo es que no se ha movido de la vida aburrida que lleva. Además del colegio, da clases de boxeo en un gimnasio cercano. No sale. No ha viajado fuera del país en años. Hemos verificado sus comunicaciones y tampoco hay nada que llame la atención.

—El hecho de que Tatiana y ella se conocieran no la convierte en asesina. Pero tiene mucho que explicar. ¿Por qué Ignátov recomendó a Tatiana para acercarse a mi hijo?

—Ignátov lleva tres años trabajando en el colegio y nunca hizo ningún acercamiento a Artur.

—Por lo que es posible que Tatiana se lo pidiera expresamente.

—Es la hipótesis más fuerte que hay por los indicios que tenemos.

—Ya puedes pasar la información a la policía. Que vayan a por ella sin demora. Avisa al jefe de policía; si falla, tendrá que buscarse otro empleo. Dile que cuando la encuentren nos avisen y a partir de ahí nos hacemos cargo nosotros.

—¿La cogemos viva?

—¡Viva! —Serguéi no se termina de acostumbrar a la clase de preguntas rutinarias que le hace como oficial del FSB—. Los muertos ni negocian ni confiesan. —Sigue indignado ante la pregunta. La banalidad con la que Natalia la hace, lo inquieta. Le parece de locos, un asunto perfecto para dejarlo en manos de un psiquiatra.

SEGUNDO Y ONCE

Fernando estaba sentado junto a Mar leyendo el último número de la revista de la American Psychiatric Association. Había asignado exactamente cuarenta y cinco minutos para la visita al hospital materno de Málaga. Ella llevaba un cuarto de hora sin dejar de mirarlo de reojo mientras deslizaba el dedo índice debajo de la pulcra sábana blanca con letras verdes del Servicio Andaluz de Salud, un tanto áspera por tanto desinfectante. El gran ventanal de la sexta planta tenía vistas al aparcamiento y estaba adornado por el ruido de la salida de aire mohosa. Mar se sentía tan avergonzada que llevaba todo ese tiempo decidiendo qué decir. Los ingleses tenían la ventaja de contar con un clima horrendo, que los proveía de una fuente inagotable de conversaciones intrascendentes; una opción que el permanente sol malagueño no ofrecía. En fin, la realidad se alzaba a la vista: no había nada de qué hablar con él salvo de lo de siempre.

—¿Por qué no me has dicho que estabas embarazada? Te recuerdo que el bebé también era mío —increpó él para romper el silencio. Pero ella respondió con otra pregunta: «¿Has terminado el artículo?». Siguió la conversación. «Sí». «¿Ha quedado bien?». «Creo que es bueno». «¿Cómo va la edición del libro?». «Regular, porque algunos autores están entregando tarde y eso me va a obligar a escribir el capítulo con ellos». «Qué pena, será más estrés para ti». «Bueno, estoy acostumbrado, y tú también, pero dime si quieres que te traiga algo de casa». «No hace falta, me darán el alta mañana por la mañana, cuando pase el médico. Ahora me tienen en observación». «Bien, entonces te veo en el apartamento, intentaré salir pronto». «No te preocupes». «Bueno, adiós». Y le dio un beso en la frente.

Fernando decidió no tomar el ascensor sino bajar por las escaleras porque con tanto hospital no le había dado tiempo a ir a la piscina, adonde acudía más para ver figuras esculturales femeninas que para entrenar. Bajaba los peldaños en silencio para concentrarse mejor. Sus ideas flotaban una tras otra y tenía ganas de cazarlas.

A Mar le dieron el alta antes de lo esperado. Llegó a casa en un taxi, al pararse empezó a bajar del coche con gran esfuerzo. El taxista dejó su asiento con premura y la ayudó a subir a la acera. Después le abrió la reja del portal y observó cómo subía la rampa de minusválidos agarrándose fuerte a la barra lateral.

—Espere un poco, señorita —dijo.

El buen hombre cerró el coche, volvió al edificio y no salió hasta que la dejó recostada en su cama. «Niña, tú no estás en condiciones de estar sola, dame el número de tu madre que voy a por ella, no te cobraré». «No se apure, mi novio está a punto de llegar». «Pues ya podía haber llegado ese». «Estoy bien, es que tanto suero la deja a una sin alma». «El alma es lo que a ti te pesa más de la cuenta, solo hay que verte la cara». «Gracias, y deje su tarjeta en la mesa de la entrada, que a partir de ahora lo llamaré cuando necesite un taxi, ¿cuál es su nombre?». «Miguel Mateo». «Gracias de nuevo, Miguel».

Miguel, el taxista, tomó el ascensor con su barriga de conductor longevo. Despotricó contra las nuevas generaciones, que con tanto modernismo, tanta leche de carrera y trabajo fino, si es que lo encuentran, al final están todos solos como perros. «Ahí lo tienes, dónde se ha visto una niña delgada como el viento, que no tiene fuerzas ni para ir al baño. Y los suyos desperdigados, a lo mejor en El Corte Inglés o en un bar del centro. Qué sociedad es esta en la que ya no hay que justificarse por nada ante nadie. Por qué no tiene a su madre al lado, con su sopa y su pesadez, una madre que vaya a misa, que sufra por todo el mundo y se espante de las cosas que hay que espantarse. Qué mundo es este en el que los recién nacidos pasan del hospital a las guarderías, donde cada uno está tan ocupado en pantallas de todas clases que no deja que su mano ayude a otra mano». Miguel, el taxista, desconocía que la familia de Mar no sabía nada. Ni Mar ni Fernando serían capaces de explicar lo que había sucedido.

Mar durmió un poco y se alegró de despertarse bajo el suave algodón y rodeada de los vivos colores que le eran conocidos. Se enroscó en su almohada de plumas finas y empezó a observar los números digitales del radiodespertador. Sus rayas verticales y horizontales cambiaban tan despacio como su suerte maldita. Le tocaba hacer frente a uno de los aspectos más implacables de la vida: la culpa. No había escapatoria. Se había dedicado a perseguir a los fantasmas de Fernando en vez de cuidarse y cuidar de su hijo. El bebé se había tragado su estrés, sus paranoias, sus miedos y no había resistido. Estaba segura de la causa de su aborto y tendría que aprender a cargar con ello el resto de su vida.

Los muebles viejos de la cocina, entre un blanco pastoso y un color madera que ni siquiera era marrón, le parecieron más horribles que nunca. Después fue tropezando hasta el saloncito de Ikea cargado de libros y estanterías. Se preguntó dónde estaban sus novelas con bordes marcados y líneas subrayadas con afecto, no las vio por ninguna parte. La habitación estaba llena de pilas de papeles científicos y jurídicos, en dos desórdenes perfectamente separados, como sus vidas. Un grabado de Petersburgo colgaba junto a la copia de un mapamundi del siglo XVI, el resto del ambiente emanaba solo deber. No había fotos risueñas de viajes ni mensajes de amor de momentos puntuales. Mar removía cosas y de pronto un libro cayó de una de las baldas. Aterrizó abierto por la mitad. Era un libro en ruso, uno de tantos que ella adquiría y no leía. Era de buen tamaño. Un libro de arte medieval que había comprado en un mercadillo. En la página aparecía la Virgen del Signo de Nóvgorod. Era una virgen embarazada. Mar se echó a llorar.

Fernando llegó casi a las diez porque había tenido que preparar un seminario. Trajo sopa del chino de la esquina y se disculpó dos veces y media. Soltó la comida en la mesa junto con un trozo de papel con la dirección y hora de la cita de un colega. Le preguntó si iba a tomar antidepresivos después de la tragedia que había sufrido, y le recomendó empezar terapia. Ella dijo a todo que sí. Desde ese día Fernando empezó a dormir en el sofá del salón. Decía que así no la molestaría cuando trabajaba. También desde ese día adoptó un tono de voz uniforme, y hablaba *ex catedra* a todas horas, aunque guardaba su habitual buen humor y talante jovial, una gran virtud en un psiquiatra porque le servía para no volverse loco entre tanto loco.

Los días siguientes a su estancia en el hospital quedaron vacíos en su memoria. No tenía fuerzas para levantarse y prefería esperar a que Fernando volviera a casa para comer. Dormía mucho y solo tenía ganas de vomitar. Su mundo era un hueco blanco sin visibilidad alguna y al que le costaba asomarse. La Virgen del Signo era su compañía. Empezó a rezarle. Ella sería capaz de entenderla.

Él apenas se acercaba a ella, se mostraba aséptico como un cirujano. Ya había decidido qué etiquetas le correspondían a la nueva inestabilidad emocional de Mar, eso era mejor que pensar por un instante que él podría tener algo que ver con la situación. La culpa neurótica era toda de Mar, lo cual le cuadraba muy bien. La vida es de cada uno. Cada uno decide cómo le afecta el mundo exterior, esa es la regla de oro de la psiquiatría. Si es hipersensible, si necesita más amor, aquello es cosa de ella, no de él. Las manos hay que tenerlas limpias como una patena sobre la que se comulga en misa, y él las tiene ante todos, que es lo que importa. Fernando no se cuestionó a sí mismo porque eso lo debilitaría. Lo dejaría a la misma altura que los casos que estudia. Rebajaría su autoridad y dejaría de fiarse de sí mismo. Además, era un esfuerzo innecesario y él estaba acostumbrado a una anglosajona y muy pragmática economía de movimientos. Las personas fuertes no se atacaban a sí mismas, no se planteaban ni una equivocación ni un descuido, se cuidaban con esmero y se ensalzaban siempre que fuera posible. «Los culpables son los únicos responsables de sus culpas», se dijo Fernando.

Cuando Mar pudo levantarse por fin pensó en entrar en la cuenta de mail de Fernando, pero ya no le interesaba. Miraba sin cesar el teléfono por si Fernando llamaba o escribía o preguntaba por su salud. Pero no sonó, no hubo huellas de la falta, de la necesidad de su presencia. Ni siquiera los de la facultad llamaron. Entonces se dio cuenta, justo en ese segundo. Se percató de que solo se tenía a sí misma y de que su única obligación era pensar en ella. Un frío le recorrió el cuerpo. Se hizo cargo de la situación.

El libro en ruso seguía abierto. Ella lo había dejado sobre un atril. La Virgen del Signo parecía mirarla. Mar era católica no practicante, pero vio la mano del destino en aquella madre. Le pidió fuerzas. Le rogó el perdón por su hijo muerto. Le suplicó que la guiara hacia una nueva vida.

SEGUNDO Y DOCE

Están a punto de aterrizar y Serguéi recibe un mail. Está señalado como muy importante. Es un informe del SVR, el Servicio de Inteligencia Exterior Ruso, cuyos orígenes se remontan al servicio exterior fundado por el mismísimo Lenin para actuar como despiadada policía secreta, la mal pronunciada Checa. Esta agencia fue gestionada por «Félix de Hierro», en realidad Félix Dzerzhinski, un polaco de familia noble venida a menos que se convirtió en bolchevique y arquitecto del Terror Rojo. Natalia forma parte de la agencia que lo engulle, el FSB, y Serguéi se pregunta por qué el informe no está remitido directamente por ella, sino por un mail corporativo.

Serguéi A. Tomski no estima mucho a los del FSB, como se diría de cada ruso. Sin embargo, las cosas han cambiado. Hoy día él es parte del *apparat* porque se sirve del espionaje para los intereses de una empresa pública que se gestiona como si fuera privada. El FSB, el Servicio Federal de Seguridad, es el digno sucesor de la KGB, digno porque heredó su saber hacer. A la KGB se la desmanteló con la caída de la Unión Soviética pero solo la cambiaron de ropa y de maquillaje. Por eso está seguro de que la información que tiene delante es fiable. Solo habrán ocultado detalles relacionados con otros casos de alta seguridad. El servicio es un mal necesario, pero fiable. Claro está, caer en desgracia con el poder significa automáticamente quedar a merced del FSB.

El documento comienza con el nombre completo de Tatiana en letras de color rojo y lo que sigue es un verdadero tormento para él. Toma el teléfono y llama al Manco, que como siempre no responde y debe esperar cinco minutos a que le devuelva la llamada por un teléfono de prepago.

—¿Ya has vuelto de Tokio?

—Me he venido a Tailandia a gastarme tu dinero. Tendría que haberte pedido más. Por aquí el vodka y el whisky resultan muy caros. —El Manco intenta ocultar un eructo, pero no lo consigue.

—Toma licor local, el sabai, es muy bueno. Te llamo porque tus amigos del SVR me han enviado el resultado de la búsqueda de Tatiana.

—¿Te refieres a la muerta del hotel?

—La misma —responde Serguéi.

—Era una nacionalista ucraniana. Estaba muy radicalizada, por lo que cuentan.

Serguéi no se sorprende de que el Manco esté al tanto del asunto, de hecho por eso lo ha llamado. El asesinato de Tatiana ha ido creciendo mucho más allá de una muerte banal. Ya no es una prostituta, sino una activista. No es una niña buena, sino una lianta. No es una muerta como las demás. Tatiana nació y creció en una pequeña aldea en cuya escuela regional había un maestro muy carismático. El docente era extremadamente político, por lo que Ignátov y Tatiana crecieron con la semilla de la política. Ambas eran compañeras de colegio, pero acabaron en campos ideológicos opuestos. Tatiana estudió ciencias políticas en Kiev y se unió a «Sector Derecho», una organización radical que posteriormente derivó en un partido político ultranacionalista y paramilitar ucraniano con representación en el Rada, el Parlamento ucraniano. Desde su fundación, hacía ya un año, Sector Derecho se convirtió en la diana preferida de las televisiones rusas, que la denominaban «neonazi», siendo el más suave de los epítetos.

—¿Sabes que la beata esa tiraba cócteles molotov en el Euromaidán? —El Manco se refería a las protestas proeuropeas que provocaron la huida del presidente ucraniano de aquel entonces, Víktor Yanukóvich, que acabó en Rusia y más tarde en su mansión marbellí—. Y lo que consiguieron aquellos desgraciados fue un presidente payaso y que recuperáramos Crimea.

—¡Desde luego! El presidente nunca hubiera dado orden de recuperar Crimea si no hubiera sido por esa revolución de color incitada y pagada por los americanos. —Serguéi había pasado sus vacaciones en Crimea desde que era pequeño, antes y después de tener allí un viejo palacio que restauró. Como la mayoría de sus compatriotas entendía que el préstamo de cortesía de Crimea a Ucrania había caducado cuando el país empezó a desvincularse políticamente de Rusia y a flirtear con la Unión Europea y la OTAN. Como era de rigor, también él hizo las declaraciones de turno a la prensa alabando la decisión de su gobierno de anexionarse el territorio ruso de toda la vida.

—¿Era religiosa de verdad o también eso era mentira?

—Por lo visto era radical en eso también.

—¿Nada de sexo? Me cuesta creerlo. Ya viste cómo se presentó en mi habitación del hotel.

—También ella vivía con sus contradicciones. Prestaba servicios cuando había algo que conseguir. Te perdiste una buena sesión con ella. Dicen que era salvaje.

—Esa es la impresión que me dio.

—La chica iba a menudo con un tipo muy atlético y guapo, que decían que era el novio. Pero él se mantuvo al margen de las protestas.

—¿Por qué hemos tardado tanto en saber esto?

—Porque se han tomado muchas molestias en esconder su identidad. Lo único que coincide es que seguía llamándose Tatiana, seguramente porque el entrenamiento con ella fue rápido y querían evitar algún lapsus.

—La información que tengo no es suficiente. Quiero que viajes a Ucrania y te encargues personalmente. Debo saberlo todo de esa mujer. O llego al fondo de esto, o esto me llevará justo hasta el fondo.

SEGUNDO Y TRECE

Ya queda poco para llegar a San Petersburgo. El piloto anuncia veinte minutos para aterrizar. Mar recuerda el momento crítico que marcó el rumbo de su viaje. Fue hace poco. Al llegar a casa de la universidad, más temprano que de costumbre, miró el almanaque y, por ninguna razón en particular, le gustó la fecha. Se preparó una tapa y se sirvió sabai, el licor tailandés que un alumno le había regalado a Fernando. Se tumbó en el sofá y tomó el mando a distancia.

Puso la televisión para ver las noticias de la CNN. Daban un pequeño reportaje sobre el Euromaidán ucraniano de hacía un par de años antes. La emisión fue interrumpida y el presentador de Atlanta comenzó a hablar de un gran descubrimiento con gran excitación. El suceso despertó en ella gran curiosidad y comprendió de inmediato que la noticia era un bombazo, que cambiaría la vida del globo, incluida la suya. Era lo que ella estaba buscando sin saberlo. Las agencias de noticias occidentales se centraban en el peligro de este nuevo mineral de convertirse en un explosivo potencialmente apocalíptico, muy superior a la capacidad destructiva de la bomba atómica. Nada se decía, sin embargo, de su uso pacífico como una fuente nueva de energía limpia. Esto lo supo cuando vio los despachos de los canales de información rusos.

Un nuevo elemento de la tabla periódica había nacido ante los ojos del mundo. Le habían cambiado las cartas y ahora tenía que cambiar su tesis, puesto que tocaba de lleno su investigación. Maldito sea el destino. Mar se quedó imantada a la tele. Algo dentro de ella se movió de repente. La invadió una sensación de profunda calma. La indiferencia sería desde entonces su sala de estar. Ella no tendría ya ni muecas ni risas, sino una permanente cara de Buda en meditación. Una cara que no cambia ni ante el temor de un enfrentamiento. Mar comprendió que le tocaba pagar la deuda que tenía consigo misma: verse y hacerse ver, notarse y hacerse notar, ser. Nada iría a mejor ni a peor. Fernando ya no podía hacerle daño. Ya no podía acceder a ella. La mayoría de las veces la gente no se da cuenta cuando arriba a puerto. Pero Mar sí lo supo, y ocurrió en ese preciso instante. Era algo irreparable, algo imposible de revertir, como el *coup de foudre* o el *love at first sight* pero al revés. Había pocas cosas en la vida en las que no había vuelta atrás. Un punto de llegada, como la última parada de una estación, en la que había que bajarse del tren porque la autoridad de transportes lo imponía. No había nada que hacer ni nada que pensar, era así; lo sabio era aceptarlo. Los tres años que los unían han llegado a su término sin papeles, abogados, acuerdos ni discusión. El clic fue claro, un sonido perfectamente determinado, el sonido de una campana.

—Hola. Estoy viendo las noticias… —E hizo una pausa para escuchar a Fernando protestar por interrumpirlo en sus horas finales de trabajo—. Están anunciando el fin del mundo. —Mar se sentía como si estuviera viendo de nuevo la caída de las Torres Gemelas.

—¿Qué ha pasado? —preguntó Fernando.

—Tenemos que hablar —afirmó ella muy segura.

—¿De qué?

—Los rusos han descubierto un nuevo mineral en el fondo del mar que va a cambiarlo todo. Se llama oceonio. Un buen nombre, ¿no te parece?

—¿Y qué? —pregunta él con bastante lógica—. ¿Quieres hablar con un psiquiatra de minerales ocultos bajo el lecho marino?

—Te lo he dicho: tenemos que hablar.

No hizo la cena, sino que se limó las uñas y se puso a ver una película soviética con subtítulos, de esas llenas de ingenio que la hacían reír. Se sentía más ligera, aunque solo fuera un espejismo pasajero. Era el momento de actuar, de hacer algo con todo aquel desorden que había entre los dos. Cuando su amor por Fernando nació, también lo hizo su frustración. Nunca se sintió correspondida. Ella había vivido aquel amor con desesperación pero sin dejar de esperar. Había necesitado poseerlo porque era la única manera de tener la seguridad de sentirse amada.

Tomó una bolsa grande, olvidada cerca del cubo de la basura, y se puso a tirar cosas. Se dio cuenta del montón de objetos que sobraban, de los papeles superfluos, de los libros mediocres que había que regalar, de los accesorios electrónicos sin usar, en ese apartamento que generosamente sus padres le habían cedido, porque era la vivienda que heredaría algún día. Vio el poco espacio que sus pertenencias ocupaban allí, en su propia casa. Se extrañó de poder mensurar físicamente lo que ella misma contaba en su hogar. Casi todo pertenecía a Fernando, salvo la pequeña estantería de la entrada en la que estaban sus libros y sus apuntes, junto con una parte de su armario; el resto seguía en su cuarto de niña no emancipada aún en casa de sus progenitores.

Tuvo la impresión de que él se la había comido, como una boa deglute a un perrito pequeño. Ella estaba dentro de su estómago. Lo tuvo claro, era su lengua retorcida la que se movía en el pasillo. Ella no vivía dentro de su vida, sino en la vida de él, como Jonás en el vientre de la ballena. Su propia vivienda lo certificaba. Ella se lo permitió. Se abandonó a sí misma. No se echó una mano para ayudarse. Se desechó en el fondo de una cesta con ropa para caridad. Mientras ponía en orden su cabeza, eligió otra bolsa para reciclar y siguió recolectando recuerdos para tirarlos a la basura. Aunque aún no se lo haya dicho, entre ellos todo ha terminado de una forma pasiva, como le gustaba a Fernando. Sin llantos ni conversaciones profundas. Había sido como tomarse una cerveza en un bar.

Mar sentía frío. Cuando se rompe un amor, por pequeño que sea, se pierde la piel que uno tiene, se queda a la intemperie, a merced del frío. Pero empieza la metamorfosis que permitirá prepararse para recomponerse; tal vez ya se haya hecho antes, pero uno nunca se acostumbra. Hay que dormir y comer mucho, hacer crecer una piel nueva rápidamente. Empieza la mutación de fechas del calendario, los cumpleaños, las navidades, las vacaciones, las rosas rojas de San Valentín. Hacer purga de fotos de Facebook e Instagram al mejor estilo soviético. Han de evitarse lugares y personas, ha de encontrarse una caja de hierro en la que enterrar los recuerdos. Y tomarse el tiempo de hacer un duelo.

Fernando llegó a casa. Ella se había puesto muy mona. Vestía de negro, como a él le gustaba. Él buscó en su cabeza una explicación científica y enseguida la encontró. En la montaña rusa de su bipolaridad emotiva, Mar se encuentra en fase maniaca. Mañana podría sumergirse a toda velocidad en su fase depresiva y encontrarla llorando desconsoladamente dentro de la ducha. Así son las cosas. Hizo el amor con él de forma casi salvaje. Se estaba despidiendo.

Fernando no se imaginaba que desde ese momento ya no sería Fernando, sino «el pobre de Fernando». Que se pasaría las noches en vela releyendo el DSM-IV, el manual de enfermedades psiquiátricas, para intentar dar una explicación a lo sucedido. Mar estaba inusualmente sosegada. Respondía tranquila a cualquier provocación, aunque por dentro los ácidos del estómago la comiesen viva. En efecto, Fernando, o el pobre de Fernando, no se explicaba cómo su novia se había vuelto una persona equilibrada de la noche a la mañana. Un caso único en la historia de la psiquiatría. La miró con recelo intentando atisbar algún indicio de una psicosis oculta que no hubiera previsto ni diagnosticado. A Fernando se le puso una mirada de ido por completo que incluso fue evidente en el trabajo. Sus compañeros achacaron el problema a los nervios previos a su incorporación al famoso hospital psiquiátrico Sainte-Anne de París.

A Fernando no se le ocurrió ni por asomo pensar que un mineral desconocido había resuelto todas sus diferencias con Mar, que lo único que a ella le pasaba es que ya no tenía miedo a perderlo, una especie de fobia que había desarrollado prácticamente desde el inicio de su relación. Ella ya lo había dejado. Él era historia. Lo peor ya fue. Ahora ella solo aceptaba poco a poco la situación. Que ya no estaban juntos. Que no había futuro y que lo único que quedaba era saborear un poco de presente. Ella ya lo sabía y a él se le había olvidado. Fernando, el gran Fernando, era un helado de sabayón derritiéndose por el calor de la Costa del Sol.

—¿Tienes tiempo para hablar ahora? —Mar tenía una mueca parecida a una sonrisa, a medias entre lo sarcástico y lo desafiante. Tras vencerse a sí misma se sentía victoriosa y fuerte.

—¿De qué se trata?

—Necesito que apagues el móvil y guardes tu agenda, por favor. Vamos a hablar tranquilamente, Fernando. Han pasado muchas cosas entre nosotros que no podemos ignorar más.

A él le corrió frío por la espalda. Nunca la había oído hablar así.

—Mira, es que tengo muchísimo trabajo encima. No estoy para melodramas.

—Pues yo tampoco. Lo que ha pasado no tiene marcha atrás.

—Mar estaba tan segura que ella misma se extrañaba tanto como Fernando. Él ahora tenía otro relieve. Era algo que la aliviaba. Por él había tolerado infidelidades emocionales, dudas y se había humillado como el manual de las abuelas requiere para mantener a un hombre a su lado. Por él había sido una histérica demasiadas veces y había escondido sus resquemores en el pozo de su alma para que no estorbara a lo cotidiano. Había llegado al punto de tenerlo acostumbrado a su falta de dignidad y a que ella ganara las batallas no porque tuviera razón, sino a fuerza de malos modos. Ahora ya no hacía falta.

—Aquí solo tú tienes la responsabilidad —dijo él—. Me has mentido sobre el niño.

—Creo que te equivocas: la tenemos los dos. Cuando se ama, se tiene una responsabilidad. Se es el guardián de ese amor que se nos ha dado. No se puede conservar una planta sin regarla, un perro sin echarle de comer. Tú cumples con todos, menos con nuestra relación. ¿Acaso no tengo derecho a tu gentil cortesía, a tus palabras amables, a tus favores y a tu interés? No. Cumplo un rol que me empequeñece: la que te espera, la que te sirve, la que se conforma con las sobras, las migajas que caen de la mesa de las personas a quienes quieres impresionar. Y eso me ha convertido en una persona histérica e inestable. Eso no es digno, Fernando. Mi amor por ti ha hecho de mí alguien que no soy. No soy yo la causa del desamor, sino su consecuencia.

—La función de la vida es desilusionarte, ¿verdad? Tú empiezas por todo lo alto, encumbras todo para después dejarlo caer. Yo era tan perfecto que al final resultó ser descorazonador. Yo no he cambiado, Mar. Yo siempre he estado ocupado, siempre he estado centrado en mi carrera. Tú me conociste así, sabías lo que había desde el principio, aceptaste para luego no aceptar.

—Tú te crees que te lo merecías todo. Que se puede dar sin recibir. ¡Siempre tan cómodo! Tengo hambre.

—Yo no —respondió él—. Ya he tenido suficiente. Estás tan rara que no te reconozco. ¿Acaso comenzaste una nueva medicación sin consultarme? Si me dices qué es podría ayudarte.

—No he tomado ninguna pastilla. Solo la píldora de la verdad, tan amarga como liberadora. Lo bueno es que solo hace falta una dosis y es de efecto inmediato. Por si no te has dado cuenta te la estoy administrando en este preciso instante. ¿No te sientes liberado? Yo sí. Hoy me he dado cuenta de que hace mucho tiempo que ya no estamos juntos y que no hay motivo para fingir ante familia y amigos, menos aún entre nosotros.

—¿Puedo irme ya a trabajar? He tenido suficiente telenovela esta noche. Y no me llamo Fernando Roberto, con doble nombre, como en una novela sudamericana. ¿Qué es esto? ¿*Betty la fea* al revés? Por Dios. Necesito un antiácido.

—Tú no me quieres a mí sino a Amy. Y siento muchísimo que hayas cargado con eso tú solo. Y lo de mi embarazo no supe cómo gestionarlo con todo esto, la verdad.

Fernando miró con estupor a Mar. Ella lo sabía. Lo había descubierto. Malditas mujeres que nacen con el instinto programado para que no se le escape una. Qué necesidad había de aquello. Mar estaba preparada, estaba más bonita que nunca, con el jersey que le cubre hasta debajo de las bragas, con calcetines. Parece una *cover girl* de *Vogue*. Mar estaba preparada para ejercer de mujer, para que no la disminuyeran, para levantar su dignidad ante un hombre enamorado de otra. Fernando no conseguía atinar porque era demasiado racional para escuchar sus tripas. Pero Mar era la del ojo del cíclope, con la verdad prendida en la frente. Sonreía con dulzura aunque no lo pareciera. Lo que más le dolió fue que lo mirara con lástima; sin embargo, se sentía comprendido como nunca. No lo recriminaba ni le hacía sentir culpable, pero sí responsable… Mar soltó varios elogios a la inglesa, y en cada cumplido lo miró a él para decirle que la otra merecía la pena aunque menos que ella.

—Tú y yo no podemos casarnos.

—Eso parece… —Fernando bajó la cabeza porque a nadie le sienta bien que lo dejen cuando es él quien hubiera debido hacerlo.

—Me voy a San Petersburgo. Buscaré algo allí. Cualquier cosa me servirá.

—No hemos hablado del niño.

—Lo del bebé será para otra vez. Como has dicho tú, esta noche ya hemos tenido bastante. Te he preparado una maleta pequeña, por si quieres irte ahora. Pero si prefieres tener unos días para buscar algo, me iré yo a casa de mis padres.

Mar lo besó en los labios durante casi un minuto. Eso le dio el toque peliculero que ella necesitaba. Tenía la absoluta seguridad de que sería la última vez que lo vería. Fernando salió de su casa aquella misma noche. El destino siempre tiene razón, como dice Oneguin. Mar cerró la puerta triunfante, se metió en el baño y vomitó con tanta fuerza que se llenaron de orines las piernas, después se lavó como pudo en el bidé antes de darse una ducha. Había salido victoriosa, ahora es más de ella y menos de él. Se había alejado de su relación, qué trabajo le había costado. Terminar la labor comenzada sería arduo pero posible. Necesitaría trabajar cada día un poquito. Aquel icono medieval de una madre con su hijo la ayudaría.

SEGUNDO Y CATORCE

Iván Ilich anda apenado. Se sienta en el suelo de aquel inmenso laboratorio con forma oval bajo la presión de más de mil quinientos kilos por centímetro cuadrado. Pero la presión del mar profundo no es nada comparada con la que ejerce Serguéi y otros peores que están encima. Aquel receptáculo metálico sin demasiado espacio le queda grande al joven científico. La emoción de trabajar con un mineral caprichoso como el oceonio le ha llenado siempre de ilusión, salvo hoy. Nunca se acostumbrará a no contarle a nadie cómo le ha ido el día mientras escucha el consejo sabio de la familia. Le gustan los tés calientes sorbidos en una taza pequeña al final de la jornada. Le gusta poder follar los días en que los experimentos no le salen bien. Manías de investigador. Si supiera llorar, lloraría, pero no se acuerda de cómo se sacan las lágrimas cuando a uno le oprime el corazón.

Hoy es el único día que se recibe correspondencia. Su novia le ha mandado la ecografía del bebé que esperan. Está de tres meses. No le había dicho nada hasta ahora para darle espacio mental para su trabajo. Visto que está en el fondo del mar, y no puede ni dar ni tener compañía, no había motivos para comentárselo antes. Las normas solo permiten recibir correspondencia una vez por semana, pues tienen bloqueado cualquier contacto con el exterior por motivos de seguridad. Serguéi dice que alguien se está chivando, pero Iván sabe que eso es imposible, que el que se va de la lengua está fuera y no dentro, pero los que pagan por ello son los de dentro y no los de fuera.

Han saltado las alarmas otra vez. La luz amarilla que parpadea enfrente de él lo saca de su miseria, lo impulsa a correr. Todo el personal de la plataforma submarina se prepara. Iván Ilich alcanza a toda prisa la sala de control, desde la cual podrá seguir con detenimiento lo que está pasando. Sus colegas más cercanos se reúnen allí con él. Nadie dice una palabra. La sala se sella automáticamente. Nadie podrá entrar ni salir hasta que pase el peligro.

Lo primero que hace Iván es poner a salvo los últimos planos con cálculos de la megaestructura en la que han estado trabajando. Lo envía por fax. Funciona mejor que la encriptación. Nada como el *low tech* para la seguridad informática, bien lo saben los magnates de Silicon Valley que usan celulares Nokia de los noventa. Aunque el tema lo llevan los ingenieros, él es quien mejor conoce el mineral. A pesar de su juventud, él lleva el peso del proyecto.

Hay un barco de enormes dimensiones cerca de donde se encuentran. En teoría el barco trabaja para un proyecto de investigación de la FAO con el objeto de estudiar peces de fondo, especialmente ricos en nutrientes, que son aptos para la pesca con artes de contacto con el fondo marino. Pero la gente del Ministerio de Pesca y Agricultura ruso considera que el barco noruego es de dimensiones desproporcionadas para la investigación científica submarina. Además navega sin permiso alguno en sus aguas. A pesar de que casi el setenta por ciento del mar es alta mar, este navío está donde no debe, por mucho que los noruegos se interesen por la investigación marina. Han comprado el auspicio de Naciones Unidas.

Con la visita del submarino británico de días atrás y la entrada camuflada del Kung Olav que ahora tienen encima, que no hace otra cosa que girar en torno de la estación secreta, los servicios de seguridad moscovitas se han acordado del Glomar Explorer y del proyecto Azorián ejecutado a finales de los sesenta, durante la Guerra Fría. Los americanos descubrieron el submarino soviético de misiles balísticos K-129 en alguna parte del océano Pacífico y se dijeron: ¿por qué no lo robamos?, así sin más, como si uno viese un libro en una librería y se lo pusiera debajo del brazo. Los americanos le echaron tanto coraje como locura al proyecto y pusieron en marcha el mayor latrocinio tecnológico de la historia. Y lo consiguieron. Montaron una garra gigante y se largaron como si nada con un submarino que estaba a cinco kilómetros bajo el agua. Aquello les ocasionó muchos quebraderos de cabeza a los soviéticos, que no se explicaban cómo un flamante juguete nuclear de cien metros de longitud, cinco mil toneladas de porte y armado con ojivas nucleares podía haber desaparecido como si nada.

—Tenemos un buque sobre nuestras cabezas —informa Iván Ilich a Serguéi Andréievich.

—¿El que había pedido permiso para investigar? La autorización se le denegó. En cambio, si solo está de paso puede navegar porque se encuentra en nuestra zona económica exclusiva. —Serguéi se había estudiado el caso, las zonas marítimas, y ya hablaba con propiedad.

—Pero todas estas son nuestras aguas, ¿no? Eso me han dicho. No pueden entrar en nuestra casa, ¿no?

—Es nuestra casa, pero tienen libertad para navegar siempre que sea «paso inocente». ¿Tenemos motivos para pensar lo contrario?

—Está parado.

—¿Justo arriba?

—No. A quinientos veintitrés metros al norte. Antes dio vueltas alrededor de la estación. ¿Le parece inocente? Seguro que no está de paso, sino de rastreo.

— ¿Qué está haciendo?

—No sabemos. Ahora está detenido, supongo que recabando datos. La gente de Moscú se ha puesto muy nerviosa. Han llamado al presidente.

—Eso es normal, para eso los ha plantado en la estación. Sin embargo, no deja de ser inquietante que los noruegos hayan detenido su curso. Ahora mismo estarán usando sondas para medir lo que hay abajo. Pero todavía no os han podido detectar. El buque sigue lejos.

—¿Y si saben dónde estamos?

—Los tendrías justo encima.

—¿Qué hacemos? En cualquier momento pueden venir hacia aquí. Le garantizo que el supuesto equipo de investigación internacional liderado por la Universidad de Ciencia y Tecnología de Oslo es un timo. Le apuesto un millón de rublos que hay fuerzas de la OTAN en ese buque. Más aún cuando a los noruegos, aunque su país sea el que mejor ha gestionado la explotación del petróleo, también se les acaba el negocio con el oceonio.

Serguéi mantiene la calma, pero ha de pensar rápido. No hay manera de desplazar una estructura gigantesca de metal, pero confía en que los medios sofisticados de camuflaje hagan su labor. Es la segunda vez que merodean en la zona. Esto quiere decir que puede haber una nueva filtración de información. De pronto se oye una explosión. Al estar Iván Ilich a varios kilómetros bajo el mar, solo le llega lo que los altavoces son capaces de transmitir, que suena a un golpe seco que se para enseguida. Como sonaría un beso de despedida, el final de una pareja, la muerte oficial del amor. Una enorme marea llena la zona. Un misil ruso ha destruido el supuesto buque investigador. No se esperan supervivientes.

SEGUNDO Y QUINCE

Mar está aterrizando en San Petersburgo. Y no puede remediar recapitular la parte final de la historia que la lleva allí. Cuando terminó con él, Mar buscó inmediatamente las invitaciones de boda y las echó en una bolsa de basura, no sin antes meter unas cuantas en su bolso de mano como recuerdo. Después comenzó a buscar las palabras exactas que le diría a su familia. Podría simplemente confesar la verdad. Que él no se casaba. Que él no la quería y que a ella ahora todo aquello le daba igual. Y cuando le pidieran una explicación diría que

Fernando no había hecho nada. Nadie podría comprender que se trataba exactamente de eso: de que no había hecho nada. No tendría actos concretos que relatar ni un listado de afrentas que pusiera a su madre de su parte. No podría incitarlos a la indignación porque todo lo que sabía, tan cierto como el cielo sobre su cabeza, era un desamor conocido no a través de la desgracia sino de la desidia. Y por otra parte… ¿cómo iba a confesar que en vez de ocuparse de los preparativos de la boda había estado investigando cómo y cuándo le iban a poner los cuernos? ¿O por qué su prometido era tan torpe que no había sido siquiera capaz de serle infiel con discreción? Que él, en vez de buscar una felicidad juntos, se dedicaba a corretear fantasías porque no soportaba la realidad que le había tocado, y ella, en lugar de valorarse, se había dedicado a correr tras él en busca de la fórmula mágica para que la quisiera. Y lo peor: que había perdido un niño por todo aquello, aunque la ciencia no pudiera confirmarlo. Se puso a leer *Oneguin* para descubrir los secretos del corazón que tan bien conocía Pushkin. Si él no le daba la respuesta, seguramente no la habría. Cerrar su relación era lo fácil. Perdonarse por fallar a su bebé por su mala cabeza, por sus nervios, por sus pocos cuidados, le llevaría media vida.

Bajó a la calle en mitad de la noche. Los del supermercado siempre dejaban cajas de cartón vacías al terminar las reposiciones después de cerrar. Cogió del panel de madera tantas como pudo y después se dispuso a llenarlas con cuidado: libros con libros, revistas con revistas, recuerdos con recuerdos. No sabe muy bien cómo es posible meter años en un cuadrado. Hizo un listado de cada contenido y lo pegó en su caja correspondiente. La compilación de todos los objetos la denominó «Mudanza Fernando» en un archivo en el ordenador, para evitar reproches. Una vez que la presencia de Fernando se disipó de la casa y quedó encapsulada en los cartones, el «genio» que tanto daño le había hecho volvió a la botella. Con la seguridad de que el tapón estaba firmemente cerrado pudo echarse en la cama y durmió como hacía años que no lo hacía.

Cuando se despertó, lo primero que hizo fue buscar quién estaba a cargo de la conferencia en San Petersburgo. Identificó a una estrella académica que ella conocía muy bien. Era un francés llamado Jean

Ségny que trabajaba en la Universidad de Virginia, famosa por tener entre el profesorado a grandes estudiosos de la Convención sobre el Derecho del Mar. Le escribió y le pidió trabajar para él, no sin antes mandar tres mails a su secretaria. La respuesta no se hizo esperar. Jean le propuso una entrevista por internet, que de treinta minutos se alargó a dos horas.

—Eres una joven muy bien preparada y creo que vas a disfrutar mucho en la conferencia —le dijo Jean—. No tengo presupuesto para contratarte, pero si lo tuviera, te soy totalmente sincero, tampoco lo gastaría en alguien sin experiencia. Si quieres venirte como interna con mi equipo, el puesto es tuyo, aunque lo único que podré darte es el pase con tu nombre. Puede servirte para tu currículum. Ya sabes que nuestra conferencia será como el patio de butacas del CEI, el club de excamaradas de la Unión Soviética. Si esperas asistir a grandes negociaciones resultará un poco frustrante para ti, pero sin lugar a dudas será una gran escuela. Aprenderás lo que ningún libro de derecho internacional puede enseñarte: conocer cómo funciona la cabeza de quienes se ocupan de que el derecho internacional esconda exactamente aquello que en verdad les interesa. Los tecnicismos quedan para la gente de segunda línea, aunque sean jueces de la Corte de La Haya con togas y baberos estrafalarios de lazo de Chantilly. Lo encontrarás fascinante. Pensándolo bien, debería cobrarte por dejarte mirar el sanctasanctórum del derecho internacional…

Dos semanas más tarde, Mar está ya en un avión. Arrepentida de quien ha sido hasta ahora. Hizo una copia de la lámina del libro y la plastificó para llevar a la Virgen del Signo con ella. Mar se promete que desde ese momento el amor no la encontrará nunca inerme, sino con casco, chaleco antibalas y una metralleta de asalto.

SEGUNDO Y DIECISÉIS

Natalia Ivánovna lleva casco, chaleco antibalas y una metralleta de asalto. Va en un furgón policial. Otros furgones lo siguen. El jefe de operaciones da órdenes a través de la radio mientras los ocupantes del vehículo acarician el arma como si fuera una novia. Pasan por la calle de los Millonarios, giran y llegan al pasaje Volynski, una calle-juela muy cerca de la plaza del Palacio. Natalia reconoce el Comisa-riado de Asuntos Internos, y le viene a la mente el poeta que el año después de la Revolución de Octubre mató al director de la Checa en Petrogrado (como por aquellos días se llamaba San Petersburgo). El poeta asesinó al implacable Moiséi Uritski. El jovenzuelo era un rico judío que quería vengarse por la ejecución de un amigo íntimo, por órdenes de ese monstruo. Huyó en una bicicleta y los de la Che-ca, que lo cazaron casi en el acto, lo llenaron a balazos en la travesía de Sapiorny, por la que justo están pasando en ese momento con el furgón. Natalia se da la vuelta para mirar. Ocurrió el mismo día que una mujer llamada Fanny Kaplan intentó asesinar a Lenin en Moscú. Natalia tiene la misma impresión respecto a Ignátov, pues Fanny era judía como Natalia, como todos los de la historia que lleva ahora mismo en la cabeza. «Curiosa coincidencia», piensa. Ella diría que Ignátov es una soñadora inteligente que no tiene que ver con la tra-ma, pero deben arrestarla e interrogarla para no dejar cabos sueltos que compliquen la historia.

Abren la puerta del furgón y los agentes saltan fuera uno tras otro. Se posicionan alrededor de un edificio medio en ruinas de colores anaranjados, pero que sigue habitado. La fachada continúa guardan-do la elegancia de glorias pasadas, pero un gran desconchón desviste casi la mitad del edificio. Un restaurante maloliente se halla junto a la puerta de entrada. Los policías suben las escaleras con brío y llaman a la puerta del apartamento de Ignátov. Esperan unos pocos segundos y a continuación echan la puerta abajo. Natalia entra la tercera.

Cuando acceden al estudio, descubren un habitáculo lleno de libros en columnas que llegan al techo, y una gran pizarra enfrente de una cama individual ubicada contra la pared. La pizarra está llena de cálculos. La estancia, impoluta. La única comida disponible se encuentra en latas perfectamente ordenadas sobre la encimera de la cocinilla.

En la pared de la cama hay pintada una ecuación matemática de grandes dimensiones. Sobre la cama, una soga con un nudo de ahor-cado.

TERCERO

EL PRIMER CÍRCULO

> *Y tú, potente dueño del Destino*
> *¿no eres tú, por ventura, quien del fondo*
> *de los abismos, con tu férrea brida*
> *has conseguido encabritar a Rusia?*

A. Pushkin, «El jinete de bronce»[*]

TERCERO Y UNO

París no es de Francia. Ni Roma de Italia. Ni Nueva York es estadounidense. Se equivocan quienes colocan banderas nacionales en ellas. Los que venden orgullosos camisetas y gorras del Estado al que creen que pertenecen. Porque hay unas pocas ciudades que no pertenecen a un país sino al mundo. San Petersburgo es una de estas rarezas.

TERCERO Y DOS

El fondo del mar está de moda. Ya no son los bicolores de Chanel ni el triquini, ahora son los estampados de bichos marinos. El tema

[*] Traducción de Eduardo Luengo.

de conversación en la cola del supermercado, en los coloquios televisivos y en las cocinas de medio mundo será el oceonio. Las palabras son palabras, poderosas hasta cierto punto, pero no hubieran surtido efecto si no fuera porque hay anuncios por doquier de la futura gasolina a mitad de precio y la calefacción a tarifas irrisorias. El oceonio promete amor y los recelosos del oceonio prometen guerra. El ambiente se caldea.

Los países desarrollados se han dejado seducir y han abierto las arcas para pagar proyectos de investigación en las plataformas y los suelos oceánicos, que para eso son menos conocidos que la Luna. Si el oceonio está en Rusia, por qué no en la plataforma continental de Argentina o Australia, que son enormes, o incluso en la de China o la de India. Pero el problema sigue siendo que la plataforma continental más extensa corresponde al país más grande, ellos, malditos rusos con su plataforma siberiana en el océano Ártico. Una pesadilla de nada menos que mil quinientos kilómetros que además es poco profunda. Otra vez les sonríe la suerte. Ahora los ciudadanos de a pie son expertos improvisados en geología submarina y hasta las amas de casa opinan con autoridad acerca de los arcanos de la plataforma continental.

El oceonio es *trending topic* aunque nadie lo ha visto realmente. Rusia ha facilitado imágenes pero no del mineral. A Naciones Unidas, que es desde hace décadas el mendigo internacional más prestigioso, le sonríe la fortuna. Rusia mantiene un idilio con este organismo desde que se creó, porque sabe manejarlo. Naciones Unidas empieza a recibir ingentes cantidades para investigar cosas indirectamente relacionadas con el oceonio. A Serguéi se le enciende la alarma cuando Ray Rex, el director general de la americanísima empresa Chexxon, anuncia cien millones de dólares para el proyecto Argo. Qué demonios será eso. Exactamente son boyas flotando sin más. Nadie las controla, nadie las maneja. Ellas danzan solitas por las aguas recogiendo datos sobre salinidad, temperatura y corrientes marinas; en fin, cosas raras de las que tanto les gustan a los científicos. Serguéi no tarda en darse cuenta de que ya hubo una reunión en la Unesco décadas atrás, a través de un grupo consultativo de expertos llamado ABE-LOS, y ya entonces se escucharon los gritos de los rusos advirtiendo que mandarían misiles contra esas malditas espías a la deriva.

Serguéi no entiende qué está pasando. Llama a sus internacionalistas y lo que le cuentan sus abogados lo deja perplejo. Las boyas no tienen ningún marco legal que las amarre porque no se las considera investigación científica sino recolección de datos. Algo así como coleccionar cromos por satélite. Una maniobra jurídica bien jugada por parte de los americanos durante las negociaciones de la Convención sobre el Derecho del Mar para meterse en casa de los demás sin permiso. Durante una década la Unesco intentó regular el tema a través de un grupo de expertos en derecho del mar, pero cuando empezó a meterse en honduras que no gustaban al Departamento de Estado americano, este movió los hilos necesarios. La iniciativa se cerró y lo aprobado se guardó en los estantes malolientes del sótano del número 1 de la rue Miollis de París, sede adjunta de la Unesco. Las búsquedas por internet se vaciaron de contenido y encontrar algo sobre el tema se volvió un ejercicio de fe y paciencia, y las boyas siguieron multiplicándose sin ser molestadas bajo el pretexto de salvar vidas con su capacidad de predecir el mal tiempo.

Serguéi sigue la información como si fuera una telenovela. Debe pensar un plan rápido para proteger a sus chicos. Debe ir más allá, encontrar soluciones antes de que descubran la guarida del dragón. Iván Ilich lo llama aterrado cada vez que se detecta un Argo en las inmediaciones, y el pobre chico ya vive a base de ansiolíticos que el médico del equipo le proporciona.

TERCERO Y TRES

El día del equinoccio primaveral de 2015, una joven llega a la ciudad de San Petersburgo con una maleta llena con más libros que ropa. Es alguien que puede contar consigo misma. No lo sabía hasta ahora. Acaba de conocerse. Mar ve un enorme anuncio en el aeropuerto Púlkovo en el que aparece la escalinata de Rastrelli en el Hermitage y junto a ella el *Caballero de Bronce*, frente a la imponente catedral de San Isaías. Mar se para de sopetón como si una avispa le hubiera clavado el aguijón, y desde entonces todo lo que había leído en la literatura rusa empieza súbitamente a tener color, forma y relieve. Aunque solo es una enorme postal aumentada y protegida por un cristal, le da la impresión de que atraviesa las puertas de la ciudad, aunque no le hayan puesto todavía el sello en el pasaporte. Le viene a la cabeza un pensamiento que jamás la abandonaría: «Hay pocas cosas por las que merece la pena vivir, pero sin duda una de ellas es poder disfrutar de la cultura». Y la cultura rusa ocupa un lugar especial en sus pasiones vitales, sus latidos del corazón.

Los pasajeros cruzan a su lado, pero ella permanece absorta sin moverse. Los minutos pasan hasta que de pronto se echa hacia atrás y tropieza con alguien que camina a su espalda, un señor ruso que tira de una pequeña maleta de mano Louis Vuitton personalizada, que viste un pantalón beis de cinco bolsillos, una camisa de algodón egipcio y un chaleco Dior azul marino. Ella le pide perdón en ruso varias veces y él la ayuda a levantarse, le responde que no pasa nada. Está molesto, pero no lo demuestra. Nadie diría que es un hombre duro en su medio profesional. Mar se queda atónita: es el hombre del retrato que ha elaborado con las pistas de sus sueños. No puede hablar siquiera. Ha pasado horas tirando y repasando las líneas y las sombras de ese rostro. Lo conoce mejor que su propia cara. Es él. «S», el hombre que ha visto incontables veces mientras dormía.

TERCERO Y CUATRO

Una mujer ha tropezado y ha caído encima de Serguéi. Afortunadamente ninguno se ha hecho daño. Serguéi la levanta y cortésmente le ofrece su mano. Pero al poco la retira porque ni ella se mueve ni él se puede mover. La joven tiene un rostro inquietante. «Qué osadía la suya», piensa él, qué osadía tener la cara de porcelana de la chica que dejó en el umbral de la puerta de su habitación en Tokio. El pelo es también liso, el color es ligeramente más oscuro aun siendo rubio, pero sus ojos son más dulces, también su voz, porque no hay ninguna pose artificial en ellos. Tiene menos pecho y es algo más baja, pero por lo demás es igual a Tatiana, la muerta.

Serguéi siente un pinchazo en el pecho, se le entrecorta la respiración. Lleva un par de *stents* en el corazón y tiene un miedo atroz a la muerte, por lo que se pone nervioso, y él no suele ponerse nervioso. El parecido de ambas jóvenes es asombroso. Dicen que todos tenemos clones en algún lugar del mundo. Algún amigo te comenta: «Te he visto en Sofía», mientras otra persona afirma que eres igual que un vecino de su abuela en el pueblo. Todos tienen razón. A fin de cuentas, no somos tan especiales. Somos una combinación genética única unida a una crianza sin igual, pero todos somos gente. Serguéi baja la mirada y Mar cree que ha dejado de prestarle atención. O quizá se ha sentido intimidado por ella. Da lo mismo. Está abrumada por la coincidencia y decide continuar. Está en tránsito en un nuevo país y aprieta el paso para cumplir con el penoso control de documentos donde su visa y su cara serán minuciosamente escrutados. Mar llega a la cola de espera del control. Varias filas de pasajeros están desigualmente colocadas delante de unas cabinas parecidas a las que hay en las autopistas. Allí las parejas se dividen hasta acertar qué cabina va más rápida.

Mar está distraída buscando el pasaporte, se alegra de encontrarlo donde tiene que estar. Serguéi tiene acceso a una sala VIP de Migraciones, pero decide caminar hasta la cola y hacerse el encontradizo. Ella escucha un «hola» a su lado. Entonces se da cuenta de que quien habla es el mismo hombre con el que se tropezó anteriormente. Tiene la mirada amable, facciones finas, el pelo gris, la voz cálida. Hay algo familiar en él, quizá porque ni es demasiado alto ni demasiado bajo, ni demasiado débil ni fuerte, ni arrogante ni sumiso, ni elegante ni informal, todo en él resulta equilibrado. Para ella es como si lo reconociera en vez de conocerlo por el dibujo en el que ha estado trabajando.

—¡Es usted otra vez! ¡Lo siento muchísimo, de veras! ¿Está usted bien? Se me olvidó preguntarle. —Mar expulsa atolondradamente las disculpas; las palabras no paran porque está nerviosa, recién llegada a este país de estepas y bosques nevados que solo sale en la tele para dar malas noticias.

—Nada, nada… —afirma divertido, y la observa como mujer. Es muy joven, es bonita pero algo descuidada; por ejemplo, esas uñas sin manicura y ese traje que le queda un poco holgado. Se diría que tiene un aspecto perfectamente desaliñado, como si en el fondo cada detalle en su contra estuviera hecho a propósito.

El agente de fronteras le pide el pasaporte. La situación debería ser árida, pero algo ha cambiado, de repente el país ha perdido su dureza. Ella comprende que detrás de la frialdad del agente ruso encontrará un volcán, ya lo escribió Utrilla, un periodista español. El agente la observa con detenimiento, pues nunca ha visto un pasaporte con alguien sonriendo. Cosas raras de los mediterráneos que se toman a risa incluso a la administración, debe de pensar él. Entonces la deja pasar y Mar entra oficialmente en el país de las mil maravillas, casi todas secretas.

¿Dónde está el desconocido? ¿Dónde está el señor del retrato? Necesita más. Se regaña a sí misma, no volverá a ser dependiente de ensoñaciones, no volverá a inventarse a nadie, aunque eso signifique no volver a enamorarse. Aprieta el paso, toma la maleta que ya hace rato que está en la cinta de equipajes, la pone en el carrito metálico, que chirría levemente al empujarlo, y sale por el canal verde, que es la salida de los que nada tienen que declarar. Hay que olvidar rápido a «S», por mucha curiosidad que le haya despertado.

Mar se dirige a la salida del aeropuerto, a la negrura de la noche petersburguesa, con diez grados bajo cero de pura humedad, sin nadie que la abrace y le dé la bienvenida. Allí otros esperan a otros con flores, abrazos y bienvenidas que no son para ella.

Mira al cielo. A Mar le llama la atención la oscuridad del lugar. Está lleno de charcos negros helados bajo un cielo gris plomo, con los coches sucios por el barro del deshielo de días atrás, que se ha vuelto a helar con el retorno del frío sin nieve. Hay cientos de coches en el trasiego de la recogida de los pasajeros. A pesar del tránsito sin descanso, el silencio es sepulcral. Solo las luces de los faros guiñan a la noche oscura del alma. Es 1 de marzo, el primer día oficial de primavera en Rusia, pero el invierno no se ha ido, ha regresado con fuerza por unos días. Mar ya sabe que Púlkovo no tiene tren ni metro y que deberá esperar el autobús al aire libre o buscar un taxi oficial entre los pilares altísimos de cemento. Sin pausa e inexorable, el frío va entrando en cada rincón de su cuerpo y solo se detiene al llegar al hueso. Acaba de darse cuenta de lo que significa un abrigo de Zara en Rusia. Maldice a Inditex y a todas sus filiales. No siente los pies, pues sus botas tampoco son capaces de combatir el clima. Acaba de dejar de ser animalista y llevaría hasta un abrigo hecho con piel de gato. Mar tiembla y reza para que el autobús venga pronto porque no hay ni un taxi libre y los taxis piratas no son de fiar. Son los ocho minutos más largos de su vida. Nunca pensó que el frío pudiera quemar. Es rápido e implacable. Se sienta sobre su maleta, que ahora se ha vuelto aún más rígida de lo que era. No siente la cara. Tampoco la punta de la nariz y de los dedos. Se abraza con fuerza, da saltitos en el aire. Mueve los brazos de un lado a otro. Debería mandarle un mensaje a su familia para decirles que ha llegado, pero no se atreve a quitarse los guantes. Se cubre la cara, cuya piel parece hecha de harapos. Quiere llorar, pero no puede. Los párpados le pesan. El viento del norte, recién llegado como ella a la ciudad, la corta en varias partes. Mar decide que no puede esperar más y debe volver dentro de la terminal hasta que le asignen un taxi. Qué bueno sería lamentarse si tuviera fuerzas. Ahora le duele la parte de atrás de la espalda. «Deben de ser los riñones», piensa ella. Otra cosa más que nadie le ha contado. Que cuando te hielas, tu dorso te aprieta como si fuera a reventar. Tiene que volver dentro y buscar calor en algún sitio. Debe calentarse como sea. Se aprieta el gorro, anda despacio en el hielo, y de pronto suena el claxon de un coche. Mar mira extrañada, está en mitad del paso de peatones y el coche sigue pitando, entonces una ventanilla se baja, y una voz que reconoce la llama desde dentro.

—Hola. ¿Quiere usted que la lleve? Hay mucho sitio libre aquí.

Es el desconocido: «S». De nuevo él. Sonríe desde el asiento trasero, con la mitad de la ventanilla bajada de un Mercedes Maybach conducido por un chófer. No tiene que insistir ni una sola vez, pues Mar está tiritando y aceptaría la invitación de cualquier persona que le pareciera normal. Incluso tarda un poco en notar que él es distinto sentado en el lujo y el confort que tirado en el suelo del aeropuerto. Se le ve menos libre.

TERCERO Y CINCO

En cuestión de segundos Mar está instalada en el coche mientras el conductor se ocupa de su maleta. Serguéi ya ha dado al botón para calentar su asiento, e incluso le pone sobre las piernas una manta de cachemir que siempre lleva en sus viajes. Serguéi está alerta a cualquier detalle.

—Me llamo Serguéi. —Y le da la mano derecha mientras con la izquierda presiona un botón para que la calefacción por aire se intensifique. La mira fijamente y siente el olor a perfume de rosa que encuentra anticuado y un tanto místico. A él le gustan más los aromas cercanos al jabón porque le obsesiona la limpieza.

—Yo me llamo Mar, encantada. —Lo mira fijamente y él le aguanta la mirada porque sabe que se siente cómoda en esos ojos en los que apenas se ve el color, pero que son hospitalarios como una casa de madera.

Después hablan de sus vidas, mencionan direcciones, ciudades, países, orígenes familiares y toda esa información básica que enmarca a los que se encuentran. Siguen hablando, se ríen sin causa alguna, señal de que han conectado. Ríen y ríen aunque ahora ya no saben por qué, serán las botas o el abrigo, que él mira tanto y que le hacen gracia.

—Bienvenida a San Petersburgo. La capital de las noches blancas, aunque como estamos a 1 de marzo, aún queda un poco para verlas —dice él cuando ya han dejado la avenida Moscú y han llegado a las orillas del Nevá donde los palacios de granito se repiten, se copian y se superan unos a otros. A él se le nota orgulloso de su ciudad de acogida pues, según cuenta, nació en Siberia y se mudó muy joven para estudiar en la universidad.

—Es tan bonito que no puedo respirar —afirma ella, en un súbito ataque de síndrome de Stendhal. Vuelve a mirarlo a los ojos, está tan emocionada que no dice nada. Y descubre cuánto le gusta su modestia. Él posa su vista, satisfecho, en el mundo de los zares. En San Petersburgo empieza la Rusia que domina los sentidos. Comienza la Rusia de todas las Rusias.

—¿Es tu primera vez aquí?

—Vestida así, ¿qué crees? Está claro que no me fijé en los abrigos que llevaban en la película *Doctor Zhivago* y solo conozco la nieve domesticada para esquiar en Sierra Nevada, que raramente está a demasiados grados bajo cero. Pero a pesar del frío no cometería nunca la barbarie de no acostumbrarme a un lugar tan hermoso —comenta mientras observa el exterior.

El conductor aminora la velocidad ante las órdenes de Serguéi. Mar contempla perpleja el espectáculo que le ofrece la ciudad. Las formas clásicas. Los edificios reflejados en los canales, cuyas imágenes son convertidas en paisajes oníricos. San Petersburgo es majestuosidad y lirismo, una poesía melancólica. Mar no tardará en comprender que la formalidad de sus construcciones se transmite a sus habitantes. Hay elegancia en el ambiente, que ella no ve pero que siente de inmediato. Mar suspira de vez en cuando y Serguéi siente su orgullo cada vez más hinchado.

Es un hombre complaciente que adora complacer, y ella una extranjera que le inspira cierto misterio. Y a él le gustan los misterios, sobre todo cuando se encarnan en una mujer.

Conversan más porque el trayecto se ha convertido en una excursión, y las mismas expresiones se repiten. Cuando Serguéi dice un nombre ella se exalta, pregunta información histórica y queda atada por la curiosidad. Se le ha olvidado el frío y el maldito abrigo de Zara. Serguéi recibe una llamada y decide no responder. Mar ha comprendido que es su esposa, pero no pregunta nada.

—Es mi mujer —dice él dando unas explicaciones a las que no está acostumbrado—, llevo dos meses sin verla. Está en Crimea. Las cosas no van bien entre nosotros. —No sabe por qué ha hecho este comentario. Supone que es por acercarse a ella a base de verdad.

—Todos, tanto hombres como mujeres, tenemos cierto grado de frustración con nuestras relaciones, puede ser alto o bajo… pero siempre lo hay. Lo único que se puede hacer es que sea lo más pequeño posible —le responde con la misma sinceridad con la que él le habla. Intuye que es un hombre reservado y que se está abriendo a ella de un modo inusual. A veces pasa con los desconocidos. Porque alguien nuevo escucha con distancia y puede hacerlo sin prejuicios e intereses, y esa distancia los hace más fiables, con un oído profesional, como un terapeuta que no está involucrado en los líos. Serguéi está solo. Su voz tiene algo de huérfana. Se le va el calor que tiene guardado para su familia y no sabe a quién dárselo. Por eso de alguna manera se lo da a Mar. Lo hace con sus confidencias que suenan a amistad. Ella siente que esta noche quiere compañía. Se le nota. Algo le pesa, le pesa mucho.

—¡Vaya! ¿Y vuelve pronto de Crimea?

—Por el momento no —responde él. Echa un vistazo al móvil y busca la foto de su hijo y se la enseña. Y entonces parece más padre que hombre, una roca sólida a la que su hijo siempre se podrá agarrar.

A Mar le da un poco de pena, porque se ve que es alguien ocupado y, por tanto, si se lleva mal con su esposa, no tendrá tiempo ni para discutir con ella y aún menos para arreglar las cosas entre ambos.

—¿Y tu grado de frustración cuál es? —pregunta él tras unos minutos. Y con ello acepta que son confidentes de una noche.

—Si eres tú quien me acompaña a casa en una noche helada, ¿cuál crees tú? —Y se ríe porque su situación le da aún más pena que la de él. Deben de parecer dos perros lamiéndose las heridas.

—Los hombres tenemos una edad tan difícil como la adolescencia. Son los años en que nos obsesiona el trabajo y no vemos nada más.

—Supongo. —Y lo observa extrañada porque no esperaba esa sensibilidad ni esa agudeza emocional. Ha dado en el clavo a la primera.

—¿Por qué me miras así? —pregunta Serguéi.

—No, por nada… Me ha sorprendido tu respuesta. Los hombres que yo conozco no suelen pensar mucho en los sentimientos, y por eso suelen dar respuestas fáciles para salir del paso. No conozco gente como tú. —Pero Mar no piensa en el cumplido sino en ella, porque ahora sobre todo debe pensar en ella.

Mar le ha hecho reír y le ha levantado su ego en un momento en que lo necesitaba. Ambos vuelven al tema de la ciudad. La imagen de aquella noche que Mar quiere recordar siempre es la estampa de los palacios reflejados en el agua. Mar piensa en su dibujo: «¿Quién es este desconocido que estaba en su destino antes de encontrarse y por qué estaba obligada a encontrarlo?».

TERCERO Y SEIS

A diferencia de otras ciudades turísticas del mundo, San Petersburgo no está llena de turistas extranjeros. Salvo ahora, para dos grandes conferencias, la de los exsoviéticos y la internacional. Los primeros visitantes que toman tierra en la ciudad de los palacios de invierno son los del servicio de información nacional de cada país. En otras palabras: espías del mundo entero aterrizan en el aeropuerto Púlkovo con un visado diplomático o turístico. Aunque las tecnologías han facilitado el espionaje, al final los estados siguen prefiriendo métodos *in situ* para saber qué pasa. Los visitantes esperan encontrar puntos débiles para robar información. Como los vuelos internacionales no son tantos, los espías terminan cruzándose entre sí, se miran de reojo y hacen como si no se conocieran a pesar de estar al corriente de la ficha ajena. Tanto es así que incluso algunos de ellos han coincidido en alguna misión, porque a fin de cuentas todos están especializados en lo mismo: Europa del Este.

El espía italiano, que por lo visto es bastante guasón, va por ahí saludando a sus colegas de otros países. No se sabe si es por el jersey de renos que viste, y que por tanto forma parte del disfraz, o porque le gusta divertirse. El espía alemán baja la cabeza bastante molesto y el coreano saca el móvil para hacer una foto a un gorrión que se ha colado en la terminal como si la cosa no fuera con él. Todos visitarán sus consulados respectivos al día siguiente de manera abierta o subrepticia. Los rusos han colocado la última tecnología de reconocimiento facial y han llenado la ciudad de cámaras para tenerlos controlados. Los guardias de fronteras han recibido un entrenamiento especial para identificarlos. Hacen la vista gorda, pero a veces sonríen maliciosamente cuando cazan a alguno y les dejan pasar como diciendo: «Pasa, pasa, que estás en nuestras manos porque te hemos pillado».

El representante de Ucrania en la Comunidad de Estados Independientes, la CEI, o SNG en ruso, también ha aterrizado en San Petersburgo. Oleg Oleksandrovich Mélnik es un tipo alto, musculoso, con facciones muy marcadas por su mandíbula casi cuadrada e intensos ojos verdes. Anda como un militar porque fue miembro de las fuerzas de élite antes de convertirse en diplomático. Sus conexiones lo han catapultado a la misión estrella del momento. Tiene un conocimiento profundo de Rusia porque odia al imperio. Y odia aún más al presidente ruso, a quien considera un depredador en la Casa Blanca de Moscú. Oleg dejó su ciudad natal, Simferópol, en su amada Crimea después de la anexión rusa que ocurrió ante la desidia internacional. Aquel atropello llegó en mitad del duelo por la pérdida de su mejor amigo, que había muerto por otras causas un par de meses atrás. Lleno de ira se fue a Mariúpol, peregrinó de bar en bar hasta que halló a gente del batallón Azov. Lo pusieron a prueba nada más llegar, le dieron una misión puntual para ver su coraje. Oleg no les decepcionó. Se intercambiaron los teléfonos para ayudarlo si necesitaba algo. Pero lo que él más necesitaba era un hogar para sus ideas.

Oleg se radicalizó. Al fin y al cabo los radicales son todos iguales, con independencia de lo que defiendan. Oleg se unió a uno de los campos de entrenamiento, donde mágicamente había arribado un arsenal de armas americanas en un enclave a orillas del mar de Azov. Su porte físico le ayudaba, y la bilis en la boca también, pues expresaba sin ambages que lo que Ucrania necesitaba era una junta militar para limitar los innecesarios derechos civiles y poner orden en un país llevado al caos por la venalidad de sus políticos. Enseguida se ganó la confianza de sus hermanos combatientes, que tenían ideas parecidas sobre cómo enderezar el país y unificarlo política e ideológicamente. El biculturalismo lingüístico ruso-ucraniano debía terminar. No habría más ucranianos rusos o rusófonos, solo ucranianos. Los traidores y los extranjeros serían limpiados o invitados a marcharse a Rusia haciendo uso de los pasaportes que les había extendido el presidente de aquel país. La doble nacionalidad era una ficción peligrosa mansamente aceptada por los imbéciles del Rada, el Parlamento de Kiev. El idioma ruso sería prohibido en las escuelas. En una generación todos serían nacionalistas. Era un programa maximalista, por lo que Oleg se disgustó mucho cuando el batallón se unió a la Guardia Nacional y pasó a ser un regimiento del ejército regular, pero a pesar de todo Azov era su casa y se quedó en él.

Un día conoció a Kolomoiski, un oligarca ucraniano que financiaba el centro de entrenamiento de Oleg. Kolomoiski no tardó en percatarse del enorme potencial de aquel muchacho. Aplaudió su demostración militar y cuando se encontraban todos en la carpa tomando un té, puesto que el alcohol estaba terminantemente prohibido, se dio cuenta de que era un chico muy inteligente y que pese a su fuerte temperamento tenía la mejor de las cualidades: la templanza. Oleg podía amarrar sus pasiones cuando era necesario y mantener la cabeza fría. Era profundamente leal a sus ideales.

Kolomoiski lo convirtió en su protegido y lo fue puliendo para moderar su ímpetu juvenil e interesarlo en temas más sofisticados que salir a quemar coches o atar a gitanos y rusófilos a una farola con rollos de plástico. Kolomoiski lo metió en la administración, y aunque era un pésimo burócrata, resultó muy efectivo para organizar planes de acción cuya ejecución él mismo se encargaba de supervisar. Oleg tenía un gran orden y frialdad mental, poco a poco estos fueron prevaleciendo sobre su violenta irascibilidad. Hasta su trato se endulzó, no sin esfuerzo, cuando entendió la importancia del don de gentes para alcanzar sus objetivos.

Instalado ya en Kiev, Oleg conoció a la bella Tatiana en una manifestación de la ultraderecha en Maidán, la plaza de la Independencia. Ella militaba en un grupo político llamado Sector Derecho. Su belleza y su decisión la convirtieron en su *alter ego*. Tenían sexo intenso, a veces lleno de culpa por parte de ella pues era religiosa, pero nunca podían alejarse el uno del otro. Era más lo que los unía que lo que los separaba. A pesar de su cercanía, se prometieron que ningún afecto sería un obstáculo para su lucha política. Tatiana era la única mujer que lo entendía. Se convirtió en su compañera de ideas, de proyectos y de amor por su tierra. No era una mujer como las demás. Ella era el cerebro de todo lo que planeaban juntos porque tenía una inteligencia mucho mayor que la de él. Sin embargo, él era el rostro visible de las operaciones y se encargaba de buscar apoyo financiero. Nunca debió dejarla ejecutar aquella misión en Tokio. Oleg Oleksandrovich ya no es fiel a sus ideales porque daría lo que fuera por que ella estuviera viva.

Su misión oficial en San Petersburgo es la de negociar condiciones ventajosas para la adquisición de la nueva fuente de energía derivada del oceonio. A cambio ofrecerá un alineamiento automático de Ucrania con Rusia en materias de seguridad internacional y relaciones exteriores. Deberá resistirse a la política agrícola común que quieren imponer los rusos, ya que el grano es un activo estratégico de Ucrania. Sin embargo, su cometido irá mucho más allá de estos previsibles términos de acuerdos energéticos, comerciales y de seguridad. Su otra misión se la debe a Tatiana.

TERCERO Y SIETE

El coche se detiene y Serguéi le propone mirar por la ventanilla. Su dedo se posa en la silueta de una majestuosa estatua de un rey montado a caballo.

—Te echaste encima de mí viendo esto. Tengo el honor de mostrarte el de verdad.

—¡No me vuelvas a sacar los colores…! ¡Qué imponente resulta! ¿Cómo se llamaba…?

—Медный всадник, el *Caballero de Bronce*. Hay un poema de Pushkin que todos los niños rusos aprendemos en la escuela. Es el protector de la ciudad.

—Solo he leído el inicio del poema.

—Catalina la Grande, para poder emular a Pedro, pidió esta obra a un famoso escultor francés que trabajó durante doce años en ella… Pero eso no es lo que tú esperas escuchar, ¿verdad? Ni siquiera que la piedra que ves ahí es la más grande que ha movido el hombre…

—Y sonrió maliciosamente porque Rusia está llena de hipérboles—. El país más grande del mundo; el Caspio, el lago más grande del mundo, que por eso llamamos «mar» como tú, y el Baikal, que es el lago más profundo de la tierra; el país con más naciones vecinas, el que puso al primer hombre y la primera mujer en el espacio, el más frío, el del rompehielos de mayor tonelaje del mundo, y así hasta un interminable «lo más de», porque, inspirados en su geografía, cuando los rusos deciden hacer algo, tal es su pasión que rompen cualquier medida de comparación… En fin, volviendo a Pushkin, él cuenta que durante una inundación del Nevá, el jinete cobró vida de pronto y salió a recorrer las calles de San Petersburgo para alertar a sus habitantes. Cabalgaba en la tormenta avisando a todos y salvando a los transeúntes que encontraba por la calle.

—Nuestra tradición monárquica, que gracias al cielo ha mejorado con el tiempo, era ahogar a los habitantes, no salvarlos… es muy conmovedor. No me extraña que estéis tan orgullosos.

—Se dice que mientras la estatua esté en pie, San Petersburgo seguirá indomable. Por eso los alemanes intentaron destruirla muchas veces durante el sitio de Leningrado, pero nunca lo consiguieron.

A Mar le gusta tanto la historia que decide salir del coche y acercarse al zar para expresarle su respeto. Incluso se pone la mano en el pecho. Serguéi la observa encantado. Acercándose a ella, le coloca su abrigo sobre los hombros para que no se enfríe. Ella siente el calor del suave forro de piel y el olor de su dueño. Por un momento se siente en casa. Se da la vuelta, abre los ojos, lo mira y sonríe. Daría igual que estuvieran a cuarenta bajo cero. Aquel zar de Rusia del que hablan el caballero y la extranjera fue el primer zar de un imperio nacido en Moscú. San Petersburgo es consecuencia del flechazo del zar cuando vio el mar por vez primera. «Extranjeros», piensa él, porque se acuerda de una historia bien conocida, de la simbiosis entre los extranjeros y el gran zar de Rusia, de esa leyenda que cuenta que los extranjeros que vivían cerca del palacio en el campo donde creció le trajeron las primeras leyendas sobre el mar, y que Pedro en su veintena por fin lo conoció y se enamoró como no pudo amar otra cosa en su vida. Su avidez de agua salada convirtió un inhóspito humedal en la capital de Rusia. Así fundó San Petersburgo. Cavada sobre el lodo y los huesos de esclavos que levantaron la futura capital del imperio, pero también la capital naval del mundo. A Mar le da por pensar que está bendecida por la buena suerte.

—No todo el mundo tiene la suerte de empezar a conocer San Petersburgo saludando a su fundador, Pedro el Grande, que es como debe ser. Quizá no es de extrañar que una ciudad tan ligada al mar te reciba así.

Mar mira al hombre misterioso, que parece que siempre estuvo allí con ella. Que a ratos parece invisible, como si se hubiera disipado con la niebla que entra desde la orilla, y en otros brilla como una parte arrebatada a la misma luna. Quién será aquel que parece tener ganas de abrazarla y se contiene. ¿Será todo esto un espejismo de su sed de creer que las cosas buenas pasan y se quedan o será una decepción más? ¿Será esta sensación de miedo y apego lo que llamamos enamorarse? ¿O será lo que pasa cuando uno pone el pie en tierra de poetas y asesinos y no puede quedar indemne, como si no pasara nada? Porque sí pasa. Pasa que el mundo es mucho más grande de lo que dicen los mapas y más emocionante de lo que prometen las pantallas en las que vivimos a diario. Mar se siente rara porque está haciendo eso, viviendo. Una novedad para los días monótonos, más allá del parte del buen o mal tiempo, del insomnio certero de morir por nada y por nadie. Viviendo. Eso significa que está dispuesta a que le pase de todo. Ella regresa de sus pensamientos y mira a su alrededor. Ha tardado poco en convencerse de que el Petersburgo de los embarcaderos pertenece a Pedro el Grande.

—¿Y después cómo debería seguir esto? —Pero no se refiere a los monumentos sino a ella y él, porque él parece estar solo y ella está sola, y en cualquier momento llegarán a donde sea, y él se bajará y será el fin del bono de bienvenida turística.

—Por el Petersburgo de Pushkin…. Te haré unos círculos en el mapa de la ciudad que seguro llevas en el bolso. —Y lo dice como el hombre que cuida de todo lo que le rodea, sin librarse de ese tono modesto que le gusta mostrar, como le pasa a la gente inteligente.

Regresan hacia el coche y Serguéi ya no oculta que la situación le sorprende más de lo debido. Para él los extranjeros siempre han sido objeto de desconfianza, una convicción grabada a fuego desde su educación soviética, y siempre ha sido así por muy viajado que se haya vuelto. Que la chica observe con ojos de mujer enamorada su ciudad bellísima y mal cuidada, lo descoloca. Está acostumbrado a que los forasteros son eso, los otros, los que siempre serán otros, los que nunca serán los suyos, y los que siempre los miraron y seguirán mirándolos con desprecio y recelo. Los rusos devuelven lo que reciben, eso le dijeron de niño. Pero ella está sacada de la costilla de esa estatua que mira con fervor, le ha visto lágrimas escaparse tímidamente de sus ojos, sin adivinar que ella se acaba de reconciliar consigo misma, que sabe que está donde debe estar, que no tiene temor a ninguna decisión mientras esté cerca del caballo de Pedro. Ya dentro del coche, hablan del frío, de Rusia, de cosas prácticas que Mar debe saber.

Serguéi recibe otra llamada. La expresión de su cara se avinagra, frunce el ceño, toma el teléfono sin acordarse siquiera de que Mar está delante. Es Natalia, que tiene noticias.

—Cuando te lo cuente, no te lo vas a creer, Serguéi Andréievich —dice Natalia, jubilosa.

—Yo esta noche me lo creo todo. —Serguéi habla confiado en ruso porque no sabe todavía que Mar lo comprende—. En este momento es como si el pasado nos diera otra oportunidad. Como si lo que pasó no hubiera ocurrido ni lo que fue hubiera sido.

—¿Te encuentras bien? —Natalia no se atreve a preguntarle si ha bebido o ha consumido drogas, porque habla errático y se le oye muy arriba.

—Perdona, estoy algo abrumado. Han sido unos días muy duros y ahora necesito un poco de descanso.

—Tenemos los resultados del forense. Pedimos contrastarlos con otro experto y ambas autopsias coinciden.

—¿Y qué dice el informe? —La voz de Serguéi tiembla un poco.

—A Tatiana no la mataron. Se suicidó.

—¿Cómo es posible? ¿Cómo pudo hacer aquello sola?

—Pues la señorita se las apañó para ejecutarlo sin ayuda. Se automutiló, se puso una bolsa en la cabeza, las esposas atrás, tomó el icono de la Virgen no se sabe cómo… En fin… tuvo que entrenar mucho.

—Me cuesta creerlo. Buscad un tercer experto. Pedid los permisos y mandad al mejor de los nuestros. ¡Esto es una locura! —Cuando toma aire se acuerda de que no ha preguntado por la segunda muerta, pero prefiere no hacerlo delante de Mar.

—¿No estás contento? Ya nadie te acusa de asesinato. Las autoridades japonesas están incluso preparando la carta de excusa y los japoneses quieren firmar el acuerdo que quedó a medias.

—Pues que sigan esperando. —Serguéi no va a perdonar tan pronto la humillación que sufrió. Su mayor defecto es el orgullo y se deja llevar por él fácilmente.

—Poliakov quiere retomar el acuerdo con Tokio. Mañana contactará contigo para hablar del tema.

—No habrá acuerdo por ahora —insistió—. A Poliakov le será más útil llamar a alguna de sus múltiples perras. —Después hizo una pausa y recordó algo que aún no le había preguntado—. ¿Algo nuevo de Ignátov?

—Por ahora no, pero de eso también me estoy ocupando. Te mantendré al corriente. Por cierto, asegúrate de que la persona que está contigo ahora es de fiar. —Eso sí que se permite decirlo. Al fin y al cabo Natalia está entrenada para husmear y sabe cuándo está pasando algo. Debe hacer el comentario porque en este momento su intuición le indica que todas las luces rojas están encendidas.

TERCERO Y OCHO

Oleg, el espía ucraniano recién llegado, pasea por las inmediaciones del Najímov como si fuera un turista más. No lo es. El gobierno ruso da por hecho que habrá un número indeterminado de agentes secretos no fichados, agentes de élite y agentes nuevos; también para eso hay un plan.

En el edificio Najímov, que hospeda la Escuela Naval de San Petersburgo, en la céntrica isla Petrogradski , en la que Pedro el Grande residió por primera vez, no lejos de la plaza Trotski, hay una cola kilométrica. Las universidades de élite del país han reclutado a los estudiantes más brillantes en informática. La Universidad de Instrumentación Aeroespacial de San Petersburgo, sobre el canal Moika, ofrece un equipo entero liderado por una joven de veinte años. Han prometido salarios astronómicos para un proyecto sobre redes, pero no han especificado lo que hay que hacer. Lozprom financia la operación. A Serguéi le encanta gastar dinero en cazar talentos y ha abierto el bolsillo ampliamente. Los chicos llegan a la primera entrevista liderada bajo cuerda por el FSB: no buscan programadores, sino hackers. Es exactamente para lo que Anna y su equipo fueron entrenados de manera casi secreta. Hace tres años que las universidades rusas compiten entre sí en torneos de hackeo. Los petersburgueses han hecho morder el polvo a los chicos de la Lomonósov, una y otra vez. El rector de la GUAP está convencido de que Anna puede convertirse en uno de los mejores secretos militares del país.

Los hackers veteranos que estaban en las listas del FSB ya se encuentran a bordo y serán los directores de orquesta. Han traído hackers de toda Rusia además de a un chino y un indio de renombre en el círculo de hackers mundiales, amigos de Anna, para reforzar la plantilla. Al ser espíritus libres habrá que atarlos corto a ellos también. El sótano del pintoresco edificio pintado en celeste y resaltado por molduras blancas se ha habilitado para los futuros hackers. Los reclutas seleccionados vivirán en escuelas militares y empezarán a ser entrenados para acceder a cuentas de mail, de banco, crear noticias falsas, perfiles inventados en redes sociales, destrozar páginas web de entidades públicas y privadas, saquear bases de datos y reventar por completo el sistema cuando llegue el momento. Solo eso. Se prepara una guerra cibernética.

Con las gafas de última tecnología que lleva puestas Oleg Mélnik saca fotos con disimulo de los candidatos que hacen cola. Son chicos inocentes que cuentan chistes entre ellos. Nadie llama la atención especialmente. Oleg toma nota y se va con la misma soltura que ha venido. Sin embargo, la presencia de un delegado ucraniano de la CEI en las inmediaciones del edificio de la Marina no pasa inadvertida a los agentes del FSB que supervisan la operación de reclutamiento. Un fallo que situará a Oleg como persona de interés.

TERCERO Y NUEVE

A Mar no solo le ha calentado el asiento de lujo del Mercedes sino la familiaridad de su encuentro con Serguéi y la ciudad. Han llegado por fin a la dirección que Mar le dio al chófer. «Es un buen sitio», afirma él, pues está en pleno Petrogradski, la tercera isla del delta del río Nevá que forma parte del centro de la ciudad. Enfrente está el teatro de la Casa del Báltico. «El metro está cerca, el Gorskovskaya, que está construido con formas impecables, de arcos sobre bases de granito, y esculturas incrustadas en las paredes». A Mar le hace gracia la manera en que cuenta las cosas, sin duda es un ingeniero, y además muy detallista. No hay mejor cualidad en un hombre. Pero desde que recibió la llamada se ha vuelto taciturno y ya no mira a los ojos como antes.

—¿Tú has estado en Ucrania alguna vez? —pregunta él.

—No —responde ella extrañada.

—¿Y tienes amigos o conocidos ucranianos?

—Ninguno. ¿A qué viene esa pregunta?

—Conocí a alguien que podría ser familiar tuyo. Os parecéis mucho.

—¿Alguien del pasado? —pregunta Mar hilando la conversación que acaba de tener Serguéi—. Parece que estabas muy unido a ella.

—Se llamaba Tatiana. No era amiga ni novia —afirma él tratando de evitar el tema—. Era solo una conocida con muy mala cabeza. Ojalá hubiera acabado de otra manera. No te niego que este tema me afecta. —La última frase es la única que suena a verdad. Después vuelve el silencio, porque a Serguéi se le oscurecen los pensamientos.

Mar necesita romper ese muro y busca una excusa para hablarle. Ve un folio en el asiento con una imagen.

—¿Es esta la Virgen del Signo?

—¿La conoces?

—Sí, claro. Yo soy católica y me gusta mucho el arte paleocristiano. —Mar no le cuenta que lleva exactamente la misma imagen en su bolso porque la encontró por casualidad en un libro que adquirió en un mercadillo y mucho menos lo de su retrato a carboncillo. Demasiadas casualidades para que lo parezcan—. He visitado varias veces las catacumbas de Santa Priscilla, son las más antiguas y las menos conocidas de Roma porque son pequeñas y no hay lugar para mucho turismo. Así y todo, son algunos kilómetros de pasadizos llenos de tumbas de antiguos papas y mártires. Como veo

que te interesa la historia… deberías ir. Son mis favoritas. Allí hay una representación de una mujer orante del siglo II, si no recuerdo mal, con los brazos abiertos, como el sacerdote en el padrenuestro… ¡Vaya rollo que te estoy soltando!… No entenderás nada. Olvidé que eras ortodoxo y tenéis otra misa y el sacerdote está detrás de un iconostasio… Bueno, la cuestión es que esta mujer representa un misterio. La Virgen del Signo tiene exactamente la misma postura… Eso siempre me llamó la atención y… ¿Tú eres creyente?
—Mar acaba de forjar su imagen de persona de cultura cuando en realidad se debe a que tiene fresca la historia de la imagen que acompaña la pérdida de su bebé.
—No precisamente. —Se ríe por la pregunta—. Llevo esta imagen porque… —improvisa ya que se ve forzado a dar una explicación— busco información sobre este icono antiguo. Quiero comprarlo y me piden mucho dinero por él.
—Entonces lo primero que deberías hacer es buscar al maestro pintor que hizo la copia. No era raro que en algunas aldeas hubiera algún maestro y por lo que veo este era excelente. Cada pintor tenía su estilo dentro de un canon rígido que no puede ser cambiado. Hay anticuarios que están especializados en ciertos maestros. Una vez que sepas el origen, yo me aseguraría de la época para verificar que no es la copia de una copia y que de verdad es antiguo.
—No lo había pensado.
—Me alegra si te sirve de ayuda.
Ha llegado el momento de despedirse. Mar no sale del coche, le aprieta la mano. Y sin venir a cuento, le abraza muy fuerte. Él le acaricia el pelo y cierra los ojos aún más fuerte. Serguéi toma su bolígrafo Montblanc de diseño y le hace unos círculos en el mapa que ella ha sacado del bolso.
—Permíteme hacerte unas sugerencias para comenzar a visitar San Petersburgo. —Serguéi dibuja seis circunferencias sobre las zonas que debe visitar y después le devuelve el mapa.
—Gracias.
—Me encantaría invitarte a cenar, a comer, a un té… lo que tú digas. Puedo hacerte de cicerón —dice él volviendo al estado de apertura inicial—, necesitarás algo más que este mapa.

—Mejor no —contesta Mar de forma contundente, lo que sorprende a Serguéi.

—Mi intención no era acosarte. Es que me gustaría mucho volver a verte.

—Debemos terminar la noche con la misma sinceridad con la que la comenzamos. Se lo debemos al momento tan bonito que hemos pasado. Prefiero no verte porque me gustas mucho, quizá demasiado, y eres un hombre casado.

—Apenas veo a mi mujer.

—Pero ella está ahí.

—Lo comprendo. —Serguéi es un hombre importante y nunca suelen decirle que no. De hecho, no se acuerda cuándo fue la última vez que lo rechazaron. Arruga la frente porque está muy disgustado.

—Pero no me entiendas mal: no soy una mojigata que te dice que no por una moral estricta, te digo que no porque acabo de salir de un mal amor.

—Y no quieres problemas. Es lógico que quieras protegerte.

—Yo te tengo aquí delante y solo quiero besarte, pero todo lo que puede dar un hombre casado es muy efímero. Yo no quiero esconderme ni tener secretos. No me queda energía para eso. Me han hecho daño y no me lo merezco.

Después ella sale del coche, el conductor le acerca las maletas y él espera en el coche a que llame al telefonillo y le abran. Se niega a dejarla sola. Pero justo cuando ella va a entrar en el portal, él se baja y le da otro abrazo y la besa en la frente con tanto respeto como ternura. Como se comportaría con un objeto frágil que hay que tratar con cuidado, hasta saber cómo hay que manejarlo sin dañarlo.

Cuando Mar cierra la puerta del portal, se da cuenta de que no sabe ni su apellido, ni dónde trabaja… Solo sabe un nombre, que es muy común, por ser uno de los santos más venerados en la Iglesia ortodoxa. Mar se pega con el canto de la mano en la sien, abre de nuevo el portón para buscarlo, pero el coche ya no está. Lo que queda es una calabaza delante de su puerta y ella no se ha olvidado ningún zapato de cristal.

TERCERO Y DIEZ

Mar entra en el inmenso vestíbulo del edificio, cuyo suelo está lleno de azulejos rotos rellenados con cemento. El ascensor es terriblemente viejo, y todo es tan hermoso como destartalado. Son testigos mudos de décadas de dejadez y supervivencia. Las paredes son altísimas y el efecto visual se ensancha por la escalinata de dimensiones palaciegas. Los pasadores de la escalera curva, que en algunas partes están rotos, han sido restaurados con alambre. Las paredes están cubiertas de humedad y nadie las ha pintado desde la época de los zares por lo menos.

Lo que a Mar más le choca es que toda la fontanería está al descubierto: hay tubos por todas partes. Lo mismo pasa con los cables de la electricidad. Se diría que ha llegado a un lugar recompuesto justo después de una guerra. A Mar le asusta el aspecto del ascensor y prefiere subir por la escalera, aunque para ello deba romperse la columna vertebral cargando maletas. No sabe que el primer ascensor de pasajeros lo creó el genio inventor Iván Kulibin en 1793 y todavía funciona en el Palacio de Invierno. Los ingleses se lo copiaron treinta años más tarde. Estos cacharros de ingeniería rusa están tan bien hechos que duran siglos sin dar un problema, sin que un técnico de mantenimiento los mire, aunque los chirridos que emiten al moverse sean dignos de una película de terror.

Al llegar al segundo piso, ya que tiene dos apartamentos por planta, ve una puerta abierta e imagina que es allí donde vive su casera Masha. Al empujar la puerta, tirando de su maleta, lo primero que percibe es el olor a piso viejo. Masha tiene la cara redonda y lleva unas enormes gafas de cristal muy grueso, viste una falda larga y una camisa blanca con un chaleco de lana también largo que le cubre el pecho. Todo parece barato y poco armonioso en sí. Su pelo corto, mal cortado, apartado de la frente por su diadema de plástico marrón, le da un aire de institutriz soviética. La apariencia desmañada de Masha está desfasada con los nuevos tiempos en los que lo externo vale más que lo que se atesora en el interior. Mar verá a cientos de mujeres como Masha en la ciudad. Serán también ellas a las que vea en conciertos de música clásica de compositores rusos que nadie recuerda, las que estarán leyendo con avidez los clásicos en los parques y las que puedan enumerar de memoria las maravillas del científico Lemosov.

La vieja Masha la recibe con parca cordialidad. Mar se da cuenta de que apenas ve. Le habla en ruso, a lo cual Mar responde siempre «sí» a todo, aunque en una lengua extranjera es más seguro responder «no» a cualquier pregunta que no se entienda con claridad. De pronto se pregunta qué clase de conversación puede estar teniendo con Masha visto que le cuesta hacerse al acento, comprender los giros gramaticales, reconocer las muletillas idiomáticas que aceitan la conversación. Entiende apenas lo necesario, las más de las veces adivina a partir de palabras sueltas y se da por satisfecha. Masha hace preguntas muy precisas: en qué vuelo llegó, a qué hora, cómo vino desde el aeropuerto. Mar se imagina que son antiguos reflejos soviéticos, donde la información más nimia sobre los vecinos podía ser crucial para salvar o perder el pellejo. Sin embargo, Masha no tiene aspecto de delatora. A la última pregunta le responde con una mentira, para ahorrarse explicaciones que ni puede formular en español, menos aún en ruso. Le comenta que tomó un taxi y lo simpático que era el taxista. Masha inmediatamente sospecha que algo no encaja, porque no ha nacido aún un ruso que sea simpático con un recién llegado, por lo que piensa que habrá sido un centroasiático, acostumbrados a trabajar a horas intempestivas, que trataba de ligar con una belleza exótica.

Mar mueve las maletas para sacarlas de la entrada donde habían quedado estacionadas. Pesan mucho, pero Masha no ofrece ninguna ayuda. Sin decir nada, le muestra dónde se encuentra la habitación, al fondo del pasillo a la izquierda, con una ventana que da a un patio interno bastante deprimente y sin luz. Después de hacer dos viajes para llevar hasta el cuarto sus maletas, y visto que Masha se ha ido a la cocina sin dar más indicaciones, Mar se pone a recorrer el piso.

El mobiliario es de los sesenta, pero parece funcional. Al menos se está muy a gusto, pues la calefacción central es una maravilla. Las paredes tienen papel de colores marrones pasados de moda, algunos con rayas, otros con flores. Hay un pesado estante decorado con ribetes dorados. En su día debió de ser un bello objeto. Contiene una colección de clásicos rusos y europeos, que como todos los exsoviéticos Masha ha leído más de una vez. Cubren toda la pared lateral. En el centro hay una televisión de diseño futurista igual de antigua que los muebles. Es de una marca alemana, evidentemente un resabio de la RDA, la República Democrática Alemana. Hace siglos que Mar no ve un televisor en blanco y negro. Sospecha que lo debe usar más bien como una radio… El papel pintado tiene jirones en varias partes.

Luego encuentra un baño, que empezaba a necesitar con cierta urgencia. Parece el único de la casa. Está bastante usado, pero tiene los saneamientos originales que le parecen una maravilla, pese a todo el sarro acumulado. Sentada en el váter, se pregunta divertida acerca de las personas que la precedieron en ese lugar y esa posición. ¿En qué pensarían? ¿Habrán tenido vidas felices? Ella suele ponerse filosófica cuando va al baño. De pronto unos golpes en la puerta de vidrio esmerilado le interrumpen el chorro y sus cavilaciones. Es Masha. «La comida», le dice lacónica. Tiene que concentrarse y concretar. Tira de la cadena y cae un torrente atronador de agua, y luego se oye un débil chorrito que vuelve a llenar el tanque a dos metros de altura, como un *putto* barroco en una fuente de la ciudad.

Masha la espera en el comedor. La mesa está puesta. Solo para ella. Le señala de forma tosca su plato de sopa caliente y un té humeante muy aromático. La Ruta de la Seda trajo el té a Rusia antes que a cualquier país de Europa. Aunque ni siquiera la conocía ni tenía por qué hacerlo, Masha ha cocinado para Mar a sabiendas de que el largo viaje la ha enfriado. Mar le da las gracias en su ruso andaluz y come el *borsch* que, a pesar del sabor avinagrado, le parece lo mejor que le ha entrado nunca en el cuerpo. La anciana está ensimismada mirando un programa de televisión, pero aunque parece absorta, no pasa ni un segundo desde que Mar termina su plato hasta que le trae su ración de ensalada de arenques y remolacha, y un par de *pirozhki*, pan con carne, de los que Mar se enamora aunque solo se deba a la necesidad de ingestión calórica tras estar a merced del gélido viento marino de la ciudad.

Después Mar se levanta a ofrecerle un surtido de ibéricos que le ha traído a su arrendadora y que esta recibe con gran alegría, mientras olisquea el paquete envasado al vacío. Luego acerca su cara a la de Mar porque quiere tener una imagen de su inquilina. Mar toma conciencia de que Masha es casi ciega y piensa que además su casera aprovecha para olerla. Quién sabe qué le ha dicho su olor.

Con el pasar de los días Mar se acostumbrará a las rutinas nocturnas de Masha: ver el telediario de las ocho, sentarse a leer a duras penas con la ayuda de una lupa y tocar un poco el piano que está enfrente de la pared de los libros.

Mar le paga el mes de inmediato, y aunque la mujer no se lo espera, lo coge rápidamente y se lo mete en los grandes bolsillos de su falda. Tendrá que darle una buena comisión al vecino que consiguió a la española por internet, pero aun así le quedará una parte decente que nunca meterá en el banco, por si acaso se hunde el banco o el país, o los dos a la vez. Masha ya no se fía de las instituciones.

Cuando Mar termina de comer, Masha le enseña la vivienda. Además de su cuarto, el piso tiene dos habitaciones, un salón con vistas magníficas a la plaza Sytniskaya, que se esconde detrás de las cortinas marrones, la cocina destartalada y el baño que mejor olvidar. Techos de cinco metros, y un espléndido suelo de pino de Eslavonia de lustre apagado. Por más que el tiempo lo haya maltratado, nada le ha quitado el alma palaciega al edificio.

Mar abre la puerta del frigorífico y solo encuentra un poco de mantequilla, leche y cuatro verduras sueltas. Huele a pescado seco que Masha guarda con recelo mientras deposita muy contenta el embutido ibérico que le ha traído su huésped española. La cocina es particularmente fea, pero parece que todo funciona. A Mar le da asco cuanto ve a su alrededor, aunque no haya nada que destaque por su suciedad. Es la desidia la que vuelve el entorno tan repelente. No está acostumbrada a la miseria. Aunque los padres de Mar vivieron una posguerra, lucharon toda la vida para que su hija no tuviera ni idea de que la miseria es no saber si se comerá mañana, no poder responder al abuso de la autoridad, vivir a expensas de un destino caprichoso que te puede llenar de piojos y después matarte con el remedio. Miseria es mierda y que te duela el cuerpo, por ese orden. Es vivir siempre con terror, terror a todo porque eres vulnerable a todo. En fin, es no poder dormir regularmente porque no tienes dónde.

Sin embargo, Mar no tarda en percibir también la dignidad del sitio. Dentro de la dejadez de una casa mantenida por una anciana casi ciega, todo está ordenado. Una precisa memoria fijada hace ya tiempo le indica dónde se encuentra cada cosa, y permite a Masha moverse con comodidad dentro de su hogar. Hay pequeños detalles de un cuidado que no quiere desaparecer completamente aquí y allí. Las baldas plastificadas para que no se manchen, las tazas de té de los días de fiesta separadas de las que se usan a diario, la copita de cristal para el licor de la tarde del domingo. Esa es la manera en que la vieja se rebela. Sus gobernantes la dejaron sin dinero. Pero en su casa todo está donde y como debe ser.

Mar extrae de la bolsa de viaje los comestibles españoles que ha traído para ella misma, y los reparte en la balda asignada por la anciana. Mar no puede parar de sonreír. Nada importante le había sucedido en los últimos años, pero todo parece haberle pasado en las últimas horas. Es verdad. Es una persona distinta. Después de dormitar en el agua caliente de la bañera oxidada, Mar ya es parte de la casa con sus pantuflas rojas y su bata a juego. Deposita sobre la mesita de noche un arcoíris de lomos de libros escritos por maestros rusos que le dan la bienvenida a su país. Nada de libros electrónicos. Tiene una lámpara de lectura tan tosca como práctica. Comenzará por Turguénev, que es el más europeo de todos ellos.

Saca del bolso el boceto del retrato de «S». Corta la hoja y la coloca en la pared. Se acuesta sobre la cama mirándolo. Lo observa con cariño y trata de revivir cada una de las palabras que acaban de intercambiar. Se queda dormida, pero ya no sueña con él.

TERCERO Y ONCE

Al llegar a San Petersburgo, Serguéi se instala en el piso de Lozprom sobre el Nevá. No puede volver a su dúplex petersburgués por motivos de seguridad. No le importa, pues esa ya no es su casa sino la de Galina y Artur. A pesar de tener varias casas, no tiene un hogar. Se quita la ropa de calle, la cuelga para que Louis-Maurice la lleve a la tintorería y chequee que vuelva impecable. Después se ducha y se pone el pijama de algodón gris y la bata de seda en el mismo tono que están prolijamente extendidos sobre la cama esperándolo. Se calza unas pantuflas de terciopelo azul con bordado dorado. Le gusta verse como un británico en su casa de campo, al menos como lo imagina él. Llaman a su teléfono varias veces, pero él corta la llamada. Es Milena, querrá algo. Si fuera peor amante cambiaría de número, pero todavía le gusta demasiado. Sin embargo, esa noche él tiene la cabeza en otra parte y no se molesta ni en responder. Pone la televisión, pero no sabe ni lo que busca porque sigue como embriagado por una emoción no identificada. El encuentro con la española de quien solo conoce el nombre de pila le ha tocado hondo. «Quién será en realidad», se pregunta. Va a la cocina y se sirve algo de lo que le han dejado preparado, no sabe por qué pero le apetece *borsch* y ensalada de arenques pero en el frigorífico solo hay cosas finas. Al menos encuentra un par de *pirozhkí*, pan horneado con carne. Tiene la imagen de Mar tan presente que casi le ofrece la comida al fantasma que está parado enfrente. Él es un hombre que nunca ha perdido el tiempo, y esta no será la primera vez. Decide llamar a la línea muerta del Manco. El Manco le devuelve la llamada en breve.

—¿Dónde te pillo? —pregunta Serguéi mientras cambia de canal hasta encontrar el partido del Zenit, equipo que Lozprom patrocina y que espera que esta vez no pierda después de la mala racha que ha tenido. Si eso ocurre, quizá deba dejar de engordar a algunos cerditos del equipo.

—En un antro de putas. ¿Qué desea su majestad? —pregunta a su vez el Manco. Se oye el ruido de unos cristales rotos y una música de discoteca de los años ochenta.

—¿Ya has llegado a Ucrania?

—Estoy en Kiev. No me puedo pagar la calidad con la que tú andas, pero te puedo asegurar que el rebaño por aquí no está nada mal.

—¿Con lo que me has cobrado encima te quejas? Si es así, necesitas trabajar más para pagarte los vicios. Tengo otro encargo.

—Dime, pero habla rápido que me han puesto la mano donde puedes imaginarte y voy a perder la concentración de un momento a otro. —El Manco no se corta nunca en soltar comentarios misóginos, para poder creerse más de lo que es, para que nadie dude de que es un macho de verdad.

—¿Puedes usar tus contactos para un robo?

—¿Tú no eras un buen chico? Siempre me has pedido cosas un pelín ilegales, pero esto es ilegal, ilegal… ¿te estás volviendo por fin un poco malo?

—No me queda otra. Hay que robar el icono de la ucraniana y traerlo a Rusia para que podamos analizarlo nosotros. Tenemos que coger al Monje.

—Mandamos al mejor técnico de Rusia a Tokio y confirmó la autopsia. ¿De verdad quieres robarlo y no mandar a alguien? Eso también va a salir caro. En Japón la Yakuza cotiza en yenes. Además de las *geishas*, aaah… El crimen es lo único que, emmm… no han robotizado… mmm… ¿Puedes ir al grano?, que aquí la cosa eleva la temperatura, aaah…

—¿No me digas que pegar un cambiazo de una prueba policial que ya no le interesa a nadie y que está guardando polvo en algún almacén de la policía es un problema para ti a estas alturas?

—Te reconozco que hay, ¡ay!, ¡aaah…!, cosas peores. ¿Cuándo lo…, oooh, quieres?

—Lo antes posible. Y otra cosa, ¿puedes conseguirme información de una mujer?

—¿No me digas que te aaah… has… enamorado? Porque no me… eeeh… he enterado.

—¡Manco! No aguanto más este voyeurismo telefónico. Quítate a esa señora ucraniana de encima que no me apetece escuchar tus gemidos. Si quisiera algo de eso llamaría a una *hotline* porno y me saldría mucho más barato que hablar contigo. Presta atención a lo que te voy a decir.

—Sí. Perdona. He mandado ahora mismo a Methany, ¿o se llamaba Lilih? La he mandado a buscarme algo de beber. Ten presente que no he sido yo el que eligió el momento. Te escucho.

—Hace media hora me pasó algo raro, por eso no lo sabes todavía. He conocido a una mujer. Quiero saber si está limpia.

—Te la tendré vigilada por un precio módico.

—Solo quiero saber si es de fiar. De lo otro puede encargarse Natalia.

—Ya sabes que no le gusta lidiar con tus líos.

—Eso va incluido en su salario.

—No te quejes si te entrega unos informes de mierda.

TERCERO Y DOCE

Cuando Mar se despierta por la mañana, Masha ha salido. Ha ido a vender alimentos que le trae una vecina de su dacha a la puerta de Сытный рынок, el mercado de Sitny, a pocos metros de su casa. Le gusta trabajar allí por la historia del lugar, y no pierde oportunidad de contarla cuando tiene ocasión. Es el mercado más antiguo de la ciudad, fundado justo cuando empezó a construirse San Petersburgo. A Ménshikov, el primer gobernador y amigo de Pedro el Grande, le gustaba ir por allí a comprar *pirozhkí*, y cada vez que iba soltaba la memorable frase de «Qué rico»; tal expresión se la quedó el lugar, que no encontró piropo mejor para llamarse. En las décadas siguientes fue lugar público de ejecuciones, pero esa parte la anciana siempre se la calla, porque esa anécdota carece de toda originalidad después de salir del siglo xx.

A la entrada, Masha pone dos cajones de plástico de los que se usan para transportar las botellas de Coca-Cola, sobre los que coloca fresas, bayas o flores, según la época. Es verdad que pasa frío por las corrientes de aire que provocan los transeúntes al entrar y salir del mercado, pero le compensa el mal rato porque ha conseguido algunos clientes habituales. Así complementa la precaria pensión que recibe después de cincuenta y siete años trabajando, en los que se ausentó en total doce días y medio, incluyendo cuando dio a luz a un niño que no sobrevivió y cuando enterró a su madre. Por su dedicación y en reconocimiento a tal mérito recibió la Medalla de la Distinción Laboral, la de los Trabajadores Distinguidos y las tres órdenes de la Gloria del Trabajo, que ella guarda como oro en paño aunque sean de latón. Se las prende en su abrigo cada año para el desfile del 9 de mayo, el Día de la Victoria contra el fascismo. Sus políticos la han timado tanto como lo ha hecho el tiempo, quien a su vejez le ha dado cajas de plástico en un mercado a cambio de una vida de sacrificio.

Masha es una mujer que se acuerda del hambre de la guerra aunque entonces era una niña, del llanto de su abuela en los días en que no podía alimentarla y de los uniformes de los nazis que, por más que andaban por la calle, siempre brillaban aunque no hubiera sol. También se tragó el estalinismo con todas sus paranoicas purgas. La que no olvida es la que se llevó para siempre a su padre, un reconocido académico, quien es ahora un número entre los millones de muertos de esos años aciagos sobre los que ha caído una piadosa amnesia. Su madre nunca se casó de nuevo, trabajaba de maestra de escuela y esperaba con paciencia que todo pasara, pues esa es la lección que enseña el invierno, que tarde o temprano viene la primavera.

Esta vieja vio pasar varios mundos ante sus ojos. Su abuela estaba marcada por los resabios del zarismo, su madre le inculcó el entusiasmo de un comunismo ingenuo, la colectivización rural y los *koljoses,* pero también conoció el horror estalinista y la violencia y las privaciones de la guerra. Luego llegó la burocratización y el desencanto progresivo, y la opresión de la Guerra Fría. También vivió el deshielo político y el desmoronamiento del tótem del comunismo y su encarnación en la Unión Soviética, que se deshizo a una velocidad pasmosa y dejó a un pueblo tapado con sus escombros. Nunca la escucharán lamentarse, pues afirmará que vaya invento el del capitalismo, gracias al cual en vez de ser siervo del Estado, que al menos aseguraba casa y trabajo, ahora se es esclavo de los bancos, que te dejan en la calle si las cosas van mal. Lo que sí se oirá de ella es maldecir a Gaidar, el ministro de Economía de Yeltsin, cuyas creaciones financieras se comieron los ahorros de su vida. Ella misma se pagó el autobús a Moscú para ver que de verdad lo enterraban y le ponían una buena lápida encima.

Mar se levanta con el peso de una noche mal dormida. Ha estado muy inquieta, no por el viaje, sino porque no se había podido quitar de la cabeza el encuentro con el desconocido hace un par de días. Cada una de sus palabras le tintinean en la cabeza, se llaman unas a otras, en forma de eco. Cuál es el misterio de esa ucraniana que perturba a Serguéi. Mar no deja de preguntarse quién es ese hombre y cómo pudo surgir una conexión tan fuerte con él. Nada tiene sentido. Así que se empuja a sí misma a olvidar. A estar en el presente, que es un apartamento cochambroso del centro de San Petersburgo. Se ducha, desayuna un poco de pan con aceite de oliva, que ella trajo de España, se viste con todas las capas de ropa que puede y tiene, y sale a pasear.

Nada más estar en la calle se da cuenta de que la temperatura ha cambiado para mejor, solo está a un grado sobre cero. Quién le iba a decir algún día que tales números la contentarían tanto. Tal como le dijo Serguéi, hay que tener dos clases de botas en la ciudad, las de la nieve y las de la nieve que se derrite, esta agua tiene un nombre específico: талая, pronunciado *tálaia*. Estas deben ser de plástico o cuero impermeable muy bien forradas por dentro para dar calor; mientras que aquellas, que sirven para el frío seco, deben ser de materiales resistentes a las bajas temperaturas que no necesariamente aguantarán un charco. Mar no tiene ni unas ni otras, pero se ha puesto dos pares de calcetines de lana que la protegerán bien. Nota que el tímido sol llena poco a poco toda la ciudad de charcos y que debe fijarse por dónde pisa. Por alguna razón absurda, Mar lleva una foto del retrato de «S» en su teléfono, para recordar que lo de la noche de su llegada no fue un sueño. Camina al aire fresco, que es más benévolo que el día anterior, y sigue las señales de la voz memorizada del desconocido.

Después de dos horas paseando su cerebro no aguanta más. Necesita repasar de nuevo la conversación con Serguéi, de quien ella conoce detalles de su vida y también de sus sentimientos que posiblemente no ha sido capaz ni de contar a su mejor amigo, pero no sabe absolutamente nada que pueda identificarlo. Cuando se negó a volver a verlo, pensaba que podría controlar su memoria. Pero no es así. Su recuerdo se ha apoderado de ella, y es lo que menos necesita ahora que se libró de su ex.

Mar sale de casa con el mapa con los seis círculos dibujados y enumerados de Serguéi en la mano. Espera encontrarlo en los monumentos que sugirió. Cruza el parque Alexander hasta el puente de la Trinidad, uno de los puentes más bonitos del mundo e icono del Art Nouveau. Mar se ríe por lo que podría haber sido, pues en el concurso internacional para su construcción se descartó un diseño de Gustave Eiffel, no fuera a ser que plantase en el puente una monumental torre de hierro como la que se eleva en París. Y es que en San Petersburgo la modernidad siempre se ha rendido ante el clasicismo, y si no lo hace, se fusila al arquitecto o se cambia de alcalde.

Mar recorre el más de medio kilómetro de longitud de esos jardines. Camina y camina hasta el tridente de Nevski, en el que las tres avenidas de San Petersburgo convergen en la aguja de oro del Almirantazgo. No sabe por qué, pero tiene la impresión de que alguien la observa.

A Mar le llama la atención la similitud de las construcciones, pero ha leído que eso se debe a una orden de Pedro el Grande, por la cual las casas se construirían a la europea y para colmo sin jardín, con diseños estándar para los distintos segmentos de la población. Así que de alguna manera un zar empezó el comunismo y trató a todos por igual. Este zar no era exactamente un caramelo para los cortesanos. No solo forzó a toda su corte a abandonar Moscú, sino que encima obligó a los nobles a vivir en lugares similares al del vecino enemistado. Sin embargo, al seguir el canon de construcción del zar, también se ponían a salvo. Hay dos ejemplos que se apartaron de la modestia de la media, fueron los Ménshikov y los Kikin, enemigos acérrimos y vecinos mal avenidos, cuyos palacios se observan si caminas un poco más allá del Almirantazgo, justo desde la cola de turistas que define al Palacio de Invierno. El primero de sus dueños terminó exiliado en Siberia, y el segundo ejecutado en la rueda con todos los huesos rotos. Los dos murieron por la misma causa: el palacio se les subió a la cabeza e intrigaron demasiado para el gusto del zar.

Mar se acuerda de las palabras de Serguéi: «El que veas desde allí será el San Petersburgo imperial de Pedro, la ciudad más europea de Europa. Pedro la quiso majestuosa y sumisa a la jerarquía, por eso se respetan tanto los cánones arquitectónicos. Pedro la soñó lejos de las intrigas de Moscú, de los cotilleos y las banalidades, y para ello la convirtió en un lugar obseso con la cultura, aunque a él personalmente le gustaran más los científicos que los artistas, a los que siempre encontró raros».

Después vuelve a casa. Empieza a estudiar apuntes, notas, a consultar las últimas noticias sobre el oceonio gracias al wifi de la vecina y a mirar si hay nuevos documentos que estudiar. Por la casa abundan viejos libros. El recuerdo de aquel desconocido sigue fresco, como si en vez de morir, que es lo que sucede con los recuerdos, creciera.

Mar se queda dormida sobre su escritorio. Tiene un sueño intenso pero fugaz. Una desconocida aparece. Viste una delicada ropa interior de seda. Se quita la bolsa de plástico que tiene en la cabeza. Tiene su cara. El cabello ligeramente más claro, las piernas más largas y la mirada más fría. La avisa de que tenga cuidado.

TERCERO Y TRECE

Natalia está de mal humor. De muy mal humor. La caza del Monje Negro la excita, pero perseguir a las amantes o futuras amantes de Serguéi le colma la paciencia. Lo único que le faltaba ahora es tener que seguir a una niña pija española recién aterrizada perdiéndose por la ciudad porque no sabe ni leer los carteles. La información preliminar de Mar apunta que es más aburrida que una ameba marina. Para seguirla se ha puesto un chaquetón largo de lana verde botella, no vaya a decir Serguéi que se viste de matón de barrio y se burle nuevamente de ella. Esta vez lleva un té verde comprado en uno de los quioscos que hay a la salida de cada boca de metro y un *pirozhkí* de col. La sigue y va anotando en el teléfono lo que hace. Ella es jefa de Seguridad de un gigante energético, para qué demonios está allí cuando tiene otras cosas más importantes que hacer.

—Ahora no puedo hablar, Milena —responde Natalia. Milena la considera su amiga, porque el sentido de la amistad en ella es bastante artificial, y Natalia a veces hace como si lo fuera—. ¿Que qué le pasa a Serguéi que no te hace caso? ¿Y yo qué sé? Pregúntaselo a él. ¿No te coge el teléfono? Lo siento mucho. —Como era de esperar, Milena ha llamado para conseguir información y para ello no se corta en soltar las lágrimas que haga falta—. No, no te puedo decir dónde estoy, porque aparte de aburrirme como una ostra estoy cabreada. —Esas palabras son un craso error de principiante. No le ha dado importancia al tema y eso no es profesional. Poco o mucho, lo que está haciendo es un mandato de un superior. Natalia se da cuenta de que Milena la conoce muy bien y que con este desliz en su frase ya le ha desvelado que está siguiendo a la futura amante de Serguéi.

Serguéi recibe por escrito algunas novedades de Mar a través de Natalia, y lo que lee le gusta. La desconocida ha seguido sus recomendaciones y eso es bueno, muy bueno. En primer lugar porque quiere decir que piensa en él y en segundo lugar porque hace lo que le ha pedido. Dos razones de peso para dar rienda suelta a lo que sea que lleva dentro. Pero el buen momento le dura poco. Poliakov lo llama, vaya a saber de qué nueva idiotez tiene que hablarle.

—Supongo que Lozprom no va a perder dinero porque usted esté resentido. El dinero no tiene nacionalidad ni pasaporte japonés —le increpa Poliakov.

—Si han ido a por mí, que soy perfectamente fungible, es que en realidad van a por la empresa o peor. Lo mejor es alejarse.

—No sé qué coño significa «fungible», pero esto lo he hablado con el presidente y me ocupo yo —informa Poliakov subiendo el tono de voz.

—Yo no voy a cuestionar una orden del presidente, así que hágase cargo. Redactaré un memorándum con copia al Consejo de Administración para explicar por qué un acto así es inexcusable. Yo en Japón representaba a la empresa y ellos solo ayudaron a complicar el asunto en vez de ayudar a esclarecer la verdad.

—No es personal, Serguéi Andréievich. Hemos tenido nuestras diferencias, pero siento mucho lo que le pasó a usted y a su esposa. ¿Cómo está Galina?

—En Crimea, con un equipo reforzado de seguridad.

—Lo pasará mal porque aquello no está muy animado en esta época del año.

—La seguridad debe ser lo primero.

—Yo la conozco poco porque solo me la he cruzado con usted en algún cóctel o algún evento cultural auspiciado por la empresa, pero creo que es una mujer fuerte que sabrá reponerse.

—Parece que tiene ojo con las mujeres. —Serguéi suelta el comentario porque Poliakov se ha divorciado cuatro veces y siempre lo han dejado.

—Uno aprende con la experiencia, y a mí eso me sobra. Y si me permite el comentario, traiga a su mujer del exilio. No la torture, que además del cariño puede perderle el respeto. Y eso se tarda mucho en construir y poco en desaparecer.

—Gracias por la recomendación, ¿algo más? —Molesto por esta incursión sin invitación previa en su vida personal, Serguéi se preguntaba a qué diablos se debía ese súbito interés.

—Supongo que aún no le han informado de la novedad de la fórmula matemática, la de Ignátov, la profesora de su hijo.

—¿Qué novedad?

—Acabo de comer con el presidente y me ha comentado algo. No se moleste con su equipo, es normal que él sepa de esto antes que nadie y que además me lo haya dicho porque somos muy próximos. —No se corta en recordarle la cercanía que tiene con el presidente, aunque es sabido que el presidente no está cerca de nadie, aunque lo oculta bien para que todos le cuenten confidencias e infidencias.

—¿De qué se trata?

—Los japoneses no iban descaminados cuando pensaban que la ecuación podría llevar a algún lugar. Hemos confirmado que en realidad son las segundas coordenadas de la latitud, la de los minutos. La ucraniana de Japón dejó indicados los grados.

—Entonces se ha confirmado la teoría. Si le soy sincero, esperaba lo contrario.

—La ecuación de Ignátov lleva directamente a la segunda de las coordenadas de la estación submarina del oceonio. Se trata de los minutos. Sí, sí… En Japón dejaron las coordenadas de los grados de la latitud, Ignátov dejó los minutos.

—¡No puede ser! ¡Mis chicos están en peligro! Será mejor que saquemos a Iván Ilich y los demás de la estación del oceonio.

—El presidente ya ha puesto en marcha un plan para cubrir posibles contingencias.

—¿Cómo han conseguido las coordenadas?

—Esa es precisamente la pregunta que se hace el presidente y que yo le hago a usted.

TERCERO Y CATORCE

Tras un par de días de frío y turismo, empieza el trabajo. Mar será la asistente de un gran académico, Jean Ségny, que es el presidente de la conferencia internacional sobre el oceonio y que, al contrario que muchos de sus colegas, ha decidido implicarse directamente en el secretariado, en la organización de la conferencia, a lo que DOALOS, el secretariado de la Convención sobre el Derecho del Mar, ha aceptado encantado. Llegó una semana antes que Mar. Se encontrarán por vez primera en la Universidad Estatal de Ciencias Económicas de San Petersburgo, a la que los petersburgueses llaman FINEC, aunque oficialmente sus siglas hayan cambiado a UNECON. El rector de la universidad es un hombre refinado y culto y no ha dudado en acoger al secretariado mientras el acondicionamiento en el palacio Táuride termina.

Todo el mundo está acostumbrado a lo de cambiar nombres. Masha tardó media década en enterarse de los nuevos nombres de las calles de su barrio. Hasta la ciudad varió tres veces de denominación, de bandera, de himno y hasta de ciudadanos, según la atmósfera política y la matanza que estuviera de moda, que si a los zaristas les gustaba Petersburgo, que si tanta santidad molestaba a los bolcheviques, que si Petrogrado suena a ciudad alemana y aquí los alemanes ya la liaron, que si Leningrado no vale porque Lenin está muerto, que volvemos al nombre original después de un largo debate político del que los votantes terminaron hastiados y de un referéndum no vinculante por si acaso a esos mismos políticos no les gustaban los resultados. Masha aún se lía con todo esto, porque al final la región se llama Leningrado y la ciudad San Petersburgo, nombre de santo, que la Iglesia ortodoxa es mucha Iglesia. Al menos ahora es más fácil acordarse porque los carteles de los espectáculos ponen abajo el apelativo de la ciudad y eso, quieras que no, ayuda bastante.

La Universidad UNECON es, por tanto, la oficina provisional de Naciones Unidas para la conferencia del oceonio. Aunque según la versión oficial se está habilitando un espacio especial en el Táuride, lo que de verdad se está haciendo es poner un mobiliario moderno que permita espiar debidamente. En UNECON también hay movimiento respecto al oceonio. Los académicos están trabajando en un informe para Lozprom, la empresa del gobierno encargada de analizar todas las implicaciones económicas, sociales y jurídicas del nuevo mineral. Este nido de cerebros debe alertar al brazo ejecutor del gobierno sobre cómo diseñar una estrategia para obtener los mejores beneficios para todos: para los corruptos y para los ciudadanos que sufren a los corruptos. Mar recuerda en el metro el dicho de que todo cargo importante en Rusia primero empieza a trabajar para sí mismo y cuando ha acumulado lo suficiente, comienza a hacerlo para el bien común, y eso debe tenerse en cuenta en el informe. Por ello los cambios, ni grandes ni pequeños, no son especialmente bienvenidos. El oceonio trae muchas expectativas y sillones nuevos que calentar.

La universidad está escoltada por dos leones de alas doradas y un pequeño puente de cuento de hadas. El edificio fue erigido en la época de Catalina la Grande, quien encargó a uno de sus mejores arquitectos, al que volvió loco con la extravagancia de sus pedidos, el diseño y la construcción del edificio de un banco que funcionara como casa de la moneda y de pagarés con fácil acceso a un canal, para poder cargar y descargar dinero en metálico.

Mar deberá aprender que no se accede a ningún edificio público por la entrada principal, sino por una puerta remotamente escondida en alguna parte. Entra en la oficina de pases, y allí verifican su nombre en la lista. Mar termina el té verde que compró a la salida del metro y lo tira a la papelera. Un señor de seguridad que cojea le ofrece acompañarla al edificio principal.

Mar observa impresionada el edificio neoclásico, lleno de columnas, de amplios y decorados ventanales pero en los que la sobrecogedora belleza se pone al servicio del poder. Los granitos gastados de la entrada, con árboles muy altos, dan paso a un mundo que Mar no ha visto nunca. Allá dentro los pasillos son larguísimos y todo obedece a un refinamiento aristocrático al cual ha sido adosada una organización soviética en una mezcla desasosegante. Por ejemplo, el guardia de seguridad que va con ella será rudo como una alpargata, pero la señora de información parece que va a invitarla a un té. Esa dinámica se repetirá cada vez que entre allí. En la universidad todo está ordenado y bajo control.

A Mar le da la impresión de que una señora con un chaquetón largo de lana verde la sigue porque la ha visto en el metro y ahora en la universidad, pero debe de ser una paranoia. El hombre que la acompañaba se ha distanciado. Es un hombre pulcrísimo al que apodan «el Cojo», con una barriga enorme embutida en un descolorido pero prolijo traje de chaqueta. La mira de reojo, le sonríe, porque allí dentro se sonríe de torcido como era costumbre hacer en los felices años soviéticos. Después hará lo necesario para cruzársela tres veces más. Mar se enterará más tarde de que es un agente del FSB que se pasea con un pin de oro de ese servicio secreto para que a nadie le quepa la menor duda de quién se trata. El Cojo vive con miedo de que no le tengan miedo. Terror a que esa insignia en su solapa no signifique nada. Como están en una entidad educativa, a él le queda el orgullo de haber recibido uno de los entrenamientos más sofisticados del mundo en la Escuela 101 y no se cree un don nadie, por poco dinero que le paguen. Allí dentro se siente seguro. Mira a Mar para poder informar sobre todo lo que ella haga, diga e incluso piense dentro de la universidad. Su amigo el Manco se lo ha pedido. Ambos comparten una visión del mundo parecida, no solo porque ambos estén lisiados por una misión que terminó mal.

El Manco y él tienen mucho en común, no solo por su carrera. Ambos piensan que fuera es la barbarie la que impera. La de niñatos conduciendo coches que cuestan más que el salario de toda su vida. Las tiendas llenas de objetos que no se necesitan. Restaurantes que piden por un plato lo que se gana en tres días. Afuera el mundo se ha vuelto loco. Él es feliz con su trabajo y sus vacaciones anuales, que siempre las pasa con el Manco en el balneario de Crimea al que van en agosto. Allí visitan el Palacio de Verano de los zares cada año. Reciben sus masajes y sus aguas; su mujer lleva el mismo traje de baño de hace diez años y siempre está perfecta con él. Juegan a las cartas, hablan de política y de deportes, están satisfechos con el sol de siempre y las cremas de protección cada día más fuertes porque hasta el astro rey se ha dado cuenta de que hay que joder al capitalismo que jode a su amiga la Tierra.

Mar sube las escaleras. Observa con detenimiento a su alrededor. Las paredes guardan un aire imperial que la falta de presupuesto para el mantenimiento no ha podido eliminar. Hasta el parquet sin restaurar por el que pasan miles de alumnos cada día resulta testigo de un pasado que se añora. Todo dentro será de un pálido color amarillo, un color amable, de paredes altas, de ecos que no cesan, de un ayer que se quedó atrapado allí y al que no le llegaron las órdenes de irse cuando el muro de Berlín se cayó porque lo tiraron. Mar vivirá del aire durante el tiempo que esté ahí y dormirá en el mismísimo limbo a costa de sus ahorros. Así son los internos en prácticas de Naciones Unidas: esclavos internacionales con glamour por el prestigio de la institución que los explota. Nada nuevo bajo el sol. Trabajará como cualquier funcionario, bajo las mismas condiciones y horarios sin ninguna paga al mes, como ocurre con la mayoría de los estudiantes que laboran como pasantes. Se siente afortunada de no tener que pagar encima, como sabe que les ha pasado a muchos de sus conocidos en algunas empresas. Mar se siente feliz de estar en la primera línea del tema que ha sido el centro de su vida desde hace años. Por fin verá materializadas todas las abstracciones y las figuras jurídicas que estudió durante años. Las ideas, los hechos, los planes de futuro. Mar podrá por fin verle la cara al fondo del mar. El Cojo no le quita el ojo de encima. «Esa chica va a traer problemas y si no los trae, los va a atraer, no le cabe duda». El Cojo lleva toda la vida en esto, sabe cuándo se prepara una tormenta.

TERCERO Y QUINCE

Después del misil al Kung Olav, la imaginación de los servicios de inteligencia occidentales se ha extendido a la colección de datos oceanográficos. Boyas inocentes a la deriva se han multiplicado como mosquitos en verano. No son una misión científica formal, sino una simple medición estadística, astuto artilugio para evitar la engorrosa solicitud de permiso. Son de circulación tan libre y legal como los billetes de cien rublos. Son tantas, que habría que gastar un buen pico en misiles que acertaran la diana de una boya de un metro y medio de altura. Nadie duda de que las boyas son necesarias, pero tampoco hay que fiarse de ellas en tiempos de tempestades políticas.

Iván Ilich llama estresado cada vez que alguna de las boyas se acerca a las inmediaciones de la estación, pero hace tiempo que no es necesario porque Serguéi ya encontró la solución. Ha convocado a todos los barcos pesqueros de la CEI, la Comunidad de Estados Independientes, a limpiar las aguas de estos artefactos. El VKontakte, el Facebook ruso, se ha llenado de marineros con fotos de boyas como si fueran atunes de tres metros. Los países que forman parte del proyecto de las boyas se han quejado de la salvajada y exigen compensaciones, ante lo que los juristas rusos han desempolvado las directrices de la Unesco en las que prescriben la notificación para recolección de datos de cualquier tipo en aguas territoriales de terceros países, cosa que como era obvio no se ha hecho. Mientras los abogados están ocupados gritándose entre sí en los foros correspondientes, la vida sigue para Iván Ilich y su equipo.

—¿Es verdad que alguien ha delatado nuestra posición? —pregunta el joven científico.

—Sí, pero solo los del servicio secreto lo han descifrado. Las matemáticas no son todavía el punto fuerte de la policía de homicidios —contesta Serguéi mientras saca un pequeño espejo para ver cómo van sus dientes.

—Dicen que ya han dado dos coordenadas —comenta Iván.

—¿Quién os lo ha dicho? Para estar a un kilómetro bajo el mar no se os escapa nada. —Para Serguéi, la exposición del proyecto al Monje Negro es la mayor de sus preocupaciones y ya ha pedido evacuar al equipo. Pero el presidente se niega por cuestiones de tiempo.

—Nos han regalado un par de agentes a bordo. ¿No lo sabía usted, Serguéi Andréievich? Dicen que han venido a protegernos, pero se pasan el tiempo interrogándonos sin dejarnos trabajar.

—Echadle paciencia. Es inevitable. Ya sabéis cómo es esta gente.

—Hemos terminado el proyecto de producción en masa. La capacidad de multiplicación del mineral es algo casi de otro mundo. Podremos extraerlo y procesarlo de forma muy efectiva ante cualquier climatología. Pero será caro.

—Será muy caro, ya lo sé. ¿No tienes ganas de conducir tu coche nuevo?

—Mi hermano no hace más que mandarme fotos, que recibo una vez por semana. Gracias, Serguéi Andréievich.

—Cuando salgáis de ahí, os espera una vida de caprichos.

—¿Y cuándo será?

—Cuando la producción comience. Ya sabes que el presidente no está para demoras, pero los del FSB os tendrán bastante amarrados para que no os vayáis de la lengua. —A Serguéi le faltó completar la frase diciendo que probablemente nunca les dejarían volver a la vida que tenían por motivos de seguridad.

—¿Y qué ocurrirá el día que nos descubran? ¿Si llegan a conseguir todas las coordenadas? ¿Entrarán a robarnos todo?

Serguéi no puede responder a eso. Porque si eso pasara, ningún extranjero iría a llevar a sus chicos bizcocho o galletas para un té. Estarían a merced de un enorme agujero negro, con una garganta con ansias de tragárselos. Posiblemente nunca más se sabría de ellos.

TERCERO Y DIECISÉIS

Mar chequea las últimas novedades sobre el hundimiento del Kung Olav gracias a la tarjeta SIM que compró días atrás. Se ha sentado al pie del enorme ventanal de las escaleras de UNECON. Cuando termina, las sube y avanza hasta llegar al número de cuatro cifras escrito en el papel que le dieron a la entrada. Es una vieja puerta idéntica a las demás, de la que se desprende un ligero olor a puro habano. Ha recorrido casi todo el pasillo. El Cojo la sigue de lejos. Mar llama a la puerta y entra en un despacho alargado que da acceso a más despachos. Está lleno de mesas de pasantes y de administrativas, dos jóvenes que conversan alegremente por su móvil a la vez que se encargan del aburrido papeleo del día. Alguien que está de pie y de espaldas ha desplegado en un enorme escritorio decenas de documentos que intenta ordenar. Está tan enfrascado en lo que hace que no percibe su presencia. Mar lo observa con simpatía, tiene maneras de gran intelectual. Cómo toca el papel, cómo lo mira. La capacidad de meterse en lo que está haciendo y no salir de ello ni aunque alguien toque cuatro veces en la puerta.

—Me llamo Mar y soy…

—Tener un nombre adecuado para una situación es ganarla… —responde Jean, que ya le habla de tú en un español perfecto—. ¡Quién iba a pensar que el Acuerdo XI resucitaría del sarcófago en el que los estados ricos lo habían sepultado…! Porque tanto tú como yo estamos esperando que ese pícaro mineral aparezca en la Zona. —Jean no pierde el tiempo en ir al meollo de la cuestión—. El oceonio no tiene fronteras nacionales, es un mineral y no un ciudadano con partida de nacimiento y pasaporte. Aparecerá donde tenga que aparecer y lo más seguro es que lo haga en la zona internacional del fondo del mar, esa que pertenece a todo el mundo como especifica la Convención de Naciones Unidas sobre el Derecho del Mar.

Es un tipo de estatura media, con una abundante mata de pelo canoso echada hacia atrás con descuidada elegancia. Lleva unas gafas que mueve abajo y arriba dependiendo de su relación con el documento que tenga enfrente. Tiene el rostro ovalado y los ojos achicados por las larguísimas horas de lectura. Siempre esconde en su cartera una joya literaria, por lo general no muy conocida, como si para él la sabiduría fuera un todo y no pudiera inspirarse profesionalmente sin la ayuda del arte. Es un hombre apuesto, de barba gris que deja crecer a veces y trato cordialísimo. Es muy distinguido y como ha sido educado en Francia tiene un leve acento galo al hablar español. Es un profesional curtido en las salas de reuniones más elitistas del internacionalismo. Un hombre que lee *El peregrino encantado* de Nikolái Leskov y la *Guerra de Jugurta* al mismo tiempo.

—Yo veía las noticias y… —Mar empezó a relatar cómo llegó a San Petersburgo— no podía creer el bombazo que estaban dando.

Jean la miró con extrañeza y le ofreció un té. Pasaron a conversar. Ambos coincidieron en la pregunta jurídica del momento. ¿Qué va a pasar si el oceonio, además de estar en Rusia, aparece en la Zona? La parte del fondo del mar que, aunque es de todos, pertenece sobre todo a los países «en vías de desarrollo», como se llama en la ONU a los más pobres. ¿Es su oportunidad para salir del atraso endémico? ¿Para solucionar el hambre, la falta de educación y la violencia? ¿Se permitirá que la riqueza vaya a los países que menos tienen?

Érase una vez un sueño de una serie de locos que querían cambiar el mundo. Sucedió durante los años setenta del siglo xx. No eran anarquistas ni revolucionarios, sino abogados y diplomáticos, economistas y funcionarios. ¿Unos treinta mil en total? Más o menos. Todos estos hombres y mujeres, con papeles mecanografiados y notas a lápiz elaboraron un texto que salvaría el mundo de la pobreza y la codicia. Pasaron diez años, después veinte y hasta cuarenta sin que nadie se diera cuenta de que el acuerdo existía, porque solo se aplicaba para rellenar publicaciones de antemano obsoletas. Pero un día, un poco antes de aquel telediario a las ocho en España y a las once en San Diego, sucedió algo que obligaría a todos los estados del mundo, a los nietos y biznietos de aquellos abogados y diplomáticos, economistas y funcionarios, a leer la Convención del Mar, que solo los doctorandos y los juristas de ministerios habían leído, entre ellos Mar, y había que plantearse, si el oceonio aparece en la Zona, cómo traspasar billones de dólares anuales para que los países pobres dejen de pedir solidaridad a cambio de malvender lo poco que tienen a esa prole de países proletarios. Tendrían riqueza por derecho propio. En 1982 se firmó en Montego Bay, Jamaica, la Constitución de los Océanos, que establece lo que se puede y no se puede hacer en el mar. Era el año de la guerra de las Malvinas, el mes en que el gobierno español abrió la verja peatonal para entrar en Gibraltar.

—No es tan raro —dijo Ségny, el negociador de Francia en la Convención del Mar, país que fue un sujeto clave en las negociaciones—, se firmó porque pensaban que en el fondo del mar no había nada que encontrar.

—Seguramente —contesta ella.

—Me alegra mucho haberte conocido. Vente a cenar mañana con mi esposa Sibila. Es venezolana y estará encantada de conocerte. Pero no podremos hablar de derecho porque se aburrirá. Te espero a las ocho en esta dirección. Me han dicho que es un restaurante muy típico de aquí.

Mar se ríe gratamente. Su supervisor es mucho mejor de lo que imaginaba, y la química entre ellos funciona. No se va sin antes haberle encargado un pequeño análisis para entrar en calor. Como los grandes sabios, Jean es humilde, porque sabe lo limitado que es el ser humano. Mar se extraña de que la persona de jerarquía más alta la trate como su par. Y piensa lo grandes que devienen los grandes hombres con la humildad, casi como su condición de necesidad. Jean se despide, le comenta cómo rellenar el papeleo de bienvenida y se va a ver al rector. La verá en el palacio.

—¿Qué palacio?

—¿No te lo han dicho? No trabajaremos aquí sino en un palacio. Tranquila, no tendrás que venir vestida de largo. Vete para allá. Te han asignado ya un escritorio y creo que hasta alguien te ha mandado una nota personal.

—¿Una nota personal? ¿Para mí? Pero… ¡si no conozco a nadie aquí! —exclama ella emocionada.

TERCERO Y DIECISIETE

Serguéi está leyendo *El peregrino encantado* de Leskov cuando suena el teléfono. Es él. ¡Y pensar que Bulgákov se pasó media vida esperando la llamada de Stalin! Serguéi respira hondo y lo deja sonar. Dicen que el presidente no tiene teléfono. Ni sus escoltas tampoco. Nadie sabe cómo se las arregla para comunicarse. Cómo da órdenes o habla con mandatarios de otros países. Dicen que los filtros para llegar a él son abismales, que hay hasta siete cordones de seguridad que se vigilan unos a otros, una guardia pretoriana atenta al mínimo soplo, al mínimo extravío, pero a la que el presidente mima y recompensa porque su vida depende de ellos. Son los más leales, aunque tampoco tienen opción. La vida de ellos también depende del presidente. Si le ocurriera algo los enterrarían junto con él como a los esclavos y a las esposas de un faraón. Este círculo se llama *siloviki*. Serguéi los conoce bien porque en ocasiones debe convencerlos para que el presidente decida a su favor. Aparte de los escoltas, entre ellos están: el consejero nacional de Inteligencia, el halcón de los halcones; el jefe del FSB, para mantener el control interno del país y vigilar cada movimiento díscolo, como un sismógrafo que detecta de antemano los desplazamientos tectónicos; el director del SVR, la inteligencia exterior, y, cómo no, el ministro de Defensa. Los *siloviki* tienen como función primordial alimentar la ansiedad del presidente. Ponerlo nervioso. Fomentar su natural paranoia. Todos ellos coinciden en que Occidente sigue en guerra contra Rusia y, por desgracia, no les faltan ni argumentos ni hechos para probarlo. La mentalidad de la fortaleza sitiada impera en este círculo y ahora va a salpicar a Serguéi. Natalia ya ha avisado a Serguéi de que está en la mira de los *siloviki*.

—Buenas tardes, *gospodín* presidente.

El presidente va directo a la cuestión de la fórmula matemática. No le reprocha nada, solo le informa de que no va a permitir que un majara se entretenga con temas de seguridad nacional y use fórmulas raras para facilitar el acceso al oceonio. A pesar de la escenificación con tanto morbo, afortunadamente las fórmulas son tan elaboradas que resultan difíciles de descifrar. Por supuesto el Monje ha sobrestimado la capacidad de cualquier policía nacional de pasarse tiempo buscando expertos en el tema para llegar al mensaje, como si no tuvieran otra cosa que hacer. Ese error aún les da un margen de tiempo para cazar al Monje hereje. El asunto ha provocado un enfrentamiento atroz entre el servicio interior y el exterior de inteligencia, y ahora el tema se ha traspasado al servicio exterior, y están obligados a trabajar conjuntamente.

—Me parece una decisión acertada. Yo tampoco estoy contento con el progreso casi nulo que han tenido los del FSB. Hasta he tenido que ocuparme personalmente.

Pero eso ya lo sabe el presidente y no le gusta. Se lo hace saber con una leve recomendación que suena a la de un amigo con una cerveza. Serguéi sabe que esas son las peores.

—Ruego que me deje investigar un corto periodo de tiempo. Cuantos más ojos tengamos, mejor. Además, todo está en manos de leales agentes del servicio.

Eso tranquiliza al presidente, que inmediatamente cambia de tema. Le pregunta sobre el proyecto del oceonio.

—Ya tenemos resuelta la producción en masa. El proyecto es la joya de la corona de la ingeniería moderna. Iván Ilich me lo envió hace dos días y lo estamos revisando. Lo malo es el dinero. Necesitamos mucho.

El presidente escucha con júbilo. No se esperaba menos de sus prodigios. La Madre Rusia nunca decepciona con su capacidad de producir materia gris.

A continuación ordena a Serguéi que se una a la próxima reunión de oligarcas que tendrá lugar en Moscú. También a ellos les preocupa perder su poder con el oceonio. Han montado un encuentro para discutirlo. Sin embargo, ellos fueron una creación del Estado, o más bien un error, y ahora el Estado los necesita.

—No sé cómo vamos a convencerlos para que inviertan tanto. Será una reunión difícil, pero no estoy seguro de que sea productiva.

—Si pagan o no pagan no es la cuestión, lo harán —comenta el presidente—. Serguéi Andréievich, usted a los números, que es para lo que está. —Y el presidente hace una pausa leve antes de continuar—: Para doblegar las voluntades, para eso estoy yo, *tovarich* Tomski —termina el presidente.

Serguéi lo admira. Le gusta trabajar para alguien fuerte.

TERCERO Y DIECIOCHO

Al secretariado de la Convención del Mar que prepara la conferencia, los extranjeros que forman esta unidad, los han colocado en uno de los palacios emblemáticos de la ciudad, el Táuride o Tavrícheski, que además es la sede de la CEI, o SNG en ruso. Obviamente el gobierno no solo les da la bienvenida, sino que quiere que los extranjeros sean testigos del renacimiento de la influencia rusa en un ambiente bien controlado por el servicio secreto. Mar consigue su acreditación, ha firmado incontables formularios —como es costumbre en Rusia—, y ya está lista para empezar a trabajar en el palacio tras el almuerzo. Toma de nuevo el metro en la avenida Nevski, que está a doscientos metros siguiendo el canal, y se pierde. No es extraño cuando algunas estaciones de metro tienen un doble nombre, con doble color, como si estuvieran diseñadas para despistar a los visitantes.

Mar viste un traje de chaqueta oscuro que la hace sentir segura en su primer día de faena. Ha llegado a su parada de metro, Chernyshévskaia, respira hondo y se pone a andar hacia su destino. Solo dos kilómetros pisando nieve y hielo hasta llegar al palacio. Sin duda los bolcheviques se aseguraron de que la clase obrera hiciera deporte para moverse por Petersburgo. Al menos Mar tiene la suerte de cruzar el parque del mismo nombre, que es una joya de jardín inglés lleno de árboles altos y canales sinuosos. Hay niños pequeños jugando y amantes pasando frío entre beso y beso. Hay grupos de amigos en corrillo, vestidos de etiqueta, fumando y bebiendo champán, a la espera de que llegue la hora de que aparezca la novia para una boda, pues uno de los emplazamientos de bodas civiles está muy cerca. El lugar es tan romántico que parece una postal.

Mar llega por fin al Tavrícheski, que le da la bienvenida con las banderas de casi todas la ex repúblicas soviéticas, una reunión de viejos socios con un pasado compartido a la búsqueda de un futuro común. Mar pasa media hora de acreditación y seguridad, hasta que por fin entra en un edificio más burocrático que exquisito, pero que aún conserva su porte. No en vano fue sede de la primera Duma imperial, según le cuentan.

Al entrar se extraña de encontrarse con el Cojo, el guardia de seguridad de UNECON, que es posible que lo hayan trasladado al palacio por temas de apoyo. Mar reconoce enseguida el pin de oro del FSB y lo saluda. Él le devuelve el saludo con amabilidad. A Mar le perturba ese súbito candor, ya que ahora espera cierta aspereza en cada nueva persona que encuentra; debe de ser que ya empieza a perder su calidez mediterránea.

Se instala en el escritorio que le han asignado en un espacio abierto. Su mesa es una maravilla. Hecha de madera noble de las que ya no se encuentran. Podría haber pertenecido a un poeta o a un maestro. Es antigua, pendiente de restaurar y con un agradable perfume que le parece de palosanto. Junto a ella, en otras mesas semejantes, hay más personas, todas mujeres, que forman parte de la organización. El informático, un muchacho algo desmañado y con coleta, le prepara su cuenta de mail y le resetea el ordenador y la impresora que le corresponden. Después se marcha y nadie viene hasta pasada una hora y media, tras la cual aparece un italiano muy bajito y tímido que se llama Stefano. Tiene el pelo moreno y abundante, la nariz muy prominente y lleva unas gafas redondas que le dan un aire de empollón. Se le ve alguien introvertido y eficiente. Viene con un planning en la mano. No sonríe ni pierde el tiempo en formalidades, parece estresado y sabe muy bien qué ha de pedirle a Mar aunque esté en prácticas. A los pocos minutos se presenta otra colega, Lena, una preciosa joven muy delgada que será el enlace de los extranjeros con los rusos y que, aparte de administrativa y traductora, les servirá de soporte para todo lo que haga falta. Parece amable y bien dispuesta. Con el tiempo, Mar le tomará aprecio. Lena está lista para trabajar duro. Dirá siempre la verdad. Hablará solo cuando le hablen. Estará siempre donde la necesiten. Le gustan los extranjeros. Los respeta. Quiere ser como ellos. Está harta del exagerado nacionalismo que la rodea. A ella no le interesan las viejas glorias. Ella quiere tiempos meritocráticos. Quiere tener oportunidades por su valía y no por la cantidad y la calidad de sus recomendaciones, conseguidas por contactos o a cambio de servicios prestados fuera de horarios a algún supervisor baboso pasado de peso y de alcohol. Ya ha visto demasiado de ambas cosas. No quiere más.

Mar se pone a trabajar. El secretariado no solo debe ayudar en la logística a los futuros delegados, sino proveer un apoyo técnico de alto nivel, que se traduce en la producción de dos tipos de documentos: los de trabajo, dirigidos a un futuro acuerdo, y los de información, que debe aportar los datos que ayuden a las negociaciones. A pesar de ser una novata, le han encargado redactar un documento de información para los futuros delegados que será uno de los informes estrella: una recopilación de todos los mandatos de Naciones Unidas en relación con los minerales del fondo submarino. Eso servirá a los negociadores a no perder la perspectiva de lo que había antes. Debe poner atención a los mínimos detalles, que es donde merodea el diablo. Es lo que Jean le repite constantemente.

Mar también habituarse a su ambiente de trabajo. Cuando habla por teléfono echa mano de su libro de frases hechas en ruso. Al repetirlas con cierta torpeza, suele hacer reír al interlocutor. Con eso rompe el hielo y, por lo general, consigue lo que necesita. Anota y llama, escribe, revisa y chequea información, el tiempo se le pasa rápido; no se aburre, lo que es una cualidad en un trabajo así. Se siente valorada y sus compañeras la tratan con mucha cortesía, pero sus respuestas son siempre cortas y duras. Todas están ocupadas con la inminente conferencia.

El hombre con quien se topó en el aeropuerto sigue dando vueltas en la cabeza de Mar. Se pregunta quién es ese Serguéi, dónde está en ese momento. Se arrepiente de haber dicho que no a pesar de que era lo que tenía que hacer.

Se da cuenta de que en su escritorio hay un sobre para ella. No se había percatado antes porque su nombre está escrito en cirílico y no lo reconoció. Cuando lo abre, no hay ninguna nota, ninguna carta. Solo una postal con la imagen de la Virgen del Signo.

TERCERO Y DIECINUEVE

Ignátov está sentada en un pequeño café del museo del Palacio de Verano de Pedro el Grande. Hay un museo dedicado a la vida diaria del zar que es visitado en su mayoría por escolares y jubilados aburridos en tours baratos. Es un recinto aislado, rodeado de jardines y accesibilidad poco apetecible. Los turistas lo observan desde las barcas en el canal Fontanka cuando hace buen tiempo, pero no entran. Fue el primer palacio de la ciudad de los palacios de invierno y el zar se encargó de proveerlo de algo tan sofisticado como un desagüe. Ignátov lleva un gorro y un pañuelo en el cuello que le tapa la mitad de la cara, como si tuviera una gripe de final de invierno. Está leyendo *Cero. La biografía de una idea peligrosa*, de Charles Seife. El cero es el número que representa la nada y el todo al mismo tiempo, el principio y el final, eso le interesa. Un hombre joven de muy buen porte se acerca a ella. Tiene una atractiva cara angulosa de rasgos muy marcados. Podría ser un modelo de Dior.

—Siento haberte hecho esperar —dice Oleg Oleksandrovich en ucraniano. A continuación, le da un abrazo—. Puto frío petersburgués. Aquí tienen una semana de verano, que es justo el tiempo que necesitan para llevar el abrigo de piel a la tintorería…

—Viniendo de Washington, no me extraña que te cueste acostumbrarte. —Ignátov no pierde oportunidad para recordarle que es un protegido de la CIA. Hace una pausa para sorber un poco de té—. Estaba leyendo. Pero debo permanecer fuera el menor tiempo posible. La policía me busca por todas partes y tengo miedo de que me arresten. Hasta han ofrecido una recompensa, por lo visto se me cotiza muy alto.

—¿Ves lo importante que te has vuelto? Te han puesto tan mona en la foto que incluso la usan en Tinder. —Y le da una palmada en el hombro—. Y para llamar taxis usa solo la app Yantex con el móvil que recibiste. Es más seguro. ¿Te gusta el apartamento que te buscamos?

—Realmente bonito. Nunca había estado en un lugar tan lujoso. ¿De quién es?

—No puedo decírtelo. Tú aprovecha la estancia. Estamos preparando tu extracción. No falta mucho, pero no sabemos a dónde irás. ¿Qué te gustaría más, el Caribe o Bali?

—Tal y como van las cosas terminaré en un gulag en la última de las islas Kuriles y no tomando daiquiris en una playa tropical. Estoy harta de todo esto, la verdad.

—No podemos detenernos ahora. Se quedaron con Crimea y se quedarán con el país entero. ¡Ucrania no es suya por mucho que ellos se lo crean!

—Eso ya lo sabemos, pero tus métodos son despreciables.

—Tatiana quería hacerlo. Sacrificó su vida por la causa.

—¿De qué demonios hablas? ¿Qué causa se lleva por delante a una mujer de veintiún años? ¡Con toda la vida por vivir! —Ignátov exclama de rabia—. Tú nunca hubieras hecho algo tan arriesgado y tampoco deberías haberla animado. Ya le dije que no se juntara contigo. Eres tan basura como todos los tuyos.

—¿Y por qué nos ayudas?

—Por Tatiana. ¡Por ella y solo por ella! Ahora que está muerta, se acabó.

—Supongo que eso será cuando salgas de esta, porque una llamada y la causa se enriquece de inmediato —advierte Oleg.

—Tan pensado lo tenías que te puede salir mal —dice ella.

—O no… Me han dado un número para la próxima fórmula matemática. Está en el sobre. Ya sabes cuáles son las reglas. Solo tú puedes saberlo. Así pasaremos a la siguiente numeración.

—¿Y qué te han pedido hacer esta vez? ¿Robar, secuestrar, torturar? ¿Y si nos están engañando?

—Los de la CIA dicen que es información segura. Todo está bien negociado de antemano.

—Es despreciable. Pero eso ya lo he dicho antes y sigues sin escuchar.

—Cuando tengamos las coordenadas completas de la estación del oceonio, la fiesta se les acabó a los putos rusos.

—¿Me estás diciendo que usas mis fórmulas como parte del espectáculo cuando matáis a alguien a cambio de que os den una miguita de pan para llegar al oceonio? ¿Te das cuenta de que para tener las coordenadas esféricas completas necesitarás al menos tres series de números de latitud y otras tres de longitud? ¡Eso sin contar las letras! ¿Cuánta gente más debe morir? ¡No voy a seguir cooperando!

—¿Cuánta gente morirá si entran los rusos en Ucrania? ¿Lo has pensado?

—Todos, porque nadie dejará de luchar por nuestra tierra. Pero ¿no hay otra manera? ¿Por qué es tan importante hallar la estación?

—Por motivos de seguridad, la estación es el único lugar con toda la información y todos los cerebros capaces de seguir adelante con el proyecto del oceonio.

—Será un búnker.

—Ya hay un plan de asalto para cuando lo hallemos. Porque lo haremos. Y cuando eso ocurra, todos me lo agradeceréis, incluidos los niños bien leídos de izquierdas. Bueno, me voy. Que soy diplomático, me invitan a comer y debo ir a poner la cara, sonreír y hablar de banalidades como si me interesaran. Pero a veces algún borracho habla más de la cuenta y sales con alguna perla de testimonio. Después tengo que visitar a una vieja amiga. Tú piensa algo bonito que le dé misterio a la cosa. Estamos a punto de completar la latitud. Tenemos los grados, los minutos y aquí dentro están los segundos. Tómalos y mantenme informado.

—Al menos la letra no la necesitamos. —Suspira Ignátov con tristeza—. Será latitud norte.

TERCERO Y VEINTE

Serguéi Andréievich pasa con su coche oficial por las inmediaciones del museo del Palacio de Verano de Pedro el Grande. Va ojeando su discurso. Llega al centro de conferencias más importante de la ciudad. Está entre las céntricas calle Pequeño Jardín y calle Italiana, contigua al palacio y al jardín de estilo italiano construidos por Pedro I para las asambleas de nobles. De hecho, esta calle se pobló de edificios diseñados por arquitectos venidos de toda Italia en busca de oportunidades que encontraron bajo el ala del emperador Pedro el Grande, el mayor mecenas de su tiempo.

Serguéi no se pregunta cómo le irá a la extranjera, ya lo sabe. Es extraño cómo le viene a la cabeza con frecuencia, cualquier excusa es buena para pensar en ella. Es un mecanismo que le devuelve las palabras de su conversación, pero aparecen con la misma velocidad con la que desaparecen.

Varios periodistas salen a saludarlo. Le rodean, le hacen alguna pregunta. El director del centro lo recibe con un apretón de manos y un abrazo. Son viejos conocidos, aunque Serguéi prefiere verle poco puesto que cada vez que se lo encuentra le pide un favor para un familiar. No se da cuenta de que los contactos importantes hay que explotarlos lo menos posible para utilizarlos una sola vez en el momento adecuado. Es un tipo muy obeso y calvo, que nunca se cierra la chaqueta para que su barriga abulte menos.

Serguéi ya no está encantado con la atención que despierta. Es el pan suyo de cada día. Antes el interés que generaba allá donde fuera lo hacía feliz, ahora sabe que se idolatra al mismo a quien se le piden milagros, y él está cansado de intentar hacerlos.

Ve a Milena sentada en primera fila y ella lo saluda. «Qué hará aquí en vez de estar en Moscú», piensa él. Ella le sonríe, se estira la minifalda azul y cruza y descruza las piernas, provocativa. Cada vez que Serguéi mira a ese lado del auditorio ella repite el juego de piernas y lo pone nervioso. Tendrá que preguntarle a Natalia qué puede querer; ciertamente no ha venido desde la capital para saludarlo o mostrarle los muslos. No puede contenerse y envía un mensaje a Natalia. La respuesta que recibe no le aclara gran cosa. Fue la propia Milena la que solicitó cubrir este evento en vez de enviar a uno de los periodistas jóvenes. Será ella quien escriba el resumen de prensa para la empresa. Ahora Serguéi está en guardia. Después de la sorpresa inicial se relaja. Luego verá qué es lo que se trae entre manos. Por el momento disfruta de sus piernas, que la verdad es que están muy bien.

—Señoras y señores, excelentísimas autoridades aquí reunidas —lo dice porque están el gobernador y el alcalde—, amigos de la prensa, gracias por estar aquí. El motivo de mi presencia aquí es... —mira a Milena, que le vuelve a hacer un *flashing* de piernas— es... explicarles cuál es la posición de Lozprom respecto al oceonio, ¡el elemento que hemos descubierto y que tenemos derecho a explotar para beneficio de Rusia, de sus amigos y de todo el mundo que lo necesita! El futuro ha llegado, el futuro es la Federación Rusa, y la Federación Rusa es el futuro...

Su mensaje dura quince minutos, un poco más de lo planeado. Él nunca se prodiga en los discursos. Después pasa al turno de preguntas, en el que Milena se permite hacer una no sin antes arreglarse la falda. Cuando terminan, ella se acerca, le saluda y le pide si puede acompañarlo al coche. Él pregunta dónde quiere que la lleve y ella responde que a los aparcamientos de la oficina principal de Lozprom. Él se sorprende, pero piensa que no está mal pasarse por allí, aunque hoy no entraba en sus planes.

Durante el trayecto van en silencio. Ella solo hace algún que otro movimiento para quitarse algo. Cuando arriban al aparcamiento, ella dice que le duele un tendón y que prefiere reclinarse un momento. Los cristales son oscuros.

—No tengo nada que darte, Milena. Ni amor, ni dinero ni ilusión en nosotros —le advierte él.

—Yo solo quiero tu atención unos minutos y eso creo que sí puedes dármelo.

Ella le besa el cuello mientras le abre el pantalón. Él se deja hacer. Le gusta demasiado el sexo con ella como para decir que no. Aunque ha conocido a muchas mujeres, ella conecta con su cuerpo como ninguna otra. Sabe de verdad cómo darle placer. Le abre la bragueta y saca su miembro. Lo llena de saliva, lo acaricia suavemente de arriba abajo. Después Milena se inclina y empieza a chuparlo con fuerza. Aprieta duro con sus labios de ácido hialurónico. Sabe cómo hay que hacerlo. Sabe cómo hacerle llegar rápido. No utiliza la mano, solo la fuerza de su mandíbula. Se lo enseñó una amiga del colegio que se metió a puta. Poco a poco aumenta la velocidad y mantiene el ritmo. Cuenta justo un minuto en su cabeza. Un reloj digital aparece en sus pensamientos para decirle los segundos que pasan. Cuando llega al ciento cincuenta y siete, eyacula.

Después de limpiarse y darle las gracias, él le baja las medias y la falda, pero no se las quita del todo, sino que las deja a media pierna. Luego se humedece los dedos para rozarle el clítoris. Ella no tarda mucho en alcanzar el orgasmo. Cuando han terminado, se arreglan la ropa y verifican que fuera no hay gente. Pero siempre hay ojos para Serguéi.

—Te echo de menos —dice Milena con ternura, aunque se calla que lo que de verdad echa en falta es la influencia que tenía en la empresa.

Serguéi no contesta. Le acaricia la melena castaña y ligeramente rizada cortada en *blunt bob*. Le toca el rostro para demostrarle que todavía le importa, a pesar de que la distancia entre ellos haya aumentado.

—He pedido el traslado a San Petersburgo para verte más.

Él se preocupa, si se toma tantas molestias será por algo.

—Nunca hemos estado del todo juntos, lo sabes bien —dice él.

—Y nunca hemos sido capaces de estar del todo separados. Hay algo irrompible entre nosotros —susurra Milena. Después lo besa suavemente y lo piropea, porque sabe que él está lleno de inseguridades y las palabras recargan su vanidad. Dos días más tarde le pedirá consejo para comprar un coche nuevo, pues conoce su devoción por los automóviles, y espera que se involucre tanto que al final se lo pague.

Se despiden con un apretón de manos y cada uno se va por su lado. Él camina entre las columnas de cemento del aparcamiento. De nuevo se acuerda de la extranjera de ojos grandes. Mira hacia atrás, donde Milena ya ha entrado en una puerta de acceso al edificio. Por alguna razón que no entiende se siente asqueado.

TERCERO Y VEINTIUNO

Oleg está sentado en un café justo enfrente del pabellón que resguarda la casita de madera de Pedro I. Se calienta las manos con la taza de té negro con limón que la camarera acaba de servirle. Sobre un plato ovalado y con flores hay unos dulces baratos envueltos en paquetes individuales. Está cerca del edificio Najímov, donde Rusia tiene el campo de entrenamiento de su joven ejército de hackers. Oleg sigue los movimientos de gente entrando y saliendo, aunque forme parte de un método a la vieja usanza. Observa la cabina, el primer edificio residencial en San Petersburgo. La modesta cabaña de sesenta metros cuadrados con toques holandeses se hizo en madera porque un zar no podía permitirse el lujo de construirla en piedra. Tenía proyectos más importantes en aquella época. Pedro el Grande es una de las pocas figuras históricas del lugar que Oleg respeta. No va a hacer turismo, no está para eso, pero mirarlo le sirve para detenerse y poder pensar. Todo a su alrededor va demasiado deprisa.

Milena llega y se sienta en el banco estilo sofá que hay junto a la mesa. Ha dejado su impresionante abrigo de piel colgado en la percha que hay en la pared. No saluda siquiera. Camina como siempre, erguida, sacando pecho, con un aire de autosuficiencia que no deja indiferente a quien se cruza. Lleva una minifalda azul y un jersey ajustado gris de elastán y lana, que como no tiene escote aumenta aún más el volumen de sus tetas.

—¿Qué quieres? —pregunta Milena. La expresión de su cara es dura.

—Buenas tardes. Estás… pero ¡qué guapa estás! ¿Te has puesto así para mí? ¡Anda, dame un beso! —Oleg le planta un beso en los labios—. La silicona está muy blandita pero deberías ponerte menos lápiz labial. —Y le quita con una servilleta parte del carmín.

—No tengo mucho tiempo. Ve al grano.

—Tus suegros están bien, ¿no me preguntas por ellos?

—No. —Su negativa suena lapidaria. Baja la mirada y después la levanta desafiante.

—Tu hija saca buenas notas en el colegio. Parece que no ha salido a ti. Es una niña obediente y responsable a pesar de estar pasando por una edad difícil. Nunca pregunta por ti. Se ve que sus abuelos la están criando bien. ¿Quieres verla? —Saca el teléfono y busca una foto de una adolescente que sonríe. Milena le echa un vistazo rápido, sin querer queriendo.

—No hace falta —dice ella pero sin dejar de mirar la foto.

—Al menos tienes la decencia de mandarles dinero, porque de eso entiendes, siempre has tenido una buena relación con él.

—Ya sabía yo que venir no era una buena idea. —Hace el amago de levantarse.

—No tan deprisa. —Le agarra el brazo—. ¿Sabes por qué estoy aquí?

—No, pero me lo dirás ahora mismo.

—Porque tú eres muy amiga del señor Tomski, y tú y yo también somos amigos… Mira qué círculo de amistad tan bonito formamos desde hace mucho.

—¿Estás aquí por el oceonio?

—¡Soy el negociador de Ucrania! ¿No te llena de orgullo?

—¡Estáis locos! Tú eres un militar. ¿Qué puedes saber tú de leyes y acuerdos comerciales?

—He ido a la universidad. ¿No te acuerdas?

—¡Aprobabas aterrorizando a los profesores! ¡No eres más que un mafioso!

—Ahora soy un animal civilizado. Mira mis uñas. Hasta llevo manicura.

—¿Qué quieres? Es la pregunta del principio y sigues sin contestarla.

—Tú vas a trabajar para nosotros. Me pasarás toda la información que tengas sobre tu amigo Serguéi porque si no...

—No creo que seas capaz de hacerle algo a la niña...

—¡No, no, no, Milena! ¡No hables como una madre porque tú no lo eres! Habla más bien como una proveedora de bienes y servicios, que por suerte eso sí. Déjame terminar la frase: porque si no, esta belleza no será para ti. —Saca un sobre cargado de dinero.

—¿Dólares?

—También me he vuelto muy internacional, pero puedo ofrecerte grivnas o rublos, si prefieres...

—Aquí hay...

—Cincuenta mil. Ve a repasarte el maquillaje y cuéntalos. ¿Has visto qué refinado me he vuelto para decir las cosas?

—¿Y qué tengo que hacer?

—Seguir tirándote a Tomski como hasta ahora... Si antes lo hacías para sacarle pasta, ahora se la puedes sacar a él y a nosotros por un mismo polvo. Por cierto, lo del aparcamiento nos ha puesto cachondos a todos Sí, a mí y a mis hombres y sus maquinitas con ojitos por todas partes. Si no fuera por lo que hay, hasta te pediría una cita. En fin, ya sabes, solo nos tienes que informar de lo que sepas.

Milena no se resiste a la oferta. Manotea el sobre y se va al baño. Oleg sigue observando el pabellón de la cabaña de Pedro, se echa el té en el plato y lo toma directamente de él. Y pensar que un zar vivió en esa choza más de cinco años. Cómo han cambiado los mandatarios rusos.

—¿Y bien? —pregunta Oleg a Milena, que vuelve a sentarse.

Ella saca el dinero del bolso y él se extraña.

—Esto no es ni la mitad pero está bien para empezar. —Le devuelve el sobre a Oleg—. Mándaselo a mi hija. Para ti será fácil hacerlo. Yo levantaría sospechas. Sé que no se perderá nada.

—Trato hecho. —Oleg le coge la mano y se la besa. Es su manera de dar las gracias por confiar en él—. Ahora dime.

—Supongo que tú estás detrás del asesinato de la chica de Japón. Serguéi ha movilizado a todo el mundo para buscar al Monje ese, que me imagino que eres tú.

—El pensamiento es libre. ¿Ves todo lo que aprendí en la universidad?

—Parece ser que Serguéi, justo al volver de Tokio, se encontró con una desconocida en el aeropuerto y ha ordenado que la sigan. Tiene al menos a dos agentes en eso, incluida la jefa de Seguridad de Lozprom, mi amiga Natalia.

—¿Quién es esa chica?

—Una estudiante española. No es nadie.

—A él le gusta, y mucho. Así que, créeme, esa chica sí es alguien. Usa solo este teléfono si quieres contactar conmigo. Tus suegros recibirán esto mañana a lo más tardar. —Después se levanta y se va.

TERCERO Y VEINTIDÓS

Mar ha llegado a casa. Sigue teniendo la extraña impresión de que la siguen. Se sienta a ver la televisión. Sabe que a Masha le gusta que le haga compañía, lo que no sabe es que es la primera vez que le ocurre, pues cuando ha alquilado la habitación siempre ha habido una relación de distancia con el inquilino. Con Mar es diferente. La española necesita algo parecido a una familia, pues el ambiente que la rodea le resulta distante e impersonal. Nunca ha experimentado interacciones de una frialdad semejante. El mundo de pronto está en cirílico, no solo los anuncios de eventos y productos, sino la gente, el clima. Salvo la belleza de la ciudad, Masha y el extraño del aeropuerto, todo lo que la rodea le resulta alienante.

Masha ha dejado de ser lacónica, como todos los rusos una vez que cogen confianza. Le habla todo el tiempo y Mar responde que sí, aunque la entienda a medias, porque una de las pocas cosas que ha comprendido del país es que resulta más arriesgado decir que no. Ese día la anciana ha sacado un viejo libro de su madre, el que utilizaba en la escuela para enseñar a leer a los más pequeños. Tiene las tapas rotas y las hojas amarillentas, pero a Mar le parece una pequeña joya. Intenta imaginarse cuántos niños lo utilizaron para aprender y eso la emociona. Masha, que ya se ha hartado de las respuestas cortas de Mar por su falta de confianza a pesar de que la entienda, ha decidido hacerle mejorar el ruso, y da igual si ella responde sí o no. Ella es una vieja dama soviética, y lo que hay que hacer debe llevarse a cabo sin discusión ni contemplaciones; tampoco es cuestión que esta muchacha con mirada ingenua se pasee por la ciudad y le roben los billetes de quinientos rublos, como suelen hacer las empleadas en la ventanilla del metro haciendo como si fuera el extranjero quien se ha equivocado.

La mesa principal de la casa está cubierta por un hule, y sobre un plato ovalado y con flores hay unos dulces baratos envueltos en paquetes individuales. Masha sirve el té delante de la tele, con el papel de las paredes manchado por viejas humedades. Las cuatro sillas no hacen juego, dos las encontró en la calle y otras dos eran las que heredó de su suegra al casarse. Los respaldos están cubiertos por unas fundas tejidas en punto croché. Sin embargo, las cursilerías de la casa le resultan muy cálidas y a Mar le encanta sentarse con Masha en el saloncito de su casa aunque tenga que ver la cara de Gorbachov en el salón. Evita a toda costa su cama de cuartel de soldado raso. La anciana abre el libro y empieza a dictarle versos de poemas de Pushkin. Mar no puede ni respirar siquiera. En cada escuela soviética existía una frase de Lenin que decía: «Aprender, aprender y aprender». Pronto se da cuenta de que no le queda otra alternativa. Tras una hora de sesión intensa, Masha parece contenta, y no para de decir «хорошо», pronunciada como *joroshó*, que significa «bien». La palabra más utilizada en ruso aparte del no.

Hoy es Mar quien ha preparado la cena. Provenir de una potencia culinaria tiene sus ventajas. Ha comprado algunas verduras y carne en el supermercado que hay al lado del metro, en el centro de la ciudad. Ha podido cargar con su pesado portafolio y las bolsas del mercado en el metro. Después verá que es la única que lleva comida, pues en casi todas partes hay pequeñas tiendas de продукты o comestibles, así que los que se cruzan con ella piensan que va a una dacha solitaria en el golfo de Finlandia y no a un piso al lado de un mercado.

Mientras recitaba los sonidos ladeados rusos, las lentejas se han cocido a fuego lento, y cuando va a servirlas, Masha se queda encantada de lo bien que huelen y saben. Mar nunca se acostumbrará a la obsesión rusa por la mayonesa, la nata agria y el eneldo. Prefiere el ajo y el aceite de oliva. Su próxima receta será una sopa de ajo, que es lo que apetece con estas temperaturas tan poco amigables. Han comido y Masha prepara un té negro con limón. Ha puesto los pasteles típicos petersburgueses, que son una especie de láminas crujientes bañadas en chocolate, deliciosas para paladares golosos. Masha ha hecho pastila, un dulce de frutas con base de pasta de pulpa de manzana, porque Rusia es tierra de manzanas, y es la fruta más barata.

Masha le toca la cara, le pone los dedos en los ojos y le dice:

—Hay un hombre que mira, siempre te está mirando, pero tú no lo sabes. Debes tener cuidado.

A Mar no le gustan sus palabras de ciega que suenan a videncia premonitoria. Se retira para releer sus apuntes de su primera clase de ruso en Rusia en su cama espartana. A partir de entonces cada vez que se encuentre con un español se preguntarán el uno al otro: «Y el ruso, ¿cómo lo llevas?», con el mismo tono de voz que se pregunta cómo va el cáncer de estómago. La lengua rusa es una china en el zapato, que por mucho que uno avance siempre continúa en el mismo sitio. Se necesitan años para ver algún resultado. Y ella creía que sabía ruso. De ilusiones vive el hombre. Mientras, Masha ve la tele y teje unos calcetines que venderá a la entrada del mercado. El presidente aparece dos veces al día en televisión, en cada telediario central. Da igual que salga reunido con el Consejo de Ministros o patinando sobre hielo. Sale con la misma regularidad que el sol y la luna. Tiene que recordar a sus ciudadanos quién manda y quién trabaja por Rusia. Y eso da seguridad y confianza. Masha se levanta a lavar los platos y Mar enciende el flexo gastado y se pone a leer su novela. Se trajo *Guerra y paz* en la nueva traducción de Lydia Kúper y la está leyendo a ratos. Algún día podrá leerla en ruso. De pronto oye una voz conocida, mira la pantalla del televisor...

—¡Es él, es él...! —grita, y no puede dejar de gritar—. ¡Es él, es él!... —No para de saltar entusiasmada porque ve a Serguéi dando una conferencia de prensa. Por fin lo ha encontrado. Está tan emocionada que se le saltan las lágrimas—. ¡Es él...! —¡Cuántos días de angustia pensando que no sabría de él nunca más! ¡Cuánta incertidumbre desvanecida!

—Что происходит? —dice Masha para saber qué pasa. Llega con cara de espanto desde la cocina. También ella repite varias veces la frase para preguntar qué ocurre.

—¡Es él, Masha, es él!… —Y de pronto se para en seco—. ¿Y qué hace él en la tele?

—*Lozprom, Lozprom* —contesta Masha mientras la agarra por los hombros y la hace sentar de nuevo en el sofá.

—¿Qué es «Lozprom»? —Y poco después cae en la cuenta, porque ha sido pronunciado con las vocales rusas y no lo reconoce de inmediato—. ¡Es la multinacional de la energía!

—*Lozprom direktor* —dice Masha preocupada, pues no sabe a qué viene ese jolgorio.

—¿Es el director de Lozprom?… ¡No puede ser! ¡El nombre en boca de todos cuando hablan del oceonio! —Y se hunde en el sofá meditativa. No tarda en deprimirse. Es un hombre con un puesto tan complicado que no tendrá ninguna oportunidad de verlo otra vez, salvo en las noticias.

Se conecta al internet del vecino para verificarlo. Cuanto más lee, más inaccesible le parece. Mejor olvidarlo de una vez.

TERCERO Y VEINTITRÉS

Un hombre alto y de porte atlético entra en el secretariado de la Conferencia Internacional en el palacio Táuride. Da una ojeada rápida y enseguida localiza a Mar. La reconoce por los informes que ha recibido. Se queda perplejo: se parece a Tatiana mucho más de lo que le han anticipado. No puede apartar la mirada de ella, petrificado. El pasado debe quedarse donde quedó, y si vuelve, nunca trae lo que se llevó. Oleg tiene ganas de vomitar. Se da la vuelta y sale. Le duele todo, hasta los poros de la piel. Se sienta fuera para calmarse y rompe a llorar. Cuando vuelve en sí, se recompone y regresa dentro. Mar lo mira extrañada y él finalmente se dirige a ella sonriente. El Cojo merodea también por allí, ha notado algo raro en este hombre que entra y sale del salón y tiene algo que hacer con Mar, pero no está claro qué. Se asegura de colocarse en un lugar donde pueda escuchar bien.

—Buenos días, señora.

—Buenos días. ¿En qué puedo ayudarlo?

—Soy el delegado de Ucrania. Necesito saber si puede ayudarme a organizar un seminario para países costeros en desarrollo.

—Si tiene la amabilidad de enviar una carta al presidente de la conferencia o al secretariado con su solicitud, yo se la haré llegar y le tendré informado...

—Aquí se la he traído. Soy de la vieja escuela, con papel membretado, sello y firma: nada de mails. Como ve, tenemos preparados varios ponentes de nivel. Varias «vacas sagradas», mejor dicho «leyendas», del derecho del mar, que seguro usted conoce bien —Oleg tiene el acercamiento preparado para impresionarla—, van a participar.

Después se retira sin tardar para no parecer pesado, pero ya ha planeado cuántas veces se encontrará con ella, cómo trabajarán juntos. Esa misma mañana Mar gestiona una reunión entre Oleg y Jean, a la cual es invitada a participar. El intercambio es tan entretenido que los tres se van a almorzar. Cuando acaba la jornada, Oleg y Mar caminan juntos hasta la boca del metro, y luego él la acompaña a casa para continuar la conversación. Es un tipo que sabe hacer reír a las mujeres. Es educado a pesar de lo poco pulido que parece inicialmente. Tiene infinidad de detalles, a veces un poco ensayados pero sinceros, y sobre todo escucha mucho y bien. Mar se ha sentido muy a gusto, el chico es francamente atractivo, recio y amable a la vez. Antes de despedirse se citan para volver a comer juntos. Para Oleg conocerla ha sido un deber, pero está esperando a mañana para verla de nuevo.

Al entrar en casa, Masha ya tiene hecha la cena. Mar siempre compra alimentos frescos para que no falten en la mesa. A veces es Mar quien cocina. Hoy no hay lección de ruso ni práctica de piano. Es un silencio raro, pegajoso. Mar pregunta qué pasa y Masha contesta que son cosas de vieja, que tiene una espina en el pecho que le dice que el hombre que vio en su destino el día de su llegada se le está acercando.

TERCERO Y VEINTICUATRO

Mar sale a las cinco del trabajo, entra en el metro y corre escaleras abajo para llegar a su modesta habitación y cambiarse. Lo hace por intuición, porque todavía no sabe que mientras otras ciudades ordenan el zapato plano, San Petersburgo exige trajes de noche aunque se vaya a dar de comer a las palomas. Da igual si el atuendo es feo o barato, lo importante es respetar un estilo clásico. Existe la costumbre del *black tie* o etiqueta negra para ir elegante por los rincones culturales de la ciudad. Los pantalones vaqueros en un concierto de música clásica se dejan para el mal gusto de los turistas foráneos. Mar siempre viaja con un vestido negro largo, que teme va a lucir en extremo por ser el único que ha traído. Se ducha, se viste y se maquilla. Se cuelga bisutería bonita, no demasiado cargada, que parece tan buena como cualquier otra. No ha de tomar el metro, sino cruzar la calle para llegar al restaurante Austeria, dentro de la mismísima fortaleza de Pedro y Pablo, que también está en la lista de Serguéi. Se dice que el zar iba en barca y vio un águila posarse sobre este lugar, por lo que siguió las recomendaciones del símbolo de Rusia para construir su ciudad.

Al entrar se queda impresionada al percatarse de que la fortaleza no es notoria por la altura sino por la anchura, pues tiene más de veinte metros de piedra. Mar llega a un edificio rosado de una sola planta, con un pórtico pequeño de hierro con un farol. El interior está lleno de cuadros de gran tamaño y mobiliario más bien modesto. Jean y su mujer ya están sentados. Sibila se levanta al ver a Mar y la saluda con un abrazo. Es una mujer cálida, con la que resulta muy fácil conectar, y habla con un acento caribeño encantador y divertido. Tiene la misma altura que Mar, el pelo castaño y los rasgos finos. Es muy elegante y sonríe todo el tiempo.

—¿En qué isla vives? —le pregunta la esposa del catedrático después de las pertinentes introducciones. Aunque acaba de llegar,

Sibila ya sabe que todo petersburgués que se precie debe vivir en una isla. Es culpa de los trescientos kilómetros de canales y los ochocientos puentes. En San Petersburgo el agua es la gente y la gente es de agua. Agua en el suelo y agua en el cielo porque no para de llover. Y debe de ser por eso que los petersburgueses beben poco, porque no les hace falta. Les entra por los poros.

—Hasta principios del siglo xx —añade Jean antes de que Mar contestara a su esposa— a San Petersburgo se le llamaba la ciudad de las ciento y una islas. Pero a principios de siglo fueron reducidas a poco más de cuarenta para dar solera a las fachadas. Lo de solera es un decir, porque aquí lo que se dice sol, haber no hay.

—Yo vivo muy cerca, casi estoy enfrente. Y sinceramente no sé cómo no he entrado aquí antes —contesta con timidez.

—¡Ay, Jean! Tenemos que ir a ver la tumba de los zares que está en la catedral, aquí al lado. Dicen que el cuerpo del zar Nicolás es en realidad el de un campesino, que está enterrado como un rey. ¡El colmo del comunismo!

—El colmo del comunismo es que la novela favorita de Lenin, la de Nikolái Chernyshevski, el libro más radical contra los bolcheviques, fue escrito al lado de esa iglesia. Será que tener a Dios tan cerca le inspiró mucho… —dice Mar—. Y también he leído que justo en este lugar Músorgski cambió de opinión sobre su vocación militar y decidió dedicarse a la música, y que la cárcel de esta fortaleza albergó a Dostoievski, Gorki y Trotski, pero os estoy resultando pedante.

—Cuando llegues a ese punto, te lo diremos —comenta Jean mientras mira la carta y pide los entrantes.

—¿Podemos hablar de otra cosa? Tanto monumento me está dando dolor de cabeza. ¡Chicos! Este champán está muy chévere, es mejor que el francés.

—Estarás de broma, ¿no? —responde herido Jean.

—A mí me gusta más. Es más suave y las burbujas son encantadoras.

—Mejor que vengamos de visita lo antes posible —afirma él—. Por definición, las reuniones actúan en progresión geométrica. Empiezan a presionarme para acabar cuanto antes el informe del presidente de la conferencia.

—Jean es una estrella por aquí —acota Mar—. Ha salido en la tele varias veces y la gente se pone como loca. Me lo ha comentado Lena, una compañera. Lo consideran el gurú del oceonio, ya sabes, respetan su jerarquía de presidente de la conferencia. ¡Si hasta le preguntan sobre el informe con el que abrirá la conferencia!

—Si es así —dice su mujer—, cuando acabe la conferencia habrá que irse rapidito de aquí porque al chico ya se le debe de estar subiendo a la cabeza y va a pensar que es un chivo...

—¿Un chivo? —preguntó Mar.

—Una expresión venezolana. Un hombre con autoridad, como el título del libro del Vargas Llosa...

—¡Aaah!, entiendo. Jean ya es el chivo en esta conferencia...

—Volviendo al tema, esto es como volver a la primera Conferencia del Mar —sentencia el francés.

—¿Y qué pasó entonces? —pregunta Sibila.

—Se inventaron las fronteras —dice la doctoranda—, que si la zona donde se pesca, que si alta mar, que si el mar debe ser considerado como la tierra...; es decir, que los países pueden hacer y deshacer en él como deseen...

—Se refiere al mar territorial, que es surrealismo puro si quieres la historia completa, Sibila.

—Si resumes, cuéntamelo todo, Mar... Mi chico siempre se va por las ramas...

—Empezaría por un... —Se toma su tiempo para pensar mientras pide la aprobación de Jean con la mirada, que él intenta desviar para que su mujer no se dé cuenta—. La primera convención tuvo lugar diez años después del final de la Segunda Guerra Mundial. Lo que tenían sobre la mesa era una política del mar pensada en función del alcance de los cañones de la época. Es su defecto de nacimiento, que puso por escrito un tal Hugo Grocio allá en Holanda, justo cuando Caravaggio pintaba su *David* en el siglo XVII.

—¿Hugo Grocio? Es un buen nombre para un diseñador.

—A mí me encanta tu compatriota Carolina Herrera, pero Grocio diseñó algo más importante. De hecho, a principios de la Edad Moderna los juristas actuaban como sastres y debatían los asuntos de Estado en términos de cinta métrica, que si la superficie de Inglaterra son veinte centímetros de ancho de tierra en el mapa y cuarenta y dos de largo, a ver cuánto mide el mar inglés. Al no tenerlo claro, se acordaron del cañón, ya que la talla del soberano James no daba para mucho. La seducción del cañón era tan irresistible que se proclamó como la escala para establecer las fronteras del Estado en el mar. Decidido esto, pusieron el célebre cañón en una playa y desde allí calcularon hasta dónde llegaba la bola artificiera. Muchas personas allí reunidas ya sabían la respuesta; de hecho, los militares la conocían al dedillo, pero quedaba muy bien tener un acto de protocolo para inmortalizarlo, aunque estuviera lloviendo y todo el mundo quisiese acabar cuanto antes. Lanzaron la pelota. «Tres millas», dijo el comandante. «Tres millas», asintieron los demás, ya hartos de estar mojados. Esa era la distancia a la que se puede hundir un barco desde la orilla. Y desde entonces el mar nacional mensuró tres millas. La mayoría de los países siguieron esta idea, sin necesidad de chaparrón. Sin embargo, con el tiempo, los cañones se hicieron más sofisticados y de las tres millas pasaron a seis y después a doce. Los señores de la guerra y el comercio se preocuparon mucho con esto de extender el mar territorial cuando le viniera en gana al gobernante de turno. Tendrían que pedir permisos y dar explicaciones. No, eso no convenía. Navegar por mar abierto no era lo mismo que hacerlo por las aguas de la casa de alguien. La vigilancia y los permisos no les despertaban ninguna simpatía. El colmo del asunto fue cuando Estados Unidos, justo al terminar la Segunda Guerra Mundial, estableció que la mano de su país sería aún más larga, nada de seis o doce, sino doscientas millas náuticas para ser exactos. Y cuando dijeron mar, dijeron todo el mar: superficie, agua profunda, incluido el fondo, la plataforma y todo lo que hubiera debajo, aunque tuvieran que salirse del globo terráqueo. Para no poner nerviosos a los otros estados, les dijeron que no fueran mal pensados, que todo estaba permitido salvo tocar sus peces, su petróleo o semejantes. Con la pasada contienda y la ayuda prestada para reconstruir la belicosa Europa, la caja de ahorros de los americanos necesitaba llenarse. Por eso tenían que asegurarse de ser ellos y no otros quienes se quedaban con el petróleo de sus aguas adyacentes. Los gritos no se hicieron esperar. Los susodichos señores de la guerra y el comercio, los que más. Pero como los bramidos crean estilo, empezó la moda de las doscientas millas. Muchos estados se sumaron a las faldas de las millas largas mientras que otros seguían con el patrón del cañón. Nadie se ponía de acuerdo y los asuntos oceánicos se convirtieron en un verdadero desbarajuste. Y las broncas entre los países vecinos aumentaron: «No te metas en mis aguas, esto es mío desde que ayer lo dijo mi Congreso», decían unos. «De eso nada, eso está por verse», respondían otros. El ambiente se caldeó hasta tal punto que organizaron la primera gran Conferencia del Mar. Era finales de los cincuenta. Treinta años de retraso desde que nació la idea y los estudios jurídicos iniciales. Este primer encuentro está registrado en los anales históricos como sitio de grandes borracheras, lo que explica que no llegaran ni a ponerse de acuerdo con lo del cañón. Los diplomáticos pasaron dos meses de debates ininterrumpidos en el invierno suizo para organizar el mar. ¡Y al séptimo día, sin necesidad de millas ni de cintas métricas, el mar se dividió, y las aguas se abrieron como en el libro del Éxodo!

—¡Bravo, Mar! ¡Muy bien explicado!

—Jean, ya veo por qué la has adoptado. Es una colgada como tú, pero va al punto. Ustedes son una secta. ¡Qué vaina! Por fortuna quedan muy pocos. ¡Camarero, пожалуйста, más champán! —ordena Sibila usando la única palabra que sabe en ruso, que era «por favor».

Se rieron.

—Espero con curiosidad qué artimaña jurídica se van a inventar los países ricos para no repartir nada. Al menos los rusos tienen el oceonio en su plataforma continental mientras los demás buscan una aguja en un pajar. —Jean saca un periódico. Es la rueda de prensa que dio Serguéi. Aparece en primera plana—. Este es quien tiene la sartén por el mango. Este es el verdadero chivo de la conferencia.

—Ya sé quién es.

—Serguéi Tomski, el jefe de Lozprom.

—Y es encantador —afirma Mar.

—¿Le conoces? —pregunta de nuevo Sibila muy afinada.

—Pues sí. Me lo encontré por casualidad en el aeropuerto y me enamoré de él. Pero se me pasará.

—¿Por qué estás tan segura? —pregunta Sibila.

—Porque tiene otro pretendiente, un ucraniano. Nos está montando una floristería en la oficina —comenta Jean.

Se hace el silencio.

—*Garçon!* ¡Traiga champán! Hay que celebrar que por primera vez desde que ando en este mundillo alguien habla claro.

Un camarero les sirve el champán. Divertida, Sibila levanta las copas talladas y hace algún chiste mientras Jean la mira pero no le habla. Está analizando la situación. Como le sucede siempre que está un poco bebido, se ha puesto extremadamente lúcido. Jean conoce la picadura de la abeja, el escozor en la piel. Conoce a Mar solo desde hoy y sin embargo la entiende. No se toma el tema a la ligera ni despacha la situación con la frase dicha «Se te pasará». Sabe que hay algo, una pena en el corazón. Como lo sabe ella. Que es una enferma, que no se le irá el dolor, este pequeño dolor insignificante por ahora soportable que lleva encima. Nadie puede ayudarla ni ella quiere ser ayudada. Lleva el nombre de un hombre escrito, nadie escapa de eso. Tiene un invasor que no se irá de buenas a primeras. Irá tomando una a una las habitaciones de su alma. Lo será todo. Es una enferma de las peores, de las que no quieren curarse. Que ya se ha rendido a lo que sea que le ha entrado por el cuerpo.

—¿Y sabes algo de él desde entonces? —pregunta Sibila tonteando con la copa.

—Me invitó a cenar y le dije que no. Le dejé plantado y me largué porque es un hombre casado. Desde entonces no sé nada de él.

—¡Qué bueno! Eso le sentaría como un tiro. —Se ríe Sibila con una risa floja—. Por lo menos el candidato ucraniano está trabajando duro.

—Somos amigos. No me interesa nada más. Estoy aquí para trabajar —añade mientras fija sus ojos en Jean.

—¿Está casado casado? —pregunta Sibila.

—Me comentó que vivía separado de su mujer.

—Es verdad —comentó Jean echando un vistazo al periódico—, solo que las amantes de él son menos discretas que los de ella.

—Por lo menos ninguno de los dos se priva de nada —dice Mar.

—Mar, hay demasiadas casualidades y eso me preocupa. Entre

los miles de personas que andaban por Púlkovo vas y te topas con él. El amo de tu lugar de destino. Si estuviéramos en otros tiempos, diría que es cosa de la KGB. Pero esto es peor, esto viene directo de las estrellas. Naturalmente que volverás a verlo. Y la tierra temblará de nuevo bajo tus pies. Las mujeres sois muy listas para eso. Si le llevas ahí dentro es porque algo ha pasado, aunque nadie pueda verlo ni probarlo científicamente, ni siquiera él. Esa fuerza es un imán, volverá a uniros aunque os resistáis. Si te estiras hacia fuera, la misma fuerza tirará de ti hacia dentro. Si por el contrario empujas hacia dentro, reunirás tanta fuerza que podrías ir demasiado rápido. Hagas lo que hagas, ya no podrás salir del círculo rojo del destino. Yo no tengo ningún consejo que darte. Solo estoy por aquí. Puedo escucharte y reírme contigo y sacarte un pañuelo si lo necesitas.

—Amor, me encantas cuando te pones místico. Has bebido.

—Definitivamente he bebido demasiado —comenta Jean.

—¡Camarero, tráigame chocolate, por favor! —ordena Sibila otra vez—. ¡Todo esto es tan emocionante! Jean, ¿te acuerdas de cuando nos encontramos? Éramos amantes…

—No exactamente —contradice él un poco avergonzado.

—Ninguna buena historia de amor empieza sin que haya algo maldito, así que no me fastidies ahora el cuento, Monito.

Se ríen de nuevo. Beben hasta que no queda una gota en la botella, como hacen los rusos. Se quedan solos en el restaurante. La alegría de Sibila llena la sala. Las once los halla cantando «Guantanamera».

TERCERO Y VEINTICINCO

Ignátov regresa al café del museo del Palacio de Verano de Pedro el Grande. Lee un rato. Cuando ve entrar a Oleg, ya no se saludan. Ella lo mira de reojo por encima del libro sobre la biografía del cero de Charles Seife, que ahora es su compañía más que su lectura, pues va por la tercera vuelta. Les han soplado que posiblemente estén siguiendo a Oleg e intensifican la prudencia.

Oleg se sienta con un ramo de flores pequeño pero muy elaborado que le ha comprado a Mar. Si los del FSB lo ven ocupado en temas amorosos se calmarán. Por ello se pasea por donde puede con un detalle femenino. También él está inquieto. Cada vez que va al Táuride tiene al Cojo encima y ha empezado a hartarse. Pero él también espera órdenes para proceder. Oleg ni siquiera mira de reojo a Ignátov. Tiene más práctica que ella.

Ignátov se levanta. Ha dejado una pequeña ficha redonda debajo del servilletero. Lleva un número, que ha escondido con mucho acierto. Después sale con discreción. Pasará por la Casa de los Libros en la avenida Nevski para proveerse de más lectura. El piso en el que se hospeda es elegante pero le faltan libros, por lo que cree que el dueño es un paleto con dinero. Comprará algunos volúmenes y pagará al contado. Podría ir a las cinco de la mañana pues la librería está siempre abierta, no vaya a ser que a alguien le entre la urgencia de leer *Los hermanos Karamazov* de madrugada y no se pueda aguantar.

Oleg se cambia de sitio como si quisiera estar más cerca de la ventana. Mira el teléfono y simula leer las noticias. Después toma la ficha. Se levanta y va directamente al guardarropa. Allí la entrega y a cambio le dan una bolsa de plástico con un par de libros. En uno de ellos hay una página entremetida. Allí está escrita la nueva fórmula matemática para hacerla pública junto con el nuevo encargo.

TERCERO Y VEINTISÉIS

El alcohol de la noche anterior hace estragos en la mañana de Mar. Un débil hálito de luz llega a la resaca de vino y vodka. Mar no intenta resolver el problema con el verbo опохмеляться que suena más o menos a *opojmeliatsa*, que no tiene traducción en ninguna otra lengua y que significa «superar la resaca con más alcohol». Hace sol ese día. Los rayos entran con fuerza a través de las ranuras de las persianas y blanquean la pequeña habitación llena de estanterías pintadas con brocha gorda. Mar se toma un tiempo para recordar lo que lleva dentro, el mismo tiempo que tarda en reconocer su nueva habitación. Esos momentos por la mañana son preciosos para traer a la memoria la persona que fue y que nunca más volverá a ser.

El sol ha vuelto a Petersburgo. Una ciudad dividida, como el país, en dos mitades, como la cabeza doble del águila de los zares mirando al este y al oeste. Una parte de la población mira al futuro sin creer en nada; y la otra Rusia, la de Masha, la anciana que le prepara ahora el té, mira al pasado con la dulzura agria que no encaja de forma alguna en el presente. Todos los rusos como Masha han sido traicionados por la historia de todas las maneras posibles. La Guerra Fría la ganaron los americanos no con sus multinacionales, sino porque sus excombatientes han sido elevados a la categoría de héroes mientras que los rusos han sido rebajados al nivel de la miseria. Mar abre la puerta de su habitación y sin venir a cuento le da un beso de buenos días a Masha, que se emociona ante esta muestra de cariño. Refunfuña unas palabras en ruso enredadas las unas con las otras, pero con una sonrisa oblicua de quien no está acostumbrada a recibir ternura.

A Mar le duele la cabeza y mantiene a raya al corazón. Se viste con muchas capas de ropa para que impidan entrar al frío. Poco a poco aprende cómo combatirlo. Masha le ha dado unas prendas de lana de cabra en color gris, que ella hace a mano y vende en invierno. Mar insiste en pagarlas, pero ella rehúsa.

Después Mar se adentra en la larga lengua de escaleras mecánicas que como una garganta inmensa la traga hacia las profundidades subterráneas bajo el mar Báltico. Sigue bajando. A Axel, el protagonista de *Viaje al centro de la Tierra* de Julio Verne, le hubiera bastado pasarse por el metro de San Petersburgo. Desde que cruzó el molinete de la entrada Mar tiene la sensación de que se está preparando para entrar en la pista de un baile de salón y que, de pronto, los transeúntes se sacan de la chistera un traje de noche para disponerse a danzar un vals entre la elegante iluminación sobre los mármoles del metro. También ve a la misma mujer con peinado de bailarina y abrigo verde que siempre va a lo lejos. «Qué raro, ella otra vez», piensa.

Al llegar a la mesa de su oficina, sigue con la preparación del seminario del ucraniano, que se celebrará nada más empezar la conferencia. Por otra parte, de forma furtiva, analiza concienzudamente los nuevos documentos que Stefano ha traído, que Jean ha leído durante la noche y que él mismo ha pedido que se los envíen a Mar a primera hora de la mañana. Para él este momento es histórico y hay que estar a la altura. Él fue un negociador de la Convención del Mar de Montego Bay, en Jamaica. Era muy joven en aquellos tiempos en que el mar quedó medio arreglado. Después fue creciendo y perdió la esperanza de que la raza humana fuera algo más que un animal profundamente idiota, por mucho que evolucione en conocimientos técnicos. Ahora podrá terminar ese trabajo inconcluso.

Mar piensa en Serguéi con calma, sin ansiedad, dueña de sí misma. Espera a Oleg, pero no llega. Él le manda un mensaje donde le dice que ha recibido un encargo urgente y que le gustaría verla más tarde, cerca de su casa.

Es la hora del almuerzo. Lena le pregunta si quiere que coman juntas, Mar acepta pero será una compañía muy callada. Las flores de Oleg hacen que todos sus compañeros la miren con una risilla menuda, en la que caben comentarios por aburrimiento de oficina. Después de comer Mar entra varias veces en internet en busca de noticias y las encuentra. Allí está Serguéi posando con una famosa cantante, que parece exponer más carne que canto. En otra foto aparece junto a su esposa sentados en la boda de un conocido burócrata del Kremlin, que se había casado en Sochi con una conocida exatleta, pues en Rusia los gimnastas tienen tanta reputación y dinero como una estrella de rock. La suya es una vida completa, y no parece caberle nada más. Apaga el teléfono y decide irse a su casa.

Mar toma uno de esos minibuses destartalados que le permiten ver la ciudad desde sucias ventanillas. Pasa por la bifurcación del Strelka o flecha, en la que cada hijo del río Nevá empieza justo bajo dos columnas rostrales, de color rojo como la futura revolución que vendría y que Pedro no previó. Aun con el color equivocado, cada columna lleva grabadas ocho victorias del mejor zar que ha tenido nunca Rusia.

Al llegar a su cuarto toma el boceto de Serguéi que está colgado con una chincheta en la pared. Lo mira con detenimiento. Qué historia de coincidencias. Sintió la ropa interior tan mojada que tuvo que darse una ducha de agua templada a pesar del frío. Se puso la mano en su sexo, lo acarició suavemente. Se imaginó los dedos de Serguéi deslizándose, frotando su lengua con su lengua. Podía olerlo con tanta claridad como si estuviera allí. A Mar le toca elegir entre la espera o la locura. Tiene que hacer lo imposible por olvidarlo y, si no es posible, tendrá que hacer lo necesario por verlo. La noche avanza despacio. Cuando la ausencia se hace insostenible, a eso de las cuatro de la mañana, que es la hora más peligrosa para los nervios según advertía Napoleón a sus soldados, decide que lo verá.

Va al trabajo al día siguiente como si cargara con trescientos kilos sobre su escuálida espalda. Sube los escalones del palacio con tal penuria que cree entender por qué al cruzarse con los funcionarios de la Unión Interparlamentaria se mofan de la debilidad de los europeos con el clima ruso, capaz de tumbarlos incluso en primavera. Nada más sentarse a su escritorio, Jean la llama a su despacho.

—¿Le has echado un vistazo a mi nuevo borrador? —Jean trabaja sobre su informe como presidente en el que se pronuncia sobre la cuestión de un nuevo recurso energético, que se espera que aparezca en el fondo marino internacional, y la necesidad de transferencia de tecnología para explotarlo. Su texto es tan formal como utópico pero profundamente legalista.

—Me parece un punto de vista muy valiente. Los dos pensamos que hay que seguir el espíritu de la convención, pero estos son otros tiempos. Mientras que la conferencia de la SNG será la construcción de algo, aunque solo sea con fin comercial, nuestra conferencia de Naciones Unidas será la destrucción de los derechos de países en desarrollo. Los poderosos se las arreglarán para privarles de lo que una vez les concedieron. Los dos lo sabemos. La excusa es perfecta, pues no querrán alimentar la corrupción de dictadores de repúblicas bananeras. La solidaridad ha dejado de ser un ejercicio de decencia para convertirse en un acto de caridad.

—¿Te has leído las posibles posiciones políticas? Son todas tan dispares… Unos que si no toquemos la sagrada ley intocable; otros, que hay que adaptarse a los nuevos tiempos. —Jean se refería a las posturas preliminares que los países iban enviando y que se colgaban en internet como contestación al borrador inicial de la negociación.

—Para serte sincera, solo las he ojeado por encima. Son más de cuarenta.

—Por cierto… tengo una reunión con Serguéi Tomski la semana que viene. ¿Vienes conmigo? Sin embargo, el reencuentro podría decepcionarte. Ten en cuenta que cuando lo vuelvas a ver no encontrarás a la persona amable que conociste en el aeropuerto, sino a uno de los hombres más poderosos y, quién sabe, más miserables de Rusia.

—Estoy preparada —afirma Mar desafiante—, quiero verlo.

—A nuestro amigo Oleg no va a gustarle.

TERCERO Y VEINTISIETE

Louis-Maurice mira fijamente cómo le cae el nuevo traje. La función de un sastre es disimular lo que la naturaleza no proveyó y destacar lo que sí. En este caso, el *couturier* francés ha hecho un trabajo excelente, pero él es quien decide los últimos ajustes y da la aprobación final. Serguéi se acomoda el chaleco ante el espejo, pero Loulou —como Serguéi llama a su estilista para irritarlo— no le deja hacerlo porque eso es cosa suya. Louis se toca los caracoles del flequillo para quejarse del hilo suelto que ha encontrado en la espalda. Algún defecto tiene que encontrar: eso justifica su empleo y su sueldo. Las paredes del estudio son especialmente altas, están decoradas con papeles pintados con contraste de colores muy llamativos y con fotos de algunos de sus diseños y figurines. Hay varios juegos de luces que Louis-Maurice utiliza según necesita ver la pieza de una u otra manera. Hay varios juegos de espejos de cuerpo entero que él mueve con sus ruedas. Se oyen las *Gymnopédies* de Satie de música de fondo.

—Llevas en Moscú ¿cuántos años?

—Desde que me invitó usted a venir, monsieur. Cinco años exactos desde que dejé mi trabajo en la place Vendôme, pero desde hace un año paso más tiempo aquí, en mi taller de San Petersburgo.

—En buen lío te habías metido en Cartier, Loulou. ¿No era suficiente con ser el favorito de la casa? Te pagaban bien. ¿Cómo pudiste hacer eso? Cuando me llamaste ya tenías a la Sûreté encima...

—Le estaré eternamente agradecido, monsieur. *Ah, oui, Cartier...* —Suspira—. Cómo me gustaba la Maison... Atendí a la espléndida princesa Máxima, ahora reina, por cierto. Qué bien le quedaron los pendientes que le diseñé. Después de la Shell, la argentina ha sido la mejor inversión de la casa de Orange... Algo había que hacer para mejorar a esos panaderos holandeses con cara de bollo mal horneado. Mire que en esa familia son todos feos, feos, feos... Compiten con los Austrias menores. No se mueva. Lo voy a pinchar con un alfiler. ¿Dónde estaba? Ah, sí. Kate... todavía veo en las revistas el reloj Ballon Bleu que yo mismo le puse en su muñeca... Lo reserva para las grandes ocasiones, ¿sabe, monsieur? Pero no lo llevó para el casamiento del cuñado. Para mí que le mandó un mensaje a la Merkel.

—Markle, Loulou, Markle... —dice Serguéi poniendo los ojos en blanco.

—Esa misma. Párese derecho, *s'il vous plait*. Si marco mal su traje, usted va a caminar con un hombro caído como el presidente. ¿Qué decía? También atendí a Letizia, la española, siempre tan bella, lista y flaquita ella... ¿Será verdad? Ah, encantadoras todas esas plebeyas... Como sabe, la Maison fueron los joyeros oficiales de los Románov. Varias de nuestras mejores piezas están en el Kremlin... En París perdí la cabeza... Usted me salvó, pero ya no puedo volver a Francia.

—Agradece a la Madre Rusia que te recibió en sus brazos, Louis-Maurice.

—Sí, mejor olvidar aquellos días...

—Pero en todo este tiempo no has dejado de escuchar a los clásicos franceses y sigues llamándome señor.

—Las malas costumbres son las que más perduran, monsieur.

—¿Por qué pones esa cara?

—Porque no entiendo cómo ha podido adelgazar tanto en tan poco tiempo. ¿Se ha puesto a dieta? Hay que arreglarlo. —Y hace un chasquido con los dedos—. *Garçon!* —llama a su ayudante como si estuvieran en un restaurante.

—Mañana voy a Moscú, pero necesitaré el traje por la tarde cuando vuelva. Tengo una cena importante.

—Necesitamos solo unas horas para retocarlo. Estará mañana sin falta. Si tiene usted la gentileza de ponerse el batín de seda mientras le traigo el nuevo pijama que le he diseñado en exclusiva… ¿Qué desea tomar?

—Agua a veinte grados, por favor.

—Lo imagino.

—Me encanta el traje. El sastre ha hecho un trabajo estupendo. —Serguéi va detrás del biombo, se desviste y se coloca el batín.

—Da igual cuántos clientes tenga, usted siempre ocupará un lugar especial. Siempre le reservo lo mejor. Le mandaré el planning de ropa de la semana que viene. Su asistente se encargará de prepararlo y yo supervisaré todo. No deje de avisarme si viaja.

—Gracias. No hace falta. El vestuario para la reunión de mañana en Moscú ya está resuelto y este traje para la cena en el Taleón también lo estará. Eres muy amable —dice Serguéi mientras mete la mano en el bolsillo para responder a la llamada.

Natalia está al otro lado de la línea.

—El Monje Negro acaba de matar de nuevo —le informa con la voz entrecortada.

—¿Quién ha sido esta vez?

—Han encontrado a un hombre ahorcado desde una de las ventanas del primer Palacio de Invierno. Estoy aquí con la policía. Lleva una pizarra colgada al cuello con una fórmula matemática y un pequeño icono de la Virgen del Signo en un bolsillo. Sospechamos que la fórmula contiene la tercera coordenada de la latitud del centro de investigación del oceonio.

Serguéi no responde, sino que suspira. Es difícil mantener la sangre fría en tales circunstancias. Entonces recuerda un detalle encontrado días atrás y no duda en ligarlo con el asesinato. La horca que dejó Ignátov en su piso antes de escapar de la operación que había puesto en marcha Natalia era el aviso de lo que acaban de encontrar. «Cómo no lo vieron venir antes», se reprocha.

—Imagino que aún no se sabe quién es.

—Está pendiente de confirmarse, pero se cree que la víctima es uno de los míos, un agente del FSB en su última etapa de carrera. Se dedicaba a temas menores. Le apodaban el Cojo.

—Eso significa que se estaba acercando a algo importante.

—Seguía a la española. Se encargaba principalmente de eso.

—¿A Mar?

—Sí. Y ella misteriosamente ha recibido una estampa con la Virgen del Signo.

CUARTO

EL SEGUNDO CÍRCULO

¡Oh, Héroe!, con cuya ensangrentada historia
mucho, mucho tiempo la tierra todavía resonará,
duerme en la sombra de tu historia,
rodeado del desierto del océano.

PUSHKIN, «Napoleón»

CUARTO Y UNO

La poesía de Pushkin suena como Rusia. Pushkin es uno de los grandes farsantes de Rusia, como Tolstói, Turguénev, Prokófiev o Chaikovski, que no hicieron nada. Su obra se la escribió Dios. Ellos solo le prestaron el papel y el lápiz, y después se quedaron con todo el mérito.

CUARTO Y DOS

Al doblar la esquina de la avenida Nevski con el río Moika, una limusina que circula a gran velocidad pega un volantazo para ingresar en el estacionamiento exterior para clientes de un gran palacio. Un paseante desprevenido es atropellado en la maniobra. La víctima es un hombre de mediana edad, canoso y de aspecto humilde. Gime de dolor tirado en mitad del paso de peatones. Se agarra la pierna con fuerza pues sangra abundantemente. Un señor vestido con un jersey de cachemir negro y chaqueta a juego se baja de la limusina. Pide al conductor que lleve al herido a un hospital, pero en un taxi para que no se le manche el coche. Antes llena los bolsillos de la víctima de billetes de cinco mil rublos. Bolsillo izquierdo y derecho bajo. Bolsillo izquierdo alto —solo había uno—. Después, como si nada, el hombre de negro entra en el hotel y enciende un habano.

A la orilla del canal Moika está el hotel Taleón, muy cerca de la Casa Museo Pushkin. El hotel está cerrado al público porque un grupo muy selecto lo ha reservado. Los mejores coches de lujo de la ciudad comienzan a llegar uno tras otro en procesión. Parecen competir en tamaño y precio: si no es el VIP en cuestión, es su equipo. Se diría que es un anticipo del Foro Económico de San Petersburgo, que reúne a las figuras más sonadas de Eurasia para hablar de negocios y de políticas públicas, que viene a ser lo mismo. Sin embargo, hay dos diferencias: el evento del Taleón es privado y más importante.

Todos los grandes oligarcas de Rusia, sin excepción, se reunirán en el Taleón al día siguiente. Todos son billonarios y algunos multibillonarios. Sin embargo, no son todos rusos, pero como si lo fueran pues han sido engordados por el *apparat* postsoviético. Entre ellos está Kolomoiski, un aprovechado ucraniano recién metido a separatista, que anda especialmente interesado en los últimos acontecimientos relacionados con el oceonio. Aunque ya no es querido en Rusia todavía guarda amigos fieles de la vieja guardia del PCUS. No llega de Kiev sino de Moscú, donde ha visitado durante un par de días a un amigo que vive en Rubliovka.

Los oligarcas tendrán un par de días de discusión y una noche de juerga. Se dice que solo las buenas fiestas traen éxito a una mala negociación. No se sabe cuál es la causa y cuál la consecuencia… Van a hablar del oceonio, cuánto van a dar y cuánto más van a recibir. Conversarán sobre lo que el mundo y Rusia todavía les deben.

Quien conozca el Taleón sabrá que es el lugar perfecto para un encuentro de mafiosos de alto vuelo. Quien no lo conozca se sentirá abrumado por la suntuosidad del mejunje de estilos. Cuatro gigantescos atlantes similares a los del pórtico del Nuevo Hermitage cuelgan sosteniendo sobre sus espaldas musculosas toda la estructura del edificio. Las lámparas son de Murano talladas en cristal transparente y dorado. Los pilares no están formados por una columna, sino por haces de ellas. Brocados, dorados y toda suerte de esculturas visten las paredes. Los pisos están revestidos de espléndidos mármoles italianos con escudos incrustados que parecen robados de la basílica de San Pedro. Reinan la hipérbole y la extravagancia. La modestia y la sobriedad son desconocidas: no hay un centímetro sin decorar. El hotel está construido sobre la antigua mansión Yeliséiev, que inicialmente no fue más que una lujosa construcción de madera que albergó a la emperatriz Isabel Petrovna, hija de Pedro el Grande, mientras se construía el Palacio de Invierno. Más tarde, un jefe de policía construyó su propia mansión para alejar sus excesos de la vista pública. Dado que el servicio público se entendía como una sacrificada diversión, no se privó al lugar de salones de baile ni de sala de conciertos. El edificio fue adquirido por los hermanos Yeliséiev, quienes alquilaron parte de las instalaciones a la Asamblea de los Nobles, que como su nombre indica no era un club para el populacho pero que al menos tenía la dignidad de organizar tardes literarias en las que participaron Dostoievski, Turguénev o Nikolái Schedrín, que leían públicamente sus escritos para someterlos al escrutinio de una audiencia educada. La historia de los literatos del Taleón acaba penosamente con la comuna de artistas inaugurada por Gorki antes de que la mayoría fueran ejecutados, ignorados o matados de hambre.

—Quiero visitar la Casa Pushkin en cuanto me instale. Me han dicho que está muy cerca —comenta Kolomoiski dándose aires de visitante con pretensiones de cultureta.

—Está muy cerca. Se lo enseñaré —dice el recepcionista dibujando el corto itinerario en el mapa de la ciudad—. Si me lo permite, le comentaré que Pushkin solía venir aquí con su amigo dramaturgo Griboiédov, que vivía en el mismo edificio. Por aquel entonces aquí también estaba el mejor restaurante de la ciudad ubicado en el estudio de Stepán Yeliséiev. Nuestro nuevo chef Aleksandr Dregolski ha renovado las mejores tradiciones de la cocina petersburguesa, que tendrá oportunidad de degustar durante su estancia con nosotros.

—Me da igual cómo sea la cena. Hemos venido aquí a hacer historia —responde Kolomoiski mientras su equipo se echa a reír—, lo que va a pasar aquí también tendrán que escribirlo en el folleto ese.

—Pues si la historia es lo suyo, señor, ha llegado usted al sitio indicado. Aquí se forjó el complot para matar a Pável I, ya sabe, el hijo de Catalina la Grande, y aquí vivió madame Georges, la querida de Napoleón, esperando a que Bonaparte tomara la ciudad... Naturalmente se quedó con las ganas.

—¡Hay que ver qué bien habéis aprendido los rusos de los ucranianos cómo vender la historia!

Cada oligarca es seguido por un cortejo de encorbatados con unas señoritas hermosas vestidas de oscuro, con el pelo pulcramente recogido y con carpetas bajo el brazo. Se diría que son las perfectas asistentes ejecutivas, aunque los tacones de aguja y el bamboleo de sus caderas sugieren un portafolio de actividades más amplio. Esas mujeres, más bien objetos, lucen allí más que en Broadway. En contraste con el cortejo de pelvis femeninas oscilantes marchando al compás, los asistentes varones se parecen todos. Juegan en otra liga y están estresados, atentos, complacientes. Sale y entra gente del hotel sin parar. Se oye de vez en cuando la palabra «Tomski».

Kolomoiski se ha instalado en la suite Yeliséiev, la habitación 360. Una tarta más que una habitación decorada en tonos pastel, con molduras de diversas formas y tamaños, para alinear su refinada decoración. Su equipo de seguridad revisa todo, pero ya saben la respuesta: el lugar no puede ser seguro. Kolomoiski echa un vistazo mientras deja a su escultural asistente deshacer las maletas. El ucraniano sale a la avenida Nevski acompañado de un guardaespaldas. Anda con las piernas muy separadas, como si quisiera poseer más anchura por donde pasa. Llega a un edificio en tono amarillo, con una puerta señorial ovalada y grandes ventanales, que guarda dentro la memoria de aquel que usó como tinta para su pluma el alma de Rusia.

—Veo que sigues con la manía de citar en museos —dice Kolomoiski al ver a Oleg, y le da un abrazo—. ¿Todo bien, muchacho?

—¿Desde cuándo hay escuchas en los museos? Los rusos no se toman la molestia de escuchar ni siquiera en la casa del más grande de ellos. —Oleg tiene tres tíquets en la mano y le invita a entrar primero junto a su guardaespaldas, mientras entrega las entradas a la señora de admisión—. Las habitaciones de este museo son pequeñas, por lo que es fácil controlar si nos siguen. Las cámaras son más viejas que la abuela de Lenin.

Un grupo de ruidosos escolares accede agolpándose unos contra otros con una profesora joven que les explica la vida de Pushkin. Tendrá que edulcorar la biografía de un gran putero y jugador compulsivo, pero que poseía la palabra más refinada y audaz que haya tenido la lengua rusa.

—Nos vamos acercando poco a poco —dice Kolomoiski—. Ya tenemos la latitud completa.

Pasan por la preciosa biblioteca del poeta. Sobre el escritorio Pushkin trabajaba arduamente, no solo en sus escritos sino en sus numerosos amoríos, que exigían bastante dedicación epistolar. La habitación está llena de libros antiguos en estanterías de maderas nobles. En un costado se encuentra la butaca que el artista solía usar para echarse la siesta. Se escucha la explicación de que lo último que escribió lo hizo allí mismo.

—¿Sabes algo del nuevo trabajo?

—Aquí tienes —comenta Kolomoiski y le entrega un sobre azul con diminutas estrellas blancas —. Dentro va la ecuación que lleva a la primera coordenada de la longitud. Encarga a tu contacto que calcule el resultado lo antes posible.

La profesora se les adelanta y los estudiantes llegan al dormitorio donde Pushkin agonizó durante tres días. La joven explica a sus alumnos que el gran Aleksandr no murió por causas naturales, demasiado vulgar para el gran Shura, como lo llamaban de pequeño. Él falleció en duelo contra su cuñado Dantés, que flirteaba con su esposa Natalia. Evento que él ya profetizó en su obra *Eugenio Oneguin*.

—¿Escuchas, Oleg Oleksandrovich? Esta ciudad tan hermosa es como las pasiones que describía Pushkin: se levanta las faldas para terminar con las manos llenas de sangre.

CUARTO Y TRES

Serguéi viaja a Moscú. El Kremlin va a encargarle una misión muy espinosa. Dicen que el encuentro es para discutir sobre la próxima reunión con los oligarcas en San Petersburgo, pero en realidad no hay nada que hablar, ni mucho menos discutir, porque las decisiones ya han sido tomadas y le han citado solo para comunicarle el plan de acción, que deberá seguir al pie de la letra. Han de asegurarse de que Serguéi entienda el papel que debe representar. Será toda una ficción, pero en las ficciones rusas las armas están cargadas.

En el avión a Moscú, Serguéi sigue leyendo ávidamente informes que le pasan sus investigadores sobre el oceonio. Hay varios grupos de trabajo en paralelo y le llegan los resúmenes de cada uno. El asunto cada vez lo pone de mejor humor. Los antiguos se pasaron siglos buscando la piedra filosofal y resulta que estaba en el fondo del mar. Se acuerda del poema de Pushkin que memorizó en la escuela: «Nunca cambia el destino humano; donde haya bien, en guardia están / la civilización o un tirano». Recuerda que aún no ha llevado a su hijo Artur a visitar la casa del maestro.

Una de sus asistentes se le acerca varias veces a interrumpirlo. Eso no es normal que ocurra cuando trabaja. Le suena su cara. Al principio no se acuerda de quién es, después la reconoce. La vio por primera vez en uno de sus vuelos personales y se sentía eufórico por haber cerrado uno de sus mejores tratos. Estaba de tan buen humor que pidió que la chica abriera la botella de vodka, y ella a su vez se abrió el sujetador. Tenía un cuerpo espléndido. Una boca interminable y unos pechos que chupó con el vodka. Eran redondos y muy suaves, con los pezones muy oscuros, que él no dejó de lamer porque le parecía que sabían a limón. Le tocó el ano y se dio cuenta de que estaba flexible. Le metió el dedo varias veces, y como a la chica le gustaba, la enculó. Gritó de gusto, y él también porque los músculos le agarraban fuerte el pene y la sensación fue muy intensa. Eyaculó rápido porque le dio pudor el lugar. No podía quitarse de la cabeza a los pilotos, que podían abrir la puerta en cualquier momento. Después comieron juntos, y como era un vuelo a los Urales, la fiesta volvió a empezar al cabo de un rato. En ese caso él ya dio orden de que nadie saliera de la cabina. La volvió a penetrar en el asiento. Sus largas piernas sobresalían de la butaca. Pero gritaba demasiado y se sintió incómodo.

—Señor, ¿necesita algún otro informe? ¿Pido a la azafata algo más? —le pregunta ella, pero él está recordando aquel viaje que gozó con ella y le cuesta trabajo contestar.

—No, gracias. —La voz de Serguéi suena seca, y se diría que lánguida.

—¿Seguro que no necesita nada? —Y le ofrece el escote, que se ha abierto casi entero, y le muestra de nuevo aquellas delicias que degustó en su día.

—No, gracias.

Esta vez Serguéi no tiene fiestas en la cabeza. Tampoco tiene hambre ni ganas de sudar. Le responde suave, como él siempre habla a las mujeres. En ella ya no encuentra el placer de lo nuevo, y además tiene por norma no repetir el mismo plato para evitar complicaciones.

—¿Puedo pedirle algo, *gospadín* Tomski?

—Usted dirá.

—He solicitado un aumento de sueldo porque se lo han dado a otros y no a mí… y eso que yo llevo en la empresa varios años, pero no me lo han autorizado. Me hace falta ese dinero para hacer frente a mi hipoteca…

Serguéi Andréievich entiende perfectamente que ha llegado el momento de pagar por el antiguo polvo, nunca dudó de que no era gratis. Inclina la cabeza sobre sus papeles, da la vuelta a la página del informe que le han enviado. Ya no la mira a los ojos cortésmente, sino que la ignora.

—Veré lo que puedo hacer.

Después toma su teléfono, da orden a otro de sus asistentes para que le arreglen el sueldo a la chica y pide que jamás vuelva a coincidir en ninguno de sus vuelos. «Aún me queda respeto por mí mismo», se dice para justificar su decisión. «¿Y qué es el respeto? —se pregunta, pero al instante duda—. ¿Acaso no es legítimo pedir cuando se necesita? Ella me dio placer y creo que también se lo di. Esta intimidad nos une, aunque no desee nada más de ella. Solo fue un rato, pero fue un rato en el que ella me dio lo que esconde al mundo. Y eso tiene valor. Yo ya no sé si mi hombría o mi encanto encandila a las mujeres o simplemente es el poder que como un imán las atrae. Ya no sé si escuchan mis palabras o solo miden lo que ellas pueden conseguir. No sé si soy interesante o si mi interés solo proviene de mi cargo. Seamos francos. Solo cuando sea viejo lo sabré, porque solo los ancianos tienen acceso a tales revelaciones».

Han llegado a Moscú. Es la ciudad voraz que nunca duerme, la dama que solo mira al futuro y no le interesa su pasado, quien constantemente se engalana con eternos anillos de tráfico. Una limusina recoge a Serguéi justo en las escaleras del avión y lo conduce no al Kremlin, sino a Rubliovka, las afueras de oro de Moscú. Desde que la segunda esposa de Iván el Terrible bendijera el lugar con sus conjuros de bruja caucasiana, la entrada a Rubliovka solo le estaba permitida a la gente de sangre azul. Y aunque fue gueto de intelectuales durante la Unión Soviética, en realidad aquí siempre se ha profesado un culto desmesurado por la riqueza. No en vano el terreno se mide por mansiones y no por habitantes. Lugar de amos y poderosos. Fábrica de siniestros y secretos. El sueño de los ambiciosos sin imaginación.

Serguéi llega con antelación a la reunión con sus supuestos consejeros. Le gusta estar preparado, adelantarse a los golpes, pensar las palabras justas que dirá, ensayar el tono que usará y la mirada que repartirá en su presentación a los oligarcas que comienzan a reunirse en San Petersburgo. Tiene pensada la estrategia y va a contrastarla con los asesores que ha mandado expresamente el presidente. Los negocios son un juego para el que le gusta mancharse, para el que se atreve, para el que aguanta. Con su té negro a la izquierda y su Montblanc en la mano derecha, preside la inmensa mesa vacía, de caoba, lisa como un espejo, sin un solo arañazo. La sala aún está llena de oxígeno. En dos horas se llenará de gas venenoso.

Abre la carpeta de cuero, cerrada con un cordoncillo como a él le gusta, que su rubísima y espigada asistente le ha preparado. No hay nada que ella no haría por él, ni nada que ella no haga bien. En el conjunto de papeles hay un resumen de una página, con tipo de letra Verdana, su tipografía preferida, con los puntos más controvertidos. Además de los pequeños avances que han hecho con el oceonio, hay un artículo de quince páginas elaborado por sus asesores. Por lo visto es material esencial para entender los genes jurídicos del oceonio.

Entran tres hombres trajeados seguidos de Natalia. Le informan sobre los oligarcas y cómo debe manejarlos. La reunión es breve pero intensa. Un par de asistentes se han ocupado de cronometrar el tiempo y seguir la agenda sin un minuto de distracción o desvío. Bombardean a Serguéi con información. Pero él es de cerebro muy rápido y no tiene dificultad para absorber. Sin embargo, esto no es exactamente lo que había esperado de este encuentro. En el descanso se queda a solas con Natalia, que no ha abierto la boca en toda la reunión.

—Lo siento —dice ella, y se ajusta el moño de bailarina mientras le ofrece más té.

—No hacía falta hacer trabajar a los asesores para tanto informe del oceonio cuando la reunión con los oligarcas va de otra cosa.

—No podía decírtelo, entiéndeme.

—La bibliografía del anexo contiene varios artículos de Mar. Se le da bien esto para ser tan joven.

—Recibes informes diarios sobre ella. No es un genio, pero tampoco es idiota. Sin embargo, no te conviene. —A Natalia le gustaría comentar que el punto fuerte de Serguéi no es la elección de mujeres, pero se calla. Apura su vaso de un tirón y después toma un chicle de menta, que siempre lleva consigo para evitar el mal aliento, y comienza a mascarlo. El movimiento repetitivo la ayuda a centrarse en temas que no le gustan—. No hemos encontrado nada sobre ella. Está tan limpia que parece san Serafín de Sarov. Te diría que un legajo de antecedentes tan vacío me resulta sospechoso. Seguiremos investigando. —Hace una pausa para preparar lo que va a decir a continuación—: Sin embargo, es demasiada coincidencia que tropezara contigo. ¿No te parece?

—Los del FSB sois especialistas en paranoias. Si está limpia, está limpia. No tiréis barro donde el agua es cristalina.

—Está saliendo con un ucraniano.

—Ya lo sé. Es bastante atractivo, pero no me concierne.

Serguéi nunca se ha preocupado de sus rivales porque siempre ha estado bastante seguro con las mujeres. Su obsesión no es la competencia con los otros, sino la seguridad y el control. Él es un hombre de precauciones, de espacios y distancias y, sobre todo, de vastos silencios. Natalia lo sabe bien. Él nunca actuará sin precauciones, sino que medirá los pasos. Por eso pidió información sobre Mar. Porque piensa en esa mujer. Desea acercarse a ella, pero no lo hará sin tener la certeza de quién se trata. Él no corre riesgos. Olvidó hace mucho lo que es confiar. Ama siempre de ocho de la noche a las siete de la mañana y su corazón tiene límites muy estrictos en los cuales se puede mover; un corral en el cual los postes y la tranquera son dominados en todo momento por su cabeza, que siempre decide el lugar y a la mujer, y puede mudar inmediatamente tanto lo uno como a la otra sin dificultad, duda ni añoranza. Siempre es igual. No es la primera vez que Natalia tiene un encargo así. Porque a él no lo pillarán con los pantalones donde no debe, eso pertenece a los seres primarios. Natalia ha estudiado a Mar con especial ahínco, pero solo ha evidenciado su normalidad. Ni inclinaciones políticas ni reos en la familia, ni viajes raros ni un rollo con un señor mayor.

Natalia espera que él se olvide del asunto, que encuentre alguna otra chica con la cual fantasear y soñar, pero esa táctica no ha funcionado por el momento. Él le sigue preguntando y ella a su vez se pregunta qué hacer. ¿Maquillar los datos y falsear ligeramente la realidad para alejarlo de la extranjera? Lo piensa unos minutos. Le da vueltas a la idea, como un prisma de ocho caras. Al final deja todo como estaba. Confía en que el destino ayuda a quienes lo buscan.

Hay otra realidad en Natalia que a ella misma le cuesta aceptar. Natalia tiene un miedo perenne a perder a quien nunca tuvo, pero ¿quién puede aceptar la pérdida de lo que nunca tendrá? Un día quizá Serguéi la verá con otros ojos, se dará cuenta de que ella sería una buena posibilidad para ser feliz. Suena el teléfono. Es su nuevo novio pidiéndole que compre el pastel que han de llevar a casa de unos amigos esa misma noche, porque a él no le va a dar tiempo, aunque tiene una buena pastelería justo en la esquina de su trabajo. Esta relación le durará, básicamente porque pasa demasiado tiempo en San Petersburgo desde que trasladaron la sede de Lozprom desde Moscú.

Ese mismo día Serguéi toma el avión de vuelta. Sigue cavilando acerca de lo que le han pedido, analiza y ordena cada palabra y las implicaciones para él, para su carrera, para el presidente, para Rusia y sus socios, tanto los públicos como los innombrables, mucho más peligrosos. Su megaproyecto requiere del dinero de los billonarios, y sin ellos el oceonio engrosará otra de las oportunidades perdidas del mundo. La reunión con los oligarcas es uno de los encargos más duros de su vida. Pero, como siempre, todo es cuestión de cálculo.

CUARTO Y CUATRO

Mar anda enfrascada en los círculos que Serguéi dibujó para ella para hacer su itinerario turístico, y no tarda en darse cuenta de que el San Petersburgo de Pushkin fue una de las épocas más equilibradas, a pesar de la injusticia del sistema de servidumbre medieval que tan bien describió Gógol en *Las almas muertas*, creador de esa masa doliente de *mujiks* o paisanos que poblaban todos los campos del imperio, olvidados de todos salvo de Dios. Al mismo tiempo, con la ciudad imperial prácticamente terminada, fue también una época palaciega, del gran estilo, de bailes, de tertulias culturales, de teatros y bambalinas, y también de la guerra contra Napoleón. Programa en su lista una visita a la Casa Museo Pushkin. Todavía quedan tres días para encontrarse con Serguéi, tiempo suficiente para prepararse mentalmente y, muy a su pesar, también estéticamente con ayuda de Sibila.

—¿Qué hubo, chica? Pero mira qué pelo traes… Más llovido que Caracas en el mes de agosto cuando cae el palo de agua… Algo tenemos que hacer con eso, ¿sabes? No puedes parecer una zanahoria.

—¿Una zanahoria? Yo no soy pelirroja…

—¿Qué vaina me estás contando? Una zanahoria es una señorita de internado de monjas. En la vida tienes que ser conchuda. Ir *p'adelante*... Ya te voy a enseñar el arte de caribear... Y lo primero es arreglar la carrocería, chica. Las venezolanas entendemos de ese asunto. Déjame mirarte un momentico... —Camina alrededor de Mar revoleando los ojos para que no se le escape detalle, se quita los guantes y sonríe maliciosa al personal alrededor de su mesa de trabajo en el Táuride—. Bueno, como te decía, vamos a empezar por el techo... Te voy a llevar a la peluquería que hay justo al lado del palacio de bodas, ¿sabes? Está en la calle Furshtátskaia o como demonios se pronuncie esa vaina, fue residencia del conde Ignátiev, un gran diplomático en su tiempo... Su familia emigró a Canadá. El palacio también fue la embajada de España... ¡Estoy como una radio loca...! Soltando rollos como los de Jean... ¡Ni Dios y la Virgen de Coromoto permitan...! —dice mientras se santigua ampulosamente y mira al cielo con las manos alzadas.

—He pasado por delante, parece el salón de belleza de las mujeres de los *expats*...

—Porque los maridos de las *expats* no las siguen a su destino. Además está muy bien de precio y tú eres estudiante. Bueno, eso ya lo he pagado yo. Tienes cita a las seis. Chica, tú necesitas un corte de pelo. ¿Me entiendes? ¿No ves que tienes quemadas las puntas? Con tanto pretendiente suelto por aquí haciéndote ojitos debes mantener tu imagen, porque esa es tu dignidad, que no eres una profesora solterona de Cambridge, ¿cómo les decían? Las *bluestocking*... —Y saca un pequeño espejo de su bolso para recordarle que tiene que prestar más atención a su exterior.

—Oleg me invita a cenar esta noche al famoso Literature.

Al terminar la jornada de trabajo, Mar sigue el consejo y decide arreglarse. Ve un vestido rojo en la tienda de al lado justo en el tono de su abrigo de lana. Las mujeres adoran esas coincidencias. Entra en el local. Las paredes están recubiertas de madera. Se prueba el vestido y le queda que ni pintado, como si lo hubiera encargado a medida. Después de comprarlo accede al metro y echa mano a su guía turística, para que sus páginas le comenten las historias del palacio Táuride, también llamado Таврический o Tavrícheski, su lugar de trabajo, su segunda casa en San Petersburgo. Es un buen punto para pensar en Pushkin, quien vivió en la ciudad del zar Alejandro I, hijo de Pável I y nieto de Catalina la Grande. Por lo visto, según dicen las crónicas, el palacio lo hizo construir la más emblemática de las zarinas, Catalina la Grande, para su amante Potiomkin por anexionarse Crimea y también por sus malabarismos en la cama, pues el servicio fue completo. El hijo de Catalina la Grande, Pável I, en un arrebato freudiano esperó a que se murieran tanto la madre como el amante para vengarse, y lo hizo con creces pues convirtió el palacio en un establo de lujo para sus relucientes caballos. El errático vástago de Catalina destruyó las maravillas del interior del palacio, cuya exuberancia fue tan documentada como envidiada. Escritores, académicos y pintores habían descrito este lugar: con jardín, parque, puerto y hasta canal propio. Mar suspira apenada al leer esto. Se entristece tanto que cierra el libro.

Mar decide salir del metro para llegar a tiempo a la última visita del castillo de San Miguel antes del cierre. Le interesa cómo el karma jugó su parte con la necedad de Pável I. El destino se vengó de Pável al hacerlo morir trágicamente, como manda la profecía convertida en maldición de los Románov. Mar no se alegra de tal crueldad porque fue asesinado con la sordidez propia de los césares: en su propia habitación, en pijama, corriendo alrededor de su cama, siendo empujado a su escritorio para firmar su abdicación, gritando y pidiendo ayuda, sin espada ni fusil para defenderse. Fue una forma original de inaugurar su nueva residencia en el imponente castillo de San Miguel, pues se había mudado apenas tres semanas antes. Su muerte tuvo muchos claroscuros porque la causa primera de la muerte del zar fue su idiotez. ¿Cómo pretendía Pável que sus cortesanos se tragasen ver al zar de Rusia vistiendo día sí y día también el uniforme de Prusia? Hubo que matarlo no tanto por ser el gran admirador del emperador alemán, sino por ser un necio que no valoraba su tierra.

Por si fuera poco, en el crimen estaba involucrado un español, José de Ribas, un militar que vivía en la españolísima Nápoles y que entró en la corte de Rusia porque se hizo amigo de un extranjero que llegó a Italia: Potiomkin, el mismísimo enamorado de la zarina madre. Se dice que una vez que José de Ribas enfermó, uno de sus amigos conspiradores, que tampoco era ruso sino estonio, lo envenenó, pues pensó en esa manía que tienen los católicos de contar la verdad como penitencia en situaciones de gravedad. Lo mató para evitar una confesión *in extremis* en su lecho de muerte. De cualquier forma, no se puede negar que la historia en conjunto cobra cierto sentido de justicia cuando baja el telón.

Suena la señal de las puertas del vagón antes de cerrarse. Mar levanta la vista y se da cuenta de que ya está en la estación Nevski. Se lanza hacia la puerta, que se cierra detrás de ella, pero su vestido queda atrapado y el tren comienza a moverse lentamente arrastrándola. Desesperada y sin dejar de correr por el andén, grita a voz en cuello pidiendo socorro. En un santiamén toda la estación es un clamor. La mujer con moño de bailarina y abrigo verde se hace cargo de la situación eficazmente. Hace una seña al maquinista, quien detiene el tren. El maquinista asoma la cabeza y le grita algo en ruso que prefiere ni entender ni recordar. Jadeante, desgreñada, roja, avergonzada y con el vestido nuevo manchado de grasa, Mar sale de la estación para encontrarse con Oleg. La mujer que la ayudó desaparece. Fuera de la estación, ya un poco más compuesta y queriendo que se la trague la tierra, piensa por un momento en volver a su casa. No tiene tiempo para ello. Entra en un bar de mala muerte, va al baño a peinarse y arreglarse el maquillaje y se toma un botellín de agua. Al menos el abrigo de lana rojo no se ha manchado, pero no puede volver a ponerse el vestido que llevaba antes porque lo abandonó en la tienda. La única opción es lucir el abrigo rojo. Se ha permitido llevar zapatos y no botas para parecer femenina y gustarle a Oleg. Sale del bar y echa a andar. Abre el GPS de su teléfono para que la lleve al castillo de San Miguel. Mar no quiere sentir que la miran, debido a lo que pasó en el metro, y no despega los ojos de su móvil. De pronto tropieza contra un chico que resulta ser una chica, con el pelo muy corto, una chaqueta guateada, una gorra y una gran bufanda que le cubre media cara. Tiene un aspecto muy masculino. Sus ojos son muy grandes y azules y proyectan una mirada muy intensa. La chica va a toda prisa y lleva una gran bolsa con el logo de la librería Singer en la que hay más turistas que lectores.

Se dan un ligero golpe y los libros caen al suelo. La mujer recoge ansiosa los libros, les quita el barro con la chaqueta y los vuelve a meter en la bolsa mientras Mar se excusa una y otra vez en ruso. La desconocida reconoce el acento extranjero y se atreve a mirarla. Cuando la ve, entra en shock.

—¿Tatiana? —le pregunta, y se pone a temblar, como si viera un fantasma—. ¿Tatiana? —repite de nuevo.

—No, me llamo Mar. No soy rusa sino de España.

—Lo siento —dice, y después sale corriendo.

En ese instante la señora del abrigo verde y el moño de bailarina echa a correr detrás de la mujer con la que acaba de chocar. Mar se da cuenta de que ya no es cosa de su imaginación, sino que efectivamente aquella mujer siempre la anda rondando. Luego observa cómo la desconocida y la mujer del abrigo verde cruzan el pequeño puente italiano, y golpean a algunos turistas que están haciéndose fotos. Después siguen corriendo a lo largo del canal de Griboiédov, donde al fondo se ve la iglesia del Salvador sobre la Sangre Derramada. Mar también corre para poder seguirlas con la mirada. No sale de su asombro. Ve a la desconocida entrar en la iglesia de la Sangre y también a su perseguidora. Diría que esta última acaba de sacar una pistola del interior de su chaqueta.

Mar se preocupa. Esa iglesia tiene una historia pesada, como indica su nombre, y además hoy es 13 de marzo, vaya coincidencia. La iglesia se construyó porque el zar que libró a Rusia de la servidumbre y dio educación universal a sus súbditos tuvo un regalo de agradecimiento: al zar Alejandro II le pusieron una bomba el mismo día que se cumplían dos años de la firma del decreto de emancipación. Aquel fatídico 13 de marzo de 1880, el zar iba a su cita de cada domingo a la escuela de jinetes del castillo de San Miguel y un terrorista arrojó una bomba a su carruaje, que sin embargo estaba hecho a prueba de balas por ser un regalo de Napoleón III. Si se hubiera quedado dentro, Alejandro II habría sobrevivido, pero en contra del consejo de los cosacos que lo escoltaban, salió del carruaje para ver los daños y allí un segundo terrorista le tiró una bomba a los pies diciéndole: «Es demasiado pronto para dar gracias a Dios». Se llamaba Ignacy. Era un estudiante de mecánica del Instituto Estatal de Tecnología de San Petersburgo que se convirtió en el primer terrorista suicida de la historia. Lo único que consiguió aquel Ignacy fue radicalizar a los zares sucesivos, que vieron en la mano dura el único método para gobernar Rusia, una máxima que dura hasta hoy día.

Mar se preocupa. Será una ratonera para la desconocida. Duda que pueda salir de la iglesia. Varios coches de policía no tardan en aparecer. Son los Omón, la policía especial de la Guardia Nacional cuyo cuartel general está en el mismo canal Griboiédov. Al ser una unidad de combate son conocidos tanto por su efectividad como por su letalidad. Su uniforme militar negro da ya la impresión de que son implacables. Una decena de agentes de policía también entra en la iglesia. La gente se agolpa en las inmediaciones. Mar prefiere no saber cómo acaba y decide irse. Sin embargo, en un lado de la acera ve tirada la bolsa de plástico que llevaba la desconocida. ¿La ha perdido en la huida o ha querido deshacerse de ella? La coge con disimulo y se dirige a la boca del metro para alejarse de la multitud. Entra en el metro para salir por el lado opuesto. Después empieza a caminar tranquilamente por la avenida Nevski, se coloca contra una de las fachadas de un edificio y echa un vistazo al contenido de la bolsa. Aparte de los libros que ya había visto hay un bloc de notas, con un dibujo en la portada con el nombre de Ignátov. Después halla un sobre azul cerrado y lo abre. Dentro descubre una ecuación que llevará inevitablemente a un número de dos cifras. Nerviosa, guarda de nuevo el sobre y sigue andando.

CUARTO Y CINCO

El Manco llega a la sede de Lozprom en San Petersburgo. Viene directamente del aeropuerto. Tiene un aspecto desaliñado y sudoroso y la cara muy roja. Se nota que ha bebido. Deja la maleta en recepción, se queda con el portatraje y se va al gimnasio para darse una ducha. Se cambia de camisa y de chaqueta y sube directo a la última planta del edificio, donde se encuentra la presidencia. No saluda a nadie en el camino. Entra en el despacho de Serguéi sin ni siquiera dejarse anunciar por ninguna de sus secretarias, que corren detrás de él para quejarse de su comportamiento.

—Buenos días, Manco. —Serguéi lo saluda con aspecto serio y preocupado. Le hace un gesto para ofrecerle asiento.

—Buenas, jefe. Quiero que sepas que he pedido la reincorporación al servicio —dice con tono muy serio y bajando la cabeza. A pesar de ser su superior, se hablan de tú a tú por los años que les unen.

—Siento mucho lo de tu amigo.

—También quiero que sepas que voy a trabajar gratis para ti, pero a cambio quiero una cosa.

—Si deseas que deje al Monje Negro en sus manos cuando demos con él, no va a ser posible. Tenemos que interrogarlo y después tiene que morirse de asco en el Delfín Negro, así que te toca sacar número y ponerte en la cola de los que quieren cargárselo.

—Ese hijoputa nunca será huésped del Delfín Negro porque lo mataré yo antes. ¿Sabes? —El Manco saca un libro de su bolsillo—. Me he comprado un libro sobre métodos de tortura de la Inquisición. La leyenda negra española dice que el Santo Oficio mató a mucha gente, pero el Simposio Internacional sobre la Inquisición... ¿Por qué pestañeas así? Nunca me habías visto en plan intelectual, ¿verdad? —Se ríe y después de la pausa continúa—: Ese simposio, organizado por el Vaticano en octubre de 1988 —hincha el pecho y sigue con su pose de profesor—, demostró que los protestantes quemaron a veinticinco mil personas mientras que los españoles asaron a cuarenta y nueve, pero ¿sabes lo más increíble?

—No, pero me lo vas a contar enseguida.

—Que entre todos ellos crearon el abanico más fascinante de métodos de tortura. La revolución industrial del sufrimiento... Así que ahora dudo si usar con el Monje Negro la doncella de hierro alemana o la pera francesa. Mira los dibujos, ambos son muy tentadores. No sé, no sé... la sierra húngara tampoco está mal. Serguéi Andréievich, ¿qué opinas?

—Que tenemos que cogerlo primero.

—Para eso estoy aquí —afirmó el Manco con una sonrisa ladeada, llena de cinismo y dolor al mismo tiempo.

—¿Qué averiguaste en Ucrania?

—Desde que recuperamos Crimea, aquello se ha llenado de neonazis. Nada nuevo bajo el sol con esa gente.

Serguéi sabe que el Manco no se refiere al batallón Azov y otros batallones ultraderechistas similares. Apela a acontecimientos de la Segunda Guerra Mundial. Serguéi recuerda que cuando los alemanes invadieron Ucrania en 1941, fueron recibidos en Kiev con el brazo en alto al grito de *Heil Hitler*! y miles de esvásticas colgando de todos los balcones de la ciudad. Una parte de la población se volvió cómplice de los nazis, lo que permitió un efectivo exterminio de alrededor de un millón y medio de judíos. Algunos historiadores ucranianos explican que para estos colaboracionistas esa era la única opción de independizarse de la Unión Soviética. Desde entonces los nacionalistas ucranianos son llamados eufemísticamente como «nazis», aludiendo a un pasado manchado por la ignominia.

—Tatiana era una radical nacionalista. Eso ya lo sabemos. ¿A qué viene el numerito de Tokio?

—Tatiana y el novio estaban financiados por un oligarca llamado Kolomoiski, al que por cierto te vas a encontrar en la reunión del Taleón.

—¿A qué ha venido? ¿A retrasar el proyecto del oceonio? ¿A desprestigiarlo?

—No. Parece ser que se trata de un encargo. Kolomoiski es solo un enlace aunque también paga la operación. Tatiana y el novio debían joderte a ti, aunque por suerte no tuviste el gusto de aceptar el regalo que te habían preparado. —El Manco se ríe de su propia broma.

—¿Quién ha encargado esto y por qué?

—Nuestros amiguetes de la CIA son los que negocian directamente con el Monje Negro. Por lo menos con estos no tenemos que preguntar por qué lo hacen. Son enemigos de toda la vida.

CUARTO Y SEIS

Mar está convulsa por lo sucedido con Ignátov. Se le caen las lágrimas y debe contenerse. Cuando llega al café Литературное о Café

Literario en una de las esquinas de Nevski, deja su abrigo rojo de lana y la bolsa de libros de Ignátov en el guardarropa. Ya sabe que son sitios muy fiables donde nadie toca nada. Como le gusta mucho la historia empieza a prestarle atención al café, que fue el lugar de jaleos literarios del gran Pushkin.

Pasa al baño, se repasa el maquillaje, se limpia el vestido como puede y lo seca en un secador de manos. Por suerte no está rasgado. Hace un pliegue en la cintura para que no se vea la mancha de grasa. Pese a todo, está elegante. Podría ir a cualquier parte de la ciudad imperial, a Tsárskoie Seló, el pueblo de la zarina, donde estudió Pushkin junto a los jóvenes de la aristocracia más selecta y residencia de verano de los zares, lugar donde se apresó a la familia del último zar, Nicolás II. La magnificencia de cualquiera de esos palacios de las afueras humilla a cualquier otro palacio europeo, desde Versalles al Palacio Real de Madrid. Sale del baño con aire despreocupado y con la cabeza llena de versos, comienza a buscar a Oleg. Está en una mesa en el segundo piso, esperando.

—Gracias por invitarme a un lugar tan emblemático. No podías haber elegido mejor.

—Me alegra que te guste. —Oleg se levanta cortésmente y le mueve la silla para que se siente—. ¿Qué tal ha ido el día?

—Hmmm… Pues algo accidentado…

—¿Y eso?

—Bueno, he tenido un percance en el metro, casi me ha llevado a rastras un vagón porque… pues porque me he distraído.

—¿Estás bien?

—Estoy bien. El vestido un poco manchado. Me ha dado tanta vergüenza que iba mirando al suelo y… en ese momento… —Mar decide, sin saber por qué, no contarle nada a Oleg de su encuentro con Ignátov y lo que sucedió después—. Bueno, ya lo ves: estoy hecha un desastre, casi no vengo.

—Pues qué suerte que no ha sido así, estás preciosa. Y déjame decirte una cosa, en Rusia solo cuentan las apariencias, pero en Ucrania la dignidad a la ropa se la da quien la lleva y no al revés… Y tú… tú eres una reina.

—Eres muy halagador. ¿Lo haces con todas las chicas?

—No. Solo con las reinas.

—Ah... ¿Y si la reina resultara ser una zarina?

—En ese caso habría que darle un beso primero, pero asesinarla después. —Se acerca y le deposita un beso en la mejilla.

—¡Pero qué cosas dices, hombre! ¿Tú me asesinarías?

—Perdona. Es humor ucraniano, como sabes no siempre estamos de acuerdo con estos tártaros vestidos de cosacos que se han apropiado de la historia y la cultura de la Rus de Kiev... Pero cambiemos de tema. Más allá del incidente, ¿cómo ha ido tu día de trabajo?

—Muy ocupado. Seguimos preparando documentos para la conferencia y mi compañero Stefano es muy estresante. ¿De verdad vais a leeros tanta documentación para discutir?

—¡Por supuesto que no! Es para hacer trabajar al secretariado. Tus informes son los únicos que leeré... —Oleg le coge la mano y la besa.

—He leído que Pushkin vino a este café poco antes de batirse en duelo. Se encontró con su amigo Danzas, que era su segundo en el duelo contra D'Antès.

—No es de extrañar. El apartamento donde vivía Pushkin está muy cerca. De hecho, vengo de visitarlo. —Oleg no le suelta la mano. Es muy galante y vuelve a besarla—. Yo también hubiera desafiado a alguien en duelo si flirteara abiertamente con mi mujer.

—Con más razón si además fuera tu cuñado... D'Antès estaba casado con la hermana de Natalia —dice Mar mientras retira la mano lentamente.

Oleg la suelta después de un segundo de duda.

—¡Esos sí que eran buenos tiempos! —Desvía la mirada y la posa en Serguéi, que está a unos metros de ellos.

Mar le sigue su mirada y no puede creer lo que ve: junto a la última ventana a la derecha está el hombre en el que no ha dejado de pensar desde que llegó a San Petersburgo. Reconoce la distinción de sus canas y sus gafas de montura italiana cuadrada de raya roja. Lleva un jersey blanco con diseño trenzado de cuello vuelto. Está muy atractivo. Sonríe a una preciosa mujer de pelo castaño sentada a su izquierda, mientras a su derecha está el embajador canadiense, al que ha identificado por una foto de los delegados de la conferencia. En la mesa de Serguéi hay dos personas más que ella no identifica, uno de ellos lleva un ridículo sombrero que provoca las risitas de los locales que están en el salón. Más tarde sabrá que se trata de Ray Rex, el presidente de Chexxon, que se la queda mirando con detenimiento. Es un hombre salido del Texas profundo, aficionado a las carreras de fondo, lo que explica que fuera delgado y adicto tanto al gimnasio como a la academia. Completó su primer diploma como ingeniero civil en un modesto *college* local, pero su talento lo llevó a completar dos doctorados, uno en Geología en el MIT y el otro en Química en Berkeley. Habla justo lo necesario y nunca toma postre. Rex es enemigo declarado de Serguéi e igual de ambicioso que él. Se ha plantado en San Petersburgo para suavizar las relaciones del oceonio.

Junto a la mesa de Serguéi y Rex hay otra llena de jóvenes vestidas muy chic que no paran de mirarlos y hasta se acercan a hacerse fotos con el grupo de Serguéi. Mar nunca ha visto tanta rubia junta, es decir, rubias de verdad, de platino, sin mechas ni tintes de peluquería. Todas tienen los ojos muy pintados y con tanto adorno encima que no podrían tomar el metro en París sin llamar la atención a las uniformadas parisinas de negro, epidemia indumentaria que comenzó con Chanel. Masha ya le advirtió de estas mujeres, a las que desprecia abiertamente: en su época las bellas soviéticas admiraban a los hombres leídos, a los poetas, a los que luchaban por sus ideales. Hombres que conocían a Marx y los clásicos franceses, hombres que seducían con su poética creatividad y con una sencilla pero refinada galantería. El marido de Masha fue uno de ellos. Como no tenía dinero, le hizo una bella foto con una cámara que le prestaron y le entregó la foto y unas tijeras. «¿Para qué estas tijeras?», preguntó Masha. Y él le preguntó a su vez: «¿Te gusta la foto?». Y cuando ella asintió, él sacó el negativo, lo cortó en varios trozos y comentó: «Ahora tienes una foto única». Otro regalo que tenía en ocasiones especiales era aprenderse de memoria algunos versos de Pushkin y se los repetía una y otra vez mientras le hacía el amor. En cambio, a esas mujeres de allí se las compra. Se saca la chequera, se pone una cifra o se les da una tarjeta de crédito. No hace falta hablarles bonito, ni siquiera darles en la cama lo que les gusta. Se les exige belleza, servidumbre y vistosidad, aunque mejor lo segundo que lo primero. Pero todo eso es posible porque ellas mismas se han puesto a la venta en primer lugar, que es lo que la anciana no les perdona. Masha tiene la impresión de conocerlas bien. Aparecen en el mercado con sus ropas caras y sus tacones, y siempre miran de arriba abajo. Esas de pechos operados no diferencian una sonata de Mozart de una de Haydn porque el piano carísimo que tienen en casa está solo porque lo ha decidido el decorador. Masha ya le advirtió que no se acerque a ellas hasta que el valor de sus prendas no supere el de las de ellas, porque si no recibirá desprecio, y como además es bonita y tiene estilo, también envidia ante el peligro que representa ya que creerán que intenta escalar como lo hicieron ellas. Y el instinto de conservación las hará crueles y despiadadas.

Mar está nerviosa. Le tienen sin cuidado las harpías que la rodean, pero ahora está en el mismo salón que Serguéi, a pocos metros de él, y ni siquiera sabe si lo que siente es amor. Lo sea o no, da igual, se trata de vivir. Benditos los que hacen el tonto por estar enamorados. Benditos los que se enamoran y no piensan que el amado es sustituible por otro nombre en una página de contactos en internet. Benditos aquellos que aman sin escrúpulos y sin esperanzas. Aquellos a los que les da igual el sudor y la orina, los pañuelos manchados de mocos de la persona que desean. Aquellos que aman de una pieza y no a trozos. Y los que se olvidan de las ofensas cuando resulta inútil recordarlas. Y sobre todo benditas las mujeres que hacen lo contrario de lo que les han enseñado.

—¿Lo conoces? Es Serguéi Tomski, el director del Lozprom. —Oleg lo dice pero le cuesta. Él sabía que Serguéi estaba allí y por eso ha traído a Mar. Ese era el plan. Pero ahora que ve sus ojos de niña enamorada de otro le molesta.

—Sí. Le conozco —responde Mar.

—Dicen que es más poderoso que el mismísimo presidente, que hasta le tendría celos.

—Dicen también que es un gran seductor —comenta Mar—, lo cual salta a la vista.

Mar y Serguéi se miran. Serguéi detiene la conversación y la observa. Los pensamientos de Mar se agolpan uno tras otro. «Los seres humanos no somos iguales en derechos y obligaciones, ese es un cuento de los temarios de la facultad de Derecho. Los ricos tienen más derechos y los pobres más obligaciones. Lo demás son invenciones para hacernos sentir mejor a los que nunca saldremos de nuestro nivel social, que hoy día es exclusivamente económico. Da igual que seas un analfabeto, si tienes poder serás respetado, y si no lo tienes, no. En tiempos de Pushkin no era así, pues una buena educación no podía reemplazarse ni siendo el favorito del zar. En esta sociedad, Serguéi, aquel de allí que te mantiene la mirada, tu Serguéi (no porque sea tuyo sino porque lo amas), es un ser de otro mundo, él vive en el primer puesto de mercado y vale más que tú. Desde su pelo hasta su dedo meñique del pie vale más que el tuyo. Lo único democrático entre vosotros son dos cosas: por un lado la mierda que ambos mandáis a las cloacas después de ir al baño, que los poderes públicos tratan estrictamente por igual; y por otro la muerte, que, como dice tu madre, es la única justicia que hay en este mundo, a quien le da lo mismo llevarse a un senador que a un mendigo. Ni el mismísimo Iván Ilich de Tolstói pudo librarse. Olvídate de Serguéi, que olvidando te harás más sabia».

El móvil de Oleg suena sin parar. Él mira el número, lo ignora y comenta que «otra vez llaman del trabajo, llamaré después», pero ya no sonríe como antes. En el fondo se alegra de que alguien le saque del dolor que siente en ese momento al ver cómo Mar y Serguéi se miran a lo lejos, llenos de deseo. Él ha orquestado este encuentro, pero no imaginaba cuánto le dolería. Se pregunta si está dispuesto a perder de nuevo a alguien valioso para él cuando los planes son eso, caminos que le dejan solo.

De pronto, sin saber por qué, Mar gira la cabeza y le da un largo beso en los labios. Oleg, sorprendido, le corresponde. Luego le quita el pelo de la cara y la sigue besando.

Se escucha el inicio de una tormenta. El crujido de los truenos interrumpe a los comensales que se acercan a la ventana a ver caer el agua con violencia. El camarero se aproxima a Mar y Oleg a tomarles su orden. Mar mira hacia la mesa de Serguéi pero él ya no está.

CUARTO Y SIETE

Serguéi Andréievich y los oligarcas están sentados en círculo alrededor de una mesa revestida de cuero labrado. El piso está tan impecable como si lo hubieran fregado con agua bendita.

Los oligarcas son antiguos yeltsinianos, es decir, creados por obra y gracia del predecesor del presidente. Yeltsin desmanteló sin trámites la estructura industrial del Estado soviético y la puso en manos de un grupo selecto de amigos del partido, que entregaron poco a cambio y multiplicaron sus fortunas varios miles de veces. El presidente los heredó y no siempre tiene una relación fácil con ellos, por eso ha instruido a Serguéi para lidiar con ellos.

El primer oligarca es originario de Kazán, un tártaro de modales más bien primitivos. Es grueso. Tiene tanta testosterona encima que no le hace falta ningún perfume caro para hacerse notar por las mujeres. Ahora tiene mucho pelo debido a un costoso trasplante y siempre se traga los mocos en vez de sonárselos. Tiene tantos hijos ilegítimos como amantes legítimas, todas ellas legalizadas con mansión y coche de lujo, como si fuera un bonus corporativo. Rompe lápices sobre la mesa mientras los demás calientan la conversación. Necesita desarrollar siempre alguna actividad física, por lo que ninguna de las reuniones con él duran mucho. Es hombre de decisiones rápidas y de pocas dudas, lo que junto con su suerte y su sentido práctico le han posicionado muy bien entre los hombres fuertes de las finanzas rusas. Su banco se llama Vneshfinanzbank y ha puesto mucho dinero para modernizar la infraestructura del país. También es dueño de varias empresas constructoras, con lo cual el dinero que sale de una ventanilla entra por la otra con márgenes en ambos extremos. Sus amigos lo llaman Abrosim, como el personaje de la leyenda popular rusa que compró un pato que ponía huevos de oro. Su pato requiere una estructura muy aceitada y él tiene un instinto especial para reconocer a la gente válida. También se ha ganado muchos enemigos y ha armado un equipo para conservar su integridad física. Todos los que trabajan para él se equivocan poco en las operaciones, en las que delito, comercio y expoliación no pueden distinguirse.

El segundo oligarca es un tipo especialmente bajo y de cuello muy corto. Tiene grandes entradas y el pelo completamente blanco. Es judío y doctor en Matemáticas. Aunque había empezado una brillante carrera en la universidad, el salario lo convenció tan poco que utilizó los contactos que salían de sus roces con la prestigiosa Academia de Ciencias soviética para escalar en el protectorado de la estructura del ex Partido Comunista. Fundó una empresa de construcción que no pagaba a los proveedores. Después se dedicó a buscar compañías mal administradas y a aliarse con criminales de guante blanco y no tan blanco para comprarlas por muy poco. Lo suyo es el aluminio, aunque recientemente ha invertido en una de las empresas petrolíferas más importantes del país para hacerse con ella y está desarrollando negocios mineros en países africanos que comen de la mano del Kremlin. Es un tipo simpático pero que sabe guardar silencio. Tiene dos hijas que están siempre en las revistas del corazón y en las redes sociales.

El tercer oligarca es un ingeniero moscovita que ha crecido al amparo del Komsomol de la vieja URSS. Sus padres, que también eran ingenieros y con altas conexiones, le facilitaron el ascenso. Los secuaces del presídium le abrieron todas las puertas que necesitaba y pudo estar en primera fila para echar mano de los «agujeros negros» del sistema cuando comenzó el remate del Estado soviético. Así, sin demasiado capital inicial, pero con mucha información y sobornos, pudo montar un mecanismo para comprar una empresa tras otra, usando cada una como garantía para la adquisición de la siguiente sin necesidad de adquirir deuda en moneda extranjera. La inflación licuó todos sus pasivos y el esquema lo hizo enriquecerse a una velocidad vertiginosa como un cohete que lo propulsó a las esferas más altas de la revista *Forbes*. Le falta tanto pelo como escrúpulos. Es delgado, se ha divorciado dos veces y tiene una hija ya crecida a la que mima con caprichos cada vez más caros e insensatos, el último de ellos la compra de un jet Gulfstream 650 para visitar a sus contactos de Instagram en el lugar del mundo donde se encuentren. Comparte con el segundo los medios de comunicación más importantes de Rusia.

En la reunión había cinco oligarcas más, además de Kolomoiski, pero se dedican a escuchar. No llevan la voz cantante ni tampoco se han decidido aún. Los oligarcas tienen las manos cruzadas como en la iglesia, van de chaqueta pero no encorbatados. Serguéi viste el traje azul que le había conseguido Loulou.

—Buenas tardes —dice el primer oligarca, y toma un vaso de vodka para entrar en calor—. Eres el chico de moda, Tomski, y los parlamentarios de la Duma están hambrientos de tu gracioso cuerpo. Estás en la primera plana de todos los periódicos desde Múrmansk hasta Vladivostok. —Después hace una seña al camarero para que se lleve la botella de vodka, se estira la camisa y pone cara profesional.

—Deja que esos lobos se cansen y pasemos a lo nuestro —comenta Serguéi, que no quiere que su posición ante ellos se debilite por las noticias de su rueda de prensa.

—Desde el gobierno habéis empezado a acelerar. ¿Hacia dónde? Corréis desde el pasado hacia el futuro sin pasar por el presente. Pero ¿dónde os dejáis el ahora? Si las cosas se hacen así, habrá asuntos que quedarán por hacer o que simplemente se harán mal. No hace falta más que acordarse de la perestroika... —afirma el segundo oligarca.

—El único camino que hay es el porvenir. Y esta vez es nuestro —afirma a su vez Serguéi—, espero que en eso estemos de acuerdo. La vida y los amigos políticos han sido generosos con vosotros. Es hora de sostener el sistema que os ha alimentado con munificencia.

—No estás escuchando, Serguéi. Eso es inaceptable para un hombre de negocios como tú. Te estamos diciendo que vais demasiado deprisa —insiste el primer oligarca mientras intenta aclararse la voz—. Queréis cargaros nuestro negocio del petróleo de la noche al día. Y hemos invertido mucho en él.

—Si retrocedemos sobre nuestros pasos —advierte Serguéi—, la historia no nos lo perdonará. Os digo más: en vuestro lugar yo no dejaría pasar el tren de la historia... porque no tendréis otra oportunidad. El petróleo es el pasado como lo fue el PCUS. Tuvisteis visión para subiros a ese vagón entonces, y en cualquier momento sonará el aviso del cierre de puertas del vagón al que os estamos invitando.

—Os dije que se pondría filosófico. Siempre lo hace cuando quiere darle la vuelta a algún asunto —comenta el primero mirando uno a uno a los demás.

—No hay vueltas que dar. El gobierno necesita vuestra ayuda para producir en masa el oceonio. Rusia os ha hecho ricos y ahora vais a hacer ricos a Rusia, pero también está en juego vuestra supervivencia. Todo es cuestión de cálculo.

Una carcajada se escucha en la sala. Serguéi tiene delante a gente que desprecia, pero no quiere que se le note. Se acuerda de cuando Yeltsin sacó los bonos para repartir la riqueza entre el pueblo. También se acuerda de que tan pronto como este documento llegaba a manos de la gente, adjudicándole acciones de petróleo o gas, las mafias no dejaban en paz a nadie hasta que se los vendían. Una botella de vodka, un poco de dinero, el cese de una amenaza… abundaron durante más de una década, hasta que el Kremlin, en una cruzada justa, logró eliminar a la mayoría de estas aves carroñeras, salvo los que fueron más rápidos, más listos y más prudentes que los demás. También se acuerda de cuando el Estado quebró y los oligarcas ofrecieron prestarle dinero con un interés notablemente alto. A cambio del impago por parte del Estado ruso, que ellos ya tenían previsto, querían hacerse con el monopolio de los principales recursos naturales del país. No se sabe cómo, pero Yeltsin no aceptó, y algunas malas lenguas lo atribuyen a los chistes que corrían por el G20 en aquella época. Su sucesor puso a esta gente en su sitio, que resultó ser el exilio para unos y la cárcel para otros. Ahora que han sido normalizados vuelven a las andadas. También ellos son candidatos al presidio el Delfín Negro, en Oremburgo, en los confines del imperio, el puente entre Europa y Asia. Nada le complacería más a Serguéi en este momento que verlos caminar como a los presos, con la espalda encorvada y los ojos vendados junto al Monje Negro.

—Los chinos nos han robado una parte muy importante de la información sobre el oceonio y no hemos tenido más remedio que adelantarnos —se excusa Serguéi, porque sabe que si está allí es porque el presidente desea que las relaciones fluyan entre ellos—. Es así de sencillo.

—Serguéi, Serguéi… Tú hasta ahora has sido un burócrata modélico. Le has chupado muy bien el culo al presidente. Has puesto a los amigos del poder en un lugar confortable. Has hecho circular de puesto en puesto a esos inútiles heredados de la élite comunista. Y has desfilado con la marcha de los viejos tiempos. —En ese momento el primero se levanta de la silla y empieza a imitar una marcha marcial y a moverse al ritmo de ella.

—Digamos que tienes el perfil de un funcionario público y no el de un hombre de negocios —añade el segundo.

—Y nos extraña que ahora te haya dado por la investigación y el desarrollo cuando lo tuyo es complacer —completa el tercero—, porque complacer a los de arriba es definitivamente lo que se te da bien.

—Pues ya ves. Ahora me he convertido en un líder de empresa. —Serguéi responde sin tener en cuenta la provocación que acababa de oír—. Por cierto, desde que lidero Lozprom, la compañía ha aumentado los beneficios significativamente. Eso también lo he hecho por complacer.

—No se está enterando —advierte el segundo.

—Pues habrá que explicárselo mejor —dice el primero.

—Serguéi, hay que esperar un poco para cerrar la era del petróleo porque no vamos a perder dinero en favor del oceonio.

—Que yo sepa, lo vuestro nunca ha sido la dieta vegetariana sino el canibalismo —concluye Serguéi.

En ese momento el tercer oligarca hace una señal con la mano, se abre la puerta lacada de la sala y entra Poliakov. Serguéi Andréievich Tomski no puede fingir su asombro al encontrarlo allí. El segundón de su empresa anda con el paso corto y nervioso que él conoce de sobra, va de traje negro y camisa blanca, con la cara de comadreja de siempre, con su nariz empequeñecida por la avidez de sus ambiciones, que ya no solo le cuelgan del rostro sino también de las manos, en esos papeles con el membrete «confidencial» que muestra de refilón al que tenga delante.

—No sabía que teníamos visita —comenta Serguéi.

—Alguien debe devolverle el sentido común a quien lo ha perdido en la borrachera de su buena suerte —contesta Poliakov, y se sienta para formar parte de los caballeros de la mesa redonda sin esperar invitación.

—Ya veis que lo de la poesía es parte de nuestra política de empresa —dice Serguéi a los oligarcas—. Será un honor recibir lecciones de vida de alguien que ha demostrado tanta experiencia en los despachos ministeriales y parlamentarios. —Eso es precisamente de lo que Serguéi está sobradamente informado, de que Poliakov se pasea por las laderas de los políticos para hablar en su contra. Sin embargo, en aquellos momentos ha dado un paso más, y se atreve a presentarse en persona en aquella reunión para defender una postura en contra del presidente. Naturalmente que el trío de oligarcas que hablan es la santísima trinidad de los negocios del país, pues nunca se les ve, y menos juntos, aunque siempre se escucha su aleteo. Su existencia es como la fe, se tiene porque se cree en ella. Cualquier burócrata negaría su relación con ellos, aunque pase las vacaciones en uno de los múltiples yates de los adiposos cuerpos sentados alrededor de esa mesa. Así que por mucho que el presidente haya luchado contra esta troika, no ha podido evitar las simpatías de allegados que se impacientan por llenarse los bolsillos. Sin embargo, Poliakov está allí, claro y transparente. Ha tenido cojones de ponerse delante y soltarle el aviso por su propia boca.

—Aquí no hace falta que enseñe sus espolones de gallo, Serguéi Andréievich, he venido por nuestro bien.

—¿Sabe el presidente que está aquí?

—El presidente sabe de sobra que el oceonio me parece una locura en este momento y que va a perjudicar a mucha gente.

—¿A qué pobre desgraciado va a perjudicar el oceonio, si puede saberse?

—No se nos ponga proletario, que con ese traje de sastre de un diseñador francés que aparenta ser británico y que ha recogido hace dos horas no le pega nada... —Poliakov podría nombrar la tienda en la que Loulou encargó la tela, y también el día y la hora en que la compró.

—Lozprom apuesta por el oceonio y si no le gusta, puede marcharse cuando le plazca. Ray Rex estará felicísimo de darle un cargo y un sello de goma en alguna de sus empresas. El que nace para pito no llega nunca a corneta, Poliakov. A ver si se da un baño de realidad porque se le han subido las ambiciones a la cabeza…

—Gracias por el cumplido. Aquí el único que sobra es usted, como han entendido estos caballeros que saben de negocios y de *real politik*. En cambio, usted ha embaucado al gobierno entero con mentiras que se caerán por sí solas. Cuando se den cuenta de que lo hace porque se le ha desarrollado el gusto por el poder y quiere tener más que ellos, lo echarán. Tal vez debería marcharse con su estilista y alguna de sus mujeres a un retiro cómodo antes de que explote la burbuja del oceonio.

—Yo no soy hombre de sorpresas. No escondo segundas intenciones. Por desgracia no tengo tanta imaginación como usted, *gospodín* Poliakov.

—¡Basta ya! —exclama el tercer oligarca—. No perdamos más tiempo. ¡Esto del oceonio tiene que retrasarse!

—Como os he dicho, podéis ganar dinero con él. No es un costo sino una inversión. La industria del petróleo es como el Titanic. —Serguéi recoge su estilográfica Montblanc y sus papeles y se prepara para salir. No le gusta cómo se está calentando el ambiente y mejor bajar la temperatura a tiempo antes de que una frase se descoloque y ya no haya vuelta atrás para este maldito y poco práctico orgullo ruso.

—Puede ocurrir un infortunio —dice el segundo oligarca.

—O un accidente funesto que retrase todo el proceso durante varios años.

—O una tragedia nacional, quién sabe.

—En Rusia el dinero quita y pone como en cualquier otra parte del mundo —afirma el primer oligarca.

—Efectivamente, el dinero pone edificios o bancos, o incluso bancos en edificios, quita vidas o las retuerce, pero lo que no hace es quitar ni poner patrón —añade Serguéi.

—¿Y quién lo hace? —pregunta el tercero.

—¿En Rusia? —pregunta Serguéi.

—Sí, en Rusia —repite el primero.

—Quien pone y quita zares en Rusia es el mismo diablo —concluye Serguéi.

Se hizo el silencio. Los oligarcas se miraron unos a otros.

—Aquí están detallados los pagos que se harán y los plazos de ejecución. Mi secretaria ha tenido la amabilidad de haceros una copia personalizada a cada uno. Es información confidencial, pero si queréis comentarlo entre vosotros hacedlo cuando me haya retirado. —Serguéi distribuye a cada oligarca un documento con el nombre de cada uno en la portada.

—Yo no voy a pagar absolutamente nada —afirma Kolomoiski sin tocar la carpeta.

—La producción en masa del oceonio necesita una ingente cantidad de dinero. No podemos esperar. La construcción de las instalaciones ya ha empezado, pero necesitamos liquidez.

—¿A cambio de qué? Porque aunque no he leído el documento, el porcentaje que se ofrece a cambio es ridículo.

—Es necesario que todos abonéis la suma concertada. No habrá excepciones. El primer pago tiene que llegar a la cuenta indicada el próximo lunes antes del cierre de *clearing* bancario. Ya sabéis que al presidente no le gustan los morosos. Y vosotros estáis en deuda con la santa Madre Rusia de cuyo pecho habéis mamado ya lo suficiente.

CUARTO Y OCHO

Ignátov accede al piso franco sobre las nueve de la noche. Ha conseguido meterse en una alcantarilla y ha caminado por los viejos albañales de Petersburgo. Cuando pudo salir, la tormenta que cayó aquella tarde la ayudó a lavarse el mal olor y caminar por la calle como una transeúnte a quien ha cogido el mal tiempo. Logró llegar sin llamar la atención. Ha perdido su cuaderno y los libros, pero eso no es lo peor que le podría haber pasado.

Ignátov se da una ducha larga, y al final se sienta y se pone a llorar. Le duele el vientre de tanto estrés. Se siente agotada y asqueada y solo tiene ganas de que la pillen de una vez. Le da la impresión de estar al servicio del mismo diablo. Ninguna cárcel puede ser peor que esto. Llama desde el móvil de prepago que Oleg le dio, pero no responde. Al cabo de una hora, le devuelve la llamada.

—Vi tu llamada. Estaba cenando en el Café Literario, acompañado. No podía responder.

—Nunca te llamo. Necesitaba tu ayuda. Si no llega a ser por la tormenta me hubieran pescado.

—Pero no lo han hecho.

—Perdí el sobre. Y ni siquiera lo abrí. No sé la numeración.

—Pues eso es un problema.

—¿Crees que no lo sé?

—Quieren la ecuación para mañana.

—Pues no será posible. Además, también perdí mi cuaderno.

—¿Había algo comprometedor?

—Posiblemente quien lo vea solo encuentre garabatos sin sentido.

—Mandaré a varios agentes disfrazados de personal de limpieza a buscarlo. ¿Iba en la bolsa de la librería Singer que llevabas cuando nos vimos?

—Sí. Pero la zona estaba abarrotada de gente. Cualquiera podía haberla recogido.

—Deberías haberla tirado al canal.

—¿Una mujer corriendo que tira una bolsa al agua? Entonces ya la habrían encontrado. ¿Qué haremos si no la hallamos?

—¡No lo sé, no lo sé! Tengo que pensar. Quédate donde estás y no salgas. Adiós.

CUARTO Y NUEVE

Galina pasea por los jardines de su mansión en Crimea. Ha salido después de darse una ducha larga, que ha terminado llorando sentada en el suelo. Después se ha vestido con el hábito envejecido de la soledad, cuyos estampados grisáceos la estilizan sin querer. Se escucha el sonido del mar, cuyas olas pegan fuerte. No ha llovido, no ha nevado ni granizado, sino que el día regala sol para aquellos que quieran disfrutar de una pasión equívoca. Varios guardias de seguridad vigilan desde la distancia. También ellos han sido pillados *in fraganti* por el aburrimiento.

—¿Serguéi? Llevo llamándote media hora y, como siempre, nunca estás —dice Galina, que acaba de pincharse con una planta inesperadamente.

—Estaba en una reunión importante —contesta Serguéi en el tono malhumorado que suele utilizar cuando habla con ella.

—¿En qué lugar del globo estás? —Galina se chupa el dedo y observa con inquina a los guardias apostados a la entrada.

—En San Petersburgo. Acabo de salir del Taleón. —Serguéi nunca le miente y eso es parte del problema entre ellos. Jamás se ha tomado la molestia de esconder nada a pesar de que Galina era lo que siempre había ansiado.

—¡Ah! ¡Es verdad! Imagino que es por la conferencia esa. Va a ser cierto que el oceonio es milagroso si es capaz de mantenerte en casa.

—¿Para qué me has llamado? —pregunta Serguéi cortante, hastiado de los continuos reproches de su esposa.

—Para decirte que ya estamos hartos, tanto Artur como yo, y nos volvemos a San Petersburgo.

—Aquí no estáis seguros.

—Sería más exacto decir que no te estorbamos para tus asuntos.

—Has sido secuestrada, ¿acaso no tienes miedo? ¿Acaso lo has olvidado?

—¡Pero si hasta me pusieron crema facial de noche en la cara! Si eso es un secuestro, por mí que vuelvan cuando quieran.

—Estás siendo ilógica porque no te gusta razonar. Tu retorno es impensable.

—Artur se pasa el día con los videojuegos y se niega a tomar cualquier lección. Es inmanejable. Echa de menos su escuela y a sus amigos. Debe volver para no perder el curso. —Galina da el argumento definitivo, pues el niño es la debilidad del padre, al que es incapaz de negarle deseo alguno para evitarle cualquier frustración.

—Lo del curso se solucionará pagando, como siempre. Hablaremos de esto en otro momento —comenta con la frase que utiliza cuando tiene que pensar una salida a una situación familiar incómoda.

—Todo está dicho. Estamos hartos de ser los prisioneros de tus paranoias —responde altanera, porque hace tiempo que le ha destronado del sagrado puesto de cabeza de familia en todo lo que no sea pagar, que para eso está ella misma. Después le cuelga sin despedirse, pues hasta las buenas maneras ha perdido con él.

Serguéi se queda mirando la pantalla de su móvil, con el corte de llamada en sus manos, y otra vez más se cerciora de que ya no hay nada entre ellos, por mucho que se le llene la boca con la palabra «familia». Indica a su conductor que pare un momento en Singer, a pesar de que tardaría menos a pie.

Galina sigue caminando por el jardín. Se siente liberada aunque para eso eche mano de la imprudencia del destierro. A continuación saca de su bolsillo un móvil muerto para llamar a otro móvil muerto, que resulta ser de Poliakov.

CUARTO Y DIEZ

Mar llega a casa cabizbaja. Masha no dice nada, pero parece comprender porque es medio bruja. Mar saca los libros de la bolsa de la librería Singer y los deposita sobre su cama. Después se va al salón. Masha mientras tanto busca con cierta dificultad uno de sus viejos discos de vinilo, que están en alguna parte del caótico salón. Cuando lo encuentra, lo pone en el tocadiscos, que destapa, pues lo tiene cubierto con un paño de croché. Como la vieja dama soviética entiende que aquello solo podía ser un tema de celos, elige una cantata de Serguéi Tanéiev, el mejor alumno de Chaikovski, quien pasó a la historia no por su tremendo talento sino por inspirar a Tolstói su *Sonata a Kreutzer*, ya que el músico flirteó con Sofía, esposa del escritor. Tantas historias, pero siempre las mismas, que se repiten sin cesar, como si el mundo no tuviera nada nuevo que contar.

Mar se disculpa y vuelve a su habitación. Observa el contenido de la bolsa de Ignátov. Encuentra varios libros de matemáticas, entre ellos *Zero* y *Una historia de Pi* de Petr Beckmann. También hay un par de novelas y el bloc de notas con la portada llena de garabatos en la que se lee «Ignátov». Mar abre de nuevo el sobre azul con diminutas estrellas blancas que vio rápidamente cuando estaba por Nevski y descubre algo llamativo de lo que no se había dado cuenta antes: la ecuación está escrita en una postal de la Virgen del Signo. Mar toma de su mesa la postal que le dejaron en la oficina y comprueba que es la misma imagen. Lo primero que hace es consultar en internet todas las fotos de la Virgen. Empieza a navegar y navegar sin éxito.

De repente a Mar se le ocurre algo: ¿por qué esa mujer llevaba un libro sobre el número pi? Aunque lo suyo no son las matemáticas, es bien sabido que pi es una especie de número mágico que no tiene fin. Se conoce desde hace más de cuatro mil años, desde los babilonios, los egipcios, aunque el pi es más griego que otra cosa gracias al cálculo de Arquímedes de Siracusa. ¿Y entonces?, ¿por qué se interesaba Ignátov por el pi? Porque pi es la relación entre la circunferencia de cualquier círculo y su diámetro. Independientemente del tamaño del círculo, esta relación siempre será igual a pi. ¿No era una pasada? Entonces está claro… No sabe cuál, pero tiene que haber una relación directa entre el número pi y una virgen hecha de varios círculos. Mar cuenta hasta seis en la tarjeta que le dejaron, si se tienen en cuenta las aureolas. Y esto podría significar mil cosas, desde algún mensaje cifrado de una secta esotérica hasta el número del edificio en una calle.

CUARTO Y ONCE

Los oligarcas están bebiendo vodka. Se hablan poco porque no se soportan, sin embargo el negocio obliga. Serguéi llega. Los saluda con frialdad. Los magnates sí están metidos de lleno en su rol de anfitriones, aunque no quieren que ninguno de ellos destaque. Después de la tensa reunión que han tenido y que por el momento tiene el resultado esperado por Serguéi, viene una cena de una calidad y variedad que ningún zar fue capaz de degustar. Serguéi no se conmueve por cómo lo agasajan. Ha acudido porque se lo ha pedido el presidente, no porque crea que tenga nada que disfrutar con esta gente.

—¿Te apetece más caviar negro? —pregunta uno de ellos, hombre tan bronceado que a pesar de su piel eslava parece originario de las Maldivas. No hay caviar Almas para no hacerle un feo a la comida rusa por la iraní.

—¿Más tartufo? —le pregunta a su vez el segundo oligarca refiriéndose al plato de pasta con trufa blanca de Alba que tiene delante y que cuesta diez mil euros.

—¿Algo más de carne? —le pregunta también el tercero de ellos para referirse a los filetes de Kobe recién traídos de Japón.

—Un poco más, gracias —responde Serguéi advirtiendo lo que se le venía encima. Ha estado en ayunas casi un día para poder corresponder con cortesía, pues le podrían perdonar que no haya trato alguno, pero nunca le perdonarían no verlo comer con ganas.

El postre está compuesto por melón Yubari, que solo se produce en Japón y se recogen únicamente cien de ellos en cada cosecha. Naturalmente no falta helado italiano y mil caprichos de edulcorados colores, pues saben que Serguéi es de gusto dulce y se saltará toda regla de su habitual dieta espartana, más aún en aras de una conclusión exitosa de las jornadas. Como no se puede hablar de política o religión, hablan de fútbol extranjero. Todos conocen al dedillo los equipos españoles, pues es el único tema que no creará controversia. Tampoco pueden hablar de mujeres, puesto que han compartido a varias de sus amantes y ya no recuerdan bien cuáles. Hacen como si fueran viejos amigos del instituto que se reencuentran. Pero de vez en cuando se produce un silencio incómodo que los delata a todos como si fueran interrogados en una comisaría de policía.

—Pasemos al salón —dice el primer oligarca tomando la iniciativa. Y conduce al invitado de honor a una sala inmensa con motivos modernos. Allí hay un grupo de música esperando para tocar.

—Nos deleitarán el tiempo que queramos —dice el segundo oligarca. Se trata de Chick Corea y su banda, que han traído expresamente desde Estados Unidos—. Es el pianista de jazz favorito del *gospadín* Tomski según me han informadoo —aclara con orgullo.

Todo ha ido más o menos bien hasta este momento, que es cuando Serguéi se preocupa de verdad. Si han montado todo esto significa que todavía les importa quedar bien. Serguéi ha olvidado de golpe las respuestas que tenía preparadas para la reunión. No, este asunto va más lejos. Ha pecado de ingenuo en sus conclusiones. Les dice que empiece el concierto cuando deseen, él tiene que ir al baño.

—¿Natalia?

—Serguéi, ¿qué tal va? —contesta con voz dormida—. ¿Ya te has enterado?

—¿Qué está pasando aquí? ¿Qué se traen entre manos estos?

—No van a aceptar.

—Entiendo.

—Pero al menos esta noche te tienen preparada una buena juerga. Disfrútala.

Serguéi Andréievich cuelga. Vuelve al salón. Ahora es él quien lleva la sonrisa postiza. Al verlo entrar, le sirven el vodka *supreme* para que la temperatura esté en su punto. También empieza el desfile de mujeres hermosas que se ponen a disposición como si fueran canapés.

—Están casi tan buenas como el vodka —dice el tercer oligarca de una de las camareras, y los demás se ríen.

Definitivamente están de fiesta. Quieren que Serguéi se entretenga para ablandarlo. Se hablará de cosas serias mañana porque la fiesta será larga. Serguéi se anima. La noche se va calentando a medida que el concierto llega a su fin. Cuando acaba, se ofrecen pastillas, hierba y otros narcóticos; se pone música de fondo y se unen a lo que se convertirá en una orgía. La música ahora es relajada y las chicas no dejan de aparecer. Nadie elige porque quieren que Serguéi Andréievich sea el primero. Todas son jóvenes y hermosas. Todas descienden directamente del Olimpo. Serguéi no selecciona a ninguna para que esa noche no haya jerarquías.

—Que elijan ellas —propone él—, que decidan con quién desean divertirse.

Los oligarcas empiezan a reírse por la estrambótica sugestión. Han contratado y pagado a las mujeres más atractivas que tienen las agencias moscovitas y petersburguesas. Esa tarde no hay ninguna preciosidad de alto *standing* disponible en ninguna de las dos ciudades. Alguna ha salido en la tele. Otras son modelos de pasarela. Ahora se encuentran todas en ese salón, paradas frente a Serguéi, esperando alguna indicación.

—Yo le regalaré un coche a la que me elija —dice el primer oligarca.

—¡Eso no vale! —dice Serguéi—. No puedes darle cosas materiales. Solo placer.

—Pues a la que se venga conmigo le voy a decir cosas tan bonitas que os prometo que cuando nos separemos, llorará. Eso sí sirve, ¿no? —pregunta el segundo.

—Sí. —Serguéi mueve la cabeza afirmativamente y después comenta—: Pero no valen las promesas.

—¿Y cómo se engatusa a una mujer sin prometerle nada? ¿Alguien me lo explica? —pregunta uno.

—Pues como hacías cuando estabas en el instituto. ¿Qué tenías tú entonces?

—¡Excelente idea! Han cobrado ya, ¿no? ¡Pues ya está! —Y a continuación el tercer oligarca anuncia las reglas del juego a voces, cuyo eco retumba en las paredes de la sala. Las chicas comentan bajito y asienten divertidas.

—¡Yo estoy dispuesto a enamorar a la que me seleccione! —exclama el primero—. ¡Brindemos por las mujeres hermosas! —Y después bebe vodka, aunque no mucho porque no quiere que el alcohol interfiera en la erección que ya tiene de tanto ver pasar diosas en lencería fina.

—Y yo haré que la que me elija me pida más y más —promete otro.

Las chicas los miran desconcertadas y empiezan a pulular a su alrededor. Cuchichean y mueven los labios. Clavan sus ojos en cada uno para descubrir la química entre ellos. Cuchichean más aún. Todas se han reunido alrededor del círculo en el que se han colocado los hombres. Ellas entran y salen de este redondel moviendo el trasero de forma sensual. Alguna se acerca a alguno, lo besa, le toca su sexo y después se va. A su vez otra hace lo mismo. Se sienta sobre el que le gusta y empieza a restregarse. Después se para, se ríe y deja que la siguiente haga lo propio. Los oligarcas están cada vez más desconcertados. No pueden atacar para no vulnerar las normas que han establecido. Pero están cada vez más calientes y no saben qué hacer. Serguéi es el único que observa divertido. Sabe que están jugando y que se toman su tiempo. Una rubia de pelo largo tiene cara de ángel y un cuerpo más ancho de lo normal pero tan curvilíneo que marea a quien lo mira. Él encuentra en ella a la más mujer de todas. La observa intensamente, pero también él desvía los ojos a las otras para que no se crea demasiado importante. A Serguéi Andréievich le gustan mucho las mujeres. La rubia se le acerca y se lo lleva de la mano a un rincón donde hay un gran sofá redondo. Los demás aplauden porque el invitado ha sido el primero en triunfar.

La rubia se tiende y él acaricia sus pechos. Los modela con las manos como si fueran una escultura de Antonio Canova. Son alas de mariposa posadas en el mundo de sus fantasías de hombre. Mientras navega en esos círculos se acuerda del misterioso número pi, cuya regla también se aplica a estas circunferencias. Los lame mientras acaricia su sexo para procurarle el orgasmo. Quiere hacerla volar por cielos que conoce con pocos de sus clientes. No tiene prisa. Es raro encontrar un cuerpo tan bien formado. Blanco y blando como las noches llenas de luna. Siempre se siente agradecido cuando una mujer se entrega. La besa. Sigue rozando el clítoris con los dedos. Consigue hacerla llegar en poco tiempo. Eso le agrada, pues le disgustan las mujeres que tardan mucho. Después se pone un preservativo y la penetra. Ella grita enloquecida porque desea que él termine pronto. La penetra profundo, más y más profundo. Él lo intenta, lo intenta y no puede. El orgasmo se le resiste. Se le ha metido una abeja en la cabeza con un zumbido que lo desconcierta. Es el recuerdo de otra mujer. Aquella que vio ayer en un café. La desconocida con nombre de agua. No se puede creer lo que le está sucediendo. Es absurdo. Ve su sexo flácido con el preservativo colgando y definitivamente no se lo puede creer. La rubia se lo chupa a ver si remonta la cuesta, pero no funciona. Su miembro se le resiste. Por primera vez su cabeza se ha metido en su sexo, o su sexo en su cabeza… Se ha enamorado y explota de rabia.

Despide a la rubia, a quien le da una buena propina para pagar su silencio. Sale discretamente, en medio de los jadeos, risitas y maullidos que surgen del salón a media luz. Llama a su coche y el chófer lo lleva al ático de Lozprom. Se ducha y se echa a dormir.

CUARTO Y DOCE

Es fin de semana, tiempo libre para que Mar pueda indagar en una idea sobre la Virgen del Signo que le ha venido a la cabeza. Lo primero que hace es mirar el tiempo y verificar si acertaron los meteorólogos. El clima es el gran enemigo de todos los planes en esta parte del globo. Mar se atreve a salir, no sabe cómo, a menos diez grados. Los días templados y los días de mucho frío se alternan. Ayer cayó una tormenta de agua y hoy están bajo cero. La buena de Masha le ha dejado prendas de lana, que sueltan pelo por todas partes pero que resultan infalibles para combatir el frío. Le dan un aspecto de campesina recién llegada a la gran ciudad, pero le es completamente indiferente. Piensa en Serguéi pero verlo en su ambiente, con tanta parafernalia alrededor, le ha quitado la ansiedad con él. Demasiada puta a su alrededor. Por otra parte, hay demasiados interrogantes que necesitan su atención y el icono de la Virgen ocupa un lugar privilegiado. Él también tenía ese icono, y eso la intriga.

Se mete la postal de la Virgen en el bolsillo y sale a la calle para encontrar alguna pista que la ayude a resolver el misterio. Hace un día precioso, el cielo está completamente azul, el sol cae sobre la nieve y la blancura del río contrasta con los espigones de hielo que hay en él. Solo ha de cruzar enfrente para ir al que probablemente sea el mejor museo del mundo, el Palacio de Invierno, pues es donde los zares vivían durante esta época del año, mientras que el verano lo pasaban en Tsárskoye Seló o cualquier otro de los palacios hechos a capricho que hay a las afueras.

Mar toma el puente de la Trinidad, una maravilla de acero con farolas y decoración clásicas, que ya conoce de sobra y que no se cansa de admirar. Al llegar a los campos de Marte, se queda fascinada ante la inmensidad de la plaza, y gira a su derecha, por la calle paralela al río Nevá, la de los Millonarios, llamada así porque en esta calle solían vivir los aristócratas que se dedicaban a hacer la pelota al zar de turno.

Al llegar a la plaza del Palacio aparece una de las siete maravillas del mundo moderno: el palacio del Hermitage, que según lee en la guía es el más grande del mundo, algo así como Windsor y Versalles juntos. Que dejen de vanagloriarse los ingleses con el British Museum y la Tate Gallery, los franceses con el Louvre y el Orsay, los españoles con el Prado y el Reina Sofía. Rusia exhibe en un solo museo más de tres millones de obras de arte juntas, ofrecidas en salas laberínticas, donde las distancias se miden en kilómetros. De la Sala del Trono a la de Rafael son casi dos kilómetros, y de la de Rubens a la de los faraones, casi un kilómetro y medio, contando la reducción que ofrece el ascensor. Cuando a uno de los turistas le entran ganas de ir al servicio, se le da un bocadillo, una cantimplora y se le desea buena suerte para verlo con vida días después, pues el confort de los turistas no es una de las cualidades de este museo. Otra nota remarcable es que las obras de arte fueron todas compradas, no robadas como botín de guerra. Mar no deja de leer apoyada donde puede ante la imponente vista de la fachada del edificio.

Ella ha ido para ver los iconos de vírgenes del museo, para aprender y tal vez conseguir una clave para interpretar la imagen que ha recibido. Presiente que va a descubrir algo importante. Por ello espera su turno para comprar su entrada. Aunque la mitad de las ventanillas están inservibles, la cola de espera es de media hora a la intemperie, con una temperatura inclemente. Por lo visto Mar hoy está de suerte pues ni llueve ni hace viento, cosa que a los gerentes del museo les trae sin cuidado. No hay piedad con el visitante. Tardarán años en instalar máquinas de expedición de billetes que no tienen en cuenta ningún estatus de estudiante. Así que le toca hacer cola. Los que resistan que entren, y los que no, que revienten. «Esto parece darwinismo museológico», piensa Mar. Una modalidad rusa de la ley de la evolución. No es de extrañar, pues, que el puesto de director del museo sea hereditario.

Consigue por fin comprar su entrada, que al menos tiene en consideración su estatus de estudiante, pero los ladridos del personal tienen más que ver con un viejo régimen soviético que con la globalización de los servicios. La obligan a dejar el abrigo en el guardarropa, aunque Mar esté descompuesta por el frío y la magnitud del museo no le permitirá entrar en calor. Benditos zares que tenían chimeneas. Su única estrategia será ir de radiador en radiador. Por fin entra atravesando un vestíbulo de esculturas y llega a la escalinata que vio en el aeropuerto, con los colores blanco y dorado cuya combinación define San Petersburgo. Desde que sube la escalera no para de estremecerse con lo que ve. No está suficientemente preparada para el esplendor. No son las salas decoradas hasta la saciedad ni las pinturas y las esculturas en tropel que conviven unas con otras en una misteriosa y caótica armonía. Es el conjunto, la saturación de belleza.

Mar va apuntando en un pequeño cuaderno notas sobre los iconos, pero no halla nada relevante. Hace esbozos en carboncillo de las imágenes que encuentra interesantes. Visita salas con iconos y le sorprende lo que descubre. Aunque parezcan iguales, los iconos son tremendamente dispares entre sí. Al dibujarlos es aún más consciente de las diferencias. Después de varias horas de caminar tiritando por los pasillos, Mar sale del Hermitage con ampollas en los pies. Ya es noche cerrada y nieva otra vez. Definitivamente hay que ir dos meses al gimnasio antes de visitar este lugar. Se dirige al metro Admiraltéiskaia, en la esquina del palacio, en la Кирпичный переулок o línea de ladrillos, el lugar donde se descargaban los ladrillos desde el embarcadero para la construcción de la ciudad.

Mar ve un quiosco y le llama la atención una publicación en la que sale Serguéi en primera página. Compra la revista pero está en ruso. Utiliza una aplicación para traducirlo rápido. Respira cada vez más fuerte. Cada vez más hondo. El artículo anuncia que los americanos se han hecho también con la tecnología para explotar el oceonio. No entiende cómo no lo ha sabido antes. Esta noticia es una bomba. Toma su móvil, que raramente usa, y hace una llamada:

—Jean… ¿has leído las noticas? —pregunta casi histérica.

—Los americanos se han hecho también con el oceonio… aunque ya lo intuía, pues hace una semana que dejaron de hablar en la prensa sobre lo importante que es el patrimonio de la humanidad. Algo que resulta fascinante escuchar de su boca —le contesta mientras está a punto de cepillarse los dientes y se ve obligado a continuar la llamada, porque él será educado hasta en su lecho de muerte.

—¿Y qué historia es esa de que Serguéi está encantado de la vida con esta novedad? No entiendo nada —comenta ella como si hablara de un primo hermano y el futuro de la familia dependiera de él.

—Es tremendamente listo, tendrá un as en la manga —responde Jean mientras deja el teléfono en manos libres y empieza a pasarse el hilo dental.

—En su rueda de prensa decía exactamente lo contrario. Fue muy firme, quizá demasiado.

—La prensa internacional lo alaba y lo llama *gentleman*. Es un caballero porque sabe perder y solo tiene palabras amables para sus rivales.

—Puede que los periódicos estén en lo cierto. Ayer fui a cenar con Oleg y me lo encontré en el Café Literario. Estaba con Ray Rex en muy buenos términos…

—¿Y si él estuviera preparando su salida? Tú solo has leído la prensa internacional donde sale guapo y va de bueno, por lo que estarás encantada; pero en los periódicos rusos se le tacha de antipatriota, y es el mínimo insulto que ha recibido. Usan términos tremendamente desagradables contra él. Por lo visto el líder del Partido Comunista ha gritado tanto que le han tenido que llevar a la enfermería, por lo que seguramente le darán una medalla o algo así. En fin, en el Parlamento ya han pedido la destitución de Serguéi.

—¿Destituirlo? No pueden hacerlo.

—Esto es Rusia, y aquí todo es impredecible. Un amigo diplomático me comentó un día que en ningún país había visto a tanto psicópata en el poder como en Rusia. Así que tu Serguéi estará acostumbrado a que le muerdan. Por cierto, tengo a Sibila aquí al lado y me comenta que olvides al ruso y te concentres en el guapo ucraniano.

A pesar del cansancio, Mar sigue andando por el canal Moika. Decide pasarse por la Casa Museo Pushkin. De pronto se percata de un icono en la vitrina de un anticuario. Saca la postal de su bolso y le cuesta creer lo que ve: es la misma imagen. Más aún, es una réplica como la que tenía Serguéi la noche que se conocieron.

CUARTO Y TRECE

Iván Ilich acaba de tener su reunión semanal telemática. Está en su minúsculo camarote de marinero de bajo rango. Un agente entra sin pedir permiso y le retira la tableta con la que acaba de hablar con su ya mujer, pues se casó poco antes de encerrarse. Cuando el agente sale, Iván se va al baño, se mete en la ducha y se echa a llorar. La barriga de su mujer ha crecido pero el niño no va bien. Su esposa ha empezado a sangrar mucho, la han hospitalizado y la obligan a guardar reposo absoluto. Apenas han hablado porque ella solloza sin parar y no se entiende lo que dice. Lo echa de menos. Ya no puede ser fuerte por más tiempo sin su presencia.

Él siempre soñó con ser padre, y aunque nunca lo ha sido, sabe que un padre tiene que estar a la altura en los malos momentos. Por lo menos el suyo es así. Serguéi se ha ocupado de buscarles el mejor hospital de Moscú, pero eso no ha disminuido la ausencia del esposo. El peso de los días ha ido creciendo hasta llegar a ser insoportable. El oceonio le ha pedido a Iván Ilich que deje de ser Iván Ilich y eso no puede hacerlo. Nunca ha sido hombre de grandes ambiciones ni ha permitido que sus pasiones lo limiten, lo conviertan en un minusválido como ha visto en tantos otros. Él no se deja envenenar por los sueños. Él es un hombre del presente, del entusiasmo por la vida, de gozar los momentos pequeños, como una cena hecha con cariño o ver una comedia clásica inglesa a las dos de la mañana.

Iván ha entregado el proyecto de explotación del oceonio pero nada ha cambiado. Sigue viviendo a un kilómetro bajo el mar. No hay signos de que la situación vaya a mejorar, se diría más bien lo contrario porque ahora su vida está vigilada por dos lunáticos del FSB que husmean hasta cuánto tiempo usa el hilo dental.

Iván sale de su cubículo. Lleva en la mano una botella grande de agua y su cartera escondida en el bolsillo trasero. También lleva las llaves de su apartamento en Moscú. Una de las cápsulas de suministro va a salir a flote. Lleva un poco de todo, desde residuos hasta cartas personales. Iván supervisa la operación de salida. Es una cápsula de dos metros. Su compañera Ania está con él. Está asegurándose de que la cápsula esté bien calzada en el canal de expulsión, lista para entrar en el tubo. Iván Ilich le encarga una tarea que la obliga a salir del recinto. En cuanto Ania se retira, él presiona el botón que activa el cerramiento, que se completa en treinta segundos. Iván Ilich tiene un impulso que no puede contener: se mete en la cápsula y se queda quieto, pulsa el botón de cierre y activa el lanzamiento. A los pocos segundos la cápsula es expulsada como un torpedo y se dirige a gran velocidad hacia la superficie dejando una gran estela de burbujas tras de sí. La mente matemática de Iván ya ha calculado cuántos minutos le quedan dentro del artefacto antes de que se agote el oxígeno. Tiene exactamente veintitrés minutos para que rescaten la cápsula y la abran. No sabe cómo actuará cuando llegue el momento: si habrá alguna oportunidad para escapar o pedirá a los marineros que circulan en la zona que hagan la vista gorda. No son militares. Trabajan por un salario de mala muerte, por lo que no se deben a ningún encargo. Iván lo sabe porque él los contrató. Lleva dinero encima para sobornarlos. Los pobres no suelen dejar escapar oportunidades como esta porque no las tienen a menudo.

Empiezan a correr los veinte minutos. Iván Ilich hace un uso sostenible del oxígeno. Respira con mucha calma para no gastarlo innecesariamente. Con suerte podría alargar el tiempo a treinta minutos, quizá hasta treinta y cinco, quién sabe. La cuenta atrás ha comenzado. El joven siente cómo su corazón late con fuerza. Se agarra la cruz que lleva siempre al cuello y empieza a rezar.

CUARTO Y CATORCE

Mar sube los tres escalones de acceso al anticuario. Es lógico que los negocios situados a los pies de un canal estén a cierta altura. El lugar está atiborrado de objetos, colocados unos sobre otros sin orden aparente. Huele a polvo y a cosas antiguas, ese olor indescriptible pero inconfundible que también le recuerda a la casa de su abuela. Un anciano saluda a Mar sin levantar los ojos del libro que está leyendo. El hombre es pequeño y enjuto, medio calvo, con una nariz picuda que sobresale mucho bajo las gafas redondas. Lleva unos tirantes negros sobre una camisa blanca porque hace bastante calor dentro del negocio. Mar interrumpe su lectura.

—Creo que tiene en venta un icono como este. Lo he visto en el escaparate —inquiere Mar al tiempo que le entrega la postal.

El viejo toma la imagen y la observa con detenimiento. Se baja las gafas levemente y piensa unos segundos lo que va a decir.

—Hmmm. Todas las imágenes de la Virgen del Signo se parecen mucho. Pero esta es la misma que la que tenemos aquí. —El viejo se acerca al escaparate y con mucho cuidado toma el pequeño icono que está en la vitrina.

—Sí, eso me parece a mí desde que la vi —afirma Mar.

—Últimamente hay mucho interés en esta imagen.

—¿Las vende mucho?

—Yo llevo en este negocio toda la vida y nunca he visto una moda como esta. ¿Es que han hecho una película o una serie en televisión?

—Puede ser. Yo no soy de aquí. ¿Quién compra estas piezas?

—En cuanto consigo un icono del maestro Macarius viene alguien y me lo compra enseguida. Pero son clientes distintos, aunque las últimas veces ha venido siempre el mismo hombre.

—¿El maestro Macarius?

—Fue un monje del siglo XVI. Escribía biografías de santos y genealogías. Pero es conocido sobre todo porque fue el patriarca de Moscú y el gran apoyo moral de Iván el Terrible.

—¿Cómo es el hombre que viene a recoger el icono? —pregunta Mar—. ¿Y por qué este no le interesa?

—Un joven fuerte, alto, ojos claros. Tiene acento de fuera pero habla ruso perfectamente. Lo he llamado varias veces y no contesta, por eso he decidido sacarlo a la venta.

Mar se percata de que nunca tendrá los medios para dar con alguien solo con esos datos, por lo que pasa a hacer otra pregunta.

—¿Hay muchos iconos del monje ese?

—En realidad no se sabe. Pero hay iconos de esa época que tienen características muy peculiares y se catalogan como suyos.

—¿Podría ser de algún discípulo? —pregunta Mar, que viene con la lección estudiada del Hermitage.

—Exacto. Este llegó ayer. Como le he dicho, llamé varias veces a mi cliente sin obtener respuesta. Es extraño. Algo ha debido de pasar porque siempre viene enseguida.

—¿Cuánto vale? —pregunta Mar, pero al oír el precio se escandaliza un poco. Posiblemente porque no está acostumbrada a comprar antigüedades. Intenta regatear, pero el viejo tiene oficio y resulta duro de pelar. Al final decide darse un capricho y comprarlo.

El viejo está contento de dar salida a un nuevo icono y su sonrisa lo delata. Mar lo recoge y al tocarlo tiene la certeza de que ese icono estaba destinado, de una manera u otra, a caer en sus manos.

CUARTO Y QUINCE

Milena cierra con un golpe seco la puerta del despacho de Serguéi. Echa el pestillo y se sienta en el sillón que está frente al suyo. Lleva un traje de chaqueta con falda, pero se quita el blazer y lo cuelga en el respaldo de su asiento. Tiene tres botones de la camisa desabrochados. Emana un perfume francés, uno de buena marca, con un toque a jabón. Es intenso y tiene una nota extraña, como si llenara la boca de burbujas a quien lo huele. Lleva unos pendientes grandes de aros, que se toca de vez en cuando para que Serguéi mire su cuello largo y desnudo.

—Estás demasiado ocupado.

—Lo estoy —comenta Serguéi mientras mantiene fijos los ojos en el documento que está corrigiendo.

—Ni siquiera me preguntas cómo me adapto a la tradicional y un tanto empalagosa vida petersburguesa.

—Siempre te las arreglas muy bien.

—Nunca has estado tan ocupado para mí. Sé que tienes problemas. Supongo que es por el Monje Negro ese del que habla todo el mundo. Se publicó cuando estabas en Tokio, pero en Lozprom nadie lo ha olvidado.

—Sigue ahí fuera en alguna parte. ¿Te parece poco?

—Casi lo cazáis esta semana.

—¿Cómo sabes eso?

—¿Treinta policías en la iglesia de la Sangre y Natalia pegando tiros? Tú qué crees, ¿que necesito que me lo explique el telediario?

—Lo perdimos.

—Al menos, ¿hallasteis algo, una bolsa, algo que se perdiera en el camino?

—No, que yo sepa. ¿Por qué iba a tener algo?

—El tipo paseaba, no esperaba salir corriendo. Es probable que llevara algo.

—No es el caso. Pero volveré a preguntar. ¿A qué viene tanto interés de repente?

—Quiero ser tu apoyo para que vuelvas a mí.

Milena se mete debajo de la mesa. Le abre la bragueta. Le saca el miembro. Empieza a succionar suavemente. Después aprieta más y más fuerte, hasta conseguir el control sobre el pene. Él la deja hacer. No puede contenerse con ella. Ella lame agarrándolo fuerte con los labios. Goza del poder que ejerce sobre él. ¡Se siente tan poderosa dándole placer! Tiene la ropa interior muy mojada. Se pone la mano en su sexo, lo acaricia suavemente. Desliza los dedos, gime mientras él eyacula en su boca.

Después Milena entra en el baño y se da una ducha. Saca unas bragas limpias del bolso y se las pone. Besa a Serguéi y quedan para verse para cenar esa semana. Cuando llega a su despacho, saca el móvil que le entregó Oleg y le escribe un largo mensaje. No hay nada de lo que preocuparse. Serguéi no ha encontrado nada de Ignátov en las cercanías de la iglesia de la Sangre.

CUARTO Y DIECISÉIS

A pesar de que Oleg está bien entrenado, llega exhausto. No todos los días le citan con media hora de antelación. Más aún cuando estaba en la otra parte del centro histórico, en el Tavrícheski, en una sesión de la SNG en la que se debatía una propuesta de exportación de grano en conjunto fuera de esta unión, algo que naturalmente se esperaba. Se empiezan a pagar los peajes relativos al oceonio. Kolomoiski le aguarda impaciente, pues no está acostumbrado. Ha saludado tres veces a la chica de admisión, que ya le ha dado su teléfono.

—Te has retrasado tres minutos —le increpa Kolomoiski, mientras entrega las entradas a la chica haciéndole un guiño.

—Somos ucranianos, no británicos —responde Oleg—. ¿A qué viene tanta prisa?

—En media hora empieza la última reunión en el Taleón. Durará poco. Esta gentuza pide todo sin dar nada a cambio. Voy a mandarlos a la mierda.

—Y los demás, ¿qué harán?

—No sé, pero yo no voy a tragar.

—Ten cuidado. No aceptarán un no por respuesta. ¿Te vas mañana? —Oleg sigue sin entender la necesidad de un encuentro improvisado, que suele conllevar algún riesgo.

—Sí, pero este tema es urgente y yo esta tarde estaré en las afueras. En fin… —Suspira y se estira la chaqueta porque no sabe cómo empezar a decirle lo que debe decirle.

—¡Uy, uy! Creo que no va a gustarme lo que me vas a pedir.

—Vamos, amigo. Mira qué bonito —dice apuntando al comedor de Pushkin, en maderas nobles, tapizado en telas de seda verde—, creo que voy a encargar un conjunto igual que el del maestro. Y también voy a conseguir uno de esos garabatos de Pushkin que están en la pared. Seguro que se encuentran en el mercado negro. Los usaré de papel higiénico.

—Pareces cabreado. ¿Qué pasa?

—Estoy harto de que todo vaya tan despacio. Quiero echarle mano al centro del oceonio, ¡ya! He recibido órdenes nuevas del Monje Negro. Han sido aprobadas por nuestros amigos.

—Si es el mandato relacionado con la nueva ecuación, mal vamos porque el sobre se ha perdido.

—¿Cómo que se ha perdido?

—La policía casi pilla a nuestro enlace, quien lo extravió en la fuga.

—¿Lo ha encontrado la policía?

—No. Tenemos varios agentes peinando la zona —afirma Oleg, pues ya ha sido informado por Milena sobre este asunto.

—No sé si podemos hacer algo —comenta Kolomoiski, preocupado—. Esto sí que es un infortunio.

—¿Cuál es el encargo?

—Tienes que ocuparte de la muchacha esa, la española. Está metiendo las narices por todas partes.

—Eso no puede ser. La estoy reclutando para que espíe a Serguéi. Terminará con él tarde o temprano.

—¿Vas a meter a una novata en uno de los círculos de seguridad más cerrados de Rusia? No va a funcionar.

—Es idealista. Trabajará por una causa justa y la nuestra lo es.

—Una mujer enamorada es inservible para cualquier trabajo de inteligencia. Deberías saberlo a estas alturas.

—Va a ser más útil viva que muerta.

—Y yo te digo que lo más práctico que puede hacer es dar su vida por la primera coordenada de la longitud del oceonio. ¡Eso sí que es idealismo!

Oleg niega varias veces hasta aceptar. No le queda alternativa. No debería haberse dejado llevar por sentimentalismos. Se despide rápido para digerir el tema. Se le acumulan las lágrimas. Se limpia los ojos y después llama a Milena para darle las correspondientes instrucciones. «Eso no es lo acordado», dice Milena, aunque ella sabe desde hace tiempo que los pactos con el diablo solo tienen condiciones para incumplirlas.

CUARTO Y DIECISIETE

Cuando besó a Oleg, se convenció aún más de que lo que siente por Serguéi no se irá con facilidad. Parece un amor fuerte y eso no le gusta a Mar. El amor fuerte es testarudo. La noche le tortura el ánimo. A Mar le toca seguir adelante, pero ella no es una persona a la que le resulte fácil conformarse. Desde siempre ha elegido caminos difíciles. Las rutas fáciles le han parecido senderos para cobardes. Se equivoca. Siempre supo que se equivoca, que este mundo es para los que saben abrirse paso a zancadillas, para los que aprovechan la debilidad ajena, los que obtienen el mayor beneficio con el menor esfuerzo. Claro que se ha percatado de que la asimetría es la ley que impera en el mundo, que la recompensa es caprichosa, que el dinero, al igual que el amor, depende de la suerte y de la habilidad que se tenga para mantener esa racha. Quizá ella no tiene ninguna de estas cosas. Cuando la ausencia se hace insostenible, a eso de las cuatro de la mañana, que es la hora más peligrosa para los nervios según advertía Napoleón a sus soldados, mira su boceto colgado donde siempre, al lado de una maltrecha y chirriante cama cuyo somier oxidado delata cada movimiento.

Fue al trabajo al día siguiente como si cargara con trescientos kilos sobre su escuálida espalda. Cuando llega al Táuride, al primero que se encuentra es a un señor que la saluda con mucha cortesía y la invita a responder unas preguntas. Tiene un brazo ortopédico que disimula con la chaqueta de mangas un poco más largas de lo normal y un guante negro. Pronto sabrá que es alguien al que llaman el Manco. Le indica el camino a una habitación casi escondida, pues está debajo de la escalera principal. Al entrar en la estancia, su cara cambia. Se le frunce el ceño y mueve los labios con un extraño movimiento. Mar supone que es para ponerla nerviosa. La cose a preguntas, pero ella no le teme. Su noche en vilo la ha dejado anestesiada para sentir. La obsesión del Manco es su vínculo con Oleg o cualquier ucraniano. Fuma tabaco negro en su presencia. Mar tose y le pide abrir la puerta porque no hay ninguna ventana. El Manco se niega, y se va poniendo cada vez más agresivo mientras Mar está cada vez más tranquila. No sabe cómo, pero el hombre que tiene delante no le inspira temor sino pena, porque busca algo con tanta ansiedad que es incapaz de dominarse. Después de dar vueltas, el Manco asesta un golpe en la mesa y le pregunta sin rodeos lo que ya no puede agarrar más entre sus dientes.

—¿Qué hace usted preguntando por ahí sobre iconos de la Virgen del Signo?

—Soy católica del sur de Europa. Nos encantan las vírgenes, no podemos evitarlo —dice ella—. Calculo que donde yo vivo, en Málaga, habrá quinientas vírgenes repartidas aquí y allá. Seguramente me quedo corta.

—No me habían contado que era usted tan graciosa.

—Pues está muy mal informado para ser alguien que parece trabajar para un servicio de inteligencia… Yo, en cambio, me estoy ambientando —contesta Mar con soltura, porque empieza a cogerle la medida a la situación. Ella va creciéndose poco a poco.

—¿Sabe que no me gusta la gente simpática? —El Manco lanza la amenaza con su mueca tiesa, con sus manos gordas, hinchadas por la mala vida, que tocan la mesa con un tintineo absurdo que recuerda el segundero de un reloj de pared barato.

Mar comprende que al Manco se le está acabando la paciencia, y que ese desequilibrado del otro lado del escritorio tiene pocos límites y parece a punto de perder el control. Mejor aplacarlo un poco y no provocar una reacción que podría lamentar.

—Yo recibí esto en mi despacho el primer día que llegué. —Saca de la mochila la postal de la Virgen—. Cuando vi la misma imagen en el escaparate del anticuario, me sorprendió tanto que la compré.

—Una chica apareció muerta con esa imagen. —El Manco también decide sincerarse porque todo aquello había salido en la prensa y había poco que ocultar. La extranjera al fin y al cabo parece medio tonta, como todos los de fuera.

Mar lo mira preocupada. Inmediatamente sabe que la muerta era la tal Tatiana, y comprende la reacción de Ignátov cuando se cruzó con ella días atrás.

—¿La mujer que apareció muerta se parecía a mí?

—Eso creo.

—¿Y van a matarme a mí también? —Mar saca su voz de niña mientras mira de izquierda a derecha sin poder contener el susto.

—Es una posibilidad. No voy a mentirle. Por eso le estamos proporcionando vigilancia —afirma el Manco, que se está empezando a ablandar. Será por la voz de niña que se le ha puesto o porque siempre le ha gustado hacerse el protector de damiselas en apuros.

Mar baja la cabeza de nuevo. Es verdad que la están siguiendo. No es una jugarreta de su frondosa imaginación para hacerla sentir importante, cuando en verdad no es más que una pasante sin sueldo en un país extranjero.

—¿Y qué tengo yo que ver con esto? No soy una persona pública, no sé nada de nadie aquí, salvo que al asesino le interesen los arcanos del derecho del mar.

—¿Y la chica que se cruzó el otro día?

—Se me echó encima. Si me estaban siguiendo, lo sabrá usted mejor que yo.

—Téngame informado si contactan con usted. Créame: lo harán, y por favor cuídese. Lamento haber sido brusco. Era por su seguridad.

El Manco se ha quedado tranquilo con la explicación coherente a cada pregunta y la deja marchar. Al abrirle la puerta le pone la mano en el hombro como gesto de humanidad. Mar le coge la mano y se la aprieta fuerte. Desde entonces sabe que ha ganado un amigo.

Sube los escalones del palacio con tal penuria que cree entender por qué al cruzarse con los funcionarios de la Unión Interparlamentaria estos se mofan de la debilidad de los europeos ante el clima ruso, capaz de tumbarlos incluso en primavera. Nada más sentarse a su escritorio, Jean la llama a su despacho.

—Tus comentarios a mi borrador son muy buenos. Has hecho una excelente labor de investigación. Me felicito de mi buen olfato al contratarte. Pero tenía que hablar contigo de otra cosa. Es algo importante.

—Supongo que te han pedido que apoyes una enmienda a la Convención del Mar para que el fondo marino sea ligeramente menos democrático.

—¡Ya, ya!, pero eso no es nada nuevo. Lo esperábamos desde el principio. Es que ha pasado algo bastante desafortunado y… estoy muy apenado. No sé cómo decírtelo.

—Puedes ser tan sincero como quieras.

—Me han pedido que te eche.

—¡Vaya día que llevo! ¿Te han dado alguna razón en particular?

—Despiertas demasiado interés y eso no está gustando.

—¿Y tú crees que a mí me gusta esa atención? Mi fuerte ha sido siempre el aburrimiento, que es el único espacio para estudiar. —Después hace una pausa—. ¿Qué vas a hacer?

—Tengo que pensarlo.

—¿Quién lo ha pedido?

—La recomendación viene de muy arriba. No puedo contarte de quién. Pero me han puesto las cosas muy difíciles, y yo les he recordado que esto interfiere con los principios de no injerencia en asuntos de Naciones Unidas.

—Entiendo. No olvides escribirme una carta de recomendación antes de que me vaya. Y que sea la mejor posible, que solo soy una doctoranda. ¿Sabes? Esto me recuerda la segunda Conferencia del Mar, la que se hizo después de la guerra. De alguna manera hay otra guerra aquí. Pero déjame decirte que yo no abandono.

Mar salió del despacho con la impresión de que la historia se repetía. «Esto ya pasó en los sesenta... después de la primera convención también intentaron resolver estos temas con una segunda... Eran los años después de la guerra, cuando los hombres descubrieron que su corazón ahora era de bala y ceniza. Por eso empezaron a hablar. Las fronteras del bien y del mal fue su tema favorito, pero para tal propósito tenían que delimitar las líneas de la tierra y el mar. Se pusieron algunos deslindes, pero no fue suficiente. Los muertos ocupaban territorios en las hieles y el alma. Los muertos de la Segunda Guerra Mundial curioseaban en aquellas reuniones en las que se repartía la alta y la baja mar, la más próxima a la costa y la del más allá. Grandes preguntas sin grandes respuestas estaban sobre la mesa desde hacía siglos: ¿De quién es el mar? ¿Es de todos? ¿Es de los países o de los ciudadanos? ¿O simplemente de quienes los controlan, llámense lord Nelson o Francis Drake? ¿La libertad de los océanos es algo romántico o práctico? Y si es práctico, ¿para quién lo es? Los miles de marineros y soldados fallecidos se sentaban en estas conversaciones junto a los delegados y les dejaban anotaciones a pie de página. Nunca fueron discretos y se hacían notar con alguna gota de sangre y algunos gramos de tierra del país ajeno en el que sus cuerpos yacían. Querían que recordaran, mientras los vivos no querían recordar sino olvidar. A veces insultaban a los negociadores por su falta de entendimiento, daban órdenes en lenguas extrañas y se miraban maravillados por la capacidad de los humanos de pensar en sí mismos. Los vivos siguieron discutiendo en Ginebra, con el mal clima y las relojerías, entre las piedras grises de los bordes del lago. Había escombros como en cualquier parte de Europa. Los americanos lo notaban más que nadie. El olor a tabaco y las horas sin pausa fueron la moda de aquella época. Los años suficientes, nunca plenos, los años aspirantes a enteros fueron pasando uno tras otro y regalaron un reparto provisional. Muchas cosas se dejaron por decir porque solo tenía voz el bando de los vencedores. Mejor así, decían los muertos, dejemos que sanen las heridas, que lleguen los años locos de los sesenta, que el hombre ponga el pie en la Luna, que los niños aprendan a soñar de nuevo, y entonces estarán en condiciones de hablar de los océanos, hablar de nuevo, hablar mejor».

Cuando llega a su despacho tiene tres llamadas perdidas. Los mensajes han sido clasificados como alta prioridad por la telefonía. Pero su contestador está vacío. «¡Qué raro!», piensa. Se acuerda de la predicción del Manco y tiembla.

CUARTO Y DIECIOCHO

La última reunión con los oligarcas tiene lugar por la mañana después de la orgía. Todos llegan ojerosos, con el perfume adherido de las distintas señoritas con las que pasaron la noche. Alguno incluso suelta un eructo en público, pero nadie le presta atención. El primer oligarca se echa sobre el sillón. Pide más café. Mira su móvil pues, como todos, tiene ganas de irse. Nadie está cómodo. Han sido desarraigados de su condición de importantes.

—Buenos días, señores —dice Serguéi—. Será nuestro último encuentro y será breve.

—Yo ya lo he pensado y la respuesta es no —afirma Kolomoiski muy directo—. No le debo nada ni a tu presidente ni a tu gobierno.

—Hubiéramos deseado más solidaridad de tu parte. Las cosas te han ido muy bien porque nos hemos encargado de remover sus obstáculos. ¿Ya no te acuerdas? —A Serguéi le repulsa hablar así. No es él quien lo dice, no son sus palabras, sino las de otros. Las han colgado en su boca. Y recorre con la mirada a los demás asistentes.

Ellos no le sostienen la mirada. Alguno saca el móvil, pues los ojos de Serguéi lo intimidan.

—¿Y los demás?

—Necesitamos más tiempo para pensar —contesta uno, una respuesta que se repite sucesivamente como si fuera un dominó.

—El plazo se cumple en menos de cuarenta y ocho horas.

—Se cumple en dos días, ¿y qué? —responde insolente Kolomoiski—. Mi dinero y mis negocios están a salvo de tus artimañas. El gobierno quiere que le regale la riqueza que me he ganado durante años. Esto no es una inversión porque ofrecéis una miseria a cambio.

—Disculpa, ¿has dicho que te lo has ganado ganado? Porque tú deberías ser un asalariado de Azovstal que va de vacaciones a lucir la barriga en algún feo hotel del sindicato en la costa de Crimea.

—Mide tus palabras, Tomski. ¡Yo no os debo nada! ¡Coje ese hueso y dáselo a quien lo quiera! —exclama Kolomoiski.

—Pues el presidente no estará contento.

—¿Y qué?

—Pues eso, que no estará contento. —Serguéi repite y repite como le han adiestrado y cuanto más lo hace, más pequeño se vuelve.

—Pues yo sí lo estaré.

Serguéi empieza a repartir nuevas carpetas de plástico. Ni siquiera se molesta en hacer una presentación. Cada una de ellas lleva un dosier con material clasificado. El grupo de hackers de Anna ha estado trabajando sin descanso para proveer una minuciosa relación de sus bienes malhabidos y la ruta del dinero de cada uno de los oligarcas. Hay más basura en esos folios que en un comedor escolar después del almuerzo. Ellos leen la documentación. El nerviosismo aumenta y las carpetas tiemblan en sus manos, como si los acabaran de rociar con gasolina y Serguéi les hubiera entregado un fósforo encendido. Él esperaba algún grito de indignación o amenaza, pero lo único que percibe es un callado terror entre el grupo. Se oye algún insulto. Los hackers de Anna han hecho un trabajo de primera. Empresas fantasma, inversiones ficticias, dinero negro, tan negro como una noche sin luna.

Serguéi se levanta, agradece la atención prestada y antes de retirarse les dice:

—¡Ah! Lo olvidaba… Estas carpetas contienen solo el primer capítulo. El informe completo ya está adjunto a un correo electrónico que se halla en la bandeja de salida dirigido a los principales servicios de información de Frankfurt, Londres, Berlín y Nueva York y a unos cuantos periódicos. Podría pasar, quién sabe. Estáis a punto de convertiros en personalidades muy famosas, pero no podréis vivir ni en Occidente ni en Rusia y tendréis vuestros activos congelados en todo el mundo. Sed, al menos, reconocidos. Os estamos haciendo una buena oferta, aunque sea una que no podéis rechazar. Todo es cuestión de cálculo. Espero la constancia de las transferencias en las próximas cuarenta y ocho horas. Buenas tardes y muchas gracias por la fiesta. Y tened siempre presente que en este país las despedidas solo las organiza el presidente.

CUARTO Y DIECINUEVE

La gente empieza a salir de la oficina antes de tiempo porque es viernes. Mar prefiere quedarse un poco más para seguir trabajando. Ha pasado el día en reuniones absurdas con sus colegas y ahora le toca trabajar de verdad para seguir puliendo el borrador de Jean. Será una tentativa de defender a los países en vías de desarrollo, eufemismo onusiano para referirse a los países subdesarrollados. Intenta concentrarse, aunque la posibilidad de que la echen de un momento a otro la perturba.

Lena se despide, le aconseja que no se quede hasta tarde y le regala una tableta de chocolate con una muñeca matrioshka, legendarias en Petersburgo. La consiguió especialmente para ella. Uno a uno sus compañeros se van despidiendo. Stefano le encarga un nuevo documento de trabajo para los delegados. Le ha mandado un par de modelos y se retira. Sibila se le acerca risueña para desearle un buen fin de semana y le guiña un ojo. Viene a llevarse a su marido porque no hay otra forma de sacarlo de la oficina. Viste unos pantalones ajustados que resaltan su bonita figura y una chaqueta corta de lana con un suéter de cuello vuelto. Las botas son las típicas para andar por la nieve. Sus movimientos son coquetos porque es consciente de que el personal con quien trabaja su marido la escrudiña cada vez que llega.

—Niña, ¿qué haces este fin de semana? ¿Vuelves a salir con Oleg? —pregunta Sibila mientras mira horrorizada cómo a una uña se le ha roto la punta, y busca en el bolso una lima para arreglarla.

—Masha me dará clases de ruso, me leeré un par de artículos que tengo pendientes y visitaré la Casa Pushkin, que será tan opulenta como la de la mayoría de los escritores rusos, que desde luego no murieron a causa de la modestia. También visitaré las estatuas más importantes de Pushkin en la ciudad. Le he pedido a Oleg que me acompañe.

—¿Y eso *pa* qué? Vas a espantarlo con tanta cultura, chica. El Oleg tiene más horas de gimnasio y entrenamiento que de biblioteca... ¡La literatura no le interesa!

—Bueno, se aprende mucho con las estatuas.

—Ay, niña, la única estatua que le interesa a ese padre eres tú. A ver, cuéntamelo todo.

—Las estatuas de la ciudad tienen una historia cautivadora. La que más me llama la atención es la que hay en una estación de metro muy popular, que se llama «Río Negro». Allí fue donde Pushkin se batió en duelo con su cuñado.

—Qué vaina, sigues fiel al mapa ese de los circulitos, ya veo... Esa espina clavada en ti ha creado una infección alrededor de tu corazoncito, pero en cuanto saques la pus, la infección se irá como vino, ya verás. El Oleg seguro que tiene buena maña para esos menesteres. Déjate llevar por el azul de sus ojos...

—Feliz fin de semana —le desea Mar para cerrar el tema.

Justo en ese momento suena el teléfono. Mar se queda prácticamente hipnotizada mirándolo. Sibila también lo observa. El ring ring ha cortado la conversación entre ambas y se ha convertido en el protagonista de la situación. Sibila levanta los párpados para preguntar qué pasa. Es el sonido clásico que todo el mundo conoce, pero en ese instante se diría que suena arrugado, escondiendo algo grande, como esos papeles de periódico en los que se mete algo importante para disimular. La cocaína o los billetes de curso ilegal, qué más da. El teléfono suena. Mar duda si cogerlo después de la advertencia del Manco. Mira a su alrededor y él no está cerca, como ocurre a menudo. El teléfono suena, pero Mar tiene miedo. Debe ser discreta. El Manco sabe de esas cosas y ella debe hacerle caso.

—¿No vas a levantar el teléfono, chica? —pregunta Sibila completamente alucinada.

—Nunca me ha llamado nadie. De hecho, Jean no conoce mi extensión y Stefano y Lena ya se han ido. —Mira ensimismada el viejo teléfono de baquelita color crema, tan antiguo como resistente, que insiste con su sonido metálico una y otra vez.

—¡Pero puede ser una llamada importante, chica! ¡Contesta!

—Estoy a punto de irme. No quiero encargos de último minuto. —Mar está angustiada, se aleja del aparato con miedo. Se acuerda de la advertencia del Manco.

—¡Pero sigue sonando, y se va a cortar! —Al final Sibila no puede contenerse y responde—: ¿Hola?… Sí. Ella está aquí, ahora mismo se la paso —dice en inglés y le da el auricular a Mar, quien sigue paralizada, pero la observa con curiosidad—. Es Serguéi Tomski —afirma. Los ojos de Mar se han puesto redondos y la tez se le ha vuelto roja— ¡Pobre Oleg!, ¿no? ¡Esto se está poniendo realmente emocionante! —dice en voz baja guiñándole un ojo otra vez.

Mar no puede moverse. Ha imaginado ese momento cientos de veces, quizá miles. Su primer pensamiento es que Sibila miente, desea regalarle una ilusión. Ella, que tanto quiere cosas buenas para su nueva amiga.

—Mar Maese *speaking* —contesta, y después escucha en silencio, reconoce su voz con claridad porque esa voz ha crecido en ella desde que se encontraron, tiene sus avenidas y sus calles, se ha alargado y ensanchado como hacen las ciudades cuando se las deja libres. Ella reconocería esa voz aunque estuviera en su tumba. Ella no dice frases sino monosílabos, sí y no, una y otra vez, y después del último sí cuelga.

—¿Qué hubo? —pregunta Sibila.

—Me espera en la puerta.

—¿Vas a ir con esa pinta de oficinista soviética? —Sibila se refería al jersey de lana gris de cabra, que soltaba pelusa por doquier, pero con el que Mar estaba encantada pues lo había hecho Masha.

—Todo lo que llevo está hecho a mano y yo lo valoro mucho. Así que como ha tardado casi un mes en llamar, y encima tengo que estar disponible cuando él lo decide, no haré ningún esfuerzo por él.

—¡Señorita Mar Maese! —le gritó Sibila—. Yo acabo de comprarme unos trapitos que te harán rajar la tierra… Así que te los pones, ¡ya!… ¿Qué se va a creer este hombre de las mujeres latinas?

—Se alegrará de ver a alguien que parece normal y no una Barbie como las que siempre tiene al lado. Iré como estoy. —Su enfado con él es tan fuerte que está dispuesta a desafiar su dinero, sus modales y su lujo.

—¡Al menos déjame pintarte un poquitico! —pide Sibila, y la peina, la maquilla, le pone un collar de cristales grandes que lleva en el cuello y le cede sus pendientes. Se esmera tanto y lo hace tan rápido que se diría una profesional. Mar está muy hermosa, aun llevando lana de cabra porque Sibila solo ha logrado convencerla para vestir una minifalda. Sibila hace de *it-girl* para una revista venezolana y sabe de trucos. Cuida a Mar como a su propia hija. Tanto es así que hasta le coloca el abrigo y los guantes, le da un abrazo y le desea suerte, a sabiendas de que asiste a un momento único en la vida de otra persona.

CUARTO Y VEINTE

Mar anda despacio, se seca continuamente la nariz, siente mucho frío y no es por la improvisada minifalda. No está preparada para recoger los escombros de sus deseos después de chocar con la realidad. Se pregunta qué decirle a alguien que aparece de pronto, a quien ha hecho esperar un rato y a quien no se le puede reclamar nada. La suya ha sido una ausencia profunda, un silencio que podría parecer modesto, pero que tenía el poder de matar poco a poco. Los días que no han sido vividos con él han hecho a Mar más vieja y menos entusiasta. Ella no puede reprocharle nada, no tiene derecho a preguntarle ni cómo ni por qué. Pero ¿cómo pudo él comer, beber y trabajar normalmente después de su encuentro? Desde aquel día, ella no ha tenido una digestión ni un descanso nocturno que fuera medianamente satisfactorio. *Lucky him*, afortunado él que le ha sido posible, se repite. ¡Valiente miserable! ¿Cómo se atreve a venir con su cara recién lavada cuando le conviene?

Mar está tan entusiasmada como enfadada. A Mar no le sirve la explicación de los compartimentos estancos para comprender el corazón de un hombre. No comprende que él haya podido concentrarse en la banalidad del día a día cotidiano, en un negocio o una cena, en un ligue, en la charla con los amigos, en el estudio de beneficios o pérdidas, como si no hubiera pasado algo importante entre ellos. Desde que se conocieron, ella ha tenido que navegar cada día en las noticias sobre él, ver cinco veces al día sus fotos, escuchar su voz en vídeos de YouTube mañana y tarde. Ella se sabe de memoria sus declaraciones sobre el oceonio, sobre el GNL y sobre los niños indígenas del Ártico a los que su empresa ayuda a través de una fundación y que naturalmente le trae sin cuidado. No se ha acostado sin ver su rostro en el retrato ya terminado que hizo a carboncillo, ni levantado sin ansiarlo como se ansía la lluvia en estío. Pero él ha vivido sin ella con una tranquilidad tan pasmosa como hiriente. ¿Cómo se puede entender eso? Por eso besó a Oleg, porque se lo merecía. Solo hay una explicación posible. Que para él el impacto de conocerse no ha significado lo mismo que para ella. Él debía haber insistido en buscarla, eso es lo que se debe hacer. Así de desiguales están las posiciones. Como polos opuestos. Cuidado. Mucho cuidado, Mar Maese.

Entra en el baño que hay justo en la entrada del palacio para mirarse al espejo. La puerta está repintada con brocha gorda a pesar de que debe de tener doscientos años. En el cristal manchado por puntos oscuros en los bordes ve a una chica abrumada. Debe recolocarse rápidamente. Debe parecer lo que es: una mujer fuerte.

Cuando sale del Tavrícheski, ve un Mercedes Maybach oscuro que ella ya conoce. Está justo a la entrada, junto a la caseta de seguridad, como si él no tuviera que dar cuentas a nadie. Dentro hay un chófer con uniforme y gorra negros. Serguéi está sentado detrás. Ella entra por el lado que le pilla más cerca. Al subirse al coche, Mar no puede ni decirle buenas tardes. Se olvida de todo lo que se había dicho a sí misma. Simplemente mira a Serguéi unos segundos temblando de arriba abajo. Sin poder remediarlo, se abraza fuertemente a él y le besa en la boca. Él recoge el beso tímidamente, no puede remediar mostrarle todo su respeto. La aparta con cuidado. Le toca la cara. Después ella le toma la mano. Se la aprieta fuerte, y él besa la de ella. Cuando por fin consigue hablar, solo puede soltarle lo menos obvio. Estrena sus palabras, las largas conversaciones que se ha imaginado, y que tenía la esperanza de que vendrían.

—El que se enamore pierde —le dice muy segura de sí misma, y él responde con una gran carcajada. Se queda observándolo para juntar la imagen de su cabeza con la del ser que tiene delante. Es un hombre muy atractivo. Tan pulcro como los oficiales del ejército y todo lo que lleva, desde la chaqueta hasta los gemelos, le queda tan elegante que podría mirarlo durante horas. Le parece la encarnación de Andréi Bolkonski, en *Guerra y paz* de Tolstói.

Mar lo besa de nuevo. Quiere que no se le olvide su olor, por eso acerca la nariz a su cuello y lo besa suavemente para gustarle. Está haciendo exactamente lo contrario de lo que se propuso.

—¿Qué te parece la ciudad? —pregunta él para evitar hablar de cosas que todavía no deben ser habladas. Él ya sabe dónde ha estado ella, qué ha visitado, si le ha entusiasmado o no.

—San Petersburgo lo tiene todo para ser o muy feliz o muy infeliz, nada intermedio.

—Por lo que veo, empiezas a conocer a Rusia. Si la felicidad para un francés es viajar por el mundo, para el británico ver crecer la hierba, para un ruso es la intensidad.

—Yo lo que noto es que la modestia no es vuestro punto fuerte. Si el arte lo inventaron los italianos, y el estilo los franceses, el lujo es invento exclusivo de los rusos. Nada de lo que hay aquí tiene parangón en ninguna parte.

Después Mar no puede aguantar más la pregunta y se le cae de los labios. La pregunta rueda por el sillón de atrás del coche, haciendo un ruido extraño, como el que hacen las verdades cuando se las suelta después de mucho tiempo.

—He esperado tu llamada desde que te conocí. —Mar empieza a jugar con sus dedos, largos, con la mirada bajada, buscando que sus palabras no parezcan un reproche. Después se le acerca, como si llevara una lupa en los ojos, para poder averiguar quién es él sin todos esos harapos de inteligencia y poder que lleva, esos adornos que cuelgan por todo su cuerpo, marcas que le rodean por todas partes, tiene una vida tan de etiqueta que hasta la comida debe de ser de diseño.

—Me dijiste que no te llamara —responde él con una sonrisa.

—Y besé a otro delante de ti. —Y lo besa de nuevo.

—Y ahora me reprochas que no te llamara. Todo muy obvio.

—Eres un chico listo. Deberías saber cuándo los noes son síes.

— Has estado muy ocupada buscándome un sustituto. Es muy guapo, por cierto.

—¿Es que por aquí seguís espiando a todo el mundo? —pregunta ella.

—Como en todas partes. Por ejemplo, tú estás en todas las redes sociales, y si busco tu nombre en Google me sale hasta el nombre de tu dentista…

—Es verdad. Me hizo un buen empaste y lo puse en Facebook.

—La gente y en particular los jóvenes estáis regalando vuestra privacidad a cambio de unos segundos de celebridad entre vuestros amigos… Bueno, amigos y gente que no conocéis. Y las cosas se ponen cada vez peor. La gente ahora lleva un reloj que funciona como las pulseras de libertad vigilada. Sí… esas que te pone el juez para saber tus movimientos en todo momento para poder controlarte. ¿No te parece excelente que incluso los futuros vigilados ahorren para pagar por ella una fortuna? Me parece una perversión al servicio del poder.

—Sí —responde avergonzada.

—Te daré un teléfono de los que usa mi personal, nadie podrá rastrearte a no ser que tú misma te pongas a colgar cosas en internet. —Él vuelve a reírse, a ajustarse la corbata, le sirve champán ruso, sobre el que piensa que es mejor que el francés. Serguéi le agarra la mano más fuerte porque le gusta cómo piensa ella. Se pregunta cómo ha podido esperar tanto para volver a verla—. ¿Tienes el fin de semana libre?

—Creo que sí —dijo para darse importancia, como si tuviera que empezar a hacer llamadas para cancelar planes con sus amigos invisibles—. Tengo una cita con Oleg pero podrá arreglarse.

—¿Me lo dedicas? —pregunta humildemente, aunque ya supiera de sobra la respuesta.

—Con la condición de que, en el futuro, puedes aparecer cuando quieras… pero no desaparecer.

—Muy razonable —contesta él.

Jornadas después ella sabrá que a partir de ese momento Serguéi escribirá todos los días entre las seis y las siete de la mañana para contarle lo que está haciendo. Será un informe completo, detallado, casi con el número de habitación de hotel en la que se queda, con el menú del día, con el pronóstico del tiempo y la temperatura del agua del mar más cercano. Serguéi da órdenes al chófer, y sigue hasta el canal de Fontanka. Mar solo conoce tres canales: el Moika, que es el afluente más cercano al río de Pedro el Grande, el Nevá, que es el río de plazas, catedrales y la realeza. Después está el coqueto canal Griboyénov, pequeño y romántico, y finalmente está el de las mansiones y los teatros, el Fontanka. Al ver que Mar interrumpe la conversación para fijarse en las vistas, Serguéi le cuenta que es uno de los ríos pequeños que atraviesan el centro de la ciudad, y que hasta mitad del siglo XVIII se consideró el límite sur de la belleza.

—Cruzando este canal se acaban las construcciones imperiales y se pasa a un paisaje urbano mucho más modesto —dice él—. Sin embargo, esto afortunadamente cambió y ahora el límite estético de la ciudad está más apartado, ha sido empujado al extrarradio, donde los enjambres abundan, rodeados de carreteras y autopistas, de centros comerciales y sucursales de marcas lujosas de coches, y de aparcamientos al aire libre. Lugares cuyo único mérito radica en que están cerca del agua, pues en San Petersburgo la tierra está al servicio del golfo de Finlandia.

—Este canal es la frontera de la ciudad de Pedro el Grande, ¿no es eso? Ahora estoy en la ciudad de Pushkin… Por cierto, ¿adónde vamos?

—Al aeropuerto. Es una sorpresa.

El conductor llega al Fontanka, río de residencias de compositores y escritores, desde Derzhavin a Pushkin, desde Turguénev a Ajmátova, para seguirlo hasta la avenida Moscú, que lleva directamente al aeropuerto. Edificios de granito templados en colores pastel, de frontales de columnas neoclásicas. Se puede soñar tanto en San Petersburgo, que de hecho se puede vivir solo soñando. El coche aminora la velocidad para acercar el latido de la avenida que escolta al río. Afuera van pasando los amantes que se besan en las frías farolas de luz amarilla, en una noche sin viento que se oye como si lo hubiera.

Teatros y museos se reflejan en el agua, no se oye el tráfico a través de los gruesos cristales del coche ni el monocorde sonido del claxon del impaciente e inoportuno conductor de turno, sino una vieja canción soviética que suena en Retro Radio, la emisora favorita del conductor, que se llama José Emilio porque es de origen cubano, a quien Serguéi le deja elegir la música porque es él quien pasa más horas en el coche y sabe lo que hay que escuchar. «Город спит», «la ciudad duerme», la canción se desliza por los asideros del canal, que no tiene ni naranjos ni jazmines a los que Mar está acostumbrada, ni siquiera tiene olor a mar porque allí el agua no es salada, pero que ofrece quietud a los que saben amarla. Vinieron revoluciones y San Petersburgo contestó con corazón. Vinieron guerras y San Petersburgo respondió con entereza.

—¿Por qué te has puesto seria de pronto? ¿Qué tienes ahora en la cabeza? —se atreve a decir Serguéi mientras controla que la temperatura de la calefacción sea la adecuada, y que el asiento de Mar también esté caliente.

—Esa manía que tienen los hombres casados de tratar bien a las otras mujeres. —Gira la cabeza, el coche se ha parado en un semáforo y espera el verde para circular. Allá fuera encuentra el orgullo del que hablaba Pushkin. Está plantado, como los pechos de una mujer hermosa, en la plaza de Lomonósov, donde los edificios están planchados y retocados de maquillaje dorado, donde las formas clásicas se entrecruzan para delinear un puente con cuatro vigías. La hermosura nunca acaba en esta ciudad, sigue y sigue tan lejos como puede.

Serguéi estalla de risa una vez más. Por alguna razón, toda ella le hace gracia. Esta mujer tiene la frescura que él tanto necesita. Algo que se perdió en algún punto de su vida, y que nadie, desde sus queridas a su mujer, le ha podido traer de nuevo. Efectivamente ha tenido éxito en la vida, pero a qué precio. El de no poder creer en nada ni en nadie, tras desarrollar una visión cercana a la repulsa hacia el mundo, viscosa y materialista alrededor de un círculo aséptico al que ningún organismo vivo, ni la más pequeña bacteria, se arriesga a desafiar.

Serguéi echa de menos aquellos ideales de su mundo soviético, esa grandeza que tenían las ideas y las palabras, eso de formar parte de algo grande, aunque estuviera destartalado. La vida de antaño le daba una cierta ligereza, proveniente de esa gran maquinaria de un Estado fuerte que funcionaba sin que fuera necesario hacer ni decidir nada. Aquellas gentes soviéticas que creían que el estudio y el trabajo duro las hacían mejores se acostaron una noche y al día siguiente se levantaron con la Unión Soviética derrumbada y siendo rusos, kazajos, georgianos o eslovacos. Ya no eran parte de esa grandeza que les había hecho a todos hermanos. Desde ese día Serguéi no cree en nada ni en nadie. A sus vecinos, a sus familiares, a sus amigos les crecieron los colmillos y comenzó la danza de los vampiros. No había más remedio. La existencia se volvió una suma cero: la muerte del otro era la vida para uno. Había que elegir. Nadie sabía hasta entonces lo duro que era sobrevivir. Y también desde entonces las mujeres con las que queda no le hablan de Shakespeare ni del grupo de rock de moda, sino de la nueva marca italiana de zapatos que han descubierto. Él también ha cambiado. Ha dejado de leer buenas novelas, solo lee cuentos rusos de vez en cuando y ha empezado a ver malas películas y series previsibles en una plataforma de pago, porque también hay que pagarlo. Y eso es lo de menos. Lo de más, mejor que no lo sepa nadie. Su mente vuelve a Mar y piensa en la suerte de tenerla cerca.

Un Lada granate con una abolladura en el lateral izquierdo los sigue sin mucho disimulo. El conductor cubano de Serguéi lo reconoce enseguida, por lo que no se preocupa, incluso saca la mano por la ventanilla para saludarle discretamente. El Manco baja el cristal, pero no para ser amable sino porque el interior del vehículo se ha llenado de tanto humo que no puede ver siquiera. Tiene que hablar personalmente con Serguéi antes de que desaparezca de fin de semana, es tan importante que ha venido él mismo para darle la noticia, que no hay manera de endulzar.

—No puedes ser mi amante —afirma Serguéi—. Eres preciosa pero demasiado bajita para nuestros estándares, como le pasa a la gente peligrosa de verdad. Como veis el mundo desde abajo, estáis más cerca del suelo, del polvo y de lo que pasa en la tierra. En las alturas solo están los pájaros y el viento, y esos se lo guardan todo.

—Tienes razón. No puedo competir con esas ninfas de piernas infinitas que abundan por aquí. —Le toma la mano y se la estrecha. Y piensa que no hay nada más coherente que negar el amor y buscarlo al mismo tiempo—. Tú tampoco eres tan alto como lo que se encuentra por aquí… —Hace una pausa porque los sentimientos la embargan—. ¿Y qué vamos a hacer?

—Pasear, conversar, comer muy bien, hacer turismo… —responde Serguéi.

—¿Solo eso? Yo no he traído ropa —dice Mar con descaro, un poco asustada de que hable en serio. Hace una breve pausa para ponerse seria—. He pensado mucho en ti, y de tanto pensarte ya no sé qué hacer contigo. Lo he imaginado todo, he visto todas las formas de tu cuerpo, he escuchado todas las palabras que podríamos decirnos, y yo… yo no estaba allí. ¿Entiendes algo de lo que estoy diciendo? ¿Te escandalizo? Espero que sí.

—Si sueñas con miedo, ¿para qué soñar? Yo también te he echado de menos, pero no sé decirlo tan bien —confiesa él—. He estado preocupado por cómo te estás aclimatando a este país. Y de hecho me he permitido comprarte un regalo en Moscú… —Lo recoge del asiento delantero y se lo da: un abrigo y unas botas—. Me gustaron cuando las vi y pensé que eran de tu talla. Tú todavía no entiendes de ropa de abrigo, así que te servirán hasta que aprendas a saber lo que te gusta.

—En eso tienes razón porque soy del sur. Pero en serio, créeme, no hace falta que me regales nada —le increpa Mar, y abre un botellín de agua y bebe porque nunca había recibido un regalo tan caro y se siente incómoda—. ¡Qué bonito abrigo de piel natural! Te confieso que antes era una ecologista convencida. Pero desde que llegué a Rusia, cuando veo un abrigo de piel se me caen los lagrimones de envidia. Pero insisto en que no hace falta. Puedes devolverlo.

—Ni te estoy comprando ni siento pena de ti, esta es la manera en que aquí tratamos a las mujeres que respetamos de verdad —dice él con aire ofendido. Se estira los puños de la camisa como gesto de dignidad—. Es un regalo que puedo permitirme. Y si eres capaz de explicarme por qué está mal, lo retiraré gustosamente.

—De ti necesito otras cosas. Necesito tu compañía para poder conocerte, para saber por qué no puedo sacarte de mi cabeza.

—No lo hago por ti sino por mí. Lo hago porque me apetece.

—¿Se puede cambiar?

—Cámbialo por humildad, nos resultará más práctico a los dos. —Hace una pausa y él también se bebe un botellín de agua a veinte grados de un trago—. Yo soy tu primer conocido aquí, ¿verdad? Eso me da cierta responsabilidad sobre tu bienestar. —Y Serguéi le besa la palma de las manos—. Además, yo vivía en la Unión Soviética cuando era estudiante como tú y te aseguro que no lo pasé nada bien. Dejemos este tema, te lo ruego, nunca he empleado tanto tiempo convenciendo a alguien de que acepte un obsequio por el que no pido nada a cambio. Me siento un poco raro. Para mí, tú también eres un país desconocido. Tienes que ser mi guía…

— Eres muy amable… —responde ella con emoción, porque cree que él se ha enamorado de ella. Porque el amor tal como lo entiende es eso, responsabilidad. Por alguna razón, él intuye que ella lo necesita desde un plano existencial. A ella le da igual vivir o morir. Desde hacía mucho tiempo a ella la acompañaba una soledad cercana a la muerte, y tanto la ha acompañado esa soledad que ha terminado por gustarle—. Me da miedo tenerte cerca, pero me da aún más miedo que te vayas lejos.

Él asiente porque, aunque no lo admita, le sucede algo parecido, pero todavía no ha dado palabras a las emociones. Él está acostumbrado a pensar en otras cosas, aquellas a las que una calculadora da una respuesta cierta y segura.

El Lada se coloca al lado del Maybach, pero Serguéi está tan obnubilado que no se percata que el Manco lo busca con información clasificada, nivel uno, que acaba de recibir. El cubano mira hacia el Manco y le sonríe; este le devuelve una mueca atravesada y levanta la mano ortopédica porque no tiene ganas de otra cosa después de lo que se acaba de enterar; y no tiene claro cómo va a decírselo a Serguéi; supone que con dureza porque no hay otra manera. Al acelerar, al Manco se le cae al suelo del automóvil el nuevo volumen que ha adquirido sobre la historia de la Inquisición, pues sigue obcecado con el tema.

—Ya no te dejaré ir nunca más —dice Serguéi, después le besa la mano y hace una breve pausa—. ¿Y ahora qué te pasa?

—¿Cuánto vodka has bebido para ser capaz de decir eso? —comenta Mar, que ya sabe que los rusos tienen en el vodka el remedio universal para cualquier problema, desde una gripe a un desamor. Si te rompen el corazón, se soluciona con vodka. Si te despiden, también. El vodka todo lo puede y todo lo cura, quizá porque en sus orígenes el vodka era una medicina.

—Tú eres peor que el vodka, te lo aseguro. Me haces hacer y decir cosas insólitas.

—¿Puedo hacerte una pregunta incómoda?

—¿Sabes que eres un incordio?… ¿Vas a pasarte así todo el fin de semana? —Serguéi vuelve a sonreír para darle carta blanca a lo que ella quiera, porque ya se ha entregado a ella, sin control ni precauciones como es su costumbre, y eso le da mucha tranquilidad.

—Es que he leído cosas del mundo en el que te mueves…

—Espera, espera… que voy a tomarme un trago. —Serguéi abre la botella y se sirve una copa que toma con unos canapés de caviar que había en una pequeña nevera acoplada al coche.

—¿Vas con prostitutas caras? —pregunta Mar mientras da un bocado a los entremeses.

—Imaginas demasiado… ¿Qué te preocupa?

—Perdón. Los ejecutivos de un banco que quebró en mi país se gastaban el dinero de las tarjetas *black* en putas y lo mismo hacían los de los sindicatos con las ayudas de los cursillos para los desempleados…

—Si quieres saberlo, una puta sale mucho más barata que una mujer normal. —Serguéi deja caer la palabra «normal» con cierto dolor—. Además, cuando me apetece, quiero a alguien que sepa hacer su trabajo, ¿entiendes?

—Ya, pero estás muy bien, no necesitas pagar.

—Siempre hay un precio. No tengo tiempo ni para sufrir ni para seducir.

—Si bajas al vestíbulo del bar del hotel, seguro que ligas.

—Yo no soy de esos hombres que mezclan el amor y el sexo. No tengo ganas de perder el tiempo clarificando lo que no va a ser… Al menos con esas chicas los términos del contrato están claros y se evitan las confusiones…

Tuvo un momento de pausa.

—¿Y cuál es nuestro contrato? ¿Nosotros también vamos a tener uno?

—Si me pongo a pensar en eso, seguramente no te volvería a ver. Lo único que sé de nosotros es que tengo que verte, que no podría evitarlo aunque quisiera. Y te aseguro que lo he intentado. Sé que tienes muchas dudas sobre mí por todo lo que has leído por ahí, pero sería más justo que te hicieras tu propio juicio porque yo no soy la misma persona con todo el mundo.

Llegan al aeropuerto. Un asistente de vuelo impecablemente vestido los conduce hasta un avión privado que los esperaba en la pista ya preparado para despegar. Mar había visto tantas veces una escena similar en las películas hollywoodenses que hasta le pareció un poco hortera. Si a continuación la llevaran a la ópera, debería tener una charla bastante seria con el guionista de su destino, aunque viva lejos y tenga mosquitos pululando alrededor de su ordenador mientras escribe.

El Manco también ha llegado al aeropuerto y baja del coche observándolos desde lejos. Solo tiene que hacer un gesto con la mano a uno de sus colegas de seguridad y pararán de inmediato a la pareja. Sin embargo, duda. Se les ve embelesados y él ya no se acuerda de la última vez que vio así a Serguéi: es más, no se acuerda ni de cuándo se vio a sí mismo. La noticia que debe darle es tan caliente que les quemará el fin de semana, de eso no hay duda. Siente pena, algo que no le pasa muy a menudo, y lo achaca a que se hace viejo. «¡Qué demonios, que se lo pasen bien!». Y deja de lado el asunto que trastornaría por completo a los amantes. Él ya ha vivido lo suficiente para saber que es posible que no les queden muchos momentos de plenitud.

CUARTO Y VEINTIUNO

La señora de la limpieza sube al tercer piso del Taleón. Debe hacer la habitación 360, la suite Yeliséiev. Llama a la puerta y nadie responde. No hay cartel que le impida entrar ni aviso al respecto y los hombres que custodian la entrada no tienen objeción que darle. A la señora le gusta limpiar ese cuarto, es tranquilo y muy bonito, con fabulosas vistas de la ciudad que nunca podría ver de otro modo salvo así. Lleva ya cinco años en el hotel y está contenta. Disfruta de todo ese lujo, le gusta trabajar allí a pesar de que su supervisor no es buena persona. La señora pide permiso a los dos escoltas que hay en la puerta, abre con su tarjeta y entra. Deja el carrito en el pasillo y cierra porque sus instrucciones son no dejar nunca la puerta abierta por temas de privacidad, aunque no haya nadie. Le gusta abrir las ventanas primero para ventilar, aunque sea poco rato, y cuando el tiempo es amable se detiene a contemplar su magnífica ciudad. El buen ánimo le cambia cuando le parece ver un bulto detrás de la cama. Luego ve un par de pies desnudos que asoman de lo que es un cuerpo envuelto en sábanas. Pega un grito. Al instante entran los guardaespaldas pistola en mano y van hacia el cuerpo de detrás de la cama. Es un hombre con una bolsa de plástico en la cabeza y las manos a la espalda agarradas con esposas. La señora de la limpieza sale histérica de la habitación sin parar de gritar. Caras de asombro se asoman por las otras puertas del pasillo menos una. Desde recepción llaman a la policía. Entretanto, los guardaespaldas ya han revisado toda la habitación e incluso las cornisas exteriores, pero no encuentran a nadie. Uno de ellos escala hasta el tejado del hotel, pero no nota nada extraño.

El hombre en el suelo es el cliente ucraniano de apellido Kolomoiski. Tenía que partir ese mismo día, pero por alguna razón no bajó a hacer el *check out* y la tarjeta magnética indicaba que se encontraba aún en la habitación, por lo que el personal supuso que se quedaría un poco más, quizá en compañía femenina. La policía no tarda en llegar y encuentra una carta sobre la mesilla de noche. Hay tirados por el suelo algunos papeles. Al mismo tiempo, el equipo de paramédicos intenta reanimar al cuerpo inerte. Pero Kolomoiski ha llegado a ese punto irreversible, el punto de no retorno que es la muerte. Su cuerpo ha declarado el cese de la homeostasis, ese milagroso mecanismo que permite utilizar energía para mantener al organismo vivo, de nutrirse para continuar, de agarrar la vida que hay alrededor para ser parte de ella. Simplemente se ha ido.

La sede de Lozprom no está lejos y Natalia es una de las primeras en llegar. Llama por teléfono a Serguéi pero no responde. Le informan que está en un avión rumbo a Italia para pasar el fin de semana. El Manco tarda poco en llegar desde el aeropuerto. Saluda a un inspector de policía por su nombre y patronímico. Los dos jóvenes agentes le abren paso porque todos le conocen. El Manco es una leyenda que da charlas en la academia de policía de las que todo el mundo habla durante meses. Su humor puerco e inteligente no deja indiferente a nadie. Su agudeza para no dejar escapar el más mínimo detalle y sacar conclusiones en las que nadie ha pensado le han hecho ganarse el respeto además de envidias.

—¿Qué te parece? —pregunta Natalia.

—El *rigor mortis* acaba de empezar. Creo que ocurrió hace tres o cuatro horas —contesta el Manco.

—Por lo visto le dolía la cabeza anoche, y por eso su personal no le ha molestado —añade Natalia.

—¿Tuvo alguna visita? —pregunta el Manco.

—No. La única llamada era a un ligue que trabaja en la Casa Museo Pushkin. Pero estamos mirando las cámaras.

El Manco da una vuelta por la habitación. Mira arriba y abajo. Husmea como un perro entrenado. No deja centímetro sin inspeccionar. Toca el polvo de la mesa. La huele. Se rasca la oreja y sigue andando en círculos.

—Deja de mirar —le ordena a Natalia.

—¿Por qué? —pregunta ella sorprendida.

—¿No ves que se ha suicidado? —apunta el Manco, y se saca un pañuelo, se suena los mocos haciendo mucho ruido y después tira al suelo el pañuelo en mitad de la escena del crimen.

—Mejor asegurarse. Debemos seguir el procedimiento.

—Hay una carta de despedida, ¿qué más quieres?

—Ese dato no es conclusivo. Lo sabes tan bien como yo.

—Deja de rascar y perder el tiempo. Es más, te aconsejo que te vayas ahora mismo. Aquí no hay Monje Negro, ni vírgenes ni nada que se le parezca.

—¿Qué es lo que sabes? ¿Te han dicho algo?

—Llevo en este mundo casi cincuenta años y no me hace falta que me cuenten nada. Todo lo que hay que saber está aquí.

—No entiendo.

—Pues no entiendas nada y lárgate —ordena el Manco, y la toma de sus enjutas espaldas, la acompaña hasta la puerta y le da unas palmaditas para que desaparezca rápido.

Natalia baja al vestíbulo y recoge su abrigo. «¿Cómo no me he dado cuenta? El Manco tiene razón. Es la sabiduría que da la experiencia», se dice. ¡Maldita sea su ignorancia! Era evidente desde el principio. El hotel más lujoso de la ciudad y solo han llegado tres policías que están contaminando cuanto pueden la escena del crimen. Y hasta el Manco se ha permitido llenar el suelo de mocos. Han recogido a los guardaespaldas de Kolomoiski en una furgoneta y en este momento los envían en un avión a Kiev sin ni siquiera interrogarlos. Ningún policía está registrando nada sino que se limitan a bromear entre sí. Han hecho un par de fotos y con eso se han dado por satisfechos. Mandarán al muerto al forense más inepto de la ciudad. «Evidens», se repite a sí misma con un latinajo.

Horas después el Manco llama para ponerla al día de una novedad que desde luego nadie se esperaba.

—Buenas tardes, Natalia Ivánovna. Nuestros chicos del cuerpo han encontrado algo que seguro que te interesa. Como últimamente andas fascinada con historias de novela negra... —comenta el Manco.

—¿Es que estáis investigando de verdad?

—Me ofende tu pregunta, Natalia Ivánovna. Aquí somos todos profesionales.

—Tu fuerte no es seguir el protocolo, desde luego —le recrimina Natalia.

—Dejemos las lecciones de burocracia para después. Mira, resulta que el muerto llevaba encima cabellos de una mujer que están en nuestra base de datos. Y los rasguños sobre su piel corresponden a la misma persona.

—¿Tenemos entonces el ADN del asesino?

—Ya te he dicho que es un suicidio. Lo que hemos encontrado, es algo pendiente de explicar —responde el Manco, divertido.

—¿De quién estamos hablando?

—Parece un chiste, pero las uñas y el cabello corresponden a otra muerta. La Liza esa que sacaron del río con las ropas de la mujer de Serguéi Tomski.

QUINTO

EL TERCER CÍRCULO

Hay en Petersburgo, Nástenka, si no lo sabe usted, bastantes rincones curiosos. Se diría que a esos lugares no se asoma el mismo sol que brilla para todos los petersburgueses, sino que es otro el que se asoma, otro diferente, que parece encargado a propósito para esos sitios y que brilla para ellos con una luz especial. [...] En esa otra vida hay una mezcla de algo puramente fantástico, ardientemente ideal, y de algo (¡ay, Nástenka!) terriblemente ordinario y prosaico, por no decir increíblemente chabacano.

DOSTOIEVSKI, *Noches blancas*

QUINTO Y UNO

Dostoievski tiene un canal que la ciudad de Petersburgo ha dedicado al dramaturgo Griboiédov. Corrientes serpenteantes de trazado imprevisible, donde a cualquier hora del día o de la noche se encuentra algún borracho. Esas aguas reflejan el granito oscuro de su baranda, allí donde Dostoievski hace reflexionar a Raskólnikov sobre que no hay que rezar a Dios para pedirle dinero porque el dinero es únicamente jurisdicción del diablo.

QUINTO Y DOS

En algún despacho de algún lugar, un tal D. chequea el estado de unas cuentas bancarias. Es un lunes, pero no es un lunes como cualquier otro. Es el fin del plazo marcado por el presidente por boca de Serguéi.

D. llama al enlace, quien a su vez llama a otro enlace. Dos intermediarios después y por fin consigue hablar con Anna, la hacker, quien confirma que lo que D. tiene delante es el único montante recibido, y presumiblemente el único que se recibirá. Las comunicaciones interceptadas dejan claro que los oligarcas no van a cumplir las órdenes. Los pagos parciales que se ven en la pantalla es lo único que el gobierno se va a embolsar. Algunos ni siquiera han hecho una transferencia. Los oligarcas están acostumbrados a pagar impuestos irrisorios, a evitar la solidaridad con los desfavorecidos y a dar comisiones sustanciosas a quien les ayude a saltarse tantas reglas como competidores. A fin de cuentas han llegado a ese estado en que el Estado les da igual, salvo cuando pueden sacarle alguna ventaja, y han calculado que el patriotismo nunca hace ir muy lejos.

Sin embargo, que no haya ventaja no significa que no haya riesgo. Los oligarcas están ganando tiempo mientras contratan grupos paramilitares que garanticen su seguridad y la de sus familias. La empresa americana Allsec, especializada en clientes de alto perfil, ha recibido un encargo de protección por varios millones de dólares. Mercenarios curtidos desde Afganistán hasta Siria están planificando la seguridad de sus nuevos clientes. Tienen equipos especializados. Algunos revisan los planos de las mansiones y detectan los puntos débiles y los rincones ciegos de las cámaras de seguridad, otros investigan al personal de seguridad previo, otros revisan las redes informáticas, otros rastrean la «periferia» humana: amantes, médicos, dentistas, entrenadores deportivos, amistades, quiromantes, *coiffeurs*, maestros y personal de los colegios de los niños, y todos aquellos que tengan acceso a cualquier miembro de la familia. Algunos ya han sido desplegados en Moscú y están listos para tomar el control de la vigilancia y blindar a sus protegidos de cualquier posible amenaza.

Entretanto, el avión presidencial ya ha llegado a la isla de Sajalín, famosa por su lejanía y sus condiciones meteorológicas extremas. Dos siglos atrás Antón Chéjov hizo una visita de seis meses cuya experiencia trasladó a un libro dedicado a explicar las razones para no aparecer por la isla. Es un territorio inhóspito, cuya historia se ha repartido entre la soberanía japonesa y la rusa, hasta que la derrota japonesa en la Segunda Guerra Mundial hizo que Sajalín fuera únicamente rusa. El presidente desciende del avión seguido por Serguéi, que le cede todo el protagonismo. De hecho, ni siquiera pronunciará palabra. Serguéi ha llegado directamente desde Italia. Lleva el semblante serio y preocupado que no cambia en ningún momento.

El presidente va rodeado por su clásica parafernalia de fotógrafos, cámaras y ayudantes. Entra en la sede de Lozprom en la isla. Allí tienen una explotación gigantesca de petróleo y gas con ingresos superiores al producto interior bruto de muchos países desarrollados. La severidad del clima de ese rincón remoto e inaccesible lo hace el lugar óptimo para la megaplanta de producción del oceonio. Los satélites extranjeros no dejan de rastrear movimientos en el área, suponiendo que el centro del oceonio no debe estar lejos, pero lo único que pueden identificar son las permanentes tormentas.

Mientras un gélido viento se lleva los sones del himno nacional en Sajalín, Kolomoiski está siendo incinerado a mil grados centígrados en San Petersburgo. Se le ha hecho una autopsia en tiempo récord, tan sorprendente como la obtención del permiso para usar un crematorio que había sido clausurado por peligroso. Su hermana recogerá las cenizas que estarán mezcladas con la de alguna mascota doméstica incinerada clandestinamente y el mismo día tomará un avión de vuelta, llevando a Kolomoiski en una pequeña urna de aluminio. El informe forense ha determinado sin fisuras que se trata de un suicidio. Los investigadores han concluido que Kolomoiski sufría de una terrible depresión desde hacía meses, pese a que no había trazos farmacológicos en su cuerpo ni historia clínica que confirme ese diagnóstico. La familia corrobora cada palabra. En cambio, el batallón Azov promete venganza. La carta de suicidio ha sido filtrada al periódico *Pravda*. En ella Kolomoiski explica su falta de sabor por la vida y su arrepentimiento por una existencia llena de excesos.

Al escrito no le faltan bellos giros literarios, e incluso se despide con una frase de Dostoievski: «Este es mi último mensaje para ti: en el dolor, busca la felicidad». Algo raro, pues él no ha leído un libro desde que dejó el colegio y menos de un autor ruso.

El presidente saca una pala y de forma simbólica inaugura la primera planta de procesamiento del oceonio. La pala dorada se rompe de forma inesperada al golpear el suelo congelado. Todo el mundo se queda en silencio. El personal busca algo para reemplazarla. El presidente pone una rodilla en tierra y pide una pica. Asesta un primer golpe y luego otro, vuelan los trozos de hielo por el aire. El público aplaude con entusiasmo. El presidente se pone de pie y en señal de triunfo alza en alto la pica, no parará hasta dar a su país la gloria que se merece. Todos los asistentes lo vitorean. El viento se ha calmado y vuelve a sonar el himno. Desde ese minuto la construcción se iniciará sin pausas, las veinticuatro horas los siete días de la semana. No se ralentizará ni con los famosos temporales que azotan la isla, que pueden cubrir una carretera con varios metros de nieve en un par de minutos. El presidente hace tiempo que ha comprendido que la única ley que vale en este mundo es la del más fuerte, y para ello está dispuesto a echar un pulso hasta a la misma naturaleza si hace falta.

Después hay una pequeña fiesta. Han invitado a los pocos habitantes de la isla, cuyos ojos rasgados se agolpan emocionados para hacerse una selfi con el presidente. Han traído de Moscú una vieja gloria musical del varieté soviético. A Serguéi lo ha sacado a bailar una bella empleada, que se empeña en enseñarle unos pasos de baile. Le habla en nivejí, el idioma de los nativos de la isla, pero Serguéi no entiende nada. Para intentar ser cortés le sonríe y la joven le devuelve una gran sonrisa desdentada. La gente saca fotos divertidas. Cuando acabe el baile, Natalia informará a Serguéi que el oligarca número uno ha sido hallado colgado en su residencia de Kazán, en la república de Tatarstán. Antes de suicidarse cosió a puñaladas a su mujer, a la que curiosamente apenas veía, y metió un tiro a sus dos hijos adolescentes, los únicos legítimos que tenía. Todos los indicios forenses indican que fue él. La pulcritud del escenario del crimen no deja lugar a dudas.

QUINTO Y TRES

Mar se despierta en su cama chirriante y no se acuerda de cómo ha llegado allí. Le duele la cabeza terriblemente. Se huele el pijama. Le parece raro que apeste a alcohol, porque ella en su vida ha bebido más de una copa de vino. En cambio, su habitación está manoseada por lo cotidiano hasta el punto de que da igual si es lunes o domingo. Se da cuenta, sin embargo, de algo llamativo. Lo que la rodea le parece normal, sí, normal como cuando se está en casa y todo es conocido y se tiene la sensación plana y lineal de que las cosas están donde deben estar, y que sin embargo falta una lámpara junto a la mesa o que al flexo hay que cambiarle la bombilla.

Mar casi diría que siente lo que Dostoievski contaba en sus *Noches blancas*, la sensación de conocer todas y cada una de las caras de San Petersburgo, aunque ellas no la conozcan. No ha salido a la calle, pero no hace falta. Ella reconoce sus andares irregulares por el hielo de las calles, sus gorros nunca del todo apretados, sus guantes gordos que ella nunca vio antes, las bolsas de la compra en cada mano y sus rostros blanquecinos por haber mirado tanta nieve durante el invierno. Ya no está en un país extranjero, sino que el suelo tiene algo de patria. Quién le iba a decir que un día le pasaría algo tan estrambótico.

Como siempre que se levanta, mira el retrato de Serguéi colgado en la pared y toma la carpeta que hay sobre la mesa, que tiene las caras de Serguéi en las páginas de periódicos y revistas que ella ha compilado y traducido rápidamente gracias a una aplicación en el teléfono. Lo que más le emociona de estas imágenes es que él no puede esconder que está solo y por tanto tiene sitio para ella. Da igual el maquillaje o la chaqueta, la sombra que está posada sobre su faz indica que le falta afecto.

Después sale del cuarto a pegarse una ducha con un grifo por el que el agua sale o demasiado caliente o demasiado fría, y hay que elegir siempre —como hace la vida con las cosas importantes— si achicharrarse o congelarse, y ella, como buena mediterránea, elige siempre lo primero. Cuando la piel se le ha quedado roja del agua hirviendo, corre hacia su habitación, donde están sus prendas preparadas en el orden que ha de colocárselas, no en vano se le está pegando algo de la cultura rusa, tan dada al caos y a la hiperorganización compensatoria. Mira brevemente las noticias en la tele, que informan de que por lo visto un oligarca se ha suicidado en un hotel de lujo del centro y otro en Kazán, sucesos a los que no presta atención.

Ahora le toca desayunar. Ya se ha acostumbrado al té negro, al pan de centeno, pero siempre renegará de la mantequilla sospechosamente blanda y la sustituirá por aceite de oliva. Una obsesión que ya va calando en Masha, pues Mar nota que ha empezado a usar la botella que ella le regaló. Mientras toma la tostada se acuerda de que anoche tuvo un sueño muy hermoso.

Soñó que llegaba al aeropuerto de Púlkovo en un Lexus de alta gama, donde un avión la esperaba y subía a él de la mano de Serguéi. Desde luego lo suyo no son los sueños modestos. Antes soñaba que se iba a una conferencia sobre el mar y ahora que un hombre muy sexy y poderoso la lleva a Venecia en un jet privado. Se ve que en Rusia las estrecheces no valen ni para lo onírico. Pega otro bocado a la rebanada, y nunca comprenderá por qué no lo tuestan como ha de ser, para sustituir ese sabor crudo y casi obsceno que tiene el pan cuando te lo sirven en ese país.

En el sueño bailó en el pasillo del avión, tomó caviar y bombones, champán ruso, cosa que hubiera sido muy glamurosa si no fuera porque esta mezcla infernal le sentó como un tiro y se pasó el resto del vuelo vomitando en el baño. Para que luego digan que para las cosas de ricos no hay que estar acostumbrado. Serguéi la cuidó como a una niña pequeña, la arropó y la dejó dormir hasta que llegaron a Italia.

Cuando aterrizaron, fueron en barca al hotel Palazzo Conti Querini, al que se accede desde un canal, y después subieron a una suite en una torre del siglo XVIII. En fin, de nuevo, para qué quedarse cortos. El baño de la habitación tenía más mármol que una cantera de Carrara, y hasta una estatua esculpida al lado del váter, porque los ricos no necesitan ir a un museo para ver arte. Lo tocan con la mano en su cuarto de baño. Qué le ha pasado a una chica como ella, para quien no viajar en Ryanair ya es un lujo y de pronto se encuentra a bordo de un jet Gulfstream donde la madera es tan fina que parece salida de la ebanistería de Catalina la Grande; qué necesidad tiene ella de esas cosas, con lo bien que queda leer un poema de Pasternak en las playas malagueñas de Huelin.

Termina la rebanada de pan y mientras mira cómo suben las burbujillas de la pastilla efervescente de vitamina C que ha comprado en la farmacia de la esquina, recuerda con tristeza las sabrosas naranjas de Valencia, imposibles de conseguir ahora. A medida que el agua se va coloreando y los últimos rastros de la pastilla se disuelven en la superficie, se ve con Serguéi paseando en góndola por Venecia, o sentados en maravillosos restaurantes, o recorriendo el museo Ca' Rezzonico con el curador para ver los únicos Canalettos que quedan en Venecia durante uno de los pocos ratos libres en los que no hacían el amor.

Nunca en su vida ha tenido un sueño con tal grado de detalle. Lo curioso es que no pasaban cosas extrañas en el sueño, como la presencia de algo o alguien que no pega en la situación: un futbolista de moda o la vecina fallecida haciéndote chocolate a la taza, que son la clásica putada de Morfeo. Este sueño no tenía nada de eso. Podría detallar hora tras hora de los tres días y dos noches que duró la pasión veneciana. Si esto es porque bebió vodka antes de acostarse, bendito sea. Se volverá alcohólica irremediablemente.

Tiene mucha hambre para ser un desayuno; es la comida que más odia del día. Se come uno de los dulces que Masha siempre tiene sobre la mesa, y que no saben más que a azúcar y conservantes. Nada tiene que ver con aquel *brunch* del sábado, en el que pudo comprobar que el Amazonas efectivamente no se había extinguido porque todas las frutas exóticas que allí crecen estaban servidas en el bufet del hotel. Se acuerda también de que después del desayuno fueron a la habitación y ella se acercó a él haciéndole entender lo que deseaba. Él siempre fue delicado y pausado para hacerle el amor, con miedo de lastimarla o incomodarla; en realidad quería tratarla como a lo opuesto de una puta. Él era consciente de su propia inseguridad, de su culpa y su vileza, de cómo podían hacerlo egoísta y consumir placer más que ofrecer amor, y por eso no se dejaba llevar, sino que esperaba que ella tomara siempre la iniciativa para poder ir juntos a la par. Mar se acuerda claramente, ahora que a su cerebro le ha llegado la glucosa de los alimentos, de que él la sirvió, la cuidó y veló sus sueños mirándola mientras ella descansaba y dormía. Hay que ver lo bello que es amar fuera de la realidad. Dicen que entre los actores cuando se enamoran estando de gira y llevan una vida de hotel, el idilio se rompe en cuanto vuelven a casa y a alguien le toca fregar los platos. Ahora a ella le queda esa otra vida.

En fin, hora de la lección de ruso, pues Masha volverá pronto del mercado y le hará recitar el tiempo imperfectivo que nunca está segura si equivale al pretérito imperfecto que estudiaron la semana pasada. Hoy es día festivo, no hay que trabajar y puede recuperar lentamente su día a día. Abre su diccionario amarillento, a la vez que ojea los periódicos que Masha le consigue de una amiga del mercadillo, aquellas publicaciones en las que sale él, cuya traducción de los titulares laboriosamente busca en el diccionario como ejercicio lingüístico del día y cuando se harta, los traduce velozmente con una aplicación de teléfono. Ahora él está en la isla de Sajalín inaugurando la construcción de la primera planta de producción del oceonio.

Mientras escribe las palabras nuevas en su libreta le viene a la mente el momento en que se despidieron. ¿Es que alguien en la historia de la humanidad ha tenido alguna vez un sueño en el que se folla durante casi dos días y encima hay tiempo de decir adiós? Uno se despierta antes. Pero ella en cambio lloró tontamente en su ensueño de fantasía, aunque él le aseguró que se verían muy pronto. Se disculpó porque tenía que ir a una isla lejana un par de días, es alucinante que hasta de eso se acuerde. Separaron los caminos en Moscú, ella regresó en primera clase a San Petersburgo y el mismo coche que la llevó, la recogió en el aeropuerto y la trajo a casa. Recuerda que se hizo amiga del conductor, que era cubano, y que contaba chistes para hacerle más llevadero su regreso sola. Era un tipo de unos cuarenta años, con el pelo cortísimo y las manos grandes, que vino a aprender el idioma gracias a las buenas relaciones ruso-cubanas y al final se quedó. Qué alucine de sueño que hasta recuerda las palabras de consuelo de José Emilio mientras ella mezclaba sus lágrimas saladas con los sorbos del vodka Beluga al cuarenta por ciento que siempre está helado en la cabina de atrás. Recuerda las copitas rojas de cristal tallado, pero no las veces que las llenó. Fueron unas cuán-

tas y ahí las memorias se deshilachan como la manta de su cama...
¿Vodka ha dicho? De pronto corre a su habitación, huele su pijama
de nuevo, que sin duda huele a vodka, va hacia la entrada, donde hay
algo nuevo y a la vez ya conocido. Están sobre una vieja silla. Un
abrigo de piel claro y unas botas nuevas.

Le da un mareo, que no es etílico sino romántico; pero es mucho
para procesar en tan poco tiempo. Resulta que ha pasado el fin de
semana con el hombre de sus sueños. Le da por pensar en las *Memorias del subsuelo* de Dostoievski, ese pasado de dolor y espanto
que cada uno lleva en el sótano del corazón.

Cuando consigue digerir lo ocurrido en Venecia y aligerar la resaca, busca algo que la distraiga. Así no se perderá a sí misma entre
tanto enamoramiento. Toma el cuaderno de Ignátov y lo estudia a
fondo. Hay una serie de binomios que, a modo de juego, se repiten.
Mar empieza a indagar qué puede ser. No dejará de estudiarlos durante todo el día. Presiente que está cerca de descubrir algo.

QUINTO Y CUATRO

Natalia está con el médico forense, un tal Ígor Petróvich, que no es
el que hizo la autopsia a Kolomoiski. Es un reputado profesional en
su disciplina. El médico saca a la muerta del frigorífico, estirando la
camilla metálica hacia sí mismo, que desprende un olor desagradable
a asepsia química tan cortante como un bisturí. La mujer es joven y
morena de pelo rizado, y a pesar de todo conserva una cara bonita.
Ígor no suele recibir muchas visitas. Informa por teléfono y por
escrito, por lo que se ha ido distanciando de sus colegas y se ha vuelto aún más introvertido, lo que le cuadra muy bien. Es un hombre
de unos cincuenta años, con pelo canoso, con una bata blanca impoluta y almidonada, que revela el apego que tiene a sus clientes, los
muertos, y lo poco que le importa el mundo de los vivos. Se hizo
forense porque quería dar voz a sus clientes, esos cuerpos inertes
sedientos de justicia. Le fascinaba el misterio que tenían para contarle, la historia de la mano que les quitó la vida. Está feliz rodeado
de sus muertos. No necesita otra compañía. Pero cuando llega al-

guien como Natalia, inteligente y que realmente se interesa por lo que los cuerpos tienen para decir y no por hacerlos callar ocultando o borrando datos, él se entusiasma de poder compartir los secretos que los cadáveres le han confiado. Algo así no le ocurre a menudo, mejor dicho nunca le ha ocurrido.

—Los cabellos que encontraron en el otro fallecido, y que milagrosamente se salvaron en su fugaz autopsia, el oligarca ese, Kolomoiski, no dejan lugar a dudas. Son de ella. Mire esta parte de aquí, se nota que fueron cortados con una tijera.

—Es obvio que fueron plantados en el cuerpo, pero ¿con qué fin, Ígor Petróvich?

—A ustedes le corresponde encontrar la respuesta, pero yo diría que podría ser un mensaje.

—Ya lo había pensado, pero ¿cuál?

—Hay que seguir investigando.

—¿Cree que alguien los robó de la morgue? —pregunta Natalia afirmando más que inquiriendo, mientras acerca la cara a la muerta a ver si le resulta familiar, pero está tan hinchada que ni su madre la reconocería. Diría que la camisa de la fallecida huele a vodka, debe mirar los informes si es así—. ¿Huele a vodka?

—Beluga al cuarenta por ciento, nada menos —informa el forense—. Referente a la cuestión del robo, sí, podría ser. Aquí no hay mucho control y puede suceder cualquier cosa. Aunque lo más práctico es que lo cortaran cuando la asesinaron. Lo único que podemos hacer es buscar coincidencias entre ambos asesinatos —sugiere el forense con determinación.

—¿Ha leído el informe de la autopsia de la chica? —pregunta Natalia, aunque ya se ha dado cuenta de que al forense le interesa el tema y no será superficial.

—Sí. En ninguno de ellos había huellas dactilares, ni marcas biológicas. Ni rastro de ADN. Si fueron asesinados, se trata de un trabajo muy profesional.

—¡Claro que fueron asesinados!

—Ambos murieron de la misma manera, con las mismas marcas. En el caso de la mujer sabemos que fue asesinada porque desde luego no pudo caminar hasta el canal cuando ya estaba muerta. De

Kolomoiski, en cambio, mi colega ha determinado que fue un suicidio… y yo no quiero problemas con la administración, ¿me entiende?

—Pero hay elementos en común —afirma Natalia mientras saca un chicle del bolsillo y empieza a masticarlo.

—Sí —dice Ígor mirándola directamente a los ojos.

—Imagine que no hay ni otro colega ni burocracia por medio, ¿usted diría que lo hizo la misma persona?

—Yo nunca lo diría oficialmente, porque oficial es solo lo que firmo… Pero la respuesta es afirmativa, fue la misma persona o, al menos, siguieron el mismo *modus operandi.*

Natalia Ivánovna acaba de confirmar lo que siempre le ha dicho su instinto sobre la escena del crimen de Kolomoiski. Ahora está clara la extraviada reacción del Manco. El problema es que falta saber todavía quién es la muerta, lo que facilitaría la conexión entre ambos crímenes. Es un encargo y conoce la firma extremadamente bien. Lleva el sello de su propia casa, y por eso el Manco no quiere escarbar. Los suyos han hecho el trabajo con la pulcritud y la dedicación que merece su prestigio. Y, sin embargo, si el Manco la ha empujado a seguir husmeando es porque hay algo que ni él mismo comprende. Detalles que unen al Monje Negro con asesinatos ejecutados en nombre del Estado para proteger al Estado.

—Sin embargo, hay algo que me ha llamado tremendamente la atención —continúa Ígor Petróvich—. Al principio creí que se debía a las ligaduras, pero si lo ve bajo la lupa, hay minúsculos círculos en la palma de la mano.

—¿Seis?

—Efectivamente, son seis. ¿Lo esperaba, Natalia Ivánovna?

—Está relacionado con otro caso, en el que aparece una y otra vez una virgen orante. Esta disposición de los círculos me suena. —Natalia acerca la lupa, después busca una información en internet y le acerca la fotografía a Ígor—. Mire, ¿qué le recuerda?

—Están en los mismos lugares que las llagas de Cristo aunque varía en las iconografías. Podría ser. Es una teoría plausible. ¿Y qué podría significar? —pregunta el forense mientras se coloca las gafas y mantiene las manos en la montura.

—Que el mensaje no es para nosotros, sino para el Monje Negro —responde Natalia.

QUINTO Y CINCO

Masha llega cuando Mar tiene todavía el abrigo entre las manos. No dice nada, pero sonríe con picardía y comienza la lección de ruso sin hacer ningún comentario. Mar repite las frases pero le cuesta concentrarse, le es difícil recuperarse de la resaca y aceptar que todo va bien. ¡Qué difícil es aceptar la buena fortuna! Hay que ser educado para ello. Unos crecen pensando que la vida se lo debe todo, mientras que otros se dan cuenta de que la vida es una bellaca de la que no hay que fiarse ni cuando entrega cosas buenas. Mar repite los sonidos de eses y tés mezclados con secuencias de consonantes, se resisten en su boca las frases que quiere decir. Cuánto desea soltar las cuerdas y navegar libre por esa lengua.

Cuando terminan, Masha le comenta que Oleg ha llamado varias veces porque ella no responde al móvil. Está muy preocupado y le ha dejado al menos cinco mensajes. Masha confiesa que ha mentido y que le ha dicho que el fin de semana Mar estaba con Jean por motivos de trabajo. Mar se siente mal, pero agradece no tener que ocuparse de Oleg en ese momento.

Después Masha le enseña dos entradas de teatro. Por lo visto se las entregó José Emilio cuando la subió en brazos hasta la casa, pues estaba tan bebida que no pudo llegar por sí sola. Las entradas son una invitación de Serguéi, para que ambas se diviertan durante el tiempo que está de viaje. Quiere que lo pase bien mientras los kilómetros los separan. Masha está radiante como un calefactor. Mar nunca la ha visto así. Después mira el teléfono, que por increíble que parezca también es real, y encuentra un mensaje de Serguéi enviado a primera hora. Está en Sajalín. Inicia su nota con el tiempo que hace donde está y la temperatura del agua del lago o del mar más cercano. A partir de ahora, se repite el patrón de comunicación. Él será deferente, pulcro, conciso y muy apasionado. De una forma casi mágica sabrá lo que ella necesita en ese momento. Después se despedirá con una frase perfecta, en la que dirá todo lo que se puede decir sobre el amor. Hoy le ha escrito que piensa en ella, lo expresa como si ella fuera una infección bienvenida, que se expande rato a rato por sus entrañas sin que haya remedio ni voluntad para combatirla. Como buen ingeniero, todo lo que hace es eficaz y no gastará palabras de más.

En su habitación y en su memoria hay vestigios por todas partes de su encuentro con Serguéi. Pruebas suficientes para demostrarle a un juez que pasó un fin de semana por el que merecería venir al mundo. Como escribió Dostoievski, «un buen recuerdo puede colmar toda una vida de felicidad». La realidad se ha convertido en una fiesta. Los sueños son ejecuciones de deseos que no existieron porque ni siquiera los pidió. Ella lo quería a él, pero él ha venido con fuegos artificiales. Porque él no sueña ni desea, él materializa el amor como si se tratase del reparto de beneficios trimestrales.

Ante su sorpresa, Serguéi ha adelantado su vuelta y la recogerá para ir a cenar. Mar le explica a Masha que no comerá en casa y la anciana asiente sin hacer preguntas. Para qué estudiar tanto ruso si ellas se entienden de maravilla y no aspiran a comentar el materialismo dialéctico en el filósofo Iliénkov antes de suicidarse. Masha saca unos rublos y le dice que quiere salir a comprarse algo para ir al teatro dentro de unos días. Desde la boda de su sobrina hace diez años no ha tenido ningún evento memorable que merezca gastarse sus escasos ahorros.

Masha la invita a salir con ella, y Mar la acompaña humildemente a descubrir el Petersburgo que nunca verá ni en las guías de turistas ni a través de las ventanillas del Maybach de Serguéi. Antes de salir deja un mensaje a Oleg pidiéndole una cita porque tiene que hablar con él y le invita a comer por la plaza Sennaia. Necesita alejar a Oleg para evitar problemas con Serguéi.

Entran en el metro, salen justo en la más central de las estaciones, la de la avenida Nevski, y comienzan a andar por la calle más chic de la ciudad. Mar está preocupada. A ver si Masha está tan ilusionada con el ballet que ha perdido de pronto el sentido común que la define. Llegan a los lujosos almacenes Гостиный двор o la Corte de los Invitados, que están metidos entre soportales con arcos de medio punto repetidos uno tras otro, lugar de firmas y diseños sofisticados, aunque no de alta costura. Mar sí que se preocupa de verdad. Ya se ha acostumbrado a calcular las equivalencias de los precios con el euro y aquello no le cuadra. Mar se acuerda de Goliadkin, el personaje del cuento *El doble* de Dostoievski, que baja de un carruaje y se lanza a las tiendas a comprar objetos caros que no está en condiciones de pagar. A ver si aquí ocurre igual.

Sin embargo, justo cuando Masha llega a una boutique de precios estratosféricos, donde en el escaparate se ven coloridos de moda, cortes asimétricos entre pieles de Siberia, botas italianas, gorros con cola de zorro blanco, bufandas de cachemir, donde hasta los nombres de las tiendas son importados, entonces Masha cruza la calle y a pocos metros entra en el mercado de Апраксин Двор, con unas fachadas sucias pero bien decoradas con estilo neoclásico. Cruzar el umbral de entrada es como acceder a cualquier bazar de Oriente Próximo, África o Asia, pues el caos es de las cosas más democráticas que existen. Las calles allí reciben el nombre de líneas. Están sucias por el barro, adornadas por cientos de trastos, maniquíes con ropa, tenderetes con fruta y cubetas donde se venden desde chanclas hasta la *Odisea* en armenio.

La Rusia de los contrastes también está allí. Las tiendas existen desde mitad del siglo XVIII, ni medio siglo después de la fundación de la ciudad. Es aquí donde el pintor Chartkov de la historia de Gógol compró el retrato del misterioso caballero que le robaría el alma. ¿A cuál de estas tienduchas se referiría el grandísimo escritor en su relato? Adentrarse en este mercado es entrar en el otro San Petersburgo. Es la cara opuesta al lujo de Nevski en la ciudad. Nadie conocerá las sombras del alma ni la literatura de Dostoievski si no viene aquí.

A escasos minutos andando está la casa de Rodión Raskólnikov, reconocible por esa manía del maestro por las casas en esquina. Allá en el canal Griboiédov están el piso de la prestamista, el edificio de policía, la casa de la prostituta. Sobre el itinerario serpenteante y estrecho del canal que a Mar tanto le gusta, uno puede vivir el Petersburgo de los estudiantes, de los amantes y de los poetas. Pero ahora está en Апраксин Двор, el capitalismo de los pobres. De aquellos que no tienen pero que no se resisten a dejar de consumir.

Mar camina con sus botas, que a partir de ahora solo se quitará para dormir, ducharse y hacer el amor. Están forradas de pelo por dentro y piel por fuera, especialmente tratada para aislar del agua. Hasta entonces Mar no sabía que el secreto de la felicidad son unas buenas botas.

Llueve de nuevo, pero ambas mujeres ya están tan acostumbradas que ni hacen caso. Caminan bajo la cortina delgada de agua, en un día afortunado en que no hay viento. Masha entra en uno de los negocios. Hay que bajar unas escaleras muy empinadas y enclenques. Es un subsuelo donde se apilan decenas de maniquíes con vestidos hechos en China a base de diversos tipos de acrílicos. Este subterráneo se comunica con otras tiendas y al final no hace falta salir a la superficie. En media hora, uno ya ha visto lo que hay para ver, y Masha ya se ha probado un par de veces los diseños que le gustan. Al final se compra un vestido, que es ideal para una serenata de aldea. Mar calla, aunque piense cosas malvadas de la ropa, pues no quiere robarle a Masha la alegría con una prenda que le encanta, aunque haya sido diseñada para la madre de Stalin, única persona a la que Stalin temió en vida. Pero reconoce que, a pesar de todo, a Masha le sienta bien.

Suena su teléfono. Trae esperanza y con ella el buen humor. Él se encuentra en Moscú, donde está haciendo escala de regreso de Sajalín. La verá por la noche. Promete no desilusionarla. Masha sabe quién llama y se despide con discreción apretando junto a su pecho su vestido nuevo. Mar se encamina hacia la plaza Sennaia o de la Paja, donde va a encontrarse con Oleg.

Justo entonces empieza a granizar. Mar entra en un café a esperar que pare el granizo. Saca el cuaderno de Ignátov y sigue preguntándose por la única serie de números que se repite en la página final. Se le ocurre chequear esas cifras en Google y, ante su sorpresa, los números corresponden a una localización en San Petersburgo.

Iván Ilich sigue contando los minutos. Cada uno de ellos pesa una tonelada. ¿Cómo es que nunca se ha dado cuenta de que los minutos pueden incluso doler? Los minutos se pueden meter en los pulmones y paralizar la respiración. Él solo lo sabe ahora. Iván nota cómo la cápsula ha llegado a la superficie. La cápsula es expulsada por el agua dando un salto, lo que le provoca un golpe en la cabeza. Al menos ya está arriba y solo le toca esperar que lo rescaten. Va por el minuto veintitrés. Ha hecho economía de oxígeno pero ya está en tiempo de descuento para seguir viviendo. La cápsula gira caprichosa con las olas, meciendo suavemente a Iván como la cuna de un bebé. Se da cuenta de que está a punto de perder el conocimiento, pero al menos ya no tiene dolor...

Mientras tanto, Ania busca a Iván por el centro del oceonio, pero no consigue dar con él. Está preocupada, aunque no comenta nada a los esbirros del FSB. Total, aparecerá en cualquier momento y debe evitar aumentar la ansiedad del ambiente, que ya de por sí es más asfixiante de lo normal. Es imposible que Iván desaparezca a un kilómetro bajo el agua. También a ella le toca esperar para saber qué pasa.

Los marineros del Quora III están de celebración. Es el cumpleaños del capitán, quien es supersticioso y acaba de conectarse con Ponce de Polignac, un cura amigo suyo que no es ortodoxo pero sí es santo, para que le bendiga y le mantenga la salud un año más. La tripulación ha echado mano del vodka antes de tiempo. Un marinero termina la botella y la tira rompiéndola contra las olas mientras los demás se ponen a saltar. Iván Ilich se despierta con un enorme estruendo. Parece que la cápsula ha golpeado contra algo. ¿Será un barco que le ha mandado la Madre de Dios? Está como drogado y jadea como un animal en sus últimos estertores. Sabe que si no usa en ese momento el hilo de energía y aire que aún le queda, morirá. Empieza a pegar contra la pared metálica con sus manos, pero el ruido de las olas impide que lo escuchen. Encuentra un tubo de oxígeno ya vacío y lo golpea contra la pared de la cápsula con todas sus fuerzas. Los del barco no le escuchan porque están festejando y se oyen sordos ruidos de canciones cantadas a voz en cuello por gargantas aguardentosas. Imposible que se den cuenta de que han topado con algo.

A Iván se le acaba el tiempo. Suda y jadea. Inspira despacio. No es posible hacer más. Calcula que le quedan un par de minutos. Lucha como puede contra ese maldito mandato biológico de respirar. Y piensa en su mujer, en su niño medio muerto como él, del que solo tiene una ecografía, y que le acompañará en los días claroscuros en los que se olvida que un eclipse es solo un ejercicio de paciencia. Le habla al vientre que está en la distancia, le desea una vida feliz. Se le dibuja una sonrisa en el rostro y se desmaya.

QUINTO Y SIETE

Mar aún tiene tiempo antes de almorzar y decide buscar la dirección que marca su teléfono. Nunca se hubiera imaginado que se tratara de unas coordenadas. Llueve en la calle, en las plazas, en las avenidas. Llueve torrencialmente en un día cálido de cinco grados sobre cero. Mar ha caminado quince minutos bajo la lluvia impetuosa hacia la parada de metro de Sennaia. El paraguas le ha servido de poco, el abrigo le ha valido de algo. Las bocas de las cañerías de los edificios escupen el agua a borbotones mientras anda por el canal Griboiédov. Evita las aguas que vienen de arriba y las que le salen al paso por los lados. Tiene sensación de desamparo.

No se puede librar de la curiosidad que siente por saber a dónde llevan los secretos de esa libreta. Sigue caminando a pesar de la tormenta. Esa tarde la ciudad le parece cruel. Mar percibe que Petersburgo, como tantas otras ciudades civilizadas, se modela lentamente en función del bienestar de los coches, de los pudientes. El transporte público aparenta ser cada vez más innecesario y es tachado de carga por los gobernantes. Nadie importante viaja en autobús. Mar ya ha probado esos minibuses incómodos y malolientes, latas de sardinas pintadas de blanco, con personas agolpadas unas con otras, sin cinturón ni asiento disponible, que pasan cuando les parece, y basándose en ese mismo parecer, se comen cualquier formalidad de horario. Ni uno de esos destartalados vehículos pasa. La tremenda hostilidad de la ciudad le hace pensar en su niño ya muerto, del que solo tiene una ecografía, cuyo recuerdo la acompañará en los días claroscuros en los que nos olvidamos hasta de los eclipses.

Ha llegado a la plaza Sennaia, la plaza donde se deciden crímenes. Aquí Raskólnikov supo la hora en que la anciana se quedaba sola para ir a asesinarla. Ha parado de llover y ciertos personajes han emergido. Viejas humildes que tiran de un carrito. Jóvenes fumando en corrillo. Prostitutas en los áticos y borrachos en los sótanos podridos. Floristas en las esquinas. Mar sigue soñando en el gris oscuro de la calle mojada que vieron los personajes de Fiódor. Espera que sus sueños sirvan de faro. La mujer que a veces la sigue no parece estar cerca ni tampoco el tipo que la sustituye. Han debido de perderla por el chaparrón. Desde que habló con el Manco no le preocupa su presencia; de hecho, un día de estos se acercará a ella para invitarla a un té. Mar sigue las indicaciones del mapa en su teléfono, pero ha vuelto a llover y no alcanza a ver la pantalla con claridad. Está sola en medio de la calle. Un coche le pasa muy cerca tocándole el claxon.

Absorta, ella mira únicamente al suelo, y después dirige sus ojos a las sombras de las farolas cuya luz amarilla y temblorosa se refleja en los charcos. Hay anuncios de restaurantes y taxis pintados en el suelo. Hay flechas hacia paraísos breves en las cercanías clavados en el cemento enfermo, asimétrico, quebrado por varias partes. El GPS la dirige al canal Griboiédov.

Al llegar, llueve tanto que no desea mirar la majestuosidad de los edificios del canal, cuyo nombre se debe a un diplomático del primer Nicolás que se convirtió en zar. El embajador era además dramaturgo y poeta. Mar lo leyó en alguna parte pero no recuerda dónde. Le suena que fue un hombre de letras y valores, como correspondía a los grandes literatos de su tiempo, y como también era típico vivir de acuerdo con sus ideales, eso lo llevó a la muerte. Sí, ya le viene el asunto a la cabeza con más claridad. Resulta que mientras ejercía sus labores diplomáticas en Irán en un asunto espinoso, los radicales musulmanes asaltaron la embajada y lo mataron. Nada nuevo bajo el sol. Un vendedor de kebab lo degolló y desmembró su cuerpo para festejar su asesinato durante tres días, al final de los cuales el sha se vio obligado a ajusticiar a los culpables e indemnizar a Rusia con un famoso diamante del tesoro imperial persa para evitar una guerra. Una piedra de tal talla que si a alguien le cayera en el pie quedaría tullido por un mes. Quizá solo por esta historia los soviéticos pensaron que merecía la pena cambiar el nombre de ese canal dedicado a una gran zarina por el suyo.

El móvil le indica que por fin se acerca a su destino. Mar está cansada y solo le apetece coger un taxi de los que pasan continuamente o entrar en el metro de Sennaia, que no está lejos, pero debe seguir. A ella todo le parece tan nebuloso como describe Arkadi, en *El adolescente* de Dostoievski, a quien su alrededor le resulta tan irreal que, pasados el aguacero y la niebla, no habrá ciudad sino únicamente el pantano sobre el que está construida.

Cruza el canal y camina en línea recta dejando las calles atrás hasta llegar a un imponente edificio enfrente de la plaza de San Isaac. Se alegra de llevar el móvil no rastreable que le regaló Serguéi. Se encuentra con el edificio que le marca el mapa pero hay un portón cerrado y un telefonillo con diez apartamentos. Sería muy extraño si llama a todos, sobre todo si al hablar notan su acento extranjero. Mientras medita qué hacer, un hombre sale del edificio. Mar lo reconoce enseguida. Y no es un hombre sino una mujer. Es Ignátov.

QUINTO Y OCHO

Natalia observa cómo el experto en antigüedades analiza el pequeño icono llegado hace pocas horas de Japón. Boris de Pfeffel es el tasador de Christie's en Moscú para la iconografía rusa anterior al siglo XVII. Nadie conoce mejor la historia del arte de ese periodo que él. Natalia necesita todos los elementos posibles para unir las piezas que unan los crímenes de Kolomoiski y la segunda muerta con los relacionados con el icono. Si el asesino cometió errores, probablemente aparecerán en el primer icono, porque su siniestro plan tal vez no había sido afinado del todo. Su experiencia le dice que los asesinatos en serie se resuelven, casi siempre, por el principio.

De Pfeffel mueve delicadamente el objeto con sus guantes de látex y una pequeña brocha con la que aparta el polvo. Sus lupas binoculares le ayudan a examinar cada milímetro. Natalia masca chicle como es habitual. Está apoyada en la puerta de entrada mientras espera paciente a que él diga algo. Lleva pantalones de cuero, su clásico peinado de bailarina y un perfume caro francés con olor a jabón que usa desde que trabaja en Lozprom. Con tal aroma impactante y agradable, ella se da por bien vestida. De vez en cuando saca el teléfono para informar a Tomski de sus avances y qué hace Mar, que por lo visto ha decidido ir a mojarse por la plaza Sennaia. Natalia maldice a Mar y a la tormenta, pues han perdido la señal, cosa que el jefe no apreciará. Ya es la segunda vez que le pierden el rastro. Se apunta que debe revisar los protocolos de actuación en tales circunstancias porque no puede permitir que esta situación se repita.

Mientras espera se aburre. No le gusta aburrirse, porque entonces Serguéi se le viene a la cabeza de otra manera, con el poderío de una fantasía. Le gustaría alejarse de él, pero cuanto más lo intenta, más cerca lo siente. Por eso deja quieto el deseo, sin tocarlo ni alimentarlo. Espera que el deseo se apague y la devuelva al desierto interior que siempre la ha mantenido a salvo.

—Yo diría que es una obra del maestro Macarius —dice De Pfeffel.

Natalia no se sorprende en absoluto porque ya anticipaba la respuesta. De hecho, ella ha leído tanto del tema que podría escribir un artículo para una de esas revistas académicas que utilizan un tono pedante para expresar lo que se sabe del antiguo patriarca de Moscú.

—¿Hay algún marchante de arte especializado en él?

—Un anticuario en el Moika —responde el experto con contundencia.

—Ya imagino quién es.

Natalia no hace más que confirmar lo que esperaba. Mar había visitado el lugar, ya habló con el vendedor y hasta le compró un icono parecido. En el reino de las casualidades, la española es la reina. Un día irá a por ella, pero por ahora no puede. Hay que esperar a que Serguéi se harte de ella. Mientras tanto Natalia se conformará con interrogar al vendedor de nuevo. Hay que repasar los detalles por si quedó algo olvidado. A ella todo le parece tan nebuloso como describe el Arkadi de *El adolescente*.

—Esto es interesante, pero muy interesante… —afirma el experto de pronto levantando el icono en alto.

—¿Qué pasa?

—El icono ha sido restaurado en algunas partes… ¿Ve esta zona de aquí? Lleva un pigmento muy peculiar. —Empieza a hacerle pruebas, darle golpes, analiza con el microscopio—. Yo diría que… pero la verdad es que no estoy seguro.

—Boris, prosiga, por favor —le pide Natalia.

—Creo que es el mismo pigmento que se utiliza para la porcelana imperial, ya sabe, la Lomonósov —lo dice como si Natalia fuera otra moscovita recién aterrizada en Petersburgo—. Es artesanal y moderno al mismo tiempo. Es realmente peculiar. Yo diría que hay pequeñísimas trazas del azul cobalto de altísima calidad, que podría ser el que se usa para la malla de cobalto de la Lomonósov. Pero le repito que no estoy seguro.

—Siga estudiándola. Si encuentra algo más, no dude en llamarme.

Toda la ciudad conoce la Fábrica de Porcelana Imperial. Ha sido siempre el proveedor de vajillas de zares y aristócratas desde poco después de fundarse San Petersburgo. Natalia espera que el experto tenga razón, porque si al Monje Negro le ha dado por el arte, ese es un círculo muy estrecho y lo cogerán. Da órdenes para ir a visitar la Fábrica de Porcelana de forma discreta y empezar a remover hasta los cimientos.

QUINTO Y NUEVE

Ignátov pasa delante de Mar agachando la cabeza. No la ha reconocido porque ha bajado la mirada. Sus ojeras son delatoras del estado interior en el que vive. No sabe por qué el mundo se ha empeñado en seguir pidiéndole cosas, cuando ella solo le pidió al mundo que la dejara tranquila. Pero esa calma anhelada, esos días monótonos que ella desea para perderse entre libros, es un deseo manido de tanto usarlo. Va vestida con un plumífero *oversize* con capucha de color negro, con un intenso olor a Chanel n.º 5 que encontró en el baño de la casa donde se hospeda.

—Hola —dice Mar—, te olvidaste de tus libros.

—¿Cómo me has encontrado? —pregunta Ignátov casi pegando un salto del susto.

—Metí unos números en el teléfono que se repetían en la página trasera de tu libreta. —Mar se la enseña mientras se quita los guantes para no mojar el papel, al que trata con sumo respeto.

—Estoy aprendiendo cómo funciona lo de las coordenadas geográficas. Hay muchas variantes. —Ignátov mira a los lados, pero la niebla que ha salido del río convierte a las personas en sombras espectrales irreconocibles. Está a salvo.

—No creo que me haya seguido nadie —comenta Mar—, con esta lluvia es imposible.

—No quiero problemas. —Ignátov no sabe si quedarse o irse, pero el parecido de Mar con Tatiana la deja pegada a ella y permanece donde Mar la paró. Disfruta de los segundos en silencio que traen de vuelta a su amiga del alma, con la que creció en su pueblo. Por raro que parezca, esa joven extranjera que tiene delante es lo único que le queda de esa época.

—Yo tampoco. Me alegra que no te cogieran en la iglesia de la Sangre.

—Un golpe de suerte. ¿No tienes miedo de mí? —pregunta Ignátov.

—No. Si hubieras querido hacerme algo, ya lo habrías hecho. Estoy tranquila contigo.

—¿Qué quieres? —pregunta Ignátov, nerviosa.

—He recibido esta postal nada más llegar a San Petersburgo. —Mar le muestra la postal de la Virgen del Signo.

Ignátov la toma entre las manos temblorosas y vuelve la mirada a Mar, esta vez directa e intensa. Sabe lo que significa. Sabe que la ecuación que lleva en el bolso, sobre la que ha estado trabajando hasta resolverla y que está a punto de entregar en un museo cercano, es para esa chica. ¿Por qué no dejan a los muertos morir una sola vez? ¿Por qué hay que seguir matándolos, aniquilar su memoria, su legado, o el amor que dejaron en la tierra? ¿Cuándo se dará por satisfecho el Monje Negro con la muerte que ha traído? Mar es tan joven y se la nota tan inocente como Tatiana. Tiene menos empuje, es más dulce, pero hay algo de la una en la otra, y no es solo el parecido físico.

—Tienes que irte de aquí —le increpa Ignátov.

—Tengo una vida que me gusta. Tengo un trabajo provisional, tan provisional como mi nuevo amor.

—Debes escucharme: toma ahora mismo el primer avión de regreso a tu país y desaparece de esta ciudad.

—Si ya me han elegido, me encontrarán donde quiera que esté. ¿No lo ves? —le responde Mar.

Ignátov calla. Entiende que no hay salida aparente. Los caprichos de quien maneja la oscuridad tienen la mano larga. El mecanismo no va a pararse con la huida. A Mar le pasa como a ella. No tiene donde esconderse.

QUINTO Y DIEZ

Ha dejado de llover. El sol brilla entre las nubes. Oleg da vueltas a la entrada de la casa del guarda en la plaza Sennaia o de la Paja. Es un elegante edificio amarillo y blanco, bellamente decorado con columnas, que destaca entre el caos de las nuevas construcciones erigidas en la plaza. Oleg escupe porque la casa del guarda fue desde siempre el edificio del destacamento de la policía y con esa función aparece prácticamente en todos los cuadros antiguos. Hasta el mismo Dostoievski, siempre asediado por las fuerzas de seguridad, estuvo detenido aquí durante dos días. Los aprovechó para leer *Los miserables* de Victor Hugo. Oleg tiene las manos en los bolsillos y suspira a cada instante. Todavía no ha decidido cómo va a asesinar a Mar. Unas veces piensa que será a gatillo, otras que le romperá el cuello, porque se niega a estrangularla o a asfixiarla como prefiere el poderdante. No hay forma de evitar este encargo, pero al menos le dará un final sin sufrimiento. Sus amigos americanos ya le han comentado que la muerte de Kolomoiski no tiene nada de suicidio, pero eso era fácil de adivinar. Se trata de un crimen de la casa. Ahora más que nunca, no puede dejarse llevar por sentimentalismos porque él es un profesional y para eso lo entrenaron, para matar cuando le sea requerido.

Ve acercarse a Mar y su sola presencia lo perturba. No puede acostumbrarse al enorme parecido que tiene con Tatiana. Aún no es capaz de separarlas en su cabeza. A veces, sin que ella se dé cuenta, acaricia su larga cabellera sedosa por detrás, y el tacto, tan chivato, le trae de vuelta el amor perdido. Puede saborear un recuerdo fugazmente encarnado en los cajones de una tarde desordenada. «Tatiana, Tatiana, ¿es verdad que estás en los cielos?», se pregunta Oleg cada vez que disfruta del tacto con Mar.

Mar besa a Oleg en la mejilla. Oleg pensaba llevarla a un elegante café en el canal, pero lo han convertido en un supermercado. Todos los negocios cambian rápido en la ciudad, como si los empresarios no tuvieran paciencia para sostener un emprendimiento o porque el sistema los asfixia, como pasa con el amor recién estrenado, cuya ilusión se evapora rápidamente con el paso del tiempo.

De pronto, Oleg cambia de planes y la invita a visitar la casa de Dostoievski, con esa manía suya de tratar los asuntos serios en un museo. Toman un taxi. Las cuatro de la tarde les ha pillado por el canal Griboiédov, que es el del crimen y el castigo. El Fontanka, que va en paralelo, es el canal de los nobles. La temperatura ha bajado otra vez. Llegan a su destino y Mar nota que es verdad lo que dicen de la naturaleza errante del maestro, quien vivió en más de veinte casas diferentes en treinta años, todas ellas como la que tienen enfrente: situadas en barrios humildes, haciendo esquina, con balcón y vistas a una iglesia.

—Me sorprende mucho que los artistas rusos tuvieran lugares tan dignos para vivir —comenta Mar dentro de la casa burguesa con todo lo que se podía desear en aquella época. Allí hay muebles elegantemente tallados, un sobrio despacho individual con biblioteca en una preciosa vitrina y la digna cama donde murió el escritor. Mar no tiene más remedio que compararlo con la muerte del eterno Cervantes en la cárcel, al igual que Miguel Hernández, o el solitario fusilamiento de Lorca en la oscuridad de un monte con la luna por testigo. Pushkin y Dostoievski murieron cómodamente en la cama.

—Tengo que pedirte algo importante —comenta Oleg, a quien se le ha ocurrido una manera de retrasar su asesinato. Se siente magnánimo en su decisión. Si Mar vive una semana o un mes más, ¿no es un regalo de su parte? Solo somos tiempo, y él va a prestarlo malamente. Ella podrá disfrutar de su juventud esos días, debería darle las gracias.

—Yo también tengo algo importante que comentarte —confiesa Mar, que no para de tocarse el pelo con nerviosismo.

—Las damas primero —dice Oleg cortésmente, porque lo que tiene que decirle no dejará espacio a mucha conversación después. De todas maneras, la seriedad con la que ella habla lo deja preocupado. A saber si ha surgido un nuevo imprevisto después de tantos imprevistos.

—Me he enamorado de otro, Oleg. Lo siento mucho.

—Ya lo sé. Tu beso del otro día estaba vacío. —Se siente aliviado al ver que no hay nada nuevo.

—No quiero herirte.

—Si tú estás feliz, yo también lo estoy. ¿Podemos ser amigos? —Oleg echa mano de la frase más manida del planeta entre parejas, como si las buenas intenciones solo pudieran materializarse en esas palabras y no en otras, y que duran lo que tarda en llegar una tercera persona.

—Sin lugar a dudas —responde Mar con alegría.

—Con eso me conformo. —Oleg hace una pausa incómoda y observa el reloj en una mesa auxiliar al lado del escritorio de Dostoievski, en el que está señalado el martes 28 de enero con la hora 8.46 p. m., momento en que murió—. Sé que estás con Tomski. Pero él no es un buen tipo. Tú sabes bien que forma parte del *apparat* duro del presidente.

—Sé que eres ucraniano y que estás dolido por la pérdida de Crimea, pero no todos los rusos son iguales.

—Tú no los conoces tanto como yo. Esta gente no parará hasta habernos echado de nuestra tierra.

—Eso es mucho decir, pero entra dentro de lo posible. Para Rusia, Ucrania es su hogar y nunca aceptará buenamente que se vaya de casa, y no sabemos cómo reaccionará si se ve amenazada. —Mar se siente incómoda hablando de temas políticos porque le falta demasiada información para juzgar.

—¿Podrías ayudarnos? Sería solo una vez. Necesito que consigas algo de Tomski. Te prometo que será fácil.

—No puedes pedir a una mujer enamorada que traicione.

—Él ha pedido que te echen. Jean Ségny no quiere decírtelo. —Oleg atiza el fuego contra Serguéi, le toma la mano con fuerza para hacerle llegar el mensaje con más intensidad.

—Eso no tiene sentido, estamos juntos. Él no me haría eso —comenta Mar, sorprendida.

—Pues quiere tu cabeza. Pregúntale a Jean abiertamente. —Oleg empieza a hablar sin rodeos. Mar está confusa y dolida y es el momento de apretar en lo importante—. Necesito que colabores. Por lo que nos están haciendo los rusos, por lo que nos harán.

—No podría, créeme. Me pondría a temblar. Hablaría más de la cuenta. Te expondría. No merece la pena que me metas en esto.

—Tú me entiendes, yo sé que tú me entiendes. Habrá una guerra y nuestras familias huirán o morirán. Las ciudades serán bombardeadas día y noche.

—Eso es imposible de creer, aunque a veces se nos olvida que vivimos en un mundo de locos —comenta Mar.

—No es solo por una causa noble, sino porque es la única manera de que salgas del peligro en el que estás. La postal que recibiste es un aviso. Tatiana también la recibió. —Oleg miente, pero necesita argumentos para convencerla.

—¿Cómo sabes eso?

—Porque yo represento a Ucrania y tenemos servicios de información. Créeme. No te mentiría con una cosa así. Es una vez. Hazlo por Tatiana. Tú no la conociste, pero estás conectada a ella.

—No sé. —Mar duda y se muerde el labio. Lleva algo de razón. Ya no sabe de quién fiarse. ¿Quién va a por ella, a quién estorba y por qué?—. ¿Es sencillo lo que debo hacer?

—Dar el cambiazo al pin de su chaqueta. Sabemos que lleva datos que ayudarán a la causa.

—¿Qué clase de datos?

—Datos políticos que nos conciernen. —No comenta nada del oceonio por miedo a disuadirla. Al ver a Mar tan mansa, saca una cajita de su chaqueta con un pin dentro—. Tomski siempre se ducha antes de hacer el amor… Le das el cambiazo entonces.

—No te prometo nada. —Mar toma el pin de reemplazo y sale andando rápido. Aunque está dispuesta a ayudarlo, ahora sabe que Oleg quería utilizarla más que quererla.

Al mirar su móvil ve que Serguéi la ha citado cerca de Sennaia.

QUINTO Y ONCE

Un Mercedes Maybach le hace señas con las luces. Pero Mar sigue caminando. Tiene la cabeza metida en un hoyo y no ve ni escucha, solo siente. Reflexiona sobre cómo va a traicionar por primera vez. Se siente mal. Muy mal.

Mar quiere curar caminando lo que la quietud hirió. No desea que nadie con quien se cruce pueda notar que tiene el interior quebrado. No le gustan las cosas que ha escuchado y le preocupa el entramado en el que está metida. A ella nunca le gustó la realidad porque nunca le ofreció mucho. La realidad siempre le fue parca en fuegos artificiales. Nunca le dio grandes palabras ni grandes hechos. Salvo los que le ofrecieron sus padres, y por eso mismo sabe que lo grandioso existe. Y ahora debe elegir entre ser Julieta o Juana de Arco, cuando a ella ambos roles le vienen grandes. A sus sentimientos le han crecido ramas con la política. Esto no puede funcionar. Quisiera desentenderse, pero se siente en deuda con Tatiana. No sabe qué hacer. No hará nada. Es lo mejor. No puede arriesgarse a perder a Serguéi. Sin embargo, una vez que decide no actuar, duda de nuevo. Sabe que Oleg tiene miedo fundado, que Rusia castigará duramente a Ucrania su traición, a la que las potencias extranjeras han dado alas. Los informativos rusos critican día y noche el Euromaidán, programas de debate descuartizan al país vecino por su deslealtad. Ucrania es sin duda una obsesión nacional. Quizá la única salida sea no ver más a Serguéi. Todo lo que sucede a su alrededor la sobrepasa. Se dice que ya ha saboreado las mieles del respeto. Ya probó la calidad, ya no se conformará con menos. A ella ningún hombre la engañará más ni le ofrecerá menos. Ella ya sabe que puede ser tratada de otra manera. Ha sido princesa y ya no será sirvienta. Si le dan menos, ya no aceptará. Si la aman a medias, pues que esa mitad se la quede él porque ella desea todo. La puerta del Mercedes se abre y emerge Serguéi. La abraza más fuerte que nunca.

La besa en la frente como la primera vez.

—Acabo de llegar del aeropuerto. Lo siento. Te he llamado varias veces, pero no me has contestado las llamadas.

—¡Vaya! —Mira el móvil y se da cuenta de que lo ha puesto en modo silencioso y no sabe cómo comprobar las llamadas perdidas. Despiste comprensible porque en los cuentos de hadas no hay teléfonos. En ningún lugar se cuenta que la Cenicienta lleva un *smartphone* encriptado en su bolso de mano ni que la calabaza tiene un GPS. Se ríe del absurdo. Recoge el abrazo de Serguéi, pone la nariz sobre él para saciarse del olor de su cuerpo. Lo había memorizado con exactitud, pero su cerebro había sido incapaz de reproducirlo.

—¡Tienes la nariz helada! —dice Serguéi riéndose—. Entra en el coche, por favor.

Ella obedece con desgana porque no quiere separarse físicamente de él. Apenas un mes ha pasado desde que lo encontró, pero ha sido como un año completo, con sus lunes incluidos, esos lunes cuyas mañanas se alargan y no parecen acabar nunca, porque se tragan la energía de una semana.

—Ya no puedo vivir sin ti. ¿Es eso lo que querías de mí? —pregunta ella poniendo la cabeza en su pecho.

—Lo que quiero es que comas —responde divertido—. Imagino que tendrás apetito con este frío. Esos canapés son para ti. —Se refiere a una selección estéticamente perfecta que está servida en la bandeja del reposabrazos—. He hecho traer este chocolate especialmente para ti desde Japón. —Le alarga una caja de bombones frescos Royce—. Pero ten cuidado, crean adicción desde que se prueban, y este perfume francés también es para ti.

—¡El chocolate promete! —Mar se precipita a abrir la caja. Le recuerda las estepas que ha visto en las películas, con una superficie plana y polvorienta. Tiene que reconocer que nunca probó un cacao tan delicado. Después él limpia la escarcha azucarada de sus labios.

—¿No quieres probar el perfume? —sugiere Serguéi sacando de la caja el sofisticado frasco.

Mar asiente y da dos toques hacia su cuello. Un olor a jabón llena el coche.

—Vayamos a un buen restaurante —propone él.

—Prefiero otra cosa. Empecemos por el principio. ¿Dónde comías tú cuando llegaste aquí?

—Era un estudiante y me moría de hambre.

—¿Y dónde ibas a cenar?

Serguéi da órdenes a José Emilio y el conductor gira a la izquierda para tomar la calle Sadóvaia sobre la que está el parque Yusúpov. Por allí caminó Raskólnikov cuando iba a matar a la prestamista, preguntándose por qué ni las bellas fuentes de la ciudad consiguen apaciguar su alma, un alma corrompida por la crueldad de los petersburgueses. Después pasan delante del prominente palacio Vorontsov; la elegancia y la distinción de su propiedad hizo que, cuando su dueño cayó en desgracia con el zar, fuera exiliado en vez de ejecutado. Una circunstancia que lo libró de conocer la inclemencia de la Revolución rusa. Dentro está la capilla de la Soberana Orden de Malta. Después llegan a Nevski y giran a la derecha, en la calle Большой Конюшенная, la de las Grandes Caballerizas, donde hoy se encuentran joyerías y firmas exclusivas, y los almacenes DLT, en los que no es posible abonar en efectivo porque los billetes necesarios para comprar una prenda allí no caben en ningún bolsillo. Fue el hogar de un noble. Con el paso del tiempo se transformó en una tienda donde los oficiales bien pagados gastaban su salario para comprar artículos de lujo. Serguéi da orden a José Emilio de parar para salir a pasear.

Mar está confundida pues no se esperaba que Serguéi de joven frecuentara lugares tan poco democráticos. Se encuentra de nuevo ante contrastes sociales dramáticos en pocos metros, algo que no ha cambiado desde Dostoievski. Con la novedad se ha olvidado de que tiene una misión para los ucranianos, que no sabe si aceptar, y cuando se acuerda le duele el estómago.

Llegan al número 25 de la calle de las Grandes Caballerizas, donde hay una larga cola ahora que ha escampado. La gente se frota las manos mientras espera su turno. Se trata de un establecimiento modesto donde venden пышки, pronunciado *pyshki*, que son una suerte de donuts rusos. Hay muchos estudiantes y jubilados y Mar se dice que lo que sirvan allí solo puede estar bueno. Cuando entran, ingresan en realidad en la Unión Soviética. La decoración es de cincuenta años atrás. Suelos limpios que huelen a lejía, paredes beis y marrón con poca decoración, caos en las dos colas que llegan a los mostradores. Mar caza una mesa por casualidad mientras Serguéi espera su turno con malestar, puesto que desde que ascendió en la escala social es alérgico a este tipo de situaciones. La mesa está laminada en formica imitación mármol, con los bordes ya cascados por el uso. Las sillas son parecidas a las que tiene Masha en casa, pero con un respaldo de tres barras horizontales también de formica. Un gato, al que nadie parece prestar atención, duerme despatarrado en una de estas sillas. De vez en cuando los camareros y algunos parroquianos lo llaman Ryzhik y se acercan a él cariñosamente para acariciarle el lomo. La mascota del establecimiento es famosa en la ciudad. Serguéi por fin consigue sus raciones de donuts fritos espolvoreados de azúcar impalpable y servidos en platos de cartón. Huelen a dulce caliente. Como en los tiempos soviéticos, las servilletas siguen siendo de papel de lija. Las únicas bebidas calientes para acompañar son té negro o café aguado, ambos hervidos desde por la mañana. Como el café es imbebible, Serguéi ha pedido té negro con limón sin azúcar. Mar prueba los *pyshki* y le resultan tan deliciosos como insalubres.

—Aquí es donde desayunaba y cenaba cada día cuando era estudiante. Hacía mucho que no venía. Muchos días no tenía con qué almorzar, pero al menos la cena estaba asegurada por unos pocos rublos. —Y es que aquel Petersburgo que Serguéi conoció de estudiante no tenía nada que ver con el hambre de los niños de Marmeládov o los pobres del buen Aliosha de Dostoievski. En la Unión Soviética había comida para todos, pero a un estudiante pobre como él le tocaba comer salteado. Tampoco era tan importante, porque el resto sí le bastaba.

Mar lo observa con cierta pena. Ella nunca pasó por algo así. En su casa siempre sobró alimento. Jamás se preocupó de lo que había sobre la mesa. Siempre se comió fresco, bien cocinado, a la hora precisa, carne o pescado, jamón o marisco, queso o yogur; siempre pudo decir «No quiero» o «No me gusta» sin que esas palabras se convirtieran en una tragedia shakespeariana. Hubo comida para más tarde y comida para mañana, y la carencia de la que habla Serguéi para ella eran noticias del telediario sobre gente que no conocía y de países a los que no viajaría nunca, como si fuera una enfermedad de la que no podía contagiarse porque no tenía nada que ver con ella. Toma su nuevo donut, y cuando se da cuenta, él ha ido a por más. No parará hasta saciarla. Se ríen, se besan, se besan y vuelven a reírse. Alguien de la pequeña multitud del café hace como si mirara sus mails, pero está sacando fotos. Después se gira con aire distraído y observa la cola de los que esperan su turno para ser atendidos. Ante la sorpresa de todos, Serguéi hace un ademán con la mano para llamar la atención del mal disimulado fotógrafo. A continuación abraza a Mar y le dice: «Toma la foto ahora. Ten presente que mi mejor perfil es el del lado izquierdo», y la besa. El hombre apunta la cámara, aprieta el disparador y sale despavorido.

—Si los пышки hubieran existido en el siglo XIX, Dostoievski habría venido aquí —dice Mar, pero después se da cuenta de que esa frase la hace pedante—. Bueno, ya sabes que estoy explorando el cuarto círculo de la ciudad.

—Estoy muy orgulloso. Ahora estás en el San Petersburgo de Dostoievski, el que pertenece a los locales más que a los turistas, buscando las sombras que todos quisiéramos olvidar. —Cuando Mar escucha esto, se da cuenta de que lo que él más teme, por absurdo que resulte, no es la enfermedad, ni siquiera la muerte, sino ser pobre de nuevo.

—Está atardeciendo. Te propongo algo. Deja todo lo de valor en el coche. Quédate con lo que tendría un estudiante holgado. Y vayamos a buscar al maestro.

Él obedece sumiso. Ya no ofrece resistencias. Se dirige hacia el coche, donde José Emilio lo espera, deja el reloj y la cartera, de la que saca unos billetes. Ordena al chófer que se vaya. Se aprieta el gorro y se cierra bien la chaqueta, y toma a Mar de la mano. Será el novio que ella merece. La besará en cada esquina que encuentre. Como si fuera libre y dueño de su propio destino, aunque sabe que no lo es.

Mar le pide que se metan en un hotelito con vistas al canal Gri-boiédov, en la parte más dostoievskiana de la ciudad. Serguéi regatea el precio de la habitación porque no le alcanza el dinero que cogió. Se le nota torpe ante tal situación. Hace mucho que olvidó las habilida-des de regateo que los pobres tienen casi como si fueran innatas. El hambre tiene cara de hereje. Finalmente consigue hacer entender al regordete de mirada bovina que regenta el hotel que más le vale darles alojamiento a mitad de precio que tener un cuarto vacío. Serguéi le muestra las llaves de la habitación a Mar con cara de triunfo. Ha con-seguido la mejor suite del establecimiento. Suben a la habitación con vistas al río. Es pequeña, pero coqueta, y está limpia. Un soplo de aire ha entrado por la ventana, una nube oscura ha pasado un segundo por la habitación, algo raro se le ha metido a Serguéi en la cabeza.

—¿Cuánto? —pregunta él.

—Serguéi, no entiendo, ¿qué quieres decir?

—¿Cuándo dinero por pasar esta noche conmigo y la de ayer? ¿Quinientos euros ahora? ¿Tres mil euros por el próximo fin de semana te van bien?

—Déjate de bromas. Tómate un café o un vodka, pero deja de decir cosas que no entiendo.

—Hablo en serio, y te lo pido por favor.

Él sí sabe de lo que está hablando. Él se siente como explicaba Dostoievski en su cuento *La dulce*: «Soy de esa fuerza que persigue siempre lo malo y siempre hace lo bueno», y está harto, porque malas han sido desde el principio todas sus intenciones con ella, desde follarla a engañarla a la vez, dejarla en el momento álgido y más inesperado, cambiarla por una más guapa, de cuya belleza ter-minaría aburriéndose para conseguirse una nueva. Pero no puede. Una fuerza extraña lo lleva a entregarle lo mejor de sí mismo, aun sin querer, a anticiparse a sus preferencias, a servirla y dejar de ser-virse. Y esa otra fuerza que persigue siempre lo malo no puede más, no sabe qué hacer con su ira.

—Si quieres pagar, ¿por qué no te fuiste con una puta?

—Porque ninguna me da el sentimiento de locura que tú me das.

—Que yo sepa, todas tenemos un culo y un par de tetas, ¿qué más te da una que otra?

—Es difícil de explicar, pero es diferente. Tu cuerpo tiene siempre algo nuevo. Sin embargo, ahora las cosas empiezan a complicarse, y es precisamente lo que siempre he querido evitar. Te pago y al menos dejamos las cosas claras entre nosotros.

—Hemos salido a un par de restaurantes caros, eso ya es mucho. Hemos viajado a Venecia, y te estoy muy agradecida.

—Eso lo hago hasta con el primer capullo con el que me reúno. Te doy los tres mil quinientos euros y un regalo, un bolso de marca, elige el que quieras, con los zapatos, y con lo que te dé la gana.

—No voy a enfadarme, por más que lo intentes.

—¿Quieres cuatro mil euros? —Se ríe—. Siempre supe que tenías madera de negociadora.

—Aunque de repente decidas tratarme como a una fulana, no voy a cabrearme. —Se levanta y busca el mando a distancia para poner la televisión y así no escucharlo.

—Intentaré ser muy claro: si no coges el dinero tendré una deuda, estaré enganchado a ti. No serás como las demás, y yo necesito que seas como las demás.

—Pensaba que tenías más cojones, sinceramente.

—Y los tengo porque miro a los problemas de frente. Como hago ahora contigo.

—¿Soy un problema?

—Sí. Eres un problema, porque me estás cambiando. Y yo no quiero.

—Pues te aguantas.

—O coges el dinero o no nos veremos más.

—De acuerdo, dame un cheque y se lo daré a una ONG.

—Estás en prácticas en Naciones Unidas y no te pagan ni la seguridad social. ¿Y le vas a dar el dinero a la beneficencia?

—¿Acaso me ves pasando hambre?

—Si creyera en los psiquiatras, te pagaría un tratamiento.

—Y si yo creyera lo que escucho, pensaría que eres tonto. —Mar dice esto y deja que el silencio diluya las malas vibraciones en la habitación.

—Yo no puedo quererte, pero al menos puedo regalarte un bolso.

—Si Louis Vuitton escucha la frase, te la compra para usarla en publicidad. —Mar se ríe a carcajadas, pero después hace otra pausa para ponerse seria—. Uno no elige esas cosas, Serguéi, estamos sujetos a la tiranía de los sentimientos. A ratos crees que sientes algo por mí, pero no te apures, se te pasará. Voy a ducharme. Si me hace falta algo, ponlo en algún sitio en el que pueda cogerlo porque no te lo pediré. Gracias. —Se mete en el baño para pensar. Él tiene que sentirse muy mal para romper el protocolo que le caracteriza.

Al secarse después de la ducha, siente una soga alrededor del cuello. Él tiene razón. Son mundos opuestos y al menos su historia debe servir para ayudar a quien lo necesita. Decide traicionarlo. El tiempo se detiene pero ella quiere que se mueva para poder respirar. Las agujas del reloj están en huelga. Un minuto pasa con un esfuerzo atroz, quizá por descuido, y empuja con la mirada los segundos del minutero. Sale por fin del baño. Ya sabe lo que le dirá.

—Vivamos esto. Es lo único que te pido.

—¿Lo único que me pides? Este amor me lo exige todo. —La voz de Serguéi tiene algo de melancólica.

—Si no quieres ayudar a nuestro amor, lo entiendo. En ese caso, ¿me das permiso para traicionarte?

—Hazlo, por favor.

—Voy a traicionarte, ¿has entendido bien?

—Sí, adelante —contesta él.

—Entonces vete al baño y date una ducha.

Ha llegado el temido momento. Él se desviste rápido, se encierra en el baño y entra en el plato escuálido de la ducha en la que apenas cabe una persona. Ella toma la chaqueta de Serguéi. Le tiemblan las manos. Quita el pin de la solapa y lo cambia por el que le dio Oleg. Se huele las manos, por si se le ha quedado el olor a crimen y desdicha, y se pregunta si el tiempo será indulgente con sus actos, si hace lo correcto cuando todo apunta a que debería ser lo contrario. Después se enrosca a la almohada, para agarrarse a algo. Su primera misión como espía está cumplida.

QUINTO Y DOCE

Natalia llega al anticuario en el Moika. Es la primera vez que ve al anciano que regenta la tienda desde hace más de cincuenta años. El anticuario tomó las riendas del negocio cuando murió su padre, quien a su vez sucedió en su día a su abuelo. El anciano ha sido interrogado un par de veces, y empieza a estar harto de ver a más policías que clientes en su tienda. Recibe a Natalia con un breve saludo sin mirarla siquiera para no distraerse de un nuevo reloj de mesa que acaba de recibir.

—Ya he contado todo lo que sabía, señorita. Si le apetece comprar, pregunte el precio. —Y levanta en la mano el mecanismo del reloj para verlo al contraluz del flexo destartalado.

—¿Tiene iconos de Macarius?

—¿Otra vez con el mismo tema? Ya le he dicho a sus colegas que los he vendido todos y que alguien llama de vez en cuando, que no tengo su número directo y que los avisaré cuando contacte conmigo. ¿Algo más? —pregunta el anticuario, como si estuviera soltando la retahíla aprendida para una misa. El buen hombre deja claro su hastío y la poca colaboración que va a darle.

—Me gusta este reloj de péndulo —afirma Natalia después de echar un vistazo a los objetos que hay a la vista—. ¿Funciona todavía? Es del siglo XVIII, ¿no es así? —Lo acaricia sugestivamente mientras mira al anticuario esperando una reacción.

—Sí. Es usted no solo bonita sino también una dama culta y eso no abunda. —El anciano se acerca al reloj y le quita algo de polvo con la manga de su camisa blanca, mientras de vez en cuando toca sus tirantes negros. Con visible orgullo pone en marcha el reloj y la manilla del segundero empieza a girar—. ¿Ve usted? ¡Funciona!

—Fíjese en el péndulo. No aparte la vista. Concéntrese en los destellos dorados...

Natalia tarda poco en hipnotizar al viejo. Ella cierra rápidamente la puerta de la tienda, le pide que se siente y que vuelva al momento del último encuentro con el cliente que compró el primer icono de la Virgen del Signo.

—Es un hombre alto, rubio, bastante fornido. Lleva chaqueta de cuero —dice el anciano.

—Eso ya lo ha dicho, ¿cómo son sus manos?

—Son finas.

—¿Tiene algún lunar?

—Déjeme que mire detenidamente. —El anticuario arruga la nariz—. No veo nada.

—¿A qué huele?

—A algo químico, barniz puede ser.

—¿Qué tipo de barniz? —Natalia tiene una ligera idea de quién se trata.

—No lo sé.

—Mírele de nuevo las manos, ¿tiene alguna mancha?

—Sí, azul.

Natalia se pone nerviosa porque está segura de que se refiere a la misma persona de la que hablaron relacionada con la Fábrica de Porcelana Imperial. Darán con el Monje Negro, eso es seguro, y lo pillarán con manos azules o rojas. A continuación le pregunta si lleva una cruz, a lo cual el anciano responde que sí. Ella está ya segura. Es él. Está a punto de despertarlo cuando le viene a la cabeza una nueva pregunta.

—¿Cuándo fue la última vez que lo llamó?

—Ayer.

—¿Ayer? —Natalia se pone furiosa por los fallos en el sistema de vigilancia, que debería haber localizado la llamada. Va a amonestar a sus subordinados tan pronto como pueda—. ¿Y qué le dijo?

—Que el último icono lo vendí a quien correspondía, pero que el próximo icono que llegue, debo reservárselo a él.

Un golpe frío recorre la espalda de Natalia pensando en Mar, que tiene entre las manos el aviso de su próxima muerte. Si los sueños fueran capaces de soñar, soñarían que el tiempo se estira para los desahuciados. La muerte busca y Mar no sabe que su hora está cumplida. Mas eso le durará poco porque cuando el final se acerca, el camino o se cierra.

QUINTO Y TRECE

Amanece. Serguéi llama a su chófer y después lleva a Mar al Tavrícheski de camino a su reunión en la sede de la empresa en el centro, sección de exportaciones, no lejos del teatro Aleksandrinski y de la avenida Nevski, la espina dorsal de Petersburgo. Tiene que admitir que hasta le duele separarse de ella. Pero debe concentrarse en un día complicado. Tiene demasiados frentes abiertos, el oceonio, Poliakov, los oligarcas, entre otros muchos. Debe además seguir vendiendo gas y petróleo, lo cual no es fácil. Los nuevos acuerdos petroleros a largo plazo no salen adelante ante la expectativa de una nueva fuente de energía que solucionará todo. Tiene que vender lo antiguo y a la vez lo nuevo. La vida le parece sospechosa por completo. Si la vida da, la vida quita. Por ejemplo, una extraña criatura ha entrado en ella. Lista, apasionada, desaliñada y extranjera, por ese orden. Pero hay algo muy límpido en esa chica. Tiene la ambición de ser ella misma, un rasgo de carácter muy peligroso para una mujer. Serguéi cree que nunca podrá acostumbrarse a ella. Qué cualidad tan enojosa.

Mar llega al trabajo ojerosa y no tan contenta como últimamente. El Manco la para en la escalera y la lleva a su escuálido despacho. Ya es cosa de rutina que lo haga. Mar se siente como cuando el director del colegio la llamaba para reprenderla.

—¿Y bien? ¿No tiene usted nada que contarme? —pregunta el Manco mientras saca uno de sus pestilentes pitillos de tabaco negro y golpea la mesa con su brazo ortopédico.

—No. —Mar tiembla porque él se entera de todo, y seguro que está al tanto de lo del cambiazo del pin de Lozprom. La ha llamado porque va a encerrarla de por vida, de eso no hay duda.

—¿Seguro que ha sido buena?

—No sé a qué se refiere. Trabajo y tengo un amante, ¿eso es bueno o es ser buena? —Mar decide echarle valor a su nuevo rol de espía y negarlo todo hasta el final.

Al Manco le hace gracia la respuesta. Esta juventud es de lo más directa. Le han perdido el pudor a exhibirse con eso de las nuevas tecnologías. Ya no tienen miedo a las palabras, no saben del poder que llevan dentro. Sin embargo, adquieren notoriedad a caro precio. No respetan su propia intimidad, que venden por una visibilidad vacía en internet. Los extranjeros son los peores en esto, naturalmente.

—Con toda seguridad han contactado con usted, pero no me ha dicho nada. ¿No me estará mintiendo?

—Eso iría contra mí misma. No tiene sentido. —Mar cambia el tono de voz porque al menos el Manco no sabe nada del pin por ahora. Se siente aliviada.

Las pocas palabras de Mar bastaron al Manco para deducir algunas cosas: primero, que sí habían contactado con ella y no se ha había dado cuenta; segundo, que a su equipo de vigilancia había que sustituirlo o ahogarlo esa misma tarde en el Nevá por inepto; y tercero, que si ella ignora este contacto significa que el Monje Negro actúa a través de alguien del entorno más próximo de la chica.

Mar sale del despacho del Manco pocos minutos después y va a la oficina del secretariado. Enciende su ordenador y se pone al día de mails. Stefano aparece al instante.

—Has hecho muy bien la agenda anotada de la conferencia. Te la he reenviado con algunos cambios —dice Stefano, pues el colega es experto en encontrar las tareas más aburridas para quien cobra cero dólares la hora. Naturalmente que lo que no desea nadie va a parar al escritorio de la *stagiaire* recién llegada. Mira el montón de papeles que le han dejado sobre la mesa y los apila con cuidado.

—Me pondré a ello —responde Mar con resignación al cometido pues es lo justo y necesario—. ¿Para cuándo la necesitas? —Como la conversación la pilla desprevenida, intenta cerrar una de las ventanas que tiene abiertas en el ordenador. Sin embargo, Stefano ya la ha visto antes de que ella tenga tiempo de hacerla desaparecer de la pantalla—. Я люблю тебя, я скучаю по тебе… «Te amo, te echo de menos…».

—Veo que has empezado con el vocabulario básico ruso. Es esencial para comprarse un billete de metro —comenta Stefano impertérrito.

—Pues sí, es muy útil… imagínate leer los clásicos rusos en el metro. Sin saber esto no se puede, ¿no?

—Es admirable que ya estés pensando en leer *Anna Karénina* en lengua original. —Stefano bromea como si hablara de un artículo académico.

—Perdona, Stefano. Tonteaba un poco con el traductor online antes de que me abrumes con más documentación. —Mar prefiere ser algo sincera, no mucho, pero lo suficiente para apaciguar su incomodidad. Cuando las cosas van mal, hay que confesar algo. Sin embargo, ella no puede admitir que aquellas letras en la pantalla es lo único real que tenía de la noche anterior; que soñar con unas palabras en cirílico es la única certidumbre que tiene para el día corriente, que su teléfono móvil está sobre la mesa y que quizá no sonaría nunca más visto cómo se está enredando la situación con Serguéi. Sin olvidar que acaba de tener otra noche memorable en sus veintipico de existencia, está enferma, y debería estar en un hospital convaleciente de tanta felicidad para metabolizar toda esa pasión. ¿Adónde la llevaría? ¿Cuál sería su destino final? Todas las pasiones mueren. Algunas desembocan en un cariño sólido que aguantará los avatares cotidianos; otras, en la distancia emocional y el aborrecimiento físico. Y las peores se quedan como un recuerdo doloroso de algo que no se consumó en el tiempo y que por cobardía no se vivió.

—Tranquila. No te estoy vigilando. Estamos inmersos en una tarea importante y me aseguro de que todos trabajamos coordinadamente en la dirección adecuada. Puedes participar si quieres o elegir no hacer nada. Pero te exijo porque creo en ti. —Stefano tiene la voz grave, porque es persona de pocas palabras, formal, tanto que puede resultar estirado. Tiene formas de alguien que instruye, con algo de autoridad, pero no la suficiente. No es líder, sino un erudito que ha recalado en las redes de la burocracia internacional.

—Ya es un alivio que no me recrimines que sea joven, y te agradezco la confianza.

—Otra cosa, Jean te quiere de asistente directa.

—¿De verdad? ¿No va a echarme? —Al reaccionar con esas palabras mira a su alrededor y tiene la impresión de que todos la observan en la oficina. Baja los ojos, no sabe qué contestar, no entiende nada de lo que ocurre. Reconoce que siempre está preparada para lo malo, y ni se le pasó por la cabeza aprender a recibir lo bueno. Las cosas buenas le inspiran desconfianza. ¿Cuál será el precio a pagar por esto? Si la vida da, la vida quita. Seguro que ya lo ha escrito alguien con las palabras justas, en la que ni una sobra ni otra falta.

Oleg entra por la puerta en ese momento. Saluda de forma poco entusiasta. Stefano se retira, pues no puede manejar su timidez. Oleg se sienta enfrente del escritorio de Mar sin saber cómo iniciar la conversación, cuando lo que busca es el pin de Lozprom que ella lleva en su bolso y no sabe cómo disimularlo. En ese instante Mar confirma sus sospechas. Que él la ha utilizado aunque le haya tomado cariño por algún motivo que aún no ha descubierto. Quizá él también conocía a Tatiana más de lo que dice, esa sería la explicación más fácil. Por primera vez Oleg ha perdido su calidad de actor. Ya no tiene libreto: balbucea, divaga y no es coherente ni para hablar del tiempo. Se ha percatado de que Mar lo sabe y no lo va a dejar pasar. Mar calla mientras tanto y lo mira atentamente. A pesar de ser un espacio de trabajo abierto, nadie parece darse cuenta de la situación. El ambiente es una mezcla de tensión y aburrimiento.

Sibila cruza el umbral de la puerta. Está tan arreglada que podría sentarse en la primera fila de un desfile de Chanel; a pesar de su baja estatura siempre aprovecha sus formas bonitas. Se acerca a saludar a Mar, a quien da no solo dos besos sino también un abrazo. Se le nota que echa de menos trabajar y que detrás de su sonrisa perenne aún se acuerda de su puesto en el ministerio, que dejó hace años para seguir a su marido alrededor del planeta. También saluda a Oleg, aunque con mucha distancia. Oleg quisiera irse pero aún no tiene lo que está esperando. Mar ya se ha dado cuenta de todo y no piensa entregarle el pin a pesar de la simpatía por la causa ucraniana. Se lo devolverá a Serguéi, a quien pertenece.

—¡Ay, Mar! Traes una pinta horrible. Ya nos ocupamos del techo, ahora tenemos que hacerte el resto de la chapa y pintura. Tú, como Audrey Hepburn, eres la encarnación de la *understated elegance…* Anda, ponte esto. —Y busca en el bolso un antiojeras y colorete para retocarse. También le da un pequeño espejo, pues si lo hace en el baño le quitará parte del entretenimiento de sorprender a todo el mundo. Los colegas se dan codazos, entre rumores y reproches. Habla con soltura en español a sabiendas de que nadie la entiende, y muy consciente de que el meneo de caderas y el rápido revuelo de sus manos ha captado la atención de todos en la sala, algunas por envidia y otros por fascinación.

—He dormido poco esta noche —se excusa Mar.

—¿De verdad? ¡Qué tú dices! ¡Qué suerte! —dice ella con malicia para provocar una reacción. Sibila amplía aún más la sonrisa si cabe, y a continuación ella misma se pone a maquillarla ampulosamente para que esté más presentable—. *I hope you don't mind. It will take just a few minutes* —le dice sonriendo a Oleg, que la mira con incomodidad e impaciencia no porque le importe lo más mínimo la situación, sino porque quiere hacerse lo antes posible con el pin de Lozprom. Sin embargo, al ver el bamboleo de las nalgas caribeñas no puede evitar ingresar en el grupo de los fascinados.

—Debe ser por la saturación de grises de San Petersburgo —dice Mar, que ha decidido ignorar a Oleg, quien la mira intensamente preguntándose dónde está el pin.

—Sí, dicen que el ojo de un petersburgués es capaz de diferenciar cien clases de grises diferentes. ¿Te lo puedes creer, chica?

—San Petersburgo es muy bonito —afirma Oleg porque ha escuchado el nombre de la ciudad y decide opinar de algo.

—No es difícil creerse ninguna exageración sobre esta ciudad. —Mar alude a lo hiperbólico de San Petersburgo. Todo es tan grande, tan hermoso y resulta tan abrumador que los visitantes deberían recibir terapia previa a su llegada.

—Y tanto es así que esta mañana… —Sibila cambia al inglés para ser cortés con Oleg. En ese momento suena un aviso en el teléfono que lleva en el bolso, así que lo saca y lee un mensaje—. Como te decía… esta mañana le he dicho a Jean: «Cariño, dime algo romántico», y el chico me contesta: «Hoy hace sol».

—¡Fantástico! —Mar suelta una carcajada imposible de contener porque con toda seguridad es un comentario agudo para un lugar que tiene fama de tener menos de un mes de sol al año.

Oleg intenta reírse, pero no lo consigue. Sigue con detenimiento cada gesto de Mar. Ya se ha dado cuenta de que ella no colaborará, pero él ha sido entrenado para seguir el lenguaje corporal y es evidente que ella lo tiene en alguna parte. Está más nerviosa de lo habitual. Se toca el pelo. Lo evade. Sus ojos reposan en su bolso inconscientemente, el cual está colgado a la entrada del gran despacho.

—¡Cónchale! Mi chamo y su romanticismo acaban de darme plantón para almorzar. Pero qué chimbo, ¿te lo puedes creer? Así que te invito a comer.

—Será un placer. Acaban de ascenderme.

—Ya lo sé, chica. Pero un ascenso sin sueldo es una trampa. Luego no digas que no te lo advertí. *Ciao*. —Se despide educadamente de Oleg. Lo mira de reojo y le susurra a Mar—: Naguara, sí que está bueno tu chamo... —Sibila se despide en voz alta y se retira encantada de haber escandalizado a medio mundo, que fija la vista en el subibaja de caderas caraqueñas en exposición.

Oleg la observa boquiabierto, preguntándose cómo proceder a continuación. No se irá sin el pin. Él pertenece al polvo de una tierra que no se rinde.

—Señor, le agradezco mucho su visita. Aquí tiene el listado de artículos sobre la parte XI de la Convención del Mar que me pidió. —A continuación Mar imprime un listado y escribe unas palabras por detrás—. Por cierto, me han dado esto y yo no llevo este tipo de cosas. —Le entrega una cajita vacía. Mete el listado en su sobre para que cuando él lo abra lea: «No deseo volver a verte nunca más».

Oleg abre la caja y la descubre vacía. Frunce el ceño. La ha leído correctamente. Se despide cortés, se levanta y sale. Cuando llega a la altura del perchero donde cuelga el bolso de Mar, hace como si tropezara accidentalmente, aprovecha para meter la mano en el bolso y robar el pin. Mar lo ha visto todo. Baja los ojos y se pone la mano en el pecho porque está aterrorizada.

QUINTO Y CATORCE

Los tripulantes del Quora III levantan sus redes y dentro está la cápsula donde yace Iván Ilich. El capitán da órdenes de bajarla a cubierta y abrirla. Los hombres observan el receptáculo y tantean cómo proceder. Al final es el propio capitán quien encuentra la pequeña palanca escondida que acciona el mecanismo de apertura. Los marineros miran con asombro al hombre dentro de la cápsula. No se mueve ni reacciona. Todos se quedan en estado de shock colectivo. Han sacado de las aguas desde peces sin catalogar en cualquier registro de fauna marina hasta juegos de mesa de plástico, pero un hombre rebozado en basura dentro de una suerte de nave espacial es algo nuevo para ellos. El capitán piensa que nunca ha recibido un regalo de cumpleaños tan original.

Otra vez es el capitán quien sale al paso de la situación y da orden a uno de los grumetes para que comience los ejercicios de reanimación. El muchacho filipino abre la camisa de Iván Ilich y comienza a bombear con diligencia, un, dos, tres, un, dos, tres, mientras los demás siguen mirando. El joven sigue y sigue, y levanta de reojo la mirada para recibir instrucciones de parar, pero el capitán quiere que insista.

Han pasado unos minutos y el marinero que lo está reanimando es ahora quien no quiere parar. Se ha dado cuenta de que Iván Ilich es un alma buena. Lo sabe porque ha estado cerca de muchos muertos. En su aldea era el ayudante del curandero local y una vez hasta asistió a un cursillo de primeros auxilios. Ese hombre yacente debajo de él no tiene curtidas manos de marino sino finos dedos de informático. Su tez está descolorida como la de los que viven metidos en una oficina, y sus ojos achicados de tanto leer en una pantalla. El marinero respeta mucho a los hombres de estudio porque siempre quiso ser uno de ellos. El olor a vivo parece que se acerca, el filipino está seguro. Entonces le habla en su lengua cebuana, para que el alma se vaya acercando y no se escape de este mundo para siempre: *Pagmata, akong higala. Mabuhi, balik, balik*… «Despierta, amigo mío. Vive, regresa…». Él le habla dulce y despacito para convencerlo, que sí, que este mundo es tan basura como la que rodea su cuerpo, pero que uno no puede despedirse del mar tan a la ligera, que en el más allá habrá ángeles y arpas, pero nadie ha dicho que también haya mares que surcar.

Iván Ilich comienza a toser de pronto. Respira con dificultad, pero respira. La tripulación, en un gesto inesperado, empieza a aplaudir y felicitarse.

QUINTO Y QUINCE

Mar tiene mudanza de despacho ese mismo día. Lo compartirá solo con Lena. Se alegra porque es su única amiga allí. Una chica joven que han contratado por unos meses y se ocupa del papeleo en general. Se lleva muy bien con ella, aunque la trata poco. Parece que tiene quince años, pero se comporta como si tuviera cincuenta. Tiene el pelo largo y castaño, y los ojos demasiado grandes para una mujer rusa. Se nota que se obsesiona con los detalles y que la perfección no es una forma de trabajar sino de ser. No solo habla ruso, sino también inglés, pero sin creer que lo habla bien. Mar está feliz, porque cada vez que se había cruzado con ella hay complicidad y simpatía entre las dos.

«Ojalá la vida diera las cosas buenas y las malas una por una», se queja Mar en sus adentros, sentada de nuevo a la mesa de su despacho, mientras observa a Lena escribir una carta. «Si la vida te lo da todo, amor, trabajo, salud, en realidad es un acto de sadismo. Poco antes o después, te lo arrebatará. Te quitará tu juventud y tu deseo, y después te jubilará. Por tanto, con esa certeza solo cabe aferrarse al presente». Mar sigue con ese pensamiento defensivo en su cabeza para prepararse para lo peor si llega el caso. Intenta concentrarse, pero lleva varios días sin dormir. Le apetece reflexionar sobre lo que le está pasando.

Mar deja atrás el espacio de trabajo abierto, ruidoso e invasivo. Su mesa está junto a uno de los enormes ventanales, las cortinas de rayón, de encaje blanco en el centro y verde a los lados. Ese mismo verde pálido e imperial es una reminiscencia del pasado real del edificio. Mar observa por la ventana ese día de sol acechado por nubes. Se acerca el final de la jornada. El intenso azul va virando a gris oscuro a medida que el cielo es ocupado por más y más nubarrones negros. Después de un trueno, Mar comienza a oír la lluvia, y el teléfono sigue mudo. Mar se impacienta porque la voz de Serguéi es como una droga. Han pasado varias horas y necesita su contacto para poder continuar. Sin embargo, ha de seguir con sus papeles, que se han multiplicado. Lena recoge sus cosas y está a punto de irse a su casa. Mar sigue allí trabajando y convenciéndose a sí misma de que él no la espera.

El Manco la saluda desde la puerta y le hace una mueca divertida. Nunca se ha comportado con tanto humor. Qué pasará para tanta guasa. Ahora hasta los agentes del servicio secreto muestran su veta cómica. Mar es consciente de que alguien extraño o muy inusual va a aparecer por la puerta de un momento a otro, así que decide ser paciente, acomodarse en su nuevo despacho y esperar la sorpresa.

—¿Es amigo tuyo? —pregunta Lena refiriéndose al Manco.

—Sí…, lo conozco —responde Mar, risueña.

—Tengo una pregunta que hacerte… —Lena decide cambiar de tema e ignorar al Manco, que silba mientras se retira por el pasillo—. En todos los papeles aparece el nombre de la Zona… y aunque busco en internet y leo cosas sigo sin entender —dice a la vez que comprueba su bolso para salir.

—Qué bueno que tengas curiosidad… A ver cómo te lo explico… a mí estas cosas me gusta contarlas como si fueran un cuento, espero que no te importe. De este modo me resulta más fácil. Érase una vez un tiempo en el que los hombres dividieron el planeta agua en cinco océanos y ciento trece mares. El manto de la superficie pertenecía a los barcos y a los bañistas; más abajo, el mar era de los peces y los pescadores, y más y más hondo, el azul infinito era de los señores del mundo. A ese lugar donde la vida nace y donde la vida termina se le llamó «la Zona», denominación bastante seca comparada con el tema que se trataba.

—Vale… O sea, la superficie del mar, la masa de agua de abajo y el fondo marino…

—Exacto. El fondo del mar era un problema. A pesar de esta división por la ley del mar, los poderosos nunca lo tuvieron todo de su parte. Era como tener oro en una caja fuerte que no se podía abrir. Decidieron que la Zona era el fondo marino que pertenecía a todos. Ningún problema porque no existía una tecnología barata para acceder a las riquezas de esos fondos, además de no tener ni idea de lo que había allí. Las fosas donde surgen, yacen y se reciclan las almas están en sitios tan abismales que la ciencia los conoce menos que la faz de la Luna. Alguna vez llegó un robot torpe, hizo fotos, tomó muestras y se fue. Los científicos se crecían mucho estudiando las cosas raras que sacaban, que servían tanto para desarrollar un champú como para un tratamiento contra el cáncer. Pero ellos mismos reconocían que aquello no era nada comparado con lo que aún les esperaba. Así pasaron las décadas sin pena ni gloria, se olvidaron de la Zona y se centraron en la moda internacionalista del cambio climático y los satélites.

—¡Qué interesante! —dice Lena.

—Nadie hablaba del tema —prosigue Mar— porque los países han ido explotando lo que hay en casa, los fondos marinos que les pertenecen, técnicamente llamados «plataforma continental», un nombre poco sexy, que miden doscientas millas desde la costa y que pueden ampliarse hasta el margen, o sea a su fin geológico, y para eso ni te imaginas los años de estudios que hay que echarle. Pero han tenido la mala suerte de que el oceonio, aunque situado en jurisdicción rusa, tiene toda la pinta de que está en el fondo del mar justo donde es de todo el mundo… —Por fin suena el teléfono y se le cambia la cara—. ¿Puedo responder? —pide a Lena por educación. Responde pero nadie contesta, a lo cual no le da importancia.

—Por cierto, ¿sabes que Jean sale esta noche en la televisión? En el canal Russia Today. ¡En un programa de máxima audiencia! Por lo visto tardan como una hora en maquillarlo.

—No me ha dicho nada, lo cual no es de extrañar porque a él no le gusta presumir.

—Ha salido ya varias veces en la prensa, principalmente por la vehemencia con que defiende la convención. La gente se enfada al escucharlo, pero a los periodistas les encanta.

—¿Sabes por qué se enfadan? —pregunta Mar.

—No.

—Porque el oceonio es la oportunidad para muchos países de acceder a una nueva fuente de riqueza. Aunque, por otra parte, los países desarrollados les recriminan a los que están en desarrollo no haber hecho nada para investigar o explotar de forma inteligente su riqueza… Subastar sus recursos al mejor postor para alimentar la corrupción nacional no es de aplauso.

—¡Yo no sé por qué tenemos que compartir el oceonio con los demás! ¡Nosotros lo hemos descubierto! —exclama Lena.

—Habéis encontrado lo que estaba previsto desde hace décadas y por eso vosotros mismos lo incluisteis en la ley internacional.

—Esos eran los soviéticos.

—Puede ser que los soviéticos tuvieran una realidad podrida, ¡pero menudos ideales tenían!

De pronto ve pasar a alguien por el pasillo. Le resulta familiar pero no sabe de qué. Sí, Mar recuerda su cara, la tiene que haber visto en alguno de los artículos sobre Serguéi que tiene apilados en la carpeta de recortes que guarda en su habitación. Hace memoria con rapidez. Quién será esta. Estaba con él, pero dónde, dónde… Finalmente la necesidad de saber enciende la luz en sus recuerdos, y esa mujer aparece sonriente junto a él en la botadura de un buque petrolero. Ahora la escena en su cabeza es completa. Hay viento y su pelo sale estirado hacia atrás en la foto. Tiene la típica pinta de una profesional escalando socialmente, con una chaqueta tan mal cortada como ajustada y joyas demasiado vistosas para esa hora del día, razón de más para que sean una bisutería de poco valor. Después cae en la cuenta. Es una periodista que iba a menudo a los eventos de Serguéi; se comentaba que era una de sus amantes. ¿Qué está haciendo allí?

Después de dar algunas vueltas por el pasillo en busca de Mar, la misteriosa mujer entra en el despacho que no encontraba. Camina muy decidida y se dirige a Mar con desenvoltura y cierto descaro. Es Milena.

—Buenas tardes, ¿está usted disponible? —comenta Milena al entrar.

—Sí. ¿A qué se debe su visita? ¿Es usted parte de la delegación de algún país?

—Es un asunto privado —afirma Milena, y se sienta enfrente de Mar, estira la espalda y sacude ligeramente el pecho. Luego se toca el flequillo para colocárselo y se queda esperando mientras mira a Lena de manera desafiante.

—Te veo el lunes. —Lena se despide sorprendida para dejarles intimidad, y hace señas por la espalda de Milena imitando cómo movía los senos para hacerse notar. Cierra la puerta de su despacho y las deja a solas.

—¡Buen fin de semana, Lena! —se despide Mar intentando contener la risa. Luego se dirige a Milena y le pregunta en tono profesional—. Dígame. ¿En qué puedo ayudarla, señora?

—He tenido noticias de que usted está interesada en el señor Tomski.

—No sé quién la ha informado, pero en cualquier caso no es asunto suyo.

—Tiene usted razón, esto no debería ser asunto mío, pero por desgracia lo es.

—Ah, sí, ¿y por qué?

—Serguéi y yo hemos estado juntos durante tres años. ¿No sé si estaba al corriente?

—¿Debería? —pregunta Mar.

—Vengo a hablarle de mujer a mujer para que ni la mientan ni la utilicen. A mí también me llevó a Italia, a mí también me agasajó con toda clase de detalles. Puede ser encantador. Lo reconozco. No quisiera que se engañe y se haga ilusiones…

—Es usted muy considerada. Para ser tan buena amiga, no me ha dicho todavía su nombre, señora…

—Milena.

—Milena, si las cosas son como las pinta usted, el señor Tomski pecaría de poco original pero yo no diría que de mentiroso, pues yo nunca le pedí explicaciones sobre sus relaciones pasadas. No me interesan, y por esa misma razón tampoco me interesa usted, no sé si he sido clara… —Mar echa mano de su pose de jurista, con un tono de voz neutral para blindar sus emociones que en ningún momento debe mostrar.

—El problema es que no hablamos del pasado, sino del presente. Serguéi sigue buscándome.

—Será todo profesional —dice Mar para convencerse a sí misma.

—Me resulta muy violento tener que ser tan explícita, pero Serguéi sigue deseando tener sexo conmigo… ¿Me entiende? Supongo que es porque siempre fue muy bueno entre nosotros y me echa de menos… Ha sido inequívoco.

—Me alegro por ustedes. Aunque sinceramente me cuesta creerlo.

—Y hace usted bien si está enamorada. No la culpo, pero la verdad no se puede tapar porque termina oliendo mal.

—Estamos de acuerdo en eso —añade Mar.

—Yo lo único que deseo es que me deje tranquila. Usted comprenderá. ¿Podría ocuparse de que sea posible, señorita Maese?

—Le agradezco sinceramente su ánimo solidario y desinteresado. Le aseguro que hablaré con él. —Mar quiere quitarse de encima a Milena lo antes posible porque la hace sentir incómoda.

Milena parece impertérrita y muy decidida.

—Esto es un regalo. Ya me dará las gracias. —Milena le deja un sobre encima del escritorio y se va.

Mar abre el sobre y saca unas fotografías del último encuentro con Serguéi en su despacho. En el que ella le hace una felación seguida de sexo duro sobre el escritorio de su oficina en Lozprom. La fecha aparece. Curiosamente lo que a Mar más le molesta es que él nunca tuvo esa expresión con ella, una forma de lujuria desconocida, que sabe atar bien a quien agarra.

QUINTO Y DIECISÉIS

La bandeja metálica se desliza chirriando fuera del frigorífico de la morgue y al llegar al tope un golpe seco sacude el pelo de una chica morena fría y dura como un cristal. Es la muerta sin nombre en la que Natalia está interesada. Ígor Petróvich la llama cariñosamente Liza en honor a la joven prostituta de *Memorias del subsuelo* de Dostoievski, que es deshonrada por el protagonista Zverkov. Los dos se quedan mirándola en silencio, en un momento de respeto a la fallecida. El aire que sale de la nevera le da un escalofrío a Natalia y corta ese instante de contemplación del sinsentido de la muerte.

—He estado investigando, Ígor Petróvich, y ninguno de los muertos del Monje tiene nada similar en la mano: ni Tatiana ni los demás fallecidos. He examinado a fondo los informes.

—Y no podremos saber si le habían plantado los círculos al oligarca puesto que lo incineraron de urgencia.

—Sigo sin comprender. —A Natalia no le cabe la menor duda. El crimen de la joven que tiene delante era de la casa, de los suyos, pero ¿por qué ella? La muerte de un miserable antirruso como Kolomoiski era casi un regalo a la sociedad, pero ¿y ella? Su perfecta manicura acompaña unas manos de mujer trabajadora. Su pelo estaba bien cortado, su piel hidratada con productos de calidad, pero no tenía ninguna operación estética. Sus ojos en cambio seguían conservando después de la muerte un brillo y una forma particularmente hermosos aunque estuviera tan hinchada. «¿Liza también merecía morir? Qué injusta es la vida, a esta la mataron con las ropas de Galina secuestrada, a quien peinaron estando dormida. Sin embargo a Liza le reemplazan su cama por las algas contaminadas del canal Griboiédov», piensa Natalia.

—Creo que Liza tendría poco más de treinta años. No le dieron tiempo ni para ser madre.

—Es una edad considerable en Rusia como para no haber tenido un hijo. ¿Algún aborto? Los novios siempre tienen dinero para pagarlos.

—No que yo pueda verificar.

—¿Algo más sobre los círculos?

—Nada.

—¿De qué color eran? —pregunta Natalia, pues de repente se percata de que todavía no han hablado de ese detalle.

—Azul.

—¿Azul cobalto?

—Sí, ¿cómo lo sabe usted? ¿En alguno de los muertos está este color? —pregunta Ígor.

—El mensaje se escribió en azul cobalto. ¿Ha analizado químicamente el compuesto?

—Hay tan poca cantidad que es difícil, pero puedo intentarlo.

—Cuando termine, dígame si es un pigmento como el que se utiliza en la Fábrica de Porcelana Imperial, por favor. Le mandaré una muestra para comparar.

QUINTO Y DIECISIETE

Suena el teléfono de Mar. Serguéi tiene la voz nerviosa y cargada. Cuenta que ha sido un día largo. Él es de la vieja escuela, y cree que puede olvidar lo malo sin hablar de ello. Por eso dice frases cortas con notas generales que al final no significan nada. Luego le propone recogerla justo enfrente, en la Torre del Agua. Es un edificio rojo que alberga un museo. Estaba en construcción cuando Dostoievski escribía sus *Recuerdos de la casa de los muertos*, y dicen que paseaba por allí, pues no vivía lejos. Aunque es de mediados del xix, la historia de la torre es mucho más antigua pues empezó con el fundador mismo de la ciudad, Pedro el Grande, que quería una atalaya para vigilar los mares que los unían a Europa, porque solo avizorando de antemano las corrientes que de allí provenían se podría administrar como se debe a la Venecia del norte, como él soñó que sería Petersburgo.

«Hoy día no hay Pedros así», piensa Mar por el camino; en cambio sí hay gente como el reciente alcalde de Moscú, Yuri Luzhkov, cuya firma autorizó la destrucción de más de cuatrocientos edificios históricos que habían sobrevivido a zares y a bolcheviques. Pero no sobrevivieron a la depredación de la especulación inmobiliaria de Luzhkov. Como por arte de magia, la esposa del alcalde se convirtió de repente no solo en millonaria sino en billonaria. También existen los genocidas arquitectónicos cuyas esposas misteriosamente se enriquecen. Lo dice la prensa imperialista y la que no lo es. Esta vez están de acuerdo.

Mar no puede parar de leer a Rusia en cada momento que tiene libre, busca sus secretos, sus chismes, su historia y sus historias; sus miedos, su crueldad, su sacrificio; su fuerza, su águila de dos cabezas que miran a oriente y a occidente, sus diversas y caleidoscópicas culturas, su oro infinito y su poder transcontinental, pero también la difamación que sufre, con razón y sin ella. Todo en este país la fascina: su superstición, su corrupción, su magia, su arte, su ciencia, su manera de soñar tan intensa, sus estepas y sus lagos, su odio, su dolor… En Rusia no hay muertos porque a nadie se le dice adiós. Mar desea abarcar todo, tiene que saberlo todo.

Ella está aún más nerviosa que en la primera cita con Serguéi. ¿Qué hará con la información que le ha dado Milena? ¿Con las fotos obscenas en el despacho que esa mujer hizo sin que él lo supiera para tenderle una trampa? ¿Debe pedirle una explicación cuando ha sido víctima de un engaño? ¿Debe hacerse valedora de derechos y exigirle fidelidad? Parece precipitado, poco inteligente, pero debería hacer algo. Al menos sentar reglas que sean iguales para los dos. Y, además, ¿qué dirá sobre el pin robado?

Ella llega a la torre de ladrillo rojo y espera, pero no hay nadie. Al rato la llaman y es él.

—Mira al río. Estoy aquí.

—Se ve que los príncipes modernos de Petersburgo no aparecen a caballo sino en barco —le contesta ella.

Difícil de creer la situación. «No tengas maridos sino amantes», le dice su voz interior. «Si fueras su mujer, tal vez tendrías que ir en metro, sin olvidarte de hacer la compra antes de llegar a casa… Bueno, quizá con este que tiene buena posición no habría que tomar transporte público ni preparar la cena, pero definitivamente no vendría a recogerte, y menos en barco. Traería su mal humor acumulado durante el día, te lo soltaría sin amortiguadores y lo rudo caería al suelo, y haría un ruido espantoso en tus emociones. Imagina su mala respuesta, su indiferencia mientras te cambias de ropa, aunque lleves un conjunto de lencería nuevo rosa chillón. No hablaría contigo de cosas hermosas, sino que miraría las noticias mientras come. No te haría reír como seguro que Serguéi lo hará esta noche. No te escucharía o, si lo hiciera, sería muy poco para ti. No disimularía si le aburres. Se le olvidaría que eres una mujer interesante e incluso bonita. Serías la mascota con la que duerme y con la que tiene hijos. Esperaría de ti que siempre supieras lo que hay que cenar, y tendría la seguridad de que tienes que soportarlo, en lo bueno y en lo malo porque lo dice el registro civil. Definitivamente no vendría acicalado, en un bote que brilla más que la luna, ni te daría la mano en la proa para asegurarse de que no te caigas, todo esto sonriendo más que el Vronski de Tolstói en el tren de Moscú a San Petersburgo. No, Mar, no tengas marido, pues mira lo bien que tratan los hombres a sus queridas». El problema es, naturalmente, que en mujeres enamoradas tales momentos de lucidez duran muy poco.

Serguéi la abraza. Le quita el pelo de la cara, la besa en la frente, la besa en las mejillas, la besa en los párpados. La besa tanto porque se le había olvidado todo de ella, y tuvo que buscar su imagen en el teléfono durante la pausa del almuerzo. La nave se desliza sobre el Nevá y deja una sombra puntiaguda como un cuchillo. Pero no les da tiempo a disfrutar de la vista. Él la ha llevado al sofá y están haciendo el amor. La ha desnudado por completo. Y la pega a su cuerpo también desnudo. Quiere sentir la mayor parte de su piel contra la suya. Ruedan en el sofá, una nube de terciopelo claro. Se frotan la piel el uno contra la otra, sienten que sus movimientos se acompasan con las olas. Porque hay olas. El Nevá es un río que cree que es mar y, por tanto, se comporta como tal. Serguéi la adora a cada segundo y ella lo nota. Es una diosa. Él recorre suavemente sus brazos, lánguidos y tímidos. Se adentra en su cuerpo, con la certeza de que saldrá herido. Es la primera vez que siente eso con una mujer, acaso sea una premonición. Pero se quita esa idea de la cabeza de la misma forma que lo hubiera hecho con un incómodo insecto. La penetra suavemente porque quiere oírla respirar. Es una mujer muy hermosa. No tardó mucho en darse cuenta. Sin embargo, a ella no le interesa ser bella, le aburren esas cuestiones. Pero está allí tumbada, con su piel de talco rosado, y sus labios sedientos, y su cuerpo se engrandece por momentos, de dónde ha salido tanto de ella, se pregunta él, y la penetra cada vez más hondo, cada vez más sincero.

Han dormido un rato, pero Mar no ha podido conciliar el sueño. Tiene las fotos de él y Milena grabadas en su mente y guardadas en el bolso, y no hay manera de evitar que la perturben. Intenta concentrarse en él, y a ratos lo consigue. Finalmente les ha entrado hambre y les obliga a bajar de la nube a comer como mortales. Sobre la mesa están los manjares fríos que empiezan a ser costumbre. Serguéi hace una llamada. Y el barco se acerca a uno de los márgenes del río. Mar entra en el baño, pequeño y bonito, y se da una ducha. Cuando sale, ve que ha entrado un camarero desde tierra a servirles pizza recién horneada. Mar se ha puesto un batín blanco, pero él viste camisa blanca y pantalón azul marino de lana australiana. Se muestra fresco y alegre. El camarero se despide con una reverencia.

—Ponte esto, por favor. —Y le alarga un vestido negro que parece de su talla. Lo saca de una caja enorme tan bonita que serviría para contener bombones.

—¡Es precioso! Pero no necesitas hacerme regalos...

—No empieces, por favor, tómalo —la interrumpe él—. Era de una de mis amantes que tenía tu talla. Como dices que he tenido tantas...

—¡Mentiroso! Ninguna tiene mi talla de sujetador. Mis tetas son normales. —Se pone el vestido y, ante su sorpresa, se da cuenta de que es perfecto. Es de manga larga con escote en forma de uve, y una caída de tela que lo hace inimitable.

—Lo ha elegido Louis-Maurice, mi estilista. Es un francés chovinista que cuando le conviene se hace pasar por británico. Ya lo conocerás. También él ha elegido los zapatos. Hemos usado algunos modelos que teníamos porque varias de aquellas señoritas tenían tu número de pie.

—Yo no comparto zapatos.

—¿Y qué hacemos con estos? ¿Los tiramos? —Se acerca a la ventana y amenaza con arrojar al agua unos preciosos tacones de Manolo Blahnik.

—Me sacrificaré por esta vez. —Los toma y se los pone—. Lo hago porque me encantan y además podrían estar hechos en España, mi tierra, la cual se me olvida cuando estoy contigo. Estos serán mis zapatos de cristal.

Mar ha salido de una calabaza. Serguéi se detiene a observarla. Está muy orgulloso de ella. ¿Cuántas mujeres hay dentro de esta mujer?, se pregunta, y a la vez tiembla. Ella a veces es una niña, a veces una académica, otras una sensible artista y ahora de pronto surge un cisne. Y por todo eso no puede soltarle un cumplido que estuviera a la altura. Simplemente no tiene. Mar se acerca a la ventana a ver el espectáculo que la belleza de la ciudad rutilante les ofrece. No es difícil percatarse de que San Petersburgo por la noche es más bonito porque se multiplica por dos. Está el Petersburgo de la orilla y el que se refleja sobre el agua. Mar acaba de dar con la respuesta.

¿Dónde está el alma rusa? Esa realidad mística de la que hablan tan a menudo las leyendas literarias. Ahora Mar lo sabe. Con toda seguridad ese destello acuoso es el alma de todas las Rusias. Por fin Mar puede verla. Se mece en el maretazo sostenida por las ondinas del río.

Los edificios de granito están clavados en un punto de la historia, y desde allí observan cómo el mundo navega siempre hacia lo peor. Los intervalos de prosperidad siempre duran demasiado poco. El barco sigue la línea recta de los tejados, una línea coronada de cúpulas doradas, como también dorada es la aguja de la catedral de Pedro y Pablo que tanto impresionó a la escritora Montserrat Roig, que la introducía con una confesión: «Este libro es la historia de una pasión». Los palacios de Petersburgo están pintados en color pastel para que siempre hagan juego con los días nublados. Será cosa de la armonía que nunca se ha dejado de buscar aquí.

Llegan al punto más enigmático de la ciudad, cuando el Nevá se abre en dos grandes brazos para convertirse en el Nevá grande y el pequeño. La isla de Vasílievski se queda a su derecha y Mar ha salido a la proa para verla. Saluda a una barca que les pasa cerca llena de turistas. Serguéi le coloca una manta de cachemir sobre los hombros para que no coja frío.

—Entremos. La comida se enfría y tú también. —Serguéi le besa las mejillas. Le gusta cuidar de ella.

—No tengo frío. Estoy abrigada con lo que ven mis ojos —responde ella mientras piensa que no sabe por qué las buenas formas de la galantería se han perdido en Europa. Pero una lágrima se le escapa desde el ojo izquierdo, porque las palabras de Milena le rondan como una avispa y la última escena íntima con ella también.

Entraron de nuevo en la cabina. Él pone la servilleta en las rodillas de Mar y levanta la bandeja plateada que ofrece pasta de alegres colores. La pizza es puramente napolitana, porque todos los ingredientes los han traído directos de Nápoles. Ella come con mucho apetito y él mira, pues no se salta la dieta que le esclaviza. Serguéi ni siquiera se permite perder el control en la comida. Pero le encanta observar cómo ella devora cada trozo. Hace años que no sale con una mujer que no cuente las calorías de cada comida. Muñecas hermosas que habitan en gimnasios y tiendas de marca. Damiselas en permanente cruzada contra la injusta celulitis y las arrugas salidas de sus carnes. Serguéi se siente libre con esta extranjera. «He debido de cambiar bastante para llegar aquí», se dice, pero se sorprende al escucharse decir esto, reiterativo e incomprensible, y no le queda más remedio que reconocer que ya es otro hombre. Él ahora pertenece tanto a Rusia como al mundo. De hecho, ahora solo es ruso cuando está en el extranjero. Vuelven a hacer el amor. Pero el sueño los vence. Más tarde él la despierta un poco antes de la una y media de la mañana.

—¡Levántate, vamos! ¡Te lo vas a perder y hemos venido para esto! —le dice él.

Se trataba de uno de los espectáculos más grandes del mundo. Los gigantescos puentes de San Petersburgo elevados uno tras otro. Es difícil imaginarse esas calles decoradas con balaustres de formas vanidosas moviéndose hacia el cielo, para pasar a ser nada menos que una carretera para la luz de la luna. Hay que verlo, como ella, en aquel momento vertical. ¿Quién ha visto alguna vez una ciudad que se mueva no horizontalmente como ocurre con el tráfico y sus habitantes, sino que una multitud de sus paseos se empinen? Los cargueros pasan lentamente. Ellos también. Su paso se dibuja en el agua, es lo único que quedará de este recuerdo.

Mientras mira elevarse los puentes del Nevá, Mar tira al agua las fotos que le dio Milena.

QUINTO Y DIECIOCHO

Iván Ilich se recupera a bordo liado en una manta. El capitán griego le pasa una botella de agua y ordena que le traigan algo de comida. Intenta mantener alguna charla con él, pero ni la cara de buena persona del capitán lo anima a hablar. Es un viejo lobo de mar, con barba ancha y canosa, abundante pelo rizado, también blanqueado por los años. Ha dedicado más de diez años de su vida al Quora III, el barco arrastrero sobre el que manda, que ahora se dedica al abadejo. A veces pescan legalmente y a veces no, como ahora, enganchados a la zona económica exclusiva rusa en el mar de Ojotsk, pues es fácil saltarse el «agujero de maní», como llaman comúnmente al área de mar internacional circundada por aguas rusas, para atrapar el abundante abadejo que llena las redes con facilidad. También aprovechan para recoger bacalaos y gambas; no todos los mares son tan generosos. Pescan de noche y con grandes faros para atraer cardúmenes. Eso también es ilegal.

Iván no se esperaba que le rescatara un barco occidental de bandera de conveniencia panameña. Su plan era acabar en Moscú con su mujer y no como un demandante de asilo en uno de esos países occidentales que declaman los derechos humanos en casa y los violan en tierra extranjera. Está devastado. Murmura a cada instante arrepintiéndose de la decisión de meterse en la cápsula. El capitán insiste en sus preguntas, pero Iván está confuso. Si vuelve a Moscú, lo encerrarán y verá a su hijo cuando llegue a la edad de hacer el servicio militar. Después de pensarlo mucho, Iván solo dice una frase: «Solo hablaré cuando lleguemos a aguas internacionales».

El capitán tiene en su poder los papeles de Iván Ilich pero el náufrago todavía no lo sabe. Ha informado a la naviera del incidente, quien le ha pedido que ejerza el paso inocente lo mínimo posible. Los planes han cambiado de repente. El capitán ha recibido órdenes de desviar el rumbo hacia Alaska, adonde debe llegar a toda prisa. Eso significa que la naviera no va a perder dinero por este cambio de destino. Tanta urgencia indica que la cantidad de dinero en juego es muy significativa.

El barco pone proa a la base militar de Estados Unidos en Alaska, a la vez que el capitán ordena que todos en el barco mantengan la más estricta reserva y discreción. Sin embargo, ese cambio de planes es tan sospechoso que será imposible que a nadie se le escape una palabra de más, así que ha decidido cortar toda comunicación con el exterior salvo la necesaria para no poner en riesgo la navegación. Definitivamente no han pescado lo que esperaban. Los marineros están inquietos, pero el armador promete unas pagas extras. Todo parece raro a más no poder. El capitán mira con tristeza al pobre muchacho y se pregunta en qué lío se ha metido para despertar semejante interés a niveles tan altos.

La tarde cae deprisa. El sol se posa sobre el mar llenando el cielo de tonos rosas y anaranjados. Iván y el capitán son los únicos que se paran a admirarlo, mientras los marineros siguen con sus quehaceres. Después llegará la luna y los hará amigos.

QUINTO Y DIECINUEVE

Mar entra en la oficina con la misma ropa por segundo día consecutivo, lo que le da una apariencia de abandono frente a los demás. Aunque huela bien, por los jabones y los aceites perfumados que su segunda vida le provee, da lo mismo. La gente del nuevo tiempo ha crecido con más vista que olfato. Hay miradas que se cruzan contra ella. La gente no sabe nada, pero la nada les ha dicho que esa chica se trae algo distinto entre manos, y quién podría perdonarle eso a una mujer si encima está en lo más bajo de la escala laboral. Mar ha llegado en barco al trabajo, aunque, por suerte, nadie la ha visto. Ella se avergüenza de esta situación que escenifica tanta desigualdad. Las tres antiguas compañeras comentan algo mientras ella pasa a su lado. Si supieran que sale con un hombre casado… Si supieran que ambos se acompañan como una gota toca a otra… Cualquier mujer casada podría amonestarla, ponerle tildes, pero ella mira sus manos y reconoce que las tiene más limpias que nunca. Por qué será que las sociedades del mundo penalizan la felicidad. Ha pasado media vida entre frustrada y anhelante, y ahora ha olvidado estas dos pulsiones que lo mismo dan energía para morir que para matar. Cómo ha cambiado su mundo alrededor. Ningún día es igual que los otros. Ya no tiene necesidad de ser otra persona, se basta a sí misma.

Se apresura a entrar en su nuevo despacho lo antes posible. Lena se encuentra concentrada en su conversación por teléfono, pues aún se siente insegura cuando habla inglés, y la energía no le alcanza ni siquiera para saludar. Mar se sienta y chequea sus mails. Le llega uno de Jean en el que le anuncia que, debido a lo poco que avanzan las discusiones, ha decidido convocar una reunión de expertos asesores, uno de los famosos grupos de trabajo *ad hoc* en la jerga de Naciones Unidas, para estudiar la situación. Juntar cerebros para dar salida a un asunto espinoso. Mar hace una lista de expertos. Los conoce a todos de sobra, los ha leído, los ha estudiado, los admiraba y siempre quiso ser como ellos. Hay un sobre azul con diminutas estrellas blancas sobre su mesa. Es igual que el que encontró en la bolsa de Singer que se le cayó a Ignátov. Le da mala espina. Llama al Manco. Le informan de que no está. Ella le deja un mensaje y espera.

Mar mira a través de la ventana. Fuera discurre la vida. San Petersburgo tiene viento, siempre viento. Por el aire vuelan algunas bolsas, hojas, trozos de periódicos, los marcapáginas de libros que las viejas utilizan en los parques. Mar mira a través de la ventana y agradece que esa ciudad orgullosa, difícil y bondadosa le regale momentos que no parecen de este mundo. Si no fuera por ese sobre y el peligro que representa, su vida le parecería una postal de las que se venden en los *quais* del Sena. No se mueve de su escritorio hasta dar con el Manco. Las cosas importantes pasan fuera, pero en su oficina, como en la mayoría, el trabajador se sienta a su mesa, enciende el aparato que hay sobre ella y entra en una relación dúctil-visual con el mundo, en la que se convierte en un cerebro conectado mediante fibra eléctrica a dos ojos y diez dedos que se topan con el plástico contaminado por las horas y la respiración aséptica del teclado. Poco importa si justo entonces acaba de subir la marea no lejos de allí o si las nubes han tomado un color rosado. Poco importa. Los ojos caminan por una pantalla de pocos centímetros mucho más reducida que la celda de un prisionero. Allí mantendrán detenido al trabajador un mínimo de ocho horas al día. Llama de nuevo al Manco, pero sigue sin contestar. Da vueltas por su despacho con el sobre en la mano y sin saber qué hacer. Podría decirse que la presencia del sobre azul estrellado es lo único real que pasa allí. En el Táuride se vive enteramente en el mundo de las ideas de Platón, donde todo es pura teoría. No hay ni marketing ni empresas. Al sector privado se lo mira por encima del hombro. Se actúa como un aristócrata con blasones en las paredes pero sin nada en los arcones. Afuera el dinero manda y es el único tema de conversación. De lo único de que se trata es de quién se queda con más y quién con menos. Quién traga, cuánto y a cambio de qué. A Mar le fascina el glamour de esta alta costura jurídica. Todo tan presentable pero que nadie puede vestir todos los días. Y el mar del cual ella lleva su nombre está ahí fuera, no allí dentro. El mar está con las empresas, los pescadores, los bañistas y los migrantes. Y ya se sabe. Los recursos naturales los da Dios y se los queda el diablo.

De pronto Mar piensa en él, en ese hombre que le enseña que la vida es algo ligero como una pluma. A veces pincha en el cuello. A veces, en la espalda. En aquellos sitios donde Serguéi la besó. En ellos se ha pegado el recuerdo, como un tatuaje que tiñe la piel. La imagen de Serguéi la mira y ella lo mira a él, reflejados el uno en la otra. Cualquier mal que le pase ahora le hará menos daño. Son las secuelas de los que han sido felices alguna vez. Qué rara suena la felicidad para los que no la usan mucho. El dolor que nos golpeó disminuye con el tiempo, pero el recuerdo de la felicidad es imperecedero si se riega de vez en cuando.

El Manco aparece en su despacho e interrumpe sus ensoñaciones. Entra sin llamar. Falta de costumbre entre los del servicio secreto, concluye Mar. El Manco se pone unos guantes de plástico y observa a contraluz el sobre que Mar ha dejado sobre su escritorio. Después lo abre y ve una fórmula matemática escrita en el reverso de una imagen de la Virgen del Signo. Pero Mar está viva. La tiene en cuerpo y alma frente a él. Y le resulta hasta raro. Ella no está asfixiada ni atada de manos, sino que lo mira con esos ojos chispeantes que tanto la caracterizan. De pronto suena la alarma de incendios en el edificio. El Manco está convencido de que no hay ningún incendio. Llama a seguridad y le confirman que hay un aviso de bomba. Proceden a evacuar el edificio. El Manco no se separa de Mar en ningún momento y la guía hacia una salida segura. La gente corre nerviosa; no están acostumbrados a una situación así. Hay gritos, codazos y tirones de pelo. Cuando llegan a la calle, los empleados se amontonan tras el cordón que ha instalado la seguridad. El Manco está de espaldas a Mar para protegerla. De pronto él siente un pinchazo. Se le nubla la vista y se le aflojan las piernas, que ya no lo sostienen. Cae de rodillas lentamente, pero no deja de tener la mirada fija en Mar, que se vuelve una sombra borrosa. Otra se acerca por detrás a ella e intenta llevársela del brazo. El Manco quiere gritar, pero no puede. Mar ofrece resistencia, pero le tapan la boca y desaparece del campo visual. Luego todo se vuelve negro. Al Manco solo le queda su angustia antes de perder el conocimiento.

QUINTO Y VEINTE

Mientras, en la otra punta de la ciudad Serguéi llega a la oficina y parece distraído. No recuerda si ha saludado al personal con el que se cruzaba. Hoy ha entrado tan deprisa que no se ha parado a mirar, como hace siempre, el teatro Aleksandrinski, contiguo a las oficinas de Lozprom. Se sienta en su despacho. Los minutos pasan y a Serguéi cada vez le interesa menos el oceonio. Esa chica europea le ronda la cabeza más de la cuenta. Solo piensa dónde llevarla para ver cómo disfruta. Tiene la sensación de que empieza a quererla más que a sí mismo. Se pregunta si está enamorado, pero no encuentra la respuesta, tal vez porque nunca ha sentido nada parecido. ¿Cómo responder si tiene la impresión de que no se pertenece sino que le pertenece a ella?

Serguéi se acerca a la ventana y observa el Aleksandrinski. Es el teatro con la fachada más impresionante de la ciudad, no es de extrañar que a tal estilo lo llamen imperial. La primera vez que entró allí comenzaba la universidad. Fue el año en que él se rindió por completo al encanto de la ciudad y decidió recorrer todos sus lugares sagrados. Se acuerda de aquel día con nitidez. No está respondiendo mails, como hace habitualmente. Tampoco responde las llamadas que le pasa una de sus secretarias. Una de ellas intenta informarle de un aviso de bomba en el Táuride, pero no la ha escuchado. Lo único que hace es mirar por la ventana y añorar. Ha retirado las cortinas completamente y el cristal deja pasar toda la luz. Cierra los ojos y recuerda ese día. Daban *La gaviota* de Chéjov, que se estrenó en aquel legendario teatro en 1896. Con esa obra sucedió algo parecido a lo que le pasa a él con Mar. Puede ser un desastre o una maravilla. Lo disfruta mientras dura. El día de la *première* el público abucheó la obra y Chéjov se escondió detrás del escenario para que nadie lo encontrara. Años más tarde, la obra se reestrenó en Moscú. Chéjov se fue a Crimea de vacaciones para evitarse otro mal rato. Sin embargo, cuando terminó la pieza, el público se quedó en silencio varios minutos. Todos retenían la respiración. La compañía teatral temió otro fracaso. Pero cuando el público se repuso de la emoción, explotó en aplausos y la obra pasó a la historia como uno de los textos más maravillosos escritos por el ser humano. Mar también lo tiene en vilo y él no sabe cómo terminará esta obra…

—Buenos días —dice Poliakov, que entra en su oficina sin llamar—. Se le ve terriblemente ocupado. —Su cara es aún más redonda de lo habitual, quizá para que le haga juego con la enorme barriga y el flequillo recto, que a Serguéi le recuerda a los monjes de la versión cinematográfica de *El nombre de la rosa* de Umberto Eco. Por mucha ropa italiana que se ponga, conserva el aire embrutecido, el de un jugador de rugby en pleno juego.

—Es una gran costumbre reflexionar, una lástima que otros no sepan de lo que se trata.

—¿Eso es lo único que hace usted en un día como este?

—Ya esperábamos que los chinos nos robaran los secretos de la tecnología del oceonio. De hecho, llegan tarde.

—¿De qué habla?

—Los americanos lo hicieron antes, los japoneses y los franceses, después. En fin, todo rutina, como puede ver. —Tomski se acerca a Poliakov con actitud amenazante—. Usted por casualidad no sabrá por qué aquí cada cual entra en nuestra base de datos como si estuviera en su casa, ¿no? Disculpe que no le ofrezca un té.

—¡Es usted un desgraciado!, ¿cómo se atreve?

—Ya que se permite venir a mi despacho sin avisar, creía que podía tener la respuesta. Sobre todo, porque su gente ha estado metiendo las narices en los sistemas de seguridad. ¿Creía que no iba a enterarme?

—Debíamos tenerlo vigilado.

—Una pena que ni el mismísimo presidente lo supiera.

—Eso tiene una explicación y se la daré.

—En este país todos nos dedicamos a seguirnos los unos a los otros y lo más importante queda sin hacer. Siempre fue así, y miserables como usted se encargan de que eso no cambie.

—De verdad que no le entiendo. ¿Así reacciona en un día como hoy? ¿Endosándome patrañas? Nos acusan de todo en internet y todo esto es culpa suya.

—Pienso en cómo conseguir pruebas para coger al chivato, y cuando las tenga, será usted el primero en saberlo, se lo aseguro.

Al mismo tiempo que tiene lugar la conversación entre Serguéi y Poliakov, en una gran casa a las afueras de Moscú, en las colinas de Pokrovski, una joven veinteañera corre de un lado a otro mientras emite en directo con la cámara de su teléfono una situación muy particular. Viste unos pantalones anchos de seda con el camisón a juego. Sus larguísimas y bien cuidadas extensiones de cabello saltan de un lado a otro mientras ella busca dónde esconderse. Las cadenas de oro que lleva tintinean al chocar unas con otras. En el trasiego pierde uno de sus llamativos pendientes. Tiene miedo. Dice que van a matarla. Va a su vestidor y se esconde tras una de las mulas de ropa. No tiene tiempo de explicaciones porque la emisión se corta súbitamente en la aplicación que usa para subir sus contenidos. Anna, la hacker, ha conseguido parar la emisión. Un millón doscientos mil seguidores, la mayoría en Rusia, se pregunta qué le ha pasado a esta *influencer* dedicada a fomentar la obscenidad del lujo a la que casi nadie tiene acceso.

A Poliakov no le ha gustado la conversación. Venía a humillar a Serguéi para que perdiera los estribos, pero no se imaginaba encontrárselo sosegado y meditativo. Confirma la característica que define a Tomski: es alguien que se crece en situaciones de estrés. Actúa tan fríamente ante circunstancias de presión que cualquiera diría que le gustan. Poliakov recibe un mensaje en su teléfono. Es Galina. Lo lee. Está lleno de afecto y cariño, y sonríe delante de Serguéi como si fuera una victoria. Entonces da un giro a la conversación y decide dejarle disfrutar de las vistas sobre el Aleksandrinski.

—¿Y qué vamos a hacer ahora? —pregunta Poliakov.

—Imagino que está consternado con lo sucedido. Que ni lo veía venir. Pero no se apure, esto solo ayudará a las negociaciones. Los que nos han robado los secretos del oceonio son los que aprueban los tratados internacionales. Cuando saquemos todo lo que hay en nuestra plataforma continental habrá que ir a los fondos marinos internacionales. Yo quiero un nuevo acuerdo que permita que quien lo explote se quede con el oceonio, y mis expertos trabajan en esto. Todo es cuestión de cálculo. ¿Usted no piensa igual? Perdón, se me había olvidado que usted quiere quedarse en el Paleolítico sacando petróleo —explica Serguéi muy seguro.

—¿Y los demás estarán de acuerdo? —pregunta Poliakov de nuevo.

—No se intranquilice, todo a su tiempo. Solo hay que darles miguitas de pan para que no se pierdan en el camino, que es el que nosotros queremos. Puede ir a decírselo a sus amigos oligarcas cuando le venga bien.

—Todavía no entiendo cómo a alguien se le ocurrió aprobar que los recursos del fondo del mar fueran para todos. Todos quieren ganar con lo que hacemos nosotros y es nuestro. Los países en desarrollo se limitan a pedir sin hacer nada. —Poliakov responde evadiendo la ofensa.

—Fuimos nosotros quienes impusimos esos términos a la Convención del Mar. ¡En fin, aquellos eran tiempos de ideales socialistas e internacionalistas! Yo era soviético y usted también y los dos teníamos la sensación de pertenecer a algo grande y de hacer lo correcto. ¿Lo ha olvidado? Yo no. Éramos capaces de llegar al espacio antes que nadie y de batir todos los récords olímpicos. Queríamos un mundo de iguales, donde la dignidad de los humildes fuera la premisa de todas las premisas. Sí había olvidado lo que se sentía hasta ahora. Y con este mineral que hemos descubierto siento lo mismo de nuevo. No debemos retornar al pasado, pero sí hacer mejor el presente. Fuimos hombres de fe obligados a perderla y a abjurar de ella. ¿Cuántas veces oímos la glorificación del mercado en palabras de Gaidar? Cuánto más pasa el tiempo, más admiro a aquellos que defendieron hasta la saciedad que el mundo fuera un sitio con alguna oportunidad para salir del agujero de la pobreza, porque el dinero para ellos no era tan importante. ¡Cuánto los admiro! Ahora tenemos otras reglas de juego porque fuimos incapaces de cambiarlas. Estoy convencido de que no fuimos traicionados por el comunismo sino por los comunistas. ¡Si hubieran sido honrados, respetuosos y coherentes! Por su culpa llegó la perestroika y convertimos al dinero en Dios y a Lenin en bandido, que por muy cabrón que fuera al menos fue congruente hasta el final. Esos de los que habla usted éramos nosotros. Nosotros cuando éramos capaces de dar la vida por una idea... Bueno, ya me ha oído. Ahora puede retirarse y cuando salga no dé un portazo como siempre. Ya sabe que me molesta.

Natalia llama a la puerta. No se sorprende de ver a Poliakov allí, puesto que ya estaba avisada. Serguéi está echado hacia atrás en su butaca de cuero blanco diseñada en el estudio Castiglioni de Milán. Tiene una cara a medias entre estar incordiado por Poliakov y encaprichado por una nueva mujer. Ella sabe dónde está su mente. Le ha conocido muchas amantes, pero tiene miedo, pues nunca lo había visto así. Ausente y desmotivado para el trabajo. Debería hacer algo para prevenir que cometa un error. Natalia lo sabe. Es su instinto de mujer enamorada que le advierte que él no anda por buen camino. Nunca imaginó que la pasión amorosa fuera como la muerte. A uno le llega, no se tiene elección, viene para transportarte a otro mundo.

Natalia, que es tan morena como alta, tiene cuarenta y pocos, aunque parecen menos por su tremenda forma física. Ella no desea aparentar menos, pues siente que su autoridad depende de que no se le note demasiado que es mujer. Siempre le gustó Serguéi, desde el primer día, no porque tuviera el halo del jefe sino porque él no es como los demás. Como no puede remediar que se note su fascinación hacia él, no habla de Serguéi con nadie. No hace falta que lo haga. Sus amigas más íntimas saben que lo dejaría todo si un día él mostrara algo de interés en ella. Su novio de turno, también. Pero conviene no mezclar las cosas. Ahora tiene un buen sueldo y una carrera, preferible dejar esa atracción a un lado. Ella sabe que él lo sabe, pero hace como si no lo supiera.

Natalia le comunica la muerte del tercer oligarca, el ingeniero moscovita, como si se tratara de la publicidad de una marca de mantequilla. Ninguno de los tres se inmuta.

—¿Se ha suicidado? —pregunta Serguéi.

—Sí —responde Natalia mientras saca un chicle y se pone a mascarlo. Se apoya en la pared al lado del marco de la puerta.

—¿Ha matado a alguien antes de morir? —pregunta Serguéi.

—Sí. *Evidens.*

—¿A su única hija, esa que sale tanto en las redes llevando bolsos de marcas francesas e italianas? —pregunta de nuevo Serguéi sin sorpresa.

—Por ejemplo —responde a su vez Natalia.

—Yo tengo cosas que hacer —comenta Poliakov, quien sale disparado por la puerta.

—Yo también tengo cosas que hacer —comenta Natalia mientras le cede el paso a Poliakov—. Por cierto, han anunciado una bomba en el Táuride pero creemos que ha sido un gracioso —dice antes de salir.

A los pocos minutos suena el móvil de Serguéi. Es Galina. Está en San Petersburgo y quiere verlo. Serguéi estaba avisado. Su equipo de seguridad ya le había comunicado que su esposa estaba en pie de guerra. No será lo peor del día. La desaparición de Mar vendrá poco después.

QUINTO Y VEINTIUNO

Natalia ya no puede permitirse dormir. La desaparición no solo de Mar sino de Iván Ilich han complicado la vida de todos. Es incomprensible. Es difícil mantener la calma cuando las cosas van mal. Los despachos del servicio secreto y la policía se han llenado de nervios y gritos. Natalia ha decidido abortar la misión de tomar la Fábrica de Porcelana Imperial hasta que analicen a fondo al personal. Tienen que hallar a un sospechoso antes de levantar la perdiz y que escape. Esto sin contar con Ignátov, que también sigue sin aparecer. Natalia ya no puede tomar café porque lo necesitaría intravenoso. Ahora ha recurrido a las anfetaminas para tenerse en pie. Se permite el capricho de un trozo de tarta de maracuyá con chocolate que consigue en una pastelería Garçon cercana.

Sobre su mesa hay una carpeta por cada individuo que debe estudiar, porque ella es de la vieja escuela y le gusta el papel. Esto lo complementa con un avanzado programa informático para hacer perfiles criminales. Ha dado un respiro a sus asistentes y esa noche prefiere pasarla sola y probar suerte. Empieza a teclear datos en el ordenador, toma notas, vuelve a empezar. Las horas pasan pero los resultados no llegan.

Natalia se acuerda de su padre. Era un jugador empedernido que traía de cabeza a su madre. Siempre buscaba una excusa para tentar a la suerte, cualquier momento era bueno para hacer una nueva apuesta. Natalia sonríe cuando se imagina su sonrisa bondadosa. Tan buen padre como mal marido. Hace cuarenta y ocho horas que no ve de cerca una cama. Cabecea y se recuesta un momento sobre el escritorio. Empuja con el codo una enorme pila de carpetas selladas que caen al suelo. Sobresaltada, se despierta con el ruido y ve que ha quedado solo un dosier sobre la mesa. Antes de recoger las otras carpetas abre esta y saca un informe con una foto. Se trata de un individuo nacido en la frontera con Ucrania. Un artesano de familia humilde que cursó estudios de ingeniería. Parece un hombre muy inteligente venido a menos, pero no es alto y bien fornido como lo describió el artesano y tiene que haber una explicación porque su perfil encaja: un resentido tremendamente religioso.

QUINTO Y VEINTIDÓS

Serguéi llena la copa de Galina hasta la mitad. Es Chianti italiano, que tanto le gusta. Antes de llegar a casa para en Большая Конюшенная, un bulevar que supo ser un barrio de pobres pero en el que ahora está instalada toda la industria del lujo europeo. Se ha traicionado a sí mismo y, por nostalgia, pasa justo al lado del lugar donde cenó los *pyshki* con Mar. Está preocupado por ella, pero confía en su equipo. Ordena a José Emilio que lo espere, mientras el *garçon* le abre la puerta, se inclina, le desea buen día, honrado de cruzarse con él porque sabe quién es. Le ve a menudo en televisión. En estos almacenes de lujo hecho a mano, Serguéi compra flores, diez veces más caras que en la calle, porque se siente culpable. Quiere tratar bien a su mujer porque ha sido feliz sin ella. Sin embargo, camino de la casa que ya no es su hogar, se acuerda de Mar. Se da cuenta de que hay detalles que hacen a alguien más infiel que noches de sexo. A él no le sale traicionar a Mar, no porque se lo hubiera propuesto, sino porque sería algo forzado. De alguna manera se traicionaría a sí mismo, porque sus sentimientos por ella lo hacen mejor persona y ya nadie lo hace sentirse así. Por eso las flores se quedan en el asiento trasero del coche. Aunque no hay ni una flor roja en el ramo. No deja de pensar en ella y se pregunta cómo estará.

El matrimonio toma ujá, una sopa de pescado que se parece al emblanco malagueño, en completo mutismo. Él no se da cuenta de que ella tiene un nuevo corte de pelo ni ella de que él tiene varios kilos menos. Mas a Serguéi no se le pasa el detalle de que Galina se ha tomado la molestia de cocinar y le ha preparado uno de sus platos favoritos. Pero el murmullo del silencio es cada vez más fuerte y no pueden callarlo, por eso él toma el mando a distancia y pone la tele con un volumen más alto del habitual. Acaban la sopa y Galina le sirve la carne en una porcelana blanca imperial petersburguesa de una serie limitada. A él antes le gustaban esas cosas, el esmero, los detalles, pero ya no es capaz de apreciar nada. Se ha quedado sin vista, sin gusto ni olfato. El lomo le parece seco, la sopa demasiado aguada, la porcelana demasiado vista y su esposa, una mujer como cualquiera que podría encontrarse en la calle. Se pone la mano en la frente, como forma de acallar este barullo en sus sentidos, que hace aún más insoportable el silencio, ese lugar que formaba parte de su zona de confort y ahora es como un contenedor de basura donde cabe todo, y cuyo olor es imposible de esconder por mucho perfume que uno se ponga. Suda pensando en Mar; tienen que encontrarla pronto.

—¿Te gustaría que te llevara en barco a ver los puentes elevados? —pregunta él sin pensarlo, porque echa de menos la noche que pasó con Mar y busca una manera de revivirla de nuevo, porque le apetece cerrar los ojos para agarrar de nuevo esas horas. O puede ser que perversamente desee comparar ambos momentos, el de su esposa y el de su amante, para saber si está en un camino del que no hay retorno. Porque a pesar de que solo ha compartido unos días con Mar y de que parece una diversión convencional, entre ellos no hay ni palabra ni gesto que sea banal.

—¿Estás loco? ¿Con el frío que hace? —Y Galina recoge la mesa, y le habla de compras y regalos pendientes.

Después el silencio se instala de nuevo. Y se hace cada vez más intenso. Cala los huesos. A Serguéi le da la impresión de que tirita.

—¿Y si hacemos un día de estos el tour de Dostoievski? Si tanta gente lo hace, será por alguna razón.

—¿Desde cuándo te gustan los escritores harapientos? Ese tipejo está sobrevalorado. Hizo bien el zar Nicolás I en desterrarlo, lástima que volviera del exilio y todavía tengamos que padecer sus relatos insufribles.

Una nueva pausa llega. Más grande que la anterior. Con huecos donde le caben todas las palabras que no han sido dichas y, lo que es peor, las que no se deben decir si no se quiere herir demasiado.

—¿Qué tal fue tu visita a la consejera?

—Se llama «hermana». Este mes tengo que ponerme algo rojo cada día y tú también porque la constelación de Aries está cerca de la de Capricornio.

—Pues así sea. —A Serguéi le da la impresión de que ya han tenido esa misma conversación ayer, antes de ayer y hace un año. Que, de hecho, no han hablado de otra cosa desde que se conocen.

—Sarah, mi astróloga rumana, que es bastante bruja, también me ha dicho que es un momento de cambios en tu vida y que estás en peligro. —La voz de Galina suena tan decidida como siempre que habla de asuntos trascendentales. Ha dejado de recoger la mesa. Le observa fijamente. Se pregunta qué pasa. Hay algo diferente en él, pero no podría decir de qué se trata. No cree que sea una nueva amante, porque ya ha tenido muchas y, a fin de cuentas, ninguna ha conseguido cambiarlo. Tampoco debe de tratarse de una nueva ambición en el trabajo, porque le ha conocido todas y nunca lo han vuelto vulnerable o impredecible, en eso siempre fue constante sin perder jamás el control. Y sin embargo hay algo distinto en él. No es su aspecto ni lo que dice. Es una serenidad que lo convierte en alguien vivo, y resulta casi alarmante.

—¿Eso no es lo que dijo el año pasado? ¿Y el otro también? Por cierto, ¿la han chequeado a fondo otra vez los del servicio de seguridad? —Pero se percata de que está siendo grosero porque la palabra de esa bruja es su religión, probablemente porque Galina encuentra allí un refugio emocional que no halla en su persona. Por eso añade—: La vida se mueve a cada segundo, sería imposible que no cambiásemos. En fin, Galina, en realidad todos estamos en peligro de muerte porque estamos vivos.

A Galina le gustaría decir que él debería recuperar la costumbre de escucharla. Se pregunta desde cuándo no pasa. Y es que, al principio, a Serguéi se le notaba menos que la ignora. Pero ahora no puede disimular que cada palabra de ella suena hueca y torpe. Por eso cuando están en desacuerdo, grita. No sería ninguna exageración afirmar que nada de lo que ella ha comentado en los últimos años le ha resultado interesante. Pero Sarah le ha dicho que tenga esa fiesta en paz y sobre todo que esté muy atenta a todo lo que él diga para poder usarlo en su contra. Así que, por una vez, ella se calla, y sirve un trozo de tarta de maracuyá y chocolate que ha comprado en Garçon, una cadena de pastelerías de repostería francesa que llena la ciudad. El silencio regresa y su voz es ensordecedora. De hecho, no se podría escuchar una palabra aunque alguno de los dos fuera capaz de pronunciarla. Serguéi echa de menos a su hijo, y se preocupa porque Galina lo está llevando a ver a esa astróloga manipuladora y lo nota aún más retraído y distante, habla de dinero como un adulto y está lleno de recriminaciones. Hubiera querido verlo, pero está con un amigo. Su ausencia profundiza los silencios en la no conversación que mantienen. El ambiente se ha vuelto asfixiante. Pese a la decoración festiva, Serguéi se siente en un entierro. Le retumban los oídos y ya no aguanta más.

—No me puedo quedar a dormir. Mañana tengo una reunión muy temprano y no quiero llegar tarde si me pilla el tráfico.

—Pues como tú veas. Yo salgo temprano hacia el aeropuerto y no te vería de todas maneras. —Galina no menciona lo inconsistente que resulta la excusa porque bajo ningún concepto deben tener una discusión. Es lo que le han dicho Poliakov y Sarah. Ella sonríe. Le sirve té, y le recuerda el mandamiento superior a todos, el que está mal traducido en las tablas de la ley, pero que dijo Dios con una claridad supina en el monte Sinaí—: Somos una familia, eso es lo que importa.

—¿Y qué seremos cuando el niño sea un adulto?

—Una familia. —Sonríe aún más, y se le derrama el té porque se ha puesto nerviosa, porque para qué hablar de cosas que no deben hablarse. Ella le tolera todo, le permite todo, no pide explicaciones ni le interesan. A qué viene esto, así de pronto, de golpe y sin avisar. Si él no puede estar más cómodo pues lo tiene todo, un hogar del que entra y sale cuando le apetece, pero que siempre le está esperando, o por lo menos, lo parece.

—¿Y cuando el niño se case y venga dos veces al año a vernos?

—Una familia —responde ella con el eco parecido al sonido de las campanas cuando se superponen unas a otras.

—¿Y todas las cenas que tengamos serán como esta?

—No, porque habrá carne. Perdona… hoy pensé que preferías pescado. —Galina está ansiosa. No entiende a qué vienen esas quejas. Son tan banales, tan ligeras como el aire. Ella es así. Es como quejarse de que el mar sea azul y de que las nubes sean blancas. La conversación ha tomado un giro que no debía; es más, ella había planeado que fuera totalmente diferente.

—No es eso… Por la noche, mejor tomar pescado. Me refería a otra cosa. Me refería al resto de nuestras vidas.

—¿A cuando seas viejo y no puedas moverte sin ayuda? ¿Lleves un pañal para no mearte? Para entonces ni carne ni pescado. Te gustará tomar sopa —dice ella.

Serguéi la mira alucinado. El comentario de Galina es el de una mujer que él no conoce todavía. Tan puesta y tan segura. A continuación, ella se acerca a su silla, en busca del milagro que lime las diferencias, y le coge la mano. Después la conduce a los enormes pechos que a él siempre le gustaron tanto. Se abre la camisa, despacio, muy despacio, como sabe que a él le pone. Los botones ceden y deja su pecho al descubierto. A él siempre le gustaron tanto. Cierra los ojos mientras ella hace que sus dedos se deslicen por sus senos perfumados, bien formados, adornados de encaje blanco. Lleva un *brassiere balconnet* de Maison Close. El mismo que usa Rihanna según leyó en *Vogue*. Se baja uno de los tirantes del sujetador, y así, con lo que queda de postre, hace un contraste sugerente, casi caníbal. El tirante cae, y el pecho derecho aparece al descubierto como si se viera por primera vez. A él siempre le gustaron tanto. Pero él le retira la mano. Se excusa para ir al baño y echarse agua fría allá donde pueda. Entonces todo está dicho. Nada hay que añadir.

Galina toma aire, lo suelta despacio mientras quita las migas de pan del mantel con un recogedor de mesa de plata que compraron en Christofle en el último viaje a París juntos. Se concentra en este instrumento, que pasa una y otra vez por el tejido de algodón bordado con flores amarillas. Efectivamente debe concentrarse en su mano, en lo que hace. Olvidar un poco y, sobre todo, olvidar que han hablado y que la acaba de humillar. Él no entiende que cuanto más la humille, antes se alejará de él y más profunda será su venganza.

El teléfono de Serguéi suena. Es el Manco para contarle novedades de la desaparición de Mar. Él sale de casa a los pocos minutos, sin ponerse el abrigo que lleva en la mano. Galina llama a Poliakov. Él la escuchará con cariño. Se reunirá con ella en el dúplex para secarle las lágrimas. Él sí la ve.

QUINTO Y VEINTITRÉS

Negro. Mar no ve nada. No sabe a dónde la han llevado ni por qué la han secuestrado. La han tirado en una cama con las manos atadas. De pronto, alguien se acerca y sin decirle nada le quita de un tirón la capucha que le pusieron después de forzarla a entrar en un coche. Mar se alegra de poder respirar libremente. El hombre lleva la cara cubierta. Viste de negro. Es muy corpulento y tiene un aire marcial. Da órdenes, pero habla poco. Mar suspira. Le hace unas preguntas, pero el sujeto no le contesta.

El hombre da vueltas mientras habla por teléfono. Cuando cuelga, le da un poco de agua en un vaso de plástico. Le arregla el cabello enredado que le ha quedado detrás. Mar tiene mucho miedo, pero se calma con esos detalles. Observa su alrededor. Están en una habitación polvorienta en la que los viejos radiadores todavía funcionan. Hay botellas de vodka y bolsas de plástico tiradas en el suelo. Huele mal. No tiene ventanas sino unas pequeñas claraboyas a tres metros de altura por las que entra algo de luz. Podría ser un sótano o la parte alta de un edificio en desuso. Mar no sabría decir. Es muy silencioso, no parece haber una calle cerca. No es buena señal. Si la matan, nadie podrá escucharla.

Mar tiembla. Hubiera querido gritar, pero le han advertido que lo lamentaría. Imagina, como sucede en las películas, las mil torturas a las que la pueden someter. Está aterrada y obedece sin fisuras a cada orden de su secuestrador. Lo que nadie le ha prohibido es mirar. Mar observa si hay rastros de sangre en aquel antro o al menos algún utensilio de tortura. Pero no ve nada. Eso la tranquiliza.

—Está todo preparado —dice el secuestrador en ruso.

—¿Para qué? —Mar pregunta de nuevo, aunque ya sabe que ha llegado el final. Por alguna razón lleva un gran sosiego en el alma, empieza a dudar de que lo que está pasando sea verdad. Todo es tan irreal que en cualquier momento se despertará en la cama desvencijada del piso de Masha o incluso en su casa en Málaga. Va a despertarse, seguro que se despertará.

—Toma esto —ordena el secuestrador, y le acerca el icono de una virgen que conoce bien. Ella diría que ya le pertenece, es el que compró por curiosidad en el anticuario del Moika—. Agárralo siempre entre las manos.

—Sí. —Mar coge el icono y se pone a rezar. Reza por ella misma, por Tatiana y por todos los demás. La imagen despide una gran paz, como no ha sentido nunca. El rostro de la Virgen es hierático pero maternal, dentro de su vientre, enmarcado en un círculo, un Niño Cristo reina sobre el mundo—. Dios te salve, María... —Ella no reza mucho, pero aquí no queda otra—. Llena eres de gracia... —Ha perdido el control que tiene sobre este mundo, esa ficción que nos hace creer que tenemos poder sobre nuestra vida y nuestras decisiones, cuando en realidad estas se limitan a la jurisdicción del trato consigo mismo. Lo que acontece en nuestra vida son cosas de otro mundo.

El secuestrador llama de nuevo para recibir instrucciones. Para esta ocasión saca un sobre azul con diminutas estrellas blancas de su mochila y lo abre con cuidado. Hay una fórmula. Le hace una foto con el móvil y la envía. Después empieza a copiar pacientemente la fórmula matemática en una pizarra que hay colgada en la pared que está junto a Mar. Tiene problemas para escribirla porque es larga y tiene numerajos por todas partes y símbolos que no ha visto nunca. Exclama a cada instante porque no tiene paciencia para este menester. Habla en ruso pero con acento de fuera.

—¿Quieres que te dicte? —pregunta Mar, que sigue anestesiada por la incredulidad y ha decidido ser cooperativa hasta el final.

El secuestrador asiente, le da la postal sobre la que está escrita la fórmula, y que Mar reconoce muy bien. Lee despacio, aunque tiene problemas para traducir los símbolos matemáticos en ruso. Es obvio que el secuestrador no tiene muchas luces o vivió su época escolar a base de desatención y novillos. Apenas sabe escribir y grita cuando tiene que borrar. Mar encuentra fascinante que la última tarea de su vida sea hacer de improvisada maestra de escuela desasnando a un oso ágrafo y analfabeto numérico en un antro maloliente. Hubiera preferido oler unas flores rodeada de los suyos, aunque eso es cosa del pasado. Hoy la gente se muere sola en los hospitales conectada a bombas de morfina sin poder despedirse de nadie. Al menos este sitio tiene su toque de originalidad. El teléfono suena y el secuestrador interrumpe la faena.

—¿Cómo que no está bien? ¡Pues claro que sí! ¡He tomado una foto de lo que hay dentro del sobre! —Parece muy contrariado y sube el tono de voz cada vez más—. ¡Antes que si el pin vacío y ahora esto! Aquí no se hace más que improvisar. —El encapuchado se pone a dar patadas a todo lo que encuentra—. ¡Que no, que no hay ningún otro sobre! ¡Si alguien se ha equivocado no he sido yo! ¡Te he hecho la foto que me pediste, con la fórmula esta de tres renglones, así que deja de joder y terminemos con esto! —Tira el móvil contra el escritorio.

—¿Qué pasa? —pregunta Mar.

El secuestrador medita si contestarle o no, pero a fin de cuentas tiene que desahogarse con alguien y qué mejor que con una futura muerta.

—Se han equivocado con la fórmula. Tiene que resultar en un número de dos cifras y lo que sale es cero.

—¿Y no puede ser cero-cero? —Mar se acuerda súbitamente de uno de los libros que apareció en la bolsa que pertenecía a Ignátov, *La biografía del cero* de Seife.

—Pues parece que no. Y si no tenemos el número no podemos seguir.

El hombre se sienta en un sofá, se tumba en él y empieza a beber de una botella de vodka que encuentra. Parece que el tema va para largo. Mar decide recordar los buenos momentos de su vida, rezar de vez en cuando, agradecer las cosas buenas que ha recibido.

—¿Me matará sin hacerme daño?

—Me caes bien y te mataré sin sufrimiento.

—Se lo agradezco. —Porque sí, se dice, también hay que dar las gracias por algo así.

QUINTO Y VEINTICUATRO

Las horas pasan y el secuestrador se ha quedado dormido. Ha bebido hasta perder el conocimiento. Mar ha ido contando la cantidad de alcohol que ha tomado. Hace un cálculo rápido de su peso y complexión, pero naturalmente depende de cómo procese el alcohol. Por la manera de caer en el sofá haraposo parece que la cantidad de vodka le ha pegado fuerte. Ella le dado conversación y el verdugo se ha relajado. El tiempo ha hecho lo demás.

Es su oportunidad. Mar debe buscar cómo salir. Ya se sabe de memoria el recinto, y empieza a chequear los posibles puntos vulnerables. Pero aquello es un búnker. Va de puntillas hacia la puerta, pero es incapaz de abrirla. Debe buscar las llaves en alguna parte. Ya que el verdugo parece profundamente dormido, se atreve a hurgarle en los bolsillos. Tocarle le da tanto asco como miedo, pero ha de ser rápida. Cuando el verdugo siente una mano en su bolsillo, la agarra con fuerza. Mar no sabe si es un espasmo o que no está tan dormido como parece. Le tiene la mano cogida y no la suelta. Mar no puede gritar a pesar del dolor. Debe pensar rápido y solo se le ocurre cantar una nana. Es una canción rusa que aprendió en el tercer curso de la escuela de idiomas. La canta con la poca dulzura que puede echarle al asunto, pero ante su sorpresa el verdugo pone cara de felicidad y se da la vuelta. Mar sigue buscando por donde puede.

Sin embargo, se oye un ruido fuera. Mar decide arriesgarse y comienza a gritar. El verdugo no parece inmutarse, por lo que ella sigue pidiendo ayuda. Pero nada pasa fuera. Los crujidos que escucha podrían ser cualquier cosa, un perro callejero, por ejemplo. Ella sigue golpeando la puerta hasta que cae exhausta y se pone a llorar. Qué poco se ha permitido llorar en su vida, con lo reconfortante que resulta. De pronto levanta los ojos y ve tirado en el suelo algo que brilla. Parecen unas llaves. Están debajo del sofá. Gatea sigilosamente hasta ellas. Las recoge del suelo nerviosa. Se dirige de nuevo hacia la puerta y prueba una a una cada llave. Tras varios intentos asume que ninguna funciona.

Después Mar intenta apilar una silla encima de la cama sobre la que la retenían para acceder a alguna de las ventanas. Hace el mínimo ruido posible, pero a estas alturas parece que nada despertará al verdugo. Cuando se sube a la improvisada estructura, se cae al suelo y se da un golpe en los brazos, que han tenido el acto reflejo de salvarla.

Mar se queda en el suelo sucio, ya sin ninguna esperanza. Ve una botella de vodka junto a ella y bebe un poco. Le parece de un sabor horripilante. Toma un poco más para calmar los nervios. Después cuenta hasta cien, pensando que es un número justo para que circule el alcohol en su cuerpo. Cuando por fin se nota más calmada, se acerca de nuevo a la puerta, con mucha paciencia introduce en la cerradura cada una de las llaves, las gira de mil formas, hasta que de pronto se abre.

La puerta gira con un sonido metálico entrecortado. Lo que ve es lo último que imaginaba. Hay un grupo de policías preparándose para entrar. No ha hecho falta puesto que Mar se les ha adelantado. Entre ellos ve a Natalia vestida de uniforme militar.

—¿Estás bien? —le pregunta Natalia a Mar, y le pone la mano en el hombro para reconfortarla.

—Sí, sí, no me han lastimado. —A Mar se le saltan las lágrimas. Abraza a Natalia —. Gracias, gracias…

—Instalamos un GPS en el icono que compraste, pero hubo algunos problemas con la señal. Por eso tardamos un poco más. —Natalia observa la fórmula escrita en la pizarra que cuelga en la pared.

—Quien haya hecho la fórmula ha ayudado a salvarme la vida. —Después lo explica para hacerse entender—: Por lo visto el resultado es cero y los secuestradores necesitan otra cosa.

—¡Qué raro! —Natalia observa la fórmula, le hace una fotografía y la manda.

—Están buscando algo con los números —dice Mar mientras recoge del suelo su bolso, del que saca sus cosas para ver si falta algo. Las va dejando sobre el camastro en el que la habían tumbado.

—¿Es un mapa de San Petersburgo? —pregunta Natalia cogiendo entre las manos el que utiliza Mar para pasearse por la ciudad.

—Sí. Serguéi me hizo seis círculos en el mapa con las seis partes de San Petersburgo a visitar.

—¿Cómo? ¿Te refieres a Serguéi Tomski?

—Sí —afirma Mar.

Varios agentes arrestan al secuestrador, que está al borde de un coma etílico y aunque ha hecho amago de despertarse, apenas lo ha conseguido. Cuando le quitan la media de la cara, aparece un desconocido para las fuerzas de seguridad. En pocos minutos sabrán que es de Odesa, se llama Mijaíl, trabaja como obrero de la construcción desde hace años en San Petersburgo y está ligado un grupo nacionalista ucraniano.

QUINTO Y VEINTICINCO

Serguéi siente tanto alivio que se pone a llorar en el coche. Natalia le ha dado la noticia de que Mar está en casa, sana y salva. Él estaba seguro de que no la perdería. Hace siglos que ama a Mar, quizá mucho antes de que ella naciera, pero de tanto amarla no le resulta posible llegar a conocerla, al menos no con la cabeza, como ha escaneado a cada una de sus amantes y también a su mujer. Su pasión por ella le impide ver sus defectos, porque los defectos parecen adornar su personalidad. Si pensara un solo minuto en lo que ha pasado, se tomaría por un loco. Ha espantado a Galina con su sinceridad, eso es un paso de no retorno. Se lo hará pagar toda la vida si vuelve a ella. Es mentira que una esposa perdona. Eso es lo que dicen, pero no lo que sienten. Los humanos no están hechos para olvidar las traiciones.

Pero solo las locuras mueven el mundo. Seguro que alguien lo ha dicho antes. Él no quiere que el amor que siente por ella se ensucie, se llene de reproches, manchas que con el tiempo dejan rastro por mucho que se laven. Tiene ganas de ser honesto, de ser mejor. Debe de ser la edad o que está harto de tenerlo todo a costa de cualquier cosa. Él tiene cincuenta, la edad en que la entrepierna afloja pero las ganas aumentan, la edad en que la muerte empieza a seguirle el rastro, los días cuentan de verdad y las noches dan lucidez.

Él no ama como los cobardes. Hay seres que aman pasivamente. Solo dan cuando reciben. Esos seres solo pisan sobre la huella que ha dejado en la nieve quien se ha entregado primero. Así siguen un camino seguro, sin incertidumbres. Ellos marchan adelante pero vuelven la cabeza hacia atrás continuamente. Así lo amó Galina, eso siempre lo supo. A ella, como a tantos otros, al principio hay que echarles una correa al cuello y tirar dulcemente para hacer que se acerquen. Cuando ya se han arrimado, no se atreven a irse ni a cambio de su propia felicidad. No tienen el coraje de amar realmente, se quedan en la rutina y en el confort del afecto y la escenografía de familia; coleccionan estampitas de hijos, de comidas; guardan los problemas reales en un arcón escondido en el trastero, le ponen una colcha encima y sobre esta unas cajas llenas de latas de tomate caducado para que nadie lo encuentre y nadie pueda hablar de ellos. Valientes aquellos que son capaces de gritar su frustración y cargarse la vajilla de fiestas de guardar.

Serguéi llega a Petrogradski, a casa de Masha. Duda si tocar la puerta de madera maciza tallada, con adornos de bronce que han aguantado guerras y revoluciones. A la derecha está la parrilla con nombres y códigos para llamar. Él se toma aún unos minutos. El chófer cubano le pregunta si se queda o se va. Él le pide que espere.

El problema de Serguéi es que no tiene manera de escapar del momento presente. Ha pasado toda su existencia en un limbo para no ser molestado. Pero Mar no le deja ir por caminos fáciles. Por alguna razón, que es nueva para él, tiene que vivir. Finalmente hace una señal con la mano a José Emilio para que se vaya sin él. Serguéi va a llamar, pero se percata de que no tiene nada que obsequiar. Pecado mortal para un ruso que va a una casa ajena. Además, él es un hombre que vive en los detalles. Quien los gobierne, gobernará el mundo. Es lo que se dice continuamente. Se acuerda de la anciana, de su pensión. Y no puede remediar quererla porque trata bien a Mar, y eso es lo único que le resulta importante. Es tarde pero aún hay algunos puestos abiertos en el mercado Sitny, o mercado rico, que está a la vuelta de la esquina. Es uno de los sitios abiertos veinticuatro horas que tanto abundan por la ciudad, y compra marisco y pescado rojo de la isla de Sajalín, mantequilla fresca de la región de Vólogda y carne local.

Ha entrado alguien al portal. Serguéi aprovecha para colarse en el destartalado interior del edificio. Sube las escaleras majestuosas pero roídas. Se coloca ante la puerta de entrada y llama con los nudillos. Abre Masha, que no está sorprendida de verlo. Se diría que lo esperaba. La anciana se muestra distante, quizá porque está medio ciega. El reproche está engullido desde el primer saludo. Le deja entrar por esa costumbre ancestral de alejar al visitante del frío. Pero no es tratado como invitado. No se vaya a creer Serguéi que lo tiene todo ganado por aparecer por allí. Él sin embargo se muestra encantador y le entrega una bolsa de comida que sabe que la anciana necesita. Saber contentar a la gente es una habitud para él. Así consigue resistir en el poder. Masha le da las gracias y le dice que lo anunciará a Mar. La mujer espera que él le quite el susto que la chica aún lleva dentro del cuerpo.

Mar aparece pasados unos instantes. Viste un pijama rojo de cuadros y unas pantuflas con un muñeco desproporcionado de Mickey Mouse. Está despeinada y lleva una mueca de enfado que la hace aún más tierna. Serguéi no puede evitar compararla con su esposa, con más maquillaje que una concursante de televisión. No sabe si le gusta lo extremo de ambos contrastes. Desearía que se parecieran más. Así sería más fácil transitar de una a otra sin que el camino se le hiciera tan largo.

—¿Estás bien? —pregunta Serguéi.

—Sí —contesta Mar cruzada de brazos.

—He tenido mucho miedo de perderte —dice él con gran esfuerzo, pues lo suyo no es hablar de sentimientos.

—Estoy aturdida. Nada más.

—He estado muy preocupado.

—Yo pensaba que era una pesadilla. Aún me cuesta creer que lo he vivido realmente. Esa sensación me persigue. —Dicho esto, ambos callan pues él no sabe qué añadir.

—Originales pantuflas —dice Serguéi por fin.

—No te gustan, pero a mí sí. —Tiene un tic en las piernas y las mueve sin querer todo el rato.

—He cenado con mi mujer. Hemos terminado —comenta triunfante.

—¿Te ha echado?

—Me he ido yo.

—¡Qué pena! Hubiera estado mejor que te echara. ¡Una vergüenza para las feministas!

—Creo que hay cosas que le preocupan más que defender la dignidad de vuestro sexo —afirma él para demostrar que controla la situación y sabe lo que se cuece a nivel emocional en el corazón de una mujer.

—Si te soy sincera, creo que te va a costar mucho estar con una europea.

—Eso es precisamente lo que pienso yo —comenta él con las manos juntas. Se le nota cansado, pero no es el cansancio del estrés y la falta de sueño, las ojeras o la vocalización de las palabras, es andar por un camino que no conoce, y por eso tiene que estar atento a signos, desviaciones imprevistas, indicaciones y equivocaciones, y también a advertencias y peligros.

—Cuando me encontraba en aquella habitación con aquel loco, estaba segura de que no me pasaría nada, de que yo era intocable, inmortal… porque tú existes. Qué tontería, ¿verdad? Pero me ayudó a aguantar —confiesa Mar.

—Las horas que has estado lejos casi me vuelven loco. Y por eso estoy aquí. El amor es compromiso —afirma él como si le hubiera leído el pensamiento—. Esa es la lección que los años me han enseñado, y es la única fórmula que tengo para diferenciar el amor del deseo. El deseo ciega hasta el punto de no saber hacia dónde se va y qué es lo que realmente hay entre dos personas. Uno ama si acepta que la enfermedad del otro será la suya. Uno no ama si no siente que, como ocurre con la familia, no se podrá abandonar a esa persona sin dañarse de una manera irreversible.

—Yo pensaba que una pareja es un estado de ensoñación prolongado, en el que si uno despierta, el otro se cae de la cama —comenta ella riéndose.

—Creía que eras más romántica.

—Lo era.

—Pues no tienes más alternativa que volver a serlo. —Y la besa.

Al final del pasillo se oye la televisión con el volumen alto. A Masha no le hace falta escuchar ningún cuchicheo entre los amantes, es demasiado previsible para ella, las distancias, los acercamientos, la reconciliación, la cama… y por último darse cuenta de que se tiene hambre.

Serguéi la tumba en el camastro, la desnuda de cintura para abajo, la besa sin parar, no suelta sus labios, da igual lo que se muevan, da igual cuánto la toque. Hacía muchos años que había dejado de besar. Ruedan sobre el colchón de noventa centímetros. Se caen al suelo. Como puede, la levanta, se ríen, se besan más. Ahora sí está desnuda y entregada. Se le nota que no guarda nada para sí misma. Él de pronto se detiene para mirarla. Su cuerpo menudo que ahora es su patria.

—No quiero que vivas aquí —afirma Serguéi acariciándole la espalda, a la vez que sopla de vez en cuando.

—Me gusta Masha —dice ella mientras gira la cabeza hacia atrás para mirarlo.

—Me gustas tú.

—Yo no sé, la verdad… —Ella le indica dónde quiere que la acaricie.

—Tengo una propuesta. —Él saca una cajita y se la entrega. Está contento y qué pocas veces lo está, a tal punto que ha domesticado la alegría con compras.

—¡Es una llave! —exclama ella prestando más atención al peculiar llavero de Lozprom de serie limitada que engulle la llave.

—Te mandaré a alguien para que te recoja las cosas. No hace falta que las empaquetes. Necesito tenerte cerca.

—Una de las mejores cosas que te pueden pasar en la vida es tener un amante con imaginación. Los maridos por definición no la tienen.

Los hombres casados caen en el absurdo de pensar que un anillo les va a hacer todo el trabajo.

—Estoy seguro de que no dejarás que me relaje contigo.

—Seguiré pagando esta habitación.

—¿No te fías de mí?

—No me fío de las situaciones de dependencia. No tiene nada de banal irse a vivir con alguien. La fantasía se desvanece y nos volvemos demasiado humanos frente al otro. Ya no me verás bonita, sino que verás cómo me maquillo y me peino. Verás mi mal humor después de un día complicado, discutiremos sobre tareas domésticas. —Él mueve la cabeza divertido porque no habría que preocuparse por esa parte—. El problema aparece en la pareja cuando nos creemos que lo mágico de otra persona es lo normal. Sí, efectivamente convertimos lo extraordinario de otra persona en normalidad. Es aterrador. Nos apropiamos de las costumbres y los hábitos de la otra persona, los homologamos hasta el punto de hacerlos nuestros y por último llegamos a lo peor, pensamos que esa persona no es suficiente. Como un territorio explorado y demasiado conocido, con unas lindes que ya no nos convencen. Empieza una comezón por viajar a otros territorios. Pero cuando la persona desaparece, porque siempre desaparece, ya sabes, causas hay muchas, nos damos cuenta de que la sensación de monotonía era un engaño, que esa sensación la manda el diablo y es la más grande de las mentiras que existen.

—Estoy deseando que seas real. Ahora me quedo abrumado con solo mirarte. —Hace otra pausa como casi siempre que va a decir algo serio—. Necesito curarme de ti. Es como si tú fueras la que comes por mí, la que bebes, la que va al trabajo. Tengo que buscarme a mí mismo donde quiera que me hayas dejado. —Se para y se aclara la garganta—. Nadie sabe lo que es estar invadido de tal manera por otra persona hasta el punto de que no te deja vivir el presente, y tu propia vida es secuestrada sin que sepas exactamente el precio del rescate.

—Mañana iré a conocer a Chaikovski. Recógeme si quieres cuando salga del teatro. Hoy he llorado mucho y necesito estar sola. Ha sido el día más complicado de mi vida.

—¿Seguro que quieres estar a solas después de lo ocurrido?

—Tengo mucho en lo que pensar.

—Toma la llave y dime que sí.

Ambos se despiden en la puerta. Hay algo de tensión entre ellos. Los dos tienen la certeza de que lo malo está por llegar y ninguno está preparado.

QUINTO Y VEINTISÉIS

La policía ha tomado toda la plaza de San Isaac. Natalia vuelve a estar en un furgón policial. Esta vez no está excitada como le pasa cuando culmina una investigación que lleva a un resultado, sino que siente mucha pena. Sabe que van a por la persona equivocada, pero no hay más alternativa. Quisiera no estar allí. Natalia limpia su fusil de nuevo. Lo hace cuando está nerviosa. Hace tiempo que no estaba nerviosa. Mira desde la ventana a los turistas perplejos y los trabajadores que vuelven a casa, a amas de casa que traen la compra que no pudieron hacer durante el día. La noche tarda en caer. Ya es mayo y la luz no quiere irse. Las farolas amarillentas se encienden de todos modos, parpadeando.

La policía llama a uno de los vecinos para no echar abajo la puerta. Es más rápido que desarmar el sistema electrónico de la puerta de entrada. Como es un edificio burgués seguro que habita alguien importante que puede quejarse a las altas esferas. Mejor evitar problemas. Los mármoles de la entrada están pulidos y cuidados, se nota que se encuentran en un buen barrio. Hay solo dos pisos por planta, pues son de trescientos metros.

Cuando llegan a la elegante puerta del piso, la policía se anuncia primero y después se prepara para echarla abajo. Sin embargo, alguien abre ante la sorpresa de todos. «Les estaba esperando», comenta la joven, quien toma su abrigo y como si tal cosa sale de la casa. Lleva una carpeta llena de pruebas que cuidadosamente ha preparado para fundamentar su declaración.

Natalia se acerca. Indica que le quiten las esposas. Cuando dejan libres sus muñecas, le da la mano en señal de respeto. La conduce cortésmente al ascensor y no permite que nadie más las acompañe.

—Escúchame bien —le dice Natalia—, tienes que negociar tu libertad a cambio de la verdad.

—Gracias —dice Ignátov.

—Voy a dejarte en nuestro calabozo porque de ninguna manera puedes ir a la cárcel común. No sobrevivirás allí. Tienes que cooperar.

—Lo entiendo.

—Sé que preparaste la ecuación del cero para salvar a la chica extranjera. Por eso nos han dejado las pistas para llegar a ti. Te han vendido. Ahora tienes que pensar en ti.

—Lo entiendo —repite Ignátov.

Salen del edificio y ambas entran en el furgón que está en marcha esperando en la puerta. Natalia le da un pequeño golpe en la espalda a Ignátov mientras mira a cada miembro de su equipo. No es un signo de humanidad, sino una orden a su gente. Ignátov es intocable y ningún método de tortura será empleado con ella.

En algún lugar del país, D. recibe una alerta. Ingresos en la cuenta indicada entran a trompicones, uno tras otro. Los oligarcas empiezan a colaborar, mientras la maquinaria de construcción de la planta de producción sigue y sigue con lluvia o con nieve, con luna o con sol. Anna informa de inmediato a Natalia, que escucha satisfecha la situación.

—Por su cara diría que las cosas mejoran —comenta Ignátov.

—No contigo, esto nos lo podíamos haber ahorrado —dice Natalia en tono maternalista—. Tú sabes quién es el Monje, ¿verdad?

—Sé algo, solo algo.

—No les debes nada a ninguno de esos cabrones.

—No hay nada peor que una causa justa para unos hijos de puta —afirma Ignátov.

De pronto, Natalia recibe una llamada. Escucha atenta, se deshace el moño de bailarina para volvérselo a hacer. Está muy nerviosa. Ignátov lo percibe con claridad, pero no dice nada. Natalia intenta ordenar su cabeza. Cierra los ojos y respira hondo, lo cual dura solo unos segundos. Toma el teléfono y da la orden más difícil que ha dado hasta la fecha. Por lo visto, un hombre ha ido a recoger un nuevo icono de Macarius recién llegado a la tienda del viejo anticuario, y el Manco ha cogido tres armas del servicio y va a por él.

SEXTO

EL CUARTO CÍRCULO

¡Perdóname! En la niebla de la memoria
yo recuerdo solamente esa noche entera,
tú sola en medio del silencio,
tú, y tu calor de hogar.

FET, «Ahora»[*]

¿Pero sabéis que la pobre muchacha
ignora por completo que es ciega,
y que en su presencia
nadie debe hablar sobre la luz,
sobre la belleza u otra cosa
que ven nuestros ojos?

Palabras de Marta en la ópera Iolanta
de CHAIKOVSKI

---

* Traducción de Joaquín Torquemada.

SEXTO Y UNO

El día que yo muera, acordaos de mí, llorando en mi tumba por no ser capaz de volver a ver elevarse los puentes de San Petersburgo bajo las noches de verano.

SEXTO Y DOS

El palacio Táuride se ha vestido de gala. Flores acicalan pasillos y esquinas, y una larga alfombra azul se extiende desde la entrada poblada de banderas hasta la asamblea donde los representantes de los países invitados se han reunido. Hay una orquesta que toca la *Obertura 1812* de Chaikovski, pieza elegida perspicazmente por dos razones: la primera porque el compositor fue abogado antes de ser compositor y el Táuride está lleno de ellos; y la segunda porque esta composición recuerda el pasado de gloria del país anfitrión.

El presidente llega triunfante, una vez más. Tiene la cualidad de parecer cercano al pueblo e inalcanzable a los demás mandatarios, que le profesan admiración y odio a partes iguales. El presidente se detiene a cada instante para saludar a los delegados de la Comunidad de Estados Independientes, la SNG. Estrecha la mano uno a uno, dice unas palabras como si fueran íntimos, la memoria del presidente parece un ordenador. Recuerda a cada persona por su nombre y apellidos. Conmueve a sus interlocutores con una frase personal, que si qué tal la salud de su madre, que si cómo van las clases de piano del pequeño Vladímir Horowitz. En realidad, alguien le sopla los nombres y los detalles por un diminuto pinganillo que lleva escondido en el oído. Sus asesores le han colocado una corbata con los colores de la organización. Está exultante porque sabe que él no está haciendo historia, sino que la historia le ha hecho a él. Otro Pedro el Grande, otra Catalina, otro Napoleón sin Waterloo.

El presidente viene a la sesión final de la Asamblea del SNG en la que se aprobará un acuerdo comercial para acceder al oceonio que Rusia ofrece a bajo coste. El presidente se sienta con la delegación rusa, toma la palabra humildemente desde su asiento y sus palabras afectuosas y emotivas ponen en pie a toda la asamblea. No ha sido una ovación espontánea. Los intérpretes han dado la señal junto a los asistentes de sala, que han levantado prácticamente a medio mundo. De hecho, el Manco ha sido un poco más bruto que los demás y ha alzado por los hombros al delegado georgiano que parece haber sufrido un titubeo de último momento. Ninguna cámara ha captado estos engranajes, pero el resultado es un aplauso ejecutado en el momento de clímax escénico. El *apparat* del presidente no ha dejado margen al azar.

—Ni se te ocurra montar otro numerito como el de antes de ayer, Manco —le advierte Natalia a través del pinganillo.

—Todavía no sé si perdonarte que me echaras a cuatro compañeros encima. Sois unos blandos y se os va a escapar.

—Estamos montando una operación como es debido.

—Ya tiene el icono y va a matar, y yo solo iba a cortarle los cojones para ponerlo en su sitio. ¿Te he contado que tengo un nuevo libro sobre la Inquisición? Este es sobre la Inquisición protestante. Mucho más efectiva que la católica. Te pongo un ejemplo ya que te noto aburrida: en un acta firmada por los comisionados del Parlamento de Inglaterra, ordenaron que cada «sacerdote romano» tenía que ser decapitado, colgado, descuartizado, había que sacarle las entrañas y quemarlo, sin olvidar exponer su cabeza en un sitio público. En treinta años, ¿sabes cuántos sacerdotes dominicos quedaron? Te lo digo ya, pues te apasiona el asunto. Cuatro de mil que había, quedaron.

—¿Sigues con eso? ¡No me lo puedo creer! —Hace una pausa para controlar a un delegado que ha ido al baño en el momento equivocado, sobre el que da una señal—. No sabemos si tiene el icono solo para restaurarlo. Pero ahora céntrate en la sala y deja de pensar en tiros.

—A más de uno le arreglaba yo la cabeza aquí —dice el Manco mientras observa al representante de Ucrania.

Oleg no ha aplaudido. Se las ha ingeniado para fingir una tos sobrevenida y doblarse sobre su asiento para no aparecer en cámara. La presencia del mandatario lo altera, sigue sin poder controlar la rabia que le produce un hombre que un día invadirá su país y bombardeará por doquier. Está convencido de que ocurrirá más pronto que tarde, por mucho que le digan que exagera. Él conoce bien la venganza de un ruso cuando se siente traicionado. Ucrania da la espalda a Rusia y a su mayúsculo legado, y mira a Europa occidental con ilusión. No habrá perdón. Ninguna rabia es similar a la derivada de asuntos de familia.

Llevan a votación la resolución número 2828/16. Todas las manos se levantan, incluida la de Oleg. Aceptada por unanimidad. Las cosas van demasiado bien y Oleg está especialmente nervioso. Los delegados se dan la mano entre sí, pero Oleg se pone a jugar con el teléfono como si manejara algo importante que no puede esperar. «Hay que cargarse a este cabrón, así acabamos antes», piensa y mira de reojo al presidente. Prepara un mensaje a su enlace ofreciendo sus servicios para eliminarlo, pero sospecha que le dirán que no, que de eso se encargan otros y que presenta una dificultad significativa debido a los siete cordones de seguridad que tiene el presidente y que pasan más tiempo espiándose entre sí que protegiéndolo. Oleg recibe la orden que temía desde que arrestaron a Ignátov, debe dedicarse a arreglar el desastre de un arresto tan importante y resolver el embolado existente. Él entregó a Ignátov en un ataque de ira, pero no previó que la dejaran detenida en la mismísima sede del FSB en vez de trasladarla a una cárcel del servicio penitenciario, donde los sobornos abren todas las rejas.

Ignátov aún no ha delatado a Oleg, pero eso es solo cuestión de tiempo. Oleg debe buscar a un matemático de confianza en San Petersburgo, porque no se puede retrasar la misión. Necesitan las coordenadas de la longitud lo antes posible.

El presidente sale de la asamblea con su escolta habitual. Sigue saludando tal como entró. Sin embargo, cuando llega a la altura donde está Oleg, se para. Se le apaga la sonrisa. No le dedica el saludo con el que corteja a los demás. Se queda unos segundos delante de él con la mirada fría y atravesada ante el asombro general. La Tierra ha parado su frenética rotación y el sol está a punto de desmayarse en un eclipse. Pero esos segundos pasan y el presidente arranca de nuevo su paso, con el velo de su séquito, y continúa saludando como si no pasara nada.

SEXTO Y TRES

¿No se siente la traición que va a venir como una tormenta lejana que se acerca poco a poco, que se huele, aunque no haya una nube en el cielo? Mar se prepara para amar y ser traicionada. Si solo la pasión oliera a piel chamuscada y a huesos rotos, pero la traición huele al sudor que produce la mentira. Por eso se lía con olores cotidianos.

Mar recoge sus objetos, que son pocos pero ocupan mucho sitio en su corazón. Dobla sus camisetas, sus pantalones vaqueros, y se le ocurre pensar que hay una diferencia esencial entre un español y un ruso. Cuando a un español se le pregunta qué es lo primero que se debe tener en la vida, responderá sin dudarlo que la salud. Un ruso contestará igual de contundente sobre el amor. Mar ha decidido creerse eso, pensar que él será lo suficientemente fuerte para amarla bien.

Hace su maleta una vez más. Se prepara para mudar de vida de nuevo. Vivirá con él y nada está preparado. Se escucha a Chaikovski desde el salón, como si Masha hubiera decidido hablar también de cambios a su manera. Se lo está diciendo una y otra vez. El compositor también se pasó la vida intentando saber quién era. Nunca se arriesgó a ser feliz, por eso lo intentó con la música. Masha es humilde pero es persona de cultura y se ha acostumbrado a mandarle mensajes con el silencio eslavo que, a diferencia del británico, no es siempre negativo. A la anciana le gusta Serguéi, pero conoce de sobra la historia de hombres que aman con comodidad. Mar ahora es nueva y rica en amor y entusiasmo, a ver en qué queda la cosa cuando no reste nada de ella por poseer. Esta es otra forma de pobreza y desposesión. La emocional. Han sido muchas las pobrezas que han marcado la vida de Masha desde su niñez. La de los hombres es una más. Su hombre la abandonó pronto, no le dio tiempo para amarlo demasiado. No les dio tiempo ni a tener hijos.

Hoy se va Mar. En la noche de ayer, Masha le contó a su manera, con frases cortas para que la comprendiera mejor, la historia de un piano, el de Músorgski y Rimski-Kórsakov. Resulta que fueron compañeros de piso en alguno de los destartalados edificios del cen-

359

tro de Petersburgo. Como no había dinero, compartían casa y teclado. Se dividieron las habitaciones y las horas para tocar. Músorgski ya tenía por esa época la pinta de pordiosero con que le pintó Repin, pero su amigo Rimski-Kórsakov lo sacaba a rastras del vodka para que compusiera. Hasta mediodía el piano comunal estaba en manos de Músorgski, quien como funcionario de bosques debía entrar a trabajar a esa hora. Después el instrumento caía en manos de Rimski-Kórsakov. La carencia hizo que un mísero piano fuera el amo de la música mundial durante un buen tiempo. A Masha le hubiera gustado hacer entender a Mar que debe divertirse haciendo música en el piano de Serguéi, pero que ni se le ocurra hacer una obra de arte en él. Que no gaste empeño y talento en un piano compartido, que luego las partituras fuera de él suenan como suenan.

Mar toma el mapa entre las manos y observa el siguiente círculo: el San Petersburgo del grupo de los cinco compositores, el del Mariiski, el de la música clásica.

La lluvia golpea en los cristales, casi al compás de la música. Es un tintineo que cae en los desconchones amarillentos de su habitación. Mar sabe muy poco de música clásica. No se imaginaba que es algo parecido al mar. Dominan de la misma manera, a través de lo infinito. La música en Petersburgo es como el agua, se encuentra por doquier. Sale de las academias de pisos altos, de los hogares en los que alguien ensaya y de los huesos sobre los que se cimienta la ciudad. Uno respira el aire, pero en realidad oye notas musicales. Uno camina por las aceras, pero en realidad son las líneas de un pentagrama; paralelas las unas a las otras, como las calles petersburguesas, donde los edificios componen y armonizan leyendas urbanas. Tampoco se come, porque lo que se hace es tragar el cuerpo de Dios, que, aunque nunca se dijo, está hecho de música. Uno ni sabe cómo sucede. Se llega a Petersburgo siendo un ignorante en música y se vuelve siendo un crítico. Nadie sabe cómo. O sí. Puede que la música se filtre dentro del alma al respirar, al andar y hasta al comer.

Masha le ha prestado una maleta pequeña. A partir de ahora, prestada también será su vida. Solo tendrá el presente de su parte, el pasado y el futuro estarán contra ella. Mar rehace la maleta varias veces. Después se viste con algo elegante para ir al teatro. Todo está decidido. De pronto suena el teléfono de la casa. Masha entra para avisarla. Es Fernando, que llama desde otra vida. Mar se pone a temblar al escucharlo. Se siente como la Rusalka de Pushkin, que Dargomyzhski inmortalizó en su ópera y en la cual la doncella ahogada por el novio maldito se toma su venganza.

La lluvia sigue lamiendo los cristales para observar lo que pasa dentro.

—Hola —dice él, como si nada hubiera pasado. Se le nota una voz pequeña y ambigua, la de siempre que, sin embargo, ya no hace vibrar ninguna cuerda íntima en ella.

Después de los saludos hablan del tiempo, que es el comodín que sirve para mantener una conversación sin que se note lo que se está diciendo. Hay algo raro en sus palabras, parecen las de un hombre enamorado. Mar teme que esté a punto de hacerle un Oneguin, amarla a destiempo.

—He pensado mucho en ti. Ha sido una sorpresa para mí mismo.

—¿De verdad me estás hablando de amor? —le pregunta Mar, y oye un sí pequeño como respuesta—. Dime entonces por qué me obligaste a conformarme con un amor mediocre, tú, que eras tan ideal, con esa cultura que me producía orgasmos, con esa simpatía que a todos gustaba y que yo paseaba orgullosa por doquier... Dime, ¿por qué me fallaste de tal forma que me vi obligada a olvidarme de mí? Siempre supiste que no me podía conformar, y si lo pensaste, es que creías que yo eras tú y que, por tanto, yo no era nada.

—No estaba preparado —dice él, con la respuesta jungiana. Que lo mismo sirve para quitar manchas de la ropa que para explicar una teoría de física cuántica.

—Pues ya está hecho —exclama Mar mientras piensa que Fernando es uno de esos hombres a los que hay que herir antes de amarlos. Nunca lo supo hasta ese momento.

—Yo te quería sin tener tiempo y sin tener ganas. Has de entender que a veces eso ocurre.

—Eso no es propio del amor, Fernando. No le des más vueltas, el amor que sentías no era lo bastante fuerte como para darme tiempo y ganas. —Aunque no se lo dice expresamente, ella siempre esperó un amor Gatsby, un amor resistente y obsesionado, capaz de llegar a la luz verde a través de los caminos más oscuros.

—Me agobiaba tu cariño —dice Fernando.

—Y a mí tu desapego. Pero ¿para qué me has llamado si sabías que te diría que no? Yo estoy con alguien y me voy a vivir con él.

Hubo un largo silencio. Se oía la radio de fondo. Es la Tatiana del Oneguin de Chaikovski a quien le tocó escuchar tonterías similares de un arrepentido que canta. «El destino a otro me ha entregado», decía ella. Pero la pobre se refería al decrépito aristócrata que tenía por marido y no a un atractivo Serguéi. Fernando no tendrá la valentía de Oneguin de rogarle: «¡Te lo suplico, no te vayas!... Te amo». Está callado, sorprendido. No puede recriminarle nada. Sobre todo la velocidad con que lo ha reemplazado. Pero también piensa que es una treta, que lo hace para vengarse, pues las mujeres son retorcidas. Seguro que es un farol. ¿Cómo va a darle tiempo a enamorarse y estar mudándose en dos meses? O igual no. O sí, quién sabe. Está confundido. Piensa a mil por hora. Decide decir lo correcto. Así tendrá a qué agarrarse en el futuro, el cual, aunque nadie lo sabe, no existe.

—Te deseo lo mejor. —Hace una pausa para recomponerse—. Por cierto, me encontré con tu padre en el hospital. Me saludó. Me pidió mi opinión sobre un tema médico y porque le aprecio mucho eché un vistazo a su historial. Lamento haberlo hecho. O quizá no. Tiene cáncer de pulmón. Está muy avanzado y no tiene demasiado tiempo por delante. Lo siento mucho.

—No me han dicho nada —dice Mar, apenada.

—Supongo que no quiere hacerte cambiar de planes e interferir en tu nueva vida.

—Es devastador —comenta Mar, y se echa a llorar.

—Creo que deberías regresar a España si lo quieres volver a ver.

—Naturalmente. Buscaré billete para regresar inmediatamente. Me cuesta decir esto, pero gracias por avisarme...

La conversación termina ahí. Y con ella también finaliza para Mar el sueño petersburgués en el que había vivido desde que conoció a Serguéi. El deber con su familia es más fuerte que cualquier compromiso. Ella sigue llorando, deja correr sus lágrimas hasta desahogarse. Llama varias veces a casa y nadie contesta. Seguirá llamando hasta no poder más.

SEXTO Y CUATRO

Ignátov sigue custodiada en la sede del FSB, un edificio de la avenida Liteyny, junto al puente del mismo nombre. Es un antiguo palacio, pero nadie lo trata como si fuera otro palacio más. La gente se aparta instintivamente de él cuando camina por la acera, la memoria inconsciente les dice que fue sede de la Ojrana zarista, la Checa leninista y la KGB estalinista. Los rusos evitan esos lugares malditos desde hace generaciones, aun cuando nadie les haya explicado nada. Lo saben.

Ignátov es tratada con inusitada amabilidad gracias a Natalia Ivánovna, quien la hace pasar por unos pasillos interminables, llenos de puertas marrones metálicas repetidas sin fin. Por suerte para ella no bajan al sótano. Las lenguas con secretos dentro se siguen estirando allí. Entran en uno de los despachos minúsculos que pueblan el edificio. Tiene un sofá pequeño y dos sillas tapizadas en cuerina, suelos de linóleo, y paredes de papel marrón con rayas. Todo está muy limpio. Ignátov se quita el abrigo y se sienta nerviosa donde le indican. Huele a desinfectante con perfume barato.

Natalia está en silencio frente a Ignátov. La lámpara del techo no para de chirriar, con un ruido molesto que recuerda al de un insecto. En el despacho también hay una bonita mesa de madera, pero nadie nota las manchas de sangre seca en los bordes inferiores. Natalia no ha permitido que ningún otro agente se acerque a su detenida. Ignátov está con la mirada perdida en las vetas de la mesa, las sigue de arriba abajo, se concentra en las formas aparentemente caprichosas y comienza a ver patrones. Les asigna un valor numérico a expresiones algebraicas que inventa para entretenerse haciendo ejercicios de cálculo tan vanos como su vida. Llevan así dos horas e Ignátov no ha respondido a ninguna de las preguntas, ni siquiera ha verificado su propio nombre. A todos se les está acabando la paciencia, incluida Natalia.

—Llevo dos horas diciéndote que debes colaborar —afirma Natalia, contundente.

—Me matarán de todas formas —dice Ignátov, y resopla imitando a un caballo para mostrar lo harta que está.

—Te matarán cuando les deje yo.

—Yo ya estoy muerta, ¿no me ve? Tengo el alma de esas personas con una enfermedad terminal que pasan su tiempo despidiéndose de la vida.

—Eres joven, te daremos una nueva vida, una nueva identidad. —Natalia se levanta de su asiento y suplica a su manera. Su cuerpo atlético y enjuto se doblega sobre la mesa, toca a ese ser con el que se siente identificada.

—Ustedes son poderosos, pero ellos les llevan ventaja. Ellos manejan el mundo con sus satélites, con sus drones, con esa maldita tecnología que se mete en nuestras casas.

—Lo resolveremos —afirma Natalia.

—No pueden —contesta Ignátov, y antes de dejar que el silencio regrese, se confiesa—. Eres una mujer muy hermosa. Me hubiera gustado conocerte en un contexto diferente…

Natalia no contesta. Mira al espejo detrás del cual están los agentes que escuchan, que seguramente tienen una visión del mundo totalmente homófoba. Natalia se pregunta a qué viene un comentario como ese. No tarda en darse cuenta de que es la manera que ha encontrado Ignátov para que la deje en paz, para incomodarla y que desista del interrogatorio. El problema de la casa es que no están habituados a la vaselina y a las técnicas diplomáticas para obtener información de sujetos poco cooperativos. A Natalia le gustaría recordárselo a Ignátov. Decide ir al grano.

—Estoy investigando algo relacionado con seis círculos. ¿Tienes alguna idea de qué va eso?

—Hay un teorema al respecto, el teorema geométrico de los seis círculos.

—¿Y eso qué es?

—Triángulos y círculos. Una combinación bestial.

—¿Círculos metidos en triángulos? No entiendo.

—Intentaré ser prosaica e inexacta para que lo entienda: imagine seis círculos y un triángulo. En una cadena de seis círculos y con un triángulo, cada círculo es tangente a dos lados del triángulo y también al círculo precedente en la cadena. La cadena se cierra en el sentido de que el sexto círculo siempre es tangente al primero. No hay forma de escapar.

—¿El infinito gobernado por un triángulo? ¿A qué suena eso?

—¿A Dios? —comenta Ignátov.

—Eso no tiene sentido. Uno de mis sospechosos es un fanático religioso pero el crimen de la desconocida que sacamos del canal lo cometió un profesional. Sabemos que son autores distintos y antagónicos entre sí.

—O no… —retruca Ignátov.

SEXTO Y CINCO

Mar va al teatro, que es el único sitio donde no caben las mentiras porque en la escena todo es genuino, hasta la ficción. Entra sola en el Mariinsky. Está triste. La conversación con Fernando la ha dejado desolada. Ha vuelto a llamar a casa y nadie ha cogido el teléfono, lo cual hace la situación aún peor. Ella es niña de padre. Su padre ha sido siempre su ancla en la vida. No podrá querer a ningún hombre como lo quiere a él. Ni siquiera a Serguéi.

La gente se aglomera a la entrada, el frío los empuja hacia dentro. Pieles blancas, marrones o negras, chaquetas bien planchadas de rayas, a cuadros, camisas blancas, alguna corbata bien anudada. Los petersburgueses van al teatro Mariinsky como se va a orar, con un silencio venerador puesto encima. Incluso cuando entran empujándose levemente por la estrecha puerta abierta al público, la única de tres, lateral y se diría que un poco escondida. Todos callan en señal de respeto por el lugar al que acceden. Después se dirigen al guardarropa. Allí las mujeres se cambian de calzado. Mar las observa atentamente para tomar nota del ritual. Hay muchísimos niños y Mar se pregunta si se ha equivocado de sitio y en vez de ir a ver un ballet está en el circo. Sabrá después que los niños rusos tienen un gen que les permite estar obnubilados durante horas con una ópera o un ballet sin ayuda de ningún videojuego o una película Disney.

Sin embargo, entre codazos y prisas, Mar tiene la sensación de que alguien la sigue. Otra vez Natalia está detrás, como siempre, muy discreta. Suena la primera llamada a la sala. Faltan diez minutos. Aún hay tiempo. Mar circula entre los pasillos arriba y abajo para familiarizarse con este santuario. Encuentra de nuevo el verde menta, color elegido por los bolcheviques para todo lo que oliera a zarismo en Rusia, sea el Hermitage o el Mariinsky. A la segunda llamada entra en la logia de la reina, situada en el primer piso, contigua a lo que parece una sala de baile. En medio, una señora entrada en años la recibe con férrea malafollá soviética y le indica su asiento en primera línea, el asiento de la zarina.

Masha le hace una señal con la mano. Ha llegado una hora antes y se ha acomodado en la butaca hace media hora, justo cuando abrieron las puertas. En el bolso se ha traído dos bocadillos, medio litro de *mors* porque le gusta a Mar, un termo con té, unos dulces y algo de fruta. Masha está preparada por si mientras se desarrolla el espectáculo levantan de nuevo el cerco de Leningrado. Sin darse cuenta, la anciana trata a Mar como lo haría con su propia hija. Le ha salido instinto de madre a pesar de no haberlo sido nunca, pues lo que le ha pasado con Mar es lo más parecido a tener un hijo. Un hijo llega sin elegir cuándo y trae siempre un lenguaje extranjero. Mar la abandonará por un hombre. El hombre que la recogerá cuando salga para cambiar su vida más todavía de lo que ya ha hecho.

Mar se le acerca, le da los tres besos prescriptivos y le dice que no tiene hambre; curiosamente lo dice una sola vez, una y no tres veces como pasa en España, y tal negación es aceptada a la primera porque no es vodka, sin necesidad de los tres noes para ser comprensibles. Después se sienta bajo una corona gigantesca esculpida en la pared, justo encima de su cabeza.

El ballet comienza. Natalia la observa sin quitarle ojo. Las luces del mundo real y su circunstancia se apagan y se entra en otra dimensión. Sin embargo, siguen en la misma ciudad: el lago de los cisnes está sobre las aguas del río Nevá. Durante las tres horas y los cuatro actos los asistentes contemplan en el arte la expresión más sublime alcanzada por el ser humano. Mar no recuerda si ha respirado o pensado algo durante ese tiempo. El mal nunca se ha visto encarnado en un ser tan poderoso y bello como el del personaje de Von Rothbart, con sus alas negras y rotas. Mar juraría que puede ver por primera vez el corazón de Rusia. No sabe lo que es ni podría describirlo. Solo diría que tiene pasión y matemática, como si un volcán explotara con la medida exacta, ni un puñado de lava más ni menos. Siente que el alma rusa tiene tanta belleza como sufrimiento.

Mar no para de llorar. Llora por su padre, con quien aún no ha podido contactar. Las piruetas de las bailarinas la ayudan a sacar sus emociones. Tiene la sensación de que es la primera vez que ve el genio, del que hasta ahora ha vislumbrado apenas sombras. Masha le aprieta la mano satisfecha, orgullosa de su patrimonio nacional. En el primer intervalo salen a pasear al salón de los espejos, donde hay que dar vueltas por una alfombra siguiendo la dirección de las manecillas del reloj. Mar se da cuenta de que tanto Natalia al fondo como la *bábushka* que gobierna con mano de hierro la logia de la zarina están impresionadas de verla en trance por el espectáculo. También a ellas les invade el orgullo. Mar podría jurarlo. A Mar le han golpeado el alma y necesita tiempo para recomponerse. Solo desea que lo que quiera que haya en escena vuelva lo antes posible. Suena por fin la llamada. Todos los ojos están fijos en Valeri Gergiev, el director de orquesta, que retorna sonriente y enérgico. Diríase que a él las musas le entregan su genio a través de su batuta cual varita mágica. La de Gergiev parece un cepillo de dientes y nadie sabe por qué. Dicen que raramente se le ve en un ballet, quizá porque lo encuentra demasiado folclórico comparado con la ópera.

Mar ahora entiende por qué un bailarín en Rusia es más famoso que una estrella televisiva. Ella se acuerda entonces de una anécdota curiosa: el Politburó endiosó el ballet y lo convirtió en uno de sus símbolos nacionales, aunque en ocasiones su control llegara hasta el punto de encargar una versión de *Romeo y Julieta* en la que los amantes terminaban viviendo felices, pues el romanticismo comunista era capaz de enmendar tragedias shakespearianas. Romeo y Julieta morían en Verona, pero podían ser dichosos en la Unión Soviética. Mar se ríe para sus adentros con esta historia.

Natalia está en cuarta fila y apenas mira el ballet. Cada vez que Mar vuelve la cabeza, Natalia la está mirando. Incluso cuando lo hace de refilón o utiliza la pantalla del móvil a modo de espejo. Bendita sea esa mujer porque Mar nunca se ha sentido tan importante y ya la ha salvado una vez. Se siente segura cerca de ella. La apoda Mozhno, como se llamaban en tiempos de Stalin a las espías hermosas que tenían orden de seducir y hasta casarse con los espiados. «Sí, es un buen nombre, aunque no vaya a liarme con ella», se dice. Mar siempre deseó tener la atención de alguien, y que sus palabras y sus gestos fuesen de interés sin tener que exponerse públicamente. Y por ahora va bien. Tiene una espía y un medio novio.

Terminado el ballet, Mar y Masha salen a la calle. En el aire aún flota el olor de los perfumes que se esfuman al paso de las damas. Hay decenas de coches en la puerta. Conductores que esperan. Y Mar es feliz porque sabe que a ella alguien también la busca. Pero por más que lo intenta, no la ve. El público desaparece poco a poco engullido por la prisa. También se despide Masha, que le desea suerte. A Mar le emociona enormemente verla irse tan contenta. Le enternece contemplar su figura con su bolsa de pícnic mientras se aleja. No han tocado la comida porque han vivido juntas como un encantamiento, o tal vez Masha se ha dado cuenta de que no encaja sacar bocatas en el palco de la zarina. Como por arte de magia, la elegancia de caballeros y damas se desvanece. Mientras espera que Serguéi la recoja, Mar aprovecha para acercarse a Natalia.

—¿Cómo está Ignátov? —pregunta preocupada.

—Jodida —contesta Natalia.

—¿Va a salir de esta? —pregunta aún más preocupada.

—No muy bien —responde mientras busca algo dentro de su bolso.

—Me salvó la vida. Ella no es como esos criminales, sean quienes sean.

—Lo sé. Pero estaba con ellos.

—Déjame hablar con ella, por favor. —Mar la tutea porque el verbo es más fácil de conjugar en segunda persona, algo que se le perdona por ser extranjera.

—Está incomunicada, pero veré lo que puedo hacer. Quizá se anime a hablar contigo. Debe hacerlo si quiere salvar la vida.

—Inténtalo, por favor. Tengo una deuda impagable con ella.

Por fin aparece el coche de Serguéi, que hace señas con las luces. Natalia desaparece.

—¿Qué tal Chaikovski? ¿Te ha gustado la función? —pregunta irónico mientras la ayuda a incorporarse en el asiento de cuero beis de rombos, líneas que sagazmente formaban dólares y rublos.

—No vale usar conmigo la falsa modestia. Sabías que me impresionaría mucho. Ahora entiendo por qué Stalin vio ese ballet treinta veces, incluida la noche de su muerte.

—Los rusos de mi generación lo odiamos porque cada vez que se moría una personalidad nos ponían ese espectáculo en la tele durante veinticuatro horas sin parar en señal de duelo.

—En España, durante la dictadura franquista, las personalidades se morían sin que hubiera tan buen gusto en la programación. —Hace una pausa y carraspea para escuchar la carcajada que está segura de que arrancará de él—. Si lo has hecho para que caiga rendida a tus pies, aquí me tienes, pero no tengo espacio para ponerme de rodillas.

—Entonces ¿te mudas conmigo?

—No sé. Tengo que volver a España inmediatamente. —Mar relata lo que le contó Fernando.

—Tomaré esa respuesta por un sí. Vamos a casa… organizaremos tu mudanza y tu viaje a España. Todo irá bien, ya verás. Todo es cuestión de cálculo.

SEXTO Y SEIS

El centro del oceonio ya no es una base científica sino militar. El Kremlin ha aprovechado el poco espacio existente para meter a militares entrenados. Ania ha sido interrogada varias veces. Se arrepiente de no haber dado el aviso sobre la ausencia de Iván Ilich pero no se esperaba una operación como la que ejecutó su compañero. Ahora su ambición la lleva a acercarse y cooperar al máximo con los nuevos pobladores de uniforme verde y negro. Sin embargo, los científicos están tan enfadados como tensos. Ella es la única que les alienta en su trabajo y quien está disponible día y noche para cualquier cosa. Ha pedido varias veces sustituir a Iván, pero la confianza escasea. Serguéi ha dejado de tener contacto directo con el centro hasta que tanto los militares como el servicio secreto resuelvan el misterio de su desaparición.

Mientras tanto, en San Petersburgo, Natalia coordina la operación desde la oficina general de seguridad en Lozprom. Cuatro pantallas de tamaño considerable retransmiten las actividades fuera de la sede. Su equipo junto al de la policía están preparándose para entrar en el domicilio del principal sospechoso. El artesano ingeniero de la Fábrica de Porcelana vive en un cuchitril en las afueras de la ciudad. Los agentes ponen un aparato de escucha en la puerta, lo que se oye parece ser la televisión. Se confirma que el Zenit de San Petersburgo está jugando en ese momento contra el Spartak de Moscú, algo que todos los agentes masculinos saben de sobra pues están deseando acabar la operación para ver el final del partido.

Los agentes llaman a la puerta, pero el sospechoso ignora el aviso de la policía. Nadie sabe si está dentro, pero es de esperar. Tras el segundo toque derriban la puerta. El apartamento donde vive está lleno de iconos y de velas. Se encuentran a un hombre de unos cincuenta años sentado en su sillón viendo la televisión. Lleva una camiseta de su equipo y unas pantuflas de cuero. Se ha surtido de pan con embutido y alcohol. Les saluda alegremente y no se inmuta al verlos.

—Esperen un momento, que está a punto de acabar —suplica—. El Zénit tiene que meter un gol en el descuento o estamos acabados.

—¡Levántese! —le ordenan los agentes.

—Si me dejan terminar de ver el partido hablaré. Si no, mátenme porque no voy a colaborar.

El agente pasa la petición a Natalia, que está al frente de la operación. Ella suspira, se pone las manos en la frente, repite «Evidens» tres veces en alusión a lo poco que hay que esperar del sospechoso y accede a la extraña solicitud. Los agentes se relajan y se sientan en el sofá. Comentan los movimientos de los jugadores y hasta comparten cerveza fría de la nevera a escondidas. Terminado el partido, se llevan al sospechoso al edificio del FSB para interrogarlo.

SEXTO Y SIETE

Con lo poco que ha cabido en la pequeña maleta, Mar se muda a uno de los mejores pisos de San Petersburgo. Se puede decir que es una mudanza a medias porque tan pronto como Serguéi salga de viaje, ella regresará a España o a casa de Masha, donde la cama de hierro chirriante es más incómoda pero más cálida. La nueva residencia tiene hidromasaje pero le falta alma. El conductor los deja en un portal de un edificio de granito recién restaurado con el logo de Lozprom. Está al final de Krónverkskaia Náberezhnaia, en la plaza del académico Lijachov, que fue un memorable experto soviético en sigilografía con una biografía poco original, pues fue encumbrado en la academia para ser detenido y deportado cinco años a un gulag, al tiempo que su colección de antigüedades era nacionalizada. Bonita palabra para describir un robo a manos del Estado.

A pocos metros se encuentra un velero de lujo convertido en restaurante. Se llama El Holandés Errante. Está construido en madera y cristal, adornado por luces doradas. Da un toque de color al lugar, con el movimiento de la gente elegantemente vestida que lo visita. Mar observa a las señoras de cuerpos esbeltos y zapatos muy altos. Serguéi la toma del brazo, después ciñe suavemente su cintura, desea que se sienta segura en un ambiente desconocido. El lugar está a apenas veinte minutos a pie desde la casa de Mar, pero ella todavía no relaciona esos mundos tan cercanos y tan distantes. San Petersburgo es una ciudad que no se deja conocer con facilidad. La longitud interminable de sus orillas lo impide.

La bandera con el logo de Lozprom flamea a la entrada del edificio. El conserje corre a abrirles la puerta y le hace una pequeña reverencia muy discreta, lo justo para que Serguéi note el respeto, pero no la sumisión de su empleado. Les abre también la puerta del ascensor, que resplandece entre espejos, vidrios y madera pulida. Serguéi da orden al portero con la mano de no mirarla demasiado. Se ocupa siempre de abrirle el paso a Mar, de que lleve correctamente la chaqueta, de explayar su cortesía a cada instante. Un hombre ruso es cálido por dentro y brutal por fuera. Es un protector por definición. Las esposas odian divorciarse de ellos, aunque tengan que aguantar la desconsideración. Si el hombre no es ni demasiado alcohólico ni demasiado agresivo, aunque sea mujeriego, hay que estar contenta de tenerlo cerca. El hombre es la defensa contra el invierno y la brutalidad de los demás hombres. Esa es la mentira que la sociedad les hace creer a las rusas, porque en realidad ellas son infinitamente más fuertes que ellos.

Serguéi hace llamar a todos los encargados, desde el portero a la limpiadora jefa, y presenta a Mar con mucha formalidad. La convierte así en la doña de una casa que no es de ninguno de los dos. Sucede un sábado y ella ya es alguien distinto. Múltiples personas le han nacido. No es una sino varias. El lujo no la ha reconvertido, pero le divierte porque ella solo está de paso por él. Tiene una serenidad recién estrenada. Se ha dado cuenta de que, aunque la gente dice que la autoestima viene de uno mismo, no es del todo cierto. Hay ambientes, hay gente que te toma de la mano y te sube hacia ti mismo. La admiración ajena sirve para llevarte a tu propio respeto. Pero ¿acaso no dependemos del amor de los demás para construirnos? «Algo así pasó con Serguéi. Da igual si la razón es que él sabe cómo tratar a la gente, o si siente un verdadero interés o simple curiosidad. No importa. Tampoco importa si es por un tiempo o para siempre. A mí me ayuda a descubrirme a mí misma. Hay gente que ha nacido para encontrarse. Si se piensa bien, no puede ser de otra manera», se dice.

Ya viven juntos. Y ya no están a salvo de la amenaza de la monotonía. A ella le llevará algún tiempo saber que lo que más temen los rusos no es el hambre o la tiranía. Se han hartado de eso a lo largo de su historia. Lo que de verdad les aspaventa es la calma. Y cuando esta llega, montan una revolución o ajustan cuentas con algún país vecino. Solo Dios sabe de dónde les viene esta mentalidad guerrera. Será por las constantes invasiones que han sufrido a través de los siglos. Las malas lenguas dirán que es un atavismo mongol que subsiste desde los tiempos de Atila.

Entran en un ático con vistas majestuosas al Nevá. Aunque es de noche, el ojo de cristal de los ventanales ofrece los cien grises que dicen que tiene la ciudad. Las cúpulas doradas llenan el paisaje. Serguéi le quita el abrigo. Mar siente un escalofrío. Hay algo que no cuadra, no sabe qué es. Lo siente con nitidez absoluta, hay algo que no va en ese hombre y en esa vida, pero podría ser simplemente el miedo a ser feliz, o la presión de no saber qué pasa con su padre o el estrés postraumático de su secuestro. Pero algo pasa.

Hay una mesa circular en el salón con bandejas de comida. El panorama es un espectáculo porque tiene casi vistas circulares a la ciudad. Allá el embarcadero del Palacio de Invierno, a la izquierda la catedral de San Isaías, más lejos las columnas Strelka, el fuerte de Pedro y Pablo...

—Estás helada —dice Serguéi—. He mandado que te preparen el baño. —Ahí hay algo de verdad y de mentira, pues es parte de la obsesión que él tiene con la higiene—. ¿Te apetece?

La recuesta delicadamente sobre el sofá granate del salón. La desviste sin prisa para exponer su cuerpo. Ya no espera. Ni tampoco se contiene. Se ha rendido sin condiciones. La penetra. Existe la rara química que hace que los dos se entiendan bien. No solo hay deseo, hay algo más. No lo explica el hecho de que los cuerpos estén en armonía ni que estén diseñados perfectamente el uno para el otro. Serguéi ha conocido montones de cuerpos, mucho más hermosos que este. Solo que este es al que él pertenece. Este es el cuerpo que le junta el deseo y el espíritu. Por fin no se siente dividido.

—Ahora sí que me apetece un baño. Pero no se te ocurra empezar a doblarme la ropa —dice ella.

Demasiado tiempo con un psiquiatra para no percatarse de que Serguéi tiene algo de obsesivo-compulsivo. Mar se dirige al baño, intenta quitarse de encima la pesadez del sentimiento o presentimiento que la golpea. Se repite una y otra vez que debe centrarse en un momento tan bonito. La decoración del lugar ayuda. Cuando llega al cuarto de baño casi se desmaya. Ni el mismísimo cardenal

Bibbiena en tiempos del gran Rafael, quien le diseñó un baño en el Vaticano, vio nada parecido. Mármol blanco y negro, esculturas ribeteando las esquinas, lámparas de ensueño jugando con el reflejo de los cristales. Cuadros clasicistas que parecen originales. Se sumerge en el agua a treinta y nueve grados, con sales del mar Muerto.

—Eres un demonio —comenta él—, pero te perdono porque todavía no sé qué hacer contigo.

No se mete en la bañera, sino que la mira despacio. Entonces ella se da cuenta de que su sexo no solo le ha entrado en la vagina, sino también en la cabeza. Cuando el sexo del otro se mete en la mente, lo hace poco a poco o de un golpe, pero en todo caso sucede casi de forma imperceptible. Su cuerpo y su olor se convierten en un culto al que hay que rendir pleitesía. Cada uno está gobernado por la necesidad del otro.

Vuelven al dormitorio, y es entonces cuando Mar comienza a admirar los muebles de época, los tapices centenarios y el balcón neoclásico de este primer piso. Toman la cena a las tres de la mañana. Después siguen comiendo como hacen los adolescentes. Él le besa la nuca, como siempre después de hacer el amor. Le dice palabras tiernas en ruso al oído. Duermen abrazados.

Ya de madrugada, Mar deshace su maleta. Él ve las noticias y ella llama de nuevo a España. Nadie contesta. Él la calma y ella sigue intentándolo. Se cruzan las miradas de vez en cuando. Desde la inmensa ventana, sobre el Palacio de Invierno surge un rayo de sol que se abre camino entre las nubes hacia el cielo. Amanece. Ella se le acerca para estrenar el día. Hacen el amor sin tiempo. Hoy no les van a robar la libertad. Y mañana tampoco. Porque Serguéi es un hombre de lujos y sabe que el mayor de ellos es el tiempo.

Mar se hace una idea del sitio, después se sienta en la ventana y observa las calles que parecen buenas pero que no lo son. Desde Pedro el Grande y los huesos con los que se construyó la ciudad, las calles ofrecen una idea equivocada. Son hermosas, pero también peligrosas, no porque se muera en ellas, sino porque se tragan los recuerdos. Ejemplos hay muchos. Está la casa de Chaikovski, cerca de los almacenes tan despoblados como costosos del Au Pont Rouge, pero nadie se acuerda del maestro que desde allí salía a comerse

Petersburgo con sus zapatos y sus cinco horas diarias de caminata. En su mismo vecindario, cerca de los jardines del zar Alejandro, nadie sabe que Gógol vivió y escribió en ese lugar. Se los ha tragado Cronos, un dios que siempre tiene hambre.

Mar observa también su alrededor. Los techos están bien trabajados, con escayolas, que anticipan el papel de seda pintado a mano que cubre las paredes. Sin embargo, lo que no ve Mar es un sobre grande cerrado y lacrado que está entre los papeles de Serguéi. Se trata del informe de noventa y tres páginas sobre Mar que el FSB le hecho llegar a través de Natalia. En él aparecen desde las desavenencias de la joven doctoranda con su director de tesis hasta su pasión por el chocolate negro, incluidas dos llamadas en las que le colgó el teléfono a su hermano. Se lo entregó Natalia en mano con solemnidad. Pero a él ya no le interesa leerlo. Los del servicio secreto todavía sospechan que Anna Serguéievna (también llamada «la dama del perrito») era en realidad una espía americana, o que *Los hermanos Karamazov* era un manifiesto político en apoyo a la familia y en contra del régimen zarista. Él cuenta a menudo este chiste, que ha sido debidamente registrado por los servicios secretos en su legajo personal.

A partir de entonces Serguéi se despide como si estuvieran casados: beso rápido, «Te llamaré en cuanto llegue», «No te olvides de la bufanda». A Serguéi no se le olvidan esos rituales prescritos del amor cotidiano. Definitivamente la nueva pareja ha tomado la ruta más rápida hacia el fracaso.

Tan pronto como ella ve desaparecer a Serguéi, coge su mochila y se va a caminar por la ciudad con el mapa de los círculos que siempre tiene a mano. Le queda un día para volver a España y quiere aprovechar. Sigue sin poder hablar con su familia o sus amigos. No hay ninguna respuesta, la línea parece muerta. Extraño.

Va a explorar el cuarto círculo. Quiere entrar en algún restaurante para comer *borsch*, aunque nadie lo cocine como Masha. Mar piensa en su relación. Ya se han dicho todo, ya han hecho casi todo, ahora solo queda herir a los demás. A la esposa, al hijo. Hacer una apuesta hacia delante que elimine otras opciones, y atraparse en esa decisión. Anda preocupada. Sabe que su hombre está nervioso y tiene motivos para ello. Él se ha marchado ese sábado a desgana para encontrarse con el mismo problema de siempre, y siempre aumentado. Poliakov, otra vez.

Mientras los amantes estrenan nueva vida, Poliakov ha dado un paso adelante y ha acusado públicamente de traidor a Serguéi. Lo hizo en una rueda de prensa justo ayer, para que los medios se regodearan un fin de semana entero antes de que la calumnia pudiera aclararse. Corroboró la imagen de Serguéi como un vendido rodeado de extranjeros que va a regalar la piedra filosofal a fronteras ajenas que no lo merecen. En la prensa la verdad no importa, lo que importa es que la mentira sea más atractiva que la verdad. Que suene más fuerte, que tenga un color más chillón. Poliakov ha clamado venganza a los mismísimos cielos nacionalizados. Los *nazbol* —los nacionalistas bolcheviques— gritan, los comunistas aún más. Todos los patriotas que buscan su antigua patria. Hoy los pobres se sienten aún más pobres, esos pobres de las afueras humildes y olvidadas de Moscú y esos pobres de provincias remotas, desde Samara, Omsk, Yakutsk o Jabárovsk, donde no hay ni una carretera bien pavimentada, olvidadas hasta de la mano de Dios. Por fin tienen una cara nueva a la que culpar, que además es la de un rico.

Mar ha olvidado su paraguas y vuelve a casa porque amenaza lluvia. Entra en el inmenso piso vacío. Ahora puede observarlo con más cabeza que corazón. Parece diferente sin él allí. Observa todo minuciosamente, sin la poesía que da el amor. Da vueltas por la casa como una turista. Entra en su despacho, la habitación que no visitó antes. Hay un gran cuadro abstracto con puntos negros y algunos cuadros que representan diversas partes de San Petersburgo. Colgado enfrente del escritorio cuelga un icono de la Virgen del Signo.

SEXTO Y OCHO

Hace rato que la tripulación se fue a dormir. Iván Ilich ha trabajado como uno más a pesar de seguir débil. El capitán lo ha invitado a su cabina como cada tarde para echar una partida de tabli. Aunque al capitán le agrada la compañía de un hombre tan inteligente, no le gusta perder siempre. El juego les da oportunidad de charlar de cosas mundanas. La vasta cultura del capitán tiene finalmente un interlocutor fascinado y fascinante que está a la altura. Iván también disfruta de esas conversaciones. El joven ha encajado mejor en el arrastrero Quora que en el centro submarino del oceonio.

Iván Ilich y el capitán se han hecho buenos amigos. Iván le entrega cada día una carta que el capitán se encargará en el futuro de hacer llegar a la esposa, familia y amigos del joven. Para ello mete las cartas en uno de los mejores escondrijos del barco, que ningún registro sería capaz de encontrar. Ahora que Iván es persona de interés para todos, se asegurará de que aún le quede intimidad.

El capitán representa ya una figura paterna para el joven, que apenas conoció al suyo. No se pierden ninguno de los atardeceres, que es cuando empieza para ellos su encuentro diario. La tripulación se ha encariñado con Iván como si fuera la mascota de la nave, y dado lo hábil que es con la mecánica, le consultan continuamente cualquier problema, desde las válvulas de la sala de máquinas a la cisterna del váter que nadie pudo reparar en un año. Iván siempre está dispuesto a ayudar. En los ratos libres enseña a leer y a escribir en inglés a un grupo de filipinos, cuyo máximo deseo es poder entender el contrato basura que firman desde hace más de una década y que ahora los tiene atados a ese barco por dos años sin vacaciones para ver a sus familias.

—¿Puedes decirme ya el destino? De aquí no puedo escaparme. —Iván formula la misma pregunta cada día y cada día se queda sin respuesta.

—Vamos a Alaska —contesta el capitán por vez primera.

—¿Qué harán allí conmigo?

—Sacarte hasta las tripas, supongo. —Es brutal en su respuesta, pero ya tiene el grado de confianza necesario para soltar lo que le parece.

—Si hablo, los míos no estarán a salvo. Si no hablo, tampoco porque no sabrán si he hablado.

—Lo siento, muchacho. Cuando yo era adolescente, trabajé en la clandestinidad contra la dictadura de los coroneles en Grecia. Ahora creo que no lo haría. Son todos iguales.

—Me da pena que hayas perdido tus ideales. Eso es también una manera de hacerse viejo.

—O de hacerse sabio. —Se ríe el capitán—. En un mundo como este no se puede aspirar a lo bueno o lo justo, solo se puede desear lo menos malo. —El capitán deja un par de minutos de silencio—. Hijo, no paro de pensar en cómo salir de esta situación, qué puedo hacer para salvarte sin condenarnos a todos.

No es anormal que hablen de filosofía, de política y de sueños. El capitán ya sabe que Iván es un hombre que necesita poco para ser feliz y el joven conoce lo suficiente al viejo para saber que este morirá el día que se jubile. Se ha olvidado de vivir sin un gran barco que capitanear. La pequeña embarcación de pesca que tiene en su isla natal de Ítaca no le servirá para matar la nostalgia de la alta mar cuando pase a depender de un fondo de pensiones.

—No te tortures con lo de salvarme —dice súbitamente Iván—, creo que no nos dejarán desembarcar.

—He hablado de ti con mi amigo Ponce de Polignac, que es hombre de Dios y como yo no juego en su liga me ha dicho que siga mi voz interior. No sé qué hacer. Por el momento viajamos sin radar, sin radio, sin satélites; lo hacemos a la vieja usanza, con mapas y estrellas, que para eso me he pasado la vida en el mar —afirma el capitán con el ceño arrugado.

—Pues nos están siguiendo.

—Eso no es posible.

—Mira el mar —sugiere Iván Ilich.

—¿La beluga? Se ve desde hace días. Muy bonita.

—¿Apostamos a que es de la Marina rusa en Murmansk? Las entrenan desde hace décadas. Llevan el collar que es tan característico en ellas. Yo diría que esta lo tiene. Ni siquiera se han molestado en quitárselo —afirma Iván—. Llevo días fijándome.

—¿Para qué?

—Entrenan belugas para proteger las entradas a las bases navales, ayudar a los buceadores de aguas profundas y, si es necesario, matar a cualquiera que penetre en su territorio. En este caso nos siguen.

El capitán se asoma a la popa del barco, pero está demasiado oscuro para verla bien. Ordena detener los motores. De pronto reina un profundo silencio y una gran calma, solo interrumpida por el ruido del mar contra el casco del buque y algún ronquido de un marinero que bebió de más antes de irse a dormir. Son horas de sueño y habrá pocos testigos. Pone una luz potente sobre el agua y la beluga aparece. El capitán le echa pescado y el cetáceo se acerca tranquilo. Hace unos movimientos graciosos y casi parece que le da las gracias.

—Tienes razón, Iván, está acostumbrada a los humanos. Si quisiera, podría traerla a dormir conmigo.

—Está marcando nuestra ruta. Tiene el collar. Seguro que lleva colocado un GPS. Planean hacer algo antes de que lleguemos a puerto, estoy seguro.

El capitán mira al precioso animal que juega con el balón que un marinero ha echado al agua. El animal salta contento, gira en el agua, emite sonidos como si tuviera ganas de conversación.

—Es una criatura bella pero… —se interrumpe para no decir las palabras que no quiere decir—, no hay más remedio.

El capitán llama al miembro de la tripulación con más destreza en el tiro. Lo sacan en pijama con un abrigo. Iluminan un trozo de agua, donde el animal está comiendo las sobras de días anteriores. Salta animada. El marinero apunta al cuerpo blanco y suave de la ballena y su bala certera se lleva su vida por delante. La sangre de la beluga brilla bajo el foco sobre el agua.

SEXTO Y NUEVE

El domingo Mar se despierta temprano y el primer pensamiento que le viene a la cabeza es preguntarse qué hace ella en la cama del hombre que conoció apenas hace unas semanas. Instantes después se acuerda de que está enamorada de él. Se acuerda de su padre y se pone triste. Se queda en silencio y observa cómo duerme. Es como mirarlo por primera vez. No hay duda de que es un hombre hermoso. Tiene el semblante de un guerrero experimentado y su cuerpo huele como debería oler la vida. Ella arrastra su batín con una ligera cola a la ventana, a ver cómo la ciudad amanece bajo sus pies. Toma su móvil, saca una foto. San Petersburgo sale impecable, es tan fotogénico como la música que hay en el aire. Se diría que en ese momento, desde el edificio blanco de la Filarmónica, se eleva la jota aragonesa de Mijaíl Glinka, que para encontrar el nacionalismo ruso empezó por el español, que se llevó en su maleta cuando dejó Madrid para ir a París y Berlín.

Serguéi sigue durmiendo y ella no puede superar la tentación de curiosear por el piso. Sigilosamente abre uno a uno los cajones del salón. Hay dos que están vacíos, otros llenos de libros mal ordenados, y por último hay uno repleto de cajitas pequeñas, que parecen contener regalos que le han otorgado en actos oficiales. Un par de medallas, un par de relojes suizos muy vistosos de marcas que Mar desconoce. Nada inusual hasta ahora. Ve un sobre que parece lleno de fotos, pero no puede abrirlo porque en ese momento escucha a Serguéi levantarse. Ella corre de nuevo hacia la ventana y se sienta a leer.

Serguéi aparece ya lavado, planchado y vestido. La abraza por detrás. Se alegra de verla estudiando, siempre echó de menos tener a su lado a alguien que amara la cultura, que hiciera preguntas, que tuviera una curiosidad insaciable. Ella, despeinada y sin duchar, se ha olvidado de darle los buenos días porque no puede dejar de pensar en la Virgen del Signo colgada en la pared del despacho de Serguéi y quiere que él le explique de dónde ha salido. Sin embargo, no se ve capaz de encontrar las palabras justas para preguntar sin arruinar el encanto de una mañana recién estrenada, y prefiere consultarle sus dudas sobre la historia de Rusia que ha encontrado en *El baile de Natasha*, el libro que lee estos días. En verdad, ella está estudiando el cuarto círculo y todo lo relacionado con él. Serguéi le responde mientras la toma en brazos y la mete en la enorme bañera de mármol. Allí la besa, la abraza, la tira, la recoge, la lame, la suspira, la come, la mastica, la llena, la vacía; se siente ridículo haciendo chiquilladas, pero la ternura manda.

«Una mujer tiene que estar con un hombre que piense que es una diosa. Y si no es así, tiene que cambiar de hombre», piensa ella. Él está de rodillas, mojándose, y no para de reírse. Qué raras resultan a veces las cosas pequeñas. Sin embargo, en ocasiones una sombra pasa sobre este idilio y sus dudas lo paran en seco. Tiene que hablar de la Virgen del Signo, necesita que le cuente lo que sea que está pasando. A fin de cuentas, casi se la cargan. Sin embargo no se atreve. No en ese momento. Espanta los nubarrones de su cabeza y sigue como si nada.

El desayuno aparece de pronto, o siempre estuvo ahí. Pero él lo deja de lado, se pone un delantal, coloca los utensilios en perfecta posición, no dejará que una gota de comida caiga donde no debe, y comienza a cocinar unos *blinchikis*, una especie de crepes que se suelen tomar salados y en los que él es un maestro entrenado por su abuela. Su *bábushka* campesina que él adoraba era una eximia cocinera. Mujer enjuta, pequeña e hiperactiva, de cara chupada y brazos musculosos. Él pasaba los veranos con ella en la región de Tambov, la patria de la tierra negra, de valles fecundos, donde cualquier vegetal tiene posibilidad de sobrevivir. Uno de los lugares en Rusia donde los *kulaks*, los campesinos ricos, lucharon duramente contra los bolcheviques. Sus blinis son como los de ella, tan finos que no tiene que darles la vuelta para hacerlos. Naturalmente ella nunca los servía con caviar como hace él, sino que le ponía humilde mantequilla o nata de leche. Serguéi siempre piensa en ella cuando los hace.

Mar sigue hablando, excitada, le lee en voz alta historias sobre los grandes compositores de San Petersburgo que llenan el cuarto círculo del mapa. Él piensa que ella tiene suerte. Se ha apasionado por una cultura que no tiene límite, que nunca la defraudará. Él hace círculos de masa sobre la sartén con tal precisión que cualquiera diría que tiene un compás. Con el olor suave de la comida, el ático lujoso pero impersonal se empieza a parecer a un hogar. Disfrutan de su primer fin de semana en San Petersburgo, pero el móvil suena otra vez. Serguéi lo mira, sabe lo que significa. Iba a tumbarla, a hacerle el amor, a enseñarle lugares a los que no ha ido desde hace años, y en cambio está convencido de que tendrá que pedir que le hagan la maleta. Se va a la habitación de al lado y habla. Es Natalia. Nuevas complicaciones. Tiene que salir de viaje. Pero será mañana. Todavía le queda el placer de verla devorar sus *blinchikis*, medio atragantada porque no para de hablar. Con uno de ellos en la boca se acerca a la ventana, con las fabulosas vistas de la «Píter» que soñó el gran Pedro: ella se lo comenta impresionada, para que así sea luego más fácil revivir el recuerdo.

—Esta ciudad es tan bonita que no sé dónde meter el llanto cada vez que la observo —dice Mar dándose la vuelta—. Como siga así no voy a poder acercarme a la ventana. —Hace una pausa para tomar otro blini y enrollarlo—. Y dime una cosa, el otro día me enseñaste el San Petersburgo de Pushkin, pero ¿cuál es el tuyo?

—El Petersburgo renacido... —Y al ver la cara de sorpresa de Mar, Serguéi se explica—: ¿Has visto esa tienda de comida tan elegante en la avenida Nevski?

—¡Claro! Esa con lámparas de salón, paredes con columnas barrocas y espejos, muros esculpidos...

—Елисеевский se llama, pronunciado de una manera tan francesa como *yeliseivski*, «los Elíseos». Durante la Unión Soviética la mantuvieron como el *gastronom* número uno del país, y aun así se caía a pedazos. Hoy día es lo que has visto. Eso es la ciudad que yo me alegro de ver poco a poco. —Hace una pausa para mirar la hora en su Excalibur, el reloj conmemorativo de la tabla de los caballeros del rey Arturo de la marca ginebrina Roger Dubuis. El reloj no tiene cuadrante, solo un círculo exterior oscuro que enmarca el cristal. Dentro se ven todos los mecanismos hechos en titanio y oro rosa. Es parte de la extensa colección de relojes de Serguéi. Muchos de ellos valen más que un piso en la ciudad.

—La tradición y el refinamiento, como tú. —Pero él ya no le presta atención—. ¿Qué pasa?

—Vamos a conocer a mi amigo Louis-Maurice.

—¿Tu estilista? —pregunta ella, y cuando él asiente, vuelve a preguntar—: ¿Para qué?

—Para divertirnos. Además, nadie te tomará en serio en este ambiente si vistes como una estudiante. Nadie te verá, nadie te escuchará, y vamos a evitar que esto pase.

—Yo no deseo deberte nada. Me harás sentir inferior a ti o en deuda.

—Estamos hablando de cosas diferentes. Yo hablo de trabajo...

—¡Tú lo que no quieres es avergonzarte cuando te vean conmigo!

—No sé. Es posible... —Él se queda pensativo—. ¿Te haces una pequeña idea de cuánto cobran mis asesores jurídicos? Y eso que ninguno de ellos tiene una tesis sobre la Zona como la que tendrás tú. Asesórame de vez en cuando y quedamos en paz.

—No me necesitas —dice ella.

—¡Por favor, escuchen todos! ¡Yo necesito a esta mujer! —Y se pone a danzar en la habitación.

—¿Nos escuchan? —pregunta ella con pánico.

—En todos lados hay cámaras y micrófonos, tanto aquí como en Madrid o en Nueva York. Lo llevas en tu bolso y yo en el bolsillo. Nosotros mismos los compramos para que nos espíen, y hasta los pobres no ahorran en aparatos para no quedarse atrás. Los llevamos con nosotros a todas partes, desde un viaje hasta al supermercado, para facilitarles el trabajo. El mundo desarrollado se ha puesto voluntariamente al servicio del servicio secreto, da igual la nacionalidad. Todos hemos decidido servirle. Creemos que aprovechamos la tecnología, pero nadie ha hecho suficientes preguntas ni nadie ha dado bastantes respuestas. Ya ni se puede ver un programa tonto de televisión sin salir en las estadísticas. Si Beria estuviera vivo, le daría un ataque al corazón de la felicidad —dice Serguéi con tristeza—, pero son las diez. Es momento de divertirnos, ¿estás preparada?

La lleva al salón, le cierra el batín, hace una llamada, le sirve uno de los cinco tés preceptivos del día en Rusia. Le dice que espere. Que habrá diversión. Que no se ponga feminista con sus regalos, que lo hace porque le da la gana y que tire todo después si le apetece. Se abre la puerta y aparece una fila de hombres y mujeres empujando vestidores móviles, donde cuelgan prendas enfundadas en plástico transparente. Están en línea, sin mirar a los ojos. Por último, entra Louis-Maurice como si fuera una estrella. Es rubio, de baja estatura, bastante rechoncho y de mirada falsa y pervertida. Da unas palmadas y sus asistentes quitan los plásticos oscuros de los vestidores. El sol de la mañana despierta todos los brillos de los vestidos. Louis-Maurice ha estudiado las medidas de Mar con precisión, el color de sus ojos y su cabello, trae fotomontajes sobre cómo quedaría el *look* final de Mar, en la calle o en la ópera, y hasta tomándose una Coca-Cola en una estación de tren. El estilista conoce su oficio, pues aunque es extranjero, su madre era rusa y hacía lo mismo durante los tiempos de la Unión Soviética. Su madre empezó en una *beriozka*, tiendas donde se vendía mercancía de importación y que se pagaba con cupones o dinero extranjero. Cuando cerraban, seleccionaban las prendas más caras y esperaban a que viniesen los clientes VIP. Llegaban con escolta y abrigos largos, no eran hombres de negocios sino líderes del Partido Comunista. Reían alto, fumaban habanos. También ellos venían con amantes.

Mar comienza a elegir lo que va a probarse con la ayuda de Louis-Maurice, los colores y cortes, los tejidos y caídas. Sin embargo, la conversación se mantiene principalmente entre Serguéi y el estilista. Mar los observa alucinada porque ni el final del mundo se ha discutido con tanta vehemencia. Los dos parecen tan opuestos en lo que discuten y se toman el tema tan en serio que mejor no molestarlos. A Mar le divierten los нет, «noes», que saltan como el aceite hirviendo. Serguéi tira unos vestidos sobre el sofá y se queja como nunca le había visto hacer antes.

—Loulou, te dije que tenías que vestir a una reina, y me has traído el descarte del ajuar para una de las golfas de Poliakov. ¿Qué se te ha cruzado por la cabeza?

—Monsieur Tomski, sea razonable, se lo ruego —implora con voz trémula—. Mademoiselle podría ir al Met Gala con cualquiera de estos modelos… —Louis-Maurice está alteradísimo, pues es muy sensible a las críticas.

—Justamente, ese es el problema, Loulou. No se trata de Madonna o Lady Gaga. ¿Será verdad que atendiste a todas esas princesas en Cartier? No se diría, a juzgar por el despliegue de mal gusto de esta mañana. De lo único que estoy seguro es de lo de los diamantes falsos que sustituiste en el collar de Gloria von Thurn und Taxis. Los alemanes casi vuelven a invadir Francia, ya que tu país se negaba a aceptar que «la Maison» pudiera estar implicada en un vulgar robo a una de las familias más importantes de Europa.

—Monsieur, *s'il vous plaît, pas içi*… —Louis-Maurice parece estar al borde de un ataque apoplético. Suplica. Comienza a sudar a raudales, le tiemblan las manos y la voz; respira hondo y gime—. Todo eso es agua bajo el puente, hace tanto tiempo... Y qué va a pensar mademoiselle...

El francés contiene mal que bien su histeria, pone los ojos en blanco y comienza a llamar a los modistos y las tiendas de la ciudad. Entretanto, Serguéi lo mira sádicamente desde el sillón. Se nota que disfruta con la situación y con deshacerle sus planes. Mira de nuevo su Excalibur, lo señala de manera ostentosa y le dice:

—Loulou, ¿nos vas a tener esperando mucho más?

Louis-Maurice se gira con un mohín para ocultar su expresión desencajada, mezcla de furia y espanto. Se va gritando al teléfono y cuarenta y cinco minutos después regresa aplaudiendo con aire de triunfo delante de otro cargamento de ropa. Mar se había puesto a leer un artículo sobre la Zona porque toda esta dramaturgia la aburre. En el interín, Serguéi intercambia mensajes con Natalia.

—Mademoiselle, si es tan gentil de pasar al probador... —le dice Louis-Maurice con una sonrisa torcida y el cuerpo inclinado mientras le indica obsequiosamente el biombo con motivos chinos que ha instalado en el salón.

Mar obedece para que terminen pronto y el francés comienza a pasarle ropa, no sin que la mirada de halcón de Serguéi apruebe todo con antelación. A partir de ahí todo es entrar y salir del cambiador. Mar mueve la cabeza para decir siempre sí, se pone lo que le piden, se desviste cuando se lo ruegan, se calza sin protestar y camina; se da la vuelta, se para, quiebra la cadera, primero la izquierda y luego la derecha. Piensa lo tediosa que debe de ser la vida de las modelos de alta costura. Mientras tanto la discusión entre Serguéi y Loulou sigue álgida, parece más grave que el debate anual de los presupuestos generales del Estado, pero al menos el proceso de decisión parece acelerarse. Unas dos horas más tarde, Mar tiene un armario con ropa suficiente para el resto de su vida. Serguéi está complacido y disfruta con un whisky Glenlivet on the rocks en una mano mientras acaricia el cuello de Mar. En cambio, Loulou ha pedido un vaso de agua para tomarse un blíster entero de Rivotril.

Cuando se van, Mar se queda sola y puede retomar su búsqueda por el piso. Coge el sobre con las fotos. Hay fotos de Galina, la reconoce por las páginas de diarios y revistas donde hay imágenes de ella con Serguéi. También hay fotos de familia en las que aparece un niño con cara triste, seguramente Artur, piensa ella. Finalmente encuentra una impresión de Polaroid que la deja sin respiración. Es Serguéi con dos personas más que Mar reconoce al instante. Están en atuendo de pesca junto a un río; sonrientes y abrazados los tres. Serguéi está con Milena, la amante eterna. Eso no tiene nada de excepcional si han estado varios años juntos. Pero es la tercera persona la que la deja petrificada. Tiene que acercarse la foto varias veces para asegurarse de que no es una equivocación. Pero parece inconfundible: su robusta constitución, su frente amplia, su corte de cara anguloso y masculino, sus ojos verdes y su sonrisa sensual y seductora. Es Oleg.

SEXTO Y DIEZ

El sospechoso ha pedido una hamburguesa y Natalia espera a que termine de comer. Ahora quiere otra Coca-Cola, y Natalia se la saca de la bolsa de una tienda cercana, que uno de sus asistentes ha ido a buscar. Al artesano no se le ve estresado, más bien lo contrario. Tiene sobrepeso, pero no tanto habida cuenta de su gula, y el pelo rubio, graso y rizado, como lo había descrito el anticuario. Le han llevado su foto y él lo ha reconocido al instante.

Natalia lo observa mientras él engulle ávidamente la comida. Tiene unas manos finísimas, que mima con manicura, con una piel tersa y dedos muy delicados. Extraño que un ser cuide tanto sus manos y descuide tanto el resto. Natalia se da cuenta de que el sujeto puede fijar la mirada de forma muy intensa, como si llevara un zoom en el iris. Debe de ser por su profesión tan centrada en los detalles. El sospechoso levanta con cuidado un pelo que ha encontrado sobre la mesa y lo pone al contraluz.

—Yo diría que es de una mujer de pelo corto —comenta.

—¿Cómo puede saber que es de una mujer? —responde Natalia mientras cruza los brazos en señal de desaprobación.

—Por el olor y la textura.

—Eso no tiene sentido. —Pero Natalia miente, porque el cabello podría ser perfectamente de Ignátov, que ha sido interrogada varias veces en aquella misma sala.

Natalia empieza el interrogatorio. Pregunta por las visitas al anticuario, y el sospechoso relata con precisión cada una de ellas, así como todas las llamadas que ha recibido. Provee fechas y horas, señala motivos coherentes. Natalia jamás ha escuchado a un sospechoso que peque de sobreinformación. Todo es tan fácil que es terriblemente anormal.

—¿Puedo tener comida china? Mi memoria funciona mejor cuando como —dice el sospechoso.

—Sí. —Natalia manda de nuevo al asistente a comprar, el cual suspira con desgana—. Yo diría que nos esperaba.

Natalia deduce que el sospechoso tiene un metabolismo altísimo.

—Pues sí. En la fábrica no han sido ustedes muy discretos que digamos —comenta él mientras se relame.

—¿Por qué no? —Ella solo contradice con más preguntas.

—Ninguno de sus agentes sabía nada de porcelana. Podrían habérselo currado un poco más. Un cursillo acelerado, algo…

—Las prisas, ya sabe —contesta un tanto divertida.

—Se pierde mucho material con las prisas, yo pierdo porcelana y ustedes información. Por ejemplo, a mí me ha dado tiempo a recopilar información y a perderla al mismo tiempo. Todo gracias a sus prisas. No encontrarán ninguna prueba.

—Tenemos el testimonio del anticuario. —Natalia pone las manos sobre la mesa levantando una barrera contra él.

—¿Y por qué deberían ser mis iconos los mismos que los de sus muertos?

—Ya sabe usted que no somos muy afables por aquí. Si no tenemos pruebas fehacientes, nos las inventamos.

—Pero no cazaría a quien usted busca realmente y el problema le cazará a usted —dice el sospechoso muy tranquilo, como si la cosa no fuera con él.

—Usted está implicado y para mí eso es suficiente. ¿Trabaja solo? ¿Quién es ese rubio alto y fornido que también va al anticuario a comprar iconos?

—¿Tengo cara de trabajar con alguien? ¡Estoy solo!

—Miente de nuevo. Usted no puede organizar algo así solo.

—Me ayuda el Espíritu Santo.

—Ese nos pilla fuera del circuito. ¿Y quién más?

—Ya le he dicho que trabajo solo.

Natalia hace una pausa, carraspea un poco y se repasa su moño de bailarina. El agente metido a chico de los recados vuelve con comida china y blinis. Al sacarlos del contenedor de papel plastificado, Natalia se acuerda de su abuela, que la mimaba con *blinchikis* finos los domingos. El sospechoso levanta la tapa de cada contenedor y alegremente descubre excitado lo que hay, como si se tratase de regalos de Navidad. La escena resulta casi conmovedora al verle tan feliz por unos platos de comida barata.

—¿Y bien? ¿Va a decirme la verdad y a explicarme por qué las llaves de su casa están en un llavero de Lozprom de serie limitada?

—¿Cómo? —El sospechoso se sorprende tanto que hasta para de comer.

—En la cárcel la comida no es muy buena, no sé si lo sabe. Pero al menos le dejarán rezar todo lo que quiera.

—Lo compré en un mercadillo.

—Eso es imposible porque ninguno de estos llaveros ha llegado a ningún piso que valga menos de cincuenta millones de rublos.

—No me acuerdo.

—¡Claro que sí! Porque nadie lo salvará de la mierda que van a darle entre rejas. Mierda y encima poca. ¿Ha pasado hambre alguna vez en la vida? Se podrá delgado como una bailarina anoréxica del Mariinsky. Salvo, claro está, que yo me encargue de que reciba comida como esta cada día. ¡Ah! Y olvídese del fútbol, que los derechos humanos nos sirven para decorar la pared a falta de papel pintado. ¿Va a decirme la verdad?

—¿Hambre? Prefiero que me golpeen y hasta que me maten.

—Por favor. —Natalia le indica al asistente que le retire el tentempié y deje el escritorio limpio. El sospechoso sigue con la mirada los platos mientras se los llevan. Al rato el mismo asistente aparece con una escudilla metálica con una mezcla de vómito y excremento humano. El olor es atroz—. Como le decía, la comida del servicio penitenciario no está en la guía Michelin. Si no coopera, me ocuparé de que este sea su desayuno, su comida y su cena… A ver si me ayuda y se le agudiza la memoria. Dicen que comienza con el olfato.

—Sí, sí. Lo que quiera, pero por favor retire esto de aquí.

Natalia hace un gesto para que retiren esa asquerosidad, aliviada de no haber tenido que sufrir ella la misma tortura que el detenido. Ya sentía náuseas.

—Lo escucho —dice ella.

—El llavero me lo dio el señor de Lozprom para el que trabajo. Me pide chapuzas y yo las hago.

—¿Cómo es ese señor? —Natalia busca en el móvil fotos del personal y se las enseña una por una. Pero él no reconoce a nadie. De hecho, Natalia lee su lenguaje corporal y ve que no miente. De pronto el sospechoso se gira y ve un periódico.

—Es ese —dice.

—¿Está seguro?

—Pues sí —dice él.

Natalia toma el periódico y lo pliega para esconderlo de los compañeros que observan el interrogatorio. Sale precipitadamente con el periódico. Entra en la sala de observadores tras el cristal gris. Está vacía. Es tarde y se han ido a hacer un descanso porque el interrogatorio está durando más de lo normal. Ella accede enseguida al estudio de grabaciones y borra la parte final de la entrevista. Después regresa a la sala donde está el sospechoso y le dice al oído que guarde silencio sobre el hombre del periódico. A continuación le da efectivo a su asistente para que vaya a un excelente restaurante de carne argentina que está a pocos metros de la sede. Guarda en su bolso el periódico en el que Serguéi sale en la portada.

SEXTO Y ONCE

Cuando Mar está a solas, las dudas sobre él la inundan. Pero en su presencia todo se desvanece. Tienen entradas para la Capella, otro edificio verde, el templo de los Cinco, ese grupo de músicos nacionalistas rusos, hombres de ciencias, que cambiaron el semblante musical de la ciudad en tiempos de Chaikovski. Serguéi ha programado un concierto para ella. Se han vestido para salir, pero no pueden. Se enredan de nuevo en el sexo. Siendo hombre de agendas y organización, es difícil aprender a romper planes. Ella lo ha rodeado con sus brazos de hiedra, lo lía, lo ha desvestido, lo ha tirado sobre la alfombra llena de hojas y ramas, dibujos geométricos de prados, pero él la recoge, la tiende sobre el lecho del sofá. Mar empieza a tener un sentido de pertenencia a Serguéi. Quizá un día los hombres se den cuenta de que la única manera de poseer a una mujer es con el placer. Porque el placer no es banal, y ella no es una excepción, el placer viene directamente del alma.

—Tu vida sexual ha ido mucho más lejos que la mía con algún novio esporádico. Yo conozco cosas mucho más simples. Terminarás aburriéndote conmigo. ¿No lo has pensado? No lo digo con pena sino fríamente, para que lo que venga no te pille desprevenido —dice ella de pronto.

—¿Y se puede hacer algo para deshacer la experiencia? Lo vivido no me ha hecho perder la inocencia necesaria para gozar contigo. Es más, contigo todo me parece nuevo. Así que... ¿qué pretendes hacer? ¿Aprovechar lo que el tiempo me ha dado o amargarte porque no lo tuviste tú? ¿Qué te pasa? ¿A qué viene ese comentario? Eres la única mujer que he conocido con la que estoy a salvo del aburrimiento. —Serguéi hace una breve pausa—. Que yo sepa no has tomado vodka en el desayuno, ¿no? ¿Qué le pasa a tu cabeza? ¿Por qué estás tan rara?

—Hay cosas que no entiendo. —Mar duda si hablar del tema que de verdad le preocupa—. ¿Por qué tienes colgada la Virgen del Signo en tu despacho?

—Estábamos hablando de la falta de sofisticación en el sexo, ¿y ahora me sales con vírgenes?

—Las mujeres somos así. Pero ahora no cambies de tema y responde a mi pregunta, por favor.

—Pues es muy sencillo, porque la tiene medio San Petersburgo. Es una devoción local muy arraigada y antigua. El santuario está a dos horas de aquí, en Nóvgorod. Si te interesa, te puedo llevar en algún momento.

—Eso lo sé, gracias. Pero hay muchas versiones de la imagen y la que tienes tú es la del patriarca Macarius. Es la misma que recibí yo. Se la enseñé al Manco y a Natalia y me advirtieron que estaba en peligro. ¿No te parece rara tanta coincidencia?

—¿Qué estás insinuando? ¿Que tengo algo que ver con eso?

—No, pero necesito alguna explicación.

—Pues ya te la he dado —dice molesto, con una mueca en la cara.

Serguéi se va a la cocina y se sirve un vodka con hielo. Se hace el silencio. Suena el teléfono, siempre trabajo, ahora y después, irrumpiendo sin llamar a la puerta, como si tuviera derecho a llevarse cualquier momento personal por grande o insignificante que sea.

—El G20 se reúne en San Petersburgo en un mes. Reunión extraordinaria. Vamos a hablar del oceonio. Puedes seguir llevándote por paranoias o ponerte a trabajar. Lo siento, pero debo irme.

Mar se queda en silencio. Él va a limpiarse y cuando vuelve, su semblante enfadado no ha cambiado. Obviamente hay algo que lo contraría aparte de sus preguntas inquisitoriales. Ella decide romper el frío glacial en que se encuentran sumergidos hablando de trabajo.

—¿Qué pasará cuando el oceonio aparezca en la Zona?

—Que intentaremos cargarnos el acuerdo actual que deja beneficios a vagos que pasan por pobres. Quien quiera algo, que se lo trabaje, no que viva de la caridad de los demás. No me mires así. Ahora no nos quedan utopías. En Rusia las hemos roto todas.

—Cuando se aprobó el acuerdo, ese que odias, eran tiempos mucho más complicados que estos y en cambio fue posible... ¿te lo resumo?

—No te creo, pero te escucho con atención. —Bebe el vodka que se ha servido a ver si se le pasa el disgusto.

—Si antes de la Segunda Guerra Mundial el mar se medía con el cañón, después de la contienda se midió con el petróleo.

—Sigue —ordena él secamente.

—En los sesenta, la libertad de los océanos, el *mare liberum* o, lo que es lo mismo, que cada país estuviera en condiciones de hacer en el mar lo que le daba la gana, creó el caos mundial. El mundo, devastado por la guerra, se había ido reconstruyendo gracias a la explotación de los mares. La tecnología fue su aliada. La tecnología comía y bebía cerebros regalados por los gobiernos, engordaba y crecía cada día. Los nuevos inventos, las nuevas patentes, parecían no tener fin. La mano del hombre dejó de ser de carne y se transformó en acero, y se hizo cada vez más larga.

—¿Y? —Serguéi sigue molesto.

—La pesca, los diamantes y el oro negro fueron las musas inspiradoras de la ciencia. Había dos tipos de estados: los que no tenían los recursos que querían tener, y los que ya los poseían pero querían obtener todavía más. Era la época de la Guerra Fría y las dos grandes potencias se dedicaban a joderse como podían. Los dos bloques luchaban a muerte e intentaban controlar no solo la Luna, sino también los océanos. Con tanta técnica y desconfianza mutua, el mar se llenó de inesperados inquilinos: submarinos nucleares paseándose por las costas, minas en el fondo del mar, superpetroleros cruzando estrechos y contaminación sin ley. La situación devenía cada vez más peligrosa. Las disputas, las amenazas y los reclamos. Las pretensiones, las ofensas y los ultimátums. Había tantos papeles en los tribunales como bombas apuntando a unos y otros. Nadie se atrevía a estornudar.

—Todos pusimos bombas ahí abajo, es cierto.

—Como el fondo del mar era un huerto de misiles, y se hacía evidente que el ser humano iba a extinguirse a causa de su profunda estupidez, pasó algo. Un pequeño país que solo se conocía por las sardinas y por una antigua orden de caballeros medievales le cantó las cuarenta a la Asamblea General de Naciones Unidas. Malta pidió a los estados un régimen internacional para que los fondos marinos fueran de todos y para todos. La idea se simplificó con el denominativo «el Régimen». El embajador maltés, con unas gafas de culo de vaso que apenas le permitían leer el discurso, fue categórico: o se acababa la borrachera general o nadie podría contar la resaca del día siguiente porque simplemente no habría día siguiente.

—Fue Arvid Pardo, ¿no?

—Era finales de los sesenta, y eso del «Régimen» internacional no gustó mucho, pues los estados eran muy propensos a las grandes comilonas. Sin embargo, se daban cuenta de que había que ponerse a dieta. El temor y la desconfianza que traían esos preparativos de guerra también los empujaba a prepararse para la paz. Los estados agacharon la cabeza, se quedaron muy serios y se pusieron a pensar. Al ser bastante cortos, reflexionaron muy muy despacio. Solo seis años después decidieron pasar a la acción. Fue una suerte que entretanto a nadie se le ocurriera apretar el botón rojo y solo armaran alguna que otra guerra por interpósito país en el mundo subdesarrollado, y así no se llenaron de muertos sus propios cementerios. Por ello en los setenta se convocó la gran conferencia de la década: la Convención sobre el Derecho del Mar. Tras dos intentonas anteriores, esta sería la definitiva. Los países ya no contarían mentiras ni se presentarían en la mesa para hacer trampas, sino que se sentaron para negociar de verdad. Solo les quedaban diez años de discusiones por delante y cientos de reuniones. Había que decidir de una vez por todas qué era lo de uno, qué lo de otro y qué lo de todos. Hablarían de fronteras, de recursos, de la protección del mar; hablarían de barcos, de estrechos, de minerales desconocidos, de cómo resolver sus futuras disputas. Había muchos temas de los que hablar y las posibilidades de ponerse de acuerdo eran mínimas. ¿Cómo iban a asentir en todo? La mitad de los estados se odiaban entre sí y la otra mitad se ignoraban. Pero este evento posibilitó que se forjaran los grandes juristas de la época.

—Harán de ti también una buena jurista. Pero no cuentes con que apoye que el dinero que saquemos sirva para alimentar la corrupción de dictadores. El nigeriano Abacha metió cinco billones de dólares ilegales en Estados Unidos; Seko, el de Zaire, lo mismo; el filipino Marcos doblaba esa cantidad; y Duvalier, el de Haití, y el ucraniano Larazenko robaron la cantidad de ochocientos millones de dólares. Y te aseguro que todas esas cifras se quedan cortas con el total. No, no me pidas que apoye un sistema que permita a cualquiera de estos quedarse con el resultado de nuestro esfuerzo. Y no me hables de la igualdad en Naciones Unidas porque, sin ánimo de ofenderte, me dará un ataque de risa.

—Se pueden buscar fórmulas —comenta Mar, mientras un trueno suena en la lejanía, sin que la tormenta haya llegado aún.

—Vistámonos y salgamos a pasear. Y, por favor, te ruego que no me hables de tus opiniones sobre este tema o nos separará. Esto no es una simple discrepancia de opiniones, sino que tú y yo luchamos en bandos opuestos. —Serguéi empieza a mostrar su lado oscuro.

—Está bien que veamos lo que nos separa, que no es solo esto, sino lo que no me cuentas. No te estoy pidiendo secretos de Estado ni de empresa, pero sin yo buscarlo me han metido en algo que te concierne a ti, no a mí, y te lo advierto: no pararé hasta que sepa por qué.

SEXTO Y DOCE

Milena entra en el número 28 de la avenida Zagorovny. Una inmensa arboleda rodea la parte trasera del edificio. Mira de lado a lado y se asegura de que nadie la siga. Lleva un gorro de piel a juego con su abrigo y unas gafas de sol para evitar que la reconozcan las cámaras de seguridad que abundan por la ciudad. Se ha cambiado dos veces de atuendo, gracias a que su abrigo y su gorro son reversibles. Compra un billete para acceder al apartamento 39, la casa donde Rimski-Kórsakov escribió la mayor parte de su vasta obra. Deja su abrigo en el guardarropa y se coloca un pañuelo en la cabeza. Accede a una sala donde está el piano del maestro. Oleg está ensimismado mirando el reflejo del piano en el largo espejo colocado al lado del mismo. Es uno de los espejos típicos de la ciudad de San Petersburgo, de cuerpo entero y una pequeña base para dejar objetos. Una palmera en miniatura y otras plantas están junto a la ventana. El papel pintado de tono amarillo con diseños florales adorna la sala. El suelo es de madera con cuadrados en dos tonos, lo que le da calidez y elegancia al lugar.

—¿Desde cuándo te has vuelto tan culto? —pregunta Milena alterada por tanto secreto y tanta cultura. No se acuerda cuándo fue la última vez que visitó un museo. Se recoloca el gorro.

—Mi ópera favorita es *Mazepa*, porque habla de la independencia de Ucrania allá en el siglo XVIII, pero no es de Rimski-Kórsakov sino de Chaikovski.

—¿Me has citado aquí para hablarme de óperas?

—Para recordarte por qué algunos de nosotros hacemos las cosas; no tú, naturalmente. —Hace una pausa—. Además, no te viene mal venir a un museo en vez de ir a la peluquería. Estos museos pequeños son íntimos y discretos.

—En el fondo te gusta. —Ella se acomoda en el asiento de al lado y se pone a observar lánguida y tranquila.

—Rimski-Kórsakov era un nacionalista ruso y vivió mucho, en mi opinión. Escribió demasiado pesado y demasiado exaltado. Pero el sitio está vacío.

—¡Vaya chapuza que os salió con la españolita! Ahí la tenéis viva y coleando y no habéis conseguido la información que necesitáis. —Milena se ríe y se ajusta las grandes gafas de sol de Gucci que ha adquirido recientemente y que sigue sin quitarse.

—Cosas que pasan cuando se trabaja con principiantes. Lo arreglaremos un día de estos.

—¿Y por qué no te encargaste tú? ¿No será porque querías que saliera mal? —pregunta Milena sonriente mientras un trueno suena en la lejanía.

—¿Por qué iba yo a querer eso? —Oleg estira las piernas como si estuviera en el salón de su casa.

—Tú y yo nos conocemos bien. No me vengas con esas.

—Sé que tienes celos de esa chica pero tampoco hay que precipitarse, ¿no crees?

—No quieres matarla, reconócelo.

—Tomski está encoñado de ella y eso te jode. Así que no mezcles lo que te conviene con lo que tienes que hacer.

—A mí me gusta mezclar el trabajo con el placer, ya me conoces. —Milena quita la bufanda de su cuello y la pone entre sus piernas. A continuación le empieza a tocar sus partes.

—¿No te da vergüenza? —pregunta Oleg, y le aparta la mano con un movimiento brusco.

—Vladímir está muerto, ¿cuándo vas a enterarte? —increpa Milena, exaltada.

—¿Cómo te atreves? Era tu marido y mi mejor amigo, ¿ya no te acuerdas?

—Yo ya le he llorado, pero no voy a darle mi vida entera en duelo, como quieres tú.

—Yo respeto su memoria.

—¿Y qué tiene que ver eso con nosotros? —pregunta tan exaltada que hasta se quita las gafas Gucci que tanto le gustan.

—¿Tú me lo preguntas? Naciste zorra y así morirás.

—Bueno, creo que es suficiente. Me he arriesgado a venir aquí y no voy a aguantar más ofensas.

—Has venido a recibir un encargo, no a ponérmela dura. ¿Eso es tan difícil de entender?

—¿Has traído el dinero?

—Sí, pero esta vez irá también para Irina. Mira la casa que le han comprado los abuelos. Por fin un sitio decente. —Oleg saca el teléfono y le enseña unas fotos—. Ahora te ocuparás de sus estudios.

—Eso lo decido yo. Recuerda que también tengo otro hijo.

—Pero yo solo soy el padrino de esta. Este trabajo irá también para ella.

—No puedes obligarme.

—Sí que puedo, porque tengo bien documentada tu colaboración. ¿Cuándo quieres que la reciba tu amiguita Natalia?

—Siempre que me acerco a ti la cosa acaba mal. Estás lleno de mierda hasta arriba y no eres capaz de limpiártela.

—Ten cuidado si no quieres que tus dientes acaben en las teclas del puto piano que hay allí y que hasta Rajmáninov tocaba en las *soirées* del maestro… No me digas que no te excita la historia.

—Tienes que quitarte a Vladímir de la cabeza —comenta ella—, lo digo en serio.

—Y tú vas a ir con Tomski en su próximo viaje y le quitarás este llavero. —Oleg saca de nuevo el móvil y le enseña la foto de un llavero de Lozprom de serie limitada.

—¿Tienes algo con que reemplazarlo?

—Ponle un llavero de *Masha y el oso* —dice Oleg y a continuación se va.

SEXTO Y TRECE

Natalia espera a la entrada del edificio del FSB. Da vueltas de un lado al otro del vestíbulo mientras aguarda a su visitante. Saluda a los compañeros que entran y salen. Lleva su característico peinado de bailarina, aunque hoy no ha podido resistir ponerse un atuendo casi militar. Saca del bolso sus nuevas gafas de sol Gucci y revisa el buen acabado. Recibe una llamada del forense Ígor Petróvich que la ayuda a salir del aburrimiento de la espera.

—Natalia Ivanov, buenas tardes —saluda el forense.

—Lo escucho, Ígor Petróvich. ¿Alguna novedad?

—He estado estudiando los círculos y necesito compararlos con alguno de los otros muertos.

—Pedí imágenes de los demás, y no se han encontrado círculos en ellos. ¿No las ha recibido?

—Sí, pero ¿y las de Kolomoiski?

—No hay.

—¿Cómo que no hay?

—Usted sabe mejor que yo que la autopsia se hizo de aquella manera.

—Pues creo que hemos perdido una información importante: la forma, el tamaño y la posición de los círculos podrían tener algún significado.

—Estoy de acuerdo con usted, hemos descartado lo de las llagas de Cristo, pero no se puede hacer nada... salvo... Creo que tengo una idea. Ya le contaré —concluye Natalia—. Siento tener que dejarle, pero he de ocuparme de algo importante —se despide y cuelga.

Mar llega. Hace un gesto con la mano y pasa el control de seguridad en compañía de Natalia. El Manco está al otro lado.

—Gracias por venir también —le dice Mar, que por alguna razón se siente segura con él. Al hombre le han ablandado los años, le profesa algún afecto aunque solo sea por la falta de costumbre. Cuando Mar accede, el Manco le pone la mano en la espalda en señal de apoyo y la acompaña hasta la sala de interrogatorios donde está custodiada Ignátov. El sonido de los tacones de sus botas resuena en los largos pasillos amarillentos por las sospechas y las culpas de los arrestados. Mar siente más curiosidad que miedo, aunque sabe que de la boca del lobo nunca se sale completamente indemne.

Llegan a la sala interior que ya apesta a cerrado. La lámpara sigue dando guiños con la luz como la batida de unas alas de mariposa. Ignátov está dentro, demacrada y cabizbaja. El torniquete del sistema se ha cebado en ella para hacerla hablar, ya no distingue el día de la noche, las horas altas ni las bajas de las mareas, ha perdido noción de quién es, pero no habla, ¿por qué habría de hacerlo? ¿Qué sacaría ella si ya está muerta y solo espera el hueco incómodo de una tumba que le asegure la tranquilidad que escasamente le ha dado la vida? Mar llega, la saluda con tono suave, la agarra de las manos, las aprieta fuerte, y entonces Ignátov se rompe como una copa de cristal que se estrella contra el suelo. Ya se ha hartado de ser fuerte, el cariño de Mar le ha dado el refugio para reposar un poco, soltar amarras y partir lejos.

—Te he traído un libro que quizá no has leído todavía, es de Georges Ifrah, *Del uno al cero*. —Mar se lo entrega, e Ignátov parece emocionada.

—Gracias. —Recoge el libro cuidadosamente y después vuelve a coger las manos de Mar, porque no ha tenido un signo de afecto en mucho tiempo—. Me alegro de que estés viva. Pero no me has hecho caso, sigues aquí.

—No puedo huir de mi destino. Tú formas parte de él. Me has evitado una muerte segura. ¿Qué puedes decirme de lo que pasa? —Mar espera alguna respuesta, pero al encontrarse con un muro de silencio prefiere cambiar de tema—. ¿Quieres un té?

—Con limón, por favor —indica Ignátov. Al minuto se abre la puerta y el chico de los recados entrega el té—. Están intercambiando coordenadas geográficas a cambio de asesinatos. Son encargos de alguien muy rico o muy poderoso, seguramente ambas cosas. —Suspira y bebe un poco de té del vaso de cartón marrón—. Cuando perdí los libros con el sobre que encontraste, fue un problema para continuar, pero lo solucionaron. —Después bebe otro poco de té—. Tus pasiones son más fuertes que tú, eso no es bueno.

—¿Ese tipo tiene algo que ver con el oceonio?

—No lo sé. Nunca lo mencionaron —miente Ignátov.

—¿Sabes quién es? —insiste Mar.

—Creemos que es ruso, aunque no tenemos ninguna certeza. Se esfuerza mucho en mantener oculta su identidad.

—¿De quién recibes las órdenes? —Mar repite lo que le sopla Natalia a través del pinganillo en su oreja.

—Nunca le he visto la cara —responde Ignátov, y miente por segunda vez—. Vienen con la cara cubierta y me hacen el encargo. Tatiana me metió en esto y después no he conseguido salir.

—Me lo imagino —comenta Mar mientras se figura cómo la extorsionan. También Ignátov ha terminado siendo una víctima—. ¿Con quién estaba en contacto Tatiana?

—Nunca lo dijo, pero un día la vi de lejos meterse en un Maybach negro con matrícula estatal. —Ignátov se refiere a la pequeña bandera rusa que llevan las matrículas de determinados coches oficiales de alto rango, que sirven para avisar a la policía de que el pasajero que va dentro es intocable.

—¿Un Maybach has dicho? —Mar mira directamente al espejo donde están Natalia y el Manco.

—Se metió en el asiento de atrás. Me dio la impresión de que conducía un chófer profesional.

—¿Viste a su acompañante?

—No mucho, la verdad. Aunque no llevaba los cristales tintados, parecía que tenía el pelo abundante y canoso, no pude ver más.

Mar se queda trastocada por la entrevista y hace un ademán con la mano para cortarla e irse.

—Perdóname —repite una y otra vez.

Natalia abre la puerta, saluda a ambas y se llevan a Ignátov. Mar sigue disculpándose sin poder contener las lágrimas. Natalia la tranquiliza, para que no mezcle indicios con realidad. La acompaña a la entrada y, una vez allí, le pide algo que necesita aún más que su encuentro con Ignátov.

—Necesito tu mapa de los círculos. ¿Podrías dejármelo?

Mar se lo da sin resistencia. Imagina que también el mapa tiene que ver con lo que está pasando. Natalia escanea el mapa y se lo devuelve.

El Manco se le acerca mientras ve partir a Mar.

—¿Cuántos Maybach de ese tipo habrá en la ciudad? —pregunta Natalia.

—No muchos, la verdad, pero no tiene que ser de quien estás pensando —afirma el Manco, y saca un cigarrillo negro para fumarlo dentro del edificio y delante de todos, con la seguridad de que no le amonestarán.

—De quien todos estamos pensando —insiste Natalia—. ¿No te parece demasiada casualidad?

—Nadie se tiñe las canas en Lozprom, casi todos llevan coches oficiales y ni siquiera sabes la fecha aproximada, así que buena suerte con la búsqueda —le advierte el Manco, porque tiene más mundo que ella y sabe que las informaciones fáciles nunca son fiables en el circuito en el que se mueven ellos.

SEXTO Y CATORCE

El ambiente anda enrarecido entre Mar y Serguéi. Apenas hablan esa noche y los secretos han tomado posesión del piso que comparten. Él debe partir, pero no se despide de ella porque no quiere despertarla. Los lunes no deberían ser cómplices de separaciones. Se ducha deprisa, recoge su maleta perfectamente empaquetada en cuatro niveles, con cada prenda en una bolsa hermética de plástico. En su bolso de mano deja solo cinco folios impresos, el resto lo ha memorizado. En su tableta solo guarda cartas, datos y apuntes de protocolo. Está preparado para cualquier robo. Se va hacia el aeropuerto, donde un avión privado lo espera. A pesar de la tirantez con Mar del día anterior, le duele irse, y piensa que debería hacerse fetichista por una vez. Llevarse su perfume o su bufanda. Decide llevarse un pañuelo con el olor a perfume a jabón que le ha regalado y que ahora siempre usa.

Se marcha para reunirse con los árabes de la OPEP para hablar de petróleo y oceonio. Serán días difíciles, como cada vez que trata con los que tienen muchísimo poder y dinero. Tiene quince minutos para relajarse en el *lounge* de primera clase de Aeroflot en el aeropuerto de Púlkovo. Su visita a los saudíes le inquieta. Ellos tienen el grifo del petróleo y de las carteras de todo el planeta. Siente su estómago un poco revuelto. Tiene que conseguir lo que debe y no puede acumular otra derrota en su haber. Es la oportunidad de hacerle justicia a su país, que luchó en la Gran Guerra Patriótica más que ningún otro, que tuvo más de veinticinco millones de muertos para recibir como recompensa un orden financiero mundial exclusivamente centrado en el imperio de al lado y que exigía obediencia. Él piensa como cualquier ruso con conciencia.

Serguéi chequea sus mails y le da por pensar cuánto se alegraría el gran Dmitri Mendeléiev de que fueran los rusos quienes descubrieran el oceonio. Ese mejunje de elementos químicos condensados a condiciones extremas en el fondo del mar hubiera sido el delirio de Mendeléiev. Aquel científico visionario que tanto amó su tierra pero a quien Rusia no supo entender, quizá porque da a luz demasiados genios. Él no solo regaló al mundo la tabla de los elementos, perfecta y sin ningún error, sino que fue uno de esos científicos que definen a la mayoría de los genios en Rusia: la primera característica es que son producto de la adversidad. En su caso, el primer escalón fue sorteado debido a que su madre se dio cuenta de su extraordinaria inteligencia antes que nadie, y decidió invertir todos los ahorros de la familia en su educación, a la que finalmente accedió no como estudiante sino como oyente debido a que no era moscovita. La segunda particularidad es la falta de reconocimiento hasta que mueren. Mendeléiev colmó de orgullo a su patria. Incluso inventó el producto más característico de Rusia, el vodka, para demostrar que la química puede ser una fiesta. Sin embargo, terminó apestado en los círculos universitarios y relegado de su cátedra, viviendo en su granja, como Tolstói. Por eso Serguéi, por absurdo que parezca, lleva una foto de ese loco en cada portada de los papeles del oceonio.

El salón VIP está semivacío, algo raro. Serguéi pide un té y fruta, y sigue absorto en sus argumentos para sus negociaciones. De pronto levanta los ojos y enfrente se encuentra con Milena, que viene con la chaqueta abierta dejando ver un grandioso escote.

—Buenos días, Serguéi Andréievich —saluda Milena sin utilizar don o señor, haciendo notar que las distancias entre ellos son muy cortas.

—Buenos días. ¿Qué haces aquí? —pregunta Serguéi algo incómodo.

—Cambios de última hora. Le dije a Natalia que te informaría yo personalmente. Es lo que hago ahora mismo.

—Si los detalles gobiernan el mundo, yo debo gobernar los detalles. Así que esto también debería haber sido aprobado por mí.

—Seré tu asistente personal durante tu misión en Qatar. Será una reunión difícil y se necesita a alguien experimentado. No me mires así, además necesito el dinero. —Ante la cara de disgusto de Serguéi, añade—: Los desgraciados de mis ex siguen sin pasarme la pensión de los niños. Ya sabes.

—No creo que seas la persona más adecuada.

—¿No me digas que me tienes miedo?

—Si tengo una sorpresa más, os la devolveré —dice él, y se queda pensando en lo raro que le resulta la presencia de Milena allí. Aunque ella forma parte de su equipo, es solo sobre el papel, pues desde que decidió dejar de tenerla de amante, él la evita y se la encuentra ocasionalmente, como en aquella rueda de prensa. Sin embargo, parece decidida a recuperarlo. Se ha mudado a San Petersburgo para tenerlo cerca y se ha negado a volver a Moscú. Él la hubiera despedido de buena gana, pero es consciente de que está sola y no recibe ayuda alguna de los padres de sus hijos. Tampoco tiene derecho a penalizarla por las relaciones que le han salido mal. ¿Por qué reaparece ahora?, ¿precisamente en una misión donde se pasa mucho tiempo juntos, tal vez demasiado?

Milena sonríe y deja a Serguéi a solas para que vaya aceptando la situación. Se le pasará rápido. Solo es el humor voluble de las primeras horas de la mañana. Se va al bufet meneando sus curvas con gracia. Se apoya sobre la barra para que se le note su trasero bien formado en un gimnasio de Но́вый Арба́т, Novy Arbat, esa arteria de Moscú en donde los rascacielos brillan sobre las tiendas de lujo, bajo la falda ajustada de nailon azul oscuro. Además de los impecables camareros, que lo observan todo con discreción y de reojo, son los únicos en el salón. Y si hubiera alguien sería igualmente inexistente. Ella sabe que él la mira. Él sabe que ella quiere ser mirada. Sin embargo, Serguéi se acuerda de que ya conoce el juego, y a él no le gustan los juegos en los que alguien parte con ventaja. Él se siente atraído por Milena en una medida que Milena no comparte con él. Sería un iluso si no hubiera llegado a esa conclusión. A ella no le gustan los hombres sino los números: el número de gramos que pesan las joyas, el de sirvientes que la atienden, las largas cifras en los resúmenes de las cuentas bancarias. Ya quisiera él que los gustos de su falo fueran parecidos a los de su cabeza. Pero no, con ella no puede eliminar el deseo. «Todavía no», se dice a sí mismo; pero será cuestión de tiempo que así sea, «todo es cuestión de cálculo». El tiempo envejece las bellezas que fueron irresistibles, arruina las casas que resplandecieron, desvencija senos, culos y coches por igual, destiñe vestidos, y opaca los más caros perfumes que a lo sumo se convierten en vintage de viejas glorias. El tiempo se lleva de forma ineluctable la salud que se soñó tener o mantener. Aunque se dice a sí mismo que Milena es una de tantas mujeres seductoras, reconoce que el *sex-appeal* de aquel cuerpo es formidable, dato tan objetivo como podría ser el de la masa de agua del lago Baikal.

Ella toma un triángulo de sándwich de salmón, lo muerde, se pasa la lengua por los labios. Serguéi la conoce bien. Su avidez por llamar la atención la hace cabaretera de oficinas. Sin embargo, hay algo tremendamente tierno en esa malicia femenina. Se avergüenza al reconocer que lo pone caliente aún. Que a pesar de la dureza del tono de voz que emplea con ella, su cuerpo se acuerda de los días de felaciones maravillosas en su hotel en Moscú. Ella debe percibirlo, pues actúa tan confiada como siempre.

Montan en el avión. Milena se sienta frente a él, aunque son los únicos pasajeros aparte de la tripulación. Ella se pone cómoda, se quita la chaqueta, se abre el escote hasta que queda bien visible el sujetador de encaje verde brillante. Se hace la dormida. Las turbinas comienzan a silbar. El jet despega suavemente. El sol recién nacido se refleja sobre sus pechos grandes y dulzones; Milena se pone la mano sobre uno de ellos, bosteza, deja la boca entreabierta. Él se levanta y se va al baño. Después se sienta en el asiento más alejado de Milena. Abre su portafolios y se pone a leer sus notas. Se cansa al poco tiempo y toma una revista. Ella se ha desabrochado la camisa y desatado el cinturón.

En pleno vuelo, él llama por teléfono a Natalia, que al otro lado del teléfono se está cepillando los dientes porque acaba de despertarse. Hay gente que sueña con vacaciones, pero ella lo único que desea es dormir sin el móvil una noche entera. Natalia retuerce el semblante y responde.

—Milena está aquí —dice él en tono apenas perceptible mientras controla a Milena, que ha ido al baño. Mejor tomar precauciones, dado que los depredadores nunca descansan.

—Esa mujer insistió tanto en ir al viaje que no hubo manera de decirle que no.

—Dice que es por el dinero.

—Es cierto. Le pagamos bien. —Natalia se ríe—. Ya veo la que te ha caído encima, literalmente...

—Entiendo. —Serguéi hace una pausa—. Debe haberse enterado de que estoy con Mar y ha venido a marcar territorio.

—*Gospadín* Tomski, las mujeres celosas son muy interesantes porque al menos saben lo que quieren.

—Si esto es por no haber aprobado tu aumento de sueldo, a mi vuelta hablaremos.

—Hmmm... *Evidens*... —comenta con sarcasmo—. En fin, ya conoces sus mañas y sabrás arreglártelas. Así que te deseo un buen viaje.

Serguéi se ríe con picardía de las ironías de Natalia. Milena no es la única mujer celosa cerca de él, pero de momento es la más peligrosa. Echa el sillón hacia atrás. Nunca pensó que Milena fuera capaz de hacer algo así. Quizá el tiempo con ella no fue perdido como siempre pensó, quizá sintiera algo genuino por él. Aunque eso no reduce la distancia entre ellos, es agradable pensar que tal vez ella no buscara acostarse con el poder, que él le resultara más atractivo que su billetera. Serguéi sonríe porque a veces le puede su autocomplacencia, pero al menos de cuando en cuando tiene la lucidez necesaria para cazar la vanidad al vuelo y bajarla de un escopetazo. Desde que la vida le ascendió, ansía que lo quieran por lo que es. Pero por mucho que lo intenta, nunca puede colmar ese deseo.

Inquieta porque Serguéi sigue sin prestarle atención, Milena saca de la bolsa su juego de maquillaje, el rímel y el lápiz de ojos. Se perfila los ojos de nuevo en negro mate. Da igual que queden seis horas de vuelo. Ella siempre está impecable hasta para comprar el pan. Podrán decir que no es fiable, pero nadie podrá decir que no es coqueta. Eso nunca. Cueste lo que cueste, su aspecto siempre despertará admiración o, lo que es mejor, envidia... y cuanta más mejor. Se hace la raya en el párpado más larga de lo habitual porque le tiembla el pulso. Es normal. Está malhumorada, pues no suelen ponérselo difícil, y menos Serguéi, quien siempre fue una presa fácil. Es un hombre de gustos caros, pero más que cualquier cosa en el mundo le gusta ser admirado, y sabe que eso se consigue más rápido con lo que se tiene que con lo que se es. Por eso cuando la tenía a ella estaba cómodo. Siempre hubo suspiros por donde ella pasaba. Nunca dejaba a nadie indiferente. Ella es una mujer que no cualquiera puede tener, y menos aún conservar. Y ahora míralo, escurridizo y creyendo que podrá escapar de ella solo con ignorarla. La edad lo ha puesto más difícil y normalmente es al revés. Tiene que pensar cómo hacerlo. Hay que diseñar un plan para pegarlo a su tela de araña. Experiencia no le falta. Solo le ha fallado con los maridos, pero nunca con los amantes. Por lo pronto, hay que rebajarse el nivel de maquillaje y hacerlo más dulce. Parece que ahora le gustan las niñas ingenuas.

—Imagino que Natalia ya te ha dicho que supliqué para venir aquí. —Milena se levanta y se sienta en el ancho y mullido apoyabrazos de Serguéi y le coloca la mano sobre el hombro.

—Algo parecido —dice él mientras observa la manicura perfecta de las manos que acarician su jersey de cachemir oscuro.

—Pues lo hice. Y mucho.

—Empieza a ser tu estilo. Ya lo hiciste en la rueda de prensa.

—Desde que te fuiste, hasta respirar me duele.

—Es difícil de creer. —Él intenta alejarla, pero sus buenos recuerdos con ella le pueden.

—Te echo de menos. —Milena se agacha, lo besa y lo penetra con la lengua mientras coloca su mano sobre su pecho y después sobre su paquete. Le abre la bragueta y él se deja hacer sin estar muy seguro de que sea una buena idea bajar la guardia y entregar las armas tan rápido. Sin embargo, sabe lo que le espera y que le gusta demasiado. Ella se arrodilla y empieza a hacerle una felación como las de antes, técnicamente perfecta. Con la lengua escurriendo donde debe, con los dientes donde tienen que estar y sin la mano. Aunque Serguéi ha estado con profesionales, ninguna ha llegado a este nivel, ninguna mostraba tal maestría, cómo es posible que ella pudiera dominar de esta manera su miembro. Cuando termina, se traga el semen de una tacada, se limpia con un pañuelo de papel y sonríe.

Después Milena se va a su asiento y se duerme de nuevo. Se siente molesta al expresar sus sentimientos tan pronto, en frío, y sin ser correspondida. «Pero no hay alternativa —se dice—. Como buena rusa tengo que hacer creer al hombre que es él quien seduce. Es esencial para el orgullo masculino, sin eso el hombre se me escurriría rápidamente. Esta vez no solo me he tenido que tragar el semen, algo que detesto, sino también mi orgullo. Una mujer tan atractiva no debería hacer estas cosas, claro que no». Por otra parte, él no ha podido disimular la sorpresa. Tiene que reconocer que a Milena la escena le ha quedado tan elaborada que resulta medianamente creíble, pues todavía no le ha pedido dinero. Decide olvidar el asunto enseguida por lo que se permite dormitar un rato. No se imagina lo que una mujer convencida es capaz de hacer. Ni tampoco que la vanidad es la mejor amiga del diablo.

Cuando Serguéi se queda dormido, Milena observa que el personal de seguridad sigue apartado para no interrumpir la privacidad de los pasajeros, de cuyos hábitos han sido oportunamente prevenidos por Natalia. Ella rebusca en la chaqueta de Serguéi y le quita el llavero. Después vuelve a su asiento y se toma un ansiolítico para dormir.

SEXTO Y QUINCE

Mar se despierta por la mañana y no encuentra sus zapatos de cristal. La ilusión del baile en el palacio se ha desvanecido. Mira debajo de la cama, en el vestidor, en el baño, en la entrada, en la cocina. El único hallazgo está en la chimenea, donde siguen los restos de la velada pasada. Sonríe. Se acuerda de la estrecha relación que tiene Rusia con el fuego y el arte. No solo porque Gógol quemara la segunda parte de *Las almas muertas* en la chimenea, sino porque el primer manuscrito de *El maestro y Margarita* también fue tirado a la hoguera por el mismo Bulgákov. Esa pasión por cocinar no solo se extiende a los escritores. Mar recuerda haber leído que un lector de la novela *Isla Crimea* de Vasili Aksiónov, cuya posesión estaba penada con siete años de cárcel, hirvió y salpimentó el libro durante varias horas para evitar ser descubierto por la KGB. Lo que las crónicas no especifican es la receta completa que usó.

Mar se levanta con dolor de cabeza y mal humor. Es como somatiza el miedo. Se escucha demasiado para ser tan temprano. Está perdida con Serguéi. Demasiadas cosas no encajan. «Gente como él solo aparece en las películas y en las novelas». El cuento de hadas empieza a desvanecerse. Antes de la visita a Ignátov, Mar sufría con Serguéi el síndrome del diamante. Pensaba que estaba con alguien único y casi perfecto, y vivía un calvario porque no sabía cómo esconderlo. ¿Qué podía hacer para que no se lo roben? No podía salir de paseo con él porque podrían asaltarla. Tampoco meterlo en un banco porque ya se sabe que los bancos son ladrones autorizados por la ley para robar. Ahora las cosas han cambiado. No sabe si está ante un agujero negro. Se siente confusa. Mar se ha caído de sillas en la vida. Tantas sillas. Se subió en ellas imaginando que estaría segura, pero resultó que las cuatro patas no eran fiables y se la jugaron. Y ahora tiene vértigo porque no está en una silla, sino en la terraza de un rascacielos. Estaba acostumbrada a hombres que se van aun antes de haber llegado. Y cuando por fin encuentra a uno con valor para estar con ella, resulta que puede ser un asesino.

Se viste rápidamente hasta que se da cuenta de que las prendas quieren mandar y que es ella la que debe controlar su vestuario. Mar decide poner en práctica los consejos de Louis-Maurice, quien acaba de enseñarle a caminar con garbo, a mezclar colores y a dar la importancia que se merece a una buena peluquería. Ese señor obsecuente y simpático le dio unos trucos para un maquillaje rápido de mañana y de noche, pero no paraba de indagar de modo indiscreto sobre cómo había conocido a Serguéi. Le apetecía saber de qué va ese vínculo entre ellos que parece inquebrantable. Mar lo encontró celoso, intrusivo y manipulador y no le dio mayores detalles.

Empieza a hacer la maleta para irse a Málaga. No ha conseguido contactar todavía con nadie de su familia o amigos, salvo con Fernando, y él no es ni lo uno ni lo otro. Pese a todo, él la tiene al corriente de cómo va su padre. Accede a los informes del hospital y se los lee. Su vida se ha convertido en una niebla continua en la que ella no puede ver con claridad.

Mar toma el metro en Спортивная o Sportívnaia, una estación de nueva construcción, que a pesar del granito resulta demasiado moderna. No le gusta su nuevo itinerario, que solo le ofrece vistas al estadio de fútbol Petrovsky, sede del club de fútbol Zenit, y al que a nadie se le ocurrió cubrir ni acondicionar, no vaya a ser que los equipos visitantes sean capaces de ganar en casa si se les permite entrar en calor. Debido a ello, los muchos partidos que se juegan bajo cero tienen las gradas vacías o llenas de borrachos de vodka. Pasa delante de esta mole que de lejos parece una tarta con velas en los extremos, por las enormes fotos que cuelgan fuera del estadio. Cuando llegue un mundial de fútbol construirán el mejor estadio imaginable, pero para eso hacen falta tres años.

Sigue caminando. Enfrente se halla el palacio de deportes de hockey Юбилейный, o Jubileo, porque se construyó para conmemorar los cincuenta años del poder soviético. Mar no tardará en enterarse de que es donde se hacen los campeonatos de patinaje artístico y las demostraciones que tanto fascinan a los mediterráneos que solo ven hielo en el congelador de su casa. Decide que, aunque el camino sea más largo, los días que haga buen tiempo tomará la avenida circular Kronverkski, que rodea el magnífico parque Alexandrovski, y así podrá visitar a la vieja Masha cuando Serguéi esté fuera. Mar se siente un tanto incómoda con su nuevo maletín de diseño, de piel labrada, que para su gusto es muy llamativo y pesado. «Demasiada parafernalia para una interna que acaba de ser ascendida», se dice.

Cuando entra en la oficina se para a saludar, pregunta a sus compañeros cómo les fue el fin de semana y se muestra segura, tal como le han enseñado durante un cursillo personalizado en los últimos dos días. Está tranquila y levanta la cabeza. A su manera les dice a todos que no tiene miedo a nada y que pueden confiar en ella. Le responden como nadie hizo antes. Incluso la invitan a unirse al grupo que va siempre a un restaurante durante la pausa del almuerzo.

Aún en el pasillo, Stefano aparece con los ojos cansados de haber pasado sus días de ocio revisando papeles. Él da pasos demasiado rápidos para su corta estatura. Lleva un traje azul que le hicieron a medida para una conferencia sobre derecho internacional en Nueva Delhi, y siempre tiene su pelo moreno muy peinado hacia atrás. Está desencajado en el siglo XXI, se diría más bien que es un funcionario de la Sociedad de las Naciones. Está malhumorado y habla más bajo de lo habitual para que no se le note.

—Es un análisis penoso. No me esperaba esto de ti. —Lo dice un italiano que conoce bien las armas para combatir la chapuza laboral con el soborno sentimental. Mar se dará cuenta muy pronto de que cada vez que se encuentre a un colega italiano en una organización de Naciones Unidas siempre sobresaldrá entre los demás.

—Lo siento. Lo hice rápido —responde dolida, pero se alegra en el fondo porque Stefano la está tratando como a una igual y no como a una novata. De hecho, aunque no esté escrito en ninguna parte, ella ya ha dejado de ser una interna.

—Si te aburres aquí la mayor parte del tiempo, es que estás haciendo un mal trabajo, recuérdalo. —Y le entrega las fotocopias llenas de tachones—. Lo quiero revisado antes del final de la semana.

El día acaba de empezar y esto es solo el principio. Ya se sabe que un mal día se compone de una serie de malas experiencias que se suceden una tras otra. Y no paran por mucho que esperemos que así sea. Suelta sus cosas sobre la mesa, después se sienta resoplando y se olvida de lo especial que le hacía sentir su ropa nueva. Lena se acerca con cara preocupada y le da ánimos.

Mar entonces toma el teléfono y llama a Oleg. Tiene que verlo para que le dé explicaciones sobre Serguéi. En la foto que encontró parece que se conocen mucho. ¿Qué hay entre ellos? ¿Qué hacen con Milena, que parece estar en todas partes? Serguéi está cerrado a cualquier explicación. Mar tiene que saber qué pasa y removerá el infierno si hace falta. Oleg responde, y la cita a la salida del trabajo. Mar recuerda una frase rusa, esa que dice que los espíritus malos nunca duermen.

SEXTO Y DIECISÉIS

Un pequeño ejército de asistentes de la embajada rusa y de la secretaría privada del emir de Qatar lo esperan en el aeropuerto de Doha. A Serguéi le toman el maletín, no hace falta que se moleste en cargarlo. Le escoltan al coche, el último modelo *business* de BMW, que está diseñado en exclusiva para el jeque Al Thani. Luces de colores, servicio de aperitivos, ordenador, navegador, masajes en diversas partes del cuerpo. Pero a Serguéi nada le impresiona lo suficiente. Cuando el lujo se convierte en hábito, deja de producir fascinación para dar paso a un toque de aburrimiento. Él lo sabe desde hace tiempo. El dinero es siempre amo. Amo del que lo posee y del que lo anhela. Y llegado a un límite, no da para más debido a la anestesia que las cosas fáciles poseen por definición. Serguéi tiene la impresión de que ya ha gozado de antemano de todos los excesos. Ahora no encuentra un coche o una habitación de hotel que le maraville. Ha visitado todas las capitales, que han comenzado a parecerse entre ellas. El vértigo de las ambiciones de sus habitantes, el movimiento loco del consumo, el gasto dislocado, circular en torno a una necesidad que no acaba nunca. Siempre lo mismo. Él está seguro de que ha probado todas las *delicatessen* que había que probar. Ha vestido los trajes más finos, ha mantenido todas las conversaciones posibles y todas las negociaciones viables. Se ha sentado en las aeronaves más modernas y confortables, ha bebido de copas no solo de cristal refinado sino de oro y platino. Ya sabe de antemano lo que van a pedirle y lo que están dispuestos a dar a cambio. El mundo es una repetición de aeropuertos, salas de reuniones y mesas de restaurantes. Ya no goza de la amabilidad que compra el dinero ni de doblegar al prójimo como nunca haría consigo mismo. Él ya ha visto, oído, saboreado, olido, tocado y vivido todo.

Sin embargo, ahora tiene unos ojos nuevos, también los oídos son nuevos, los dedos, la lengua y la nariz. No sabe si se los da Mar o son las ganas de tenerlos.

Sus pensamientos son interrumpidos por Milena, que se ha metido dentro del coche sin preguntar siquiera. Le habla de la reunión con profesionalidad, pero él no la escucha. Responde con desinterés, que se transforma en atracción para ella. Le atraen los hombres que no le hacen caso. A ver cómo se las arregla para no dormir sola. Lo del avión debería ser solo un *amuse-bouche*. Se le ocurre hablar del pasado para despertar antiguos apetitos sepultados en el hipocampo. Eso la ayudará sin duda. Una fórmula infalible entre viejos amantes. Le recuerda su primer viaje juntos, cuando todo estaba por descubrir entre ellos. París, escapada para hacer compras. Ella empieza con la frase infalible con la que comienzan estas conversaciones: «¿Te acuerdas de…?». Le refresca la memoria, se ríe enseñando una joya comprada entonces, rememora el día que entraron a esa tienda de lujo en la que el vestidor parecía el salón emperifollado de una casa. Cuando ella se probaba unos vestidos, él se calentó. Le quitó la ropa para no mancharla, pues a él no se le escapan esos detalles ni aun estando con ganas. Le chupó los pechos que tanto lo excitan, le bajó las bragas, la inclinó en el cabezal del sofá y la penetró. Lo hizo rápidamente, aunque el pestillo estaba echado y nadie iba a interrumpirlos. Llegó sin fuegos artificiales y sin preservativos que retrasaran el placer, pues Milena siempre supo el punto esencial que la diferenciaría de una mujer de tránsito. Se olvidó de los plásticos desde el principio y dejó que la carne tocara la carne, que para algo iban a servir los controles anuales de la empresa para determinadas enfermedades, incluidas las sexuales. El semen se caía al suelo, y él sacó su fino pañuelo de hilo y la limpió, después la sentó en el sofá de nuevo y la acarició hasta hacerla gozar. Faltaría menos. Él no es de esos desgraciados que, una vez que terminan, no dejan a una mujer debidamente servida y con ganas de repetir.

Pero París está a dos mil kilómetros del momento de ahora. Él mira sus piernas cruzadas sin un gramo de celulitis, y recuerda no lo que Milena quiere sino lo que siempre se ha dicho a sí mismo sobre ella. Ella tiene dos raras cualidades que la convierten en una gran amante y que en su opinión están minusvaloradas por la sabiduría popular: la primera de ellas es que Milena siempre está mojada, da igual la hora del día o las circunstancias en las que se encuentre. Da lo mismo si se está en medio de un terremoto en Japón o si la acaban de echar del trabajo: para ella todo momento es bueno para follar, su vagina siempre está preparada para la acción. Una vez incluso le hizo el amor en el baño del hospital donde estaba ingresado su hijo pequeño porque se había hecho una brecha en la cabeza durante un recreo en el colegio. Bendita sea, porque ella no es de esas señoras que causan dolor con la sequedad de su deseo. Nunca fue el caso con él; es más, por mucho que intentó sorprenderla, sus bragas siempre estaban empapadas.

La segunda cualidad de Milena, y aún más sobresaliente, es la facilidad con que alcanza el orgasmo. Apenas la tocaba o besaba el sexo, ella llegaba de forma casi inmediata. Nada de sesiones preparatorias, de juegos preliminares, de jornadas de roce de clítoris interminables que acabarían con la paciencia de un santo… No, ella tiene orgasmos tan fuertes y rápidos que son el sueño de cualquier macho. Incluso a veces se preguntó si en realidad fingía. Hizo algunas pruebas al respecto, a ver si diferenciaba unos orgasmos de otros, pero le parecieron todos iguales y finalmente tuvo que reconocerle el mérito.

Serguéi se descubre ensimismado en estos pensamientos y se avergüenza. No es propio de él no controlar la situación, que es justo lo que ella pretende con el imán de su pose de mujer fatal sobre el cuero beis del asiento del coche de lujo y su sonrisa de domingo.

Milena habla y habla, se quita la chaqueta, se abre la camisa de raso en color beis de esas que tanto le gustan, comenta que tiene calor pese al aire acondicionado. Su pelo castaño y ligeramente rizado en *blunt bob* cae gracioso sobre sus hombros, mueve su flequillo a la derecha, que disimula su ancha frente y sus ojos escuálidos. Está hermosa reflejada sobre el cristal ahumado. Entonces él recuerda un detalle ocurrido justo a la vuelta de aquella primera escapada a París. Hay que tener cuidado con quién se visita esa ciudad, porque uno termina enamorándose de cualquier cosa. Tuvo que haber sospechado de ella entonces, pero no lo hizo seguramente porque no le interesaba. Al regresar de aquel viaje iniciático de compras y sexo extramarital, ella le pidió un coche nuevo, puesto que el suyo de cinco años no daba para más. Él aceptó y le compró un todoterreno Lexus diseñado para amantes de oligarcas moscovitas. Cómo olvidar el primer regalo de muchos otros, y, peor aún, cómo olvidar la pensión que empezó a pasarle para complementar sus caprichos, eufemísticamente llamados de primera necesidad. Al acordarse de esto, todos los fantasmas pasan de golpe por su cabeza. Y mejor decírselo de antemano para que esa noche Milena no visite su habitación con cualquier excusa, ya que a su billetera le costará carísimo. Y luego también está Mar, claro…

—Por cierto, ¿qué tal va el coche, no necesitarás otro nuevo? —pregunta Serguéi mirándola fijamente con una sonrisa de sorna, acusándola de haberlo utilizado, algo que su ego de hombre no perdona. Cómo poder decirse a sí mismo que ella nunca vio si él era inteligente o guapo, o si tenía una combinación de cualidades y defectos que lo hacían diferente a los demás.

—Va de maravilla. No sé qué hubiera sido de mí sin esa gentileza tuya —contesta con ese tono de víctima agradecida que tiene la cualidad de calmar el ego malherido de Serguéi.

—Ya me habían hecho notar que tengo un sexto sentido para saber lo que realmente necesitan las mujeres sin que ellas me lo mencionen. Es notable cómo adiviné hasta el modelo y los accesorios que tanta falta te hacían… —apunta sarcástico.

Milena se hace pequeña de pronto para dar la impresión de persona frágil a la que difícilmente se puede decir que no. Nunca se arriesga a mentirle, pues él sabe de sobra que lo suyo no es el amor con pan y cebolla. Pan con caviar cuanto él quiera, y la cebolla para los tenderos.

—Sabes que siempre puedes contar conmigo, lo que necesites esta noche…

—Hasta mañana. No necesito nada, salvo silencio —dice él cortante, dando a entender que así se acaba el día entre ellos.

Pero Milena está hecha así. Él no tiene que tomarlo de forma tan personal, cuántas veces a ella le hubiera gustado explicarle eso. Milena creció en una aldea en la región de Kalinin, de clima continental, donde las tierras son planas, y la temperatura, salvaje tanto en invierno como en verano; donde la hierba crece en forma de arbustos porque es la tierra de los lagos, que al pintor Levitan tanto le gustaba plasmar. Ella salió de allí y se juró no volver. Estudió periodismo en Simferópol porque le daban todas las facilidades, y vivió en una residencia modesta para chicas, con un colchón de muelles que se le clavaban en la espalda y una entrada de remates de hierro oxidados, de la cual salió prometiéndose que nunca viviría de nuevo en una pocilga parecida. Cuánto deseaba encontrar un sitio donde le gustara quedarse.

Un día Milena conoció a Vladímir y creyó enamorarse. Él no tenía mucho, pero era todo generosidad. Un hombre bueno con el que se casó al quedarse embarazada. Pero ella no estaba hecha para una vida corriente, y terminó hiriéndolo más de lo que hubiera querido. La tragedia que pasó después tuvo que olvidarla rápido para poder continuar. Si se hubiera dejado llevar por la culpa, esta habría acabado también con ella.

Al final, la suerte, que suele escuchar a las chicas guapas que saben lo que quieren, cedió a sus ruegos. Le puso a tiro de un alto cargo del Partido Comunista en Moscú, que la hizo su amante oficial y la promovió como presentadora de la información meteorológica de Programa Uno, el principal canal de televisión de la URSS. Casi todos los días ella aparecía en pantalla bien peinada y con camisas estilizadas de importación para goce y envidia de sus parientes y conocidos en la provincia. Hasta la tomaron como modelo de conducta y le dedicaron algún acto oficial para homenajearla. Milena acudió del brazo de su oficial de rango, al que nadie conocía, pero a quien el alcalde no dejaba de besar. Como su hombre era tan inconsciente como bruto, nunca tuvo cuidado y la dejó embarazada, algo que ella no se tomó a mal a pesar de tener una hija criándose con los abuelos en Crimea, pues así lo obligaría a apoyarla y mantenerla. Lo malo llegó con la perestroika. Las cartas del poder volvieron a ser barajadas y distribuidas a gente con bolsillos hambrientos. Había caras nuevas y otras viejas, ya que los más listos y mejor conectados del *apparat* supieron reciclarse y aprovechar la situación. Lamentablemente, el hombre de Milena estaba entre los que se quedaron en la estacada del nuevo camino y cayó en desgracia acusado de comunista por sus excompañeros de partido. Una complicación mayúscula para Milena, que tuvo que buscarse otro protector para seguir pagando su nivel de vida arribista y mantener a sus hijos.

Fue un periodo complicado, porque no se sabía quiénes conseguirían perpetuarse en el mando. Se vivía una completa anomia y aquello fue más cruento que la Noche de San Bartolomé. Y además las bellezas a la búsqueda de un *sugar daddy* postsoviético pululaban por los pasillos del poder como nunca se había visto antes. El capitalismo salvaje también llegó a las vulvas en estado reproductivo. Así tuvo que concurrir a muchas fiestas y agotar la reserva de sonrisas. Se acostó con unos cuantos productores que prometieron llamarla cuando salieron de su cama, pero esa llamada nunca se produjo, tal vez cayeron en la batalla de la supervivencia en la cual estaban todos inmersos. Después de vivir de prestado y cuando estaba casi a punto de retornar a Kalinin, encontró un viejo con más nombre que erecciones, quien la remontó a la alta esfera de la propaganda televisiva del nuevo régimen por unos años. Empezó a salir en el telediario de media tarde y se convirtió en una figura conocida. Para Milena era fácil estar con él. Él no le daba orgasmos, pero sí consentía caprichos. Solo podía tocarla, excusa ideal para dejarse querer de vez en cuando por jóvenes técnicos audiovisuales. Eran guapos y viriles, y la adoraban tanto como la pequeña pantalla. Pero tuvo un percance: uno de esos entusiastas muchachos, el que más le gustaba, la dejó embarazada de nuevo y, aunque Milena abortó, el viejo se enteró y no hubo manera de convencerlo de que ella era la Virgen María. El anciano, herido en su orgullo, no la perdonó y se ocupó de enviarla al ostracismo profesional y social. Nunca más pudo trabajar como periodista, la echaron del gremio y su influencia consiguió poner su nombre en las listas negras de la KGB, que, aun reconvertida con otras siglas, tenía la misma forma de operar para terminar con la carrera de quien quisiera.

Milena estaba desesperada. Se encontraba de nuevo desempleada y con un crío aún pequeño que alimentar. Además tenía a Irina, una hija adolescente que concibió a los dieciocho años con Vladímir. Vlad era el mejor amigo de Oleg. Sin embargo, aunque no criara a Irina, que vivía con los abuelos en Ucrania prácticamente desde su nacimiento, ella siempre se ocupó de mantenerla.

A Milena se le ocurrió acudir a Olena Petrova, una veterana ejecutiva de los antiguos multimedios estatales. Olena era muy respetada no solo por su indiscutible capacidad ejecutiva, sino también porque como buena periodista conocía vida, milagros y pecados de todo el mundo. Era sabido que Olena tenía más información que los servicios secretos y nadie quería quedar expuesto. Los pocos que se enfrentaron a ella terminaron transferidos a puestos secundarios en Siberia, que todavía estaba de moda para estas cosas. Era muy discreta, hacía muchos favores y raramente los solicitaba, pero cuando pedía algo siempre le era concedido. Milena fue sincera con Olena, que prometió ayudarla a cambio de una cuantiosa comisión, y de paso le contó algunos trapos sucios que había visto en el canal. La ambición desenfadada de Milena le había caído simpática a esta feminista soviética que sabía apreciar a una mujer decidida a abrirse camino sola en un mundo de hombres. Olena no podía borrar su nombre de la lista negra ni tampoco rehabilitarla y hacerla volver a los medios, pero sí podía encontrar otras entradas al sistema. Le bastaba abrir su enorme agenda de contactos. Le consiguió una cita con un alto ejecutivo de Lozprom. Allí Milena conoció a Natalia, que también la ayudó, y desde ahí su camino hasta Serguéi fue fácil. Y con todo esto, ¿cómo explicar a Serguéi que él es muy importante para ella? Más importante que un novio o un marido, más importante incluso que el amor. Él significa su supervivencia.

Milena llega a su habitación de hotel y se queda perpleja. Está todo desordenado. Le late fuerte el corazón. Va a la caja fuerte y está abierta. No hay rastro del llavero que robó a Serguéi por encargo de Oleg. ¿Quién la estará persiguiendo? Debe huir, sin lugar a dudas. Debe salir de allí. Cuanto antes, mejor. Decide hacer las maletas en pocos minutos, irse en taxi al aeropuerto y tomar el primer avión a Moscú.

SEXTO Y DIECISIETE

Amanece. El barco está anclado en un punto de un área indeterminada más allá de la jurisdicción nacional. La tripulación comienza el día. Los marineros llegan uno a uno a cubierta y se preguntan sobre la peculiar situación. Es un día soleado y con viento. Las olas son altas, pero todavía se portan con benevolencia. El barco está parado, y la beluga, muerta; ya no hay nada más que esconder. Los hombres se asoman a verla, hablan entre sí, sacan fotos como si fueran turistas.

La prisa se la han llevado las mareas. El arrastrero se ha quedado dialogando con el vasto océano. Ya no tienen que correr a ningún sitio. «Qué habrá pasado», se preguntan los hombres. El capitán aparece en la parte superior de la cubierta, con la camisa descubierta a pesar del frío, eso quiere decir que el mensaje será breve. Iván Ilich está junto a él, mucho más abrigado. El capitán, que tiene algo de poeta y algo de filósofo, hace un ademán con la mano para profesarle sus respetos al sol recién salido y a continuación grita para que lo escuchen:

—Compañeros. —El capitán hace alarde de su militancia de antiguo comunista, aunque prescinde de la jerga de camaradería—. Nos han estado siguiendo y mi primera obligación es con este barco y con la tripulación. Y he necesitado tiempo para pensar qué vamos a hacer y para evaluar cómo liberarnos de quien nos acecha.

—¿Nos va a pasar algo? —pregunta alguien.

—No —responde el capitán.

—¿Vamos a pescar ahora? —pregunta a continuación otro marinero.

—No, no… Como sabéis, teníamos que llevar urgentemente a nuestro compañero Iván Ilich a un destino que no os había comunicado porque era información clasificada. Sin embargo, ahora ese secreto no lo es tanto porque ha puesto en peligro la seguridad de todos.

—¿Y qué vamos a hacer? —pregunta otro.

—He llamado al armador para informarle de la situación. Navegaremos sin ayuda, como hemos hecho hasta ahora, pero no desembarcaremos hasta que nos aseguren que Iván estará bien. Aquí somos una familia y no abandonamos a nadie.

Los hombres aplauden y vitorean el nombre de Iván, quien se echa a llorar. Se seca las lágrimas con la manta que le cubre. El capitán lo abraza también emocionado. La beluga golpea levemente con su cuerpo inerte el armazón del barco.

—Tenéis dos horas para despediros de la familia. Después partiremos al destino que nos marquen las estrellas. Necesitaremos dar vueltas para despistar. No van a pescar a pescadores, ¿no os parece? Hablad con los vuestros porque no sé cuándo podréis volver a comunicaros con ellos.

—¿Es que vamos a perdernos?

—Es exactamente lo que vamos a hacer —afirma el capitán—. Tenemos que hacernos invisibles, imposibles de rastrear. El océano nos ayudará. «¿Por qué llamar a este planeta Tierra cuando es todo océanos?» —grita exaltado el capitán parafraseando a Clarke, cuya frase está colgada a la entrada de su cabina—. A partir de ahora nuestra patria será la misma de siempre: el mar. —El capitán sabe muy bien de lo que habla. Ni la tecnología ha podido todavía con la inmensidad de los océanos. Cada año la Organización Marítima Internacional informa de los barcos que desaparecen como si fueran carteras hurtadas en el metro de una gran capital. Da igual el tamaño de la embarcación. Hasta los superpetroleros se desvanecen junto a toda su tripulación. Su señal de pronto se pierde. Su carga acaba en los muelles en algún puerto de escasa vigilancia. Y los marineros, muertos o esclavizados. Sus hierros en algún desguace o en el fondo del mar. Ese azul infinito que los hombres ven desde la costa es lugar de todos y de nadie. Nunca se dejará dominar.

SEXTO Y DIECIOCHO

Serguéi está sentado en una sala de reuniones para unas veinte personas. Hablan alrededor de una impresionante mesa de madera de secuoya californiana proveniente de un árbol milenario. Serguéi la acaricia suavemente con el dedo índice desde que le comentaron que el árbol del que nació la mesa era un amigo de Hiperión, la secuoya roja más alta del mundo. Él se nota raro. Ahora le crece una sensibilidad dentro que antes no tenía. Le sale hasta con las maderas nobles. Está seguro de que viene de lo que siente por Mar. Ella lo hace alguien mejor. El alma de Serguéi está formada por figuras geométricas que siempre lo han llevado a todo lo que se ha propuesto. Él pensaba como Kandinsky, que solo las fórmulas matemáticas pueden llevarnos a las emociones. Ahora, sin embargo, le han nacido curvas y espirales.

Serguéi tiene muy claro lo que ha venido a negociar: que los árabes se involucren en la transición al oceonio y que cuando el oceonio aparezca en la zona internacional, impulsen un nuevo acuerdo para que los beneficios vayan a quien lo explote. Tiene que convencerlos de que el cierre del negocio del petróleo sirve para comenzar otro mejor. Y tiene una propuesta importante que ofrecerles.

Milena está detrás de él. Sonríe cada vez que él vuelve la cabeza para pedirle algo. Mientras, hay números danzando que vuelan, suben y bajan, cuotas de reparto que van y vienen y, sobre todo, el retraso para la inserción en el mercado del oceonio, a fin de que los árabes puedan apurar su tiempo, esa es la clave que más les interesa, puesto que saben a ciencia cierta que los rusos no compartirán sus secretos. Tiempo es lo que negocian, más o menos tiempo, lo compran y venden como si fueran inmortales. Después de ocho horas discutiendo, no hay acuerdo. Pero todos saben que lo habrá. Solo es cuestión de táctica. Todo es cuestión de cálculo. Él anota con cuidado las ofertas, los decimales. Desde la gran altura de una ventana de cinco metros sin cortinas se ve el mar del desierto. Mañana se reunirá con el emir de Qatar en su palacio. Por la noche le toca cena de gala en la Burj Doha Tower.

Después de una sesión agotadora de reuniones, Serguéi regresa al hotel Four Seasons de Doha. Es un complejo de torres de arena, cuyas habitaciones están decoradas al estilo británico, mientras que en las zonas comunes se mezcla un poco de todo, eclécticos *lounges*, restaurantes chinos, e incluso árabes. Serguéi podría estar en Doha como podría estar en Chicago. Todo le parece y le da ya lo mismo. Él sube a la mejor suite del hotel en el último piso. Se descalza y se pone las zapatillas. Cuelga cuidadosamente la ropa, llama para que limpien su traje, pues si no, no sería capaz de ponérselo de nuevo. Se da una ducha. Se viste con uno de sus batines hechos a mano en seda, que consigue de la legendaria Sulka, en la calle Bond de Londres, y que surtía a Churchill, al duque de Windsor o a Tom Ford. Los de invierno los desea más sofisticados, con reverso de lana y algún cuello en piel, por lo que algunas de sus prendas parecen copiadas de un cuadro del siglo xviii. Esta vez se ha traído un batín azul de estampado discreto que le gusta usar en viajes cortos.

Se muere de ganas de hablar con Mar, pero ha de fijar los números que circulan en su cabeza después de la reunión. Hace unas cuantas llamadas, realiza anotaciones, envía un par de mails. Guarda minuciosamente sus papeles, coloca el maletín en la mesita junto al sofá y, con todo ordenado a su alrededor, por fin la llama. Ella contesta al instante, como si lo esperara y no tuviera nada más importante que hacer. Él aprecia el detalle. Le gusta que le presten atención. Ella está seria; él no sabe por qué. Será por lo de su padre, especula él. Serguéi la ve en la pantalla gigante del salón de la suite. Nota que quiere decir algo y no se decide, aguanta las palabras en la boca, lo siente porque está conectado con Mar por un hilo invisible; lo que a ella le pasa, le pasa también a él. Intenta hacerla sonreír sin éxito. Su relación recortada con Skype los ha hecho amigos, porque ha alejado lo físico. Serguéi anda en un hotel perdido del mundo, en el que, aunque no lo quiera reconocer, se siente solo. La charla empieza siempre formal, pero ambos están fascinados ante la presencia virtual del otro. Después se enredan en pequeños temas, en vidas pasadas, en indicios de secretos que ambos tienen y que se niegan a compartir. Algo no va entre ellos. Él la escucha, le gusta mucho escucharla, lo hace como un psicoanalista, no dice mucho, pregunta poco y habla menos, pero cuando lo hace encuentra algo sabio y sensato que añadir. Después de un rato, Mar decide hacer de tripas corazón y soltar lo que le molesta.

—He encontrado en casa una foto tuya con tu amiga Milena. ¿Sabes que vino a verme? También sale Oleg en la foto. Podríais haberos ahorrado el numerito del Café Literario.

—Deberías dejar de hurgar en mi vida de una vez por todas o no tendremos un minuto de paz. —Serguéi es experto en escapar de preguntas y siempre sabe contestar lo adecuado—. Si quieres saber lo que no deberías, te informo que Milena está aquí conmigo en este viaje y no debes temer nada.

—Si no quiero herir nuestra relación, lo inteligente será creerte —dice Mar, aunque está lejos de dejar zanjado el asunto.

—No tienes por qué creer nada. Puedes comprobarlo tú misma. Coges un vuelo. —Y mira su reloj Patek Philippe Sky Moon Tourbillon 6002G, que a Mar le fascina por las dos caras tan misteriosas que tiene, sobre todo la de la noche en la que aparece la vía láctea, y que Serguéi está convencido de que es el reloj más bonito que Patek ha hecho jamás—. Digamos que en tres horas tomas un avión, vienes para acá, hacemos el amor y regresamos juntos… y no me digas que no puedes porque estás trabajando. Estoy harto de ver instituciones y organizaciones que se pasan la vida rellenando informes y formularios que no sirven para nada. Ya no creo en esas cosas.

—No puedo. Salgo para España, acuérdate.

Golpean suavemente la puerta. Él se extraña, pues no ha llamado al servicio de habitaciones. Cuando abre, sonríe; la situación no puede ser más inesperada. Teme lo peor. Serguéi conoce bien su ambiente y no le sorprende ver en la puerta a tres mujeres. Sus anfitriones le han enviado tres acompañantes de lujo para que tenga la oportunidad de elegir la que más le gusta para pasar la noche con ella. Mar las escucha desde la pantalla del salón. Él las deja entrar, pero su latido se ha acelerado y hasta ha empezado a sudar. Se percata en ese instante de que los cojines del sofá no están simétricamente colocados, pero no le tiembla el pulso e invita a pasar a las señoritas con mucha educación, aunque no se permite mirar a ninguna de ellas. Quedan los cuatro frente a la pantalla gigante donde está Mar. Las prostitutas se miran entre ellas desconcertadas.

—¿Un regalo para los negociadores? —Mar hace una pausa—. ¿Y si fueras mujer también te lo mandarían?

—No soy mujer y por tanto no puedo saberlo. Pero puedo comentarlo en el próximo comité de empresa para impulsar proactivamente una política de igualdad —contesta él con calma, pues su momento de sorpresa ya ha pasado y le tranquiliza ver que ella se lo ha tomado bastante bien—. ¿Con quién nos quedamos? —Se sienta en un sillón de cuero de grandes brazos, se anuda el batín, bebe vino blanco de una copa altísima de diseño escandinavo, e invita a las chicas a hacer un posado, a caminar como en una pasarela, para que Mar pueda elegir.

—Pues no sé. Todas son preciosas, pero la señorita morena de ojos oscuros me parece guapísima. —Y señala a una chica aún más joven que ella, con la tez oscura, los labios carnosos y el pelo largo.

—Pero la pelirroja tiene el cuerpo más proporcionado. —Se refiere a una chica de pelo teñido y formas perfectas. Él siempre elige el cuerpo antes que la cara.

—No podemos hablar de ellas como si fueran ganado —replica Mar, porque la broma tiene sus límites y las chicas están perplejas al ver que el cliente tiene a su novia de consultora dando su opinión.

—No. Solo comentamos como suelen hacer los de recursos humanos de una empresa. Te escandalizarías aún más. ¿Quién, entonces?

—La morena tiene los ojos llenos de misterio. La belleza reside en los ojos.

—Cariño, no estamos aquí para enamorarnos. Pero tienes razón, es una belleza muy exótica. —Hace una pausa y se dirige a la muchacha—: ¿Le gustaría quedarse? —La chica asiente—. Señoritas, no tengo la menor idea de quién las ha enviado, pero reciban mi agradecimiento por su encantadora visita. —Y acompaña a las dos «eliminadas» hasta la puerta. Allí les besa la mano y les hace cumplidos por lo hermosas que son, no sin antes disculparse de nuevo por tener que enviarlas de vuelta.

A Mar le gusta el trato cortés que él dispensa a las chicas, pero la situación se torna surrealista. Se pregunta qué pasará ahora, pues lo último que le apetece es ver una sesión porno con el hombre al que ama. Le gusta la originalidad, pero no tanto. Mejor se queda con las secuencias tradicionales del amor. Relaciones convencionales por muy grande que sea el obstáculo: amor prohibido —amor gozado—, final ruso (suicidio, por ejemplo) o hollywoodiense (boda a expensas del padre de la novia o del novio rico, que el empoderamiento está por llegar). No está preparada para ir más allá. Ni para hacer experimentos. Ni para seguir patrones inusuales.

—¿Qué va a pasar ahora? —pregunta ella inclinándose sobre la mesa que tiene delante.

—Nos tomaremos una copa juntos y luego se irá. No hay más remedio. No se debe ofender a los anfitriones. Póngase cómoda —le pide a la invitada, que toma asiento en el sofá de la suite.

—¿De verdad que no quiere…? No me importa que la señora mire si eso es lo que a usted le agrada —dice la morena.

—Yo no tengo inconveniente, porque es usted realmente bonita. Pero eso es decisión de mi chica. Pregúntele a ella, es la que manda.

—¡Ya no quedan hombres así! —suspira la mujer muy impresionada. Luego acepta la copa y el aperitivo que él le ofrece.

—La respuesta es *nein*, нет, *non* y no, y en el idioma que queráis.

Serguéi y la morena se ríen de la respuesta de Mar.

—Ese acento… ¿habla usted español? —pregunta la chica en castellano.

—Soy española. Por cierto, no voy a preguntarle sobre su vida para no hacerla sentir incómoda, pero me alegraría si pudiera darme algunos consejos sobre sexo. Total, ya que está ahí y tenemos un poco de tiempo, quizá podamos aprovechar su *expertise*, que habrá sido pagada de antemano.

—Sí, quédese tranquila. Han sido extremadamente generosos. Tengo toda la noche para conversar con usted. Pregunte lo que quiera. Es un paquete *all inclusive*. —Se ríe.

Las chicas se ponen a comentar temas de sexo. Serguéi suelta una carcajada. Le sirve vino a la prostituta, le ofrece unas galletas saladas, se pliega correctamente el cuello de su batín, que se ha movido de su sitio, pide unos canapés por teléfono mientras sigue la conversación, la cual ha dado un giro inesperado. Se va a escribir unos mails hasta que Mar comienza a llamarlo por la pantalla.

—Serguéi, cariño, ya terminamos. ¿Tendrías la amabilidad de acompañar a Silvana hasta la puerta? Creo que es una gran profesional. No dejes de darle las gracias, ya verás.

—Permítame —dice Serguéi. Le coge la copa vacía y la despide con un beso en cada mejilla dándole las gracias en voz alta para que Mar lo escuche.

—Esto me lo han dado para usted —dice la morena, y le deja una postal de la Virgen del Signo entre las manos.

SEXTO Y DIECINUECE

En el palacio Táuride, Таврический para los rusos, en el segundo piso, pasillo derecho, quinta puerta a la izquierda, María del Mar Maese está reunida con Jean Ségny para despedirse antes de abandonar el país. Tiene que ver a su padre. Sigue tremendamente angustiada por su salud. Aguanta las lágrimas como puede, y para eso da respuestas cortas, a veces usa monosílabos. Revisan asuntos pendientes de trabajo y cómo ella los completará desde la distancia.

Alguien llama a la puerta y entra Natalia, con un vestido recto y un moño de bailarina. Es tan fina y musculosa que impresiona a los presentes. Es una de esas mujeres que no confunden la seguridad en sí mismas con la arrogancia frente a los demás. Eso se le nota en sus pasos, en sus ojos inteligentes, en el cuidado que pone en cada palabra que dice. No mira a nadie por encima del hombro ni por debajo de él, y este equilibrio le da gran fiabilidad a su imagen. Natalia viene a hablar de la partida de Mar, hace una seña para quedarse a solas, pero Mar la invita a hablar delante de Jean.

—Soy Natalia Ivánovna Rostova, jefa de Seguridad de Lozprom, encantada de conocerlo —le dice a Jean—. Vengo a hablar con Mar de su viaje —añade en inglés con acento británico, curtido en las aulas de la prestigiosa universidad moscovita de MGIMO, todo lo cual la hace aún más alta y morena de lo que es. Tiene el rostro tenso por la hiperactividad. Se nota que tiene muchas responsabilidades y montones de cosas que se le cruzan por la cabeza a la vez.

—Haga el favor del tomar asiento —dice Jean con esa elegancia que solo puede tener un francés, pero aun así la observa con severidad—. Ha bajado la temperatura terriblemente estos días, ¿no le parece? —añade algo ligero que permita a la conversación entrar en calor.

—No podré darle el consuelo de decirle que se acostumbrará. La hipocresía no es una de las virtudes que tenemos los rusos. Preferimos ser rudos que mentirosos, pero al menos le diré que el tiempo mejorará el fin de semana. Hará sol durante cinco horas. —Natalia despliega una amplia sonrisa por primera vez desde que entró.

—¿Ha pasado algo? —pregunta Mar—. Salgo esta misma noche. José Emilio me pasa a buscar en tres horas.

—Precisamente estábamos tratando este asunto y le agradecemos su colaboración, señorita. Para serle sinceros, estamos perplejos. Es una situación incomprensible —dice Jean mientras cruza las manos sobre el escritorio—. Mar aún no ha podido hablar con su familia ni con sus amigos.

—No sea usted tan racional con las relaciones rusas con el exterior. Unas veces funcionan y otras no. Uno se acostumbra y se le desarrolla la imaginación para sortear obstáculos. —Natalia saca de su bolso un pañuelo para sonarse la nariz. Después posa sus ojos en Mar, la protegida de Serguéi, a quien esta chica no conoce en realidad ni sabe de su grandeza ni de su importancia y mucho menos de su excepcionalidad. No disimula cuando la analiza, y se pregunta qué tiene de diferente. Serguéi ha conocido a tantas mujeres hermosas, pero se ha parado en esta criatura, quien aparte de una mirada dulce e inteligente no tiene ni el pecho suficiente para seducir a alguien como él.

—Agradezco mucho tu ayuda una vez más, pero no deberías molestarte —afirma Mar intentando estar a la altura.

—*Evidens*... —Y hace una pausa—. Permíteme comentarte lo mucho que me gusta tu ingenuidad —añade Natalia, y sonríe porque son muchas las distancias entre ellas; por una parte, los años que las separan, y por otra, que Mar viene del otro lado.

Natalia ve claramente que Mar está educada en el «imperio», la Europa occidentalizada al gusto americano que por norma ha sentido tanto pavor por Rusia, que siempre la ha ignorado o la ha sacudido. Pero no es el sitio ni el lugar de dar charlas. La joven que tiene enfrente no lo entendería. No podría explicarle que la negociación del oceonio es para su país una gran oportunidad para ocupar en el mundo el lugar que merece. Que Rusia ha sido pateada una y otra vez por Occidente para que no levante cabeza. Le contaría, por ejemplo, que 1913 fue el año en que Rusia alcanzó su punto álgido como potencia económica. En aquellos días tenían tanto poder financiero que gran parte de las transacciones a nivel mundial se hacían en rublos. Rusia crecía demasiado para el gusto de los europeos. Tanto fue así que decidieron tomar medidas. Poca gente se acuerda de que Lenin volvió a Rusia en un vagón diplomático perteneciente a Alemania, y que fue esa misma Alemania la que apoyó la Revolución rusa de 1917. No fue porque les cayeran simpáticos estos intelectuales vestidos con monos de obreros y con bigotes de moda, sino porque el comunismo sería un negocio también para ellos.

Natalia le diría que Rusia fue forzada a participar en la Primera Guerra Mundial, en la que tenía tan pocas ganas de entrar como en la Segunda, y que, desde entonces, por mucho esfuerzo que pusieron en levantarse, no pudieron. Aunque el orgullo bolchevique cultivara el sentimiento de potencia en la Unión Soviética, ese sentimiento tenía mala relación con la comida, pues el orgullo no les servía para comer bien.

—¿Tienen nueva información? —pregunta Jean.

—Los teléfonos de la familia y los amigos de Mar han sido hackeados. Por eso no puede acceder a ellos. Han utilizado su agenda de contactos para bloquearlos.

—¿Qué significa todo esto?

—Que tu padre se encuentra perfectamente y que tu exnovio te ha estado informando mal porque también han adulterado los informes médicos que están disponibles en el sistema informático del hospital. Lo han cambiado todo. —Natalia no comenta nada del trabajo de Anna y su equipo de hackers, que han sido más audaces que los otros, quienesquiera que sean—. Pero hemos conseguido desbloquear el sistema. Puedes hablar con ellos ahora mismo si lo deseas.

—¿Para qué todo esto? ¡No lo entiendo! ¡Yo no soy nadie! —Mar se queda en silencio y mira a Jean, que baja la cabeza y se pone a leer unos papeles.

—Suponemos que es para hacerte abandonar el país y desestabilizar al señor Tomski. —Natalia saca sus maneras británicas para parecer agradable cuando el tema no lo es.

—¿Mi padre está bien? —Mar se pone a llorar de felicidad—. ¡Mi padre está bien, mi padre está bien! —se repite una y otra vez para convencerse. Después se para de golpe y le viene un poderoso comentario a la cabeza que no evita decir en voz alta—. O sea, no pudieron matarme físicamente y ahora quieren hacerlo civilmente. ¿No es eso? Hace poco leí una teoría muy extendida sobre la muerte de Chaikovski. —Se refiere al final de la vida del maestro, de quien se dice que deseaba más libertad personal. Algo inadmisible para alguien de su orientación sexual—. Sus opciones eran la muerte civil, que significaba sepultar su música para siempre, o suicidarse de una manera elegante. Coger el cólera bebiendo agua le pareció una buena idea. Así salvó el legado de su vida.

—Eso es una leyenda que queda bien en la biografía del artista. —Natalia hace un paréntesis—. Llama a tu familia y convéncete. No tienes por qué preocuparte. Sigue con tu vida y tu trabajo.

—Siempre me ayudas. No sé cómo agradecértelo —comenta Mar.

Natalia se levanta para irse. Pero antes saca su lápiz de labios del bolso y se los repasa. Su profesionalidad no le impide ser coqueta. Sobre todo cuando desea gustar a Jean, al que encuentra fascinante. En su medio hay hombres, muchos hombres, y la mayoría de ellos le aburren y su compañía le resulta metal pesado. Prefiere que se le clave la punta de tacón de caminar demasiado a tener que aguantar a uno de estos durante más de media hora. Su paciencia no ha logrado extenderse más.

—Tengo una pregunta más, si eres tan amable. —Natalia asiente y Mar mira a Jean, quien también asiente y se pone los cascos para escuchar la ópera *El príncipe Ígor* para refugiarse de la conversación de las dos mujeres—. ¿Desde cuándo soy tan importante como para que alguien se tome la molestia de hacerme daño?

—No quieren hacerte daño a ti sino a Serguéi.

—Pero... ¡si acabamos de conocernos! ¡Ni siquiera sé todavía si la relación va en serio! No soy su esposa, y como tiene esposa no puedo ser su novia, y me niego a ser su amante. Dime, ¿qué soy entonces? Estar sin estatus es casi una garantía de que no duraremos mucho. Y, sin embargo, ¿cómo me puedo resistir a vivir lo que estoy viviendo? A pesar de todas las dudas y la confusión, que tú conoces mejor que nadie. —Mar agacha la cabeza porque le ha salido el discurso de corrido, se agarra el pelo con las manos, ese corte precioso que le han dejado y que no recuerda cómo moverse con él.

—Deben de verlo contento contigo —afirma Natalia.

—Me alegra que él te importe tanto —dice Mar de una forma demasiado directa.

Natalia se queda tan sorprendida que no es capaz de negarlo. Deja de observarla como a una adolescente. Asiente con la cabeza; está cansada de no decírselo a nadie. Sabe que no puede mentir a quien siente lo mismo que ella. Las mujeres son las únicas capaces de ver las huellas invisibles de otra mujer.

—¿Y mi afecto por él no te hace sentir incómoda? —pregunta Natalia, quien nunca pensó que una situación como esta fuera posible. Aunque Natalia no recibe ninguna atención que le pertenezca a Mar ni se queda con ningún deseo que no es suyo, son rivales. No importa que Natalia solo ame sin esperar nada.

—Yo nunca tengo miedo de ningún amor bueno —le responde Mar—. Ya ves lo románticos que somos los internacionalistas. Y eso que no hemos hablado de salvar el mundo gracias al fondo marino y cosas así.

Natalia se ríe. Ya no lleva la máscara de hielo que tienen los eslavos cuando uno se cruza con ellos. Ahora solo le sale el ardor ruso, un enardecimiento de los afectos al extremo, y una cualidad que los define por encima de todo. Natalia mira su teléfono brevemente, y Jean, su ordenador, donde está respondiendo un mail.

—Te agradecería que también me des tu opinión sobre otra cosa. —Mar le enseña la fotografía de Milena, pues no quiere mezclar todavía a Oleg en el asunto—. ¿La conoces?

—Trabaja para nosotros. Es una vieja amiga de Serguéi. Nada que deba preocuparte, Mar. —Natalia hace uso del nombre de pila en señal de familiaridad.

—Natalia, ¿cómo me dices que no me preocupe? Vino para alejarme de él. Siempre ronda por todas partes.

—No es importante, Mar, créeme. *Evidens, evidens.* —Natalia suelta el latinajo que tanto le gusta.

Natalia acerca los ojos a la foto y la observa con atención, para que los detalles narren lo sucedido.

—Ella misma ha pedido acompañar a Serguéi a Qatar. Dice que es por dinero, pero no es cierto. Sin embargo, lo inteligente es confiar en Serguéi. Cuanto más pesada se ponga, más lo alejará.

—Algo me da mala espina —dice Mar.

—Hazme caso, olvida esto. Ya te lo he dicho. No es importante.

—No es solo por un tema de fidelidad, sino que esa mujer se trae algo raro entre manos y no solo entre las piernas.

—¡Qué joven eres todavía! ¡Y ya estás celosa! —comenta Natalia sin prestar atención al aviso—. Eso es sin duda parte de tu encanto. Permíteme decirte que en este asunto o mantienes la cabeza fría o perderás. Milena te lleva mucha ventaja. No es su mérito, son los años. Unos años que valen más que los tuyos. Ha tenido como maestros el hambre, la miseria y el ostracismo político. Tú has podido rechazar la comida que no te gustaba y elegir si tomas clase de baile o piano… En fin, como mis sobrinos. Siempre tirando y gastando, con unos padres arropándolos en todo. Así que no estáis en igualdad de condiciones. Tú pierdes y no por poco. Pero no te vengas abajo, sé astuta y reconócelo. Tú eres tierna e inteligente, pero ella es agresiva y lista. No tienes nada que hacer. No es culpa suya, es que tuvo que aprender a sobrevivir. Tú apénate por ella y alégrate porque no tuviste que pasar por eso. Ella va a por ti. Quiere lo que tú tienes, así que ni lo pierdas ni lo regales… y si ella te lo roba, acéptalo. Tú tienes el lastre de tus valores, y ella, la ligereza de no tenerlos. Pero alégrate también de esto: aunque cueste mantener los principios, son ellos los que te apoyarán siempre, porque podrás caminar sobre tierra firme. Vamos, cambia esa cara y sonríe. Si no puedes olvidarte de esta foto, espera a calmarte para hablarlo con él. Estás empezando una relación y no puedes asustarlo con la histeria y los celos. Los hombres no entienden que las mujeres no exhibimos la histeria para intentar controlarlos, sino para expulsar nuestro dolor. Lo vuestro es frágil todavía, no lo estropees. Háblale como si fuera un viejo amigo que te encuentras en una cafetería un día por casualidad. Muéstrate con distancia y empatía. Si él te respeta, te lo contará. Si se respeta a sí mismo, no te mentirá. Y después ponle en guardia, que no se relaje, que es lo peor que se le da a un hombre. Recuérdale que tienes límites y que te puede perder. Perdóname por tanta franqueza. La franqueza es siempre amarga. Te hablo como si estuviera delante del espejo y me hablara a mí misma. Con esa libertad que ni la amistad otorga.

Mar la observa fascinada. Se da cuenta de que Natalia tiene un alma fuerte y grande y que lleva muchos años amando profundamente a Serguéi. Si no, no podría hablar así. Así que, en vez de estrecharle la mano y sin que nadie pudiera predecirlo, la abraza con fuerza para despedirse.

Natalia se va. Le ha dado una lección de amores, pero no olvida el comentario de Mar respecto a Milena. Mar no lo ha dicho todo y si la extranjera sospecha algo, toca investigar. Se cierran los numeritos sentimentales y toca trabajar en serio. Mar lleva el teléfono que le regaló Serguéi, hay que cambiárselo por uno que le permita seguirla, escucharla y hasta acceder a sus pensamientos.

SEXTO Y VEINTE

Mar sale del Tavrícheski. Oleg la ha citado en un café cercano llamado El Patio del Príncipe Vladímir Galitski. Le llama la atención que haya elegido un café con el nombre de una escena de la ópera *El príncipe Ígor*, que constantemente está programada en el teatro Mariinsky. Borodín tardó dieciocho años en escribirla y al final fue Rimski-Kórsakov quien la remató. Mar tiene tentaciones de ir a verla, pero es tan larga y los asientos del Mariinsky tan incómodos que sigue postergándolo. No lo hará por mucho tiempo, pues siente fascinación por Borodín, un catedrático de Química que nunca se tomó en serio su talento musical. Fue hijo ilegítimo de un príncipe, y un feminista de verdad, pues fundó la primera escuela de medicina para mujeres. Mar no conoce ningún otro caso en la historia de alguien que fuera capaz de escribir sinfonías y descubrir una reacción química que pase a la historia con su propio nombre.

—Vuelves a sorprenderme por tu tendencia a la cultura —comenta Mar dándole un beso, pero Oleg no responde. Está sudoroso, se mueve sin parar y parece fuera de sí—. ¿Qué te pasa?

—Viene bien para la ocasión. En la ópera *El príncipe Ígor*, el hermano que debería cuidar del principado mientras Ígor va a luchar contra los polovsianos lo traiciona. Acabo de enterarme de una noticia que no me esperaba —dice Oleg, y se toca el pecho como si le oprimiera.

—No entiendo nada. ¿Qué ocurre?

—Una amiga ha muerto. Nos han traicionado.

—¿Quién es?

—No creo que la conozcas —contesta él, incómodo ante tanta pregunta.

Mar saca la foto de Serguéi junto a Milena y él mismo. Sonrientes, los tres con trajes de pesca. Le tiembla la mano.

—¿Es esta? —pregunta Mar.

—¿Cómo lo sabes?

—Encontré esta foto en el piso de Serguéi. Precisamente iba a preguntarte por ella. ¿No te parece una casualidad?

—Las casualidades solo existen para los ingenuos.

—Eres la segunda persona en el día de hoy que me califica así.

—No es tu día entonces. —Él se bebe el vodka que le han servido y pide más.

Su voz es tan diferente a la que normalmente encuentra en él que Mar se asusta un poco.

—¿Ha muerto en Qatar?

—¿También sabes eso? —responde malhumorado—. ¿Puedes explicarme entonces por qué dicen que se ha suicidado?

—¿Llevaba un icono de la Virgen del Signo?

—No.

—¿Y por qué estás tan seguro de que no se ha suicidado? —insiste Mar.

—Por la misma razón por la que tú traes esa foto justo hoy. —Se levanta, se dispone a pedir la cuenta pero ella lo para.

—¿De qué conoces tú a esta mujer y por qué es tan importante para ti?

Oleg duda si contárselo, pero no encuentra razón alguna para no hacerlo. Saca un pañuelo de su chaqueta, se limpia el sudor y alguna lágrima que se le ha escapado.

—Yo era amigo de Vladímir, el primer marido de Milena. Era el mejor tipo que puedas imaginar: inteligente, bueno, leal. Crecimos juntos y nunca nos despegamos. De hecho, soy el padrino de su hija Irina, que aún no sabe que ya no tiene a su madre.

—¿Era? ¿Ya no sois amigos?

—Me pilló en la cama con Milena. Yo por aquel entonces era tan inconsciente como idiota y no pude resistirme a unas tetas como las de ella. Esa mujer es tan bestial… Su sexo necesita controlar todo cuanto hay a su alrededor. Vladímir se puso como loco y nos insultó, como era de esperar. Desapareció un par de días. Lo buscamos por todas partes y al final… —Oleg para porque no puede seguir.

—¿Le pasó algo?

—Lo encontramos ahorcado en un parque con una nota dándonos su bendición para ser felices… ¡Puto cabrón!

Mar no sigue preguntando. Se queda a su lado en silencio. Se imagina el dolor que siente Oleg. El perdón que no ha encontrado. La muerte que lo visita intermitentemente en su camino.

SÉPTIMO

EL QUINTO CÍRCULO

> Con una pasión oculta ambos se detienen ante los
> momentos de horror, ante el sentimiento total de
> derrumbe, y encuentran aguda dulzura en la fría tre-
> pidación del corazón ante el abismo; ambos obligan
> al lector a experimentar estos sentimientos también.
>
> Osovski (sobre Chaikovski y Dostoievski)

> Las calles de San Petersburgo tienen una cualidad
> indudable: convierten las figuras de los que pasan
> en sombras.
>
> Andréi Biely , *Petersburgo*

SÉPTIMO Y UNO

Las agujas doradas de las cúpulas de San Petersburgo, tan elegantes
y afiladas, fueron construidas para pinchar directamente en el corazón de Dios. Así los rusos se aseguraron de que Dios no se olvida-
ra nunca de Rusia.

SÉPTIMO Y DOS

Alla ha llegado como siempre con dos horas de adelanto al aeropuerto. Mejor arribar con tiempo cuando se viaja con un bebé. Así le dará de comer en cualquier rincón discreto que encuentre en la terminal. La niña todavía toma el pecho y hay mucho loco suelto que mira sus tetas llenas de leche cuando su bebé de menos de un año se amamanta. El aeropuerto internacional de Borýspil está a unos treinta kilómetros de Kiev y, debido al desbarajuste con el transporte público, Alla ha tenido que hacer una cola de casi dos horas para conseguir plaza en el autobús. Ella es ucraniana, pero vive en Moscú desde hace más de veinte años. Allí conoció a su marido, con el que lleva casada casi un lustro. Ha venido a presentar a su niña a la familia, especialmente a su abuela entrada en años. Han pasado un mes maravilloso con los suyos y aunque le da pereza volver no hay más alternativa.

Cuando está dando vueltas por el aeropuerto, ve una puerta que está medio abierta. Entra porque cree que allí hallará la calma que necesita para alimentar a la pequeña que ya llora de hambre. Cuál es su sorpresa al cruzarse con varios hombres de negro, con apariencia más bien ruda, que la apartan sin miramientos y se aprestan a llevarla de vuelta al *hall* de la terminal a empujones. Sin embargo, se detienen al oír una voz imperiosa y marcial que les dice que no molesten a esa madre. Es el presidente de la Federación Rusa. Se acerca a Alla, le pide disculpas por cómo la ha tratado su servicio y acaricia la cabeza del bebé con aire paternal. Alla no puede ocultar su vergüenza y le explica que solo buscaba cobijo para darle el pecho a su hija. El presidente da orden de que escolten a ambas hasta su sala VIP exclusiva para que la madre coma y beba a gusto, y alimente a la niña con calma mientras espera su vuelo. Alla siempre ha admirado al presidente y se considera prorrusa. A ella le gustan los hombres fuertes y decididos. Por eso se enamoró de su marido, en quien encuentra similitudes con el líder. Alla aprovecha su golpe de suerte para preguntar si sería posible tomarse unas fotos, a lo cual el presidente accede de buen grado. El inesperado encuentro es el broche de oro de su viaje. Y será un sabroso tema de conversación con todos sus conocidos.

La mujer se despide emocionada y se permite darle un abrazo, del que el presidente se deshace en cuanto puede. La niña llora cada vez más pues tiene hambre y no entiende ni de fotos ni de relaciones sociales. El presidente prosigue su camino a una última reunión en el aeropuerto antes de regresar a Moscú.

Alla se acomoda en la sala de espera del presidente y empieza a devorar todo lo que encuentra, hasta el punto de olvidarse de la niña. Como su llanto es cada vez más incómodo, se sirve un buen plato de aperitivos del bufet y come mientras el bebé se agarra a su pezón. Nunca ha probado delicias como estas. Disfruta cada bocado mientras la cría se calma con la leche que succiona con avidez. Ha llorado tanto que, una vez saciada y exhausta, cae de inmediato en un dulce sopor. Una camarera se le acerca e informa a Alla, en un susurro amable, que la puerta de embarque de su vuelo ya ha sido anunciada. Ella misma la acompañará para que no se pierda. Un hombre ha traído un carrito eléctrico para que llegue a su destino sin necesidad de dar ninguna carrera. El bebé duerme plácidamente. Alla maldice no haber tenido más tiempo en la sala para poder acomodar más canapés dentro de su bolso, que va atestado de manjares presidenciales. «Qué tonta. Podría haber vaciado el bolso de la pequeña para hacer más sitio», piensa. El personal carga su equipaje, la despide en la puerta del avión y le desea un buen viaje.

Alla se acomoda en su asiento al lado de la ventanilla. Saluda a los otros dos pasajeros que viajan junto a ella. Deja el bolso de mano del bebé junto a ella por lo que pueda necesitar. La niña sigue durmiendo, parece un ángel. Alla mira por la ventanilla y ve el camión de gasolina reaprovisionando la aeronave mientras por su parte el personal de cargas con sus chalecos amarillos también alimenta el vientre del avión con maletas que suben por una cinta.

Prácticamente al mismo tiempo, el presidente ha llegado a su avión. Es el mismo modelo y tiene colores similares al de Alla. Apenas se distinguen uno de otro; salvo que en el de Alla viajan doscientos pasajeros y en el del presidente veinte.

La torre de control da inmediatamente la autorización de despegue al avión del presidente mientras que el de Alla debe hacer cola y esperar en la pista. Privilegios del poder. Sin embargo, cuando ya se dirigían a la pista, el presidente recibe una llamada misteriosa. El servicio de inteligencia informa con detalle de lo que está pasando justo en ese momento. El presidente toma la decisión sin dudar y da orden al piloto de que retorne a la terminal. El comandante del avión de Alla tiene entonces indicación de dirigirse a la pista de despegue que ha quedado libre. Una vez en posición, el comandante acelera las turbinas al máximo y suelta el freno despacio. El avión comienza el carreteo y toma velocidad hasta que la nariz se eleva y suavemente gana altura sobre el horizonte. El avión del presidente despegará treinta minutos después. Al igual que la niña, Alla se ha quedado saciada con tanto y tan inesperado entremés. Cabecea en el asiento para buscar una postura mejor y se duerme. Sueña con un féretro cargado en un avión.

Cuando el primer avión sobrevuela la provincia de Donetsk, un misil de Buk impacta en él. El golpe se celebra con júbilo entre los hombres que creen haber derribado al presidente. Alguien abre una botella de champán y rocía a todos los compañeros.

La noticia del misil que ha acabado con más de doscientos pasajeros no tarda en salir en todos los medios ante la perplejidad general. Los milicianos se miran atónitos. Nadie dice nada. El jefe del comando coge con ira la botella de champán y la tira a la basura; uno a uno, los demás arrojan los vasos de plástico que han llenado. El presidente llegará a Moscú dos horas después. Alla nunca despertará y la niña tampoco. Plumas blancas caen del cielo en la provincia de Donetsk aquella mañana.

SÉPTIMO Y TRES

El cuerpo de Milena ha tenido una autopsia rápida. La policía de Qatar ha autorizado que vuele en el mismo avión en el que vino. Serguéi y toda la delegación de Lozprom rinden homenaje a su antigua compañera a los pies del avión. Serguéi ha hecho venir un pope ortodoxo que ha volado expresamente desde Rusia para acompañar el cadáver y ha rezado un responso rápido antes de que la caja mortuoria con el cuerpo de Milena fuera cargada en la bodega del avión. En secreto, Serguéi también ha elevado una oración encomendando su alma a la Virgen, como su abuela le enseñó a hacer cada vez que morían vecinos y familiares del pueblo. Curiosamente también ella tenía un icono de la Virgen del Signo pero cree que no era el de Nóvgorod. Hasta se ha secado las lágrimas un par de veces. Durante el vuelo tendrá tiempo de pensar en lo que ha sucedido y de trazar un plan rápido. Serguéi ya ha dado orden de que desde el aeropuerto la lleven directamente de vuelta a su tierra de nacimiento y la inhumen sin demora. Serguéi intenta dormir en el avión, pero le resulta imposible. Pide que le preparen la cama en la suite del jet, pero recostarse solo le aumenta la acidez y la espantosa náusea que tiene. Decide no aguantarse más las ganas de vomitar y va al baño, se arrodilla frente al váter y echa todo lo que ha comido ese día. Luego se sienta en el retrete y llora desconsoladamente. Minutos más tarde ya está calmado y recompuesto. Se ha cepillado los dientes, dado una ducha y cambiado de ropa. Al volver a su asiento, recibe un mensaje de un número desconocido. Es Oleg. Un viejo conocido con el que tiene deudas pendientes. Se alegra de que haya tomado la iniciativa. Nadie lo entenderá mejor que él en este momento. La muerte de una amante común une mucho. Ninguno de los dos la amó, pero los dos la gozaron; mejor dicho, ella les gozó a ellos porque Milena nació con el placer por principio de vida. Una cualidad únicamente reservada a las mujeres listas. Oleg es escueto en sus palabras, pero Serguéi sabe bien lo que significan. Lo cita en el hotel Astoria. Es hora de liquidar cuentas impagadas.

Serguéi vuelve a la vivienda que comparte con Mar, pero ella no está. Tampoco puede ubicarla en el móvil. Le hubiera gustado tener a alguien esperándolo. Hace mucho que no sucede. Extrañado de la ausencia de Mar, Serguéi deposita el maletín de cuero con sus iniciales en el sofá de terciopelo y mira las cúpulas doradas desde la ventana. Piensa en Mar. En realidad, su frenético ritmo no le ha dado tiempo a pensar en ella con calma, tomarle el pulso a su vida, saber cuánto está cambiando su alrededor. Y pensarse también él mismo. La muerte de Milena convierte en imperativo un momento de reflexión. Los círculos de la ciudad han empezado a comérselo todo. Se acuerda de esa frase de Biely, y se le ocurre que debería dejarse barba y bigote para tener el aspecto de Serguéi Serguéievich, el de un perfecto idiota.

Ha estado en esa misma estancia cientos de veces, y aunque siempre le pareció lujosa, ahora resulta cálida. El papel de las paredes, que es dorado, en realidad lo que ha hecho es comerse el sol que entra por las ventanas. Si fuera valiente, se atrevería a reflexionar cómo sería su vida si la atracción por Mar no lo dominara casi por completo. No recuerda haber deseado tanto a una mujer. En su caso, el interés disminuye después del segundo encuentro. Es lo que tienen los cuerpos conocidos, que cansan enseguida si no hay emoción. Y emoción no significa amor, puede ser simplemente el morbo de hacer algo punible a los ojos de la empresa, de la familia o de la sociedad. Pero con Mar no es así. Cuanto más la penetra, más dentro se queda en ella. Se le engancha en su alma, y ya no sabe quién es él y quién es ella. Cuanto más de su cuerpo tiene, más de ella necesita. Pero ¿cómo sería la vida sin ese lazo? Se pregunta qué es lo que hay detrás del sexo. El sexo se sostiene sobre algo. Unas veces es la belleza y otras, una situación adictiva; casi nunca es la familia, y en todo caso es algo inventado por las fantasías de cada uno.

Se tumba en el sofá. Se afloja la corbata y se pone una bata. No suele hacer ni una cosa ni la otra sin cambiarse de ropa. No mezcla ropa de casa y ropa de calle. Pero ahora diluye lo dulce de su pasión con lo amargo de las tensiones que produce, y lo mezcla con lo que haga falta. Ha dejado de importarle que las cosas no estén en su sitio, que la raya del pantalón no sea perfecta. O casi. Tampoco hay que exagerar. De pronto vuelve a su modo de alerta y llama a Natalia para ver qué noticias tiene.

—Tu mujer ha vuelto de Crimea, ¿lo sabías? —informa Natalia mientras lee los últimos mails que ha recibido.

—Los del equipo de seguridad ya me lo habían comentado. —Serguéi responde con desgana, le gustaría comentarle a Natalia su futura cita con Oleg Oleksandrovich Mélnik, el delegado ucraniano al que siguen sin parar y que por desgracia suele cometer pocos errores, pero se resiste.

—Está con Poliakov en los apartamentos de la empresa, unos pisos más abajo que tú. Lo que hagan lo dejo a tu imaginación.

—¿Con Poliakov has dicho? —Serguéi entiende que son la pareja perfecta. El odio contra él los une con un pegamento más fuerte que el del amor. Debería haberse dado cuenta antes. Tiene sus enemigos demasiado cerca y lo temen demasiado poco—. Dicen que el tío es muy malo en la cama. Lo siento por Galina. Se merece algo mejor.

—Hay veces que no te comprendo, de verdad, y cada día llego a la conclusión de que ni siquiera te conozco. —Natalia suena melodramática pero no se preocupa en absoluto. Serguéi es un hijoputa que no puede evitar ser un hijoputa. Le ha visto llorar al entregar las llaves de una escuela para niños minusválidos pensando cuánto dinero iba a ahorrar descontando donaciones contra impuestos. Le ha conocido defendiendo derechos de los indígenas siberianos como un ecologista radical para que sus competidores extranjeros no pudieran extraer petróleo en sus tierras. Incluso lo recuerda alabando la contribución a la cultura rusa de los homosexuales, como Chaikovski, que a él le traen sin cuidado, solo porque una declaración *LGBT friendly* era necesaria para cerrar un buen acuerdo con sus colegas de Shell. Él es así. Incluso pidió a un consultor que estudiara quién de su familia tenía la muerte más heroica para ser parte del regimiento inmortal. Cuando hallaron a un medio hermano que ni conocía, mandó hacerse la pancarta con la foto un poco más grande que los demás y así quedar bien en la prensa. Hasta la gota de sudor que le cae de la frente la tiene planeada. Natalia se acuerda incluso del día en que ella fue testigo de cómo fingió un ataque al corazón para retrasar unas negociaciones que iban muy mal encaminadas. La otra parte tuvo miedo de que su muerte cancelara la posibilidad de un contrato, así que tuvo el placer de firmarlo desde la UCI con todas sus condiciones aceptadas. De hecho, ella lo vio tomar el medicamento para provocar los síntomas. Para él todo es cuestión de cálculo.

Al colgar el teléfono, a Serguéi le viene a la cabeza la palabra *kompromat*, la expresión heredera por excelencia de la antigua Unión Soviética. Emocionalmente la traducción más acertada es «ligazón». Pero en términos prácticos se explica como un mecanismo burocrático que vincula a un ciudadano con un expediente que contiene sus trapos sucios. Serguéi no se equivoca. Es lo que Galina está cantando como una soprano tres pisos debajo de donde él se encuentra. Se pone a reflexionar sobre lo que puede salir de su garganta de mujer despechada. Las exesposas y las examantes son el recurso más fiable de la policía. Aparte de las palabras de amor y planes de futuro con Poliakov, seguramente le hablará de su mansión en Crimea que nunca declaró al fisco, así que llama de inmediato a su abogado para ponerlo sobre aviso y regularizar la situación. Sin embargo, él nunca le informó de las cuentas en Gibraltar y las islas Caimán, una previsión para posibles tiempos difíciles. Tampoco sabe de las propiedades en Malta, Montenegro, Nueva York, ni de los miles de hectáreas en La Pampa argentina que decoran su haber a través de una sociedad con sede en Panamá. Esos entes jurídicos se rigen directamente por las leyes del diablo. Son los únicos bienes que uno se puede llevar cuando se muere, pues ya están en el paraíso fiscal de los ricos. Galina hablará de amantes, pero eso a Poliakov le importa más bien poco, pues él mismo podría recitarlas de memoria y ya les ha sacado lo que podía sacar; es decir, poco. Incluso una vez compartieron los favores de un par de secretarias. Galina repetirá la palabra «familia» en cada segunda frase, pronunciada con rabia y con la siniestra entonación propia de las sectas porque se ha ido de casa. Poliakov pasa aburrido una tras otra las fotos de Mar, mientras Galina le reitera una y otra vez que este desliz es diferente. Ella siempre se mostró muy tolerante con las amantes, como si fueran un grano que aparece y desaparece como un pequeño absceso de la dermis. Pero ahora tiene miedo, un miedo nuevo, desconocido, y que necesita un par de manos expertas en el arte de malear la realidad. Poliakov es un candidato obvio para la faena. Serguéi se imagina bien la situación. Primero la *delatio*, después la *fellatio*. Luego Poliakov se sentará a ver la tele en compañía de un vaso de vodka. Las paredes de papel pintado con ramas grises y doradas lo rodean. Forman el caos ordenado que él tanto desea y que se le da tan bien manejar.

Serguéi se pone a trabajar en su despacho. Pasadas un par de horas, llaman a la puerta. Es Galina. Él se sorprende al verla, teme lo peor y abre la puerta con pocas ganas. No le apetece tener otra escena por mucho que se la haya buscado.

—¿Qué haces aquí? —pregunta Serguéi muy cortante.

—Tengo que hablar contigo. Esta es la lista de bienes que quiero que me dejes en nuestro divorcio. —Galina presenta la lista a los Reyes Magos.

Serguéi observa el papel que le ha dado su mujer. Ni siquiera se pregunta de dónde ha sacado Galina esa información. Vendrá de algún desliz o descuido estúpido. Un documento sobre la mesa, un mail abierto, una llamada de teléfono. Secretos que a veces se guardan en cajones pequeños y mal cerrados. Él actuará rápido para hacer el control de daños. Ya tiene un plan que empieza con las instrucciones que enviará a su abogado, que transferirá todos esos activos a nuevas sociedades de fantasía sin historia ni antecedentes identificables. La mitad de la lista se convertirá en humo en cuestión de días. Serguéi ya no tiene paciencia para Galina y necesita espacio mental para su encuentro con Oleg.

—Será mejor que te vayas. Discutiremos esto con más tranquilidad —dice él, porque no es necesario comentar nada. Todo está hablado. Hay algo irreparable entre ellos. Hoy ha sucedido como tantas veces. Siempre la misma brecha insalvable, que les hace imposible pasar de un lado al otro y encontrarse. Otra vez no se puede escapar a la evidencia de que entre ellos hay un antes y un después. Y la diferencia de altura que los separa da vértigo. El miedo que se tiene al borde de un precipicio. Uno cree que ve desde arriba lo que está abajo, pero en realidad es al revés. La herida se ha hecho cada vez profunda, cada vez más mortal.

—El niño te está esperando en casa —responde ella. Invoca la consanguinidad divina y sanatoria que todo puede curar.

—¿Ahora me quiere ver? Me alegro. ¿Te ha dado permiso tu quiromántica? No manipules más a Artur. Iré mañana y le llevaré al Aquapark —comenta él.

Serguéi se da cuenta de que desde hace demasiado tiempo le habla a alguien invisible, que por mucho que se esfuerce no es capaz de ver. Ella ha sido más valiente que él, ha dado el paso que él no se atrevió a dar. Galina habla de divorcio y lo dice en serio. Serguéi nunca fue capaz de proponerlo, aunque prestara más atención a sus vestidos que a su cara. Y ahora se percata de que es ella, su esposa ante los hombres, la que tiene el coraje de hacerlo.

—¿No quieres que te perdone?

—No te lo he pedido.

—Ella es una espía. Te dio el cambiazo del pin de tu chaqueta para sacarte información del oceonio. Trabaja para los ucranianos.

Serguéi la mira como si se mirara en un espejo. Esa mujer que tiene delante lo define como hombre. Su postura encorvada es la de él mismo. Solo un mierda puede degradar a una mujer a ese nivel. Convertirla en un ser sumiso y débil, hambriento de cariño y atención, dispuesto a humillarse por conseguir lo que necesita. Ella no nació así; como todo el mundo, estaba destinada a crecer y no a empequeñecerse. Ella también nació para ser amada y ahora se conforma con una revancha a la espera de ser querida cuando él no tenga otra cosa mejor que hacer.

Galina se va de la casa de Serguéi. Ya solo, él llama a Mar. Cuando escucha su voz se le pasa el dolor en las sienes que le ha dejado su esposa. Se siente descansado, y hasta cree que el Nevá ruge con olas parecidas a las del mar. No en vano los cielos de San Petersburgo están llenos de gaviotas hambrientas que creen vivir a orillas de un océano. Mar le cuenta animada que está en el quinto círculo, visitándolo con Lena, que San Petersburgo es un teatro, que las calles están puestas según un guion y que las personas a veces se equivocan al interpretar su papel, pero que al final la historia queda como tiene que quedar. Él sonríe. Contesta bajito, para que no se le note la acidez de estómago ni la sequedad y la amargura en su boca. Buscará mañana los indicios de la traición de Mar. Natalia tardará poco en encontrarla si es verdad. Mientras, ella sigue contándole divertida que al final de cada esquina hay un telón, detrás del cual se prepara la próxima escena. Él la invita a salir a cenar. No se atreve a decirle que no les queda mucho tiempo de felicidad.

A poca distancia de donde Mar está, una sombra sale de un edificio grisáceo de viejas ventanas que necesitan ser restauradas, en la petersburguesa isla de Vasílievski. Los cables eléctricos se ven claramente desde el exterior sobre la fachada amarillenta llena de desconchones. La sombra se acicala el estrambótico bigote a lo Dalí que lleva y echa a andar por la línea 27, el nombre de la calle que iba a ser un canal y terminó siendo de asfalto. Es una sombra negra, sin duda. Lleva chamarreta oscura de cuero y fuma sin parar; cuando acaba un cigarrillo, tira la colilla al suelo e inmediatamente enciende otro. Tiene que encontrarse con alguien que va a darle un sobre azul. Bajo el brazo lleva un periódico de esos que se reparten gratis en el metro. Nunca lee los artículos. Simplemente le gusta mirar la cara de los que viven bien. Un día hablará de tú a tú con esa gente que no sabe que él existe. Le pedirán una selfi con él. Finalmente se encuentra con su contacto, este le entrega el sobre de fondo azul con diminutas estrellas blancas y desaparece.

SÉPTIMO Y CUATRO

El capitán navega con un rumbo desconocido, apenas mantiene al tanto a sus dos asistentes de timón, que ya han optado por no preguntar. Surca y surca tejiendo una bufanda de espuma que él desearía que abrigara al mundo. Es un hombre de decisiones fáciles pero irreversibles, como les pasa a los que tienen el peso de la responsabilidad sobre los otros. Si se equivoca, es parte de la decisión, y por tanto de la solución. Sin embargo, el viejo está muy inquieto. Ha planeado una jugada en contra no solo de un sistema sino de dos. Así que necesitará algo más que buena suerte. Cavila silencioso por la popa mientras observa ese mar que se resiste a mostrarse del todo. La alta mar, o área más allá de la jurisdicción nacional, es más o menos la mitad del planeta. Cierto que los hace invisibles, pero no pueden vivir eternamente en él. Antes o después necesitarán un puerto y la tierra los delatará.

Iván Ilich lo observa de lejos y se diría que puede leerle los pensamientos.

El capitán rumia en esta intersección de oleaje. Si fuera religioso, rezaría. Si creyera en algo, iría a suplicarle que les protegiera. Pero en lo único que él cree es en las personas, porque algunas de ellas nacen con polvo de estrellas. Entre esos seres hay alguien que destaca sobre los demás. Un cura de una religión que no es la suya, un sacerdote católico con doce idiomas y dos doctorados entregado a ayudar a los demás. Lo conoció por casualidad en una librería de Atenas, cuando él compraba lectura para su nueva travesía y el cura presentaba su libro: *La soledad*, que había sido traducida al griego. El capitán nunca pierde oportunidad de escuchar a los escritores vivos, puesto que los muertos se los puede llevar al barco, por lo que aquel día se quedó a la presentación. Le impactaron tanto el autor como sus párrafos, que la atractiva traductora, a la que el capitán intentó ligarse después, tuvo la cortesía de leerle.

El tema de la soledad no le resultaba ajeno. La soledad era la única compañera que no le había abandonado nunca en su vida como marino, y sin embargo era una compañera muda y fría. ¿Había algo más en la vida que esta ausencia? ¿Qué secreto podía revelarle este hombre manso que lo miraba intensamente con unos ojos azules que llevaban mares eternos? Después de la presentación, la conversación fue breve. Las palabras surgían pausadas de sus labios en la voz suave y melodiosa de quien había pasado años salmodiando en compañía de los serafines. El capitán había probado su oxidado inglés pero el religioso le contestó en griego, no el de las callejuelas de Patmos donde creció, sino el griego antiguo, el del evangelio de Lucas que le leía su abuela sin que él entendiera lo que se decía. Todo en él le hablaba de eternidad y de un amor que ningún abrazo le había ofrecido jamás. Se prometió mantener contacto con este hombre de Dios vestido con un humilde sayo blanco y negro. Nunca se había cruzado con un ángel pero este era uno, uno de carne y hueso y con mail… Desde ese encuentro de gracia, que tocó su vida para siempre, el capitán lo llama con regularidad, le consuela saber que tiene una línea abierta con lo divino. Desde entonces el padre Varden es su consejero, a quien hace consultas *in extremis* y cuyas oraciones lo libran del mal, porque en eso sí que cree el capitán. Básicamente el cura hace el trabajo por él.

En la última conversación que tuvieron, Varden le contó con entusiasmo que había recibido una invitación del metropolita de Vladivostok para dar unas conferencias sobre Isaac de Stella, un cisterciense del siglo XII desconocido en la Iglesia ortodoxa. Tal vez el padre Ponce de Polignac podría ayudarlo a encontrar los mares a los que tenía que dirigirse ahora. Nunca le había pedido consejo mundano, pero no conocía a nadie más sabio e inteligente que él, y era el único ángel con el que podía conversar. Así que el capitán se salta su propia regla de no contactar con nadie porque acaban de reiniciar la travesía. Sabiendo que Ponce de Polignac no está lejos, le manda un críptico correo electrónico con una cita en griego del evangelio: «No conociste el tiempo de tu visitación», a lo que agrega en griego moderno: «Pero tú en cambio sí lo conoces: el día del buey alado verás llegar la barca de tu discípulo en el muelle de la cita sin una sombra».

A continuación ajusta la ruta y, al día siguiente, el Quora entra discretamente en el puerto de Vladivostok a la hora de mayor tráfico marítimo y se detiene ante el apartado muelle 44, en desuso, donde no hay un alma. O mejor dicho una sola. Una silueta de un hombre vestido con un hábito blanco y negro, y un cinturón de cuero los espera. Es Ponce de Polignac.

—¡Entendiste el mensaje! —exclama el capitán dejando sin aliento al religioso al envolverlo en un abrazo con sus fuertes brazos.

—A fe mía, ¡qué sorpresa cuando recibí tu mail, Dimitrios! Comprendí que estabas en apuros y que llegarías hoy al puerto de la ciudad. Es la fiesta de San Lucas, «el buey alado» del Apocalipsis… ¡Ya veo que tu abuela hizo una buena catequesis! «Sin sombra» era la hora: el mediodía. Pero ¿en qué lugar? Vladivostok es uno de los puertos más grandes del Pacífico, era buscar una aguja en un pajar… No podía parar de reírme cuando comprendí la frase «el muelle de la cita»… La cita no era el encuentro sino el pasaje del evangelio: Lucas 19, 44. El muelle 19 está enfrente de la policía, así que tenía que ser el 44 que está abandonado. Por suerte la catedral de la Intercesión donde me alojan no está lejos de aquí y el viejo sacristán, que trabajó en el puerto en su juventud, me dio todas las respuestas para entender tus claves.

—No me equivoqué, Ponce de Polignac. Eres el hombre más inteligente que conozco.

—Muy bien, ya resuelto el misterio y contigo aquí, ¿me querrás decir a qué debo el honor de tu visita y cómo es que un humilde abad trapense se encuentra metido en una novela de espías?

—Bueno, cuando te conocí ya te advertí que soy agnóstico y estoy chiflado, por ese orden.

—Sí, eso lo entendí enseguida. Es parte de tu encanto.

—Me perdonarás, pero el tiempo apremia —interrumpe el capitán temiendo que la policía llegue en cualquier momento.

—Yo me he escapado del almuerzo del sínodo de la Iglesia ortodoxa rusa, así que ciento cuarenta obispos y arzobispos me esperan para que les dé una conferencia. Tampoco estoy sobrado.

—Pasa al puente de mando, te lo explicaré brevemente. —El capitán echa fuera a todos y se queda solo con el religioso.

Desde la cubierta los marineros ven que, tras una breve conversación en la que las lágrimas surcan las mejillas del capitán, algo que nunca se ha visto, los dos hombres miran mapas de navegación. Con mucha seguridad, el sacerdote elige uno de ellos y pone el dedo en un lugar que no ven. Luego sonríe. El capitán lo mira asombrado. Ambos hombres bajan a cubierta, el padre Ponce de Polignac les dice a los marineros:

—Los caminos del Señor son inescrutables y también mi presencia hoy entre vosotros. Os daré una bendición especial. —El viento comienza a soplar, el cielo se abre y un rayo de luz cae sobre el lugar.

Los filipinos y los polacos están de rodillas y el resto sigue de pie pero inclinan la cabeza con los ojos cerrados. Cortado por las rachas de viento, Iván Ilich oye al sacerdote impartir la bendición en latín: *Propitiare Dómine... bénedic navem istam déxtera tua... benedícere arcam Noë... mitte sanctum Angelum tuum... perículis univérsis... Qui vivis et regnas in saecula sæculórum.* Todos se persignan cuando el sacerdote dibuja la cruz en el aire.

El clérigo —lo más parecido que Iván Ilich haya visto a un Tintín con hábito— desciende rápidamente a tierra. El capitán comienza a dar órdenes, todos corren a sus puestos, los motores se encienden y el Quora se aleja del muelle. La silueta sonriente del ángel que los ha visitado se va haciendo cada vez más pequeña.

—¿Todo bien, capitán? —pregunta Iván Ilich acercándose a él, que mira el horizonte.

—Sí. Creo que ahora tenemos una oportunidad de salir indemnes de la aventura en que nos metiste.

—Esa es la mejor de las noticias. ¿Puedo preguntarte qué te dijo ese sacerdote? Todos lo vimos llorar.

—No te lo puedo revelar ni a ti. Algunas cosas que escuché son para mi corazón y esas quedan para Dios, y eso que no creo en él. De las que te conciernen te enterarás a su debido tiempo. Solo puedo contarte que vamos a un lugar que te gustará. Lo que te aseguro es que jamás la CIA o el FSB podrán competir con la red de contactos del Vaticano.

SÉPTIMO Y CINCO

El coche funerario con el cuerpo de Milena abandona el hangar del aeropuerto y toma la salida de la ciudad para acceder a la autopista M-11 Nevá que une San Petersburgo con Moscú. Es una carretera de pago recién inaugurada con seis carriles en cada dirección. El cuerpo va en un Mercedes negro y brillante con los cristales ahumados para que no pueda verse el ataúd. Dos horas después de partir de San Petersburgo el coche funerario da la vuelta en un cambio de sentido y regresa a la ciudad.

El instituto forense donde Ígor Petróvich trabaja abre el portón de acceso, y el forense recibe junto a Natalia el cuerpo de Milena. Son las dos de la mañana. Los vigilantes observan entretenidos desde su cabina mientras comen un bocadillo de mortadela local. No le dan la menor importancia al tema, ya que conocen de sobra a la atractiva jefa del servicio secreto de Lozprom, a la que saludan con respeto y a la que han soltado un par de currículos. Todo normal. Con esa normalidad rusa con la que estalla una revolución y la gente se va al teatro o un ejército enemigo sitia la ciudad y la gente se va a escuchar a la Filarmónica. Con la normalidad con la que después de un atentado en la plaza Sennaia los vecinos acuden a la panadería a por un bizcocho.

Ígor Petróvich debe despachar la autopsia furtiva antes de las ocho y media de la mañana, hora a la que empieza a llegar el resto del personal. Nadie debe saber que un cadáver no registrado ha sido examinado. Los guardias han sido sobornados con unas entradas de primera para ver al Zenit, que Natalia recibe regularmente y reparte para facilitar su trabajo. Ígor y Natalia extienden el cadáver en una camilla. Es tan extraño ver a alguien al que se ha tratado tanto así, inerte, alguien a quien Natalia solía condenar su vivacidad. Natalia se siente culpable y piensa esa frase de Biely que dice que la gente como tal no existe, sino que son cosas concebidas. Y efectivamente ella concibió mal a Milena. Nunca le ha parecido una frase tan veraz. No hay nada más irreal que la muerte, que se empeña en existir a pesar de ser negada cada día. Ígor empieza a examinar a Milena, cuyo cuerpo sin alma ya muestra las primeras señales de descomposición en el demacrado rostro. Lo primero que hace el forense es chequear sus manos.

—Aquí están, tal y como sospechaba —dice Ígor muy serio mientras señala un punto con el bisturí.

—¿Los círculos? —pregunta Natalia.

—Mírelos usted misma.

Natalia se acerca. Saca un plástico impreso transparente en tamaño A3 para poder observar mejor los detalles. Es la copia del mapa de Mar. En él aparecen los seis círculos de San Petersburgo. Natalia los coloca junto a la mano para compararlos superpuestos.

—Parecen el mismo —afirma, y aprieta su labio inferior en señal de disgusto. Después pone un triángulo sobre ellos, sobre el que los círculos quedan delimitados, como sugería el teorema de los seis círculos.

—Son el mismo. —Ígor saca una foto y la proyecta en el ordenador. Elige la medida A3 y coloca el mapa encima—. Y coinciden con precisión geométrica.

—¿Un molde?

—No se podría hacer de otra manera.

—¿Seguro? —Natalia insiste en preguntar porque alguien como Serguéi tiene una cabeza prodigiosa y podría hacerlo sin molde.

Está bien entrenado para memorizar, pero si lo ha hecho, quiere decir que ha estado en contacto directo con el molde.

—Es la firma del asesino.

—No puede ser Tomski. Él estaba en una cena mientras mataban a Milena. Tengo vídeos y me sobran testimonios. No fue él.

—¿Y si fuera un crimen de la casa ordenado por él? Esto es un crimen de manual, ya sabe a lo que me refiero. La metodología la conoce de sobra.

—Eso tiene más sentido… pero ¿por qué Milena?

—¿Y si lo estaba chantajeando? —sugiere Ígor.

—Imposible. Ella no era tan estúpida —comenta Natalia mientras se deshace el moño y se lo vuelve a hacer sin necesidad de espejo—. Hay algo importante que se nos escapa en todo esto. Me resulta imposible aceptar que Serguéi haya dado orden de matarla.

—Eso es lo que le toca investigar ahora —añade el forense.

—Si Serguéi le dio los círculos a la española es por algo. Y no solo eso, además le ha dado un teléfono no rastreable. El Monje Negro mata a todos sin dejar pistas pero esta vez manda a un principiante, ¿casualidad? Ella tiene los círculos. —Después hace una pausa—. ¿Sabe cómo se coge a un asesino? Es más fácil de lo que se piensa porque nunca manejan bien sus temas personales: se enamoran, echan de menos, sienten ira o una nostalgia incontenible, de una manera o de otra se ponen en contacto con sus amantes, amigos o su familia y privilegian el amor a su propia seguridad.

—Pues ya sabemos el camino —afirma Ígor.

—La clave está en esa chica —concluye Natalia.

SÉPTIMO Y SEIS

Anna y su equipo de hackers han trabajado a destajo. No han diferenciado el día de la noche, solo han notado las variaciones entre las hamburguesas y los jinkalis pasando por la comida china. Es una líder natural. Sus chicos, y en particular el indio y el chino, la adoran. Puede conseguir que la gente acepte vender nieve en Siberia durante el invierno. Los muchachos han tenido sesiones maratonianas con tecno y heavy metal, y hasta crearon un algoritmo que componía música basándose en las canciones que normalmente escuchaban. En una de las pausas, a uno se le ocurrió hackear el nuevo disco de una famosa cantante americana, que a continuación publicaron en una web solo por hacer el gamberro.

Los chicos de Anna han conseguido resultados una vez más. Anna se complace en contactar con Natalia, a la que siempre deja de buen humor. Anna es el ojo derecho de Natalia porque nunca la decepciona. Se han encontrado solo un par de veces, pero hablan todos los días. Anna es la antítesis de lo que se piensa de un hacker. Es una obsesa del diseño y siempre va impecable. Le gustan las buenas marcas, a las que expolia de productos regularmente. Viste una camisa nueva de popelín en color verde, con un corte asimétrico en las mangas. Aunque suele pasarse con el grosor de la raya de los ojos.

—Han estado como locos buscando un nuevo matemático y al final el que han elegido para sustituir a Ignátov se hace llamar @emmanuel88fuck en la red, en la cual es muy activo. Se cree un iluminado. Es de Kiev, pero estudia en la Universidad de Instrumentación Aeroespacial. Ha obtenido varios premios en competiciones de matemáticas. Viste de cuero negro y lleva un estrambótico bigote como el de Dalí. Es un delgaducho, fuma mucho, un friki al que todo el mundo evita porque va soltando teorías sobre invasiones extraterrestres. Es la antítesis de la brillante Ignátov —explica Anna.

—¿Es quien se ocupa ahora de las ecuaciones? —pregunta Natalia.

—Exacto. Sustituye desde ya a Ignátov, pero al contrario que ella, está muy expuesto en las redes y además es un bocazas.

—¿Y cuál es su encargo?

—Dos ecuaciones.

—¿Tenéis acceso a las ecuaciones?

—No, pero ha comentado que el Espíritu Santo le ha traído una ecuación en un sobre azul y que ha pasado por las inmediaciones de uno de esos edificios grisáceos de la isla de Vasílievski. Lo que quiere decir... —concluye Anna sin completar la frase.

—Que preparan un nuevo asesinato para obtener la... —continúa Natalia.

—Nueva coordenada de la longitud —remata Anna mientras se ajusta los botones de cristal en forma de pez que lleva su camisa.

—Eso es preocupante . ¿Habéis conseguido acceder a sus contactos?

—Todavía no.

—El Monje está muy ansioso —comenta Natalia—. Le ha entrado la prisa. Su contrapunto ha estado matando más que él y eso debe joderle.

—¿Los otros no eran los de la casa? —pregunta Anna mientras sigue las noticias del corazón en el ordenador y chequea el estado impecable de sus uñas.

—Sí y no. No está claro —explica Natalia, la cual concentra su mente en el problema sin mover su cuerpo un ápice. Fija la mirada en el techo.

—El Monje no se ha amedrentado ante los toques de la casa, sino todo lo contrario. Y eso sí que es raro raro...

—Eso parece. Está enfadado. No dejes de seguir al friki. Él no es nadie, solo nos sirve si nos lleva al Monje Negro.

SÉPTIMO Y SIETE

Lena y Mar pasean cerca de la facultad de Lenguas de San Petersburgo, entre el canal Moika y la calle Kazánskaia. Hay largos edificios que hablan de burguesía diseminados en torno a un jardín que conoció tiempos mejores. En invierno el blanco de la nieve se mezcla con las fachadas de color amarillo pastel. Una sombra las sigue. Siempre las sombras. Un gatillo que se prepara, la sangre está a punto de ser derramada. Mar casi puede oler cómo el ambiente se mueve de forma extraña, como pasa en las revoluciones. Algo sucede alrededor, y ella es capaz de sentirlo pero no de explicarlo. Mar ve a lo lejos la masa de gente en la avenida Nevski y piensa en Biely y cómo él veía en dicha avenida un mecanismo deshumanizador. Todos los hombros formaban una masa que fluía viscosa y lenta, a la que el hombro de su prisionero político Aleksandr Ivánovich quedó pegado. Obedeciendo las leyes de la inseparabilidad del cuerpo, él siguió al hombro; y así fue engullido por la avenida Nevski. Mar se acuerda con tristeza de Ignátov, pegada al hombro del sistema, que tarde o temprano se la tragará.

Mientras pasean por los jardines discuten animadas sobre chicos, sobre el choque cultural y climatológico, de los sitios de vacaciones y de los mares de Rusia. Lena pertenece a la generación nacida después de la perestroika. Habla varios idiomas y sigue las noticias nacionales e internacionales en internet. No le interesa la política y cuando aparece el presidente cambia de canal. Le encanta hacer turismo en países extranjeros y sueña con poder comprarse un pequeño apartamento en Alicante, como el que tienen los padres de su mejor amiga. Es de las que encuentran citas en redes sociales. De hecho, así ligó con su novio. Lee muchísimo menos que las generaciones anteriores y su televisor tiene una pantalla gigante. Va al teatro ocasionalmente, muy al contrario de lo que hacen las *bábushkas* criadas en la era soviética. En cambio, le gusta ir al cine a ver la última película americana de moda. La enfada que los chicos de ahora no sean lo bastante corteses para pagar la cuenta y critica a Rusia sin imaginar siquiera que pueda resultar antipatriótico. Ella es confiada y simpática. Aunque es más joven que Mar, ella se siente más cómoda con Lena que con alguien de treinta años. Las chicas se cuentan sus vidas a medias. La conversación se interrumpe cuando Mar recibe una llamada de Serguéi.

—Te espero en el Astoria —dice él. Le hubiera gustado decirle cuánto la desea, cuánto la necesita. Pero no comenta ni lo uno ni lo otro. Le parece exponerse demasiado, y él es hombre de hechos y no de palabras. Quiere verla antes de su encuentro con Oleg, así tendrá la energía que ahora le hace falta.

Las chicas caminan cerca de la facultad de Economía en el canal Griboiédov. El cemento de la acera está habitado por nombres de putas pintadas con su número de teléfono: Ania, Tatiana, nombres en blanco. Llegan a los cuatro grifos negros de alas doradas que custodian el pequeño puente del Banco. Lena toma una foto de Mar. Como cada transeúnte por allí.

En la mitad de la estrecha calle se para un coche. De él sale una mujer morena de pelo rizado y ojos azules inusualmente pequeños. Es muy elegante, lleva un vestido ajustado y un abrigo de visón marrón de tres cuartos. Parece una de esas señoras que entran al centro comercial Gostiny Dvor en la avenida Nevski y salen cargadas de bolsas, como si tuvieran que renovar todo su vestuario en un día, pero que a la vez regatean cien rublos extra a la limpiadora, no pagan la comunidad porque creen que el portero ve la tele mientras trabaja y se quejan de las confianzas que se toman las empleadas domésticas hoy día.

La mujer está parada al lado del vehículo. Otros coches esperan detrás, pero da lo mismo. Se queda mirando a Mar, que ríe con la última gracia de Serguéi, que ha vuelto a llamarla e insiste en llevarla al Astoria a pasar la noche para que el sexo les sepa aún más fresco de lo que es. Pero la señora de enfrente sigue allí y Mar por fin la reconoce. Es Galina, la esposa de Serguéi ante los hombres. Se quita su elegante sombrero para que Mar pueda verla mejor, su mirada es una mezcla entre la insolencia y el dolor, en un punto que no se sabe cuál de los dos está más presente. Mar espera a que se acerque. No lo hace. Lena no entiende lo que pasa, pero sabe que la mujer de enfrente es rusa y rica, y que tiene asuntos pendientes con Mar. Mejor no preguntar ni enterarse de qué va todo eso. No quiere cambiar de opinión sobre su amiga extranjera, a la que aprecia tanto.

Mar le echa valor y se acerca a ella. Le da la mano, que Galina acepta. Entonces Mar le indica el puente, para dejar libre la calle, porque los de atrás se impacientan. Lena espera en la acera contraria y mira el teléfono para ser discreta. Galina observa a Mar con desdén. Ha venido vencida por la curiosidad. Necesita poner un rostro a sus pensamientos. Ella, que es práctica por naturaleza, no se resignaba a pensar en un fantasma. Quería conocer a la nueva amante de su marido en persona, la que le disputa su lugar de esposa, lo que ninguna antes. Esa que está cambiando a Serguéi y que parece haberle dado la vuelta como a un calcetín. «Es bella, pero no es vistosa», piensa Galina al verla. La normalidad de Mar parece que le choca. Está claro que se la esperaba de otra manera. Con tetas y labios operados. Con tacones de quince centímetros.

Galina piensa a mil por hora. «Serguéi, Serguéi... yo que te dejo hacer lo que te dé la gana, yo que te dejo acostarte con quien quieras con tal de que te pongas preservativo, ¿a qué viene esto de traerme a una extranjera con cara de muñequita inocente como la que tengo delante? ¿Es que no hay suficientes mujeres hermosas en Rusia? Tus extravagancias, Serguéi, no tienen límites. Quizá me equivoqué. Si te hubiera sujetado más las riendas, en vez de una europea, aunque sea muy guapa, me hubieras traído una yegua azerbaiyana. Al menos las de allí saben callarse y respetar a los rusos. Me molesta la frescura de esta chica. Es, sin lugar a dudas, una mujer enamorada. Mírala. Se cree que tiene alas y, siendo alada, que está en el cielo. Aún no ve el fuego del infierno detrás de ella. La pobre no sabe dónde ha caído. Tu mundo es complicado, Serguéi, y tú lo eres todavía más. Solo yo sé entenderte, pero tú te has olvidado. A ti no te conviene una mujer que te pida amor, a ti te conviene una mujer que lo único que te pida es dinero. Lo demás no es tu estilo. A ti te gusta fanfarronear sobre tus mujeres y con esta te quedas corto. Esta niña ha crecido con el tufo del feminismo en la escuela. No te conviene. En cuanto te descuides, te pone a fregar los platos. Y en cuanto se sienta segura, querrá que cocinéis vosotros en vez de la cocinera, y terminará pidiendo que lo hagas tú. Esta va de progre pero ha olido tu dinero y va a por él. Se acostumbrará pronto a la buena vida que le ofreces y no querrá salir de ella. Pero en cuanto eso ocurra, tú perderás el interés en ella porque la verás como las demás. Tú te debes a la familia, Serguéi. Podías follártela hasta hartarte. Yo te esperaría en casa con la mesa puesta, aunque creo que para eso ya es tarde».

Galina no para de cavilar. Intenta adivinar si de verdad pretendía quitarle el marido desde el principio o si esta es como las otras. Le ocurre algo raro. Se ha puesto a imaginarse a su esposo haciendo el amor con ella. Mar parece totalmente abierta y entregada. Se ríe. Cuando el paraíso llegó a Galina y Serguéi, fue más normal. Sexo al acostarse, un par de veces por semana durante media hora. Siempre empezaba por sus tetas, que son tan generosas. Serguéi las acariciaba durante unos diez minutos, después se las comía poco a poco. Las apretaba con las manos, chupaba más fuerte, hasta que bajaba a su sexo. Galina se pregunta qué comerá con la extranjera dado lo pequeñas que las tiene en comparación. Pero sus pechos dejaron de excitarlo. La lujuria de su marido se quedó para las vacaciones, cuando iban a algún lugar en el que hiciera calor. En Turquía, por ejemplo, a Serguéi le dio por penetrarla por detrás, en el baño, mientras ella se maquillaba. Entraba con cualquier excusa, la agarraba de la cintura, después le bajaba la falda, le tocaba el sexo. Cuando estaba a punto, la penetraba y no tardaba en llegar para no ir tarde a la cena. Como a Galina le disgustaba tener que limpiarse cuando ya estaba casi arreglada, decidió cerrar la puerta del baño con llave. A ella siempre le había gustado el sexo, ¿cómo había cambiado tanto? Cuando el sexo se convirtió en un servicio más del matrimonio, a ella también dejó de interesarle. Por eso le deja ir con otras, para evitarse el servicio que por costumbre le debe proveer ella. Y ahora Serguéi se ha hartado del sexo transeúnte, y necesita un sexo por hogar. Quizá es porque se está haciendo viejo, o porque puede comprar todo menos eso.

—Me divorcio de él. Ayúdame a que sea fácil —le dice Galina, para que él no se agarre demasiado a lo que tiene y suelte lo que debe soltar.

Mar se queda petrificada y ni siquiera atina a contestar. Galina se da media vuelta y busca el coche mientras recibe una llamada de Ayesha Vardag, la «diva de los divorcios» en San Petersburgo, una abogada especializada en desplumar cónyuges con patrimonios millonarios. A pesar de ser mayo vuelven a caer ligeros copos de nieve que se convierten en agua al llegar a su nariz. Los otros copos caen al canal y son arrastrados por la corriente grisácea, recién despertada de lo que queda del invierno, bajo los dos grifos dorados del Griboiédov. Galina no puede evitarlo, siente tanta rabia, quiere que Serguéi muera, que muera pronto, que haya mucha sangre y que se vaya de este mundo con el miedo y el dolor dibujados en su cara. Ella quiere acudir a su entierro con un vestido monísimo que ya ha elegido y no ve la hora de estrenar… Sí, vestirse de negro, ponerse las gafas negras Flora de Bvlgari que compró la última vez que estuvo en Milán, con patillas de oro y diamantes incrustados. El entierro es la ocasión perfecta para lucir ese ajuar en las portadas de las revistas sociales. Quiere estar espléndida para recibir el pésame de los conocidos y usar pañuelos de seda negra para secar lágrimas inexistentes. Asistir digna y altiva al funeral con su hijo a su derecha con traje y corbata de raso negro. Tener el pelo perfectamente peinado por su peluquera a domicilio para poder despedir con estilo a Serguéi antes de que parta varios metros bajo tierra acompañado de las oraciones del pope. Todo por ese orden. Galina encarna perfectamente la Sofia de Biely, una dama en la que se oculta una delincuente, pero si se llegara a consumar el delito, «en el alma de la dama no quedaría nada más que santidad». Justo cuando su coche se acerca, Galina vuelve a girarse inesperadamente.

—Sé que Serguéi te ha citado en el Astoria. No vayas —le dice a Mar, y se va.

SÉPTIMO Y OCHO

El barco llega a las proximidades de la isla de Koror, una de las más de quinientas islas del archipiélago de Palau, en el estado de Micronesia. El capitán sabía muy bien a dónde se dirigía. Las estrellas y los rezos de su amigo Varden le han guiado hasta allí. El capitán adora los países isleños porque se siente en casa. Todo aquí le recuerda a su Grecia natal. El color de sus aguas turquesas e impolutas también. Las playas blancas y las palmeras dobladas al agua hacen del lugar un paraíso. Pero el capitán no entra a puerto. La tripulación lo mira de reojo por quedarse quieto en aquel mar de ensueño. La costa los llama para darles la tierra que necesitan. Los muchachos sacan una improvisada escalera y se bañan en el mar. También hacen buceo y esnórquel y exploran ese edén submarino donde abundan maravillosos arrecifes y pululan anémonas, tortugas, mantarrayas, tiburones, los míticos nautilos y cardúmenes de peces de colores que interpretan una fantasía cromática que ninguno de ellos ha visto antes. Pero nadie pregunta qué hacen a una distancia en la que el manto verde de la tierra es visible. Exacto, nadie pregunta. Agradecen el buen tiempo y las noches de calor, las siestas en calma y las apuestas con las cartas.

Iván Ilich sigue las sesiones de filosofía entre juegos de mesa por las tardes. Siempre paran quince o veinte minutos para ver la puesta de sol. Los días pasan como hilos mágicos por el barco, los lía, los enreda y, en consecuencia, todos los miembros de la tripulación se van uniendo unos a otros. Cuando menos se lo esperan, se dan cuenta de que son algo parecido a unos nuevos hermanos.

Iván sigue haciendo las labores de mantenimiento en el barco. Su ingenio y su mano eficiente está por todas partes y todos se lo agradecen. Hoy le ha tocado la sala de telecomunicaciones. Nadie lo ve. Iván bloquea la puerta de la sala en el rato en que los marineros disfrutan del mar. No se puede resistir y hace una llamada al centro del oceonio. Es el último sitio al que sus cazadores piensan que él puede llamar. Pero es el lugar que conoce mejor que su propio cuerpo: él mismo estuvo trabajando con los expertos en su sistema de seguridad. Ania coge el teléfono.

—¡Iván Ilich! ¡Estás loco! ¿Qué haces llamando aquí? Te están buscando por todas partes.

—Sé que puedo confiar en ti porque te conozco desde hace años. Aunque eres ambiciosa no vas a delatarme. ¿Cómo está mi hijo? —pregunta Iván con ansiedad.

—Ha nacido y está bien, según me han contado. Consiguió sobrevivir como tú. —Ania no quiere echar más fuego a la escena de la escapada de la cápsula, pero debe contarle las consecuencias—. Me interrogaron día y noche. Me lo hicieron pasar muy mal. Me alegro de que no me dijeras nada. No hubiera aguantado sin hablar.

—Lo siento mucho. No pude más. Si volviera atrás, seguramente no lo haría, pero ahora es demasiado tarde.

—¿Para qué has llamado?

—Para pedirte tu silencio y un gran favor.

Tras explicarle lo que desea, cuelga y se echa a llorar, aunque ya lloraba antes de hacerlo.

Un día por la mañana temprano llega una lancha y sube a bordo un señor entrado en años con tres asistentes. Es un sujeto del este de Europa que parece conocer al dedillo la región y se hace llamar «solucionador». El capitán le estrecha la mano cordialmente. Por lo visto es amigo de Ponce de Polignac, según cree entender Iván por lo que escucha. El capitán y el solucionador se encierran a hablar. Al cabo de una hora más o menos salen y se despiden. El semblante del capitán aparece relajado por primera vez desde que llegó Iván. Pocas horas después, varios trabajadores llegan y se ponen a pintar el barco. Cambian el nombre, la bandera y la matrícula en tiempo récord. Necesitarán varios días más para rematar el trabajo. La tripulación observa con perplejidad la parafernalia, pero no hay todavía nadie que se atreva a preguntar de qué va todo eso.

La pintura y la identidad nueva se han consolidado y entonces el capitán da la orden de atracar. Entran a puerto y parece que el solucionador católico ya se ha asegurado de ablandar los requerimientos de las autoridades. La tripulación puede bajar del barco por primera vez y el júbilo se contagia en los pasillos. Alguien hace llegar un sobre al curtido intermediario, pero él toma solo lo necesario para pagar los sobornos en tierra; el resto lo devuelve porque los amigos de Ponce de Polignac son también amigos suyos.

—Ya sabéis las reglas —recuerda el capitán a los muchachos antes de desembarcar.

—¿Cuáles son? Supongo que también se aplican a mí —pregunta Iván Ilich, cuando el capitán ha terminado de dar el discurso preceptivo a su gente.

—Quien quiera afecto o desahogo, que no lo pague con dinero sino con atenciones —explica el capitán—. El que se drogue o se emborrache no sube a bordo. Y las broncas son solo defensivas.

—¿Y eso no se aplica a mí?

—Tú no necesitas saber lo que define a un hombre —explica el capitán.

El capitán e Iván Ilich desembarcan con los demás. Caminan sin mediar palabra. Observan el jaleo del mercadillo callejero. El trapicheo de la isla les parece ajeno en esa calma que han adquirido durante semanas en el barco. El capitán está nervioso, mira de lado a lado: sabe que tiene enemigos poderosos. Esta vez Iván Ilich no necesita preguntar. Se sientan en un bar de playa hecho de palos y harapos en el que pueden sentir la arena bajo sus pies.

—¿Estás seguro de que no quieres entregarme? —pregunta Iván apenado por la situación, sin quitarse el halo de culpa que le corroe por dentro.

—Todos estamos decididos a no dejarte caer —responde el capitán, y le da un golpecito en el hombro como señal de amistad cómplice.

—¿No tienes miedo? —pregunta Iván Ilich.

—¿De qué vamos a tener miedo, ninguno de los míos ni yo, con todo lo que el mar nos ha enseñado?

—¿Cuál es el plan?

—Empezar una nueva vida. Aquí, haciendo lo que mejor se nos da: pescar.

—¿Y la familia?

—Tendremos que aprender a vivir sin ella —afirma muy convencido, aunque en su caso no es un problema puesto que su esposa lo abandonó hace años para vivir con un pescador de orillas en Lumbarda, en la costa croata.

—Vas a ser más buscado que Bin Laden.

—Pues habrá que aprovechar los momentos que la vida nos dé —concluye el capitán.

Siguieron paseando hasta que la noche los llamó al sueño. Cuando caminan hacia el barco, dos hombres de apariencia asiática, vestidos de negro, les cierran el paso cerca de un callejón y los obligan a entrar en él. Con algunas figuras de arte marcial les hacen entender que no se trata de un juego. Al fondo del callejón alguien más los espera. Todos están armados. Saben lo que vienen a buscar.

SÉPTIMO Y NUEVE

Serguéi y Mar siguen al teléfono. Se quedan en silencio durante un rato. El silencio se pega en todas partes: a la alfombra del despacho de Serguéi, que ahora ya no brilla; al sofá, que ahora parece sucio.

Él no es sincero y no le cuenta su día. No le dice que después de la discusión con su esposa se fue directamente a la oficina con el pecho oprimido. Serguéi nunca tuvo miedo del fondo del mar. Por eso nunca está atento ni a la presión ni a las estepas marinas. Él es marino de nacimiento, soldado de nacimiento, amante de nacimiento. Él solo teme la pobreza. Lo demás es un mal menor.

Cuando Serguéi llegó esa mañana a la oficina, el pelma de Poliakov lo estaba esperando. Traía novedades. Los chinos todopoderosos están cabreados. Muy cabreados. Han estado extrayendo oceonio, pero la fórmula robada a los rusos, en concreto a Serguéi Andréievich Tomski, no permite producir energía en cantidad suficiente. El producto se consigue con lentitud y resulta de poca calidad. Falta un elemento. Los espías informáticos de Pekín se pasean ahora por el sistema de Lozprom cada día a ver si pescan algo mejor. Es impensable que los rusos hayan montado ese circo para un combustible que es peor que la turba, un carbón de mala calidad y mucho más barato de obtener. Poliakov le habla de crisis internacional, pero Serguéi se tiene que morder la lengua para no preguntarle qué tal le va con su propia esposa. Poliakov sube el tono de voz. Serguéi le corta. Poliakov ha pedido su cabeza a quien lo quisiera escuchar, desde el presidente hasta el secretario de Turismo. Como forma parte de la rutina, Serguéi tampoco se preocupa esta vez.

—No sabía que tuviera usted una historia de amor con los chinos —le dice a Poliakov, mientras toma el segundo té negro del día—, sobre todo si resulta que no es correspondida. Noto que ha iniciado muchas historias de amor últimamente. Espero que las otras vayan mejor que esta…

—Usted se ha estado guardando información todo este tiempo. Quiere que el oceonio sea solo suyo. No va a meterse en el bolsillo el futuro de Rusia. No voy a permitírselo. No crea que a partir de ahora todos vamos a depender de usted.

—Vaya, vaya, vaya… Tanta moralidad y no nos habíamos enterado… como siempre con dos cucharadas de azúcar. Le recuerdo que debe ponerse a dieta, además ya sabe que la diabetes es fatal para los revolcones. —Y le ofrece una taza de té con una sonrisa doblada, casi una mueca—. Pero esta conversación ya la hemos tenido antes,

¿no es así? Sinceramente empieza a resultarme un tanto repetitiva. Esperaba algo más original por una vez.

—Tenga cuidado, Serguéi Andréievich, tenga mucho cuidado. Que no se le suelte la lengua. No solo tiene enemigos dentro, sino fuera. Hasta el texano Ray Rex va a por usted. Queda avisado.

—Pensaba que venía a contarme algo que no supiera. ¿Va a decirme de una vez la verdadera razón de su visita? —pregunta Serguéi directamente.

Poliakov se pasea por el despacho de dimensiones casi faraónicas con las manos atrás, resopla como un caballo. Efectivamente ha ido a restregarle una nueva información, pero al ver a Serguéi tan seguro de todo lo que hace, ha dudado en hacerlo.

—Mi gente está a punto de cazar a Iván Ilich —se atreve a decir al fin.

—¿Es por la llamada anónima esa que recibió su mujer?

—Sí.

—Puede ser de cualquier sitio.

—Iván no ha podido resistirse a llamar. No tiene otra manera de saber si su hijo está vivo. Imagínese el infierno que debe suponer para un hombre que quiere ser un buen padre vivir sin ningún tipo de información sobre su pequeño recién nacido.

—Contactará tarde o temprano, pero no ha sido él. Sabe que estamos siguiendo a su familia y nunca la pondría en un aprieto.

—Mi gente está convencida de que llamaron a su mujer desde un barco. Que yo sepa, la esposa de Iván no tiene ni familia ni amigos que sean marinos, ni siquiera que vendan pescado.

—Es una falsa alarma. Ya lo hemos verificado.

—Siempre un paso por delante, ¿no, Serguéi Andréievich? Pero resulta que se equivoca.

—Buscará otra manera de llegar a ella, pero no cometerá otra imprudencia después del numerito de la cápsula.

—No es ninguna imprudencia, se llama ineptitud en el manejo de una misión de alto nivel —acusa Poliakov—, y esa es de usted.

—Voy a asomarme a la ventana. Tengo que apartarle de mi vista unos segundos para pensar —dice Serguéi a Poliakov mientras se pone a mirar los papeles que lleva en la mano, y hace como si estuviera solo.

—Está en grave peligro, Serguéi Andréievich. Cuídese.

SÉPTIMO Y DIEZ

Unos nubarrones anuncian una gran tormenta. Mar camina hacia el Astoria. Mira las caras de los transeúntes. Se pregunta por las enigmáticas palabras de Galina. Cuanto más se acerca a la catedral de San Isaac, más siente dentro el zapateo al viento de banderas rojas, como advertía Biely. El destino se está alzando en armas para exigir cambios. Hay jaleo por allí, un gran grupo de jóvenes prepara un *flashmob* con disfraces de dominó rojo, según le cuenta alguien.

Para calmar el desasosiego, empieza a recordar las cosas buenas que ya ha tenido. Y sonríe mientras piensa: «Me he acostado en las camas de hoteles lujosos. He conocido el lujo hasta sentirme cómoda en él. Sé utilizar los cubiertos de forma exquisita (aunque la comida nunca me sabe tan buena como cuando me siento libre y en casa) y saludar al personal del hotel como si fuera una aristócrata. Manejo el *charme* de las estrellas de Hollywood, llevo ropa cara como si me la mereciera y para las grandes ocasiones he creado un ego repulsivo que parece ser humilde, como tienen los ingleses. En fin, he desarrollado una personalidad que guardo en el armario y puedo vestir cuando me viene bien. Pero a pesar de haber alcanzado ese punto, tengo el orgullo de afirmar que hasta hoy he sido capaz de desandar las calles del fasto, de olvidarme de él hasta el punto no solo de no echarlo de menos, sino de ignorarlo por mucho que me llame. En esos lechos anónimos he vislumbrado que la culpa pertenece al diablo y no a Dios. He sabido que no tengo obligaciones morales con las personas que no desean lo mejor para mí. Ahora recuerdo que leí algo parecido en boca de una de las mujeres de Tolstói, una dama que acompañaba a Kreutzer en un tren y que el escritor maltrataba apartándola de la historia».

Mar llega al Astoria. Desde que el hotel nació para la celebración del tricentenario de los Románov, los acontecimientos históricos del país le cayeron encima como una losa. Mar entra con cierta timidez en el edificio de piedra y se siente sobrecogida por las baldosas de mármol beis relucientes, el lujo sobrio de su decoración, las lámparas de cristal tallado en forma oval. Observa el vestíbulo por si hay alguna manera de ver el siglo XX. Le gustaría escuchar lo que se dijo en los pasillos del hotel sobre el hundimiento del Titanic, le encantaría ver pasar a Rasputín tomando el ascensor con cualquiera de sus amantes casadas, le gustaría cruzarse con Nicolás II y hacerle una reverencia, y también oír las palabras de Lenin desde el balcón al estallar la Revolución. Se inclina para ver el largo del corredor, y allí cree vislumbrar a Bulgákov de luna de miel con su mujer Elena. Diríase que está escribiendo en alguno de los sillones dorados una página de su novela *El maestro y Margarita*, traicionando a San Petersburgo por Moscú. Mar husmea para encontrar el salón de invierno, que era el lugar donde Hitler soñaba celebrar la toma de Leningrado. Pero en vez de eso, lo que ve es a una estrella de la televisión norteamericana, que pasea sus pechos y glúteos inflados y que sale en las noticias cada vez que dice una necedad cuando estrena vestido en alguna de las numerosas galas que sirven para autopromocionarse. Excepciones a la teoría darwinista de la evolución.

Uno de los botones se acerca a ella y le pregunta si es la señorita Mar Maese. «Sí, soy yo», responde inquieta. «La están esperando», le comunica. Después le pide que lo siga y la lleva a uno de los ascensores revestidos de espejos. Cuando camina detrás de él, cree ver pasar a Oleg a lo lejos; va vestido rarísimo, lleva un traje de dominó rojo, como el personaje Nikolái Apolónovich de Biely. Mar cree que son alucinaciones, y parece claramente que lo son.

—¡Oleg, Oleg! —grita en medio del vestíbulo, pero el ucraniano ya ha desaparecido, si es que alguna vez estuvo allí. Todo aquello es tan extraño. Su cabeza empieza a fallarle. El ambiente hierve y nadie parece verlo.

Después vuelve su atención al botones. Resulta tan imponente con su uniforme, que olvida que ella va de firma y está a la altura de los clientes habituales del hotel. Él a su vez le comenta: «Bonito abrigo», y ella sonríe, y se lo cierra para que sea lo único que se vea y lucirlo más. Cuando llega a la puerta de una habitación, él le entrega la vieja llave de bronce después de asegurarse de que abre y cierra correctamente. Se despiden. Mar entra en la suite del último piso. Es enorme, de decoración muy neutra y amplias ventanas, desde las que se puede ver el canal Moika, con sus distinguidos edificios de baja altura con caras rosa, naranja o amarillo pálido. Busca a Serguéi, pero no está. Se ducha y se mete en la cama, comienza a leer un libro, pero no resiste la tentación y llama a Oleg para ver qué pasa. Oleg no tarda en contestar.

SÉPTIMO Y ONCE

Serguéi llega al hotel Astoria. Entra con paso seguro, no se deja deslumbrar por la decoración, ya que está acostumbrado a los hoteles que visita a menudo en Asia. Hoy día está poblado por una mezcla de gente de pose y truhanes de variado pelaje. Observa el vestíbulo y ve parte de la escoria que ha dejado el siglo XX. Los que no son habituales de estos hoteles, no se darán ni cuenta de su presencia. Por allí pululan los conseguidores, que deambulan en los pasillos. No siente curiosidad por lo que charlan entre sí. Con mirarlos se le acercarán y podrán conseguirle una mujer u hombre para pasar el rato, para alquilarlos un año o para casarse. Ofrecen sexo duro, blando o masajes con alivio. Vírgenes o novatos, niñas o maduras; solo es cuestión de dinero. Si al potencial cliente le van los hombres, todo es posible, y si le gustan los efebos imberbes, también. Traen droga si hace falta, de cualquier clase y la cantidad necesaria. Pueden conseguir un arma en menos de una hora y se les puede encargar una copia de todos los mails que envía una esposa o la última amante. Si se quieren grabaciones de lo que habla el enemigo, tardarán unos días más. Se puede encargar una paliza a un contrincante y hasta un crimen perfecto. Aquí, como en todos los lugares del planeta, existen estas posibilidades porque se concentra mucho más dinero del que se necesita.

Ningún botones se acerca para no molestarle y Serguéi entra confiado en el ascensor cuajado de espejos. Nota que la solapa de su chaqueta no está en su sitio y eso lo irrita. También nota que un pelo ha caído en su hombro y se pregunta qué pasa. Pulsa donde debe pulsar, va a donde debe ir. Está orgulloso de su traje de lana merino de Loro Piana, su reloj Patek Philippe, su corbata hecha a mano de Marinella, la apariencia que no puede permitirse todo el mundo. Llega al final del pasillo, llama a la puerta con la cortesía de las personas que saben estar, quiere que ella vea que es respetuoso en cada detalle. Mar se levanta para abrir. Él recoge el gran ramo de rosas que ha encargado y que han dejado en un pedestal al lado de la puerta. Pero no le da tiempo ni a entregárselas. Se besan, se desnudan, se abrazan hasta calmar el síndrome de abstinencia que tienen cuando se separan. Después de hacer el amor, toman una ducha juntos, se colocan el batín del hotel, él llama a recepción para que la comida no tarde más de quince minutos en llegar. Sabe el trato que se merece un cliente como él.

Al poco entra el servicio con la cena. Primero disponen la mesa. Cubiertos de plata de Christofle, copas de cristal de Bacarat. Luego, cuando los cubreplatos son retirados, Mar descubre tortilla de patata, gazpacho, jamón ibérico y queso manchego. Después sirven vino de Rioja. Mar grita de alegría y aplaude como una niña. Ella lo besa excitada, se pone a comer con glotonería, tanto que él no se atreve a tocar nada y además no para de reírse. De pronto cruza su mirada con el robusto camarero, que la observa fijamente antes de salir, y ella siente que algo va mal.

—No dejes nada en el plato, que en esta ciudad es de mala educación. Recuerda que durante el cerco de Leningrado no se comió durante novecientos días. ¿Todo va bien? —pregunta Serguéi.

—No sé, ¿por qué el camarero nos miraba así? —interpela ella.

—¿Cómo?

—Raro.

—Estás muy nerviosa. ¿No quieres probar el jamón de bellota? Me han dicho que es el mejor.

—Ese hombre buscaba algo.

—¿Quién?

—El camarero no parecía un camarero. Era muy torpe y ni siquiera nos ha hecho la cata del vino.

—¿No será que se me ha olvidado darle una propina? —Él come un poco y deja que ella se llene, mientras toma pequeños trozos solo para probar—. ¿Sabes por qué te he traído aquí? Quería que vieras esto… —La lleva a la ventana—. La estatua del caballo tiene una historia divertida. Cuando acabaron el palacio que está detrás, la princesa lo rechazó porque dijo que no quería tener que ver el trasero del rocín y su jinete, por lo que nunca usó el palacio construido para ella.

—Escenifica mucho la opulencia inmerecida de vuestra aristocracia —responde Mar.

—¿Ves al *Caballero de Bronce*, allá a lo lejos…? Pero ¿qué te ha pasado hoy? Tienes las manos heladas. Tú nunca tienes las manos frías.

—Ha venido a verme Galina. En fin, prefiero no hablar de lo que ha pasado. Debe de ser muy duro para ella. No sabía que te estabas divorciando. ¿Es que yo no debería saberlo? Hasta eso es un secreto entre nosotros —comenta Mar.

—Lo sabrás cuando finalmente firmemos, no es necesario adelantarse.

—Prefiero estar informada.

—No nos toca hablar de eso todavía —comenta Serguéi—. Estoy harto de tener una vida incoherente. Por una vez quiero hacer las cosas bien.

—Serguéi… —Mar le da un beso muy suave—, estás en una edad muy mala para tener una esposa aburrida. Si tuvieras diez o quince años más serías afortunado, pero ahora no necesitas compañía sino una compañera. No puedes vivir todavía sin emociones fuertes. —Hace una pausa—. Yo no soy neutral y no debes oírme. —Pero Mar dice lo que su cabeza le dicta, y no se le da bien guardarse lo que piensa—. También me ha parecido ver a Oleg en el vestíbulo. ¿Sabes algo de eso?

—¿Por qué debería saberlo? —retruca él la pregunta.

Serguéi está nervioso, pero no se retira a mirar su teléfono ni su portátil ni su tableta. Vuelve a ella y apoya la cara en su nuca, se enreda en los matojos de su pelo dorado. Respira profundo en su cuello, mezclando el oxígeno con el sudor dulzón que desprende.

Deja pasar unos minutos y después se levanta de repente. Las agujas del reloj están en huelga y claman la revuelta. Un minuto pasa con un esfuerzo atroz, seguramente por descuido. Él se va al salón de la suite, se sienta cerca de la ventana a reflexionar. Es una costumbre que tiene desde niño, bien documentada en su expediente desde hace mucho. Le gustaría volver a fumar, pero lo dejó hace tiempo y le da pereza empezar de nuevo.

Mar también lo contempla desde la esquina junto al reloj de pie que dicta las seis y diez de la tarde, hora par. Ella no dice nada, sabe que no debe interrumpirlo en su soledad buscada. Fuera las nubes pasan veloces tiradas por el viento lleno de cordeles tensados. El galope parece escucharse en el tráfico desde la calle Bolshaia Morskaia o Gran Mar. El mar otra vez, el mar siempre, y no es casualidad porque las coincidencias solo existen para los tontos, que no se han enterado que ocurre lo que tiene que ocurrir. El demonio, seguro que es el demonio el que se pasea a sus anchas en las avenidas grises, en la cúpula dorada de San Isaac.

La imponente escultura del *Caballero de Bronce* que está enfrente lo observa en uniforme de gala y parece advertirle de algo. El *Caballero de Bronce* se ha convertido en el huésped metálico, incandescente a la luz, abrasador, bermejo, como lo describía Biely, se caldea hasta llegar al rojo vivo; y se derrama sobre Serguéi Andréievich Tomski en un torrente deslumbrador, alumbrando sus venas. Entonces un murmullo salido de la nada, ensordecedor, hace acto de presencia en medio de la pareja. Tras él la habitación da vueltas y vueltas, y cae peldaño a peldaño hacia el abismo. Un olor a cal hervida se esparce hasta los frescos del techo. Un grito llena la estancia. Un do sostenido, un do, debe ser un do, porque tiene un perfecto equilibrio en el aire con siete sostenidos que parece no acabar. Serguéi se toca el pecho cubierto de sangre. Mira atónito el agujero de la ventana, redondo y perfecto, que ha atravesado el cristal doble pero que no lo ha roto.

La butaca cerca del alféizar tiene ahora un rojo intenso sobre el terciopelo gris azulado. Serguéi levanta la mano, se la mira para cerciorarse de que todo aquello está ocurriendo, le está ocurriendo a él. Le han pegado un tiro y encima es mortal. Vaya mierda tener que recordarlo ahora. Mueve los dedos para saber que aún puede moverlos. La sangre sigue saliendo, mientras Mar llama a emergencias y después contacta con recepción, a la vez que le toma la mano. Después le tapa la herida con una de las servilletas de hilo y hace presión porque le suena que es como hay que proceder. Y empieza la espera, los segundos que se empeñan en ir despacio. Nada pasa y muchas cosas deberían estar pasando, como que un médico le preste asistencia, pero el tiempo se ha quedado atrancado en esa maldita suite.

Alguien a lo lejos se ha acercado al Moika, que está a pocos metros del hotel, camina por las aceras lucidas de granito colorado, pulido por el tiempo; ese alguien pasea con traje de dominó rojo, quizá ha visitado a una amante que podría llamarse Sofía, qué más da, y tira algo metálico al río, parece una pistola.

SÉPTIMO Y DOCE

Natalia está en su despacho en la sede de Lozprom. Trabaja junto a la policía en la caza de Oleg, principal sospechoso en el atentado a Serguéi. Tiene un chupa-chups en la boca porque de alguna manera debe calmar la ansiedad. Habla por un pinganillo mientras mira tres pantallas a la vez. Se ha conectado a los monitores del control del tráfico y no para de mirarlos. Algunos muestran imágenes en tiempo real mientras que otros enseñan vídeos de la escena del crimen.

—¿Todavía nada? —pregunta Natalia.

—No, pero lo tendremos —dice Anna—. Deberías aprender cualidades de los hackers, por ejemplo saber esperar.

—No se ha podido desvanecer, y más vestido con un traje así —comenta Natalia mientras se saca el chupa-chups y empieza a beber té a pequeños sorbos para tener la boca entretenida.

—La *flashmob* convocada en la plaza de San Isaac de gente vestida de dominó rojo como Nikolái Apolónovich, el personaje de Biely, no ha ayudado. La idea de convocarlo es simplemente genial.

—¿Sabes ya quién lo organizó?

—¿Todavía me lo preguntas? ¿Lo has olvidado? El friki de @emmanuel88fuck. Estabas avisada.

—Lo sé, pero desde que seguimos a ese tipejo no ha dejado de hacer chorradas, desde dirigir una reunión de mutantes hasta un desayuno sin ropa para hablar de la influencia de los agujeros negros en las ataduras de nuestra sociedad, sin contar con la charla sobre la caída del Imperio romano a manos de extraterrestres. Pero tienes razón, debería haberte escuchado.

—Cuando lo detengáis, avísame. No quiero perderme el interrogatorio. Va a ser total.

El Manco entra sin llamar, como es ya costumbre en él. Se sienta sin pedir permiso y se enciende un cigarrillo negro. Natalia se queja, él lo apaga y protesta con murmullos casi imperceptibles. Ella está harta del olor a tabaco que circunda la sede desde el tiro de Serguéi y lo repite sin cesar. Tose y aparta el humo que todavía queda suspendido en el aire. El Manco se echa para atrás en el sillón y deja al descubierto su prominente barriga, que ni siquiera la devoción al servicio ha podido disminuir. Saca de su chaqueta un habano. Corta la punta del cigarro, lo enciende con calma y lo chupa varias veces antes de dar una calada larga. Empieza a jugar con la mano ortopédica, como buscando la repulsa del que le mira.

—Me encanta ver a las nuevas generaciones de caza y captura. El único problema es que no vais a conseguir nada —afirma el Manco después de unos segundos de silencio.

—¡Solo nos faltaba el hombre de poca fe! —exclama Anna.

—Vuestros juguetitos no sirven, porque estáis luchando contra quien los inventa.

—¿Te refieres a los americanos? —pregunta Natalia con voz ingenua.

—¿Desde cuándo los ucranianos tienen la capacidad de acceso a inteligencia, drones, satélites…? ¿Hace falta que siga? Vosotras sabéis de esos chismes, pero yo he curtido mi carrera en la Guerra Fría.

—Tiene razón —dice Anna.

—¿Qué quieres decir? —pregunta Natalia alterada, tirando el chupa-chups que tenía en la boca para calmar la ansiedad de una caza sin resultados.

—Que han podido hackear nuestras cámaras y nuestro sistema y manipular las imágenes. Es difícil, pero pueden hacerlo. Nuestro sistema es muy bueno, pero ningún sistema de seguridad es infalible. Voy a resetear todo.

—¿Y qué vamos a hacer? —pregunta abrumada Natalia, que se siente sobrepasada por la situación.

—Volver a las técnicas de siempre —afirma el Manco mientras observa un póster de la bailarina Anna Pávlova que cuelga justo enfrente de Natalia.

—¿Y eso qué significa? —pregunta Anna desde una de las pantallas. Se retoca los labios recién operados con los dedos, mientras observa el semblante triste y la mirada baja de Natalia.

—Que tenemos que usar a la gente, porque su carácter, sus pasiones, sus debilidades son las que mejor manejamos, las que mejor conocemos, y bien gestionadas nunca fallan.

—¿Quieres que pongamos una trampa? —pregunta Natalia casi fuera de sí.

—Desde que te conocí en la academia supe que valías para esto. —El Manco no suelta el cumplido gratuitamente, sino que empuja a Natalia para siga su propuesta.

—¡No vamos a hacer lo que estás pensando! —dice Natalia muy alterada.

—¿Y por qué no? ¿Porque te caiga bien?

—¡He dicho que no! —Natalia se lleva la mano a la frente. Teme que, se ponga como se ponga, tendrá que decir que sí.

—Le pondremos queso al Monje e irá directamente a la ratonera.

—Desde que murió el Cojo, solo se te ocurren locuras. Si no fuera por mí, le habrías pegado un tiro al artesano de la Fábrica de Porcelana. *Evidens, evidens…*

—Es su cómplice directo y merece morir.

—¡No vamos a hacerlo! —afirma enfadada.

—¿Se puede saber de quién habláis? —pregunta Anna—. No me estoy enterando de nada.

—Quiere poner un cebo humano, exponiendo al sujeto a un gravísimo peligro…

—Y eso significa que puede morir… ¿quién? —inquiere Anna con los ojos graves de tanto abrirlos.

Natalia y el Manco se miran pero no responden.

SÉPTIMO Y TRECE

Sentada en una sala de espera, Mar acaricia un sillón tapizado en nailon color azul, se lima las uñas frotándolas contra la tela porque no sabe qué otra cosa hacer con su rabia. Allá al fondo están los quirófanos donde están operando a Serguéi. No hay nadie, solo soldados que andan arriba y abajo. Hay un silencio aterrador. Está absorta en la pared de color crema, con una franja de madera y plantas de plástico; se diría que mira sin pestañear el cuadro de enfrente que representa un viejo grabado de Pedro I cuyo original está en el Museo Ruso. Mar está en la sala de espera jugando uno de los partidos más duros de su vida. Todos los que esperan a que un ser querido supere un problema grave de salud saben que están en el banquillo, a punto de salir a jugar lo que les mande la vida. Ella solo piensa que fueron felices, que serán felices de nuevo.

Masha atraviesa con dificultad los jardines del hospital Vmeda, la Academia de Medicina Militar, nombre oficial que sustituye al antes llamado hospital Kírov en honor al político bolchevique asesinado por Stalin. El lugar tiene frondosos árboles y edificios clásicos que forman un gran rectángulo construido hace casi trescientos años por orden de Pedro I, el zar de todos los zares. Hay una gran estatua a la entrada junto a las jardineras recordando su pasado imperial. Con la Revolución, los altos mandos siguieron eligiendo este lugar para curarse las heridas de guerra, mientras que la jerarquía del partido prefería el lujo del hospital 31, donde se encargaron de proveer los mejores médicos y las mejores camas. Sin embargo, nadie en el viejo Petersburgo sabe tanto de balas como el Vmeda. Puede que por eso los de la ambulancia hayan decidido llevar a Serguéi a un hospital de verdad y no a uno privado donde se gastan más en papel pintado que en el sueldo del cirujano.

La vieja Masha llega con un bastón y con unos patucos de plástico azules, de uso obligatorio para mantener limpio el suelo. Va escoltada por un soldado. Ha recibido una llamada de Natalia, que ha avisado a todos desde Moscú. Masha no dudó en salir corriendo para acompañar a Mar, a quien da un solo beso en la mejilla a la manera rusa sin decir una sola palabra. Se sienta a su lado, saca una bolsa maltrecha del supermercado Dixi, de precios populares y mala presentación, del que es cliente fiel. De la bolsa extrae sus artilugios para hacer croché. Toma las agujas y el hilo de tono verdoso, y se pone tricotar como si no pasara nada. Sus gafas cuadradas parecen más grandes por la dignidad que emana su figura en este momento trágico. Mar llora en silencio y Masha le pasa de vez en cuando un pañuelo de papel. Hace como si nada pasara, como si estuvieran en el salón de su piso y la serie de turno les diera un momento emotivo. Están solas. Da la impresión de que siempre han estado solas. Cuando se calma, empieza a hacer un nuevo dibujo de Serguéi a carboncillo.

Pasan las horas y el hombre que sale en la tele y las portadas de periódicos está velado por gente que oficialmente no son ni familia ni amigos. Mar se pregunta qué pasa. «¿Es esto normal? Se diría que no tiene ni mujer ni hijo ni amigos ni pelotas de turno. Qué extraño. Igual se muere esa misma noche y no habrá nadie a la salida del quirófano para recibir la noticia y hacerse cargo del cuerpo. El hombre con la agenda repleta. El que miman personalidades y servidores, aquel al que se acercan arrastrándose, el que solo recibe palabras aduladoras... Ahora ya no hay manera de tapar que Serguéi es un hombre solo». Mar se cerciora de lo que siempre ha sospechado y nunca se ha atrevido a decir. Sin embargo, hay algo más que Mar no atina a comprender. «¿Tan seguros están los de su corte de que él va a morir? La policía ni siquiera viene a tomar declaración». Ella no se imagina que controlan cada movimiento sin necesidad de acercarse. Mar no ha tenido ánimo para hablar del atentado y Masha no ha hecho ninguna pregunta. Finalmente, Mar explota y dice:

—¡Le han pegado un tiro, Masha, le han pegado un tiro! —Y lanza al suelo la libreta de dibujo y el carboncillo con los que pretende que las horas se le acorten.

—Un tiro en el pecho. El que lo hizo sabía lo que hacía —contesta la anciana.

—Eso parece —dice Mar, y llora—. ¿Por qué no viene nadie, Masha?

—Es la costumbre. Aquí no hacen nada. Al menos yo hago croché. Y tú lo que haces es quererle.

—¿De qué sirve querer a un moribundo si no es para despedirse?

—Pero el terrorista ha cometido un grave error: no se ha asegurado de matarlo, de modo que por el momento Serguéi sobrevive. Tampoco ha previsto que el equipo paramédico sería de excelentes profesionales. Y si hay un sitio donde pueden salvarlo, es aquí. —La anciana está tranquila, que es la única forma en la que puede ayudar.

—Pero ¿qué ha pasado ahí fuera y qué está pasando aquí dentro, Masha? —pregunta confundida—. ¿No te inquieta esta quietud? Es como cuando el mar se queda en calma, se retira de pronto y hay un silencio aterrador. Y en ese paréntesis las olas se revuelven, toman las armas para volver siendo un tsunami y llevarse todo por delante.

SÉPTIMO Y CATORCE

Jean ha terminado temprano, como cada viernes. Sale del trabajo de la mano de Sibila, su mujer, que ha venido a buscarlo. Las columnas clásicas en la entrada del palacio Tavrícheski quedan atrás. No es un día especialmente frío y cuando eso sucede salen a caminar por la orilla del Nevá. Maldicen al viento de siempre, pero hay que bregar con los caprichos de Petersburgo y con el airecillo al que le gusta hacerse el importante con sus bromas despeinando a todos los transeúntes. Enfrente ven la estación de Finlandia, con la figura de Lenin con el dedo en alto. Detrás está el hospital militar. Se acercarán a ver a Mar un poco más tarde, en cuanto Lena les informe de que han obtenido el permiso para entrar en el recinto, que tarda más para los extranjeros. Sibila habla sin parar, del tirón, contándole un poco de todo y nada. No le gusta el silencio porque el silencio no tiene alegría. Él contesta con frases cortas porque tiene mucho en la cabeza. A veces no puede deshacerse del barullo de ideas, de frases, de palabras y de preocupaciones, que ahora se han multiplicado. Caminan por la verada del río a donde pronto regresarán los barcos de verano para pasear turistas. Naves hechas de madera, cubiertas por la mitad, porque en esta ciudad hay que estar preparado para cualquier clima cada cuatro horas, aunque siempre hay algún que otro atrevido pescando. Es un paseo con curvas, de granito lavado por la lluvia y por los siglos, que a cada kilómetro cambia de nombre para referirse al palacio más famoso de la zona. Los enamorados se besan con independencia de la estación del año. Los chavales fuman y beben cuando llega el buen tiempo, que trae consigo a los ojeadores, que pasean ofreciendo excursiones a los turistas y que en cinco segundos saben cuánto estará dispuesto a pagar el interlocutor. Ahora la superficie del Nevá está resquebrajada, el deshielo ha llegado y los peces se acercan curiosos a la superficie. La pareja para en un restaurante cercano para cenar ligero, y después siguen andando hasta encontrar un bar, donde se toman un té bien caliente y unos bizcochos deliciosos. La noche ha caído y no tiene ganas de levantarse.

—¿No te parece ideal cómo va vestida la señora que nos sigue? —Sibila se refiere a una rubia alta, con un sombrero de los años veinte y un abrigo de cachemir blanco anudado en la cintura.

—Podría ser una *shestiorka*.

—¡Ah! ¿Qué es una *shestiorka*? ¿Una vestida elegante para matar?

—Algo parecido. —Jean se ríe—. Se llama así a las seis revolucionarias heroicas que operaron en la Revolución de 1905. Hoy día se las definiría simplemente como terroristas.

—¡Qué estilo! Y mira cómo se mueve. ¿Dónde crees que se habrá comprado ese sombrero?

Justo en ese momento se acerca un extraño a la señora. Lleva una capa roja, como la del personaje Nikolái Apolónovich, y una especie de máscara. Jean se da la vuelta y se queda mirando atónito la escena. El personaje y la dama se saludan brevemente, él la coge de la cintura, le toca la cara, después se sienta en uno de los escalones que descienden al Nevá mientras ella se acerca a la baranda de granito, llega hasta el límite en forma de círculo, mete la mano en el río helado, como si quisiera olvidar el dolor de ese preciso instante. Después él le da un sobre y se va. Jean y Sibila han arrancado a caminar de nuevo, y ella continúa el paseo siguiendo a la pareja aunque ha apretado a caminar para acortar la distancia.

Jean no se inquieta porque la persona que los escolta desde que salieron es una mujer. Sibila, en cambio, se inquieta precisamente por eso. Es muy intuitiva, sabe que algo pasa y que esa cara le es conocida. Dónde la habrá visto, aquí que las caras de la gente son tan desiguales. Están en la plaza del Palacio. Lugar donde la revolución siempre nace, aborta y vuelve a nacer. Lugar de sangre derramada, de los humildes y de los no tanto. Sibila sabe que es un sitio un poco maldito. Que a la autoridad se le ha ido la mano y la cabeza bastantes veces aquí.

La *shestiorka*, esa señora tan guapa, quizá sea como las seis desterradas a Siberia una década antes de la Revolución roja, a cuál más sangrienta, pues nunca dudaron en matar por un socialismo radical o por lo que remotamente se le pareciera en el momento de apretar el gatillo. «¡Qué mala suerte!», piensan los dos casi a la vez. Y es que hay una pequeña manifestación de trabajadores, parecen salidos de las fábricas del anillo de la ciudad, con sus pancartas, sus gritos y su conciencia recién verbalizada. Visten monos de trabajo de color chillón. Caras agrestes. No son muchos, pero los suficientes para afear la plaza. «Abajo el oceonio», «El oceonio para el océano», dicen por allí, encarnando antiguos *naródniki*, activistas iluminados por lo que ellos creen que es el verdadero pueblo, al que infantilizaron. Ellos son los predecesores del moderno populismo.

Jean se preocupa. Piensa que se sentirá más seguro si caminan un poco más, hacia la plaza de los Decembritas, los aristócratas sublevados en busca de más libertad colectiva allá en el siglo XVIII, empapados de los ideales de la Revolución francesa, cuya aura en la psique popular deja a los ideales bolcheviques a la altura de unos alevines.

—¿Qué hora es, querido? —pregunta Sibila mientras mira detrás de su hombro —. Viene hacia nosotros.

—Nueve y cuarenta. —Y por alguna razón echa una mirada a la otra orilla del Nevá—. Ya queda poco para llegar a casa. Se me ha metido el frío —dice él, y se aprieta el gorro forrado de piel que se compró nada más llegar.

—¿Jean Ségny? —pregunta la mujer acercándose a ellos. Su maquillaje es perfecto, con sus sombras de ojos doradas y sus rayas negras bien delineadas, con pocas pero costosas joyas.

—Buenas tardes. ¿Qué desea usted? —Jean se vuelve hacia ella, la observa unos segundos y cree que su cara también le suena, pero es fácil equivocarse con los rostros. Ha visto demasiada gente en demasiado poco tiempo.

—¿Podemos hablar unos minutos, por favor? —pregunta la *shestiorka*—. Necesito comentarle algo importante.

—Sí, claro —responde Jean, siempre cortés.

—En el caso de que Serguéi Andréievich Tomski muera, entregue este sobre a la policía, pero haga una copia para la prensa. Si no muere, destrúyalo. Siga mis instrucciones o lo mataremos a usted y a su mujer. No dude que lo haremos. —La *shestiorka* le da un sobre blanco y rojo.

Acto seguido la mujer entra en la cercana estación de metro de Admiraltéiskaia, con sus botas altas que la hacen aún más esbelta. Desde el metro se oye tocar un vals con instrumentos de metal. Lo interpretan con cierta melancolía. La plaza conoce bien esa música, pues se llenaba de ella durante el reinado del último zar Nicolás. La gente lo bailaba en cualquier parte, los ricos en las terrazas de los *kurort*, balnearios del imperio; los pobres, en los espacios públicos que lo permitieran, agarrándose de la cintura, dando vueltas y vueltas a una realidad sin lustre. Sibila abraza llorando a Jean porque no sabe cuándo se le acabará la buena suerte.

SÉPTIMO Y QUINCE

Natalia llega a las oficinas de Lozprom. Aunque es muy tarde, sabe que todos están allí. Desde el conserje hasta el vicepresidente. La gente entra y sale de los despachos muy nerviosa. Habla por los pasillos. Los tés cambian de mano. También han traído todos los *piroshki* que quedaban de una panadería cercana, la número 35 de una cadena, que cierra a medianoche. Es un aperitivo universal que permite comer salado o dulce dependiendo del relleno; servirá por si la noche se alarga. Serguéi ya ha salido en las noticias de las ocho. Pero para esa hora todo el personal había vuelto a la sede desde su casa, el restaurante o el gimnasio en el que estuviera. Los mensajes se entrecruzaron entre ellos al poco de saberse la desgracia. La prensa se agolpa a la entrada. Los periodistas ocupan los bancos cercanos y los cafés de alrededor. Cámaras y micrófonos se han apropiado de la acera y los transeúntes se acercan curiosos a ver qué pasa. En el jardín de Yekaterina, un artista callejero está dibujando a carboncillo un *sketch* de la situación. Aunque la luz no es buena y tenga que utilizar la linterna de su teléfono. Espera que algún periódico de tirada nacional se interese por su testimonio artístico. Mientras tanto, dentro del edificio, unos preparan declaraciones y otros las tachan. Los teléfonos no dejan de sonar. Hay más actividad que el día que se anunció el descubrimiento del oceonio. Y es que la noticia no puede ocultarse. Con tanto turista con cámaras en la mano por la zona de San Isaac atraídos por su imponente cúpula, no ha sido posible manejar la información con discreción, por lo que no es de extrañar que haya muchas fotos y hasta un vídeo de este famoso moribundo.

Natalia no saluda a sus compañeros. Lleva su moño de bailarina más tirante que nunca, luce mechas miel de su peluquería favorita en Nevski y un abrigo largo de visón, *leggings* de cuero y una camiseta de generoso escote *queen Anne* que deja entrever levemente el encaje de su sujetador. A Natalia se le nota la preocupación en el rostro, y no es solo por Tomski, también su carrera está ahora mismo en cuidados intensivos puesto que la seguridad de Serguéi Tomski es su responsabilidad.

—Buenas tardes, Vasili Vasílievich. He venido de Moscú en cuanto lo he sabido. Igual que los demás. —Natalia añade esta coletilla para parecer sensible con sus compañeros, porque ella es correcta hasta en situaciones así. Pide permiso a Poliakov para sentarse, momento que aprovecha para recolocarse la parte de atrás del pantalón.

—¡Un horror! —responde Poliakov lamentándose. Hace gestos en el aire todo el tiempo para darle dramatismo a sus palabras—.

¿Adónde vamos a llegar en este país? ¡Para que luego los medios extranjeros digan que aquí nos sobra mano dura! Disculpe, ni siquiera le he preguntado en qué puedo ayudarla. —Está muy excitado, casi se diría que eufórico.

—Disculpe mi atrevimiento. Quería preguntarle si sabe algo del incidente de Serguéi Andréievich. —Lanza la pregunta a la primera, como tiene por costumbre. Ha venido para informarse de primera mano, para leer cada expresión, cada movimiento del cuerpo; para conocer las diversas hipótesis, para prepararse para lo que venga.

—No sé nada. ¡Pobre Tomski! Está muy mal. Los médicos solo dan dos alternativas: o no sale o sale mal.

—Conociéndolo como lo conocemos, creo que lo último que querría él es ser un lisiado.

—Como cualquiera que haya vivido, y él ha vivido mucho. —Poliakov saca de su chaqueta un pitillo—. ¿Le importa que fume? Aunque esté prohibido, esta noche se puede hacer cualquier cosa. Si quiere usted cometer alguna infamia en este lugar, no lo dude, es su momento. —Enciende el cigarro y abre la ventana para que el humo se vaya antes. Después hace una breve pausa para saborear su pitillo, pues es el primero después de cuatro meses de buscada abstinencia.

Natalia puede alargar la conversación, pero lo importante está dicho. Aunque ella sospecha que Poliakov actúa en su propio interés diseminando información sobre la gravedad de las heridas de Serguéi, no se atrevería a hacerlo si no hubiera una gran parte de verdad. Naturalmente que él debe exagerar el mal estado de Serguéi, pero nunca ha sido imprudente, ese no es su estilo. Por tanto, si está medianamente claro que una cama de hospital va a tragarse a Tomski, eso quiere decir que, en ese preciso instante, en alguna parte del Olimpo los dedos están jugando con nombres dispuestos a sustituirlo. Seguramente hay ya varios candidatos, y mucha presión para colocar a los que deben servir lealmente a los diversos grupos de poder. Las visitas entre ellos deben estar sucediéndose con vértigo. Esa misma noche, justo cuando la muerte se acerca a Serguéi, habrá quienes se sienten a alguna mesa, coman caviar negro y brinden por el tiempo que todo lo cambia, aun cuando eso incluya a veces lo que no debería cambiarse.

—Usted tiene un buen equipo de seguridad, pero no está compartiendo información con nosotros. ¿Le llegó algún indicio de lo que podía pasar?

—Pues no. Supongo que habrá sido alguien que piensa como yo... Serguéi Andréievich se estaba pasando de listo, pues a ver a qué viene que tiremos el petróleo y el gas que nos queda. Con lo que nos ha costado explorar y aún más montar la infraestructura para explotarlo, no sé por qué no lo ordeñamos al máximo antes de pasar al oceonio o lo que toque.

—Tiene usted razón —dice Natalia con sarcasmo—, hay gente que ha llenado de odio a los *nazbol*, y los nacionalistas bolcheviques son difíciles de controlar.

—¿Me está acusando de algo, Natalia Ivánovna?

—Le leo sus últimas declaraciones al periódico *Izvestia*: «Serguéi Andréievich Tomski es un temerario que fuerza a los demás a ser temerarios. Escucha a los científicos en vez de a los políticos, se le ha llenado la cabeza de glorias». ¿Le suena? —Natalia no puede evitar ser directa.

—Solo estaba diciendo que Serguéi era... —da una calada al cigarrillo— o, mejor dicho, es demasiado independiente para un cargo como el suyo. Un hombre en su posición ha de escuchar, ser sensible a la política, plegarse cuando haga falta; sin embargo, él ha cogido la costumbre de hacer lo que le da la gana.

— Él ha cogido la mala costumbre de hacer lo que cree que debe hacer —le defiende Natalia.

—El *apparat* le ha dejado actuar... y ya ve usted: ya no le van a dejar más, ¿no lo ha pensado? —Poliakov suena por una vez inteligente.

—Entonces ¿usted sabe quién ha sido? —vuelve a preguntar Natalia.

—¿Importará esa pregunta en una semana? Entonces tendremos otra noticia que será más jugosa porque será más fresca. Esta injustica se congelará en algún lugar de la hemeroteca y se utilizará cuando nos haga falta. —Deja el cigarrillo en el cenicero y junta las manos en la mesa en el escritorio—. Lo que aquí importa es usted, yo, y esa gente que está fuera. Hay que adaptarse a lo que venga. Él siempre me vio como un enemigo, pero si yo hubiera sido uno de verdad, le habría apoyado, le hubiera dado alas a sus ideas para que volaran hasta el sol y se quemaran en la estratosfera; y en vez de eso siempre he tratado de frenarlo para que no acabara en el quirófano de un hospital.

—Así que usted se lo imaginaba…

—Yo no me lo imaginaba. Yo lo sabía.

Natalia hace una pausa porque de repente recuerda que Poliakov ha hecho carrera en el servicio secreto antes de entrar en la empresa. Él no es un genio, pero sabe perfectamente cómo funciona la maquinaria. En cierta manera los dos son muy parecidos: no viven, sino que sobreviven. Por eso nunca hay levedad en ninguno de sus actos. Ellos siempre actúan para algo y por algo. Reflexionan con qué mano cogerán el vaso de la mesa y cuánto tiempo tardarán en usarlo. Calculan qué pensará el interlocutor y qué efecto tendrá cada acción en el otro. No en vano Poliakov lleva quince años allí como si fuera parte del stock, a veces arriba y a veces abajo, siempre presente, porque siempre está alerta.

—Hay que pensar deprisa lo que debe ejecutarse despacio. La falta de paciencia de Serguéi siempre ha sido su mayor defecto. —Y entonces Natalia se para un momento porque se da cuenta de que habla de Tomski como un muerto al que se le evalúa el carácter y sus acciones al final de su vida—. Ha pensado a lo grande, cuando la realidad siempre es pequeña, pero no se merecía esto.

—Es lo que pasa siempre: a las personas adelantadas a su tiempo, el tiempo no las deja envejecer. —A Poliakov se le nota más calmado. La nicotina le ha hecho efecto—. Natalia Ivánovna, le estoy siendo muy franco porque sé que ustedes dos estuvieron muy unidos. Pero es el momento de pensar en usted misma y en su carrera, que puede acabarse de golpe o renacer… Depende de usted y de lo que haga ahora. —Poliakov coge el cigarro y lo aprieta fuerte, chupa más intensamente y cierra los ojos para pensar un detalle sobre otro tema que le ha venido a la cabeza, y es que teme a su manera que Galina se ablande y la pierda.

—Él es mi superior y yo me debo a mi trabajo.

—Me alegro de que lo tenga tan claro —dice Poliakov usando de nuevo una sonrisa ladeada.

—No olvide que he sido especialmente entrenada para cumplir mis obligaciones, sean de la complejidad que sean.

—Así consta en su expediente. —Poliakov deja flotar en el aire esa última palabra, para que retumbe en las paredes y dé varias vueltas a la habitación—. Pero lo que también dice es que es una mujer de lealtades, a pesar de que los dos sabemos que Tomski no es trigo limpio, y ahora usted debe pensar si es leal al pasado o al futuro.

Poliakov se ha dado cuenta de que Natalia aún no ha hecho ninguna elección. Es evidente que Poliakov tiene una ingente cantidad de información; la está avisando de la muerte de Tomski y también de que ella puede tenerlo a él como enemigo si no actúa rápido y salta a su barco. Natalia lo encuentra especialmente repulsivo, con un extraño tic en el labio, que aparece cuando uno menos se lo espera, y con una barriga enorme que crece con el tiempo. Hoy parece aún más hortera con el traje de tela brillante que podría servir como vestuario de *Fiebre del sábado noche*. Por alguna razón extraña, Natalia se acuerda de que ha sido operado tres veces de hemorroides en una clínica alemana, donde les gusta ir a los gerifaltes del mando, y que a pesar de su calva de monje cisterciense tiene una conversación bastante agradable. Mira por la ventana, pues la luna acaba de quitarse los jirones de nubes que pasaban cubriéndola. El jardín Yekaterina aparece de repente iluminado por una luna casi llena y la estatua de la magna Catalina surge con su volumen aumentado, proyectado por las sombras, y con su capa al frente parece dar testimonio de un futuro auspicioso para Natalia.

—Gracias por esta conversación. Sé que está muy ocupado. Tengo mucho que hacer, y aún más que pensar.

SÉPTIMO Y DIECISÉIS

El capitán e Iván Ilich están atrapados en el callejón. El capitán tiene unos segundos para cavilar. Se da cuenta de que solo necesitan a Iván y que él es la parte de la historia para tirar. Él conoce lo que pasa con los crímenes de mar, ninguna jurisdicción los quiere. Le iría mejor si en vez de capitán fuera pirata del golfo de Adén. A él lo secuestraron allí una vez. Unos piratas somalíes abordaron su barco y la naviera tuvo que pagar un rescate. Aunque los piratas estaban muy bien adiestrados, un buque de la armada americana consiguió capturarlos. Pero como ni su barco ni la naviera eran americanos, al final quedaron en libertad. Ni siquiera Kenia, lugar donde normalmente se juzga a estos piratas, los aceptó. Así que aquellos malditos, que incluso mataron a uno de su tripulación, volvieron a las andadas de inmediato. Algo le dice que estos hombres cumplen un encargo y saldrán impunes también hagan lo que hagan. «Ahora pasará lo mismo; me matarán y nadie pagará por ello. Tirarán mi cuerpo al agua, que será mi tumba hasta que me pesque algún navío, que no se compadecerá de este viejo marino para dejarlo donde pertenece», se dice el capitán.

Iván también le da vueltas a la cabeza mientras suda copiosamente. No deja de pensar en la llamada que hizo desde el barco. Ha sido tan arrogante, tan presuntuoso, tan idiota. Y, lo que es peor, no ha estado a la altura de la confianza del capitán y sus compañeros del barco. Los ha puesto a todos en peligro, no solo a sí mismo. Pero él estaba tan seguro de que saldría bien. Estaba convencido de acertar con la gente. Es su don. La gente confía en él de forma natural. Hubiera dado su mano derecha y hasta la izquierda por Ania. Aunque no lo parezca, ella es persona de lealtades. Es además extremamente valiosa, porque ha empleado muchísimo tiempo y esfuerzo en cualificarse, y a eso hay que darle valor. Nunca imaginó que lo traicionaría. Pero es culpa suya, él le pidió hacer algo que ella nunca hubiera hecho por sí sola. ¡Si al menos pudiera pagar las consecuencias él y no los demás!

Los hombres de negro parecen salidos de una película de Bruce Lee. Tienen el pecho descubierto, una banda ancha en la frente y pantalones negros. Gritan al hacer algún movimiento que implica un ejercicio marcial. Llevan un cuchillo cada uno. Se les nota bien adiestrados y bien organizados. El capitán mira a Iván como despidiéndose. «Aquí se termina todo», parece decir.

—¿Qué queréis? —pregunta el capitán—. Somos marineros. Acabamos de llegar.

—Lo sabemos —contesta el asaltante.

—¡No le hagáis daño, tomadme a mí! Solo yo os sirvo —grita Iván Ilich—. ¡Cogedme a mí! ¡Acabemos con esto!

—¡No me quitéis al hijo que ningún vientre me dio! ¡No toquéis a Iván!

Los criminales los ponen contra la pared y colocan a cada uno un cuchillo en el cuello.

—¡Vaya! Se nos está llenando el ambiente de héroes —dice el líder—. A ver si aprendéis vosotros —comenta con ironía a sus subordinados.

Mientras Iván recita sus oraciones de niño, los asaltantes los ponen de espaldas contra la pared. Ambos hombres cierran los ojos esperando la ejecución. Después de un momento de silencio, sienten que los cachean. Tras una breve orden del jefe, les quitan la cartera, el reloj del capitán y una pulsera de oro; luego echan a correr y los dejan con las palmas contra la pared.

—¿Eso es todo? —pregunta Iván Ilich mirando a su compañero con descreimiento, y empieza a reírse mientras el capitán se une a la risotada liberadora del mal rato—. ¡Solo nos estaban robando!

Iván y el capitán regresan tranquilamente al barco, y van diciendo que no a todos los vendedores callejeros que les ofrecen algo por el camino. Cuando se disponen a subir al barco, aparece el solucionador, el albanés amigo de Ponce.

—Esto es suyo —dice, y les devuelve sus pertenencias, incluido el dinero—. Siento mucho la confusión. Esos muchachos no sabían que ustedes estaban bajo mi protección. Mientras se encuentren aquí pueden estar tranquilos. —Y sin esperar contestación ni agradecimiento, se retira.

SÉPTIMO Y DIECISIETE

Serguéi ha salido de la operación, pero se encuentra en la unidad de cuidados intensivos y está en estado crítico. Ahora todo es cuestión de esperar, según informan las enfermeras. Masha dormita en un sillón y hasta ronca de vez en cuando. Mar está leyendo *Petersburgo* de Biely pero le cuesta concentrarse y tiene que leer la misma página hasta tres veces. A veces lee y debe volver atrás, porque sus ojos han paseado el renglón pero su cabeza no ha entendido nada. Alguien al fondo del pasillo camina hacia ella. El teniente-médico se acerca para darle un nuevo parte. Lleva puesto en la cara su uniforme. Es frío, serio y circunspecto. Se debe seguramente a que parece más joven de lo que es en realidad, por lo que nadie lo toma en serio cuando habla. Yaroslav viene de una aldea de los Urales, de esas donde entierran a los muertos en contacto directo con la tierra junto a un árbol, y cuando no hay uno, lo plantan, y marcan la parcela del muerto con lindes de madera, donde habrá nieve en invierno y hierbas aromáticas en verano. Colocan la foto del fallecido sobre una cruz también de madera y clavan un banco para sentarse cuando van de visita al cementerio; allí se toman un té con el muerto, quien tendrá dulces y vodka sobre su tumba todo el año. Viene de una familia uzbeca que, al tener un niño que destacaba en la escuela local, hizo un esfuerzo para que fuera aceptado en una escuela en Miass, donde aprovechó todas las oportunidades de la educación gratuita postsoviética hasta llegar al antiguo Petersburgo y hacerse médico.

—Hola —saluda Mar sobresaltada, y tira el chupa-chups con el que calma la ansiedad de la espera a la papelera que tiene al lado.

—La operación ha salido bien dentro de lo que cabe, pero el señor Tomski sigue muy grave. En cualquier caso, si sobrevive tras la operación, el cuadro clínico podría dejarle secuelas muy serias. Puede pasar a verlo unos minutos si lo desea. Después lo mejor es que se vaya a casa. No hay nada que usted pueda hacer por él aquí.

Yaroslav la conduce a una habitación especial para cuidados intensivos separada de los demás enfermos. Serguéi está lleno de cables conectados a varios monitores. Mar cuenta hasta treinta. Le entra tanta impotencia como pena. No reconoce el cuerpo con el que tantas veces se ha acostado. En realidad, no reconoce nada de él. Una carne pegada a unas sábanas. Un olor fuerte a fermento de enfermedad. Cuando el médico los deja a solas, ella le habla.

—Estás vivo y seguirás vivo. Si no lo quieres hacer por ti, al menos hazlo por mí. Nos conocemos desde hace poco, ya lo sé, pero yo he sido feliz y tú también. Hemos asistido a un milagro, porque cuán ínfimas son las posibilidades de que dos personas tan distintas empiecen a quererse tan pronto. Yo necesito seguir a tu lado. Y tú no puedes desertar tan pronto de un amor como si fueras un cobarde. Tú no eres de esos. Los otros hombres se embarcan y cuando no ven la orilla, les entra el pánico y se dan media vuelta. —Mar se limpia las lágrimas de vez en cuando—. Los otros hombres vuelven al punto de partida, hasta que de nuevo embarcan para abortar el viaje repetidamente, una vez y otra, con distintas mujeres y distintas formas que acaban siendo la misma. Al final se dan cuenta de que el destino les da ilusiones, y no otra cosa porque el amor lo gastan enseguida. Pero los hombres de verdad aman. Se echan a la mar porque saben que, aunque el trayecto es desconocido, es donde deben estar. Están dispuestos a sobrepasar cada tormenta, la sequedad del sol o la extrema salinidad de los días. A esos el azul infinito delante de los ojos no les acobarda. Ellos confían en los vientos que inflan sus velas cada día, porque saben que los vientos siempre llevan a alguna parte. Da igual lo lejos que se vaya, porque habrá un puerto al final de la ruta. Ese azul en el que otros se ahogan a ti te alimenta.

Mar sale de sus pensamientos y regresa a la realidad de la habitación. No hay ventanas en este sótano. No sabe si es de día o de noche, si fuera ha salido el sol, llueve o nieva, o sigue el mal día, que se ha extendido con una cola larga en la temprana noche. Es uno de esos días en los que uno se levanta siendo como es y se acuesta siendo otra persona. La capacidad de transformación del dolor intenso, aunque sea un día, es inmensa.

—Cuando esperaba fuera, leía a Andréi Biely, y me asusté mucho. —Le toma la mano que no tenía el suero, una mano que parecía la de un viejo, con pellejo seco azulado—. Decía, si lo recuerdo bien: «Pareció como si todo lo hubiera dejado atrás, según dicen es lo que se siente en el primer minuto después de la muerte, cuando el alma abandona el templo del cuerpo, antes de que se precipite en el abismo de la putrefacción». —Y suspira—. No me dejes, te lo ruego, Serguéi. Aquí en la esquina de esta habitación está sentada la muerte. Escucho claramente su respiración y diría que hasta sus pasos cuando se levanta. Te da la mano para llevarte al abismo, no se te ocurra cogérsela, por favor. Tú aguanta. Es lo único que debes hacer, aguantar. Cuando esta zorra se acerque, tú aguanta. Cuando te susurre cosas que te atraen porque te dan paz, no te equivoques, no es consuelo, sino putrefacción. Tú respira, no te olvides de respirar. Tú no abandones el templo de tu cuerpo. Tú inspira y espira, eso es lo único que debes hacer. Aguantar.

Le limpia la frente y la cara con un pañuelo. Le tiembla la mano, tanto que se la tiene que sujetar con la otra mano. No siente lástima, aunque lo parezca, sino que una emoción abrumadora le oprime la garganta y apenas la deja respirar. Por eso, cuando termina con él, se la toca y tose, para hacerse espacio y dejar que pase el aire. Observa algo realmente extraño que no había visto antes. Seis círculos en su brazo, colocados de la misma manera que en el mapa. ¿Cómo han aparecido ahí? ¿Quién le ha hecho eso? Mar conoce su cuerpo y antes no los tenía. Son bastante grandes y están ejecutados de forma tosca, parecen hechos a rotulador. Mar busca alrededor de la habitación algún indicio de con qué se los han hecho, pero sin éxito. No sabe qué hacer. Por lo pronto saca unas fotos y se las manda a Natalia para que avise a la policía.

—Alguien te ha pintado algo malo en el brazo. Es un anticipo de lo que viene. Lo sé. Voy a hablarte claro porque sé que me escuchas. Estoy segura de que en este momento hay algunos que esperan con ansia tu muerte. El primero será sin duda el que te metió el tiro. No dudo que donde se encuentre, estará rezando para que dures poco. Le habrán pagado bien, y si te mueres te pagarán más. Yo apostaría que es Oleg, pero no estoy segura. No sé si le dará para comprarse un coche caro, una casa o las dos cosas. Los segundos, que estarán ansiosos sin ser conscientes de ello, son los que se preparan a heredarte. Esos que te quieren, pero no saben quererte porque obviamente no están aquí. Les has hecho la vida tan fácil que se han acostumbrado a darte poco. Tú tampoco se lo has pedido ni se lo has dado, así que no te quejes. Los terceros, que se frotan las manos, son tus potenciales sustitutos para tu puesto, ese que tienes y que te gusta tanto porque te abren las puertas por donde pasas y hasta se inclinan para honrarte. Pues bien, te aseguro que alguien está calentando el sillón con su culo para darle forma por si lo nombran allí. Andará haciendo la pelota y prometiendo el todo a quien deba en este preciso momento. Y por último quien más desea que te vayas es quien ha mandado al primer desgraciado que he nombrado, el del tiro, para que nos entendamos, y desea escapar de la mano de la justicia. No te digo esto para que te deprimas, sino para que te enfades tanto que se te quiten las ganas de morirte. —Y le agarra la mano mientras observa el brazo perpleja—. Si no me crees, mira tu brazo. Te han pintado círculos para que des el último salto hacia la muerte.

Ella se da la vuelta. Se percata de que le duele el estómago de no comer. Debería ir a la cafetería a tomar algo. Estará llena de jóvenes médicos militares haciendo sus residencias. Serán tan educados que no la mirarán siquiera para no hacerla sentir incómoda. Todos, sin excepción, están al corriente de la situación. Saben quién es él, quién es ella. Cómo fue todo. Que se ha descartado la palabra «accidente». A ella siempre le servirán primero, le cederán el paso al llegar. Conservan esas maneras bonitas que en el resto de Europa se consideran anticuadas.

—Me consta que en este momento lo único que tienes es eso, ganas de morirte. Estás cansado. Harto de cosas complicadas. Has escuchado a la muerte durante suficiente tiempo como para convencerte. Estás pensando en darte la vuelta y abandonar el azul del mar. Pero resiste, tú no tienes más que resistir, aunque solo sea por joder a los que han querido joderte. Esos círculos en tu brazo marcan tu destino. Por favor, sal de ellos.

Mar le toma la mano. Se la besa. Se la huele, ni siquiera reconoce el olor de antes. «Maldita esta carne nuestra que a la mínima se quema, se deshidrata o simplemente desaparece», se dice.

—Esta batalla la luchas tú, pero yo estaré contigo. Yo no abandono ni el azul ni el barco. Yo me llamo Mar.

SÉPTIMO Y DIECIOCHO

Ignátov ya se ha acostumbrado a la sala de interrogatorios. En esta ocasión se dedica a hacer cálculos de tangentes con la decoración del papel de la pared, aprovechando que tienen círculos y líneas de color verde. Se pregunta por la manía de los del FSB de torturarla con el aburrimiento. Ni un libro, ni un cuaderno le han dejado llevar. Pasa una hora y después dos. Ignátov pierde las formas y pone los pies sobre la mesa para favorecer la circulación de sus piernas. También lo hace para joder al agente que mira tras el cristal. Después se echa a dormir acostada sobre la mesa de siempre. Ya ha dejado de sentir asco por el sitio, y hasta se ha acostumbrado al olor a desinfectante y café hervido que circula por el lugar. Todos los días se levanta pensando cuándo esos cabrones la dejarán morirse de una vez.

Natalia entra de repente en la sala. El Manco observa a través de la ventana de la sala de interrogatorios. Saca de nuevo el habano que comenzó y aún no ha termino, que precisamente le regaló Tomski no hace mucho, aunque también esté prohibido fumar allí.

—Perdona por haberte hecho esperar. Han herido a un amigo. —Natalia se disculpa para dar un toque de normalidad. Rompe sus propias normas dándole un barniz de verdad a la situación.

—Espero que su amigo se ponga bien.

—Después de hablar contigo iré al hospital a despedirme de él —dice mirando directamente a los intensos ojos de la detenida.

—Eso es muy duro. Lo siento mucho —añade Ignátov—. El tiempo suele hacer un buen trabajo con esas cosas, pero hay que dejarlo trabajar.

—Traigo buenas noticias. Vamos a soltarte.

—¿Que van a hacer qué?

—Firma aquí, a la izquierda. Eres libre. —Natalia le extiende el impreso de salida y le entrega un sobre con todas sus pertenencias.

—¿De qué va esto? —pregunta extrañada Ignátov.

—Si no quieres, te quedas en el Grand Hotel FSB de Píter, pero ni el lujo ni la amabilidad son nuestro fuerte, como ya has comprobado, y eso que has recibido un trato de seis estrellas gracias a los buenos oficios de la suscripta. Yo en tu lugar firmaría el *check out* sin hacer muchas preguntas…

—Vale, vale… Yo no he dicho que no quiera, simplemente quiero saber qué he de hacer. Si algo he aprendido en Rusia es que la libertad no es gratis.

—No tienes que hacer nada. Ya no eres sujeto de interés. —Natalia se levanta de la silla. Recoge la firma con cuidado, la guarda en una carpeta y le desea buena suerte.

—¡Natalia, espere! —apela Ignátov—. No sé lo que ocurre, pero algo pasa y grande. Deduzco que no han pillado a nadie y que suponen que en cuanto salga irán a por mí. —También se ha levantado, pero se ha sentado sobre la mesa y hace una pausa—. Sí, eso es lo que pasa. Lo han diseñado con un modelo de la vieja escuela. Es una buena estrategia.

Natalia baja la cabeza, aunque esté perfectamente entrenada para no hacerlo y la hayan enseñado a actuar y a disimular mejor que una estrella de Hollywood. Simplemente no desea mentirle y, ya que no puede explicárselo, al menos le debe la verdad, algo que ha escuchado antes. Respeta profundamente a la mujer que tiene delante. De pronto se distrae porque Mar acaba de enviarle unas fotos inquietantes. Alguien ha pintado unos círculos sobre la piel de Serguéi. Las mira con detenimiento; sí, usan el mismo molde.

—Solo quiero una cosa, Natalia Ivánovna: prométame que no volveré aquí.

—Ojalá pudiera asegurarte eso —dice Natalia, todavía con la cabeza agachada.

—Entonces se lo prometo yo: le prometo que no volveré aquí. —Ignátov abre la puerta intentando fijar los ojos de nuevo en Natalia, quien no se da cuenta porque sigue con la mirada apartada—. Esta vez te lo digo de verdad: ojalá nos hubiéramos conocido en otra situación. Hubieras sido mi familia.

SÉPTIMO Y DIECINUEVE

Alguien llama a la puerta y Mar sale. Es Natalia, recién llegada de la sede de Lozprom. Lleva un abrigo largo de visón que le llega casi a los tobillos. Ha caído una gran nevada en Moscú y ha tomado su prenda más abrigada antes de venir a Petersburgo. Ha entrado tan rápido que se ha olvidado de dejar el abrigo en el guardarropa. Sin embargo, tiene la cara pálida y no es por el frío. Ya no es esa persona que controla cada detalle ni la que saca una voz segura ante cualquier imprevisto. Se parece más a un alma perdida en la calle que ha caminado mucho y no ha llegado a su destino, que pide indicaciones a todo el que se encuentra sobre algún lugar que pertenece a otra ciudad. Ya no es la que luce una sonrisa cerrada, en una ocasión amenazante. Se ha reducido o, mejor dicho, se ha cortado en varios trozos: por allá sus extremidades, que no le sirven ni para andar ni agarrar; por otro lado, su pecho, que no sabe a dónde acudir; por aquí sus labios, sin maquillaje y sin habla. Se le notan los ojos hinchados. Su cabello está revuelto. Se le ha ido el color de su lápiz de labios, y aunque tiene el hábito de repasárselos sin cesar, se le ha olvidado. Las ojeras han agrandado sus pequeños ojos azules. Trae el semblante casi transparente. Se pueden ver los pliegues de sus contradicciones, pecas salteadas de cobre, y un reflejo rosado en sus pestañas, como si hubiera sido invitada de repente a vivir su propia vida. Al ver a Mar se queda parada sobre el parquet malogrado de la cafetería del hospital. Mar le pide un té verde. Natalia lleva un perfume fuerte con olor a jabón.

Natalia se sorprende de la entereza de Mar, ya que se la encuentra multiplicada, se diría que se ha duplicado y hasta triplicado, es casi un gigante, es una mole toda ella. Sus pasos son pesados y dejarían grandes agujeros por el camino. Tiene una capacidad innata para crecerse ante los problemas, que por fortuna ha debido utilizar pocas veces en su vida.

—Hola, Mar. Los forenses ya están trabajando para conseguir alguna pista de los círculos de su brazo.

—Buenas noches, Natalia. ¿Tú le has visto? —dice esto mientras la ve mover la cabeza negativamente—. Está inconsciente, pero escucha. Lo sé porque los párpados se mueven. El médico dice que no significa nada, pero yo creo que sí. —Mar la mira y se ve reflejada en ella como si fuera un espejo, son sus mismas lágrimas, su llanto suelto a borbotones, abriendo surcos por donde pasa.

—No sé. —Natalia no sabe qué añadir siquiera—. No sé —repite. De pronto Natalia se echa a llorar. Se le nota que ha contenido el llanto mucho tiempo, que ya no le quedan fuerzas para retenerlo, así que solo puede soltarlo. Le ha visto desde el cristal circular de la puerta y no ha podido parar: no hay dudas, efectivamente es Serguéi Andréievich Tomski quien está allí tumbado. Un ser mortal como cualquier otro. De carne y hueso. Con una cuenta regresiva hacia la muerte que también se aplica a él.

—Te impresiona mucho, pero saldrá adelante. No debemos dejar que ignore las buenas cosas que tiene aquí, la gente que lo quiere, los momentos estupendos que le esperan. Que no olvide que le gustan los coches rápidos, la buena mesa, la música, y que si se va, ya no verá la nieve nunca más. Porque Rusia se queda aquí y nosotras también. —Saca un pañuelo y se lo extiende.

—Yo he intentado tanto dejar de quererlo. ¡Tantas veces, con tanta fuerza! —Natalia confiesa abiertamente por fin, como una forma de liberarse—. Me levantaba por la mañana y me decía a mí misma: «Hoy voy a dejar de amarlo». Pero llegaba la noche y él seguía en mi cabeza, clavado como una estaca. Y entonces me repetía: «Mañana, será mañana. Mañana dejaré de quererlo». Y cuando me despertaba, ahí estaba él. Como el sol que sale. Pero yo me resistía, y por eso desafiaba esta pasión cada día, con la esperanza de poder matarla tarde o temprano. La gente anhela dinero o una casa nueva, y yo lo que más deseaba era que mi amor por él se muriera en cualquier instante, casi sin darme cuenta. Sin embargo, nunca pasó. Nunca fui capaz de dejarlo. Lo más que conseguí fue acostumbrarme al dolor de no tenerlo, aceptar la aflicción de que nunca lo tendría.

—El sufrimiento nos estira hasta tallas insospechadas —añade Mar, un tanto sorprendida ante la confesión que acaba de oír.

—No estoy de acuerdo; es más, no te lo tomes a mal, pero lo encuentro degradante. No te imaginas el esfuerzo que empleaba para llamar su atención: me gastaba mi salario en ropa cara, pasaba horas en la peluquería, me hice un par de liftings y cambié el color del pelo tres veces, pero él no llegaba ni a fijarse siquiera. Nunca gastó en mirarme más de dos segundos. ¡Qué duro era! ¡Qué estúpida me sentía! —Natalia no añade la peor parte, pues aunque necesitaba abrirse por una vez, eso se lo quedaría para ella. Su novio de turno siempre estuvo al tanto de la situación y siempre se hizo el idiota, como el Serguéi Lijutin de Biely, que tomó el asunto del novio imaginario de su novia como si no fuera con él.

—Eres una mujer preciosa, y me consta que de eso eres consciente. Representas a todas las mujeres de éxito. Él ha tenido un estilo de vida tan intenso que le ha llevado a estar con muchas, y si puso distancia entre vosotros es porque te respeta.

—Cierto… ¿No le hubiera costado nada acostarse conmigo. ¿No es eso? Pues ni en eso se molestó.

—Porque hubiera sido imposible que se quedara solo en un polvo, porque sabes cómo funciona el sexo de los hombres: liviano como una pluma. Tú le hubieras pedido más aun sin darte cuenta. Fue muy honesto. Una relación entre vosotros solo le hubiera conducido a perderte.

—Fue un cabrón. Ha estado con cualquier mujer que se le cruzara y tuviera un cuerpo de ensueño. Y a mí ni eso me dio. Yo necesitaba desesperadamente tener una aventura con él, tanto para poder tenerlo cerca como para poder alejarlo. A cualquier persona de cerca se le ven las arrugas, se huele el mal aliento, el sudor y hasta la mierda si se limpia mal el culo; sin embargo, intenta ver todo eso en un póster de alguien repeinado e impecable cuando llega a trabajar cada jornada. Es simplemente imposible.

—¿Es así como te hubiera gustado que te tratara? ¿Como a una fulana? Me cuesta creerlo.

—Pues sí. Yo le hubiera agradecido que me tratara como a una puta para poder materializarle, y por fin vivir las cosas en vez de imaginármelas. ¿Sabes cuánto pueden doler las fantasías?

—Yo también he pasado por ahí. Y al final siempre me alegré de no ver mis ensoñaciones cumplidas.

—Lo pasaste con cuántos… ¿quince años?, ¿veinte? Pues a mí me llegó a destiempo. ¿Y sabes qué? Pues esto es como el sarampión, cuanto más mayor, peor es. La enfermedad se siente a gusto en cuerpos experimentados y se niega a dejarlos. Te lo dice quien no tuvo remedio. Pero hoy es diferente. Lo acabo de ver medio muerto, y quizá hay una esperanza para mí. Hoy es humano. Ha caído tanto que quizá no vuelva a levantarse.

—Cuidado con los muertos, que pueden engancharse aún más que los vivos por culpa de ese halo de mártir que da la ausencia. —Mar hace una pausa para digerir lo dicho. Después sonríe—. Esta noche hasta parecemos amigas.

—Nunca seremos amigas. Deja esas cosas para las francesas, que nosotras necesitamos pensar menos para llegar al mismo sitio.

Mar y Natalia empiezan a reírse. Mar abraza a Natalia y le da un beso en la mejilla. La siente cercana, como en un momento ya vivido y que no se está viviendo sino recordando. Quizá pasó hace un millón de años, con la primera mujer que miró a su competidora y no vio en ella a otro depredador del medio, sino a un ser digno y hermoso.

—¡Anda, entra! Lo estás deseando y a él le vendrá bien. Hemos hablado cosas muy grandes. Déjame que las doble para que me dejen espacio a mí, que ando un poco desubicada ahora mismo. ¡Menuda noche! —Se ríe de nuevo por la ironía del destino, y piensa cómo de los malos momentos surge un instante loco como el rocío—. Te veo en un rato. Supongo que debo comprar pañuelos y algo de vodka. Ya ves que he aprendido cómo se llora en Rusia.

Natalia entra en la habitación de la UCI y empieza a hablarle a Tomski. Le toma la mano, le acaricia la cabellera plateada, llora su amor no consumado. Le besa en los labios con sabor a suero. Tarda poco, se va a la cafetería a despedirse también de Mar.

—Esta noche lo he hablado todo. A partir de ahora, si digo algo más solo me repetiría. —Natalia mete la mano en el bolso modelo tote para buscar su móvil, que encuentra fácilmente en el compartimento de siempre—. ¿Y sabes qué? No es verdad lo que dicen: confesar no da alivio, solo te hace ver que eres débil. Después de esto, lo más seguro será hablar del tiempo.

—Las personas que hablan del clima quieren parecer impenetrables pero lo único que muestran es que son aburridas. ¿Quieres tomar algo más? No sé cómo has podido tomarte el té medio hirviendo.

—Nada. Tienes teorías muy graciosas para todo. Se nota que eres de la *intelligentsia*. —Natalia coge una silla y se sienta—. Mi madre también era así. Tomaba té verde a todas horas como yo, aunque lo tuyo es el negro con limón y jengibre… No me mires de reojo, que para eso hemos pagado informes fiables sobre ti, a ver si te crees que íbamos a dejar a nuestro CEO liarse con una espía. —Y se quita el agua de la nariz con la manga de su vestido en vez de utilizar un pañuelo—. Mi madre tuvo suerte, nació cuando el Estado soviético era ya vegetariano, si te acuerdas de esa expresión de Ajmátova; si mi madre hubiera vivido durante los primeros años de la Revolución, la habrían mandado en los barcos de los filósofos a Alemania. —Se muerde los labios para quitarse un poco del pellejo y hace una breve pausa—. Tenía pasión por los libros, siempre estaba leyendo, acechando un tema nuevo que diseccionaba hasta el final. Una de sus manías era la plaza del Palacio de Invierno, había una lámina o una pintura en cada estancia de nuestro pequeño piso porque decía que toda nuestra historia estaba allí, en un lugar circular como el universo. Comentaba que la Revolución de 1905 fue hecha por gente decente, no como los sinvergüenzas que vinieron después. Se murió con ganas de ir a una huelga que no estuviera amañada, pero a lo máximo que llegó fue a ver la prisión de Kresty, de la que se decía que era el único sitio donde se podía escuchar la verdad aparte de en las cocinas de cada casa. —Se refiere al edificio de ladrillos rojos muy cerca de donde estaban, que tiene ventanales de catedral y chimeneas de fábricas, por el que pasaron desde poetas a revolucionarios.

—¿La encerraron allí?

—Es posible, pero sería por algo leve porque no aparece en los archivos. Quizá fue a ver a un amigo y convirtió la experiencia en parte de ella, para darle un toque melodramático a su biografía. Por eso creo que es preferible no ahondar más… Yo nunca quise ser como ella. Odiaba su falta de sentido práctico, su inteligencia desechada, su impertinencia con el dinero. Creo que nunca me perdonó que me volviera rica porque mi sueldo de Lozprom es una fortuna. A veces pienso que falleció del berrinche.

—A mí ahora me pareces aún más interesante. Hasta a Masha le gustas, y eso que no le gusta nadie.

—¡Ah, la vieja Masha! —exclama con algo de cinismo—. No idealices a las *bábushkas* de esta ciudad: aunque tienen una cultura exquisita, son lo más rudo y antipático que ha creado la naturaleza. Sin embargo, si les caes en gracia, se comportarán como tu madre y tu abuela juntas, lo cual es igual de lamentable. En fin, te hablo abiertamente de todo y de una sola vez. Hoy he tenido una proposición que rompe todos mis valores, y creo que es la oportunidad de librarme de ellos.

—¿Por qué vas a desaparecer ahora?

—Yo necesito mi velo para poder seguir. Necesito mis mentiras, mis ilusiones, porque a ambas las conozco bien y me dan confianza en mí misma. Yo no estoy habituada a enfrentarme a la verdad. Entiéndelo en su justa medida, por favor. En el trabajo estoy tan cerca del suelo que creo que solo respiro polvo, por eso toso tanto, porque creo que se me va a tapar la nariz.

—No puedes dejarlo en estos momentos.

—Antes intentaré acabar la investigación que he empezado, pero no te prometo nada, pues no sé hasta dónde puedo llegar. Y después voy a olvidar a Serguéi Tomski de una vez por todas.

Y dicho esto, Natalia se va.

SÉPTIMO Y VEINTE

Amanece. Cuando el sol sale en esta ciudad, es como asistir al nacimiento del mundo. No hace falta imaginarse el *Big Bang* para verlo en directo. Solo hay que esperar al instante en que el sol vence la oscuridad. Las gaviotas ya chillan desde el Nevá. Nubes de formas puntiagudas pasan a gran velocidad llenando el cielo casi por entero. Se acercan las noches blancas; pronto pasará el frío. Muy pronto. Los semblantes de los transeúntes cambiarán de repente, se les irá el rigor de lo gélido, se dulcificarán ligeramente. Sin embargo, los petersburgueses lo saben bien: durante las temporadas cálidas, el invierno duerme en los fondos del Nevá con la música de Glazunov. Y se explica por un hecho irrefutable: si raramente hace un día de mucho calor en verano y se sale a navegar por el río, hace falta una chaqueta gruesa para aguantar el gélido aliento que respira el agua. Se necesita cubrir la cabeza y hasta las manos, buscar un pañuelo para limpiarse la nariz. Y lo mágico viene a continuación, pues una vez que se regresa a la orilla, se vuelve a sudar de calor.

Mar sigue en la cafetería, desde donde observa la llegada del nuevo día. Qué extraño que fuera todo siga su curso distraído, cuando dentro de ella todo se ha detenido. Afuera los ruidos llegan, la gente se dirige cabizbaja a su trabajo mientras compra algo caliente en los cafés móviles de la entrada del metro, donde las tiendas de flores están siempre abiertas, a horas donde se viste más bien humilde, ya que los pudientes se despiertan después. Hay un runrún de trabajadores andando hacia las fábricas, de obreros que son recogidos por los autobuses de empresa, que más bien parecen transportes militares que los llevan a la guerra. El puente Liteini es afluente de mano de obra, la plaza de Lenin es lanzadera a la productividad de Petersburgo. Ellos, todos ellos, llevan escrito lo mismo en sus ojos: a nadie se le ha dado lo que alguna vez se le prometió.

Las nubes siguen pasando, pero la negrura permanece.

A Mar le da por pensar, con su *piroguí* en el plato, pues aborrece tener que comerlo con nata agria de madrugada. «¿Quién ha encargado a Oleg pegarle un tiro a Serguéi?», se pregunta. «Los posibles mandantes se alinean detrás del dinero, la envidia o el oceonio… Si ha sido por dinero, solo han podido ser los amos del petróleo del país. Él se reunió con ellos una vez en un hotel del centro, lo recuerdo bien, y la cosa acabó en tablas. Nadie de fuera se atrevería a una intervención así en un país tan grande y sujeto a las leyes del caos ordenado. Los dueños del dinero quieren siempre tener más dinero porque ya carecen de imaginación. Esa facultad se pierde con la adicción a acumular, que es directamente proporcional a la falta de ética. Esos son buenos sospechosos, no hay duda. O podría haber sido su esposa, desplazada y envidiosa. Sería tan novelesco. Me quitaría de un golpe el sentimiento de culpa de haber "roto una familia"... Pero ¿qué estoy diciendo? Él puede morirse de un momento a otro y yo aquí fantaseando con celos. Por otro lado están sus enemigos clásicos, esos que forman parte de su vida laboral, los que se ven, como el Poliakov ese, y también los que no se ven, que serán bastantes, me imagino. Todos los ambiciosos y los resentidos que ansían sustituirle. Todos ellos podrían comprarse la impunidad con su desaparición. Sin embargo, si Serguéi despierta, alguien tendrá problemas, porque él tardará poco en saber quién lo hizo. Y por último está el oceonio, que incluye a todos los sospechosos anteriores, además de medio país, que ha sido contaminado con la ignorancia a través de los medios. Es como encontrar la piedra filosofal y convencer al que la tiene de que el oro es malo para la salud, y que mejor se lo dé a otro».

A esa misma hora, en la otra parte de la ciudad, todo está preparado para que Serguéi no salga adelante. Nuevas acompañantes caminan con nuevos acompañados, las apuestas sobre los cambios de jerarquía se suceden. Nadie ha dormido en su casa, las copas se han juntado entre habladurías. A Serguéi lo han negado tres veces antes del canto del gallo, porque mientras él yace entre la vida y la muerte, la Tierra ha rotado una vez sobre su propio eje sin darle ninguna importancia a su nombre. Ya lo saben todos. Ya han constatado que es polvo llamado a convertirse en más polvo. Su imagen de zar está tan quebrada como el pecho en el que se depositó la bala.

El vulgo vive con la ilusión de que el poder significa algo así como la capacidad de abrir el mar Rojo con un bastón, pero cuando el que ostenta el mando muestra su vulnerabilidad humana, está perdido. Si Serguéi sobrevive, ya no lo mirarán desde abajo sino como a un igual. Ya no lo sentirán como alguien capaz de todo. Serguéi siempre fue consciente de la necesidad de cultivar este atributo y por ello jamás dejó que nadie se le acercara demasiado. No le vieron comer en la cantina. Nunca llevó a empleados a cenar a su casa, no dejó que su esposa hiciera amistades en la empresa. Si alguno de los hijos de sus colegas coincidía con Artur en alguna actividad extraescolar, inmediatamente le cancelaba la suscripción, por lo que el muchacho terminó solo con la compañía de profesores particulares. Si Serguéi pudiera hablar, diría que no era cosa de ego. Todos querían que fuera quien no era, y él se encargó de cumplir sus deseos, más por sentido práctico que por ganas de complacer. Se defendió de esas alimañas a sabiendas de que nadie fue nunca sincero. Un amigo suyo de la escuela definió esto una vez, citando el mismo libro de Biely que Mar ha comentado con Serguéi: «El hielo hace crecer en mí una sensación particular: la sensación de que incluso rodeado de gente, yo estoy abandonado en el espacio infinito». Puede ser que tal como está ahora, es como ha estado siempre. Solo que ahora se ve lo que antes no se veía, pero paradójicamente el único testigo de esa fragilidad es Mar.

Ella no se da cuenta de que Serguéi está a punto de morir de una u otra manera, que hay muchas formas de matar a una persona, de que los cinco litros de sangre de alguien, gota a gota, puede dejar un rastro que llegue hasta la luna. El nombre de Serguéi flota en el aire, sube y baja, merodea las bocas, se estira y se ahoga, y finalmente se mete en los bolsillos. Antes de que una pistola dictara su destino, las mujeres cotilleaban si él había sido especialmente amable esa mañana, si les había dedicado una sonrisa abierta o si las había rozado en el ascensor. Los hombres comentaban si se lo habían cruzado o si habían intercambiado las primeras palabras del día. Sacaban pecho con estos acontecimientos como si se tratara de un goleador en la final de la ОЛИМПБЕТ, la supercopa del fútbol ruso. Serguéi no tenía que hacer nada, solo ser el jefe. Estaban orgullosos de sí mismos simplemente por haber contado con su mera presencia. Hubo un trabajador que fue invitado a verle soplar la tarta de cumpleaños que sus secretarias le prepararon a modo de sorpresa y el hombre estuvo relatando lo mismo durante tres años. Ahora, Serguéi ya no será alguien que se lleve en la lengua y mucho menos en la mano. Los conocidos se lo han sacudido como un insecto.

Antes de irse, Natalia le dejó a Mar una noticia inquietante a la que no deja de darle vueltas. En la empresa ya le tienen planeado un funeral en la catedral de Kazán, porque tiene alcurnia y les pilla cerca de la oficina. De hecho, han hablado incluso con el metropolita, y le han reservado una mañana para que ningún muerto reciente se entrometa. Por desgracia, una vez más la realidad se llena de ironía.

SÉPTIMO Y VEINTIUNO

Mar sale a pasear para celebrar que Serguéi ha pasado la noche. Su cuerpo aún aguanta y resiste. Sigue vivo cuando le dicen los médicos que podría no estarlo. Hace frío, pero la ayudará a despertarse. Camina despacio por el exterior del edificio, que tiene enormes dimensiones. Reza a la Virgen del Signo, ruega por la recuperación de Serguéi. Esa Virgen maneja la vida y la muerte desde que un asesino la usa para ejecutar, quién mejor que ella para revertir la oscuridad que han creado alrededor de ella. En lo divino está el principio y el final de las cosas, y este episodio no es más que otro círculo en la historia de la ciudad.

El perímetro del hospital se extiende más de un kilómetro. Los muros son claros y fácilmente distinguibles del ambiente industrial que lo rodea. Mar recuerda una canción de misa que siempre cantaba cuando era pequeña. La canturrea muy bajito y la acompasa con sus pasos. Ya ha dado una vuelta entera. Apenas hay gente todavía. Es demasiado temprano a pesar de que ya hay luz.

Llega bajo la ventana de la habitación de Serguéi, la conoce ya de sobra. La parte de cuidados intensivos está justo encima de ella. Apenas se ve debido a la altura del muro exterior. Sin embargo está allí. Mar se da la vuelta porque oye un ruido. Hay un callejón justo detrás. Apenas es perceptible, pero unos golpes se repiten, como una llamada a algo. De pronto suena un cubo metálico y no ha podido ser el viento. Tiembla de miedo porque algo inusual está pasando en esa calle negruzca, que desde lejos se asemeja más a un túnel. Y ahora Mar oye un jadeo, rápido y alarmante. Mar confunde este sonido con los golpes de su corazón, que cada vez van más fuerte y más rápidos.

Tiene que ver qué pasa, pero ya ha aprendido la lección y se deja de heroísmos. Va directamente a la garita de seguridad del hospital y pide a un par de soldados que la acompañen. Explica que puede ser un animal, pero que hay algo allí fuera. Ellos solicitan permiso para complacerla, sin que en ningún caso se crean ni media palabra. Los soldados llaman desde la entrada del callejón. Silban y se identifican. Como apenas hay luz, sacan la linterna de sus móviles para iluminar la zona. Mar se queda a cierta distancia. Se escucha el eco de los chicos llamando y de pronto un grito de sorpresa y espanto, un «no» mayúsculo que rebota contra las paredes de los dos edificios que forman aquella caverna urbana. Mar piensa que, una vez más, su instinto de perra no le ha fallado.

Uno de los soldados sale vomitando del callejón, se llena las botas de bilis con el desayuno madrugador que tuvo hace una hora. Cuando se repone un poco, da la alarma y después, siguiendo el protocolo, la aparta lejos del lugar y no le permite aproximarse.

—Es por su bien. No se acerque, señora, es por su bien. —El muchacho es tan joven que no puede aguantarse las lágrimas y se echa a llorar sentado en el suelo.

—¿Qué pasa? —pregunta Mar.

—Ha venido el diablo —contesta mientras se ve llegar un tropel de soldados—. Ahí dentro ha estado el mismísimo diablo.

Los compañeros se acercan con rapidez y lo primero que hacen es atender al soldado que está con Mar. Este se levanta avergonzado. Dice una y otra vez que está bien. También llega una ambulancia y empieza a hacer maniobras para colocar su trasera en la boca del callejón. A continuación sacan una camilla. Los demás chequean el perímetro con diligencia. Acordonan la zona y traen un par de perros. Los perros encuentran algo y guían a los soldados. Cuatro de ellos salen en busca de una pista o un sospechoso.

A Mar la vence la curiosidad una vez que se siente segura. El soldado es una de las figuras trágicas de un conflicto, porque o mata o salva. No le queda el gris intermedio del ciudadano. En este caso, los soldados son portadores de la seguridad que ella necesita.

Se acerca sigilosa al callejón cuando todos están distraídos. Entonces es ella la que lanza un grito de horror que multiplica el emitido por el soldado. Todos la miran, pero ninguno reacciona durante unos segundos porque cada uno de ellos se está expresando con la voz de Mar. Este puto mundo al que tanto le gusta hablar de dolor y muerte, mientras nosotros nos empeñamos en pensar que un día es igual que el otro y que se repetirá siempre.

Hay una mujer crucificada en el lado izquierdo del callejón, con una ecuación pintada en una tablilla imitando el «INRI», el acrónimo de «Jesús de Nazaret, rey de los judíos». Mar ha reconocido enseguida a Ignátov, por su cuerpo enjuto y los ojos más abiertos que nunca. Y no puede evitar pensar en ese momento: «Ignátov, Ignátov, ¿por qué nos has abandonado?».

OCTAVO

EL SEXTO CÍRCULO

¡Ay! Cómo en los días de vejez
amamos más tiernamente y más obsesivamente...

Fiódor Ivánovich Tiútchev, «Últimos días»

Acepto todo lo que hubo,
nunca busqué mejor destino.
¿Acaso hay algo mejor que haber amado,
algo mejor que haber ardido?

Aleksandr Blok

OCTAVO Y UNO

Alguien toca el violín en la plaza de la Victoria, que tiene forma de ojo de Horus a modo de amuleto de la ciudad, con un obelisco que es la lágrima por los soldados que nunca volvieron. Justo debajo están enterrados los héroes que entregaron su vida luchando contra el fascismo (contra Hitler, defendiendo la patria) y a cambio les devolvieron sus nombres esculpidos en mármol. Dos enamorados han decidido irse a vivir juntos, un gorrión ha robado un trozo de pan del suelo a un vagabundo. Petersburgo va a lo suyo. En el Petersburgo de Lenin uno no vive, sino que se levanta alzando el puño.

Uno pertenece a un decorado rojo, y él soy yo, y ella sois vosotros, y todos juntos somos los otros, porque todo lo ajeno es infinitamente más interesante que uno mismo.

OCTAVO Y DOS

Anna llega a las inmediaciones del crucero Aurora. Llueve sin virulencia, como durante los últimos días. A Anna le impresiona la superficie grisácea del Nevá, la inmensa masa de agua cenicienta, tan densa como si no tuviera fondo, azotada por las gotas de lluvia. «Debería salir más a menudo de las pantallas», se dice la hacker. Pero allá, a lo lejos, el cielo se abre y los rayos de sol caen en un pozo haciendo que haya día y noche a la vez sobre las doradas cúpulas de Petersburgo. Rusia es una tierra tan fuerte que es capaz de aglutinar a gentes tan dispares que deberían odiarse en vez de llamarse hermanos.

Anna se para ante esta mole metálica, el Aurora, la montaña mágica de San Petersburgo. Una nube azucarada de color blanco azulado, aunque es posible que ni sea ese su color. Sin duda tiene algo de trágico y algo de místico, como si fuera una catedral sobre el agua. Los tres mástiles se alzan cual altísimas torres en homenaje al pasado de la historia roja de Rusia. El pueblo ruso, a diferencia de otros, coloca la nostalgia de cara al futuro. «Al menos han tenido la deferencia de situar al barco en la orilla opuesta al Palacio de Invierno, dado que este último le debe guardar rencillas históricas que ni el paso del tiempo ha podido eliminar», piensa Anna.

Se escucha un cañonazo desde el Aurora. Anna se echa a temblar. Presiente que algo importante está por llegar. Ese mismo cañonazo subió el telón del bolchevismo para quedarse setenta años en escena. El crucero es un veterano de la guerra ruso-japonesa y de la Primera Guerra Mundial, donde su desempeño y su buena suerte lo hicieron muy respetado entre los marinos. Al ser herido en la guerra, lo llevaron a San Petersburgo. Una vez puesto a punto, los bolcheviques quedaron tan seducidos por su apostura que pidieron al buque que se uniera a la causa socialista. Aunque no solían pedir las cosas por las buenas, con el Aurora sí que se mostraron formales y corteses. El Aurora finalmente dijo que sí y ofreció su alargado cuerpo para que se creara a bordo el comité revolucionario. El resto está en los libros. La Revolución. Lo que vino después de la Revolución. Y lo peor: cómo se salió de ella. Anna es informática, pero sabe lo suficiente de historia para preocuparse ante ese signo ominoso.

Un marino la saluda y la conduce por la cubierta del crucero, que es la imagen deconstruida de la silueta de Lenin. Como no sabe para qué la han traído, se ha puesto un traje de Óscar de la Renta, el más elegante que tiene. El destino siempre la encontrará impoluta pase lo que pase. Se estira la camisa para que sobresalgan ligeramente las mangas y puedan verse los formidables gemelos de esmeralda que saqueó en una subasta online.

Anna camina mientras las notas que Shostakóvich le dedicó al Aurora se escuchan de fondo. «No es mala elección para música de ambiente», piensa ella, pero la atmósfera está tan vacía, tan metálica... Apenas hay gente, y sin embargo se diría que miles de ojos la observan. Ella se dedica a eso. Hay cámaras de precisión cubriendo cada ángulo por donde pasa. Anna las identifica enseguida. Son la última generación en su gama. Definitivamente lo que sea que venga a hacer, será importante. Desciende las escalerillas, después sube y llega a una sala de reuniones. El presidente está allí, escuchando el *briefing* de un militar. Al verla llegar interrumpe al oficial, la saluda y le pide que tome asiento.

—¡Señor presidente! ¡Es un honor! —comenta Anna.

—Encantado —contesta él con sequedad—. Seré breve: quiero que me explique en detalle su hallazgo.

—No entiendo. ¿A qué se refiere?

—Usted está siguiendo a un tal... —El presidente se acerca un folio que hay sobre la mesa—. Me refiero a @emmanuel88fuck, que parece ser un matemático.

—Exacto. Trabajo con la policía en el caso del Monje Negro, un asesino en serie... Estamos muy cerca de cazarlo.

—No tanto, pues parece que ha llegado al final de su misión sin descubrir al Monje, según tengo entendido.

—Sí, la verdad, no hemos tenido suerte todavía, lo siento. Hemos trabajado mucho, perdone, señor. —Anna agacha la cabeza.

—De eso estoy informado. En realidad me preocupa lo otro —comenta el presidente mientras cruza las manos sobre la mesa y empieza a dar pequeños golpes con sus pulgares.

—¿Lo otro? —Anna se pone a pensar hasta que al final cae en la cuenta—. ¿Se refiere a lo que pasó hace un par de días con el *freak*?

—Y a todo lo demás. Proceda, por favor.

—Entiendo, señor. El matemático recibió un mensaje encriptado mientras jugaba en un videojuego en red. Un personaje llamado Astrazal le entregó un sobre azul y el idiota del *freak* abrió el sobre en mitad del juego y mostró la ecuación a todo el mundo. Astrazal se puso furioso y lo mató en línea.

—O sea, que el matemático rompió las reglas del juego. Desveló la fórmula que contiene la quinta coordenada de la longitud del oceonio… aunque, según tengo entendido, es muy difícil de calcular.

—Exacto. Astrazal se puso como loco, pero loco loco. Nunca he visto nada así, y vaya si he visto cosas. Después anunció a la comunidad que el último sobre sería blanco y rojo y que con este se acabaría el juego.

—No azul, sino blanco y rojo… —repite el presidente—. ¿Y dónde está el matemático? Si yo fuera él estaría muy preocupado. Mis agentes no lo encuentran.

—El *freak* metió unas cuantas cosas en una mochila y compró un billete para Georgia. Su madre vive en Tbilisi con su tía. Sin embargo, cuando iba a tomar un autobús, alguien se le acercó, habló con él y desistió. Lo vimos en las cámaras de la estación. No sabemos si tomó otro medio de transporte. Se evaporó. No ha tenido ninguna actividad en las redes desde entonces, lo cual es raro porque es un adicto.

—Pero el Monje todavía necesita un matemático para la última ecuación, la del sobre blanco y rojo que ha anunciado —comenta serio el presidente.

—Exacto. Salvo que encuentre a otro, aunque a estas alturas es arriesgado involucrar a alguien más —señala Anna.

—Ya, pero la quinta coordenada ha sido publicada nada menos que globalmente y en directo.

—Solo unos segundos. Pudimos modificar parte de la ecuación y plantarla en otro lugar.

—Y usted cree que hay algo más —afirma el presidente mientras cruza de nuevo las manos y agacha la cabeza para mirar intensamente desde abajo a Anna, que contesta algo cohibida.

—Le comenté ayer a Natalia Ivánovna que hay otro hacker que está anticipando un atentado a gran escala relacionado con el oceonio. Están buscando la forma de dar con la coordenada.

—Avisos como esos se dan todos los días. Yo por lo menos tengo un par de ellos cada semana, y solo me llegan los importantes —dice el presidente—. No es necesario alertar sin fundamento.

—Se trata de algo de grandes dimensiones. El daño que anticipan es considerable.

—Pero ustedes han infiltrado un lugar cerca de la frontera americana durante el jueguecito ese —comenta el presidente mientras sonríe por primera vez.

—¿A que es genial, señor presidente? Es que a todo esto le faltaba un toque de humor.

—Bien hecho. Coincido con la información proporcionada por el servicio de seguridad de Lozprom. Ellos creen que no hay razón para inquietarse y yo opino lo mismo…

—Pero están hablando de bombas y misiles de…

—Siga esa pista e infórmeme únicamente a mí. Mis agentes le dirán cómo comunicarse.

—¿Cómo puede estar tan seguro?

—Dedíquese a cazar al Monje Negro y deje de lado el oceonio. Un asesino en serie al estilo americano no lo tenemos todos los días.

—El presidente sonríe tímidamente otra vez, le da la mano con firmeza y se va. Cuando sale, hace una seña para que conduzcan a Anna a la salida.

OCTAVO Y TRES

El verano no llega el 21 de junio, sino que en Rusia empieza oficialmente el 1 de junio, quizá sea por las ganas que tienen de que la primavera casi invernal termine cuanto antes. Ya pasaron varias semanas. Serguéi sigue en coma, pero lo han trasladado a una habitación en un piso superior con un agradable color amarillo, con los techos acicalados de hojas pintadas en dorado, un armario de madera tallado y un gran ventanal con vistas al patio. Antaño pudo ser un despacho porque está en un lugar apartado de las alas para pacientes del hospital. Se escucha al viento tropezar con los abetos y, desde que la nieve se fue, el verde ha vuelto a los arbustos.

Los cuervos se sientan en el alféizar de la ventana, donde Mar deja algo de comida cada día. También ella se ha mudado a esta habitación a su manera. Médicos, enfermeras y personal tratan bien a su único paciente civil. Yaroslav, el médico, le ha buscado un pequeño escritorio que estaba medio arrumbado, y uno de los ordenanzas con fama de manitas se lo barnizó especialmente para ella. Mar compró un flexo de base dorada y pantalla verde, como el que inspiró el nombre de «La sociedad literaria de la lámpara verde», en la que poetas indignados como Pushkin debatían a la luz de una de estas versos contra los zares. Allí Mar se ha instalado para trabajar cada día frente al ventanal, porque está el antiguo radiador soviético de hierro que nunca falla. Ha convertido su horario de visita en su horario de trabajo, se queda desde las nueve hasta las seis, hora a la que vuelve a casa. Enamorarse también es cuestión de horarios. Desde su mesa escucha respirar a Serguéi, echa un ojo a las decenas de cables, oye los monitores como parte de su rutina. Se conecta a Radio Clásica de España, escribe su tesis acompañada de locutores que hablan español y recuerda su tierra con un pelín de morriña. Ya no va al Tavrícheski, porque la conferencia del oceonio se ha retrasado y Ségny la deja trabajar a distancia. Se alegra de tenerlo todo escaneado, aunque a veces las notas de Jean escritas a mano invaden la estancia, pues Mar las divide por capítulos de tesis y las coloca por orden desde la cama de Serguéi, siguiendo por las sillas, el suelo y lo todo el espacio de la habitación. El final le queda, por último, apilado en el váter, lo que la divierte porque está muy contenta con las conclusiones, que le han salido redondas. Las enfermeras le perdonan el caos porque saben que el orden solo reina en algunos días puntuales. Los médicos a veces entran, toman las hojas con interés, y hasta uno que otro le plantea preguntas interesantes sobre derecho del mar porque le ha picado la curiosidad. La tratan bien, porque se han dado cuenta de que ella también se está curando. La muerte compensa a los vivos con la inspiración y a los muertos con la memoria.

Como era de esperar, no han dado con el francotirador que disparó a Serguéi. Sin embargo, la policía tiene la deferencia de pasar por el hospital de vez en cuando para informar que no tienen nada. Hablan siempre con el encargado de la seguridad del enfermo, después saludan a Mar desde lejos con una leve inclinación y se van enseguida. Seguramente a ellos les gustaría coger al culpable, pero las pistas se han limpiado con la lejía del dinero.

Serguéi está en ese punto de indecisión en el cual no sabe qué hacer, si quedarse en un mundo que se rejuvenece en sus traiciones o irse definitivamente a una paz que nunca tuvo. Se diría que duda por primera vez en su vida. Mientras la cama le da tiempo para decidirse, los días pasan monótonos, entre el goteo silencioso del suero y los pitidos de los monitores. En esas pocas semanas su pelo se ha vuelto blanco con la escarcha del suero fisiológico y su tez aún más pálida.

Mar echa de menos de Serguéi la forma en que él la drogaba de emoción. Él está a su lado, pero también lejos, muy lejos de allí. El trabajo y la espera son ahora su realidad y una montaña de difícil escalada. Sin embargo, hay algo concordante: ella nunca se siente sola cuando escribe y está segura de que él tampoco se siente solo cuando la escucha hacerlo. Mar llega cada mañana con la esperanza de que algo cambie, pero lo único que cambia es cómo se endurece su corazón. La ciudad, en contraste, se ablanda. Es lo que le pasa a Petersburgo en verano, se hace más amable cuando se llena de lenguas, que circulan en los sitios más inesperados. Los europeos invaden por donde pueden, según la tradición. Mar se sorprende al escucharlos a su lado en el metro y se reconoce cada vez menos en ellos. Suele caminar despacio, esquivando al gentío, ese torrente anónimo que aglutina todo a su paso. Siempre tiene tiempo para detenerse y escuchar un poco de rock duro, que ha descubierto hace poco en algunas esquinas de su itinerario de cada día ejecutado por bandas que tocan pasando la gorra. Mar se sorprende de su calidad, y tiene claro que es una de las reminiscencias de la Revolución. ¡Ah, la Revolución!, esa época en la que ser espía era más fácil que ser ciudadano. Y es que los antisistema ocupan los parques y los recodos del metro. Son una raza con nombre propio. Gritan su verdad a quien quiera escucharla. Sus canciones hablan de sus vidas, de sus miserias, de las mentiras que los rodean. Como siempre. Con la prerrevolución se hicieron terroristas. Con la Revolución se hicieron bolcheviques. Y ahora son insolentes e insolventes, y sigue sin gustarles la autoridad. Son echados para adelante, con la frente alzada y la mirada felina. Son la viva imagen del hombre-perro de Bulgákov, para aquellos que les cueste imaginarlo. Caminan por las calles con la cabeza alta, la barbilla apretada y las ropas limpias. Llevan tatuajes que parecen satánicos, piercings en los lugares más incómodos y botas militares, en invierno y en verano. Dicen siempre que no cuando hay oportunidad y tienen por norma no ser simpáticos. La ciudad es suya los fines de semana. Mar siempre tiene algún billete para darles cuando se los cruza. Respeta su creatividad violenta.

Mar llega a casa de Masha, ese lugar que ha comenzado a llamar hogar. Le gusta admirar la belleza del edificio en la entrada antes de cruzarlo. Se alegra de no vivir en uno de los bloques monolíticos de la ciudad, con ventanas sin adorno alguno, una sucesión de cubos anodinos de cemento repetidos hasta el infinito, tanto que no es posible diferenciar los unos de los otros, como ocurre en la trama de la famosa película *Ironía del destino*. Ella siempre piensa que esa arquitectura es uno de los mayores crímenes de los soviéticos a la cultura de ese país, por mucha gloria que Jruschov se quisiera marcar con ellos. Cuando cruza la puerta siempre encuentra a Masha concentrada frente al piano, con los ojos cerrados y la partitura delante por si necesita verificar alguna figura o silencio. Se pone de mal humor cuando una nota habla ambiguamente. Ahora tiene un nuevo alumno, que no resistirá mucho, visto lo dura que es ella con los estudiantes. No se acostumbra a las nuevas generaciones, cuyos padres viven con el miedo al trauma desde que nacen y la obsesión de ponerles fácil la vida a cualquier coste. Aún no ha encontrado ningún chiquillo que conecte con ella a nivel artístico. Los padres no aprecian tanto que haya sido una gran concertista en su día, sino los precios baratos que cobra.

—¿Por qué has hecho hoy la cena? Me tocaba a mí —pregunta Mar mientras cuelga el abrigo a la entrada y cambia los zapatos de calle por sus pantuflas rojas.

—He mandado al niño a casa antes de tiempo porque se ha echado a llorar. Hoy día, además de perdonarles la falta de disciplina, también hay que consolarlos. El día que me muera, no llores por mí. Piensa lo contenta que estaré de no ver en lo que la sociedad se ha convertido.

—Deja las clases, te pagan demasiado mal.

—Son horas de frío que me ahorro.

—No lo necesitas, ya te lo he dicho muchas veces. Tienes un alquiler seguro por ahora.

—¿Y cuando te vayas? Me quitarán el puesto y se lo darán a otro. Además, yo nací trabajando y moriré trabajando. Los que nacimos bajo la estrella roja somos así. Ojalá que…

—No me vengas ahora con Lenin como haces siempre.

—Precisamente iba a hacerlo. Ojalá Lenin levantara la cabeza y se la cortara a los que han creado este caos que llaman «libre mercado». Ni es libre ni es mercado. Es una indignidad para todos, para los de abajo porque no pueden subir y para los de arriba porque en el fondo se cansan de tener el pie puesto en el cuello de los demás.

—No me creo que eches de menos un régimen totalitario porque en el fondo lo seguís teniendo.

—Ellos eran otra cosa.

—¿Porque destrozaron la vida y la individualidad de millones de personas?

—¿Hablas de los artistas?

—Por ejemplo.

—¿Y crees que ahora los artistas están mejor? Yo admiro los regímenes totalitarios, al menos ellos respetan la cultura. Los soviéticos y los nazis temían más a la cultura que a las bombas. Los artistas eran considerados personajes peligrosos, capaces de generar un impacto indudable en la sociedad. Ya lo decía Göring: «Cuando escucho la palabra "cultura", me llevo la mano a la pistola». Por eso los tiranos persiguen a los artistas con ahínco y se obsesionan con ellos, los buscan para exterminarlos porque son agentes de cambio, inspiración de mejoras, los verdaderos propietarios de la belleza y los visionarios de un futuro transgresor. Tratar al artista como una amenaza denota un respeto profundo por el arte. Los dictadores siempre establecieron en sus regímenes un mecanismo bien aceitado para detectar al verdadero artista y eliminarlo. Ciertos comités de censura eran en verdad una legión de lectores, por lo que puede decirse sin equivocación que alguno de los censurados fue más leído que muchas publicaciones hoy día. ¿Sabías que los inquisidores se aprendían párrafos de memoria para recitarlos frente a los acusados en público? A ver dónde y quién gasta tiempo hoy en eso. Odiar y denostar son sinónimos de temer. Y actualmente el temor ha desaparecido para dejar paso a la indiferencia... La indiferencia por la cultura, esa sí que es la verdadera sentencia de muerte. Por primera vez en la historia, con la sociedad global, a los artistas se les engaña con la posibilidad de llegar a cualquiera a través de las redes sociales, esas que tú usas como un animal con la cabeza metida en un hoyo. Pero da igual. Están condenados a la pobreza y a la apatía. La sociedad ha sido educada para no hacerles caso. Para preferir la basura, para no pensar. El público cultural está constituido de ciegos y sordos, gente de mal gusto en el mejor de los casos. Admitámoslo, la cultura agoniza, el poder ha vencido por fin.

—A tu familia le fue bien porque tu padre era un gran académico, los demás no pueden hablar con el mismo entusiasmo —comenta Mar, provocadora, mientras mira con ansia el blini que la anciana prepara. A ella le encantan y los llena de chocolate negro para escándalo de Masha, que sigue sin acostumbrarse a ese afrancesamiento decadente.

—Aquí todos tuvieron techo, comida y trabajo —afirma Masha pegando un golpe en la sartén.

—Este edificio todavía está lleno de familias en régimen comunal: comparten piso, tienen que hacer turnos para ir al baño y para cocinar, dividen por espacios el frigorífico… Esto está ocurriendo ahora mismo, en el siglo XXI, en una ciudad grande y desarrollada como la nuestra. Eso es una herencia del régimen anterior.

—¿Y en el mundo desarrollado este modelo no existe? Porque, según me cuentas, así es como vive mucha gente joven en Europa.

—Por otras razones. En cambio, tu padre académico consiguió una propiedad preciosa.

—Por reconocimiento… para que rindiera, necesitaba un espacio tranquilo para trabajar. —Masha sirvió dos vasos de té negro, con una rodaja de limón y un poco de jengibre, como a Mar le gusta.

—Ya sabes que siempre tendremos nuestras diferencias… ¡Y encima me sueltas esto con el estómago vacío! —dice Mar, y después hace una pausa, que la vieja interrumpe con un tema más personal.

—¿Alguna noticia de Natalia? —pregunta para cambiar de tema.

—He vuelto a llamar hoy. No avanza, sin indicios de ningún tipo.

— ¡Ha sido un terrorista! —afirma la anciana muy convencida—. Petersburgo siempre ha sido cuna de violentos. ¡Si hasta el hermano de Lenin era uno!

Masha ha hecho que Mar recuerde aquel incidente. Una historia de resentimiento que poca gente sabe y que ella leyó hace poco. Masha se refiere a Alexander, hermano de Lenin, quien quiso matar a un zar llamado también Alexander. Pertenecía a una organización radical llamada La Voluntad del Pueblo que tenía por propósito eliminar a altos cargos del gobierno. Como los miembros de la organización querían una historia que quedara bien en los libros, eligieron para cometer el atentado el mismo día que asesinaron al padre del zar Alexander, cuyo nombre se repite. Querían que la misma calle empedrada volviera a revivir la bomba debajo del carruaje, las piernas cortadas del zar, el hilo de sangre hasta el Palacio de Invierno. Pero esta vez arrestaron a las sombras en la avenida Nevski, cerca de donde ahora está la librería Singer. Y las colgaron. Después de aquello los supervivientes se volvieron más intensos, el zar Alexander acentuó su conservadurismo, y Lenin, su fanatismo. No, Mar no pierde de vista esta historia. Está segura de que Serguéi está muriéndose por un tema personal que aparenta ser político.

—No es un terrorista, Masha, sino un mercenario. Ha sido alguien que mata por dinero y no por locura.

—¡Quién sabe! En este país hay mucha gente rara, que piensa raro y que actúa aún más raro, y por más que le busques la lógica, no la tiene. A Rusia no se la comprende con la cabeza. —Se recoloca las gafas y hace una larga pausa—. Natalia no va a hacer nada y le pesa demasiado decírtelo.

—¿Cómo sabes tú eso?

—Porque la vejez me ha dado realismo.

Mar no duda en llamar a Natalia de nuevo. Lo hace tres veces y en ninguna obtiene respuesta. Deja un mensaje en el contestador, se confiesa y exige al mismo tiempo, desata la furia que ha intentado guardar desde que le metieron un tiro a quien ama: «No hagas nada si es lo mejor para ti, pero si no sigues, seguiré yo, y para eso necesito la información que has ido compilando. Si no puedes darme justicia, al menos dame la verdad, porque esa no os pertenece a vosotros, es mía y de Serguéi y nadie debe robárnosla».

OCTAVO Y CUATRO

El Manco se pasea por la sede de Lozprom con una bolsa de papel con jinkalis como si fuera a entregárselos a alguien. Los ha comprado en uno de los mejores restaurantes georgianos de la ciudad, que no dista mucho de Lozprom. Saluda cortésmente a quien se encuentra por el camino y hasta pregunta por la salud a más de uno. Lleva una sonrisa abierta, que ha sacado del armario de poses adquiridas en sus misiones. Bromea sobre el mal tiempo y sobre la camisa nueva que viste. Algún viejo colega que lo conoce bien sospecha que busca algo, pues todo en él es premeditado. El Manco entra en una oficina del sexto piso, llama cortésmente y deja, por una vez, que las secretarias tengan tiempo de anunciar su llegada.

—Un poco tarde, pero buenos días —dice el Manco alegremente.

—Buenas. ¿A qué se debe tu visita?

—¿Quieres probar los mejores jinkalis de Píter? —pregunta el Manco refiriéndose a la ciudad con el diminutivo que todos conocen.

—Demasiado tarde para desayunar y demasiado pronto para almorzar. —Natalia deja de mirar la pantalla para fijar los ojos en él. Suspira, se deshace el moño de bailarina con gran habilidad y se lo vuelve a hacer.

—No te pongas nerviosa. Son costumbres americanas, ¿te suena el *brunch*? Debes conocer este tipo de hábitos foráneos ahora que tu puesto te ha convertido en una ejecutiva internacional… nada menos que vi-ce-pre-si-den-ta —dice pausadamente a la vez que hace un besamanos en el aire.

—Más papeleo… —se queja ella alzando los ojos.

—Antes no mandabas y ahora sí, y mucho. De hecho no sales de misión ni para comprar vodka y solo tienes reunión tras reunión, como la jefaza que eres… Tú que entiendes tanto de gestión de empresas… —El Manco hace una pausa y una mueca burlona—. ¡Menudo despacho te has buscado! Has pasado nada menos que del semisótano al sexto piso, con vistas y cincuenta metros cuadrados para ti sola. Y todo eso en un santiamén… Se diría que…

—¿Tienes envidia?

—No te pongas a la defensiva tan pronto que solo acabo de empezar. —El Manco abre el contenedor de comida rápida, saca un tenedor de plástico y empieza a comer la delicia de carne y pasta—. Gente como yo es necesaria para el sistema; gente como tú es reemplazable, no lo olvides. Cualquiera se da aires de importancia delante de cinco pantallas, dando órdenes desde un sitio seguro. —Luego pega un bocado más grande de lo normal y se queda en silencio para masticarlo, tras lo cual vuelve a hablar—: Menuda lección te está dando la muñeca española, ¿no?

—Inocente y enamorada. Dos estados transitorios en la vida de una mujer.

—Y además es valiente. Eso tú no lo has sido ni temporalmente. Lo máximo que has llegado a hacer es una autopsia a escondidas.

—Te repito la pregunta de antes, ¿a qué se debe tu visita? —inquiere ya irritada—. No recuerdo haber solicitado tu presencia.

—¿Eres vicepresidenta de Lozprom, el mayor gigante energético de Rusia, y no lo sabes? Deberías sustituir a quien ocupa tu antiguo puesto. —El Manco toma otro bocado y eructa—. Lo siento. —A continuación vuelve a hacerlo—. En fin, se debe a que no haces nada y, lo que es peor, no dejas que hagan nada para resolver una investigación en curso, un asesinato para más datos. En concreto, el de mi amigo.

—Esto es una empresa, no la policía.

—¿Y antes qué eras?

—Antes seguía el mandato de mi superior.

—Y supongo que ahora sigues el del nuevo superior, que es aún más meapilas que el anterior.

—Ese es mi trabajo: cumplir órdenes. Por eso yo me siento en un despacho de cincuenta metros y tú no.

—Tienes un problema, Natalia Ivánovna: aún no has aceptado que cuanto más subas, más grande será la caída y más dolorosa para tu maldita vanidad. No veo ningún diploma con cualificaciones extraordinarias colgado en tus paredes. ¿Qué has hecho tú para merecer esto?

—He trabajado muy duro.

—En el departamento de ventas, porque te has vendido muy bien… ¡Natalia, venderte! Yo llevo en este negocio bastantes más años que tú. Y podría haber tenido un despacho de cien metros cuadrados. Ya que te beneficias de la salida de juego de su enamorado, al menos sé franca con la española. Ella te lo dijo claro: si no puedes darle justicia, al menos dale la verdad.

—¿Cómo sabes tú…? —Natalia no termina la pregunta.

—Escucha mi consejo de una vez: resérvate un poco de dignidad, porque no sabes si la necesitarás para el futuro. —El Manco remata la frase tirando a la papelera más cercana las sobras de la comida, y eructa de nuevo—. También está lo del francés, Jean, que me ha pedido cita y ya sabemos dónde se está metiendo… En fin, ese es otro problema. Estamos en guerra y aún no te has enterado.

—Serguéi Andréievich se está muriendo. Le queda poco —afirma ella.

—Pues asegúrate de que meta los pies en el infierno bien tranquilo —concluye y se da la vuelta. Sale dando un portazo.

OCTAVO Y CINCO

El Quora se llama ahora Anfitrite, como la diosa del mar en calma, que fue esposa de Poseidón. Con el nuevo nombre de su barco el capitán quiere aportar su granito de arena para recordar a esta deidad olvidada que fue madre de peces, mariscos, delfines y focas. Han conseguido inventar una nueva rutina para el barco: lo han adaptado a la pesca local. Salen todos los días a faenar y después llevan la captura al puerto, que el albanés, tan católico como mafioso, se encarga de vender a buenos precios para que nadie se aproveche. Los marineros del rebautizado pesquero han formado una cooperativa, como la que siempre soñó el capitán. Los beneficios se reparten entre todos, por lo que la mayoría de ellos pueden ahorrar por primera vez en su vida. Todos parecen contentos, pero les falta afecto y compañía, por lo que el capitán los anima a buscar novias cual si fueran jovenzuelos al final de la pubertad. Ese es el principal tema de conversación entre los miembros de la tripulación después de la cena, en la que por turno cada uno se pavonea de sus conquistas, reales o ficticias, para admiración e hilaridad de la audiencia. Otra novedad es el buen olor en las cabinas, debido a que no se resisten a los baños de mar al final del día y han decidido usar el desinfectante. Pero, en medio del buen ánimo que lo rodea, Iván Ilich no está feliz. Su familia no es un hueco que se llena con escenas de paraíso, sino que cada día se le hace más denso y no consigue disfrutar de la vida. Está apesadumbrado y el capitán no necesita preguntarle qué le pasa. Los zorros viejos conocen bien su estepa. Un día Iván se arma de coraje y entra en la sala de telecomunicaciones del barco. Se asegura de que es un momento de asueto y nadie le presta atención. Chequea todo detenidamente, bloquea la puerta y se sienta frente a la radio. Consigue contactar con Ania, pero no es un golpe de suerte. Conoce bien la rutina de la burbuja submarina donde ella se halla y ha elegido el horario.

—¿Cómo están mi mujer y mi hijo? —pregunta ansioso mientras se coloca en cuclillas en el suelo para evitar ser visto desde el exterior.

—Están bien. La última vez que supe de ella el bebé tenía un ligero resfriado, nada más. Es un bebé sano.

—¿Hiciste lo que te pedí?

—Sí, ya lo saben. No te preocupes.

—¿Alguna novedad?

—Muchas, Iván Ilich, tu llamada es providencial porque estoy desesperada.

—¿Qué pasa?

—Iván, ¿cómo estabais tan seguros de que conseguiríamos explotar el oceonio?

—Nuestros estudios iniciales aseguraban que la utilización sería bastante fácil debido a la versatilidad del mineral.

—Pues eso estuvo muy mal calculado. Todo equivocado —afirma Ania con enfado mientras vigila que no entra nadie.

—No lo entiendo… —contesta él con preocupación, y se tapa la boca porque le ha entrado tos.

—Que el puto oceonio no se deja producir en masa, a eso me refiero.

—Tenéis muchísima pasta y los mejores ingenieros —le recuerda Iván—. Si alguien puede explotar el oceonio sois vosotros.

—Tal vez, pero desde que te marchaste y luego pasó lo del tiro a Tomski, aquí nadie está motivado para hacer nada. El proyecto no avanza. Todo es presión, estrés, amenazas y malos rollos.

—Lo siento mucho. No creo que pueda serte de ayuda. No aguanté allí y tampoco lo haré aquí. Tarde o temprano me encontrarán, o me moriré de pena aunque esto sea un edén. Y mi tiempo en este mundo se habrá evaporado sin estar con quien debía.

—Ya es tarde para sentimentalismos, Iván. Por si no te has enterado, yo todavía estoy en el fondo del mar. Necesito hacer algún progreso, es una cuestión de vida o muerte —comenta molesta Ania.

—Perdón. Déjame pensar… ¿Estás trabajando con el fichero BPS4553?

—¡Claro!

—¿Y por qué no sirve el procedimiento que está descrito allí con todo detalle?

—Porque el mineral se comporta distinto a gran escala. Esos resultados son de laboratorio, pero las plantas de producción no han conseguido ningún resultado con esa fórmula.

—¡Joder!

—No solo eso.

—¿Y alguien ha calculado cuánto tiempo puede llevar recalibrar la fórmula con nuevos test de laboratorio?

—Posiblemente años —informa ella.

—No hay tiempo. La empresa ya ha firmado contratos de venta con el auspicio y la garantía del gobierno. Esto debía servir para rearmar el tablero geopolítico ruso a nivel global. Es tremendo, ¿qué van a hacer ahora?

—Pues escucha porque aún hay más —prosigue Ania—. Como sabes bien, la isla de Sajalín, donde están construyendo el gran centro de producción del oceonio, ya cuenta con un gran yacimiento petrolífero en la plataforma continental.

—Si me dices lo que estoy pensando, me caigo redondo.

—Pues sí... Han estado buscando oceonio sin cesar en la zona... ¿Y a que no sabes lo que han encontrado? —pregunta enigmática.

—Más petróleo.

—Exacto. El yacimiento petrolífero es tres veces más grande que lo que se conocía. Nada menos. Tal vez hiciste bien en irte. No sé cómo acabaremos nosotros con todo esto porque muerto el oceonio, no servimos para nada. Olvídate de tu mujer y tu hijo y comienza a disfrutar de las palmeras y los cocos, Robinson Crusoe.

Iván se despide y se pone a llorar. El oceonio es también un hijo al que tuvo que abandonar. Su chiquillo se está quedando sin futuro. Cada vez se siente menos él y más sus circunstancias. Pasan unos minutos, se enjuga las lágrimas con un trapo que encuentra a mano, se estira las ropas para estar presentable y abre la puerta. Cuál es su sorpresa al encontrarse al capitán. Su rostro está escarlata de furia pero sus ojos expresan decepción y tristeza. Sin decir nada, lo empuja con suavidad dentro de la sala de telecomunicaciones y cierra la puerta tras él.

—Así que los demás deben vivir sin tener noticias de los suyos pero tú no...

—No puedo más. —El científico rompe en lágrimas—. Me has pillado porque me conoces bien. —A Iván le hubiera gustado echarle en cara lo del numerito de la bendición del barco, pero se aguanta.

519

—Solo eres un cobarde que pretende hacer creer que es un buen hombre. Has puesto en juego la vida de tus compañeros y lo único que se te ocurre es echarte a llorar.

—Lo siento.

—¿De verdad crees que las disculpas sirven de algo? Esta gente se ha jugado lo que más quiere por ti, un desconocido hasta hace poco. Todos trabajan duro para tener una nueva existencia, y lo han hecho por ti. Hemos abandonado nuestra carrera, nuestra familia y a nuestra vida para que tú te encierres aquí a hablar con los tuyos y revelar nuestra posición de manera irresponsable.

—No fue solo por mi hijo. Intentaba salvar el proyecto de tanta gente…

—No me interesa. Cállate. Eres un cobarde y posiblemente hasta un hijo de puta.

—¿Qué piensas hacer?

—Sacar a mi gente de aquí antes de que vengan a buscarnos. Pero tú no eres mi gente. Me equivoqué.

—¿No me lleváis con vosotros?

—¿Tienes coraje para sugerirlo, Iván? Lo único que no se perdona en la ley del mar desde hace siglos es la traición. Tienes suerte de que estamos en puerto. No, no te llevamos. Y te lo advierto, Iván: ni una lágrima ni una súplica ni un mal gesto, salvo agradecimiento por haber recibido lo que no mereces. Sé un hombre por una vez y asume las consecuencias —sentencia el capitán, y dicho esto le entrega sus papeles, que tenía escondidos en el barco.

OCTAVO Y SEIS

Jean acude a la planta baja de Táuride, se dirige al despacho oculto más conocido del edificio. La imponente escalera debería proteger su posición, pero el olor a tabaco negro delata el lugar donde el Manco se halla con la precisión de un GPS. El jurista golpea la puerta con timidez. El Manco le espera y le pide que entre sin demora. Aunque nunca lo haya reconocido, al Manco le gusta Jean, es todo lo fino y culto que él nunca será, además viste unos valores que él no puede permitirse. Su silueta de espía no se lo permite. Al verlo entrar, apaga el cigarro, y ventila como puede, saca un desodorante y perfuma la habitación con un olor tan indefinido como químico que da un peso desconocido al ambiente, mientras no para de decir: «Siéntese, siéntese». Se ahorra el por favor, porque entiende que no hace falta, no vaya a ser que se crea que le agradece su visita. Jean comprende de inmediato que el Manco usa modales con él a los que no está acostumbrado y le enternece el proceder tosco que el agente pule a trompicones.

—Seré breve, señor… —Jean se da cuenta de que no sabe su nombre y que solo conoce su apodo, que prefiere ahorrárselo—. Una dama me entregó esto mientras paseaba cerca del Palacio de Invierno.

—Ya tengo conocimiento del contenido de ese sobre blanco y rojo. Lo entregó usted a la policía hace un par de días, ¿no es cierto? —Y golpea la mesa con su mano ortopédica con un sonido repetitivo.

—¿Ya lo sabía?

—Es mi trabajo. Usted está en este edificio y yo soy el perro guardián. No hace falta echar mano a teorías conspiratorias como tanto les gusta a ustedes los extranjeros.

—Hice lo que debía.

—Pero ahora está aquí porque no se siente seguro, o porque su esposa se ha puesto nerviosa cuando le ha contado que ha hecho justo lo contrario de lo que le pedían y de lo que ella le exigía.

—¿También sabe eso? —El asombro de Jean no tiene límites, lo cual le hace confiar aún más en el Manco.

—También, también —contesta él con una sonrisa ladeada—. El mundo cree que me pone música pero en el fondo siempre son estribillos.

—¿Y sabe usted si van a matarme? —pregunta Jean, nervioso.

—Mentirle a quien nos cae bien es un acto de mal gusto. Así que no se lo niego: es una posibilidad.

—No he podido colaborar con unos asesinos porque yo tengo que vivir conmigo mismo. —Jean se toca la barba con preocupación.

—Y ahora tiene que vivir con ellos, al menos por un tiempo.

—¿Qué puedo hacer? ¿Irme?

—Le encontrarían fácilmente. —El Manco se echa hacia atrás mientras le salta un botón de la camisa que intenta esconder con gesto veloz y disimulado—. ¿Será capaz de tenerme informado de todos sus movimientos? Yo soy de la vieja escuela, lo de los aparatejos electrónicos no va conmigo, y con usted tampoco si calculo bien. Olvídese del móvil y de la conexión wifi fuera del trabajo. Usted es de libros, ¿no? Pues lea en su tiempo libre. La tele tampoco la necesita. Elimine todo lo electrónico. Nosotros limpiaremos el resto.

—Así lo haré.

—Y siga su instinto, es lo más importante. El periodo crítico acaba de empezar. Si sobrevive usted un mes, creo que todo irá bien.

—Me habla como a un enfermo terminal.

—Lo que somos todos, con la diferencia de que algunos no sabemos el plazo. En cambio usted sí.

OCTAVO Y SIETE

Mar se mete en la cama temprano esa noche. Le cuesta dormirse, como le sucede últimamente. Recapitula los buenos momentos. Sin duda Serguéi la ha marcado mucho por la intensidad de su conexión. Este es su primer contacto con la muerte de alguien querido, y todavía no sabe que ese golpe es el peor de todos. Ninguno de los que vengan después podrá superarlo. Tendrá la piel endurecida y la suficiente experiencia no para que le duela menos, pero sí para gestionarlo mejor.

Mar se queda observando su habitación durante unos minutos. Ha usado parte de sus ahorros en revestir aquellas paredes. Un amigo de Masha se ha encargado de tirar el mobiliario viejo y pintar. No había nada que echar de menos, posiblemente porque los buenos muebles desaparecieron durante el sitio de Leningrado, cuando el invierno llegó y no había nada con que calentarse, por lo que echaron al brasero todo lo que se pudiera quemar, daba igual que fuera basura o una silla estilo Napoleón III. El primer invierno del asedio fue tan destructivo como un bombardeo debido a los menos cuarenta y dos grados sin calefacción. El exquisito mobiliario de la burguesía ardió en las esquinas de la ciudad. El papel de la pared de su habitación aparecía roído en muchas partes, pero Mar estaba convencida de que lo usaron para hacer sopa, por eso preservó un buen trozo, por si su intuición no le mentía. Masha intentó quitar la presunción de valor histórico para evitar el parche, pero no fue posible. El parche queda a la vista tras una maltrecha placa de cristal. Mar ha comprado un cabecero de cama y un escritorio, y con eso se da por satisfecha.

Antes del atentado de Serguéi, Mar había iniciado una modesta remodelación de la casa de Masha usando algunos ahorros. Ha sustituido la vieja cocina soviética por una nueva aunque muy sencilla. Después de las protestas de Masha, también ha conseguido cambiar el colchón de estopa de la anciana. «¿Por qué lo guardas como si fuera una reliquia? ¿Acaso Lenin ha dormido en él?», bromeó Mar. La renovación animó a la misma Masha, que aligeró el salón con ayuda de Mar y se deshizo a regañadientes de las baratijas chinas que le habían regalado a lo largo de los años. Los grandes clásicos del socialismo se limpiaron, ordenaron y colocaron junto al piano. La mayoría de esos libros habían sido rescatados por Masha durante la perestroika, cuando la gente se deshizo de sus bibliotecas marxistas. Ella sufrió mucho aquellos días y salvó los que tenían las mejores encuadernaciones. Pero había miles, por no decir millones, tirados en los contenedores. Mar consiguió una estantería que por lo visto perteneció a un médico de la antigua Alemania Oriental, y allí los libros, que habían pasado décadas apilados de cualquier manera por el salón, encontraron por fin un hogar. Masha estaba tan eufórica que invitaba a menudo a conocidos para presumir de su «nueva» casa, y a cada cual lo invitaba a sentarse en su colchón de espuma de alta densidad como si fuera una atracción de circo.

Mar comienza a revisar todos los periódicos donde aparece Serguéi en la crónica social o económica que ella ha coleccionado en los últimos meses. Se percata de que ha acumulado la prensa diaria desde que llegó. Eso le da cierta ventaja para su nueva investigación.

Esta vez ha decidido examinar las publicaciones de otra manera. Deja sobre la cama sus ojos de enamorada y toma los de un rastreador. Empieza a buscar artículos relativos a asesinatos extraños, y no tarda en encontrarlos. El primero que halla es el de Tatiana en Japón, ese *alter ego* suyo que ha marcado su estancia en Rusia desde el primer minuto. Pero hay más. Poco después aparece el secuestro de Galina y el hallazgo del cuerpo de una desconocida en el canal Griboiédov a la que llaman Liza. Las dos mujeres tienen un cierto parecido físico salvo en la edad. Ambos sucesos deben estar relacionados. De hecho, una de las publicaciones apunta que las ropas de ambas mujeres coinciden, como si pertenecieran a una serie limitada de muñecas de porcelana. Más tarde encuentra la muerte del amigo del Manco, que fue la comidilla en el Tavrícheski por un tiempo, seguido por el asesinato bastante sonado de un oligarca ucraniano, y tras él, el de Milena y el de Ignátov. Seis. Son seis en total. Mar lee las noticias atentamente durante horas. Las recorta y las coloca en la pared con chinchetas. Le da vueltas y vueltas, y decide aplicar uno de los métodos de su tesis doctoral. Está ante un problema que exige estudio y observación, en concreto en la «fase observacional» de la cuestión. Para analizarla hay decenas de metodologías, pero decide usar la fenomenología, y entonces empieza a ver como si una linterna alumbrara la pregunta de tesis. Puede establecer claramente dos columnas, como si dos fuerzas oscuras lucharan entre sí por tomar el control. Ella diría que hay un hueco, que falta algo o alguien para completar el esquema. Hay dos grandes interrogantes que emanan de este cuadro: la columna del Monje va adelantada, con Tatiana, el Cojo, Ignátov y Liza; y la otra es la del oligarca y Milena. El disparo a Serguéi no cuadra con el *modus operandi* de ninguna de las muertes anteriores.

Mar vuelve al hospital por la mañana sin dejar de pensar en el descubrimiento, y al mirar a Serguéi siente pena. Nadie ha venido a verlo, nadie, ni una sola vez. Ninguna persona ha llamado por teléfono, nadie aparece para preguntar por él. De hecho, «nadie» es ya una figura conocida para ambos. Siempre está en sus conversaciones silenciosas, en lo que puede pasar y no pasa. La espera se parece a «nadie» como dos gotas de agua. Es ese goteo monótono e incordiante del que uno no puede desentenderse. «Nadie» es una presencia constante precisamente por no estar. Todo enfermo necesita que piensen en él para recuperarse, empezando por él mismo. No se puede afrontar su propia debilidad en soledad, y Mar es muy consciente de eso. Pero allí está ella, ante una situación que parece más literaria que real. Mar observa el brazo donde estaban dibujados los círculos, que le han limpiado, y los dibuja imaginariamente por si encuentra algo.

Yaroslav pasa a recogerla para ir juntos a almorzar como hace prácticamente cada día. Llegan a la mesa de seis donde siempre los esperan otros médicos, a quienes ya conoce. Su sitio está reservado. Hablan mucho de cada uno, de su cultura, de su ciudad. Con el paso de las semanas, los jóvenes se han atrevido incluso a hablar de chicas, sobre las que hacen bromas y expresan ansiedades. Mar no tiene una mala vida. Se siente arropada. Sin embargo ese día hay algo raro en el ambiente. Cuando todos tienen sus bandejas sobre la mesa, se instala un silencio nada habitual. Sus compañeros de almuerzo empiezan a comer con la cabeza agachada y por más que Mar intenta iniciar una conversación, acaba enseguida en un punto sin salida. Se cambian miradas y gestos entre ellos, y al final Yaroslav se decide a hablar.

—Mar, nos han pedido desenchufarlo. —Baja los ojos, los pone sobre una servilleta de papel y los deja ahí pegados, fijos, como si hubiesen caído sobre el asfalto recién puesto, esperando la respuesta de Mar.

—¿Quieren matarlo? ¡Pero si apenas ha pasado un mes! —Mar se lleva una mano a la cabeza y con la otra empieza a jugar con el tenedor—. No puede ser, no puede ser. —Y entonces se acuerda de que hay muchas posibilidades de que cuando las cosas van mal, vayan a peor. Tenía delante una nueva ignominia, sin entrante siquiera, sin un buen vaso de vodka para ayudarla a digerirla. Se le caen varias lágrimas mientras, por primera vez, se arrepiente de haber ido a Rusia. Echa de menos la normalidad y la monotonía a partes iguales. Nada ha sido tranquilo desde su llegada. Para que luego la gente se queje de la rutina. Benditos sean a los que les toque. Tener un día predecible, poder agarrarse a algo conocido por muy aburrido que sea.

En la mesa, varios lo lamentan. Ya nadie come. Se les ve consternados, resoplan exageradamente para poder sacar algo de la mala leche que tienen, mueven los labios sin cesar. Es su enfermo al fin y al cabo. Es su trabajo de muchos días, su empeño, su cirugía, sus manos y sus medicamentos. También a ellos les afecta.

—¿Y cuál es vuestra opinión? —Mar los mira directamente a los ojos para que no puedan mentirle ni evadir la respuesta.

—Hemos tenido una reunión con el director médico y a todos nos parece precipitado.

—Estamos tan extrañados como tú. Pero no se puede hacer nada. Nos ha informado el teniente, que es abogado y trabaja en la Administración.

—Van a quitarle cualquier posibilidad de luchar. ¿No nacemos todos con ese derecho? Si fuera un enfermo crónico sin expectativas sería lo mejor, pero vosotros sabéis que él está todavía ahí. Yo lo siento cada día.

—Lo que tú interpretas como manifestaciones de conducta pueden ser simplemente tics nerviosos. No tenemos ninguna evidencia científica de que posea algún grado de consciencia.

—Pero está vivo, ¿no es verdad?

—Correcto.

—Pues si él está vivo, yo también. No pienso cooperar con esta basura porque me llenaría de mal olor, y ya sabéis lo particular que soy yo con los olores, que para eso soy andaluza. Tengo que buscar la manera de ganar tiempo. Voy a llamar a todo el mundo que conozco. A ver si hay alguien que pueda hacer algo. No pararé hasta que alguien nos ayude.

—Solo alguien de alto nivel puede cambiar las cosas.

—Todos nacemos con un poco de tiempo, nada asegurado, sobre el que pedimos extensiones sin merecerlas, una y otra vez. —Mar hace una pausa— ¿Hasta cuándo tenemos?

—Hasta el viernes.

—Tres días.

OCTAVO Y OCHO

Mar recibe una llamada de un número desconocido y no sabe cómo reaccionar. Mira su teléfono fijamente y decide dejarlo sonar. Pero quien sea insiste, y al final ella responde. Una voz ronca y metálica la cita junto a la estatua de Lenin en la estación de Finlandia, que está cerca del hospital militar. Ella se pregunta quién la habrá citado y por qué en ese lugar tan emblemático. Debe de ser porque hay mucho transeúnte, por lo que es fácil pasar inadvertido, o porque quien la ha llamado es de la vieja guardia y se siente seguro encontrándose en el primer lugar que pisó Lenin en Rusia tras su exilio en Suiza, cuya escultura conmemora uno de los mítines más emblemáticos de la historia tras su vuelta victoriosa al país después de más de tres lustros. Esto le añade misterio. No le cabe duda de que alguien quiere verla a tenor de la situación de Serguéi.

Ha llegado con tiempo y decide asomarse al Nevá a ver pasar la corriente. Al contemplar sus puentes y sus brazos largos se queda estupefacta. Siempre le sucede cuando mira este río hecho de sombras que se mueven en el agua. A medida que pasan las horas, ya no le parece tan idílico el lugar. Cae la noche disfrazada de día. Las noches blancas han invadido la vida de los habitantes. Los festivales llenan las plazas y los teatros, ya no hace falta ni siquiera dormir. En mitad de la plaza, a escasos metros de ella, una banda callejera toca. Las barcas reclutan a turistas en las orillas de ríos y canales. La lluvia dibuja formas de países en la superficie del agua, y los charcos retratan las caras de aquellos que se les acercan.

Mar se harta de esperar y acepta el plantón que le han dado. Decide aprovechar la benévola temperatura para caminar hasta su casa. Llega al puente de la Trinidad, y no puede contener sus ganas de llorar. El orgulloso puente francés tiene farolas que parecen esculturas. Desde allí se pueden observar las barcas que se cruzan entre sí, la playa del fuerte de Pedro y Pablo, que se llena de bañistas cuando hay buen tiempo, las decenas de cúpulas doradas que proyectan la luz a su alrededor y la hilera interminable de visitantes cruzando ríos. La Trinidad ofrece una visión amplia de la ciudad y de su vida. No llora por Serguéi sino por ella misma, porque si no tiene derecho a la buena suerte que tuvo antes, aún menos lo tiene para la desgracia. Por mucho que se diga, nadie ha nacido para tener una vida común, sino que se llega a ella tras conformarse. El día por fin tiene más de veinticuatro horas, quién iba a imaginarse algo tan singular en el país de las blancas nieves.

Mar llora sobre el puente. Serguéi está a punto de morir y ella no está preparada para despedirlo. Un pensamiento extraño le asalta la cabeza. Mar se asoma al agua y espera ver alguna de las espadas del Nevá del que aseguran acentúa ese color oxidado que tiene. Se lo contó Yaroslav en uno de sus almuerzos. Sucedió en los tempranos días de la Revolución de 1917. Los nobles tuvieron que deshacerse de sus sables aunque ellos representaran su honor. La dignidad personal quedaba reemplazada por la colectiva, el orgullo individual se transfirió al de pertenecer a la Unión de Repúblicas Socialistas Soviéticas. Los valores que defendía Pushkin en sus escritos fueron convertidos en pólvora para ejecuciones. Desde entonces, el Nevá carga en su lecho con los pesados sables de quienes fueron los dueños de San Petersburgo. Historias como esta abundan en la ciudad. Carga con ellas la gente mayor que hace cola en los mercados de frutas al aire libre, donde por veinte rublos puede comprar medio kilo de tomates en parte dañados, mientras la otra parte es comestible. «Los bolcheviques, ¡qué bellas ideas para actos tan atroces!», reflexiona Mar. Ve a un muchacho a su lado sentado en la acera. Es un tipo raro. Viste de cuero negro y lleva un estrambótico bigote como el de Dalí. Fuma de forma compulsiva. La mira de reojo y se va.

Ella lo sigue con la mirada. El desconocido pasa por la solitaria casa de Matilda, y ella piensa: «Qué pérdida para una gran bailarina enamorarse de un zar, ya nadie recuerda la gran artista que era sino la amante fue», y aún más tristeza le da ver una mansión desvalijada por la Revolución después del exilio obligado de su dueña a París, como le pasó a casi toda la aristocracia rusa. Algo parecido a aquella historia que Mar leyó en alguna parte, que contaba cómo uno de esos miembros de la clase alta, desterrado de su dinero y sus privilegios pero no de su título, terminó trabajando de taxista en Francia; sin embargo, como acto de resistencia a su destino, una vez al año se gastaba el dinero ahorrado en un fin de semana. Iba al hotel más lujoso y a los restaurantes más exquisitos, sin otro fin que recordarse a sí mismo quién era.

El extraño parece seguir merodeando. Mar se pregunta si de verdad la siguen o es solo su imaginación. Sin embargo, prefiere pensar en Petersburgo como un musculado marinero sobre la cubierta de su buque cuando llega el verano. Ofrece el torso desnudo de sus calles sin nieve, la piel lisa de las aceras. Se ha quitado todas las capas del frío, se muestra exuberante, sensual aunque no bronceado, pues los edificios proyectan una luz blanquecina que impacta en los ojos sensibles. Las noches blancas han venido y Mar puede corregir sus páginas a las once de la noche en el parque de verano sin uso de ninguna luz artificial, aunque solo sea por hacer algo realmente raro. «Mar, ¿qué esperas de esta situación? —se dice a sí misma—. No me digas que no tienes otra cosa que hacer, y mucho menos que te has habituado a la nada. La nada se parece a ningunearte a través de tu obra, como le sucedió a una generación entera de literatos soviéticos, Nikolái Erdman, Mandelshtam y cientos más, a quienes una sola obra, un solo poema, los confinaba de por vida en Siberia. Es duro cuando el ídolo cae, pero alégrate de que Serguéi no tuvo tiempo de desilusionarte; si no, que se lo digan a Gorki o a Kírov, y al medio siglo de historia que estás pisando. Qué alegre debes de estar de poder inventarte lo que no has vivido y de que el pasado siempre fuera un pastel de chocolate. Sin embargo, parece que ese pasado aún te gobierna. No te has enterado de que el pasado es una isla de la que no se sale… Tienes una familia que te añora y una patria, y a ti se te ha olvidado casi del todo. Debe ser que le has cogido el gusto a ser extranjera».

De pronto escucha una voz conocida por detrás.

—Sabía que te encontraría aquí. Eres terriblemente previsible cuando se trata de agua salada. —Natalia sonríe aunque más bien parece una mueca, y a Mar se le ocurre pensar si es posible que a las personas se les olvide sonreír cuando llevan mucho peso a sus espaldas—. ¿Cómo lo llevas?

Natalia está tan diferente que parece que la hubieran disuelto en algún líquido químico, es como si fuera una actriz interpretando su papel, o quizá, al revés, Natalia se había convertido en una comediante más en una pieza de teatro escrita por otro. Lleva el pelo suelto, peinado con volumen, va muy maquillada y excesivamente enjoyada.

—Los puentes elevados de San Petersburgo son la única obra de ingeniería en el mundo capaz de hacerme llorar —dice Mar—. Voy camino a casa. Me he cansado de esperarte.

—Pues para ver los puentes elevados hay que esperar unas horas más. —Natalia hace una pausa—. Los ingenieros construyen puentes y los poetas, los corazones de quienes los cruzan. —Habla despacio, serena, como si acabara de aprender a expresarse tranquila.

Se la ve tan distinta, tocándose sin cesar su pelo suelto perfectamente peinado, liso, con un flequillo ligero. Sin embargo, tiene un halo de seriedad casi irritante, de un color cenizo casi negro. Su entrecejo está tenso, lo mismo que el dorso de sus manos, que tienen señaladas las venas y los tendones de una forma extraordinaria. Ha adelgazado y su aspecto es más europeo.

—Mi vida sigue una línea recta que parece que avanza, pero en cambio llega al lugar de partida porque es un círculo. ¿Y tú cómo estás? Felicidades por tu ascenso. —Mar hace una pausa intencionada y mira a Natalia fijamente para que sepa que ha estado alerta, que no ha descansado, que aunque el mundo los haya olvidado, ella no se olvida de lo que les debe el mundo a ella y a Serguéi. Y después sigue hablando, porque ha calentado motores y tiene mucho que decirle, porque el tiempo la ha dejado quieta y esto le ha permitido reflexionar—. Tú nunca me defraudas porque eres de esas personas que no necesita buena suerte. Yo diría que últimamente hasta te persigue. —Suelta el primer reproche velado, sin molestarse en ser halagadora. Sabe que no tiene que hacer el esfuerzo, eso también lo ha aprendido últimamente.

—Tu carácter español, siempre hiperbólico... Yo necesito la corriente a favor como todos. Cuando cambie a la dirección contraria solo debo estar preparada para que vuelva de nuevo en mi beneficio. Pero te acepto el cumplido. —Natalia mantiene el tono de voz en el mismo registro, sin alterarse lo más mínimo, como si no estuvieran comentando algo voluminoso, algo que suena, que chirría cuando se mueve, como un mueble viejo lleno de termitas y cerrado bajo mil cerrojos pero que está harto de llevar el peso de la verdad dentro—. Ya no hacen falta más formalidades. Dime, ¿qué quieres de mí? —Se moja los labios en el té que ya no necesita comprar porque se lo compran y sirven en una taza especial.

—Que me digas la verdad —exige Mar—, es la enésima vez que te lo pido.

—Deja de inventarte cosas. ¿La verdad? Deja a Serguéi descansar en paz.

—Y si no, ¿vais a meterme un tiro a mí también? —increpa Mar.

—¡Lo dicho, siempre tan previsible! ¡Estaba segura de que dirías eso! Serguéi no se levanta porque está técnicamente muerto y se le ayuda con máquinas. Es hora de que aceptes la realidad.

—Yo me he encontrado de repente con una sublime cantidad de horas en una habitación maloliente donde cada minuto pesaba como el plomo. Los días y las noches no tenían barrera, estaban pegadas unas a otras, conmigo solo estaba la luna llena de mi flexo, y no te imaginas lo iluminadora que era. Básicamente, yo no tenía otra cosa que hacer que pensar, y cuanto más pensaba, un nuevo hilo encontraba. Y ese hilo normalmente me llevaba a otro, y así me he pasado los días, deshilachando los sucesos de aquel día nefasto poco a poco, con paciencia, porque es lo único que tenía, y pensamientos, a millones, revoloteando por aquí y por allá, y entonces de pronto, ¡puff!, todo apareció en mi cabeza con una nitidez casi absoluta, sin una mancha, sin una duda… Sí, todos los hilos llegaron a ti, y solo contigo puedo dar respuestas a todas las incógnitas.

—¡Yo nunca lo mataría!

—¡Vamos, vamos! No apretarías el gatillo, pero facilitarías que alguien lo hiciera. Aquel día Serguéi no siguió su agenda, se dejó llevar por un impulso. Hizo algo romántico e inesperado, y por eso me invitó al Astoria, cosa que solo sabías tú. —Aunque también Galina estaba al tanto, Mar está segura de su acusación.

—Estamos en la era de las telecomunicaciones. Cualquiera puede rastrear un teléfono.

—Yo lo apagué y él lo dejó a propósito en su coche. Tú estabas al cargo. ¿No es verdad?

—Como siempre. Es mi trabajo. No me gusta lo que estás insinuando.

—Tuviste una actuación preciosa la última vez que nos vimos, tanto que me la tragué del todo, hasta que metida en esa habitación las cosas empezaron a no encajar. Su atentado no fue cosa del servicio secreto porque el Estado es de todo menos imbécil, y Serguéi aún les puede ser de utilidad. Porque aún hay voces convencidas del oceonio, y no van a asesinar a la gallina de los huevos de oro.

—El oceonio tiene serios problemas técnicos de producción —le adelanta Natalia—. Su explotación ha sido pospuesta.

—Este mineral, como cualquier cosa en el mundo, necesita tiempo para ocupar su sitio, además de un líder, alguien que crea en él y que esté dispuesto a sacarlo adelante a cualquier precio. Por otra parte, su intento de asesinato fue una operación extremadamente cara y meticulosa. Un tiro salido de la nada y prácticamente inexplicable. Pero hay algo que sí funciona: si aplicamos la regla de tres de la criminología, ¿a quién beneficia su estado moribundo?

—Te recuerdo que tú misma viste a Oleg Oleksandrovich en el vestíbulo del hotel poco antes del atentado.

—¿A quién? —Mar responde a su propia pregunta—. Poliakov de presidente y tú de contrapoder aunque no lo parezca. ¿Ves cuánto tiempo tengo? Si hasta leo la prensa y veo la televisión, aunque tenga una tesis que terminar.

—Con franqueza, deja tu tesis y dedícate a escribir una novela policiaca, tienes un gran talento. No voy a aguantar más este absurdo.

Natalia da media vuelta en su afán de mostrar su agravio. En ese momento el intenso perfume de su cuello llega hasta Mar. Es el mismo olor, denso y jabonoso que ella lleva. El mismo que llevaba Milena cuando fue a visitarla a su oficina. Él se lo regaló recién enamorado, como le ha sucedido a ella. Se sorprende de no haberse dado cuenta antes. ¿Cómo? Las ideas se enredan, pero las buenas son tan simples. Ahí ha estado todo el rato, solo había que seguir una fragancia en particular. Todo cobra sentido en ese momento. Mar ya tiene incluso la explicación de por qué Natalia y Serguéi se tutean, algo impensable en Rusia en un ambiente de trabajo.

—Espera. Me mentiste el otro día. Tú sí estuviste con Serguéi. ¿Fuisteis novios o solo amantes? ¿Fue una noche de borrachera, dos tal vez? Supongo que fue hace muchos años, puede que al principio de todo. Sí, eso puede ser.

Natalia se vuelve lentamente.

—Fue hace muchos años, cuando yo aún no sabía diferenciar el amor de todo lo que se le parece —dice con lágrimas en los ojos.

—Y cuando él ascendió, tú subiste con él. —De pronto Mar se pone filosófica—. Son cosas de este maravilloso país. La sangre corre por las calles a manos de polacos, alemanes, blancos o rojos, pero el ángel de la columna de Alejandro vela por las almas con una cruz entre las manos.

—Tengo que irme —intenta despedirse Natalia.

—¿Quién es el Monje Negro, ese del que hablan los periódicos? Tú lo sabes perfectamente.

—Un invento periodístico.

—Eso sería demasiado fácil. Mira, estoy leyendo a Chéjov… ¿y qué me encuentro por casualidad?

—¿A la perrita Kashtanka? —bromea Natalia en referencia a uno de los cuentos más famosos de Chéjov.

—No… Nada menos que ¡al Monje Negro! ¿Y sabes lo más curioso? Que al comienzo del cuento, Andréi Vasílich Kovrin, el protagonista, se encuentra nada menos que con Tatiana…

—Que en el cuento es…, déjame adivinar, ¿una nacionalista ucraniana? *Evidens!* —suelta Natalia con sarcasmo.

—No, Tatiana es la esposa de Kovrin, la que intenta hacerle entrar en razón mientras él es seducido por el Monje Negro, que le guía hacia la grandiosidad y …

—A la muerte —termina Natalia—. La historia tiene grandes coincidencias, pero solo eso. Cuídate. Me alegra que conozcas tan bien los clásicos de mi país, pero son literatura, no profecía.

Natalia le da un abrazo a medias y mete disimuladamente en el bolsillo de Mar una tarjeta de memoria. Hace un gesto con la mano a lo lejos, y el conductor la recoge casi de inmediato. Una intensa niebla saliente del río aparece de repente.

OCTAVO Y NUEVE

Mar llega a casa y saca la tarjeta de memoria. La observa con perplejidad. La curiosidad es mucha, pero no sabe cómo abrirla sin riesgo de que la hackeen. No debe conectarse a internet, pues no es lo bastante seguro, y prefiere tener garantías antes de acceder a su contenido. Sin embargo, la curiosidad le arde. Al final, compra un software para la protección de datos que parece ofrecer un buen blindaje informático. Se pasa la noche investigando, y por fin cree saber cómo proceder.

Al día siguiente Mar vuelve a su rutina. Llueve y hace frío. Espera que se despeje el cielo. Es la única forma de mantener el buen humor. Le cuesta soportar ese tiempo en pleno verano. Llega a la habitación del enfermo. Lo besa nada más entrar, se sienta de espaldas a él, frente a la ventana. Suena Radio Clásica, como siempre. También los cuervos han venido a la ventana a ver qué les ha traído hoy. Se nota que, aunque les gusten las sobras que les da, agradecen más las baratijas que deja. Aún recuerda la alegría que les dio una bola de papel de aluminio. Se diría que ya se han hecho amigos, aunque no desean que se acerque mucho. Pero hay momentos especiales, como ahora, cuando uno de los pájaros golpea impaciente el cristal con su pico para reclamar lo que le trae.

Una vez instalada en la habitación del enfermo, Mar se desconecta de la red de internet y abre los ficheros que le ha dejado Natalia con el software que adquirió anoche. Hay una carpeta con cada uno de los casos abiertos. Todos están vinculados al Monje Negro, por lo que ciertamente no es un invento de la prensa. El psicópata existe y está ligado a esas muertes. También hay un informe sobre ella misma, Mar Maese, que lee con avidez, y se queda atónita con lo que descubre. Por lo visto, la compra del icono de la Virgen en el anticuario precipitó su secuestro y casi le cuesta la vida. Además habla de la implicación de Oleg, que ella también sospechaba. Está tan concentrada que no se da cuenta de que alguien le habla.

—¿Qué haces tú... tú aquí? —Es Serguéi quien le habla justo detrás. Se le entiende claramente, aunque balbucea. Tiene los ojos perdidos en alguna dimensión desconocida. Su boca en cambio está allí entre los dos, con la voz de un recién llegado.

—¡Has vuelto! —Mar se ha imaginado tantas veces ese momento, pero con la realidad delante todo es distinto. No hay ni un gramo de romanticismo. No llama a los médicos, sino que se toma unos minutos para estar con él sin el barullo de los sanitarios. No se esperaba que la primera frase que él dijera fuera aquella. No está eufórica, sino perpleja. Parece estar mirando a un muerto viviente más que a un gran amor.

—¿Dónde estoy? —Esa es la primera de varias preguntas, que formula con voz cansada, y Mar pacientemente le ofrece detalles del pasado que explican la situación. Su cabeza parece funcionar bien dentro de lo que cabe. Se duerme enseguida pues la breve conversación lo ha dejado exhausto. Está mareado. Unas pocas frases coherentes han sido demasiado para un comienzo.

Yaroslav tarda muy poco en llegar tras el aviso. Lo acompañan dos médicos más, quienes despiertan a Serguéi para hacerle pruebas. Se les ve más excitados que a Mar, aunque no son gente efusiva. En cambio, Mar está alegre pero convulsa, pues se pregunta cómo será su vida a partir de ahora. Camina cabizbaja por los largos pasillos del hospital, con las manos atrás, arrestada por sus pensamientos que actúan a modo de autoridad. Es curioso cómo justo ese día dos cuervos amigos se han sentado en el alféizar de la ventana del pasillo y no se mueven de allí para acompañarla cuando lo necesita. Un té tras otro le calientan las manos, heladas del susto. Yaroslav sale de la habitación del enfermo una hora después.

—Igual que el sol sale cada día, la gente como él despierta y, aunque nos parezca normal, es un milagro. —Se quita las gafas para limpiárselas y después utiliza el mismo pañuelo para secarse el sudor. Se ve que, con el paso de las semanas, la distancia con su paciente se ha acortado. Serguéi es algo suyo, más allá del renglón que ocupará en su experiencia clínica. Su historia forma ya parte de la suya.

—¿Crees que tendrá una vida normal? —Es a lo que Mar le da vueltas una y otra vez, como si de un cubo de Rubik se tratara. Busca encajar un mundo con otro para saber qué color tendría el suyo, amarillo no sería igual que rojo, ni verde lo mismo que azul. En qué lado le dejará caer la vida, se pregunta ella, cuál será su suerte y el destino al que ella ha decidido ligarse.

—Es pronto aún, pero podría tener lesiones permanentes. Debes recordar que nadie está sano del todo, ni enfermo completamente. Las proporciones en este caso no las sabemos. —Le pone la mano en la espalda para darle ánimos, y ella nota que le tiembla porque es la primera vez que la toca. Ella siempre le gustó, pero nunca se atrevió a invitarla a salir. El joven ha volcado sus expectativas en el día siguiente, con la seguridad de que se reunirían en la cantina, compartirían un trozo de tiempo, arrugado todo él, pero que les ha servido para secarse la humedad que deja lo cotidiano. Así que ese momento es su última oportunidad. Ya es tarde para conquistarla, y pronto sería tarde del todo.

—¿No volverá a ser como antes? —insiste ella.

—Ninguno de nosotros puede ser el que era. Estamos diseñados para ir adelante, aunque sea para caer en el abismo, Mar. —Y se permite besarle la mano, y ella se deja besar, por pura necesidad de contacto físico. Yaroslav sí es capaz de entenderla, él sabe por qué está allí y por qué se queda, pues lo mismo le pasa a él. Ni siquiera la vocación por una profesión explica por qué alguien se queda enredado en la miseria que le ha tocado a otros. Después la abraza mientras ella se seca las lágrimas en la manga de su jersey, da igual que a lo lejos los estudiantes pasen e incluso murmuren.

—Gracias por todo, eres un buen amigo.

—Estaré siempre que me necesites, aunque no te haré falta porque el viento ya ha tornado a tu favor y podrás navegar lejos. Aprovéchalo mientras puedas. —Y le besa las dos manos, una tras otra, con sus labios gruesos de centroasiático, su cara redonda y sus ojos del color de la mermelada de castañas.

Mar decide salir temprano del hospital para dejar trabajar a los médicos. Toma el metro, llega a casa y recoge de su cuarto el icono de la Virgen. Lo guarda cuidadosamente entre un paño de terciopelo, que mete en un bolso de cuero muy gastado. Masha aún no ha vuelto del mercado, lo que le evitará dar explicaciones. Toma de nuevo el metro hasta la estación Nevski, desde donde llegará al anticuario. El viejo la reconoce al instante y le pregunta qué puede hacer por ella.

—Quisiera devolverlo —afirma Mar, y le entrega la tabla—. Está en perfecto estado.

—Ya lo veo. Reconozco este objeto. Tiene dos pequeñas manchas azul cobalto en el lateral, casi imperceptibles. Que yo sepa, solo hay otro icono que las tenga. —El anticuario lo toma entre sus manos con la destreza de quien lleva una vida tocándolos.

—No me había dado cuenta, la verdad.

—Es una pieza muy buscada. Usted tuvo suerte, no sé cuáles son las razones que la llevan a devolverla, pero le reembolsaré su dinero con gusto. Quizá saque el doble. —El anciano deja el icono sobre el mostrador y toma una vieja libreta con las tapas gastadas. Allí comprueba cuánto pagó la extranjera por la imagen. A continuación abre un cajón que guarda detrás de una de las estanterías y empieza a contar los billetes—. Compruebe la suma, por favor.

—Se lo agradezco sinceramente —comenta Mar, que se siente aliviada por desprenderse de un objeto que la ha puesto en peligro sin ella saberlo. «Estoy más a salvo», se dice y se repite una y otra vez, para acallar el miedo que habita su interior desde hace tiempo.

Mar está contenta por tener un dinero inesperado y por la facilidad con la que el anticuario ha revertido la transacción. No se imagina siquiera que en cuanto ha salido, el viejo ha llamado por teléfono a su cliente habitual, que adopta apariencias distintas cuando acude a recoger el icono recién llegado: mujer, hombre, adolescente. El cliente no responde, como siempre. Pero le devuelve la llamada pasados unos minutos. El anticuario le triplica el precio y el desconocido acepta sin regatear, por lo que el vendedor se muerde el labio pensando que podría haberlo quintuplicado. Vendrá esa misma tarde a por él. Se nota que al comprador le corre prisa.

OCTAVO Y DIEZ

Mar vuelve al hospital y pasa el resto del día con cortas visitas a la habitación de Serguéi para no agobiarlo, para que se acostumbre poco a poco a lo que es estar vivo otra vez. Sin embargo, Serguéi no habla. De él no se obtiene ni confesión ni respuesta, solo observa el techo, sumido en un silencio pegajoso que atrae cualquier palabra y la atrapa sin retorno. Mar comprende. Debe seguir esperando porque él está pero no está. Así que se sienta con su ordenador, esta vez de frente para saber quién entra por la puerta y que nadie pueda ver su pantalla. Ojea cada una de las carpetas y le da la impresión de que guardan demasiada información. Sin embargo, le faltan piezas clave. Hay algo que no entiende, ¿por qué la muerta del canal, a quien los periódicos amarillistas apodaron Liza, no aparece? Se supone que su muerte está relacionada con el Monje Negro, aunque sea de modo indirecto. A todas luces, parece que a nadie le interesa la identidad de esta señora. Mar quita la tarjeta de memoria y decide investigar el paradero del cuerpo en internet por si descubre algo. Lo poco que encuentra la sorprende tanto que está convencida de que Liza podría ser la clave para resolver el caso. Demasiada desidia general para esa víctima, cuando su asesinato está ligado nada menos que a la esposa del director de Lozprom. La prensa repite el guion como si el mismo periodista escribiera para todos los medios. Algo no va, definitivamente.

A la jornada siguiente decide seguir con su rutina, como si nada hubiera pasado. Lo besa como cada mañana, se sienta de frente, pone música clásica con volumen bajo y escribe. A veces dibuja a carboncillo algún retrato, que nada tiene que ver con el primero que hizo. No escucha ni un murmullo. Las enfermeras intentan hacerle reaccionar, los médicos también claudican en el empeño de establecer su estado. El paciente tiene los ojos abiertos, pero no suelta sonido alguno. Y si no fuera por lo que les contó ella sobre los primeros minutos después de despertarse, pensarían que había perdido la capacidad de entendimiento.

Mar aprovecha la quietud del entorno y busca más información sobre Liza. Lee con detenimiento una a una todas las noticias de los meses posteriores al hallazgo del cuerpo, hasta que por fin aparece una breve frase en un artículo: menciona el entierro de «la muerta del canal» sin que nadie haya acudido a acompañarla. Le llama poderosamente la atención el cementerio en el que la inhumaron, el Smolénskoie. «¿Cómo entierran a una desconocida en ese camposanto?», piensa Mar. Es un lugar difícil de conseguir para cualquier petersburgués. Alguien ha tenido que pagar mucho dinero y ejercer su influencia para poder enterrar a Liza allí. Es un cementerio histórico, lugar de peregrinaje porque alberga el cuerpo de una santa milagrosa, además de celebridades de otros tiempos, como la niñera de Pushkin, a quien dedicó sus versos, o el almirante José Ribas, el español que estuvo a las órdenes de Catalina la Grande. No tiene ningún sentido. Quien lo haya hecho no ha ahorrado en consideraciones con una supuesta desconocida. Mar decide visitar el cementerio y se dispone a recoger sus cosas. Serguéi la observa con curiosidad. Sin embargo, esta vez habla.

—Me gustaría llamar a Natalia para que me ponga al día de cómo va la empresa.

Hasta ese momento Mar no tenía la certeza de que él estuviera plenamente en sí, que hubiera regresado. Si piensa en negocios, es que ya ha recobrado la consciencia, que los asuntos de siempre le preocupan.

—Suponíamos que sería lo primero que querrías hacer y ya estaba previsto decirte que no. Todo va bien y solo te molestarán si hay alguna emergencia. —Ella contesta lo que puede, pero es una mala respuesta.

Serguéi percibe la mentira de inmediato. Son palabras que intentan crear una realidad que no existe. Una empresa como la suya siempre tiene emergencias, de eso se trata, de que no haya calma, de que los de dentro no se relajen, pues solo la emergencia empuja a producir, a inventar, a crecer. El trabajo hay que odiarlo, para eso está hecho, y lo piensa como alguien que ha nacido en la Unión Soviética, pues la mayor argucia que hicieron las élites de la URSS fue convencer a los obreros de entrar y salir a trabajar con una sonrisa en la cara. Hay que ser muy cabrón para hacer algo tan genial.

—¿Ha venido mi familia? —Tiene los ojos entornados, asomado a medias al mundo, como si se tratara de un balcón sobre el que uno se inclina y en cualquier momento se puede echar atrás.

—Pasaron ayer, pero por desgracia estabas dormido. Galina se sentía incómoda de verme aquí. —Mar sonríe maliciosamente. Al fin y al cabo, la verdad sin compasión no sirve de nada.

—¿Y los demás? —La frase, a pesar de ser corta, se apaga al final, como si se le hubiera escapado en vez de pronunciarla.

—Han venido todos, y siguen haciéndolo, pero los médicos no los dejan entrar porque debes estar tranquilo. Yo he desconectado el teléfono de tanto que me llaman. ¿Quieres que lo encienda? Aunque quizá deberíamos hacer caso a los médicos y que te dejen descansar.

—No quiero que me vean así. —Se le cae la baba y Mar se la tiene que limpiar. Después le da de beber con una pajita—. Es lo mejor, sin duda alguna. —Así Serguéi manifiesta que no habrá más preguntas para no tener que escuchar mentiras por respuesta.

Serguéi agacha la cabeza y llora en silencio. Las lágrimas no cesan. Es el llanto de un hombre que no llora nunca y que se diría que no sabe cómo hacerlo. Que llorar es un arte para uno mismo. Pero esta vez la situación supera la vergüenza, porque no se siente hombre, ni hay hombría que defender. No tiene ni idea de quién es. Cierra el puño con tanta rabia que las venas de la mano quedan marcadas y da la impresión de que se le va a salir la aguja del suero.

—¿Y tú por qué no te has ido como los otros? —pregunta de pronto, y le clava la mirada.

—Porque yo te quiero.

—¿Cómo puedes querer a un hombre postrado en una cama, que huele a medicamentos, que lleva un batín medio agujereado y que no habla contigo ni con nadie porque odia todo a su alrededor?

—Elegir a los hombres nunca ha sido mi fuerte.

—De eso no me cabe duda. Menos mal que me he despertado porque… —Y alza los ojos al altar que le ha montado Masha, quien cada vez que lo ha visitado le ha traído una nueva estampita que ha pegado al cabecero de la cama—. ¿Por qué no me habéis dejado donde estaba? —Está triste; está tan triste que repite la pregunta dos veces, cada vez con el acento más hondo y con más pena.

—Vivo me gustas más. —Después añade—: Esas cosas que sueltas, suenan muy mal mientras siga enamorada de ti. Yo ahora mismo ni quiero ni me sale vivir sin ti. Aún me cuesta creer que tengamos una nueva oportunidad. Ahora nos toca a nosotros, ¿no lo ves?

—Se ve que tienes cosas que hacer y yo prefiero quedarme solo.

Mar se despide y solicita inmediatamente un taxi con la aplicación para ir a la isla de Vasílievski, donde está el Smolénskoie. No desea perder tiempo ni que le roben en el metro su preciosa tarjeta de memoria. Cuando llega, comienza a caminar entre los jardines descuidados del cementerio, que le dan un aire de profunda melancolía. Algunos árboles caen al suelo desde su propio tronco, como si se postraran ante alguna tumba. Está lleno de hierbas. Crecen sueltas por todas partes en un caos que parece hecho a propósito. Hay una cola de gente para rendir tributo a santa Xenia, la esposa de un coronel que sacrificó todo por los pobres y que la demencia la convirtió en profeta. El cuerpo de la santa descansa en una pequeña capilla construida en el centro del cementerio. Mar no para de mirar tumbas, una tras otra. Pasa el tiempo hasta que se sienta en el suelo a pensar. Al levantar la cabeza ve al jardinero, y decide preguntarle.

—Buenas tardes. ¿Conoce usted una tumba sin nombre? Una reciente, de este mismo año.

—Solo puede ser la que está detrás de santa Xenia —responde el hombre.

—¿Sería tan amable de llevarme hasta allí?

El buen samaritano la guía al lugar. Mar se queda atónita. Hay un enorme ramo de rosas blancas sobre la tumba.

—Las ponen una vez por semana —comenta el jardinero.

Y no solo eso. Es verdad que no tiene nombre, pero sí una bella piedra tallada, justo al lado de la venerada capilla de la santa. Y la inscripción hace la tumba aún más enigmática: «Las flores blancas nunca mueren, en invierno son nieve, en verano son lo que se siente. Perdóname. Tu hermano». Mar tarda unos minutos en reaccionar.

—¿Quién trae las flores?

—No lo sé —contesta el jardinero.

—¿Viene alguien a verla?

—Sí, de vez en cuando, pero nunca he hablado con él.

Mar se acerca y mira con detenimiento el ramo. Debajo de las flores ve una tarjeta de la tienda que las suministra. Es una conocida floristería del centro.

Jean ha contratado a un conductor para que lo lleve y lo traiga al trabajo. Solo sale a pasear con su esposa por los jardines del Táuride. Ya no hay cenas ni ópera ni conciertos. La vida se ha simplificado. Es un estilo de vida ermitaño en una gran ciudad. Le quedan sus libros y una interminable colección de películas en DVD, que para él son suficientes, pero no para su esposa. No se exponen ni a ir al supermercado.

Sibila se siente cada vez peor, y cada día le pesa más vivir en Rusia. Su buen humor desaparece con demasiada facilidad. No soporta pensar que la apuntan con una pistola o que no puede correr la cortina por miedo. Ha perdido la fascinación por Petersburgo y lo único que desea es irse. Mar va a menudo a verlos, pues apenas pisa el Táuride. Les lleva un pastel de chocolate y maracuyá que hace las delicias de los tres y que compra en la pastelería Garçon, muy cerca de allí.

—¿Cómo va tu trabajo de detective? —pregunta Jean.

—Estancada. He ido varias veces a la floristería y no quieren soltar prenda. El otro día le ofrecí cinco mil rublos al repartidor y ni los miró.

—Tu astucia te ha llevado muy lejos, no te desanimes —dice él.

—Llegar lejos no sirve de nada si no se llega al final —afirma entristecida—. Lo he intentado todo, desde el soborno a pasar largas horas en el cementerio para cazar al chico que reparte las flores, pero ni a él le he podido sonsacar. —El silencio se asienta en una de las sillas de la estancia y se apodera del ambiente.

Jean hace ruido al colocar los platos sobre la mesa a propósito, para no tener que dar vueltas a un tema de conversación que llevará inevitablemente a la frustración.

—¡Mar, tengo una idea! —exclama Sibila, que por fin se muestra animada—. Propongamos a Lena hacerse pasar por la secretaria de quien lo encarga, seguro que tiene secretaria... Digamos que se pone muy formal y que exige que manden la factura a un mail diferente pero con los mismos datos, por una cuestión de contabilidad. Ella es rusa. Tiene más posibilidades que tú.

—Puede resultar —comenta Jean mientras se sirve otra porción de tarta—, pero hay que crear una cuenta con un nombre creíble. Debería ser fácil.

Mar llama a su amiga Lena, que siempre está dispuesta a ayudar. La ponen en el altavoz y entre los tres le diseñan un guion llenándola de consejos. Aunque Lena está abrumada con tanta información, no le supone un problema hablar con una floristería. Consigue convencer al informático desaliñado y con coleta que trabaja en el Táuride, quien quiere salir con ella a toda costa, para que le abra una cuenta que tenga pinta de oficial. El chico ni siquiera hace preguntas al respecto. La misión comienza entonces. Lena está lista para llamar. Una botella de vodka anima la espera de los tres que la siguen. Después de tres chupitos de vodka por cabeza, Lena devuelve la llamada para informar sobre el resultado de la embajada.

—Hemos tenido suerte. Hay un dependiente nuevo en la floristería que no ha querido contrariarme. Ya me ha enviado la factura de la última entrega y no os lo vais a creer…

—¡Qué intriga! ¡Chica, cuenta, cuenta de una vez! —exclama Sibila.

—Las flores las manda el mismísimo Poliakov.

OCTAVO Y DOCE

Iván Ilich se acerca al café con internet más cercano del puerto Malakal, el principal de la isla Koror, y hace una llamada, como cada lunes al salir de trabajar. El albanés le ha dado trabajo como estibador en el muelle, y el escuálido científico no ha tenido más remedio que aceptar a cambio de un mísero salario, plato de comida y una habitación compartida con dos hombres más. El católico albanés ignora lo que le ha pasado con el capitán, pero sabe que es grave y tiene enfilado al muchacho. El lugar es hermoso a pesar de ser tan transitado por camiones y mercancías. Hay grandes árboles escoltando las inmediaciones. Su vida es miserable, pero él ya no siente nada. Está cada vez más solo y por eso cada vez tiene menos miedo. Es lo que tiene vivir con malos olores, que todo resulta igual, que ya no hay sabor, ni tampoco se necesita, todo vale. A sus compañeros les huele todo, y hasta tiene que darse la vuelta cuando uno de ellos se trae compañía para compartir el lecho. Antes hubiera pensado que se halla en el inframundo, pero ahora acepta que el ser humano es un trozo de carne que por más que se acicale, no es más que un trozo de carne. Se acuerda cada día del capitán y los marineros, siente no haberse despedido como se merecían y siente, sobre todo, haberlos decepcionado tanto. El chico del café con internet lo saluda y se encarga de proporcionarle el mejor asiento, uno que tiene escondido en el fondo del almacén para los clientes ilustres. Al chico le impresiona escuchar ruso y se imagina que dice cosas muy técnicas y muy retorcidas, lo que ve en las películas.

—¿Cómo estás, Ania? He estado pensando mucho en nuestra última conversación, y creo que debes iniciar unos cuantos experimentos nuevos. Tengo un par de ideas para sacar la explotación del oceonio del atolladero en el que se encuentra. Creo que aún estamos a tiempo. —Iván siente alivio de poder hablar como quien es, usar el lenguaje técnico, intercambiar experiencias, iniciativas, dejarse ser.

—Todo está muy raro por aquí, Iván. No estamos haciendo nada —informa Ania.

—¿En qué sentido?

—Los militares se han ido y nos dejan hacer lo que queramos. —La angustia de Ania suena a eco, como si aquello lo hubiera dicho antes pero su voz solo se escuchara ahora, aumentada después de rebotar en las paredes de la burbuja submarina.

—¿Y eso es tan malo?

—No hay restricciones de seguridad. Yo hablo con la familia y los amigos como si nada. No les preocupa lo que decimos.

—Es posible que anden seducidos con la nueva bolsa de petróleo en Sajalín y hayan perdido el interés en el oceonio, o que simplemente estén ocupados con su nuevo juguete, que conocen muy bien y no les crea grandes quebraderos de cabeza.

—¿Y por qué no nos dejan ir a casa?

—Supongo que están dejando caer el oceonio poco a poco. El sistema lleva mal reconocer fracasos, pues son antagónicos. Es un peso que no saben soltar. Por eso lo aguantan entre las manos hasta que les sangran, y no han planificado ni cómo curarse las heridas. Si vuestras necesidades están cubiertas, lo sensato es pensar en todo a la vez para no pensar en nada, conseguir una suerte de dispersión mental. ¿Me entiendes?

—Sí. Y seguimos con el mismo sueldo de antes… pero tengo la impresión de que esperan un milagro, de que va a solucionarse todo sin hacer nada.

—Y tienes miedo —resume él.

—Sí, nada me importa más que el susto que llevo en el cuerpo.

—Yo ya no, Ania. Ellos ya saben dónde estoy, y no han venido a por mí. Sucederá cualquier día de estos. Serán estos o aquellos, porque el poder es igual en cualquier parte, en un bloque o en el otro. El poder actúa como una sustancia viscosa que se cuela en todas partes hasta oscurecer los principios. Me capturarán más pronto que tarde. Me meterán en una prisión de por vida, pero yo ya estoy en una, y lo único que echaré de menos es ver el mar cada día. ¿Hay prisiones con vistas? Creo que no. Los litorales se los quedan los ricos. Por eso estoy coleccionando postales y tú me escribirás una de vez en cuando.

—Tu familia se ha mudado a Ekaterimburgo para estar cerca de los padres de tu mujer. Tengo pocas noticias porque ella también está asustada, pero les hice llegar tu mensaje. Ya lo saben todo. Y están preparados para lo peor.

OCTAVO Y TRECE

Serguéi se levanta ya solo. Le ayudan a asearse una enfermera y un enfermero. Le sirven el desayuno, del que solo toma la mitad. Después viene un fisioterapeuta para enseñarle desde coger una cuchara hasta ir solo al baño. Él sigue las instrucciones como un deber. Siempre fue una persona de obligaciones y consignas. Después duerme. Come de nuevo, le cuesta masticar y tragar. Duerme otra vez. Se despierta y mira. La mira. Y no dice nada. Cuando está con él, Mar siente una aguja que se le clava poco a poco, y a la que le da miedo enfrentarse. Aunque nadie sabe lo que él piensa, todos imaginan la oscuridad con olor a azufre en la que vive.

Mar ha ido a trabajar al Táuride para librarse de la mirada inquisitoria de Serguéi. Sin embargo, la actividad en el secretariado es casi inexistente. La dinámica consiste básicamente en aparentar que se trabaja mientras se atienden asuntos personales. La conferencia se ha retrasado *sine die*. Mar aprovecha la coyuntura para ahondar en la vida de Liza. Efectivamente Poliakov tiene una hermana de la que se dice que vive en el extranjero, pero nadie tiene noticias de ella desde hace mucho. De hecho, su último post en las redes sociales fue justo una semana antes de que Liza apareciera en el canal. Estaba en San Petersburgo y había ido al teatro con una amiga. Mar no puede comparar las fotos de la chica del canal y las de la hermana de Poliakov, pero no le cabe duda de que son la misma.

—Tengo que pasarte un artículo interesantísimo que acaba de publicarse —dice Jean al verla entrar en su oficina.

—¿Por qué el Monje iba a matar a la hermana del vicepresidente de Lozprom? —pregunta Mar con un tema más candente.

—Según me has dicho, solo parece que coincide con la muerte de Tatiana. Podría ser un imitador.

—Es posible. Si Poliakov lo ha tapado y además le pide perdón, quizá se sienta mal por no haberla protegido. Por lo visto siempre la quiso mucho. —Da una vuelta con las manos en la espalda, metida en su rol de investigadora—. ¿Por qué a él le interesaría mantener en secreto algo tan injusto, tan doloroso?

—Solo hay una explicación a eso —expone Jean.

—¿Y cuál es?

—Liza ha pagado por algo que ha hecho su hermano y él no quiere que se sepa. Y así han cerrado cuentas, sean quienes sean.

—Yo creo que Poliakov es uno más de nosotros. Formamos un círculo en peligro, Serguéi, Poliakov, tú y yo… Solo que Liza no pudo sobrevivir a la maldición. Siento que se trata de convertir el terror en nuestro ecosistema. La muerte es casi secundaria, casi un accidente, diría yo, porque solo sirve para aumentar la ansiedad y la desgana de quienes estamos vivos y amenazados, para que nunca dejemos de sentir el peligro ni el perfume del fin.

La conversación dura una hora más pero no lleva a ninguna conclusión nueva. Al terminar la jornada, Mar pasa por el hospital antes de volver a casa. Encuentra como siempre a Serguéi huraño y malhumorado. Sin hacer ningún esfuerzo por ocultar su lado oscuro. Mar comenta su día, habla de las últimas noticias, del tiempo y hasta de lo último que está leyendo, pero en él solo encuentra monosílabos. Así que decide marcharse, pero no reprime las ganas que tenía de preguntarle por la hermana de Poliakov.

—¿Tú conocías a la hermana de Poliakov?

—La vi una vez. Una chica tímida pero muy amable.

—¿Cómo era la relación con su hermano?

—Se adoraban.

—¿Y qué ha sido de ella?

—Vive fuera, según creo. ¿En qué andas metida ahora? —pregunta arisco, como es habitual.

—Encontré unas fotos en internet por casualidad.

—¿Por qué no me habéis dejado donde estaba? —repite cuando el reloj da las seis y treinta y dos minutos y ella está ordenando su escritorio.

—¿Otra vez vamos a tener una conversación de esas de gente que lleva veinte años casada, en las que uno se queja y el otro responde quejándose aún más fuerte?

—¿Por qué no me has dejado donde estaba? —Esta vez la pregunta era directa.

—Has vivido, ¿cuántas?, ¿tres, cuatro vidas? Cuando eras niño, cuando eras universitario, cuando te casaste y empezaste a trabajar en serio, y cuando te convertiste en un gran jefe. Y ahora te quedan por vivir al menos tres vidas más. Y eso siempre merece la pena. Las cartas que te repartan, las tienes que jugar con habilidad, como todos. No te creas tan superior a los demás. Tienes casa y bienes, una excelente asistencia médica, tus secuelas mejorarán con el tiempo, lo que te permitirá vivir casi con normalidad, y tampoco necesitas ir a las olimpiadas. ¡Maldito burgués de mierda! —Ojalá se hubiera parado a pensar esas palabras, les hubiera dado una vuelta o dos antes de soltarlas ante un enfermo, pero las horas malas también le habían hecho mella, la habían cargado tanto que en alguna parte debía aligerar el peso.

—No tenías derecho a salvarme; ni tú ni nadie.

—Pues suicídate cuando salgas, pero en eso nadie va a apoyarte. ¡Menudo cobarde!

—¡Lárgate y déjame en paz!

—Cuando quieras verme, llámame. —Mar sale y da un portazo.

Y ya no vuelve en un día, que luego son dos, y después tres, cuatro y cinco, hasta que son una semana, durante la cual trabaja poco y se dedica a hacer de turista, que también se lo debe a sí misma. Serguéi cohabita con tinieblas que intentan llevárselo, ella tiene que pensar cuál es su posición al respecto. Hay que trazar una línea entre lo blanco y lo negro, quedarse en lo claro, pues de otra manera no podrá aguantar el pulso que la vida le está echando también a ella.

Mar ha encontrado grandes placeres. La noche del miércoles la dedica a visitar el Hermitage, donde se cruza con dos millones y medio de asiáticos que a veces hacen imposible pasar de una estancia a otra. Solo dos habitaciones del museo por cada cita para aprenderlas y disfrutarlas de veras. No quiere olvidarse de la belleza por el efecto terapéutico que tiene. Dibuja a carboncillo lo que le llama la atención, sobre todo si son iconos de vírgenes. El arte es el mejor instrumento para entrenarse en sentir la hermosura. En el camino de ida o en el de vuelta, siempre se pierde en el Hermitage, pero termina sin proponérselo en la sala de reuniones del gobierno provisional de 1917. Sus ventanas dan al Nevá e invitan a imaginar al buque Aurora justo enfrente dando la señal de ataque. Las paredes de ese lugar inspiran vértigo y hablan del pánico que vivieron unos hombres cargando con un Estado momentos antes y momentos después del golpe revolucionario. Esa habitación es tan siniestra que ni todo el oro ni el terciopelo que lleva encima pueden esconder la mezcla de confusión y locura que empaparon el lugar en aquel momento.

Cuando Mar vuelve a casa, sigue ahondando en las carpetas electrónicas, pero no encuentra ningún hilo del que tirar. La música de Masha la ayuda a relajarse, aunque tenga que ver colgado en el salón, enfrente del sillón en el que se sienta, el cuadro de Gorbachov, al que Masha pone cada día una cruz para que Dios no se olvide de juzgarlo, «porque ese cabrón decidió un día por las buenas que yo no era soviética y que mi país ya no sería un imperio. Quién iba a imaginarse que el talón de Aquiles del país estaba en la cúpula de la pirámide; nosotros los de abajo nunca le hubiéramos fallado». Mar escucha los comentarios conocidos, los rebate de vez en cuando, mientras lee una y otra vez los ficheros. Masha se sorprende de no verla escribir, pero no comenta nada.

Súbitamente Mar encuentra una profusión de noticias de Liza en las redes sociales que han empezado a publicarse en los últimos tres días. Como si quisiera ponerse al día de una sola vez. Un día fotos de un crucero en el Nilo y al siguiente patinando sobre hielo en el Baikal, aun cuando hace tiempo que se ha deshelado. Se nota que el que se ocupa de su cuenta no es muy avispado. Lo cual confirma sus sospechas: falta, por lo menos, un muerto.

OCTAVO Y CATORCE

El interés de Natalia por el mapa con los círculos que dibujó Serguéi también se convierte en pregunta. Mar recuerda muy bien que Natalia lo escaneó y le sacó fotos para estudiarlo a conciencia. Sin embargo, a Mar nunca le pareció suficiente la excusa de que Serguéi pudiera ser sospechoso. Natalia buscaba algo más. Mar ha visitado los lugares señalados en los cinco círculos del mapa, que a todas luces tenían únicamente naturaleza cultural: el Petersburgo de Pedro el Grande, el de Pushkin, el de Dostoievski, pero también el Petersburgo de Chaikovski, y después el de Biely con los últimos zares y la prerrevolución, y ahora le falta el último círculo, el Petersburgo de Lenin, que podría seguirse también con la vida del literato Alexander Blok, cuya poesía fascina a la española. ¿Qué delirio es este de mezclar asesinatos con la historia de la ciudad? ¿Qué relación hay con el Monje Negro? Tras un par de horas dándole vueltas, se da cuenta de que debe mirar con atención el dosier del amigo del Manco. La muerte del Cojo es la más que está de todas porque, al igual que Liza, tiene un significado especial para alguien importante dentro del sistema. Sin embargo, hay entre ambas muertes una diferencia significativa. Si la investigación de Liza está marcada por la desidia, la del Cojo revela todo lo contrario. Seguramente el Manco no ha escatimado en medios para conseguir información. Mar chequea los archivos y un documento llama poderosamente su atención: al Cojo le hicieron una segunda autopsia por encargo del Manco. El forense es un tal Ígor Petróvich, y Mar supone que debe de ser el mejor forense de la ciudad. Los datos del instituto forense están completos, por lo que será fácil dar con él. Ya que ella no puede presentarse allí preguntando sobre el tema, lo mejor es enviarle una carta, y para ello Mar no duda en utilizar uno de los sobres oficiales de la Comunidad de Estados Independientes que hospeda el palacio Táuride. De hecho, recuerda que hay algunos sobres del CEI en el fondo de su escritorio que alguien dejó olvidados. Así tiene un buen punto de partida para poner en marcha una treta para hablar con él. Lo de escribir sin faltas en ruso es otra historia. Se ve obligada a redactar con frases sencillas, sujeto, verbo y predicado, receta que no falla en ninguna lengua, y citar al forense en algún lugar de la ciudad. Mar entonces recuerda un dato: Oleg, que es espía profesional y no se sabe dónde andará, usaba los museos como puntos de encuentro como hizo con ella. Si van a verse en un museo, es un gran dilema puesto que hay cientos. Decide elegir uno relativo al último círculo. ¿Cuál fue el lugar más siniestro de la ciudad en tiempos de Lenin? Sin duda el Instituto Smolny. Así podrá hablar con el forense y comprender la muerte civil de un ciudadano en Rusia, una tradición casi centenaria. Y Mar está de suerte, el instituto está celebrando unas jornadas de puertas abiertas, de modo que no tendrá que tramitar permiso alguno.

Dos días más tarde, que se le han hecho eternos, Mar camina hasta el Smolny en vez de tomar uno de los pequeños y destartalados microbuses llamados *marshrutka*, que han terminado por gustarle por lo familiares que resultan. El Instituto Smolny para Niñas Nobles, que como bien dice el nombre era una escuela de niñas ricas, debe tener algún conjuro bajo sus piedras porque de otra manera difícilmente se explicaría su trayectoria histórica. Por eso Mar siente tanta curiosidad. Quiere saber a qué huelen los residuos del poder. Es un edificio neoclásico, paladino, con amplios jardines a la entrada. Era el cuartel general de los bolcheviques tras el golpe de Estado, donde se planearon acometidas y asesinatos. La oficina de Lenin está tal como la dejó: un modesto escritorio y una lámpara verde muy parecida a la que tiene Mar, una mesa adyacente para su secretaria, las sillas de madera enclenque para propios y ajenos, un sofá con pinta de incómodo para cuando el líder se quedaba a dormir allí por motivos de trabajo, y sobre todo las vistas magníficas sobre los árboles y una lejana avenida. Allí dibujaba el mapa sobre el que decidía la construcción de un nuevo orden mundial.

Mar entra sin llamar la atención, aunque no se resiste a preguntar cuál fue el lugar exacto donde mataron a Kírov, el amigo de Stalin, héroe de la Unión Soviética, y cuyo nombre de mártir llenó la ciudad. Kírov era líder del Partido Comunista en Leningrado y miembro del Politburó. Era carismático, deportista y orador excepcional, y tan amado por el pueblo que Stalin, celoso, mandó a un sicario para asesinarlo. Dicho sicario entró armado y sin oposición al palacio Smolny, que servía como sede de la jefatura del Estado por aquel entonces y que, por tanto, tenía acceso restringido. Nikoláiev lo mató delante del propio guardaespaldas de Kírov, que estaba en la distancia, y que a su vez fue asesinado por un camión al día siguiente. Kírov fue llorado por las masas, incluido Stalin, como refleja la impactante pintura de Rutkonski, en la que el color rojo toma tres cuartas partes del espacio. Aquello fue la excusa de Stalin para comenzar las purgas. Así consiguió un nuevo mártir para la causa socialista y un amigo menos. El poder es solitario o no es poder. Sin embargo, Kírov quedó inmortalizado en cuadros y esculturas y en el nombre de la mejor compañía de ballet del mundo. Más tarde la historia procuraría otra extraña coincidencia: en el Smolny trabajó también un eficiente funcionario público, un hombre que por una jugada del azar, y sin ni siquiera buscarlo, consiguió ser presidente de Rusia después de Yeltsin.

Ígor Petróvich la reconoce enseguida. Mar está vestida como le había indicado en su carta de invitación al encuentro.

—Gracias por venir, Ígor Petróvich. Es importante —dice Mar dándole la mano y mirándolo directamente a los ojos para conectar con él.

—Dígame en qué puedo ayudarla. —Él le corresponde pero se le nota incómodo.

—Me consta que usted ha trabajado en la investigación de ciertos crímenes, no me pregunte cómo lo sé, simplemente dicha información ha llegado a mis manos. Este tema me toca de manera personal.

—Entiendo —dice el forense, quien ya lleva en el sistema suficiente tiempo como para saber que si una extranjera está removiendo asuntos confidenciales es porque el propio sistema se lo permite, y que hay una razón poderosa para ello—. Natalia Ivánovna investigaba esas muertes, pero ya no. Se tomó mucho interés hasta que cambió de puesto. Sin embargo, por otra parte, debo decirle que cuando recibí su carta, la llamé y ella me alentó a que viniera a hablar con usted.

—Ella ha cambiado mucho —comenta Mar—, pero le agradezco que se haya tomado la molestia de ayudarme en esto.

—La gente no cambia, sino que las circunstancias dejan ver cómo es realmente —dice resentido, porque con ella siempre guardó alguna esperanza de conocerla de forma más íntima.

—Puede ser, pero hay circunstancias que causan tanto terror que alteran cualquier comportamiento. Sin embargo, comparto su decepción con ella. —Hace una pausa—. ¿Usted está al tanto del asesinato en Japón de una chica llamada Tatiana?

—¿La que mató el Monje Negro para intentar inculpar a Tomski?

—La misma. ¿Sabe algo de su autopsia?

—Solo he leído la versión oficial, nunca la he examinado en persona —afirma evitando extenderse en la respuesta.

—¿Y sabe algo de la muerta que encontraron en el canal? Los periódicos llamaron Liza en honor a la joven prostituta de *Memorias del subsuelo* de Dostoievski, que es deshonrada por el protagonista Zverkov.

—A esa sí le hice la autopsia. Nadie reclamó su cuerpo.

—Eso ya lo sé. Pero lo raro es que si la mató el Monje Negro, ¿por qué no hay constancia de ello en los archivos tal como ocurre con el Cojo, al que usted también hizo la autopsia? ¿Qué conexiones hay?

—A Liza no la mató el Monje Negro. Hicieron una chapuza considerable intentando culpar al Monje. Pero le aseguro que el asesino del Cojo, como lo llaman ustedes, y el de Liza no son la misma persona. Es más, son sujetos que poco tienen que ver entre sí.

—¿Cómo dice? ¿Habría un imitador?

—No —niega el forense, contundente.

—No entiendo… Y si no imitaba al Monje, entonces ¿qué?

—Un asesino se expresa en su víctima: habla de sus frustraciones, delirios, deseos, y le aseguro que estamos ante dos lenguajes distintos.

—Pero ¿están relacionados entre sí?

—De eso no me cabe duda —comenta enigmático—, porque en mi opinión no hay un imitador, sino que el asesino quería mandar un aviso al Monje Negro, pero yo solo soy un forense, no un investigador propiamente dicho.

—Por favor, explíquese. —Mar lo agarra de la chaqueta y después rectifica porque ha sido muy impulsiva.

—Pues… —Ígor Petróvich duda—. Creo que debo irme.

—¡Espere, espere! Mire… —Mar saca de su bolso el bloc de notas, tacha un nombre del esquema que ha hecho y cambia a Liza de columna; a continuación le muestra las notas al forense. En una columna están Tatiana, el Cojo e Ignátov, y en la otra, Kolomoiski, Milena y ahora Liza.

—Eso es correcto —dice Ígor Petróvich—. Lo siento, pero no podemos continuar nuestra conversación.

—¿Es por los círculos? —Mar no sabe muy bien de lo que habla, pero lanza un órdago para animar al forense.

—¿Qué sabe de eso? —pregunta él con asombro, a pesar de que ya sabía de dónde venía el mapa que Natalia le mostró—. Nosotros no avanzamos mucho en ese tema.

—El mapa sobre el que han estado trabajando es mío. Por alguna razón está relacionado con las muertes de Kolomoiski y de Milena, y ahora me confirma que también con la de Liza. —Mar ha ido a tiro fijo. Él no puede saber que le han ocultado a propósito todo lo referente al segundo bloque de las muertes y que solo le han facilitado información sobre el Monje Negro, por lo que indudablemente la parte más interesante de la historia está en los círculos.

—Yo solo hice la autopsia de Milena y de Liza, no la de Kolomoiski, pero sospechamos que también llevaba tatuado en la piel los seis círculos de su mapa.

Mar intenta disimular su asombro. Una tos nerviosa le sobreviene, no puede contenerla.

—¿Tatuado dice? —Asocia el detalle con los círculos dibujados en el brazo de Serguéi, dibujados toscamente pero con la misma forma. Está aterrada y confundida.

El forense la lleva con disimulo a los baños que están al lado, no hay nadie, pero de todas formas se asegura, y después abre el grifo de agua fría y la invita para que beba y calme la tos.

—Fue un crimen de la casa, ¿entiende? Así que tenga cuidado. No se acerque a eso. Hágame caso. Natalia quería saber quién hizo el encargo dentro del servicio secreto e investigó mucho hasta que tuvo que elegir entre acabar muerta o encumbrada. Sea lista, sea como ella. Usted me cae bien. Me daría pena ponerle una etiqueta en un dedo del pie al meterla en uno de mis frigoríficos.

—¿Y quién atentó contra Serguéi Tomski? ¿El Monje o el otro?

—Yo solo soy un médico forense, ya se lo he dicho antes, y por tanto no puedo responder a esa pregunta. Solo traslado lo que mis víctimas me dicen, ni más ni menos. Sin haber analizado nada, mi impresión personal, no profesional, es que parece que el atentado de Tomski no lleva ninguna de las firmas de las dos columnas porque ambas, a su manera, son muy metódicas. Los dibujos que le hicieron en el brazo en el hospital son torpes, nada comparado con el de los otros. Aunque todo esto es especular porque me faltan datos. Lo curioso del caso de Tomski es que él es el punto de conexión de los dos bandos.

OCTAVO Y QUINCE

Serguéi llega a la plaza de Alejandro, enfrente del teatro de la Casa del Báltico donde vive Mar. Al bajarse del coche observa de lejos el edificio con sus elegantes arcos y columnas. A él le gustaba ir a ese teatro cuando era joven. Es un lugar tan gigantesco que en el escenario caben tanto el público como la compañía teatral, y encima sobra sitio. Fue uno de los caprichos megalómanos de Stalin. El resultado fue el teatro Lenin-Komsomol. Su chófer cubano no le interrumpe los pensamientos y se pone a leer el periódico *Pravda* sobre el volante. Serguéi sigue parado. Es curioso cómo últimamente todos los recuerdos se le vienen encima, como si su vida se hubiera acabado. Debe ser que se está preparando para ser otra persona. La entrada del teatro tiene unas escaleras, por allí iba con una novieta el día que se cruzó nada menos que con Maria Yúdina, que apenas podía caminar. Serguéi ayudó a Yúdina, que iba acompañada de una asistenta, y le dio las gracias y hasta unas palmadas en el hombro. Él se despidió de ella como le había enseñado su abuela: «Nadie te dirá quién es una dama, lo sabrás nada más verla, y cuando la reconozcas la saludarás dándole un beso en la mano». La pianista favorita de Stalin seguía teniendo la magia en las manos. Él lo sintió aquel día. Stalin escuchó a Maria por la radio cuando interpretaba en directo el *Concierto número 23* de Mozart y se emocionó. Fue el impacto de uno de los adagios más hermosos de la historia de la música. Pidió la grabación del mismo, pero no existía. Todo el mundo se puso nervioso. Stalin solo dijo: «La quiero». Y la contestación de sus subyugados fue la de siempre: «Si el camarada Stalin la quiere, el camarada Stalin la tendrá». Llevaron esa misma noche a Yúdina y a una orquesta a un estudio de grabación y los encerraron hasta satisfacer el antojo del camarada Stalin. Naturalmente la calidad de la interpretación fue suprema, pues los músicos tuvieron la inspiración de la perspectiva de los gulags siberianos que los esperaban si las cosas no salían perfectas y el resultado no agradaba al líder. Cuando por fin terminaron y se les permitió comer y dormir, le llevaron el disco a Stalin, quien fue capaz de ablandarse desde las primeras notas. En compensación, el dictador le pagó una generosa gratificación a Maria, a lo que ella respondió que la donaría para la reconstrucción de iglesias destruidas por los bolcheviques «y oraciones perpetuas por los pecados de Stalin». La perplejidad fue absoluta cuando se supo. Los sicarios estaban listos para asesinarla. El paredón de fusilamiento preparado. Existe un chiste que dice: «¿Cuál es la diferencia entre la Constitución de la Unión Soviética y la de Estados Unidos si ambas garantizan la libertad de expresión? Que la de Estados Unidos también garantiza la libertad después de la expresión». La pianista no iba a ser una excepción. Sin embargo, aunque todo estaba preparado, última confesión incluida, el mismo Stalin prohibió su ejecución puesto que el arte a veces vence a las fuerzas del mal. Raramente, pero a veces ocurre. O tal vez fue que Yúdina era capaz de remover con su música y su valor lo que quedaba de conciencia en el tirano, quien, a fin de cuentas, se educó en un seminario. Aunque Freud diría que fue porque la religiosidad de Yúdina le recordaba a la de su propia madre. Cualquiera que sea la razón, el caso es que el virtuosismo de la pianista le permitió ser una voz crítica en la Unión Soviética, y aunque le hicieron pasar penurias, siempre se la respetó e incluso se la admiró en secreto. Serguéi lo hizo aquel día en público.

Hoy en cambio lleva a dos enfermeros con él, que se ocupan de su movilidad y le ayudan a subir al piso de Masha, quien en sus adentros hace tiempo que lo esperaba. Está allí porque tiene una misión muy importante. Ha tenido tiempo de pensar solo, colocar piezas, decidir a dónde debe dirigirse su vida.

—Me he escapado del hospital —dice al llegar a la casa de Masha en silla de ruedas—, y estos caballeros son cómplices de un maldito burgués. —Y sonríe—. Se ve que siempre llego a este apartamento de la misma manera: buscando una cura a la estupidez, que solo se consigue convenciéndote para que vuelvas conmigo.

Mar saluda con timidez pero no contesta.

—¿Le apetece un té? —pregunta Masha después de darle un solo beso en la mejilla izquierda.

Serguéi le coge la mano, se la aprieta y la besa. Le da las gracias por lo que la anciana ya entiende. Después Masha invita a los acompañantes a pasar a la cocina para dejar a solas a la pareja.

—¿Has visto lo bien que manejo los mandos de la silla? Podría salir del hospital si quisiera. Entraré en una clínica de rehabilitación en la avenida Moscú para aprender a manejarme como un lisiado. Ya sabes, esa avenida de diez kilómetros llena de edificios estalinistas, con arquitectura megalómana y plazas con monumentos soviéticos. Te la enseñaré. Ya sé lo mucho que te gusta descubrir cosas nuevas.

—No conozco esa parte de la ciudad. Iré sola un día de estos —dice Mar con sequedad.

—¿Y qué me dices de mudarte nuevamente conmigo?

—Tu mujer sacó mis cosas a la calle, lo cual es comprensible. Un taxista uzbeco me ayudó a traerlas. Pero tú tampoco te escapas. Por lo visto Poliakov hizo lo propio con las tuyas, las metieron en un almacén no sé dónde —dice con ironía.

—Tendré el divorcio en un mes, y si por mí fuera lo tendría mañana mismo. Pero no hablemos de eso porque me da mucha vergüenza. —Y mira el cuadro de Lenin que está colgado sobre el piano.

—Me alegro porque tu casa no tenía alma. Lo único que me gustaba de ella es que estaba cerca de la de Masha.

—Veo que has aprendido a negociar. En fin… —Agacha la cabeza porque se nota nervioso al hablar—. El bloque entero pertenece a la empresa. No puedo perder lo que no tenía. He pedido a mi agente inmobiliario que me busque algo. Eres la única razón que tengo para vivir. Todo lo bueno que venga a partir de ahora será de ti. Ahora soy como esos personajes de Shakespeare, cuyos defectos físicos son las sombras que los torturan. Tú te das cuenta de eso, ¿verdad?

—Busquemos algún sitio desde el que se vea el agua y esté cerca del Mariinsky. Da igual que sea grande o pequeño, pero que tenga ascensor y no haya portero que nos vigile. —Mar se alegra de ser de perdón fácil.

OCTAVO Y DIECISÉIS

Serguéi vive en una clínica en la avenida Moscú mientras buscan un lugar para rehacer su vida. Mar pasa con él todo el tiempo que le permiten. El vecindario es imponente, con edificios construidos en piedra, elegantes, lo que Jruschov denominó «arquitectura del exceso». Está muy cerca de la Casa de los Sóviets, la administración regional, que bien podría llamarse el Partenón de la era comunista. En la plaza que hay enfrente se erige el monumento más alto de la ciudad: un coloso Lenin de dieciséis metros de altura que da la impresión de que tiene el mismo cometido que los santos cristianos: el de vigilante y protector de la ciudad.

Las finanzas de Serguéi no van del todo bien, con un divorcio y sin poder movilizar el dinero que guarda en el extranjero. Por ello debe ser cauto a la hora de gastar los ahorros disponibles. Una de las agencias les enseña un precioso inmueble en el canal Griboiédov, en el edificio más alto del canal, con decoración Art Nouveau, que impresiona mucho a la pareja, sobre todo a ella. La localización les daría anonimato, en un barrio céntrico de clase media en el que nadie parece reconocer a una antigua celebridad. Es un lugar de fácil acceso para un minusválido, y cómodo para un extranjero desacostumbrado a Rusia. Él hace una oferta el mismo día, que fue aceptada al instante. Las obras de acondicionamiento para un minusválido comienzan casi de inmediato y se mudan al poco tiempo.

Él se siente particularmente irritable porque su olfato para los negocios le ha abandonado, como le ocurrió al personaje Iván Yákovlevich de Gógol. Ahora lo suyo es salir de la silla a base de fe y fisioterapia; montar una nueva casa; vivir un nuevo amor; aprender a ser feliz con las jodidas cartas que le han tocado, ahí está el arte. Hubo supervivientes del gulag que afirmaron que los años recluidos fueron los más felices de su existencia, y hasta Limónov, el líder del Partido Nacional Bolchevique de la oposición, afirmó algo parecido en sus memorias cuando salió de la cárcel para disgusto de sus carceleros y los jueces que lo condenaron. «La felicidad es una invención de y para mentes burguesas, seguro que Lenin dice algo parecido en algún párrafo de sus cincuenta y cuatro libros», piensa Serguéi. El ser humano debe contentarse, y esa es su única victoria. La felicidad es para los que escriben manuales de autoayuda y para las agencias de viajes. Serguéi lo sabe. Es consciente de que pertenece a un mundo corrompido y a una especie condenada. Que de eso trata el capitalismo: de la inestabilidad. El sistema está hecho para que te sonrían y después cagarte encima, y eso hace que estés perennemente estresado en la cadena de montaje. Serguéi ha echado mano de esa premisa para dirigir brillantemente una empresa, y solo ahora, cuando está en una silla de ruedas y tiene una ingente cantidad de tiempo para pensar, se da cuenta de que pudo hacer las cosas de otra manera. Pero no se lo dice a nadie. Se lo guarda para sí cada vez que repasa cuidadosamente los conflictos que afrontó desde el gran sillón.

Por otra parte, también siente hambre por saciar su vanidad. Le han castrado el ego.

La noticia de la boda por la Iglesia de Poliakov y Galina no parece importar a nadie, aunque no es del todo cierto. Mar se pregunta cuánto le afecta a Serguéi que su ex vuelva a casarse tan pronto sin imaginar que la verdadera cuestión es que ella regresa a Lozprom como primera dama y él está en paro, en un piso tres veces más pequeño que el que tenía y por el que ni siquiera puede caminar. Serguéi ya se ha percatado de que es un muerto civil, pero se niega a asumir ese estatus.

Mientras, la decoración de su nuevo hogar se ejecuta día y noche para terminar lo antes posible. Serguéi llena el lugar de buen gusto, y ella de antigüedades. Mar ya repasa su tesis, y lo normal es verla atada a su lápiz sobre las páginas impresas anotando errores y afinando párrafos. Como le están restaurando un antiguo escritorio, se sienta en el alféizar de la ventana y lee en voz alta para asegurarse de que sus líneas dicen lo que ella quiere que digan. Ha dejado la investigación por el momento porque la conversación que mantuvo con Ígor Petróvich ha mermado su voluntad. Ha preferido sacrificar la verdad en aras de la prudencia. Tiene una vida tranquila, para qué estropearla, sobre todo cuando Jean y Sibila han vuelto a la normalidad.

Llega un martes lluvioso, de esos que no tiene nada de especial. Los de la mudanza han entregado los últimos paquetes con los enseres que tenía Serguéi en el ático de Lozprom. Han sido cuidadosamente empaquetados. Mar, que está aburrida de revisar papeles, comienza a desenvolver algunas cosas. Una de ellas es el cuadro del despacho de Serguéi en su antigua vivienda, que ella lleva hasta donde están apilados todos los cuadros a la espera de buscarles el lugar adecuado. Lo coloca en vertical y lo observa una vez más. Aunque es abstracta, se trata de una pintura bonita de colores muy interesantes, con grandes puntos negros. Mar tarda poco en ver lo que antes no veía, porque son los seis círculos de San Petersburgo. Mar corre a su despacho con vistas al canal y busca el mapa de los círculos entre el desorden. Lo encuentra, regresa frente a la pintura y confirma lo que temía: están colocados de la misma manera, siguen el mismo modelo.

—¿Dónde adquiriste el cuadro de los seis círculos? —inquiere ella interrumpiendo su descanso y significativamente alterada.

—¿Qué tiene ese cuadro? —pregunta él medio aturdido—. Me lo regaló la empresa el día de mi nombramiento como director general.

OCTAVO Y DIECISIETE

El ansiado lunes de Iván Ilich ha llegado, pero la jornada de trabajo se alarga. Ha atracado un nuevo barco, lo han descargado y ahora se ocupan de cargarlo de nuevo con otra mercancía. Iván ha ascendido en cierta forma, está a cargo de las grúas y hasta de las palas cargadoras, incluido su mantenimiento y reparación. Implica menos trabajo físico, pero más horas. El albanés apenas le paga, porque los términos con él son diferentes a los del capitán y lo sigue mirando con sospecha por lo que pasó. Sin embargo, le ha dado una habitación para él solo, por lo que Iván puede leer por las noches y no tiene que lidiar con las hediondeces ajenas. Mas su interior sigue igual. Vacío y cansado, sin saber por qué se levanta y se acuesta y por quién debe vivir si él mismo no es suficiente razón. Ahora ni la visión del mar lo alivia, y tampoco tiene plan de escapar porque primero debe liberarse de su sufrimiento moral. Ya no tiene nada de lo que preocuparse, ni de sus cuentas porque no las tiene ni de su salud porque está perdida de antemano. Se ha liberado de las presiones del mundo a través de la tristeza.

Los lunes están ahí todavía, el único vínculo con el amor de siempre, con el único que sintió. Ania ha hablado con la esposa de Iván, le ha pedido palabras para él, palabras para seguir adelante, para meterlas en la cabeza y abrirlas de vez en cuando para después guardarlas de nuevo cuando llega el sueño. Pero su esposa no colabora por miedo a las represalias sobre ella y el niño. «Menos mal que alguien es práctico en la familia, que hace lo que hay que hacer sin apasionarse, que es capaz de tomar las riendas de lo que siente y cabalgar sobre los agravios de las horas. El niño estará bien con una madre así», se dice. Si encuentra a otro no quiere saberlo, aunque piensa que sería lo mejor para ellos. Alguien que sepa escucharla cuando tenga un mal día y que la proteja de los envites del mundo. Por su parte, él está convencido de que no hallará más amor que el que tuvo, y no será un cobarde que busca a alguien que solo le sirva para consolarlo, física y emocionalmente. Él es un blando, pero no un miserable.

—Las cosas están tranquilas y tu mujer también. Ya no la acosan. Su familia en Ekaterimburgo le ha dado cobijo y el paso del tiempo le ha dado entereza. Ya no se rompe, ya no necesita alivio —le informa Ania.

—Hemos dejado de ser personas de interés, o eso parece. ¿Has hecho los experimentos que te dije? —pregunta él, que quiere cambiar de tema, porque su mujer ya no lo espera y ha empezado a enterrar su recuerdo y él no debe entristecerse.

—Los he ejecutado como planificamos, pero no funcionan.

—Cuéntame en qué fallan para plantearlos de otra manera. Voy a buscar lápiz y papel para anotar.

—Iván, esta semana quiero hacer otras cosas, o más bien no hacer nada. —La reivindicación de Ania suena legítima. Si ella puede, por qué no hacerlo.

—Tienes razón —dice él, y agacha la cabeza—. ¿Y cómo va todo por ahí?

—Parece que no existimos. Nos mandan comida, ingresan el dinero en la cuenta y poco más. Ni siquiera nos llaman por teléfono. Por lo visto saldremos en un par de semanas. Seguramente cerrarán el centro del oceonio.

—Me alegro por vosotros —y suelta un adiós ligero que apenas se escucha antes de darle al clic para acabar la conversación.

Iván se echa a llorar. El chico del café no se atreve a decirle nada, pero le trae un poco de agua, le da unas palmadas en la espalda y le deja una carta. Él mira el sobre con asombro porque es la letra de su mujer. ¿Qué hace una carta suya allí en el fin del mundo? El muchacho trata de explicarle con las pocas palabras que sabe en inglés que una mujer con un bebé le ha estado esperando en el café, pero como no apareció, se ha ido a un hotel porque el bebé estaba cansado.

Iván Ilich lee y relee. Están en el centro de la isla, en el hotel Palau, que es un buen sitio, porque lo de las aventuras no va con su mujer y no renuncia a la comodidad. Iván vive el momento más excitante de su vida. Toma un taxi con el poco dinero que le queda y se va a buscar el final feliz que merece su historia.

OCTAVO Y DIECIOCHO

Mar está más perdida que nunca y no sabe qué hacer. Irse o quedarse. Creer, tal vez, pero qué. No hay manera de saber cuál es la realidad que representan esos círculos que en vez de una ciudad forman un agujero negro. La presunción de inocencia que debe aplicar a su pareja se ve nuevamente cuestionada. Mar es huidiza con Serguéi, pero él está tan enfrascado en mejorar su estado físico que se diría que agradece su falta de atención. Vive en un permanente mal humor, quiere ser el Serguéi de Lozprom y se niega a ser el Serguéi cuya carrera ha acabado. No ve más allá ni lo desea.

El monje negro de Chéjov no es un cuento como los demás. Habla de una quimera que produce cambios drásticos en la vida de sus protagonistas, un fantasma que actúa a modo de *Deus ex maquina*. Un monje camina por un desierto en Siria, pero empieza a verse por el mundo entero. Es un espejismo colectivo que desaparece pero que deja la profecía de volver mil años después, y lo hace en la frágil mente del joven Krovin. El monje convierte a Kovrin en profeta, además de en sujeto de cambio social a nivel mundial. Lo empuja al delirio y la muerte. Y Mar se pregunta, ¿no hace eso internet hoy día? ¿Lavar cerebros para servir a ciertos intereses? ¿Y cuál es el mayor cambio en curso que incluso la llevó a ella a Rusia? Un nuevo mineral, el oceonio. Las quimeras del Monje Negro del cuento y de San Petersburgo son la misma: envenenar el ambiente para provocar la desolación. Al menos su teoría tiene sentido. Tiene que ver a Oleg.

Su creatividad vuelve a encontrar una nueva idea para poner en práctica. Ya no es una recién llegada y ha aprendido de todos los errores que ha cometido. Pudo leer lo que pensaba Ígor Petróvich: si ella está investigando es porque la han dejado hacer. Si le dan información clasificada en un mapa, será por algo. La están mirando, seguramente los ojos de las dos columnas. Puede que no la consideren una extranjera de la que se recela, sino alguien libre capaz de hacer lo que quiera sin estar sujeta a ningún mandamiento jerárquico ni a otro interés que no sea el sentimental, y por tanto ella les es útil. Puede hallar cosas de unos y otros con total imparcialidad. En otras palabras: ya le han sacado la ficha, ya tienen su perfil y están convencidos de cómo manejarla. El problema es cómo ella puede manejarlos a ellos.

Cada tarde va a la misma hora al parque Yusúpov, que está muy cerca de su casa. Se lleva una toalla y se tumba a leer cerca del estanque circular. El lugar parece sacado de una postal. Árboles frondosos habitando suaves laderas que caen al agua. Un día se le acerca un muchacho muy raro vestido de cuero negro con un bigote a lo Dalí. Pero no le dice nada. Pasa una semana y otra. Tiene que probar otra cosa. Una de aquellas tardes de calma, mientras está sumergida en su investigación recuerda un detalle sobresaliente. En cada carpeta de los asesinatos del Monje hay una ecuación, a la cual los investigadores han añadido el resultado, que es siempre de dos números, salvo uno de ellos al que le acompaña una letra. Todos esos números deben conducir a algo. Y entonces se acuerda de la libreta de Ignátov y de los juegos de cifras en la última página que resultaron ser coordenadas geográficas, a las cuales también se refirió Ígor Petróvich. «Puede ser eso», se dice. Ha visto de pasada un fichero con el resultado de las fórmulas matemáticas que dejan como firma en los asesinatos escritas por orden, como si fuera una secuencia. Mar busca y busca, hasta que las encuentra, y después inserta las supuestas coordenadas en una aplicación de geolocalización y el sistema advierte que la numeración está incompleta. Efectivamente falta una coordenada. Decide sin falta ir a ver a su amigo.

—¿Puedo preguntarte algo confidencial? —le dice en cuanto llega, jadeando por la carrera y casi sin poder respirar—. ¿Puedes pasarme el contenido del sobre que le entregaste a la policía? Te conozco lo suficiente para saber que tienes una copia.

Él se toma un minuto para responder porque los secretos que se derraman se agrandan con el paso del tiempo, se estiran y se retuercen hasta dejar de ser lo que eran, se deforman hasta finalmente envilecerse. Sin embargo, Jean no tarda en pasarle la información, se diría que la tiene a mano, como si esperase la petición y estuviese preparado, aunque solo sea porque tenía la esperanza de que alguien hiciera algo. Jean entrega a Mar un sobre blanco y rojo igual que el que recibió de manos de la *sestreshka*, el que afirma la policía que es el último de una serie. Mar sabe que la ecuación que contiene el sobre es la pieza que falta para completar la partida, para ejecutar el último asesinato. Ya se lo dijo Ignátov cuando se vieron en la sede de la policía: «Están intercambiando coordenadas geográficas a cambio de asesinatos. Son encargos de alguien muy rico o muy poderoso, seguramente ambas cosas». Así que Mar ha encontrado la fórmula para atraer a Oleg, que es el único que puede decirle la verdad que ella necesita para salir adelante, o bien su vida se enquistará. No le tiene miedo, si hubiera querido matarla ya lo habría hecho, e incluso sospecha que su secuestro estuvo a la altura del de Galina, ejecutado para que saliera mal. Sí, tiene que hablar con él. Con la larguísima ecuación imposible de descifrar, Mar lanza un mensaje en todas sus redes sociales diciendo: «Tengo tu ecuación».

Sin embargo, los días pasan y la incógnita no se aligera. Una tarde entra a comprar pan y dulces en la panadería de abajo de su nueva casa, en el canal Griboiédov. Un lugar pequeño, pero con productos de buena calidad. Cuando llama al viejo ascensor, no funciona y no le queda otra que subir por las escaleras. En el quinto piso, un joven corpulento está entrando en su vivienda. Cuando Mar pasa enfrente de la puerta, él le tapa la boca y la empuja hacia dentro. La acción se ejecuta con rapidez, se nota que es un profesional. Es un piso parecido al de Masha, estilo retro pero limpio.

—Así que tienes mi ecuación —dice Oleg, que aparece en el salón—. Parece que se te da mejor investigar que los hombres… ¡Mira que acabar con Tomski!

—¡Eres tú! —Mar exclama de emoción—. Aunque no debería sorprenderme. —Se deshace del muchacho que la acaba de empujar, se recompone como puede, respira profundo para tranquilizarse y se estira la camisa. Está un tanto asustada, pero en cierto modo se esperaba un encuentro así. Después se acerca a Oleg, se queda a pocos centímetros, para mostrarle que no tiene miedo. Lo mira directamente a los ojos, para que vea que está entera y harta de todo, que ya no puede más, que el asunto del Monje y los círculos la tiene atada de pies y manos. Que sea cual sea la verdad, va a cogerla con las dos manos, aunque queme o hiele, o ambas cosas.

—¿No me buscabas? —pregunta él, y se echa hacia atrás porque su presencia lo perturba—. Pues aquí me tienes.

—¿No vas a ofrecerme un té? —Ella intenta tomarle la mano para ablandarle, pero él la rechaza.

—Seguro que hay algo de té o café por ahí. —Oleg hace una señal al chico—. Trae dos de lo que encuentres.

—Te doy la ecuación a cambio de la verdad —ofrece Mar, y a continuación se sienta en una silla metálica.

—No te equivoques —aclara él, permaneciendo de pie para mostrar su posición de ventaja—. Además, me das la ecuación a cambio de tu vida. Que conste que la última vez sobreviviste porque yo lo decidí. —Le coge el bolso, hurga en él hasta que encuentra el sobre—. Aunque me habían avisado, no me creía que llevabas el sobre contigo hasta para comprar el pan. —Lo abre y lo lee con detenimiento—. Es una ecuación más larga que las demás, pero la resolveremos. Como es la última, hay más emoción… En fin, como te iba explicando, las órdenes del Monje eran ejecutarte.

—¿A quién le toca esta vez? ¡Me apena tanto que seas un asesino!

—No soy un asesino, sino un sicario. Es un trabajo y en mi caso es por una gran causa. No me compares con uno de esos seres vulgares que van quitando vidas porque sí —dice mientras sigue examinando la ecuación.

—Así que el tarado del Monje os encarga una misión y la recompensa es una ecuación con unas coordenadas para encontrar el centro del oceonio —continúa Mar, que disimula el temor de su voz porque se pregunta si Oleg se ha dado cuenta de que ella ha variado un número de la ecuación para salvar su conciencia.

—Siempre me gustó tu agudeza. Hubiéramos formado una buena pareja. Te hubiera llevado a Kiev, te hubiera enseñado mi país, tan bello que duele mirarlo y que hay que proteger por todos los medios. —Sonríe y adopta un tono de broma—. Pero no creo que estemos a tiempo ya.

—¿Quién es el Monje? Por favor...

—Te tiene jodida todo esto, ¿verdad? Sé cómo te sientes. Solo quiero decirte que no soy yo. Si no me han matado es porque los del servicio secreto esperan que los conduzca a él.

—Y él es...

—Nosotros ejecutamos. Él paga y diseña la operación.

—Le gusta la literatura y la sangre, ya ves que ha dado vida a un cuento de Chéjov —agrega ella.

—Sí, no se queda corto en fantasías, muy típico de esta gente.

—Un americano.

—Un americano, es posible. No sé si es la CIA o un tarado con dinero, pero sirve a nuestra causa. Créeme si te digo que no sé quién es. Me prepararon a conciencia y ni siquiera supe el verdadero nombre de los que me entrenaban. La premisa de la que se partía es que me pillarían tarde o temprano en Rusia; sin embargo, contra todo pronóstico, si tengo suerte saldré de aquí pronto.

—Lo tienes muy difícil. —Mar le toma la mano y después le acaricia la cara con cariño—. Estáis de caza y Petersburgo es un pantano. Ellos te llevan ventaja.

—Tú también debes tener cuidado. Has conocido las pasiones que despierta Rusia, pero te queda por conocer una característica suya primordial: la crueldad.

—Tengo la impresión de que cuanto más sé, más me queda por descubrir. Ojalá te equivoques. ¡Estoy tan perdida!

—Has aprendido mucho, estoy muy orgulloso de ti. —Le besa la mano—. También está implicado un ruso de las altas esferas. Es alguien muy cabreado con lo del oceonio. Es él quien filtra las coordenadas al Monje. Y se ha encargado de que no nos pillen.

—¿Alguien de Lozprom? ¿Serguéi?

—Alguien de Lozprom que no es Serguéi.

De pronto se oye un zumbido que no se sabe de dónde viene. Y a los pocos segundos Oleg cae muerto de un tiro en la frente. Sus ojos se quedan abiertos, fijos en ella. El Manco aparece poco después con una frase de cinco palabras: «Siento haberte manchado la camisa», dice fríamente, pero en su fuero interno no está contento porque tras tanto estudio no ha podido aplicar el método de la Inquisición que había elegido para torturar al ucraniano. Luego se estira la chaqueta de mangas un poco más largas de lo normal, se quita por primera vez el guante negro que cubre su mano ortopédica y coloca los dedos en señal de victoria.

OCTAVO Y DIECINUEVE

La policía no tarda en llegar. El piso se llena de gente. El procedimiento que sigue a un fallecimiento por muerte violenta acaba de comenzar. El Manco ha llevado a Mar a una habitación aparte y el chico que iba a servirle el té con Oleg se lo da a solas. Mar tiembla y llora, pero el Manco tiene poca paciencia para esas cosas y la obliga a tomar una pastilla para que se calme. Después saca el reloj para controlar el tiempo y asegurarse de que le hace efecto. No le gusta esperar, mientras tanto acude a hablar con sus colegas, dando las pertinentes explicaciones. La versión oficial es que el sujeto abatido secuestró a Mar, por lo que las fuerzas del orden intervinieron ante el peligro inminente de muerte en defensa de la víctima. Nadie descarta una medalla para el Manco, que las suele tirar a la basura en cuanto las recibe, aunque lo cierto es que matar a Oleg sin interrogarlo primero no le gustará nada a la jerarquía.

—Me has puesto de cebo. También lo hiciste con Ignátov, porque lo de soltarla seguro que no fue idea de Natalia.

—No iba a matarte. —El Manco saca un cigarrillo de tabaco negro y lo enciende—. ¿Quieres? Olvidé que tú no fumas. —Después le sirve un poco de té para ponerse amable, ya que va a pedirle algo—. Supongo que no tienes ganas de declarar nada de esto a la policía, ¿no? Yo podría hablar de cierto pin que robaste durante tu incipiente periodo de espía ucraniana, pero aquello fue un desliz. Creo que no va a hacer falta. —Le anuncia el pecado que encabeza su ficha en el *kompromat*, con el que cargará toda la vida y que se utilizará convenientemente cuando sea necesario.

—No, ¿para qué? —contesta Mar con seguridad, sin preocupación, sin excitarse lo más mínimo, con pleno conocimiento de las reglas que los gobiernan—. Pero te agradecería que me explicaras algo, aquí, solos tú y yo.

—Adelante. Estás de suerte. Es el día en que he hecho justicia a un amigo. —Da una calada a su cigarro, toma asiento por fin. Parece relajado.

—¿Qué hay detrás de los seis círculos de San Petersburgo? Serguéi me los dibujó en un mapa y hasta los tiene en un cuadro en casa.

El Manco empieza a reírse de forma compulsiva.

—Así que te preocupa estar acostándote con un asesino, ¿no es así? Si es eso, no te apures.

—Tengo que saber.

—¿El qué?

—Qué significa —insiste Mar sin poder ocultar su ansiedad.

—La firma de un club. Tenemos varias, no te creas, pero yo diría que esta es la que más me gusta, tiene un toque sentimental. Natalia y yo nos pusimos a buscar quién dentro del club, pero la respuesta la has dado tú antes, ¿para qué?

—¿Qué club?

—Un club cultural, de orden público y de intercambio de parejas. —Y sigue riéndose—. Pero repito: no te apures. Serguéi siempre se creyó importante, pero la realidad es que nunca salió del sótano de las calderas, se dedicaba solo a alimentarlas con dinero. Nunca pisó la sala de control. —Y sigue fumando, pero más despacio, hasta que apaga el cigarro en un vaso que encuentra y que usa a modo de cenicero—. Además ahora está fuera.

—¿Te refieres al *apparat*?

—Los extranjeros siempre con la manía de los nombrecitos. Un club de amigos, *c'est tout*, llámalo Pepe o Iván, o como quieras.

OCTAVO Y VEINTE

Dicen que estamos conectados a la gente que queremos más allá del amor. Puede que sea un cable invisible, pero mejor pensar que se trata de un hilo de energía de color vistoso, que avisa cuando el otro va mal, lo cual explicaría que sintamos un fuerte impulso por contactar con esa persona, y por tanto la llamemos o le enviemos un mensaje sin previo aviso. Puede que esa sea la razón por la que Jean llamó a Mar poco después de su encuentro con el Manco y que le confesara algo que no tenía pensado contar. Jean empieza tímidamente y no sabe cómo continuar. Mar lo conoce bien, le deja su tiempo para que encuentre las palabras adecuadas, y pueda superar el salto que debe dar para romper el hielo que le atenaza. Al final, lo hace rápido.

—Tengo el resultado de la ecuación —dice.

Mar no le pregunta cómo lo ha hecho, es casi evidente que no iba a dejar correr algo así y que un hombre de su talla intelectual tiene recursos. A Mar le tiembla la mano, recibe los dos números y los agarra con fuerza para que no se le escapen. Lleva el susto metido en el cuerpo por la incertidumbre del destino al que esos dos números pueden llevarla. La verdad trae más hambre que pan, ya se ha dicho de muchas maneras. Ella se queda a solas, con la cifra apuntada en un papel amarillo, anodino, como si fuera el pedido para el pescadero y procede a meter las claves en su programa de ordenador. Esta vez funciona. El mapamundi se despliega centelleante, y un punto señalado en rojo aparece en la zona económica exclusiva rusa, no lejos de la isla de Sajalín.

En ese momento un friki con un bigote a lo Dalí también ve la información, la posición exacta del centro del oceonio, y procede. Un chico que utiliza en la red el sobrenombre de Emmanuel, el Dios entre los hombres, el anunciado. La ha merodeado lo suficiente para meterle un virus. Le gusta tanto espiar a la gente que ha hecho de ello un arte. Anna también ve lo que el friki observa en su pantalla. Da la señal de alarma a su enlace de alto nivel. Manda un código rojo. Mar, el friki y Anna observan atónitos la localización, y los tres descubren a la vez de qué lugar se trata. Sienten la misma emoción al acceder a un secreto de dimensiones de Estado.

Pocas horas después unos drones submarinos llegan a ese mismo punto que señala el mapa. Son muchos y se han pegado como una lapa a su objetivo. A continuación explotan llevándose el centro del oceonio, sus secretos y a la gente que lo ocupaba. No hay supervivientes. Los peces se preguntan qué animales son esos que andan por allí y que matan a un bicho que ni se mueve ni ataca ni se puede comer.

Mar vuelve a ver el mapamundi en las noticias de las ocho y es la misma versión a la que ella accedió esa misma tarde. El muy estatal y oficial canal Russia 1 informa a los ciudadanos rusos del ataque al centro del oceonio y de su completa destrucción. Lo etiquetan de acto terrorista. La acusación sobre la autoría va directamente al enemigo de toda la vida, que niega a su vez toda participación. El enemigo da una respuesta en cuestión de minutos, parecería que todos tuvieran el guion bien aprendido. Sin embargo, el tipo de drones ofrece pocas dudas sobre su procedencia, pues pertenecen a un programa desarrollado en las tripas de cierto Departamento de Estado y el berrinche diplomático comienza. La investigación durará años. Mas los viejos adversarios se conocen ya lo suficiente y hasta se comprenden bien. No van a enfrentarse directamente, sino que buscará un tercero para hacerlo luego. Lo harán a través de una víctima incontestable. Por ejemplo, un país vecino, por qué no. Cuestión de tradiciones.

OCTAVO Y VEINTIUNO

No pasa mucho tiempo hasta que los activos de Serguéi se evaporan en Rusia. El sistema los ha engullido de manera extraña. Esta situación lo lleva al insomnio. Vomita la medicación. Deja la fisioterapia. Se queda tumbado todo el día en la cama y se niega a salir de esta. Es imposible cruzar media palabra con él sin tropezarse con un exabrupto. Decide reducir el número de enfermeros y solo se queda con uno durante medio día. Sigue siendo muy rico, pero ha decidido vivir modestamente. Mar nota que se abre de forma continua las heridas y, aunque se las curan a diario, se las vuelve a abrir. Siempre hay sangre fresca en su cama. Le han caído otros diez años más encima, su piel tiene un color traslúcido que recuerda al del cielo petersburgués. Esta situación culmina con un amago de infarto que pillan a tiempo. Sus problemas de salud hablan de lo que él no desea: de llamadas a las que no responden, de citas que le cancelan, de amigos que nunca lo fueron. Serguéi se pega al teléfono como hizo Bulgákov cuando también murió civilmente, y se pasó media vida a la espera de la llamada de Stalin que lo rehabilitaría. Ninguno de los dos se dio cuenta de que el sistema les regala una oportunidad, otro modo de vida, ermitaño y simple. Mas la vanidad perdida puede más que el amor. El desencanto es una carcoma, apenas hace ruido, pero cuando aparece, sigue un ritmo constante de destrucción. Las declaraciones de su antiguo adversario Ray Rex a un periódico online, ilustradas con una foto de su despacho de trescientos metros cuadrados en Austin, Texas, con el logo de Chexxon a su espalda, le traen algo de alivio: «No me alegro de la caída en desgracia de Serguéi Andréievich Tomski, porque nunca más tendré un enemigo más inteligente que yo. A partir de ahora él será carne de exilio, como le ocurre a la raza de los mejores, a quienes, desde hace décadas, su país tiene la manía de desechar».

Jean se ha jubilado precipitadamente. Se ha comprado una viña en Francia y ha multiplicado su biblioteca. Stefano ha cambiado de agencia y de país, ya no vive en Nueva York sino en Ginebra. Mar tiene muchas dificultades para acceder a cualquiera de los puestos de trabajo a los que aspira. Es como si una sombra oscura la persiguiera en cualquiera de las entrevistas. Sin embargo, consigue trabajos provisionales relativamente bien pagados. Solo en Naciones Unidas está trece veces en la lista corta, pero ni sus contactos ni su nacionalidad la ayudan. «La buena suerte me pillará trabajando», dice constantemente. Su reputación avanza despacio y nunca pierde el ánimo, no se queja, la idea que la mantiene a flote es la certeza de que sabe sobrevivir, eso le da un margen de resistencia. Agradece las cosas buenas que tiene.

Ella y Serguéi tuvieron una vida sencilla. Como tantas vidas vividas sin esperanza. Aunque él nunca pudo despedirse del Serguéi que fue y acabó infectado de resentimiento, que con los años se fue extendiendo a cada pared de aquella casa, escenificando de ese modo las últimas palabras de Oleg. A pesar de todo, ellos siempre se quisieron. Aunque nunca tuvieron una luna de miel.

A mediados de un mes de marzo, un día no muy lejano de la defensa de la tesis que la llevó a Rusia, las páginas de la prensa rosa se llenan con fotos de la boda de Galina y Poliakov. Ella parece exultante por poder casarse por la Iglesia, lo cual tiene lugar en la iglesia de la Sangre Derramada. Lleva un vestido blanco corte princesa y un velo bordado de varios metros diseñado por un francés llamado Louis-Maurice que tiene acceso al Kremlin; se dice incluso que es el diseñador del presidente. En la boda hay dos invitados de excepción, el presidente y Ray Rex, que evitan saludarse pero quedan inmortalizados en una foto junto con los novios y el francés, que luce una sonrisa torcida y obsecuente. El icono original de la Virgen del Signo, traído expresamente de Nóvgorod, preside la ceremonia.

San Petersburgo, 12 de octubre de 2014
Málaga, 7 de noviembre de 2022

Qué difícil es caminar entre la gente
y simular que no se ha muerto,
y en este juego de trágica pasión
confesar que aún no se ha vivido.

ALEKSANDR BLOK,
«Qué difícil es caminar entre la gente…»

Agradecimientos

Una primera novela no es resultado de un autor, sino también de la gente que lo acompaña. Aunque hay una larga lista, quiero agradecer especialmente a Carlos Ezcurra, mi segundo editor de mesa; a Joaquín Torquemada, por ser el revisor de ruso; a David Trías, por creer en mí; a mi familia y mis amigos por ser los pilares de mi vida, y a Andrey Galaev por lo que él sabe.